# KAPITEL

Als Miles wieder zu sich kam, hatte er die Augen noch geschlossen. Sein Gehirn schien von den wirren Gluten eines feurigen Traums zu schwelen, die formlos verglommen. Ihn durchbebte die furchtbare Gewißheit, er sei erneut getötet worden, doch dann begannen Erinnerung und Vernunft die Fetzen des Erlebten zu ordnen.

Seine Sinne versuchten Inventur zu machen. Er befand sich in Schwerelosigkeit, sein kleiner Körper lag flach ausgestreckt, war an eine Oberfläche gegurtet und in etwas eingewickelt, das sich wie dünne Folie, eine medizinische Schutzhülle aus Militärbeständen, anfühlte. *Bin ich verwundet?* Alle Gliedmaßen schienen noch komplett vorhanden zu sein. Er trug immer noch den weichen Bodysuit, das Innenfutter seiner Raumrüstung, die man ihm schon abgenommen hatte. Die Gurte waren nicht straff gezogen. Der komplexe Geruch vielmals gefilterter Luft kitzelte ihn kühl und trocken in den Nasenlöchern. Verstohlen zog er einen Arm heraus, wobei er achtgab, daß die Folie nicht knisterte, und berührte sein nacktes Gesicht. Keine Kontrolleitungen, keine Sensoren – kein Blut –, *wo sind meine Rüstung, meine Waffen, mein Kommandohelm?*

Die Befreiungsaktion war so glatt wie nur möglich gegangen. Er und Kapitänin Quinn und ihre Patrouille waren in das Schiff der Entführer eingedrungen und hatten das Schiffsgefängnis ausfindig gemacht. Waren nach einer Sprengung zu dem gefangenen Kurieroffizier des KBS, des Kaiserlich Barrayaranischen Sicherheitsdienstes, durchgedrungen. Leutnant Vorberg war noch am Leben gewesen, wenn auch verwirrt von den Sedativa, mit denen man ihn vollgepumpt hatte. Der Medtech hatte erklärt, er sei frei von versteckten mechanischen oder chemischen Sprengladungen, und sie hatten erleichtert den Rückweg durch die dunklen Korridore zum wartenden Kampfshuttle der Dendarii angetreten. Die Entführer, die anderswo völlig beschäftigt waren, hatten keinen Versuch unternommen über sie herzufallen. *Was ist schiefgegangen?*

Um ihn herum waren nur ruhige Geräusche: das Piepen der Geräte, das Zischen des Luftrecyclings in Normalfunktion, das Gemurmel von Stimmen. Ein leises, animalisches Stöhnen. Miles leckte sich die Lippen, um sicherzugehen, daß dieses Geräusch nicht von ihm stammte. Vielleicht war er selbst nicht verwundet, doch irgend jemand in seiner Nähe war in keiner guten Verfassung. Ein scharfer, antiseptischer Geruch ließ sich nicht wegfiltern. Er öffnete die Augen zu Schlitzen, gefaßt darauf, sich wieder ohnmächtig zu stellen und schnell zu denken, falls er sich in den Händen der Feinde befand.

Doch er war an Bord des Kampfshuttles seiner Dendarii-Flotte – in Sicherheit, hoffte er –, festgegurtet an eines der vier umklappbaren Feldbetten im rückwärtigen Teil des Rumpfes. Die Sanitätsnotfallstation war ein vertrauter Anblick; allerdings sah er sie normalerweise nicht aus dieser Perspektive. Der Medtech des Blauen Kommandos war mit dem Rükken zu Miles an einem Bett jenseits des Ganges beschäftigt, wo eine weitere Gestalt festgeschnallt war. Miles konnte keine Leichensäcke entdecken. *Also nur noch ein weiterer Verwundeter.* Er hätte gern *Gut!* hinzugefügt, aber eigentlich hätte es überhaupt *keine* Verwundeten geben dürfen.

*Nur ein Verwundeter,* korrigierte Miles seinen Gedanken. Ein heftiger Kopfschmerz pochte an seiner Hirnbasis. Doch er hatte keine Verbrennungen von Plasmabögen abbekommen, war nicht von einem Nervendisruptor gelähmt worden. Keine intravenösen Schläuche oder Hypospray-Injektoren infundierten Blutersatz oder Synergin gegen Schock in seinen Körper. Er schwebte nicht im narkotischen Nebel von Schmerzmitteln, keine Druckverbände behinderten seine leichten Bewegungen. Keine Sinnesblocker. Der Kopfschmerz fühlte sich an wie Migräne nach Betäuberfeuer. *Wie, zum Teufel, hat man mich durch die Kampfrüstung hindurch betäuben können?*

Der Dendarii-Medtech, der immer noch seine Kampfrüstung trug, Helm und Handschuhe jedoch abgenommen hatte, wandte sich um und sah Miles' offene Augen. »Sie sind schon wach, Sir? Ich melde es Kapitänin Quinn.« Er beugte sich kurz über Miles' Gesicht und leuchtete ihm mit einer Lampe in die Augen. Zweifellos überprüfte er die Pupille auf abnorme Reaktionen.

»Wie lange... war ich weg? Was ist passiert?«

»Sie hatten eine Art Anfall oder Krampf. Ohne ersichtlichen Grund. Der Toxintest aus dem Sanitätskasten hat nichts ergeben, aber der ist ja ziemlich elementar. Sobald wir wieder auf der Krankenstation des Schiffes sind, werden wir Sie gründlicher untersuchen.«

*Nicht wieder tot. Schlimmer. Noch mehr Nachwirkungen vom letzten Mal. Ach, verdammt. Was habe ich gemacht? Was haben die anderen gesehen?*

Ihm wäre lieber gewesen, er wäre – nein. Ihm wäre *nicht* lieber gewesen, er wäre vom Nervendisruptor getroffen worden. Aber fast. »Wie lange?« wiederholte Miles.

»Der Anfall schien vier oder fünf Minuten zu dauern.«

Es hatte gewiß mehr als fünf Minuten gedauert, um von *dort* nach *hier* zu kommen. »Und dann?«

»Ich fürchte, Sie sind etwa eine halbe Stunde bewußtlos gewesen, Admiral Naismith.«

So lange war er noch nie weggewesen. Dies war bei weitem die bisher schlimmste Attacke. Er hatte darum gebetet, daß die letzte auch wirklich die *letzte* sein möge. Seit seinem letzten kurzen Kollaps ohne Zeugen waren über zwei Monate vergangen. Verdammt, er war sich so *sicher* gewesen, daß die neue Medikation gewirkt hätte.

Er wollte sich freimachen und kämpfte mit der Wärmehülle und den Bettgurten.

»Bitte, versuchen Sie nicht aufzustehen, Admiral.«

»Ich muß nach vorn gehen und die Berichte entgegennehmen.«

Der Medtech legte ihm vorsichtig die Hand auf die Brust und drückte ihn wieder aufs Bett. »Kapitänin Quinn hat mir befohlen, Sie zu sedieren, falls Sie versuchen sollten aufzustehen, Sir.«

*Und ich widerrufe diesen Befehl,* wollte Miles fast blaffen. Doch zur Zeit schienen sie sich nicht im Kampf zu befinden, und der Medtech hatte den medizinisch stählernen Blick eines Mannes, der bereit war, unter allen Gefahren seine Pflicht zu erfüllen. *Man rette mich aus den Händen der Tugendsamen!* »Bin ich deshalb solange weggewesen? War ich sediert?«

»Nein, Sir. Ich habe Ihnen nur Synergin gegeben. Ihre Lebenszeichen waren stabil, und ich wollte Ihnen nichts anderes geben, bis wir eine bessere Vorstellung davon haben, um was es hier geht.«

»Was ist mit meinem Kommando? Sind wir alle zurück? Die barrayaranische Geisel – haben wir ihn unverletzt herausbekommen?«

»Alle sind zurück. Der Barrayaner... hm... wird überleben. Ich habe seine Beine gerettet; es besteht eine gute Chance, daß der Chirurg sie wieder annähen kann.« Der Medtech schaute herum, als suchte er Hilfe bei einem Kameraden.

»*Was?* Wie ist er verwundet worden?«

»Äh... ich werde Kapitänin Quinn zu Ihnen rufen, Sir.«

»Tun Sie das mal«, knurrte Miles.

Der Medtech schwebte in der Schwerelosigkeit davon und murmelte eindringlich in ein Interkom an der Wand am anderen Ende. Dann kehrte er zu seinem Patienten zurück – zu Leutnant Vorberg? Intravenöse Infusionsgeräte pumpten durch Schläuche an beiden Armen und am Hals Plasma und Medikamente in den Mann. Der übrige Körper war von der Wärmefolie verdeckt. Auf ein Lichtsignal hin, das vom vorderen Schott kam, gurtete sich der Medtech schnell an seinen Klappsitz. Das Shuttle durchlief eine schnelle Folge von Beschleunigungen, Verzögerungen und Fluglagekorrekturen als Vorbereitung zum Andocken am Mutterschiff.

Nach dem Andocken wurde die verwundete Geisel korrekterweise als erster hinausgebracht. In zwei Teilen. Miles knirschte bestürzt mit den Zähnen, als er den Soldaten sah, der mit einem großen Kühlbehälter im Arm dem Medtech und der Schwebepalette folgte. Allerdings schien nicht viel Blut verschmiert zu sein. Miles hatte es schon aufgegeben, auf Quinn zu warten, und löste sich gerade aus seiner medizinischen Zwangsruhigstellung, als sie vom Cockpit her erschien und durch den Gang auf ihn zuschwebte.

Sie hatte Helm und Handschuhe ihrer Raumrüstung abgelegt und zog die Kapuze ihres Bodysuits zurück. Ihre dunklen, vom Schweiß geglätteten Locken kamen zum Vorschein. Ihre braunen Augen waren dunkel vor Angst, ihr schön geschnittenes Gesicht blaß vor Anspannung. Doch Miles' kleine, aus drei Schiffen bestehende Flotte konnte sich nicht in umittelbarer Gefahr befinden, sonst hätte sie sich darum und nicht um ihn gekümmert. »Geht es dir gut?« fragte sie heiser.

»Quinn, was – nein. Gib mir zuerst einen allgemeinen Lagebericht.«

»Das Grüne Kommando hat die Crew des entführten Schiffs herausgeholt. Die ganze Crew. Es hat ein bißchen Materialschaden gegeben – die Versicherungsgesellschaft wird nicht so begeistert sein wie beim letzten Mal –, aber unser Bonus für ›Lebendig gerettet‹ ist sicher und warm.«

»Lob sei Gott und Sergeantin Taura. Und was ist mit unseren Entführern?«

»Wir haben ihr großes Schiff besetzt und neunzehn Gefangene gemacht. Drei Feinde wurden getötet. Alle anderen sind hinter Schloß und Riegel; unser Prisenkommando ist an Bord und räumt auf. Sechs oder acht von den Mistkerlen sind mit ihrer Sprung-Pinasse abgehauen. Sie ist nur schwach bewaffnet – so weit vom nächsten Sprungpunkt entfernt kann die *Ariel* sie bequem einholen. Die Entscheidung liegt bei dir, ob wir Abstand halten und sie torpedieren oder eine Kaperung versuchen sollen.«

Miles rieb sich das Gesicht. »Verhört die Gefangenen. Wenn das die gleiche blutbesudelte Bande ist, die letztes Jahr die *Solera* gekapert und alle Passagiere samt der Crew ermordet hat, dann wird uns Station Wega eine Belohnung zahlen, und wir können für dieselbe Mission dreimal kassieren. Da die Weganer die gleiche Belohnung bezahlen, wenn der Tod der Mistkerle nachgewiesen wird, nehmt alles sorgfältig auf. Wir werden sie auffordern, sich zu ergeben. Einmal.« Er seufzte. »Ich nehme an, es ist nicht alles genau nach Plan gelaufen. Wieder einmal.«

»Mensch, jede Geiselbefreiung, die alle lebendig zurückbringt, ist nach vernünftigen Maßstäben ein Erfolg. Wenn unsere Flottenärztin deinem armen Barrayaraner nicht die Beine vertauscht oder rückwärts annäht, dann ist es hier hundertprozentig gelaufen.«

»Hm... ja. Was ist *passiert*, als... ich zu Boden ging? Was ist mit Vorberg geschehen?«

»Freundliches Feuer, wie man so sagt, von der eigenen Seite, unglücklicherweise. Allerdings wirkte es zu diesem Zeitpunkt nicht ganz so freundlich. Du bist hingefallen – hast uns einen höllischen Schrecken eingejagt. Dein Raumanzug hat eine Menge wertloser Telemetriedaten ausgespuckt, dann hat sich dein Plasmabogen aktiviert und blockiert.« Sie fuhr sich mit der Hand durchs Haar.

Miles blickte auf den Hochleistungsplasmabogen, der als Zwilling seines eigenen im rechten Arm von Quinns Raumrüstung eingebaut war. Sein Herz sank ihm in den flauen Magen. »Oh, nein. Oh, Scheiße. Erzähl mir nichts mehr.«

»Leider ja. Du hast deinem Befreiten die Unterschenkel abgeschossen. So sauber wie nur möglich, direkt quer durch beide Beine. Zum Glück – so vermute ich – hat der Strahl beim Durchschneiden gleichzeitig die Gefäße kauterisiert, und so hat sich der arme Kerl nicht zu Tode geblutet. Und er war so mit Drogen vollgepumpt, daß er vielleicht gar nicht viel gespürt hat. Einen Moment lang dachte ich, der Feind hätte über Fernsteuerung die Kontrolle über deinen Raumanzug übernommen, aber die Techniker schwören, daß das nicht mehr möglich ist. Du hast eine Menge Wände weggesprengt – vier von uns mußten sich auf deinen Arm setzen, bevor wir den Dosenöffner des Medtech für deine Rüstung nehmen, sie öffnen und dich abschalten konnten. Du hast um dich gedroschen – um ein Haar hättest du auch uns erwischt. Aus purer Verzweiflung habe ich dich mit dem Betäuber in den Nacken geschossen, und du bist erschlafft. Ich hatte Angst, ich hätte dich getötet.«

Quinn klang ein wenig außer Atem, als sie dies erzählte. Ihr wunderschönes Gesicht war eigentlich nicht ihr echtes, sondern ein Ersatz durch plastische Chirurgie nach ihrer Begegnung mit Plasmafeuer vor mehr als einem Jahrzehnt. »Miles, was, zum Teufel, war mit dir los?«

»Ich glaube, ich hatte... eine Art Anfall. Wie Epilepsie, außer daß keine neurologischen Spuren zurückbleiben. Ich fürchte, das ist vielleicht eine Nachwirkung meiner Kryo-Wiederbelebung im letzten Jahr.« *Du weißt verdammt gut, daß es das ist.* Er berührte die beiden Narben an den Seiten seines Halses, die jetzt schwach und blaß geworden waren, die unbedeutenderen Erinnerungsstücke an jenes Ereignis. Quinns Notfallbehandlung mit dem Betäuber erklärte seine längere Ohnmacht und den nachfolgenden Kopfschmerz. Also waren die Anfälle nicht *schlimmer* als zuvor...

»Ach, Schatz«, sagte Quinn. »Aber das ist das erste...« Sie hielt inne und schaute ihn eingehender an. Ihre Stimme wurde dünner. »Das ist dir nicht zum ersten Mal passiert, oder?«

Das Schweigen dehnte sich. Miles zwang sich zu sprechen, bevor es unerträglich wurde. »Es ist drei oder vier« – *oder fünf* – »Mal passiert, nachdem man mich aus der Stasis zurückgeholt hatte. Meine Chirurgin von der Kryo-Wiederbelebung sagte, die Anfälle würden vielleicht von selbst vergehen, so wie der Gedächtnisverlust und die Kurzatmigkeit vergangen sind. Und danach schienen sie auch aufzuhören.«

»Und der KBS hat dich mit einer solchen Zeitbombe im Kopf zu einem Fronteinsatz bei einer verdeckten Operation gehen lassen?«

»Der KBS... weiß nichts davon.«

*»Miles...«*

»Elli«, sagte er verzweifelt, »sie würden mich völlig

aus dem Fronteinsatz zurückziehen, das weißt du doch. Sie würden mir bestenfalls die Stiefel hinter einem Schreibtisch auf den Boden nageln. Schlimmstenfalls Entlassung aus medizinischen Gründen – und das wäre das Ende von Admiral Naismith. Für immer.«

Sie erstarrte betroffen.

»Ich hatte mir vorgestellt, falls die Anfälle wiederkämen, dann würde ich versuchen, sie auf eigene Faust zu beheben. Und ich dachte, das hätte ich schon getan.«

»Weiß *irgend jemand* davon?«

»Nicht… sehr viele. Ich wollte nicht das Risiko eingehen, daß es zum KBS durchsickert. Ich habe es der Flottenärztin der Dendarii erzählt und sie Geheimhaltung schwören lassen. Wir waren daran, eine kausale Diagnose zu erstellen. Bloß sind wir dabei noch nicht allzu weit gekommen. Sie ist schließlich auf Traumata spezialisiert.« Ja, wie Plasmabogen-Verbrennungen und das Wiederannähen von Gliedmaßen. Zumindest hätte Leutnant Vorberg sich im Augenblick nicht in besseren oder erfahreneren Händen befinden können, selbst wenn man ihn auf magische Weise auf der Stelle ins Kaiserliche Militärkrankenhaus von Barrayar transportierte.

Quinn preßte die Lippen zusammen. »Aber mir hast du nichts erzählt. Wenn wir mal unsere persönliche Beziehung außen vor lassen, so bin ich immerhin bei dieser Mission deine Stellvertreterin!«

»Ich hätte es dir erzählen sollen. Im Rückblick ist mir das klar.« *Sonnenklar.*

Quinn schaute am Rumpf des Shuttles entlang. Ein Medtech von der *Peregrine* manövrierte eine Schwebepalette durch die Luke. »Ich muß noch einige Aufräumarbeiten beaufsichtigen. Du wirst auf der verdammten Krankenstation bleiben, bis ich zurückkomme, okay?«

»Ich bin wieder auf dem Damm! Es kann Monate dauern, bis das wieder passiert. Falls überhaupt.«

*»Okay?«* wiederholte sie mit zusammengebissenen Zähnen und funkelte ihn zornig an.

Er dachte an Vorberg und sank zusammen. »Okay«, murmelte er.

»Danke«, zischte sie.

Er wies die Schwebepalette zurück und bestand darauf zu laufen, folgte ansonsten aber dem Medtech und fühlte sich schrecklich unterlegen. *Ich verliere die Kontrolle über diese Dinge…*

Als Miles auf der Krankenstation ankam, nahm ein besorgter Medtech ein Gehirnscanning an ihm vor, zapfte ihm Blut ab, nahm Proben von allen Flüssigkeiten, die sein Körper absonderte, und überprüfte alle nachweisbaren Lebenszeichen, über die Miles verfügte. Danach gab es nicht mehr sehr viel zu tun, als auf die Ärztin zu warten. Miles zog sich diskret in einen kleinen Untersuchungsraum zurück, wo sein Offiziersbursche ihm seine Schiffsuniform brachte. Der Mann schien besorgt bei ihm verweilen zu wollen, doch Miles schickte ihn gereizt fort.

Damit blieb er in einem ruhigen Raum allein zurück, wo er nichts tun konnte als nachzudenken. Möglicherweise ein taktischer Fehler. Was die Aufräumungsarbeiten anging, konnte er auf Quinn vertrauen; warum sonst hatte er sie zu seiner Stellvertreterin gemacht? Ziemlich kompetent hatte sie damals das Kommando übernommen, als er zum letzten Mal mit Gewalt aus seiner Befehlskette entfernt worden war, weil bei der Mission auf Jackson's Whole die Nadelgranate eines Heckenschützen seinen Brustkorb aufgerissen hatte.

Er zog seine grauen Hosen hoch und gurtete sie zu, dann studierte er seinen Rumpf und fuhr mit den Fingern die verblassenden spinnwebartigen Narben auf seiner Haut nach. Die jacksonische Kryo-Wiederbelebungschirurgin hatte erstklassige Arbeit geleistet. Sein neues Herz, seine Lunge und diverse andere Organe waren jetzt fast ausgewachsen und funktionierten samt und sonders einwandfrei. Mit den neuesten Ergänzungen waren die spröden Knochen, die ihn wegen seiner teratogenen Behinderung seit seiner Geburt geplagt hatten, fast im ganzen Körper durch synthetische ersetzt. Da sie schon einmal daran war, hatte die Kryo-Chirurgin sogar seine Wirbelsäule begradigt; es gab kaum noch eine Andeutung des krummen Buckels, der zusammen mit seiner zwergenhaften Statur, wegen der seine barrayaranischen Landsleute häufig kichernd *Mutant!* geflüstert hatten, wenn sie glaubten, er würde es nicht hören. Er hatte dabei sogar ein paar Zentimeter an Körpergröße gewonnen, eine teure kleine Zugabe, doch für ihn war sie wichtig. Von Erschöpfung war nichts zu sehen. Für das Auge eines uneingeweihten Betrachters war er in besserer körperlicher Verfassung als je zuvor in seinen fast dreißig Lebensjahren.

*Die Sache hat nur einen kleinen Haken.*

Von allen Bedrohungen, die bisher seine hart erarbeitete Karriere überschattet hatten, war dies die am schwersten faßbare, die unerwartetste… die fatalste. Er hatte mit leidenschaftlicher Konzentration gearbeitet, alle Zweifel von wegen körperlicher Untauglichkeit überwunden und sich den Weg zu seinem überragenden Status als kreativster KBS-Agent für galaktische Angelegenheiten gebahnt. Wohin die regulären Streitkräfte des Kaiserreiches von Barrayar nicht gelangen konnten, vorbei an den Schranken der Politik und der Entfernung in dem verflochtenen Netz von Wurmlochsprung-Routen, die die Planeten der Galaxis miteinander verbanden, dort konnte eine angeblich unabhängige Söldnertruppe ungehindert auftauchen. Miles hatte ein Jahrzehnt damit zugebracht, seine Tarnidentität als ›Admiral Naismith‹, selbsternannter Anführer der Freien Dendarii-Söldnerflotte, zu vervollkommnen. Spezialgebiet: waghalsige Rettungsaktionen.

So wie die derzeitige Mission. Die Bande mieser Entführer war an jenem Tag ernstlich von ihrem Glück im Stich gelassen worden, als sie einen unbewaffneten Transporter stahlen, der auf dem Planeten Zoave Twilight registriert war, und glaubten, sie hätten den Hauptpreis gezogen in der Gestalt eines kaiserlich barrayaranischen Kuriers, der insgeheim Kreditbriefe und wichtige diplomatische Informationen beförderte. Wenn sie überhaupt einen Sinn für Selbsterhaltung gehabt hätten, dann hätten sie Leutnant Vorberg und seine Päckchen unbeschädigt und undurchsucht auf der Stelle mit überschwenglichen Entschuldigungen am nächsten Raumhafen absetzen müssen.

Statt dessen hatten sie versucht, ihn an den Meistbietenden zu verkaufen. *Legt sie alle um,* hatte Simon Illyan, der Chef des KSB gemurmelt. *Der Teufel wird die Seinen schon erkennen.* Dann hatte er die Einzelheiten an Miles delegiert. Der Kaiser billigte es nicht, wenn Unbefugte seine Kuriere behinderten. Oder sie folterten, oder versuchten, sie wie Fleischscheiben von hoher Informationsdichte zu vermarkten. Obwohl der offizielle Auftraggeber der Dendarii-Flotte die Versicherung war, die das Schiff von Zoave Twilight versichert hatte, würde es bei dieser Mission nicht schaden, wenn man offenlegte, daß der zweite Auftraggeber das Kaiserreich von Barrayar war. Gute Publicity zum Schutz des nächsten Kuriers, dem ein ähnliches Pech zustoßen sollte.

Falls es nur Pech war. Miles reizte es, selbst das Verhör der Gefangenen zu leiten. Nach der Befreiung Vorbergs war es Illyans zweitgrößtes Anliegen herauszufinden, ob der Kurier durch Zufall oder mit Absicht entführt worden war. Falls mit Absicht... dann mußte jemand einige interne Ermittlungen anstellen. Alles in allem war Miles äußerst froh, daß diese unangenehme Aufgabe nicht in sein Ressort fiel.

Schließlich kam die Ärztin. Sie trug immer noch ihre sterile Operationskleidung, stützte die Hände auf die Hüften, schaute Miles an und seufzte. Sie sah müde aus.

»Wie geht es dem Barrayaraner?« fragte Miles. »Wird er… hm… sich erholen?«

»Ihm geht es nicht so schlecht. Die Schnitte waren sehr sauber und sind glücklicherweise direkt unter den Kniegelenken verlaufen, was uns eine Menge Komplikationen erspart hat. Wenn das rum ist, wird er drei Zentimeter kleiner sein.«

Miles zuckte zusammen.

»Aber sobald er heimkommt, wird er auf seinen Füßen stehen«, fügte sie hinzu, »vorausgesetzt, die Reise dauert etwa sechs Wochen.«

»Ah, gut.« Doch angenommen, der zufällige Strahl des Plasmabogens hätte Vorberg in den Knien getroffen. Oder etwa einen Meter höher – und ihn in der Leibesmitte halbiert. Selbst für die Wunder, die die chirurgische Expertin der Dendarii vollbringen konnte, gab es Grenzen. Nachdem Miles seinem KBS-Chef leichtfertig versprochen hatte, Vorberg zu befreien sei für ihn fast eine Routinesache, wäre es kein Höhepunkt seiner Karriere gewesen, wenn er den Kurier in einem Leichensack zurückgebracht hätte. In *zwei* Leichensäcken. Miles wurde ganz schwummrig in einer seltsamen Mischung aus Erleichterung und Schrecken. *O Gott, wie soll ich das bloß Illyan erklären?*

Die Ärztin studierte Miles' Werte und murmelte medizinische Zauberformeln. »Hier sind wir noch auf der Grundlinie. Keine offensichtlichen Abnormitäten zu sehen. Die einzige Methode hier weiterzukommen, ist, Sie zu überwachen, während Sie einen Anfall haben.«

»Verdammt, ich dachte, wir hätten alle der Wissenschaft bekannten Arten von Stress und Elektroschock und Stimulus angewendet, um so etwas im Labor auszulösen. Ich dachte, die Pillen, die Sie mir gegeben haben, hätten die Sache unter Kontrolle gebracht.«

»Das Standard-Antikonvulsivum? Haben Sie es vorschriftsmäßig eingenommen?« Sie beäugte ihn mißtrauisch.

»Ja.« Er schluckte etwas derbere Beteuerungen hinunter. »Haben Sie daran gedacht, etwas anderes zu probieren?«

»Nein, deshalb habe ich Ihnen ja diesen Monitor gegeben, damit Sie ihn bei sich tragen.« Sie blickte sich suchend um, fand jedoch das Gerät im Untersuchungsraum nicht. »Wo ist er?«

»In meiner Kabine.«

Empört preßte sie die Lippen zusammen. »Darf ich raten? Sie haben ihn nicht getragen, als der Anfall kam.«

»Er hat nicht unter meine Kampfrüstung gepaßt.«

Sie biß die Zähne zusammen. »Hätten Sie nicht wenigstens daran denken können, Ihre – Ihre Waffen zu deaktivieren?«

»Unbewaffnet wäre ich meinem Kommando in einem Notfall nicht von Nutzen gewesen. Dann hätte ich genauso gut an Bord der *Peregrine* bleiben können.«

»*Sie* waren der Notfall. Und Sie hätten gewiß an Bord der *Peregrine* bleiben sollen.«

*Oder zu Hause auf Barrayar.* Doch Vorbergs Person zu sichern war der kritischste Teil der Operation gewesen, und Miles war der einzige Dendarii-Offizier, dem der KBS die kaiserlich barrayaranischen Erkennungscodes anvertraute. »Ich…« Er biß sich auf die Zunge, schluckte vergebliche Versuche zur Rechtfertigung hinunter und begann von neuem. »Sie haben völlig recht. Es wird nicht wieder vorkommen, bis…

wir diese Geschichte behoben haben. Was tun wir als nächstes?«

Sie öffnete die Hände. »Ich habe alle Tests durchgeführt, die ich kenne. Offensichtlich ist das Antikonvulsivum nicht die Lösung. Hier handelt es sich um eine Art idiosynkratische kryonische Schädigung auf zellularer oder subzellularer Ebene. Sie müssen Ihren Kopf zur besten Koryphäe für Kryo-Neurologie bringen, die Sie finden können.«

Miles seufzte und schlüpfte in sein schwarzes T-Shirt und seine graue Uniformjacke. »Sind wir für heute fertig? Ich muß unbedingt das Verhör der Gefangenen überwachen.«

»Ich glaube schon.« Sie zog eine Grimasse. »Aber tun Sie uns allen einen Gefallen. Gehen Sie nicht bewaffnet!«

»Ja, Madame«, erwiderte er demütig und entfloh.

# KAPITEL 2

Miles saß an der gesicherten Komkonsole in seiner Kabine an Bord des Flaggschiffes *Peregrine* und verfaßte den – wie es ihm vorkam – tausendsten geheimen Einsatzbericht für Simon Illyan, den Chef des KBS, des Kaiserlich Barrayaranischen Sicherheitsdienstes. Na ja, der tausendste war es nicht, das war absurd. Er konnte jährlich im Durchschnitt nicht mehr als drei oder vier Einsätze absolviert haben und hatte diesen Job eigentlich erst seit knapp einem Jahrzehnt, seit das Abenteuer mit der cetagandanischen Invasion auf Vervain alles offiziell gemacht hatte. Weniger als vierzig Aufträge. Aber die tatsächliche Anzahl konnte er nicht mehr auf Anhieb nennen, ohne daß er nachdenken und addieren mußte, und auch das war keine Nachwirkung der Kryo-Amnesie.

*Halte dich an dein System, alter Junge.* Seine persönliche Zusammenfassung brauchte nicht mehr zu enthalten als eine kurze Einführung zu den Anhängen mit den Rohdaten, die den Dateien der Dendarii-Flotte entnommen wurden. Illyans Nachrichtenanalytiker hatten gern Massen von Rohdaten, an denen sie herumkauen konnten. Es hielt sie beschäftigt in ihren kleinen Kabäuschen im Innern des Hauptquartiers des KBS in Vorbarr Sultana. Und bot ihnen auch Unterhaltung, befürchtete Miles manchmal.

Die *Peregrine*, die *Ariel* und der Rest von ›Admiral Naismiths‹ ausgesuchtem Kampfgeschwader befand sich nun im Orbit um den Planeten Zoave Twilight. Sein Flottenbuchhalter war einige Tage sehr beschäftigt gewesen, hatte sich mit der Versicherungsgesellschaft geeinigt, die endlich ihren Transporter und dessen Crew wiederhatte, und hatte dann Bergegeld für die gekaperten Schiffe der Entführer beantragt und die offiziellen Ansprüche auf Prämien bei der Botschaft von Station Wega eingereicht. Miles fügte die Kosten/Nutzen-Tabellen in voller Länge als *Anhang A* in seinen Bericht ein.

Die Gefangenen hatte man auf dem Planeten abgesetzt, damit die Regierungen von Wega und Zoave sie unter sich aufteilen konnten – vorzugsweise auf die gleiche Weise, wie es mit dem armen Vorberg geschehen war. Die Ex-Entführer waren eine üble Bande. Miles bedauerte es fast, daß die Pinasse sich ergeben hatte. *Anhang B* enthielt Kopien der Aufzeichnungen der Dendarii vom Verhör der Gefangenen. Die Regierungen der beiden Planeten würden eine redigierte Version davon bekommen, in der die meisten Fragen und Antworten, die sich speziell auf Barrayar bezogen, getilgt waren. Eine Menge Beweise über Verbrechen, die für den KBS von geringem Interesse waren. Allerdings dürfte es bei den Weganern eine ganz schöne Aufregung geben.

Es hatten sich keine Hinweise darauf ergeben, daß die Entführung des barrayaranischen Kuriers etwas anderes war als ein zufälliges Nebenergebnis der Entführung des Raumschiffs. Von Illyans Standpunkt aus gesehen, war das am wichtigsten. Es sei denn – Miles vergewisserte sich, daß er dies in seiner Zusammenfassung festhielt –, diese Information wäre nur den Entführern bekannt gewesen, die umgekommen waren. Da sowohl ihr sogenannter Kapitän als auch zwei ihrer höheren Offiziere dazu gehörten, gab es genug Möglichkeiten in dieser Richtung, an denen Illyans Analytiker weiter ihr Brot verdienen konnten. Doch dieser Spur mußte jetzt vom anderen Ende nachgegangen werden, über die Repräsentanten des Hauses Hargraves, die versucht hatten, den Verkauf des Kuriers oder die Lösegeldübernahme für die Entführer abzuwickeln. Miles hoffte von Herzen, der KBS würde seine Aufmerksamkeit auf dieses halbkriminelle jacksonische Große Haus richten. Allerdings waren die Agenten des Hauses Hargraves – ohne es zu wissen – extrem nützlich für die Dendarii gewesen, um die Befreiungsaktion zu planen.

Eigentlich müßte der Bericht des Buchhalters Illyan gefallen. Den Dendarii war es nicht nur gelungen, diesmal ihre Kosten im Rahmen des Budgets zu halten – *mal etwas anderes* –, sie hatten auch einen erstaunlichen Profit erzielt. Illyan, der im Prinzip bereit gewesen war, kaiserliche Mark in Strömen für die Sache auszugeben, hatte erreicht, daß sein Offizier praktisch umsonst gerettet worden war. *Sind wir nicht gut?*

Also – wann würde der so effiziente KBS-Leutnant Lord Miles Vorkosigan endlich die lang ersehnte Beförderung zum Hauptmann bekommen? Es war seltsam, wie Miles' barrayaranischer Rang ihm immer noch wirklicher erschien als sein Rang bei den Dendarii. Es stimmte, er hatte sich zuerst zum Admiral erklärt und dann erst später sich den Rang verdient, anstatt es auf die normalere Weise andersherum anzugehen, aber zu diesem späten Zeitpunkt konnte niemand mehr sagen, Miles sei nicht wirklich geworden, was er einst zu sein vorgegeben hatte. Vom galaktischen Standpunkt aus gesehen, war Admiral Naismith durch und durch solide. Alles, was er zu sein behauptete, das war er jetzt auch wirklich. Seine barrayaranische Identität war einfach eine zusätzliche Dimension. Ein Anhang?

*Nirgendwo ist es so wie zu Hause.*

*Ich habe nicht gesagt, nirgendwo sei es besser. Ich habe nur gesagt, nirgendwo sei es so wie zu Hause.*

Damit kam er zu *Anhang C*, der die Aufzeichnungen

der Kampfrüstungen der Dendarii enthielt, und zwar die Sequenzen über das eigentliche Eindringen in das entführte Schiff und die Befreiung der Geisel, Sergeantin Tauras Kommando Grün und deren Rettung der Transportermannschaft, und sein eigenes Kommando Blau und diese ganze… Kette von Ereignissen. Voll mit Ton und in Farbe, mit aller Medizin- und Kommunikationstelemetrie ihrer Raumanzüge. Mit morbidem Interesse ließ Miles alle Echtzeit-Aufzeichnungen seines Anfalls und dessen unglücklicher Folgen durchlaufen. Das Vid von Anzug Nr. 060 enthielt einige wirklich großartige Nahaufnahmen von Leutnant Vorberg, wie er aus seiner drogeninduzierten Benommenheit gerissen wurde, qualvoll aufschrie und bewußtlos in die eine Richtung stürzte, während seine abgetrennten Beine in die andere fielen. Miles ertappte sich dabei, wie er sich vorbeugte und voller Mitgefühl die Arme um die Brust schlang.

Das würde kein guter Zeitpunkt sein, um Illyan wegen einer Beförderung zu nerven.

Der Rekonvaleszent Vorberg war gestern dem Büro des barrayaranischen Bevollmächtigten auf Zoave Twilight übergeben worden und würde jetzt auf normalem Wege nach Hause transportiert werden. Miles war insgeheim dankbar, daß sein Tarnstatus es ihm erspart hatte, auf die Krankenstation zu gehen und sich persönlich von dem Mann zu verabschieden. Vor dem Unfall mit dem Plasmabogen hatte Vorberg Miles' Gesicht nicht gesehen, da es vom Helm der Kampfrüstung verdeckt gewesen war, und danach natürlich… Die Ärztin der Dendarii berichtete, Vorberg habe nur die nebelhafteste und verschwommenste Erinnerung an seine Befreiung.

Miles wünschte, er könnte die gesamten Aufzeichnungen von Kommando Blau aus seinem Bericht löschen. Leider unmöglich. Wenn die interessanteste Sequenz fehlte, dann würde das Illyans Aufmerksamkeit so sicher auf sich ziehen wie ein Signalfeuer auf einem Berggipfel.

Natürlich, wenn er den gesamten Anhang mit den Aufzeichnungen aller Kommandos löschte, dann würde sie im allgemeinen Fehlen der Daten untergehen...

Miles überlegte, was *Anhang C* ersetzen könnte. In der Vergangenheit hatte er viele kurze oder vage Zusammenfassungen über Aktionen geschrieben, sei es im Druck der Ereignisse oder aus Erschöpfung. *Aufgrund einer Fehlfunktion blockierte der Plasmabogen im rechten Arm von Anzug Nr. 032 in der ›Ein‹-Stellung. Während der folgenden Minuten der Verwirrung, die die Korrektur der Fehlfunktion begleiteten, wurde die zu befreiende Person unglücklicherweise vom Plasmastrahl getroffen...* Nicht sein Fehler, wenn der Leser dies als eine Fehlfunktion des Anzugs und nicht seines Trägers interpretierte.

Nein. Er konnte Illyan nicht anlügen. Nicht einmal im Passiv.

*Ich würde ja nicht lügen. Ich würde nur meinen Bericht kürzen.*

Es ging nicht. Er würde sicher irgendein winziges bestätigendes Detail in einer der anderen Dateien übersehen, Illyans Analytiker würden es aufgreifen und dann hätte er zehnmal mehr Schwierigkeiten.

Nicht, daß es in den anderen Teilen viel Bezug auf diesen kurzen Vorfall gab. Es würde nicht so schwer sein, den gesamten Bericht zu überarbeiten.

*Das ist keine gute Idee.*

Jedoch... es wäre eine interessante Übung. Er könnte ja eines Tages den Job bekommen, Einsatzberichte zu *lesen,* Gott bewahre! Es wäre aufschlußreich zu testen, wieviel man frisieren konnte. Aus Neugierde speicherte er den kompletten Bericht ab, machte eine Kopie und begann daran herumzuspielen. Welche minimalen Veränderungen und Kürzungen waren notwendig, um das zu eliminieren, was einem Feldagenten peinlich war?

Es dauerte nur etwa zwanzig Minuten.

Er starrte auf das Endprodukt. Es war ein ausgesprochenes Kunstwerk. Ihm war etwas flau im Magen. *Das könnte mir eine unehrenhafte Entlassung einbringen.*

*Nur, wenn ich erwischt würde.* Es kam ihm vor, als wäre sein gesamtes Leben auf diesem Prinzip aufgebaut gewesen; er war Attentätern entkommen, Ärzten, den Dienstvorschriften der Streitkräfte, den Beschränkungen seines Rangs als Vor… er war selbst nachweislich dem Tod entkommen. *Ich kann sogar schneller sein als Sie, Illyan.*

Er überlegte, wo sich Illyans unabhängige Beobachter bei der Dendarii-Flotte derzeit aufhielten. Einer befand sich bei der Hauptgruppe der Flotte; der zweite trat als Kommunikationsoffizier auf der *Ariel* auf. Keiner von beiden war an Bord der *Peregrine* oder bei den Einsatzkommandos gewesen; keiner konnte ihm widersprechen.

*Ich glaube, ich sollte lieber einige Zeit darüber nachdenken.* Er kennzeichnete die bearbeitete Version als *Streng geheim* und speicherte sie neben dem Original ab. Dann dehnte er sich, um die Rückenschmerzen zu vertreiben. Die bekam er immer von der Schreibtischarbeit.

Der Summer seiner Kabinentür ertönte. »Ja, bitte?«

»Baz und Elena«, meldete eine Frauenstimme über das Interkom.

Miles deaktivierte seine Komkonsole, zog wieder seine Uniformjacke über und betätigte den Türöffner. »Herein.« Er drehte sich auf dem Stuhl herum, lächelte ein bißchen und sah die beiden eintreten.

Baz – das war Dendarii-Kommodore Baz Jesek, Chefingenieur der Flotte und Miles' nomineller Stellvertreter. Elena war Kapitänin Elena Bothari-Jesek, Baz' Frau und derzeitige Kommandantin der *Peregrine*. Beide gehörten zu den wenigen barrayaranischen Landsleuten im Dienste der Dendarii, und beide waren voll im Bilde über Miles' Doppelidentität als Admiral Naismith, leicht abtrünniger betanischer Söldner, und Leutnant Lord Miles Vorkosigan, pflichtbewußter KBS-Agent für verdeckte Operationen, denn sie kannten ihn beide aus der Zeit, bevor die Dendarii-Flotte geschaffen worden war. Baz, schlaksig und mit beginnender Glatze, war von Anfang an dabei gewesen, ein Deserteur auf der Flucht, den Miles aufgegabelt und (nach seiner persönlichen Meinung) neugeschaffen hatte. Elena… war eine völlig andere Geschichte.

Sie war die Tochter von Miles' barrayaranischem Leibwächter gewesen, im Haushalt des Grafen Vorkosigan aufgewachsen und praktisch Miles' Pflegeschwester. Aufgrund ihres Geschlechts vom barrayaranischen Militärdienst ausgeschlossen, hatte sie sich auf ihrer ins Militär vernarrten Heimatwelt nach dem Status eines Soldaten gesehnt. Miles hatte einen Weg gefunden, wie sie ihren Traum verwirklichen konnte. Schlank und fast so groß wie ihr Ehemann, sah sie jetzt in ihrer schneidigen grauen Dendarii-Uniform durch und durch soldatisch aus. Ihr dunkles Haar, um die Ohren zu dünnen Büscheln geschnitten, umrahmte ein blasses Falkengesicht und hellwache dunkle Augen.

Wie anders wäre ihrer beider Leben verlaufen, wenn sie nur damals, als sie beide achtzehn waren, auf Miles' leidenschaftlichen, wirren Heiratsantrag mit »ja« geantwortet hätte? Wo wären sie dann heute? Würden sie das bequeme Leben von Vor-Aristokraten in der Hauptstadt führen? Wären sie glücklich? Oder würden sie einander zunehmend langweilen und ihren verlorenen Möglichkeiten nachtrauern? Nein, sie würden nicht einmal wissen, welche Möglichkeiten sie verloren hätten. Vielleicht hätten sie schon Kinder… Miles schnitt den Gedankengang ab. Es war nutzlos.

Doch irgendwo, verschwiegen tief in Miles' Herz, wartete irgend etwas immer noch. Elena schien mit der Wahl ihres Ehemanns ziemlich glücklich zu sein. Aber das Leben eines Söldners war – wie er selbst erst kürzlich erfahren hatte – wirklich unsicher. Eine kleine Abweichung eines zielenden Feindes, irgendwo im Einsatz, hätte sie zu einer trauernden Witwe machen können, die auf Trost wartete... nur machte Elena mehr Kampfeinsätze mit als Baz. Als böses Komplott, das während des Nachtzyklus in den hintersten Winkeln von Miles' Schädel ausgebrütet wurde, hatte diese Idee einen ernsten Makel. Tja, man konnte nichts gegen seine Gedanken tun. Dagegen, daß man den Mund auftat und etwas wirklich Dummes sagte, konnte man allerdings etwas machen.

»Hallo, ihr beiden. Setzt euch. Was kann ich für euch tun?« begrüßte Miles sie fröhlich.

Elena erwiderte sein Lächeln, und beide Offiziere nahmen sich Stühle auf der gegenüberliegenden Seite von Miles' Komkonsolenpult. In der Art, wie sie sich setzten, lag etwas ungewöhnlich Förmliches. Mit einer Geste seiner offenen Hand räumte Baz Elena das erste Wort ein, ein sicheres Zeichen, daß es um ein heikles Thema ging. Miles sammelte sich.

Sie begann mit dem Offensichtlichen. »Fühlst du dich jetzt wieder okay, Miles?«

»Oh, mir geht es gut.«

»Gut.« Sie holte tief Luft. »Mylord...«

Ein weiteres sicheres Zeichen, daß etwas Ungewöhnliches in der Luft lag, wenn sie ihn in den Termini ihrer barrayaranischen Lehensbeziehung ansprach.

»...wir wollen aus dem Dienst ausscheiden.« Verwirrenderweise wurde ihr Lächeln noch breiter, als hätte sie gerade etwas Erfreuliches von sich gegeben.

Miles fiel fast vom Stuhl. »Was? *Warum?*«

Elena blickte Baz an, und er nahm den Faden auf.

»Ich habe von einer Orbitalwerft bei Escobar ein Jobangebot für einen Ingenieursposten bekommen. Das Gehalt wäre ausreichend, daß wir beide aus der Flotte ausscheiden könnten.«

»Ich... ich... habe gar nicht gewußt, daß ihr mit euren Gehaltsstufen unzufrieden seid. Wenn's ums Geld geht, kann man etwas arrangieren.«

»Es hat nichts mit dem Geld zu tun«, erwiderte Baz.

Das hatte Miles gefürchtet. Nein, es wäre ja sonst zu leicht gewesen...

»Wir wollen ausscheiden, um eine Familie zu gründen«, brachte Elena die Aussage ihres Mannes zu Ende.

Was an dieser einfachen, vernünftigen Feststellung erinnerte Miles so eindringlich an den Augenblick, als die Nadelgranate des Heckenschützen seine Brust über das ganze Steinpflaster hatte bersten lassen? »Ah...«

»Als Offiziere der Dendarii«, fuhr Elena fort, »können wir natürlich einfach rechtzeitig kündigen und weggehen. Aber als deine lehensgeschworenen Vasallen müssen wir dich um die Entlassung als Außergewöhnliche Gnade bitten.«

»Hm... ich... bin mir nicht sicher, ob die Flotte darauf vorbereitet ist, auf einen Schlag zwei Spitzenoffiziere zu verlieren. Besonders Baz. Ich verlasse mich auf ihn, wenn ich weg bin, was ich fast die Hälfte der Zeit bin, und zwar verlasse ich mich nicht nur auf ihn in Sachen Technik und Logistik, sondern auch, weil er die Dinge unter Kontrolle hält. Um sicherzustellen, daß die privaten Kontrakte nicht irgendwelchen barrayaranischen Interessen auf die Zehen treten. Um... alle Geheimnisse zu kennen. Ich sehe nicht, wie ich ihn ersetzen kann.«

»Wir dachten, du könntest Baz' derzeitige Aufgabe aufteilen«, regte Elena hilfsbereit an.

»Ja. Mein Stellvertreter von der Technik ist vorbereitet, um aufzusteigen«, versicherte ihm Baz. »Praktisch ist er sogar besser als ich. Jünger, weißt du.«

»Und jedermann weiß, daß du seit Jahren Elli Quinn auf eine Kommandoposition vorbereitest«, fuhr Elena fort. »Sie möchte unbedingt befördert werden. Und ist auch darauf vorbereitet. Ich glaube, sie hat das im letzten Jahr ausreichend bewiesen.«

»Sie stammt nicht von… Barrayar. Das könnte Illyan Unbehagen bereiten«, lavierte Miles. »Auf einer so kritischen Position.«

»Bis jetzt hat es ihm nichts ausgemacht. Bestimmt kennt er sie inzwischen gut genug. Und der KBS engagiert massenweise nichtbarrayaranische Agenten«, erwiderte Elena.

»Seid ihr sicher, daß ihr formell ausscheiden wollt? Ich meine, ist es wirklich notwendig? Wäre nicht ein ausgedehnter Urlaub oder ein Sabbatjahr ausreichend?«

Elena schüttelte den Kopf. »Kinder zu bekommen… *verändert* Menschen. Ich weiß nicht, ob ich wieder zurückkommen wollte.«

»Ich dachte, du wolltest Soldatin werden. Mit deinem ganzen Herzen, mehr als alles andere. Wie ich.« *Hast du eine Ahnung, wieviel von dieser ganzen Sache für dich bestimmt war, nur für dich?*

»Ich wollte es werden und bin es geworden. Jetzt bin ich… fertig damit. Ich weiß, mit dem Begriff *genug* kannst du nicht besonders viel anfangen. Ich weiß nicht, ob die wildesten Erfolge je ausreichen würden, um dich auszufüllen.«

*Das liegt daran, daß ich so leer bin…*

»Aber… während meiner ganzen Kindheit, meiner ganzen Jugend hat Barrayar mir eingehämmert, daß Soldat der einzige Beruf sei, der zählte. Die wichtigste Sache, die es gab oder die es je geben könnte. Und daß ich nie wichtig sein könnte, weil ich nie Soldat werden könne. Nun, ich habe bewiesen, daß Barrayar unrecht hatte. Ich bin Soldat, und zwar ein verdammt guter.«

»Das stimmt…«

»Und jetzt frage ich mich, in welchen anderen Punkten Barrayar ebenfalls unrecht hat. Wie zum Beispiel: Was ist wirklich wichtig, und wer ist wirklich wichtig? Als du dich letztes Jahr in der Kryo-Stasis befandest, habe ich eine Menge Zeit mit deiner Mutter verbracht.«

»Ach so.« Auf einer Reise zu einer Heimatwelt, auf die nie mehr den Fuß zu setzen sie einst leidenschaftlich geschworen hatte, ja…

»Wir haben viel miteinander geredet, sie und ich. Ich hatte immer gedacht, ich hätte sie bewundert, weil sie in ihrer Jugend Soldat gewesen war, für Kolonie Beta im Krieg um Escobar, bevor sie nach Barrayar einwanderte und deinen Vater heiratete. Doch einmal zählte sie aus ihrer Erinnerung eine Art Litanei auf, was sie alles gewesen war. Zum Beispiel Astrokartographin und Entdeckerin, Kapitänin eines Schiffs und Kriegsgefangene, Ehefrau und Mutter, Politikerin… die Liste ging immer weiter. Sie wisse nicht, sagte sie, was sie als nächstes sein würde. Und ich dachte… ich will so sein, ich will wie sie sein. Nicht nur eine Sache, sondern eine ganze Welt von Möglichkeiten. Ich möchte herausfinden, wer ich *sonst noch* sein kann.«

Miles schaute verstohlen zu Baz hinüber, der seine Frau stolz anlächelte. Keine Frage, ihr Wille war die treibende Kraft bei dieser Entscheidung. Doch Baz war eigentlich Elenas ergebener Sklave. Alles, was sie sagte, würde auch für ihn gelten. Verflixt!

»Glaubst du nicht… du würdest später wieder zurückkommen wollen?«

»In zehn, fünfzehn, zwanzig Jahren?« fragte Elena. »Glaubst du, daß es dann die Dendarii-Söldner überhaupt noch gibt? Nein. Ich glaube nicht, daß ich zurückkommen will. Ich werde weitergehen wollen. Soviel weiß ich schon.«

»Sicher wirst du irgendeine Arbeit haben wollen. Eine, bei der du deine Fähigkeiten einsetzen kannst.«

»Ich habe daran gedacht, Handelskapitänin zu werden. Dabei würde ich das meiste von meiner Ausbildung brauchen können – ausgenommen den Teil, wo es darum geht, Menschen zu töten. Ich bin des Todes überdrüssig. Ich möchte zum Leben überwechseln.«

»Ich... bin sicher, ihr werdet alles ausgezeichnet machen, wofür auch immer ihr euch entscheidet.« Einen verrückten Moment lang erwog Miles die Möglichkeit, ihnen die Entlassung zu verweigern. *Nein, ihr könnt nicht gehen, ihr müßt bei mir bleiben...* »Eigentlich kann ich euch nur aus diesem Dienst entlassen. Aus eurer Lehensbeziehung kann ich euch nicht freigeben, genauso wie Kaiser Gregor mich nicht aus meinem Status als Vor entlassen kann. Nicht, daß wir nicht... übereinkommen könnten, einander für ausgedehnte Zeiträume zu ignorieren.«

Elena schenkte ihm ein freundliches Lächeln, das ihn einen Augenblick lang ganz schrecklich an seine Mutter erinnerte, als sähe sie das ganze Vor-System als eine Halluzination, eine legale Fiktion, die nach Belieben modifiziert werden konnte. Ein Blick zentrierter Kraft, die wegen... *nichts* außerhalb ihrer selbst innehielt.

Es war nicht fair, daß jemand sich ihm gegenüber *veränderte,* während er ihnen den Rücken zukehrte, weil er tot war. Sich zu verändern, ohne es ihm mitzuteilen oder um seine Erlaubnis zu bitten. Am liebsten hätte er aufgeheult über den Verlust, außer daß... *du sie schon vor Jahren verloren hast. Diese Veränderung ist schon seit jeher auf dich zugekommen. Du bist nur pathologisch unfähig, eine Niederlage einzugestehen.* Bei einem militärischen Führer war das manchmal eine nützliche

Eigenschaft. An einem Liebhaber oder Möchtegern-Liebhaber ging sie jedoch auf die Nerven.

Doch während er sich noch fragte, warum er sich den Kopf zerbrach, absolvierte Miles mit ihnen die entsprechenden Formalitäten der Vor. Jeder kniete sich vor ihn hin und legte seine oder ihre Hände in die seinen. Er drehte seine Handflächen nach außen und beobachtete, wie Elenas schlanke Hände aufflogen wie Vögel, die aus einem Käfig befreit worden waren. *Ich habe nicht gewußt, daß ich dich eingesperrt hatte, meine erste Liebe. Es tut mir leid…*

»Nun, ich wünsche euch alle Freude«, fuhr Miles fort, als Elena sich erhob und Baz an der Hand nahm. Er brachte ein Zwinkern zustande. »Nennt das erste nach mir, ja?«

Elena grinste. »Ich bin mir nicht sicher, ob es ihr gefallen würde. Milesanna? Oder Milesia?«

»Milesia klingt wie eine Krankheit«, gab Miles verblüfft zu. »In diesem Fall also nicht. Es wäre mir nicht lieb, wenn sie aufwächst und mich *in absentia* haßt.«

»Wann können wir abmustern?« fragte Elena. »Wir befinden uns gerade zwischen zwei Kontrakten. Für die Flotte ist sowieso etwas Planetenurlaub vorgesehen.«

»Bei Technik und Logistik ist alles in Ordnung«, fügte Baz hinzu. »Zur Abwechslung sind einmal keine Reparaturen nach der Mission notwendig.«

Verzögern? *Nein, laß es schnell über die Bühne gehen.* »Sehr bald, nehme ich an. Natürlich werde ich Kapitänin Quinn informieren müssen.«

»Kommodore Quinn«, sagte Elena mit einem Kopfnicken. »Das wird ihr gefallen.« Ganz unmilitärisch umarmte sie Miles zum Abschied. Er blieb reglos stehen und versuchte, ihren noch verweilenden Duft einzuatmen, als sich die Tür wispernd hinter ihnen schloß.

Quinn erledigte Dienstliches drunten auf Zoave Twilight; Miles hinterließ, sie solle sich bei ihm melden, sobald sie auf die *Peregrine* zurückkehrte. Während er wartete, rief er auf seiner Komkonsole die Personalliste der Dendarii-Flotte auf und studierte Baz' Vorschläge zur Nachfolge auf seinem Posten. Es gab keinen Grund, warum sie nicht funktionieren sollten. Hier diesen Mann befördern, den und jenen versetzen, um die Lücken zu schließen... Er versicherte sich, daß er nicht über den Entschluß der beiden schockiert sei. Schließlich gab es selbst für seine Fähigkeit zur Selbstdramatisierung Grenzen. Er war vielleicht ein bißchen *aus dem Gleichgewicht*, wie ein Mann, der daran gewöhnt war, sich auf einen dekorativen Spazierstock zu stützen, und dem dieser plötzlich weggenommen wurde. Oder einen Schwertstock, wie der des alten Kommodore Koudelka. Wenn es nicht um sein persönliches kleines medizinisches Problem gegangen wäre, dann hätte er gesagt, das Paar habe – vom Standpunkt der Flotte aus gesehen – sein Timing gut gewählt.

Quinn kam schließlich hereingeschneit, schmuck und frisch in ihrer grauen Uniform, mit einem codegesicherten Aktenkoffer unter dem Arm. Da sie allein waren, begrüßte sie ihn mit einem unvorschriftsmäßigen Kuß, den Miles interessiert erwiderte. »Das schickt dir die Botschaft von Barrayar, Liebster. Vielleicht ist es ein Winterfest-Geschenk von Onkel Simon.«

»Wir wollen's hoffen.« Miles decodierte und öffnete den Koffer. »Ha! Tatsächlich! Ein Kreditbrief. Vorschuß für die eben beendete Mission. Das Hauptquartier kann gar nicht wissen, daß wir schon fertig sind – Illyan muß den Wunsch gehabt haben sicherzustellen, daß uns nicht mittendrin die Mittel ausgehen. Freut mich zu wissen, daß er die Rettung von Personal so ernst nimmt. Vielleicht brauche ich eines Tages eine solche Aufmerksamkeit.«

»Letztes Jahr ging's doch schon um *dich*, und er hat es ernstgenommen«, erinnerte ihn Quinn. »Das mußt du dem KBS zumindest einräumen, daß er sich um die Seinen kümmert. Eine sehr altbarrayaranische Eigenschaft für eine Organisation, die so auf der Höhe der Zeit sein möchte.«

»Und was ist das denn?« Miles fischte den zweiten Gegenstand aus dem Koffer. Verschlüsselte Instruktionen, nur für seine Augen bestimmt.

Höflich trat Quinn aus dem Blickfeld. Miles steckte die Datenkarte in seine Komkonsole. Aus angeborener Neugier fragte sie jedoch: »Na? Befehle aus der Heimat? Glückwünsche? Beschwerden?«

»Nun… hm.« Verwirrt lehnte er sich zurück. »Kurz und uninformativ. Warum haben sie sich die Mühe gemacht, es so tief zu verschlüsseln? Ich soll mich sofort persönlich im Hauptquartier des KBS melden. Ein planmäßiges Kurierschiff der Regierung wird in Tau Ceti Zwischenstation machen und auf mich warten – ich soll auf schnellstmöglichem Weg dazustoßen, auch mit einem kommerziellen Transporter, falls nötig. Haben die denn nichts aus Vorbergs kleinem Abenteuer gelernt? Es heißt nicht einmal *Mission abschließen und…*, es heißt einfach nur *Kommen*! Anscheinend soll ich alles stehen und liegen lassen. Wenn es so dringend ist, dann muß es sich um den Auftrag für eine neue Mission handeln. Doch warum verlangen sie dann von mir, daß ich Wochen auf der Heimreise verbringe, wenn ich dann doch bloß weitere Wochen damit verbringen muß, wieder zur Flotte zurückzureisen?« Eine plötzliche eisige Angst packte seine Brust. *Es sei denn, es ist etwas Persönliches. Mein Vater – meine Mutter…* nein. Falls Graf Vorkosigan, der derzeit als Vizekönig und Kolonialgouverneur von Sergyar diente, etwas zugestoßen wäre, dann hätten es die galaktischen Nachrichtendienste selbst so weit entfernt auf Zoave Twilight gemeldet.

»Was passiert«, Quinn lehnte sich an die andere Seite des Komkonsolenpults und fand etwas Interessantes an ihren Fingernägeln, das sie studierte, »wenn du unterwegs wieder zusammenbrichst?«

»Nicht viel«, erwiderte er mit einem Achselzucken.

»Woher weißt du das?«

»Äh…«

Sie blickte auf und schaute ihn scharf an. »Ich wußte nicht, daß eine psychologische Selbstverleugnung so viele IQ-Punkte über Bord werfen kann. Verdammt, du mußt etwas gegen diese Anfälle tun. Du kannst sie nicht einfach… abschaffen, indem du sie ignorierst, obwohl du anscheinend genau das versuchst.«

»Ich *habe* versucht, etwas zu tun. Ich dachte, die Ärztin der Dendarii könnte eine Handhabe dagegen finden. Ich war ganz scharf darauf, zur Flotte zurückzukommen, zu einem Doktor, dem ich vertrauen konnte. Na ja, ich kann ihr durchaus vertrauen, aber sie sagt, sie könne mir nicht helfen. Jetzt muß ich an etwas anderes denken.«

»Ihr hast du vertraut. Warum nicht *mir*?«

Miles brachte nur ein etwas mitleidiges Achselzucken zustande. Die spürbare Unangemessenheit dieser Reaktion veranlaßte ihn, beschwichtigend anzufügen: »Sie befolgt Befehle. Ich hatte Angst, du würdest vielleicht versuchen, etwas zu meinem Besten zu tun, ob ich es wollte oder nicht.«

Quinn brauchte einen Moment, um dies zu verdauen, dann fuhr sie eine Idee weniger geduldig fort: »Was ist mit deinen eigenen Leuten? Das Kaiserliche Militärkrankenhaus in Vorbarr Sultana hat heutzutage nahezu galaktischen medizinischen Standard.«

Er schwieg einen Augenblick lang, dann antwortete er: »Ich hätte es im letzten Winter tun sollen. Jetzt bin ich… gezwungen, eine andere Lösung zu finden.«

»Mit anderen Worten, du hast deine Vorgesetzten angelogen. Und jetzt sitzt du in der Falle.«

*Ich sitze noch nicht in der Falle.* »Du weißt, was ich zu verlieren habe.« Er stand auf, ging um das Pult herum und nahm ihre Hand, bevor sie begann, an den Fingernägeln zu kauen. Sie fielen in eine Umarmung. Er neigte sein Gesicht nach hinten, ließ einen Arm um ihren Hals gleiten und zog sie zu sich zu einem Kuß herab. In ihrem schnellen Atem und ihren dunklen Augen spürte er die Angst, die in ihr so verborgen war wie in ihm.

»O *Miles*. Erzähl ihnen… erzähl ihnen, dein Gehirn war damals noch am Auftauen, als du zurückkamst. Du warst nicht verantwortlich für deine Beurteilung der Lage. Liefere dich Illyans Gnade aus, schnell, bevor es noch schlimmer wird.«

Er schüttelte den Kopf. »Bis letzte Woche hätte das vielleicht noch funktioniert, aber nach dem, was ich Vorberg angetan habe? Ich glaube nicht, daß es noch schlimmer werden kann. *Ich* würde keine Gnade für einen Untergebenen kennen, der so etwas angestellt hätte, warum sollte dann Illyan Gnade kennen? Es sei denn… Illyan würde gar nicht erst mit dem Problem konfrontiert.«

»Große und kleine Götter! Du meinst doch nicht etwa, du könntest das noch vertuschen, oder?«

»Es läßt sich sehr leicht aus dem Bericht über diese Mission heraushalten.«

Entsetzt stieß sie sich von ihm ab. »Dein Gehirn hat wirklich einen Kälteschaden!«

»Illyan kultiviert sehr sorgfältig seinen Ruf der Allwissenheit«, versetzte er gereizt, »aber das ist nur ein Trick. Laß dich nicht von diesem Horusauge«, er stellte das Abzeichen des KBS mimisch dar, indem er sich Daumen und Finger zu einem Kreis geschlossen vor die Augen hielt und eulenhaft hindurchspähte, »übermäßig beeindrucken. Wir versuchen nur, so zu wirken, als wüßten wir immer, was wir tun. Ich habe die geheimen Dateien gesehen und weiß, wie vermasselt die Dinge sein können, hinter den Kulissen. Dieser phantastische Gedächtnischip in seinem Gehirn macht Illyan nicht zu einem Genie, sondern nur bemerkenswert unangenehm.«

»Es gibt zu viele Zeugen.«

»Alle Dendarii-Missionen sind geheim. Die Soldaten werden nicht plaudern.«

»Außer untereinander. Die Geschichte hat sich schon im ganzen Schiff verbreitet, und zwar halb verdreht. *Mich* haben sogar schon welche darüber befragt.«

»Ah... und was hast du ihnen geantwortet?«

Ärgerlich zuckte sie die Achseln. »Ich habe zu verstehen gegeben, daß es sich um eine Fehlfunktion deines Raumanzugs gehandelt hat.«

»Oh, gut. Trotzdem... sie sind alle hier, und Illyan ist daheim auf Barrayar. Eine riesige Entfernung. Was kann er erfahren, außer dem, was ich ihm erzähle?«

»Die Entfernung ist nur halb so riesig.« Quinn fletschte die Zähne, doch es sah nur wenig nach einem Lächeln aus.

»Ach komm, benutz deine Vernunft. Ich weiß, du kannst es. Falls der KBS das aufschnappen würde, dann hätte er es schon vor Monaten tun müssen. Alle jacksonischen Beweise sind ihnen offensichtlich glatt entgangen.«

In ihrer Kehle begann etwas zu pulsieren. »Daran ist überhaupt nichts vernünftig! Hast du geistig abgebaut, hast du den *Verstand* verloren? Bei den Göttern, du wirst ja so unbelehrbar wie dein Klonbruder Mark!«

»Wie kommt denn plötzlich Mark in diese Diskussion?« Es war ein schlechtes Zeichen, eine Warnung, daß der Ton der Debatte steil bergab ging. Die drei heftigsten Streitereien, die er mit Elli gehabt hatte, waren alle um Mark gegangen, alle in letzter Zeit. Du lieber Himmel! Auf dieser Mission hatte er – meistens – ihre übliche Intimität vermieden, da er fürchtete, sie könnte einen weiteren Anfall miterleben. Er hatte nicht geglaubt, er könnte einen als eine wirklich tolle neue Art von Orgasmus erklären. Hatte sie seine Zurückhaltung ihren anhaltenden Differenzen über seinen Bruder zugeschrieben? »Mark hat damit nichts zu tun.«

»Mark hat *alles* damit zu tun! Wenn du nicht nach Jackson's Whole hinuntergegangen wärst, dann wärst du nie getötet worden. Und du hättest jetzt keinen kryonischen Kurzschluß im Hirn. Du magst ja meinen, Mark sei die größte Erfindung seit dem Necklin-Antrieb, aber ich verabscheue den fetten kleinen Kriecher!«

»Nun, ich mag den fetten kleinen Kriecher! Jemand muß ihn mögen. Ich schwöre, du bist verflucht eifersüchtig. Sei doch nicht ein so verdammt hartes Miststück!«

Sie standen einander gegenüber, die Fäuste geballt und heftig atmend. Falls es zu einem Kampf käme, dann würde er verlieren, in jeder Hinsicht. Statt dessen stieß er hervor: »Baz und Elena gehen weg, hast du das gewußt? Ich befördere dich an Baz' Stelle zum Kommodore und stellvertretenden Befehlshaber der Flotte. Pearson wird die Flotten-Technik übernehmen. Und du wirst auch zur amtierenden Kapitänin der *Peregrine* ernannt, bis du dich mit der anderen Hälfte der Flotte triffst. Die Auswahl des neuen Kommandeurs der *Peregrine* wird deine erste Personalentscheidung sein. Such dir jemanden aus, von dem du meinst, daß du ihm vertr... mit ihm arbeiten kannst. Wegtreten!«

Verdammt noch mal! So hatte er Quinn *nicht* ihre langersehnte Beförderung präsentieren wollen. Er hatte vorgehabt, sie ihr als große Prämie zu Füßen zu legen, um ihr Herz zu erfreuen und ihre außerordentlichen Bemühungen zu belohnen. Nicht ihr an den

Kopf werfen, wie einen Topf mitten in einem wütenden Ehestreit, wenn Worte nicht mehr das Gewicht der Emotionen vermitteln konnten.

Sie machte den Mund auf, schloß ihn, öffnete ihn wieder. »Und wohin, zum Teufel, glaubst du, kannst du gehen, ohne mich als Leibwächterin?« stieß sie hervor. »Ich weiß, daß Illyan dir ausdrücklich den Dauerbefehl gegeben hat, nicht allein ohne Leibwache zu reisen. Wieviel Karriereselbstmord brauchst du denn noch deiner Meinung nach?«

»In diesem Sektor ist eine Leibwache eine Formalität und eine Verschwendung von Ressourcen.« Er holte Atem. »Ich werde... Sergeantin Taura nehmen. Das sollte genügend Leibwache sein, um den allerparanoidesten KBS-Boss zufriedenzustellen. Und sie hat sicher einen Urlaub verdient«

*»Ach! Du!«* Es war wirklich selten, daß Quinn die Schimpfwörter ausgingen. Sie drehte sich auf den Fersen um und ging zur Tür, wo sie sich noch einmal umwandte und knallend salutierte, womit sie ihn zwang, den militärischen Gruß zu erwidern. Leider war es ihr unmöglich, die automatische Tür zuzuknallen, doch die schien sich mit einem schlangenhaften Zischen zu schließen.

Miles warf sich auf seinen Stuhl und brütete über seiner Komkonsole. Er zögerte. Dann rief er die Datei mit dem gekürzten Bericht auf und verschlüsselte sie auf eine Sicherheitskarte. Danach rief er die ungekürzte Version auf – und gab das Lösch-Kommando. *Erledigt.*

Er steckte den verschlüsselten Bericht in den codegesicherten Koffer, warf diesen auf sein Bett und stand auf, um für seine Heimreise zu packen.

# KAPITEL 3

Bei den einzigen beiden benachbarten Kabinen, die an Bord des nächsten von Zoave Twilight nach Tau Ceti reisenden Sprungschiffs noch frei gewesen waren, handelte es sich zufälligerweise um Luxussuiten erster Klasse. Über dieses Mißgeschick mußte Miles lächeln; er nahm sich vor, für Illyans Buchhalter die sicherheitsbedingte Notwendigkeit zu dokumentieren, während er darauf hinwies, welche obszönen Profite die gerade abgeschlossene Mission eingebracht hatte. Er vertrödelte die Zeit, indem er sein karges Gepäck wegräumte und darauf wartete, daß Sergeantin Taura ihre akribische Sicherheitsüberprüfung zu Ende brachte. Die Beleuchtung und die Ausstattung der Kabine waren heiter, die Betten breit und weich, die Bäder individuell und privat, unbegrenzter Zimmerservice war in dem happigen Flugpreis inbegriffen. Sobald das Schiff einmal im Raum wäre, würden sie während der nächsten sieben Tage praktisch ihr eigenes privates Universum bewohnen.

Der Rest der Heimreise würde viel weniger einladend sein. Auf der Transferstation von Tau Ceti würde er Uniformen und Identitäten tauschen und in der Person von Leutnant Lord Miles Vorkosigan an Bord des barrayaranischen Regierungsschiffs gehen, also als bescheidener junger Offizier im gleichen Rang und mit den gleichen Pflichten wie der Pechvogel Leutnant Vorberg. Er schüttelte seine grüne kaiserliche Interimsuniform aus und hängte sie in einen abschließbaren

Schrank neben die Uniformstiefel, deren Glanz von einem verschlossenen Beutel geschützt wurde. Kurieroffizier war immer eine ausgezeichnete Tarnidentität für Miles' weite Reisen zu und von der Dendarii-Flotte; ein Kurier mußte nie irgend etwas erklären. Auf der Soll-Seite: die Mitreisenden auf dem nächsten Schiff würden alle Männer, Militärs und – leider! – Barrayaraner sein. Da wurde kein Leibwächter benötigt. Sergeantin Taura konnte wieder zu den Dendarii zurückkehren, und Miles würde mit seinen Landsleuten aus dem Kaiserreich allein sein.

Aus langer Erfahrung sah er voraus, wie sie auf ihn reagieren würden, auf seine offensichtliche Unfähigkeit zum Militärdienst aufgrund seiner geringen Körpergröße. Sie würden nichts offen sagen – für sie würde es offenkundig sein, daß er seinen gemütlichen Kurierjob der Vetternwirtschaft, also einer mächtigen Drahtzieherei seines Vaters, des Vizekönigs Admiral Graf Vorkosigan verdankte. Das war genau die Reaktion, die er sich wünschte, um seine Tarnung aufrechtzuerhalten, und Leutnant Vorkosigan der Langweilige würde nichts tun, um ihre Vermutungen zu korrigieren. Seine eigenen, für Verunglimpfungen empfindlichen Antennen würden die Auslassungen in ihren Gesprächen füllen. Na ja, vielleicht würde es bei der Crew Leute geben, mit denen er schon einmal gereist war und die an ihn gewöhnt waren.

Er schloß den Schrank. Sollten doch Leutnant Vorkosigan und alle seine Probleme für die kommende Woche aus den Augen und aus dem Sinn bleiben. Sein Unterleib bebte erwartungsvoll.

Endlich kehrte Sergeantin Taura zurück und trat mit geducktem Kopf durch die offene Tür zwischen beiden Räumen. »Alles sauber«, berichtete sie. »Nirgends Wanzen. Seit wir die Passage gebucht haben, sind tatsächlich keine neuen Passagiere oder Frachten dazugekommen. Wir haben gerade den Orbit verlassen.«

Er lächelte zu ihr empor, zu seiner ungwöhnlichsten Dendarii-Kämpferin, einer seiner besten. Keine Überraschung, daß sie in ihrem Job gut war; sie war genetisch für diese Aufgabe programmiert worden.

Taura war der überlebende Prototyp eines genetischen Designprojekts von zweifelhafter Moral, das – wo auch sonst! – auf Jackson's Whole entwickelt und durchgeführt worden war. Man hatte sich Supersoldaten gewünscht und ein Forschungskomitee beauftragt, das Projekt durchzuziehen. Ein Komitee, das nur aus Biotechnikern bestanden hatte. Nicht ein einziger erfahrener Soldat war dabeigewesen. Sie hatten etwas Spektakuläres haben wollen, um den Kunden zu beeindrucken. Und *das* war ihnen sicher gelungen.

Als Miles ihr zum ersten Mal begegnet war, hatte Taura, obwohl erst sechzehn Jahre alt, ihre volle erwachsene Größe von 2,44 m erreicht gehabt. Sie war hager, aber muskulös. Ihre Finger und Zehen waren mit mächtigen Krallen gekrönt, ihr breiter Mund wirkte grimmig durch die Fangzähne, die über die Lippen vorstanden. Ihr Körper schien fast zu glühen von der strahlenden Hitze eines brennenden Stoffwechsels, der ihr unnatürliche Kraft und Schnelligkeit verlieh. All das und ihre goldbraunen Augen gaben ihr ein wölfisches Aussehen; wenn sie voll auf ihre Arbeit konzentriert war, konnte ihr wilder Blick bewaffnete Männer veranlassen, die Waffen fallen zu lassen und sich flach auf den Boden zu werfen, ein Effekt psychologischer Kriegsführung, den Miles tatsächlich schon bei einer erfreulichen Gelegenheit beobachtet hatte.

Miles hatte lange gedacht, sie sei auf ihre Art eine der schönsten Frauen, der er jemals begegnet war. Man mußte nur fähig sein, sie in der rechten Weise zu sehen. Und anders als bei seinen Dendarii-Missionen, die in seiner Erinnerung schon ineinander verschwammen, konnte Miles jede seltene Gelegenheit aufzählen, bei denen sie sich körperlich geliebt hatten. Seit ihrer allerersten Begegnung vor jetzt sechs (oder sieben?) Jahren. Tatsächlich war das noch vor der Zeit gewesen, als er und Quinn ein Paar geworden waren. Taura war eine sehr besondere Art erster Liebe für ihn gewesen, wie er für sie, und diese geheime Bindung war nie schwächer geworden.

Oh, sie hatten versucht brav zu sein. Die Dendarii-Vorschriften gegen Fraternisierung zwischen Soldaten unterschiedlicher Ränge bestanden zum Nutzen aller, um die Mannschaftsgrade vor Ausnutzung und die Offiziere vor dem Verlust der Disziplin oder Schlimmerem zu bewahren. Und als junger und ernsthafter Admiral Naismith war Miles völlig entschlossen gewesen, seinen Soldaten ein gutes Beispiel zu geben, eine tugendhafte Entschlossenheit, die… irgendwo verlorengegangen war. Nach dem xten Mal von ›wir haben uns wieder verrechnet‹ war er vielleicht beinahe getötet worden.

Nun, wenn man schon nicht brav sein konnte, so konnte man doch wenigstens *diskret* sein.

»Sehr gut, Sergeantin.« Er streckte ihr die Hand entgegen. »Du kannst jetzt auch Pause machen – die nächsten sieben Tage lang, was?«

Ihr Gesicht leuchtete auf; sie zog ihre Lippen zu einem Lächeln zurück, das ihre Fangzähne voll entblößte. »Wirklich?« fragte sie. Ihre volltönende Stimme bebte.

»Wirklich.«

Sie trat zu ihm, das Deck knarrte leicht unter ihrem muskulösen Körper in den Dendarii-Stiefeln, und sie beugte sich zu ihm, um einen vielversprechenden Kuß auszutauschen. Wie immer war ihr Mund heiß und belebend. Die Fangzähne mochten ein unterschwelliger

Auslöser dieses Adrenalinstoßes sein, doch vor allem war es einfach ihre schiere, wundervolle… *Taura-heit.* Sie genoß das Leben, war gierig auf Erfahrungen, lebte in einem ewigen Jetzt, und das aus sehr guten Gründen… Miles hinderte seine Gedanken, sich mit jener oder irgend einer anderen Zukunft zu befassen, und ließ seine Hand zu Tauras Hinterkopf wandern, wo sie den ordentlich hochgesteckten Zopf ihres mahagonifarbenen Haares löste.

»Ich werde mich frisch machen«, sagte sie grinsend, als sie sich nach einiger Zeit von ihm löste. Sie zupfte an ihrer grauen Uniformjacke, die sich geöffnet hatte.

»Genieß das Bad nach Herzenslust«, riet er ihr freundlich. »Es ist die luxuriöseste sanitäre Einrichtung, die ich seit den Botschaftsbädern auf Station Dyne gesehen habe.«

Er zog sich in sein eigenes Bad zurück, legte die Uniform ab und widmete sich dem angenehmen Ritual einer gemächlichen Vorbereitung, zu der Enthaarung, Reinigung und der Einsatz von Eau de Cologne gehörte. Taura verdiente nur das Beste. Sie verdiente auch alle Zeit, die sie haben wollte. Nur selten konnte sie die strenge Sergeantin ablegen und dieses feminine Selbst offenbaren, das in ihrem Innern scheu verborgen war. Nur selten konnte sie wirklich jemandem vertrauen, daß er diese Verletzlichkeit beschützte. *Die Märchenprinzessin* nannte er sie in seinen Gedanken. *Es sieht so aus, als hätten wir alle unsere geheimen Identitäten.*

Er legte ein vorgewärmtes, flauschiges Handtuch wie einen Sarong um und stieg auf sein Bett, wo er hellwach wartete. Hatte sie vorausgesehen, daß sie diesen heimlichen Raum gemeinsam haben würden, und wenn ja, welches kleine Kleidungsstück würde sie diesmal aus ihrer Reisetasche hervorholen? Sie würde darauf bestehen, diese angeblich sexy wirkenden Tricks an ihm auszuprobieren, wobei sie nicht zu erkennen schien, wie sehr sie schon einer Göttin glich, wenn sie in nichts anderes als ihr flutendes Haar gekleidet war. Na ja, nicht gerade flutendes Haar: wenn es sich selber überlassen war, dann tendierte es dazu, steif und drahtig zu werden, sich zu kräuseln und ihn in der Nase zu kitzeln, aber an ihr sah es gut aus. Er hoffte, daß es ihr gelungen war, dieses schreckliche rosafarbene Ding mit den roten Federn zu verlieren. Letztes Mal war sein ganzer Takt notwendig gewesen, um ihr begreiflich zu machen, daß die Farbe und das Design ihr vielleicht nicht gerade standen, ohne daß er dabei einen Makel an ihrem Geschmack oder ihrer persönlichen Erscheinung zum Ausdruck brachte. Sie mochte ihm mit einer Hand alle Knochen brechen können, doch er konnte sie mit einem Wort töten. *Niemals!*

Als sie zurückkam, leuchtete sein Gesicht in unverhohlener Freude auf. Sie trug etwas Cremefarbenes, das glänzte und seiden schimmerte, Meter von einem Stoff so fein, daß man ihn ohne Mühe durch einen Fingerring hätte ziehen können. Die Wirkung einer Göttin wurde schön zur Geltung gebracht, ihre ungeheure innere Würde wurde nicht beeinträchtigt. »Oh, wunderbar!« jubilierte er mit ungeheuchelter Begeisterung.

»Meinst du wirklich?« Sie drehte sich um; die Seide wehte nach außen – mit einem würzigen, moschusartigen Duft, der ohne Zwischenstop direkt durch seine Nasenlöcher in sein Kleinhirn zu dringen schien. Ihre nackten Zehen klickten nicht auf dem Boden – klugerweise hatte sie alle Nägel geschnitten und stumpf gefeilt. Diesmal würde er keinen Arzt bitten müssen, schwer erklärbare Verletzungen zuzunähen oder chirurgisch zu verkleben.

Sie legte sich neben ihn, wodurch ihr grotesker Größenunterschied keine Rolle mehr spielte. Hier würden sie endlich ihren Hunger nach menschlichen oder fastmenschlichen Berührungen bis zur Sättigung stillen können, ohne Unterbrechung, ohne Kommentar... Miles sträubte sich innerlich abwehrend bei dem Gedanken, irgend jemand könnte sie beobachten und einen abrupten, überraschten Lacher oder einen sarkastischen Kalauer von sich geben. War er nervös, weil er seine eigenen Regeln brach? Er erwartete nicht, daß ein Außenstehender diese Beziehung verstand.

Verstand er sie selbst? Einmal hätte er vielleicht etwas über den Nervenkitzel gemurmelt, über eine Obsession zum Bergsteigen, über die Sexphantasien eines zu kurz geratenen Burschen. Später vielleicht etwas von wegen eine Lanze für das Leben gegen den Tod zu brechen. Vielleicht war es viel einfacher.

Vielleicht war es schlicht Liebe.

Viel, viel später erwachte er und beobachtete ihren Schlaf. Es war ein Zeichen ihres Vertrauens, daß seine leichte Bewegung sie nicht hyperwach werden ließ, was ihre genetisch programmierten Triebe normalerweise bewirkten. Von all ihren vielen und faszinierenden Reaktionen war die Tatsache, daß sie für ihn schlief, die aufschlußreichste, wenn man ihre geheime Geschichte kannte.

Er beobachtete, wie Licht und Schatten auf ihrem langen elfenbeinernen Leib spielten, der mit ihren aufgewühlten Laken halb drapiert war. Er ließ seine Hände entlang der Kurven fließen, wenige Zentimeter über der Oberfläche, getragen von der fiebrigen Hitze, die von ihrer goldenen Haut aufstieg. Die sanfte Bewegung ihres Atems ließ die Schatten tanzen. Ihre Atmung war – wie immer – ein wenig zu tief, ein wenig zu schnell. Er wünschte sich, sie zu verlangsamen. Als wenn nicht ihre Tage, sondern ihre Atemzüge gezählt wären, und wenn sie sie alle aufgebraucht hätte...

Sie war die letzte Überlebende der Prototypen, die mit ihr zusammen erzeugt worden waren. Sie waren alle genetisch auf ein kurzes Leben programmiert worden, teilweise vielleicht als eine Art störungssicherer Mechanismus, zum Teil vielleicht im Bemühen, ihnen soldatischen Mut einzugeben, aufgrund der düsteren Theorie, ein kurzes Leben würde bereitwilliger im Kampf geopfert als ein langes. Nach Miles' Meinung hatten die Forscher Mut oder Leben nicht ganz verstanden. Die Supersoldaten waren schnell gestorben, wenn sie starben, ohne sich hinziehende Jahre eines von Arthritis geplagten Alters, das sie allmählich ihrer Sterblichkeit entwöhnt hätte. Sie litten nur Wochen, höchstens Monate, an einem Verfall, der so heftig war, wie es ihr Leben gewesen war. Es war, als seien sie bestimmt, in einer Flamme aufzugehen, anstatt in Schande unterzugehen. Er studierte das winzige silbrige Geglitzer in Tauras mahagonifarbenem Haar. Im letzten Jahr war es noch nicht dagewesen.

*Um Himmels willen, sie ist erst zweiundzwanzig.*

Die Flottenärztin der Dendarii hatte sie sorgfältig untersucht und ihr Medikamente gegeben, um den ungestümen Stoffwechsel zu verzögern. Jetzt aß sie nur noch soviel wie zwei Männer, nicht mehr wie vier. Jahr um Jahr hatten sie Tauras Leben verlängert, so wie man einen heißen Golddraht durch ein Drahtgitter zieht. Doch irgendwann mußte dieser Draht reißen.

Wieviel Zeit war noch? Ein Jahr? Zwei? Würde sie noch da sein, wenn er nächstes Mal zu den Dendarii zurückkehrte, und ihn öffentlich mit einem korrekten ›*Hallo, Admiral Naismith*‹ und heimlich mit einem höchst unkorrekten, um nicht zu sagen wilden und heiseren ›*Tag, Liebster!*‹ zu begrüßen…?

*Es ist gut, daß sie Admiral Naismith liebt. Lord Vorkosigan würde damit nicht fertig.*

Ein wenig schuldbewußt dachte er an Admiral Naismiths andere Geliebte, die öffentliche und anerkannte Quinn. Niemand mußte etwas erklären oder sich für etwas entschuldigen, wenn er die schöne Quinn liebte. Sie war ganz selbstverständlich seine Lebensgefährtin.

Eigentlich war er Elli Quinn nicht untreu. Genaugenommen war die Beziehung zu Taura älter als die zu ihr. Und er und Quinn hatten keine Gelübde, keine Schwüre, keine Versprechen ausgetauscht. Nicht, weil keiner darum gebeten hätte; er hatte sie schmerzlich oft danach gefragt. Aber sie liebte zu sehr Admiral Naismith. Nicht Lord Vorkosigan. Der Vorschlag, Lady Vorkosigan zu werden und für immer drunten auf einem Planeten festzusitzen, den sie selbst als eine ›hinterwäldlerische Dreckkugel‹ abgetan hatte, hatte ausgereicht, um die auf einer Raumstation geborene Quinn schreiend in die entgegengesetzte Richtung zu jagen oder zumindest sich voller Unbehagen herauszureden.

Admiral Naismiths Liebesleben war so etwas wie der Traum eines Heranwachsenden: unbegrenzter und manchmal erstaunlicher Sex, keine Verantwortung. Warum schien es nicht mehr zu funktionieren?

Er liebte Quinn, liebte ihre Energie und Intelligenz und ihren Drive, ihrer beider gemeinsame Leidenschaft für das militärische Leben. Sie war einer der wunderbarsten Freunde, den er in seinem Leben gehabt hatte. Doch am Ende bot sie ihm nur… Sterilität. Mit ihr gab es nicht mehr an gemeinsamer Zukunft als mit Elena, die an Baz gebunden war, oder mit Taura. *Die sterben wird.*

*Gott, tut das weh!* Fast wäre es eine Erlösung gewesen, Admiral Naismith zu entfliehen und zu Lord Vorkosigan zurückzukehren. Lord Vorkosigan hatte kein Sexleben.

Er überlegte. Also… wann war dieser… dieser… Mangel in seinem Leben eingetreten? *Eigentlich vor ziemlich langer Zeit.* Nur hatte er ihn früher nicht wahrgenommen.

Tauras Augen öffneten sich halb zu einem honigfarbenen Glitzern. Sie schenkte ihm ein schläfriges Lächeln mit Fangzähnen.

»Hunger?« fragte er sie und war sich dabei der Antwort sicher.

»Ah ja.«

Sie verbrachten einige angenehme Minuten mit dem Studium der ziemlich langen Speisekarte, die die Küche des Schiffes ihnen hatte zukommen lassen, dann tippten sie eine üppige Bestellung ein. Wenn Taura dabei war, so erkannte Miles fröhlich, konnte er versuchen, einen Happen von nahezu allen Speisen zu bekommen, ohne daß es peinlich vergeudete Überreste gab.

Während sie auf die Lieferung ihres Festmahls warteten, häufte Taura Kissen aufeinander, setzte sich im Bett auf und betrachtete ihn mit einem erinnerungsträchtigen Schimmer in den goldenen Augen. »Erinnerst du dich daran, wie du mir zum ersten Mal zu essen gegeben hast?«

»Ja. In Ryovals Verliesen. Diese abscheulichen trokkenen Rationsriegel.«

»Lieber ›Rattenriegel‹ als rohe Ratten, das kann ich dir sagen.«

»Jetzt kann ich dir Besseres bieten.«

»Und wie.«

Wenn jemand gerettet worden war, dann sollte er gerettet bleiben. War das nicht die Abmachung? *Und danach leben wir alle glücklich weiter, okay? Bis wir sterben.* Doch jetzt, wo diese Drohung einer Entlassung aus medizinischen Gründen als Damoklesschwert über seinem Kopf hing, konnte er da so sicher sein, daß Taura als erste fortgehen würde? Vielleicht würde es am Ende Admiral Naismith sein… »Das war eine meiner ersten persönlichen Befreiungsaktionen. Immer noch eine der besten, auf eine verrückte Weise.«

»War es für dich Liebe auf den ersten Blick?«

»Mm... nein, um die Wahrheit zu sagen. Mehr wie Schreck auf den ersten Blick. Zum Verlieben brauchte es... äh... eine Stunde oder so.«

»Bei mir auch. Ich habe mich wirklich erst dann ernstlich in dich verliebt, als du wegen mir zurückgekommen bist.«

»Du weißt... das Ganze hat eigentlich nicht als Befreiungsaktion begonnen.« Eine Untertreibung: man hatte ihn engagiert, um ›das Experiment zu beenden‹.

»Aber du hast eine daraus gemacht. Ich glaube, du bevorzugst solche Aktionen. Du scheinst immer besonders fröhlich zu sein, wenn du eine Befreiung durchführst, ganz gleich, wie haarig die Dinge werden.«

»Nicht aller Lohn für meinen Job ist finanzieller Natur. Ich leugne nicht, es gibt einen emotionalen Kick, einen verzweifelten Menschen aus einem tiefen, tiefen Loch zu holen. Besonders, wenn keiner glaubt, daß es funktioniert. Ich liebe es, mich aufzuspielen, und das Publikum ist immer so *empfänglich* dafür.« Na ja, Vorberg vielleicht nicht.

»Ich habe mich manchmal gefragt, ob du den Kerl aus Barrayar magst, von dem du mir erzählt hast, daß er beim Winterfest immer herumgelaufen ist und allen Leberpasteten geschenkt hat, weil er sie selbst so mochte. Und er war immer frustriert, daß nie einer *ihm* welche schenkte.«

»Ich muß nicht gerettet werden. Normalerweise.« Der letztjährige Aufenthalt auf Jackson's Whole war eine denkwürdige Ausnahme gewesen. Außer daß seine Erinnerung daran eine große dreimonatige Lücke enthielt.

»Mm, eigentlich nicht *Befreiung*. Die Folge der Befreiung. Also Freiheit. Du verteilst Freiheit, wann immer du kannst. Liegt das daran, daß du sie selbst willst?«

*Und nicht bekommen kannst?* »Nö. Es ist der Adrenalinstoß, wonach ich mich sehne.«

Auf zwei Servierwagen kam ihr Dinner an. Miles schickte den menschlichen Steward an der Tür fort. Er und Taura entwickelten eine kurze häusliche Geschäftigkeit, um alles schön zu arrangieren. Die Kabine war so geräumig, daß der Tisch nicht zum Herunterklappen war, sondern dauerhaft an das Deck geschraubt. Miles knabberte und sah Taura beim Essen zu. Taura zu speisen machte ihn innerlich seltsam glücklich. Es war für sich allein schon ein eindrucksvoller Anblick. »Übersieh bloß diese kleinen gebackenen Käsedinger mit der würzigen Soße nicht«, machte er sie hilfsbereit aufmerksam. »Die haben sicherlich jede Menge Kalorien.«

»Danke.« Ein geselliges Schweigen legte sich über sie und wurde nur durch stetiges Mampfen unterbrochen.

»Zufrieden?« wollte er wissen.

Sie schluckte ein Stück von etwas hinschmelzend Köstlichem, das zu einem schweren Kuchen in Gestalt eines Sterns geformt war. »Oh, ja.«

Er lächelte. Sie hatte ein Talent zum Glück, so dachte er, weil sie so bewußt in der Gegenwart lebte. Setzte sich die Vorahnung ihres Todes manchmal auf ihre Schulter wie eine Aaskrähe…? *Ja, natürlich. Aber wir wollen die Stimmung nicht verderben.*

»Hat es dir was ausgemacht, als du letztes Jahr herausfandest, daß ich Lord Vorkosigan war? Daß Admiral Naismith nicht echt war?«

Sie zuckte die Achseln. »Mir kam das nur richtig vor. Ich hatte immer gedacht, du solltest eigentlich ein verkleideter Prinz sein.«

»Das wohl kaum!« erwiderte er mit einem Lachen. *Gott bewahre mich vor der Kaiserherrschaft. Amen.* Oder vielleicht log er jetzt, anstatt damals. Vielleicht war Admiral Naismith der echte, der Lord Vorkosigan wie eine Maske anlegte. Naismiths flacher betanischer Akzent kam ihm so leicht von der Zunge. Vorkosigans gutturale barrayaranische Laute schienen zunehmend bewußte Anstrengung zu fordern. In Naismith konnte er so leicht hineinschlüpfen, bei Vorkosigan war es so... schmerzvoll.

»Eigentlich...« – er nahm den Faden ihres vorherigen Gesprächs wieder auf, zuversichtlich, daß sie ihm folgen konnte – »...ist Freiheit genau das, was ich nicht will. Nicht in dem Sinn, ziellos zu sein, oder... oder... arbeitslos.« *Besonders nicht arbeitslos.* »Ich will keine freie *Zeit* – den gegenwärtigen Augenblick ausgenommen«, fügte er schnell hinzu. Sie nickte ermutigend. »Ich will vermutlich... meine Bestimmung. So vollständig *ich* zu sein oder zu werden, wie ich kann.« Daher die Erfindung von Admiral Naismith, der all diejenigen Teile von ihm enthielt, für die auf Barrayar kein Raum war.

Er hatte darüber hundertmal nachgedacht. Hatte daran gedacht, Vorkosigan für immer aufzugeben und nur Naismith zu werden. Sich aus den finanziellen und patriotischen Fesseln des KBS freizustrampeln, ein Renegat zu werden und mit der Freien Dendarii-Söldnerflotte ein galaktisches Leben zu beginnen. Doch das war eine Einbahnstraße. Für einen Vor-Lord bedeutete der Besitz einer privaten Streitmacht Hochverrat, verdammt illegal, ein Kapitalverbrechen. Er würde nie mehr heimkehren können, wenn er diesen Weg erst einmal eingeschlagen hätte.

Vor allem konnte er das seinem Vater nicht antun. *Mein Vater, der Graf,* ein Titel, der in einem Atemzug ausgesprochen wurde. Nicht, solange der alte Herr noch lebte und all diese altbarrayaranischen Hoffnungen für seinen Sohn hegte. Miles war sich nicht sicher, wie seine Mutter reagieren würde, die trotz all dieser Jahre, die sie auf Barrayar gelebt hatte, immer noch bis ins Mark betanisch war. Sie würde keine prinzipiellen

Einwände haben, aber sie billigte nicht gerade die militärische Seite der Sache. Sie mißbilligte sie eigentlich auch nicht; sie machte einfach nur deutlich, daß es ihrer Meinung nach bessere Dinge gab, die intelligente Menschen mit ihrem Leben anstellen konnten. Und sobald sein Vater stürbe... wäre Miles Graf Vorkosigan mit einem Distrikt und einer wichtigen Stimme im Rat der Grafen, und Pflichten den ganzen Tag lang... *Lebe, Vater! Lebe noch lange!*

Es gab Teile in ihm, für die auch in Admiral Naismith kein Platz war.

»Da wir gerade von denkwürdigen Rettungsaktionen sprechen«, Tauras schöner Bariton brachte ihn in die Gegenwart zurück, »wie kommt dein armer Klonzwilling Mark jetzt zurecht? Hat er schon seine Bestimmung gefunden?«

Wenigstens *Taura* nannte sein eines und einziges Geschwister nicht *›den fetten kleinen Kriecher‹*. Er lächelte sie dankbar an. »Recht gut, glaube ich. Er hat Barrayar zusammen mit meinen Eltern verlassen, als sie nach Sergyar abreisten, ist einige Zeit bei ihnen geblieben und dann nach Kolonie Beta weitergereist. Meine betanische Großmutter hat in Mutters Auftrag ein Auge auf ihn. Er hat sich an der Universität von Silica eingeschrieben, in derselben Stadt, wo auch sie lebt – er studiert ausgerechnet Rechnungswesen. Es scheint ihm zu gefallen. Für mich unverständlich. Ich werde das Gefühl nicht los, wenn man einen Zwilling hat, dann müßte der doch noch mehr die gleichen Geschmäcker haben als ein gewöhnlicher Bruder.«

»Vielleicht werdet ihr euch später im Leben ähnlicher.«

»Ich glaube nicht, daß Mark sich je noch einmal mit dem Militär einlassen wird.«

»Nein, aber vielleicht wirst du dich für Rechnungswesen interessieren.«

Mißtrauisch blickte er auf – oh, gut. Sie scherzte nur. Er erkannte es an den Fältchen in ihren Augenwinkeln. Doch als sie sich wieder glätteten, blieben dort trotzdem zarte Krähenfüßchen zurück. »Solange ich wenigstens nicht seinen Leibesumfang annehme.«

Er nippte an seinem Wein. Marks Erwähnung rief ihm Erinnerungen an Jackson's Whole wach, an seine Kryo-Wiederbelebung und an alle seine geheimen Probleme, die sich gegenwärtig mit unwillkommenen Konsequenzen in die Länge zogen. Auch die Erinnerung an Dr. Durona, seine Chirurgin von der Kryo-Wiederbelebung. War es den flüchtigen Durona-Schwestern tatsächlich gelungen, auf Escobar ihre neue Klinik aufzumachen, weit weg von ihrer ungeliebten einstigen Heimat? Mark müßte es eigentlich wissen; seiner letzten Mitteilung zufolge ließ er ihnen immer noch Geld zukommen. Und wenn dem so wäre, wären sie dann bereit, noch einen neuen oder eher alten Patienten zu übernehmen? Ganz, ganz heimlich?

Er konnte einen langen Urlaub nehmen, vorgeblich um seine Eltern auf Sergyar zu besuchen. Von Sergyar war es nur ein Katzensprung nach Escobar. Sobald er dort wäre, könnte er Rowan Durona besuchen... Er könnte es vielleicht Illyan noch offener durchsickern lassen und so tun, als handelte es sich um eine Reise zum Besuch einer Geliebten. Oder sich beim Grafen verplappern. Selbst den KBS-Agenten wurde widerstrebend eingeräumt, daß sie ein Privatleben haben durften, obwohl es für Miles etwas Neues gewesen wäre, wenn Illyan selbst eins gehabt hätte. Miles' kurze Liebesaffäre mit Rowan war eine Art Mißverständnis gewesen, ein Unfall, der passiert war, während er noch an Kryo-Amnesie litt. Doch sie hatten sich im Guten getrennt, so meinte er. Konnte er sie vielleicht überreden, ihn zu behandeln und doch davon keine Aufzeichnungen zu machen, die der KBS finden würde?

Man *könnte* es schaffen… seinen Kopf kurieren, was immer, zum Teufel, damit nicht in Ordnung war, und in aller Ruhe weitermachen, ohne daß jemand etwas davon erfuhr. Okay?

Ein Teil von ihm bereute schon, daß er nicht beide Versionen seines Berichts an den KBS über die Mission auf Code-Karten kopiert und sich die endgültige Entscheidung für später aufgehoben hatte, wenn er ein bißchen mehr Zeit haben würde, um es zu durchdenken. Die eine einreichen, die andere vernichten. Doch jetzt hatte er sich festgelegt, und wenn er sich festgelegt hatte, brauchte er einen besseren Plan, als nur auf sein Glück zu bauen.

Escobar war die Lösung. Sobald sein Einsatzplan es erlaubte. Äußerst ärgerlich, daß seine Heimreise ihn nicht über Escobar führte.

Er lehnte sich zurück und betrachtete das triumphale Durcheinander von Tellern und Bechern, Gläsern und Schalen, die dicht gedrängt auf dem Tisch standen und eher aussahen wie eine Kampfszene nach… nun, nachdem Taura damit fertig war. Hier war kein Restevertilgen mehr nötig. Er blickte an ihrer mit Seide drapierten Schulter vorbei auf ihrer beider Bett. »Nun, Mylady, ein Nickerchen? Oder etwas anderes?«

Sie folgte seinem Blick. »Etwas anderes. Dann ein Nickerchen«, entschied sie.

»Wie Sie befehlen.« Er verbeugte sich nach Vor-Sitte und erhob sich, um sie bei der Hand zu nehmen. »Nutzen wir die Nacht.«

# KAPITEL 4

Wie es dem Standardverfahren für heimkehrende Kuriere entsprach, wurde Miles am militärischen Shuttle-Hafen außerhalb von Vorbarr Sultana von einem KBS-Bodenwagen samt Fahrer abgeholt und direkt zum Hauptquartier des KBS im Stadtzentrum gebracht. Er wünschte sich, der Fahrer würde etwas langsamer machen oder den Block noch ein paarmal umrunden, als das HQ schon hinter der letzten Ecke drohend sichtbar wurde. Als wären die frustrierenden Wochen noch nicht genug, die er an Bord des Regierungsschiffs während der Heimreise mit Nachdenken über sein Dilemma zugebracht hatte. Er brauchte nicht weiteres Nachdenken, er brauchte *Aktion*.

Der Fahrer passierte den Sicherheitskontrollpunkt und fuhr durch das Tor des massiven grauen Gebäudes, das sich riesengroß, grimmig und unheilverkündend vor ihnen erhob. Dieser Eindruck resultierte nicht ausschließlich aus Miles' Gemütszustand; das Hauptquartier des KBS war eines der häßlichsten Gebäude in Vorbarr Sultana. Touristen vom flachen Land, von denen man sonst hätte erwarten können, daß sie den Ort mieden, fuhren vorbei, um einfach einen Blick darauf zu werfen, zu Ehren des interessanten Rufes des Architekten, der, wie eine Legende behauptete, nach dem jähen Sturz seines Mäzens, Kaiser Yuri, in geistiger Umnachtung gestorben war. Sie fuhren an der einschüchternden Fassade vorbei und um die Ecke zu dem diskreten Seiteneingang, der für Kuriere, Spione,

Informanten, Analytiker, Sekretäre, Hausmeister und andere Leute bestimmt war, die hier wirklich etwas zu tun hatten.

Mit einem Wink entließ Miles Fahrer und Wagen und stand – ein letztes Mal zögernd – in der nachmittäglichen Herbstfrische vor der Tür. Allmählich verließ ihn seine Überzeugung, daß sein sorgfältig ausgeheckter Plan jemals funktionieren würde.

*Und selbst wenn er funktionierte, dann würde ich mir den Hals verrenken: vom ständigen Kopfumdrehen in der Erwartung, im nachhinein erwischt zu werden.* Nein, Er würde ihn nicht zu Ende führen. Seine chiffrierte Karte mit dem frisierten Bericht würde er schon abgeben, in diesem Punkt hatte er sich ja keine Wahl gelassen, aber dann (und noch bevor Illyan eine Gelegenheit hatte, das dreimal verdammte Ding durchzusehen) würde er Illyan seinen mündlichen Bericht erstatten und ihm die exakte Wahrheit mitteilen. Er konnte so tun, als hätte er gemeint, die Nachricht von seinem medizinischen Schwachpunkt sei zu brisant, um sie selbst verschlüsselt festzuhalten. Als würde er das Problem prompt und angemessen in Illyans Hände legen, damit der entscheide. Und für Miles war es sowieso physikalisch nicht möglich gewesen, schneller nach Hause zu kommen.

Wenn er noch länger hier in der Kälte stünde und so täte, als studierte er die stilisierten granitenen Monster, die als Flachrelief in die Oberschwelle der Tür gemeißelt waren – *geplättete Dämonen* hatte ein Witzbold sie getauft –, dann würde jemand von der Wache kommen und ihn höflich, aber gezielt ausfragen. Entschlossen schlüpfte er aus seinem Militärmantel, legte ihn ordentlich gefaltet über den Arm, drückte die Mappe mit dem chiffrierten Bericht an die grüne Uniformjacke und trat ein.

Der Diensthabende am Empfangsschalter absolvierte kommentarlos die üblichen Sicherheits- und Identifikationsprozeduren. Es war alles durch und durch Routine. Seinen Mantel – der nicht aus einem Militärladen stammte, sondern Maßarbeit war, damit er zu seiner sehr ungewöhnlichen Größe paßte – ließ er im Kontrollraum zurück. Es war ein Zeichen für seinen Sicherheitsstatus, daß er ohne Begleiter auf den Weg zu Illyans nicht sehr zugänglichem Büro geschickt wurde. Man mußte zwei verschiedene Liftrohre aufwärts nehmen, dann ein drittes abwärts, um auf das entsprechende Stockwerk zu gelangen.

Als er angekommen war und den letzten Scanner auf dem Korridor passiert hatte, fand er die Tür zum Vorzimmer offen. Illyans Sekretär saß an seinem Schreibtisch und sprach mit General Lucas Haroche, dem Leiter der Abteilung H.A., Heimische Angelegenheiten. Der Titel des Generals ließ Miles immer an einen Gigolo für gelangweilte Ehefrauen denken, doch tatsächlich handelte es sich um einen der unangenehmeren und undankbareren Jobs im Sicherheitsdienst, um das Aufspüren möglicher Verratskomplotts und regierungsfeindlicher Gruppen, und zwar nur auf Barrayar. Sein Gegenpart General Allegre von K.A., Komarranische Angelegenheiten, hatte die Vollzeitaufgabe, das Gleiche für das unruhige, eroberte Komarr zu tun.

In den seltenen Fällen, wo er nicht direkt Illyan berichtete, verhandelte Miles normalerweise mit dem Leiter der Abteilung G.A., Galaktische Angelegenheiten (nach Miles Meinung ein viel exotischerer und sinnträchtigerer Titel). Doch G.A. war auf Komarr stationiert, und diesmal hatte man Miles angewiesen, direkt nach Barrayar zurückzukommen, ohne Zwischenhalt auf jenem Planeten, der Barrayars einzigen Sprungpunktzugang zum Wurmlochnexus bewachte. *Es sieht so aus, als wäre es dringend.* Vielleicht wäre es sogar dringend genug, um Illyans negative Aufmerksamkeit von Miles' schlimmer Neuigkeit abzulenken.

»Hallo, Herr Hauptmann. Hallo, General Haroche.« Als der vermutlich jüngste Offizier hier salutierte Miles die beiden mit einem vage gezielten militärischen Gruß, den sie ebenso beiläufig erwiderten. Miles kannte Illyans Sekretär nicht besonders gut; der Mann hatte diesen kritischen Posten erst seit zwei Jahren inne, wodurch Miles ihm gegenüber mindestens sechs Jahre Vorsprung im Dienstalter als Illyan-Satellit hatte, wenn man es in diesen Begriffen sehen wollte.

Der Sekretär streckte die Hand nach der Chiffren-Mappe aus. »Ihr Bericht, okay. Geben Sie ihn bitte ab.«

»Ich… hatte ihn eigentlich dem Boss persönlich überreichen wollen.« Miles deutete mit einem Nicken in Richtung auf Illyans geschlossene innere Tür.

»Geht heute nicht. Er ist nicht da.«

»Nicht da? Ich hatte erwartet… da sind ein paar Sachen, die ich mündlich ergänzen müßte.«

»Ich werde sie für Sie weiterleiten, sobald er zurückkommt.«

»Kommt er bald zurück? Ich kann warten.«

»Heute nicht mehr. Er ist nicht in der Stadt.«

*Mist.* »Tja…« Widerstrebend überreichte Miles die Mappe dem bestimmungsgemäßen Empfänger und drückte seine Handfläche viermal auf das Lese-Pad der Komkonsole, um die Ablieferung zu bestätigen und zu dokumentieren. »Also… hat er für mich Befehle hinterlassen? Er muß gewußt haben, wann ich ankomme.«

»Ja, Leutnant. Sie sollen Urlaub nehmen, bis er Sie rufen läßt.«

»Ich dachte, es sei dringend. Warum sonst sollte ich ohne Aufschub mit dem ersten Schiff heimkehren? Ich habe gerade einige Wochen Freizeit gehabt, eingepfercht an Bord des Schiffes.«

»Was kann ich dazu sagen?« Der Sekretär zuckte die Achseln. »Gelegentlich erinnert sich der KBS eben daran, daß er zum Militär gehört. Motto: Macht schnell und wartet!«

Aus *diesem* Mann würde Miles keine unbefugte Information herausbekommen. Doch wenn noch soviel Zeit war... Es meldete sich wieder sein schlauer kleiner Plan, den er erst kürzlich verworfen hatte, nämlich sich nach Escobar zu einer geheimen Behandlung davonzumachen. »Urlaub, was? Heißt das, ich habe Zeit und Erlaubnis, meine Eltern auf Sergyar zu besuchen?«

»Ich fürchte, nein. Sie sollen sich bereithalten, um sich auf Abruf binnen Stundenfrist hier zu melden. Sie sollten die Stadt lieber nicht verlassen.« Als er Miles' entsetzten Blick sah, fügte er hinzu: »Tut mir leid, Leutnant Vorkosigan.«

*Ihnen nicht halb soviel wie mir.* Miles sah sich zwangsweise an sein eigenes kerniges Motto erinnert, daß kein Schlachtplan den ersten Kontakt mit dem Feind überlebte. »Tja... sagen Sie Illyan, ich würde ihn gern sprechen, so früh es ihm nur paßt.«

»Natürlich.« Der Sekretär machte sich eine Notiz.

»Und wie geht es ihren Eltern, Leutnant Vorkosigan?« fragte freundlich General Haroche, ein ergrauender Mann Mitte fünfzig, der eine leicht verknitterte grüne Interimsuniform trug. Miles gefiel Haroches Stimme, die tief und volltönend war und manchmal humorvoll klang, mit einem leichten Provinzakzent aus den westlichen Distrikten, den die Jahre in der Hauptstadt nicht ganz beseitigt hatten. Haroches Arbeit hatte ihm einen beeindruckenden Ruf in den inneren Zirkeln des KBS eingebracht; allerdings war dieser für Außenstehende praktisch unbekannt – ein Dilemma, das Miles nachempfinden konnte. Haroche gehörte etwa ein Jahr länger zum KBS-Hauptquartier als Miles; doch ein Jahrzehnt in Haroches Position würde jedermann graue Haar wachsen lassen, dachte Miles, und obendrein Magengeschwüre bescheren.

»Sie haben wahrscheinlich neuere Nachrichten über sie als ich, Sir. Ich glaube, meine Post jagt hinter mir her, von meinem Brieffach im HQ für Galaktische Angelegenheiten auf Komarr.«

Haroche drehte die Hände nach außen und zuckte die Achseln. »Nein, nicht wirklich. Illyan hat Sergyar von meiner Abteilung abgetrennt und eine eigene Abteilung für Sergyaranische Angelegenheiten gegründet, die mit K.A. gleichrangig ist.«

»Gewiß gibt es für eine eigene Abteilung nicht soviel zu tun«, sagte Miles. »Die Kolonie ist weniger als dreißig Jahre alt. Die Bevölkerung beläuft sich noch nicht einmal auf eine Million, oder?«

»Ganz knapp«, warf der Sekretär ein.

Haroche lächelte etwas grimmig. »*Ich* dachte, es sei ein bißchen voreilig, aber was der erlauchte Vizekönig Graf Vorkosigan fordert... geschieht irgendwie.« Er senkte seine Augenlider etwas, als würfe er Miles einen bedeutungsvollen Blick zu.

*Kommen Sie mir bloß nicht mit diesem Scheiß von wegen Vetternwirtschaft, Haroche. Sie wissen, worin meine wirkliche Arbeit besteht. Und wie gut ich sie erledige.* »Das klingt für mich wie ein weiterer gemütlicher KBS-Schreibtischjob. Die Kolonisten sind viel zu sehr damit beschäftigt, sich abzurackern, als daß sie eine Rebellion anzetteln würden. Vielleicht sollte ich mich dafür melden.«

»Der Posten ist schon besetzt, fürchte ich. Mit Oberst Olshansky.«

»So? Ich habe gehört, er sei ein zuverlässiger Mann. Sergyar ist sicher in einer kritischen strategischen Position innerhalb des Wurmlochnexus, aber ich dachte, dieser Aspekt fiele in den Bereich von G.A. Vermutlich schaut Illyan in die Zukunft.« Miles seufzte. »Vermutlich kann ich genauso gut nach Hause gehen. Das Büro findet mich im Palais Vorkosigan, wenn man zu dem Schluß kommt, man brauche mich.«

Der Sekretär verzog die Lippen zu einem düsteren Lächeln. »Oh, wir finden Sie überall, wo immer Sie sind.«

Das war ein Scherz für KBS-Insider. Miles lachte pflichtschuldigst und machte sich davon.

Im letzten Liftrohr-Foyer auf dem Rückweg zum Ausgang kam Miles gleichzeitig mit einem Hauptmann in grüner Interimsuniform an, einem dunkelhaarigen Kerl mittleren Alters mit einem konzentrierten Blick in den zusammengekniffenen, muskatnußbraunen Augen und einer fleischigen Klinge von Nase im römischen Profil: ein vertrautes, aber völlig unerwartetes Gesicht.

»Duv Galeni!« rief Miles. »Was tun Sie hier?«

»Na, hallo, Miles.« Galeni lächelte, soweit Galeni jemals lächelte, und machte ein erfreutes Gesicht. Er war ein bißchen älter und ein bißchen kräftiger als zum Zeitpunkt ihrer letzten Begegnung, doch er wirkte entspannt und selbstbewußt. »Ich arbeite natürlich. Ich habe mich hierher versetzen lassen.«

»Als wir uns zum letzten Mal sahen, arbeiteten Sie gerade bei der Spionageabwehr auf Komarr. Handelt es sich um eine Beförderung? Haben Sie ein plötzliches Verlangen für Schreibtischarbeit entwickelt? Sind Sie hierhergekommen, um sich in dem leicht radioaktiven Glühen aus den Zentren der kaiserlichen Macht zu sonnen?«

»Alle aufgeführten Gründe, plus…« Galeni schaute um sich, als wollte er sicher sein, daß sie allein waren. Welches Geheimnis war so heikel, daß man es hier im Mittelpunkt des Labyrinths noch flüstern mußte? »Es gibt da eine Frau.«

»Du lieber Himmel, das klingt ja, als hätte es mein Cousin Ivan gesagt. Sie, eine Frau, und was?«

»Ziehen Sie mich bloß nicht durch den Kakao. Haben Sie nicht immer noch dieses… äh… beneidenswerte Arrangement mit der tollen Quinn?«

Miles unterdrückte ein Zucken, als er an den letzten Streit dachte, den er mit Quinn gehabt hatte. »Mehr oder weniger.« Er *mußte* zurückgehen und es bei der frühest möglichen Gelegenheit wieder einrenken. Sie hatte schon genug nachgegeben, indem sie ihn an der Shuttle-Luke der *Peregrine* verabschiedet hatte, doch ihrer beider Abschied war förmlich und gespannt gewesen.

»Da sehen Sie's«, sagte Galeni tolerant. »Sie ist eine Komarranerin. Aus der Familie Toscane. Nachdem sie ihren Doktor in Unternehmenslehre gemacht hat, ist sie in den Transportkonzern ihrer Familie eingetreten. Jetzt ist sie in Vorbarr Sultana als ständige Lobbyistin der Handelsgruppe tätig, die alle komarranischen Transportkonzessionen vertritt, als eine Art Schnittstelle zwischen ihnen und dem Imperium. Eine brillante Frau.«

Das war ein hohes Lob, da es von Galeni kam, der selbst seinen Doktor in Geschichte gemacht hatte, bevor er einer der ersten Komarraner wurde, die in den kaiserlichen Militärdienst aufgenommen wurden. »Dann… haben Sie also eine Romanze mit ihr, oder denken Sie daran, Sie für Ihre Abteilung zu engagieren?«

Miles hätte schwören können, daß Galeni fast errötete. »Die Sache ist ernst, Vorkosigan.«

»Und auch ambitioniert. Falls sie von *den* Toscanes abstammt.«

»Ich stammte einmal von *den* Galens ab. Damals, als die Galens noch diese Bezeichnung verdienten.«

»Denken Sie daran, Ihr Familienvermögen wieder aufzubauen?«

»Mm… die Zeiten haben sich geändert. Und sie ändern sich nicht mehr zurück. Doch sie ändern sich nach vorn. Ich glaube, es ist Zeit für ein bißchen Ehrgeiz in meinem Leben. Ich bin fast vierzig, wissen Sie.«

»Und torkeln offensichtlich am Rande völliger Altersschwäche dahin.« Miles grinste. »Nun, meine Wünsche. Oder sollte ich sagen: viel Glück?«

»Ich glaube, ich nehme ›viel Glück‹. Wünsche sind noch verfrüht. Aber sie werden bald passen, hoffe ich. Und wie steht's bei Ihnen?«

Mein Liebesleben ist im Augenblick zu kompliziert. Oder jedenfalls… das Liebesleben von Admiral Naismith. »Oh! Sie meinen die Arbeit. Im Augenblick… äh… arbeite ich nicht. Ich bin gerade von einer kleinen Tour durch die Galaxis zurückgekommen.«

Galeni zog verständnisvoll eine Augenbraue hoch; seine eigene Begegnung vor einigen Jahren mit den Dendarii-Söldnern und ›Admiral Naismith‹ war ihm gewiß noch lebhaft in Erinnerung. »Gehen Sie hinauf und hinein oder hinunter und hinaus?«

Miles zeigte auf das abwärtsführende Liftrohr. »Ich bin nach Hause unterwegs. Ich habe ein paar Tage Urlaub.«

»Vielleicht sehe ich Sie dann mal in der Stadt.« Galeni schwang sich in das abwärtsführende Rohr und salutierte Miles fröhlich zum Abschied.

»Hoffentlich. Passen Sie auf sich auf!« Miles begab sich seinerseits nach unten und stieg auf dem Erdgeschoß aus.

Am Sicherheitsschalter des Nebeneingangs hielt Miles, in einem kleinen Dilemma gefangen, inne. Jedesmal, wenn er sich nach der Abschlußbesprechung einer KBS-Mission heimbegeben hatte, hatte er entweder einen Wagen aus der Garage des Grafen kommen lassen, den ein Gefolgsmann oder ein Diener steuerte, oder er hatte – noch öfter – schon einen wartend vorgefunden, wenn er aus Illyans Bau herausgekommen war. Doch Gefolgsleute, Diener, Fahrzeuge und der Rest des Haushalts waren mit dem Grafen und der Gräfin zum Palast des Vizekönigs auf Sergyar verlegt worden (allerdings hatte seine Mutter ihm trocken geschrieben, der Ausdruck »Palast« sei völlig irreführend). Sollte er ein Fahrzeug von der Fahrbereitschaft des KSB-Hauptquartiers anfordern? Oder ein kommerzielles Taxi bestellen? Allerdings konnte man sicher sein, daß jedes Taxi, das hierherkam, zuerst von der Sicherheit gründlich überprüft worden war. Sein schmales Gepäck hatte er direkt vom Shuttle-Hafen nach Hause geschickt.

Draußen war es kühl und grau, aber es regnete nicht. Und er hatte doch gerade erst viele Tage eingepfercht an Bord eines ausgesprochen überfüllten (wenn auch schnellen) Sprungschiffs verbracht. Er holte sich seinen Mantel und trat ins Freie. Schließlich galt der Befehl, rund um die Uhr einen Leibwächter zu beschäftigen, nur während seiner *galaktischen* Reisen.

Vom Hauptquartier des KBS bis Palais Vorkosigan waren es etwa vier Kilometer. Beide Gebäude lagen zentral in der Altstadt. *Ich glaube, ich laufe nach Hause.*

Miles umrundete die letzte Ecke und bog in die Straße ein, an der Palais Vorkosigan lag. Der graue Nachmittag verdunkelte sich gerade zu einem Nieselregen. Miles gratulierte sich zu seinem Timing. Vier Kilometer in... na ja, vielleicht war es nicht seine schnellste Zeit, aber wenigstens keuchte er nicht nach Atem, wie er es noch vor sechs Monaten getan hätte.

Der flotte Spaziergang war... ereignislos gewesen. Die Straßen im Zentrum der Haupstadt wimmelten vom Nachmittagsverkehr und waren voller Fußgänger, die eilends ihren vielfältigen Geschäften nachgingen und kaum einen Blick für den kleinen Mann übrig hatten, der da in Militärkleidung ausschritt. Niemand starrte ihn an, niemand machte derbe Gesten oder Bemerkungen, nicht einmal ein verstohlenes altes Zauberzeichen gegen Mutanten. Machte es soviel aus, daß er sein ungleiches Hinken, seine Beinschienen und den größten Teil der Krümmung seines Rückens losgeworden war? Oder lag der Unterschied bei den Barrayaranern?

Drei Herrenhäuser alten Stils hatten sich einst diesen Block geteilt. Aus Sicherheitsgründen hatte zu der Zeit, als Miles' Vater Regent gewesen war, der Staat das Haus an diesem Ende aufgekauft; jetzt beherbergte es einige untergeordnete Büros. Das am anderen Ende war baufälliger und seine Kanalisation in einem schlechten Zustand gewesen; man hatte es abgerissen und durch einen kleinen Park ersetzt. Zu ihrer Zeit, vor anderthalb Jahrhunderten, mußten die herrschaftlichen Häuser prächtig über die Pferdekutschen und vorübertrappelnden Reiter emporgeragt haben. Jetzt wurden sie von höheren modernen Gebäuden auf der anderen Seite der Straße überschattet.

Palais Vorkosigan saß in der Mitte, von der Straße abgesetzt durch einen schmalen grünen Streifen von Rasen und Garten in der Schleife der halbkreisförmigen Auffahrt. Eine mit schwarzen, schmiedeeisernen Spitzen bewehrte Steinmauer umringte alles. Die vier Stockwerke aus großen grauen Steinblöcken, zwei Hauptflügel plus einige zusätzliche Stücke seltsamer Architektur, erhoben sich zu einer riesigen archaischen Masse. Das Ganze brauchte nur noch Fensterschlitze und einen Burggraben. *Und ein paar Fledermäuse und Raben als Schmuck.* Von der Erde stammende Fledermäuse waren selten auf Barrayar, da es für sie nicht genügend von der Erde stammende Insekten zum Fressen gab, und die einheimischen Kreaturen, die unkorrekterweise als Insekten bezeichnet wurden, waren normalerweise giftig, wenn sie verspeist wurden. Ein Energieschirm direkt innerhalb der Mauer sorgte für den wirklichen Schutz und eliminierte die romantische Möglichkeit von Fledermäusen. Ein Betonhäuschen neben dem Tor beherbergte die Torwachen; in der Blütezeit der Regentschaft hatten drei volle Pelotons von KBS-Wachen rund um die Uhr in drei Schichten Dienst getan; um das ganze Gebäude herum und noch einige Block weiter postiert, hatten sie beobachtet, wie die wichtigen Leute von der Regierung hinein und heraus geeilt waren.

Jetzt war nur ein einzelner Torwächter im Dienst, ein junger KBS-Korporal, der auf das Geräusch von Miles' Schritten hin den Kopf zur offenen Tür herausstreckte, dann herauskam und vor ihm salutierte. Ein neuer Mann; Miles kannte ihn nicht.

»Guten Tag, Leutnant Vorkosigan«, grüßte ihn der junge Mann. »Ich habe Sie erwartet. Vor einigen Stunden hat man Ihre Reisetasche abgegeben. Ich habe sie gescannt; Sie können sie mit hineinnehmen.«

»Danke, Korporal.« Würdevoll erwiderte Miles die Ehrenbezeigung. »Hat es hier in letzter Zeit etwas Besonderes gegeben?«

»Nicht wirklich, Sir. Nicht, seit der Graf und die Gräfin abgereist sind. Die meiste Aktion hatten wir vor einiger Zeit, als bei Nacht eine streunende Katze irgendwie an den Scannerstrahlen vorbeigekommen und ins Wirrfeld geraten war. Ich hatte gar nicht gewußt, daß Katzen solch einen Spektakel machen können. Anscheinend hat sie gedacht, wir wollten sie umbringen und auffressen.«

Miles' fiel eine leere Butterbrothülle auf dem Boden ins Auge, die an die andere Wand geschoben war, daneben eine kleine Untertasse mit Milch. Die aufgereihten Vid-Schirme der Anlage zur Umgebungsüberwachung im winzigen Nachbarraum warfen ein kalt flackerndes Licht durch die schmale Tür. »Und... äh... haben Sie's getan? Die Katze umgebracht, meine ich.«

»O nein, Sir. Glücklicherweise nicht.«

»Gut.« Miles nahm seine Reisetasche hoch. Aus dem Schatten unter dem Stuhl des Wachhabenden neben der Untertasse glitzerten ihn zwei gelbgrüne Auge in katzenhafter Paranoia an. Die Vorderseite der Uniform des jungen Korporals war mit einer interessanten Auswahl langer schwarzer Katzenhaare dekoriert; halb verheilte Kratzer zierten seine Hände. Im Dienst Schoßtiere zu halten widersprach in hohem Maß den Dienstvorschriften. Neun Stunden täglich in diesem winzigen Bunker festzusitzen... der Mann mußte sich unerträglich langweilen.

»Die Handflächenschlösser sind alle für Sie neu eingestellt worden, Sir«, fuhr der Wächter hilfsbereit fort. »Ich habe alles überprüft. Doppelt. Darf ich Ihnen die Tasche tragen? Wissen Sie, wie lange Sie hiersein werden? Wird es irgendwelche... Ereignisse geben?«

»Ich weiß es nicht. Ich werde Sie es wissen lassen.« Der Junge sehnte sich offensichtlich nach ein wenig Gespräch, aber Miles war müde. Vielleicht später. Er wandte sich um und wollte schon die Auffahrt hochtrotten, doch dann machte er noch einmal kehrt. »Wie haben Sie sie genannt?«

»Sir?«

»Die Katze.«

Eine leichte Panik huschte über das Gesicht des jungen Mannes, da ihm inzwischen zweifellos die Vorschriften über Schoßtiere eingefallen waren. »Äh... Pep, Sir.«

Wenigstens war er ehrlich. »Wie passend. Machen Sie weiter, Korporal.« Miles salutierte mit dem Abschiedsgruß der Analytiker im KBS-Hauptquartier, der darin bestand, daß man mit zwei Fingern in der ungefähren Nachbarschaft der Schläfen winkte; die KBS-

Analytiker hatten nicht gerade viel Respekt vor jemand, dessen IQ niedriger war als ihr eigener, was auf den größten Teil der übrigen kaiserlichen Streitkräfte zutraf. Der Wächter erwiderte dankbar mit einer schneidigeren Variante.

*Seit wann schickt uns der KBS Kinder als Torwachen?* Die grimmigen Männer, die in den Tagen von Miles' Vater auf dem Anwesen patrouillierten, hätten die unglückselige Katze auf der Stelle exekutiert und danach ihre Überreste nach Scannervorrichtungen und Bomben durchsucht. Der Junge dürfte höchstens… *nein, mindestens zwanzig Jahre alt sein, wenn er im KBS und mit diesem Rang in der Hauptstadt stationiert ist.* Miles unterdrückte einen kleinen Anfall von Dissoziation, schritt die Auffahrt hinauf und stellte sich unter dem Schutzdach des Eingangs unter, denn das Nieseln war inzwischen zu einem kräftigen Regen geworden.

Er drückte auf das Feld des Handflächenschlosses rechts neben der Haupttür; die beiden Türflügel schwangen mit stattlicher Eleganz auf und ließen ihn ein; als er die Schwelle überschritt, schlossen sie sich hinter ihm wieder. Es kam ihm recht seltsam vor, die Tür selbst zu öffnen; *immer* war da ein Vorkosigan-Gefolgsmann in der braun-silbernen Hauslivree gewesen, der ihn eingelassen hatte. *Wann haben sie denn diese Tür automatisiert?*

Die große Eingangshalle mit ihrem schwarz-weiß gefliesten Boden war kalt und düster; der Regen und die Düsternis des frühen Abends hatten das Licht verschlungen. Beinahe hätte Miles *Licht!* gerufen, um die Beleuchtung zu aktivieren, doch er hielt inne und setzte seine Reisetasche ab. In seinem ganzen Leben hatte er Palais Vorkosigan nie ganz für sich gehabt.

»Eines Tages, mein Sohn, wird dies alles dir gehören«, flüsterte er versuchsweise in die Dunkelheit. Das scharfe Echo seiner Worte schien von dem schachbrettartigen Pflaster zurückzuhallen. Er unterdrückte einen leichten Schauder, wandte sich dann nach rechts und begann einen langsamen Rundgang durch das Gebäude.

Der Teppich im nächsten Raum dämpfte das einsame Trappen seiner Stiefelschritte. Das gesamte verbliebene Mobiliar – etwa die Hälfte schien zu fehlen – war mit gespenstisch weißen Laken abgedeckt. Miles ging durch das gesamte Erdgeschoß. Alles kam ihm hier größer und zugleich kleiner vor, als er es in Erinnerung hatte, ein verwirrendes Paradoxon.

Er schaute in die Garage, die das ganze Kellergeschoß des Ostflügels einnahm. Sein Leichtflieger war ordentlich in einer Ecke abgestellt. In einer anderen stand eine Barkasse von einem gepanzerten Bodenwagen, blank poliert und luxuriös, aber älteren Datums. Miles mußte an seine Kampfrüstung denken. *Wahrscheinlich sollte ich weder fahren noch fliegen, bis dieser verdammte Defekt in meinem Kopf behoben ist.* Im Leichtflieger würde er bei einem Anfall sein Leben riskieren; in der Landbarkasse das Leben eines jeden anderen auf der Straße. Im letzten Winter, bevor er überzeugt gewesen war, daß er wie versprochen gesund würde, war er wirklich gut darin geworden, sich scheinbar beiläufig eine Mitfahrgelegenheit zu erschnorren.

Er stieg über eine der Hintertreppen zu der riesigen Küche im Tiefparterre hinauf. In seinen Kindertagen war sie immer ein lukrativer Ort für Leckerbissen und Gesellschaft gewesen, voller interessanter, geschäftiger Menschen wie Köchinnen, Gefolgsleuten und Dienern, manchmal sogar für einen hungrigen kaiserlichen Regenten, der auf der Suche nach einem Imbiß hier vorbeikam. Einige Utensilien waren geblieben, aber alle Lebensmittel hatte man fortgeschafft. In den Speisekammern, dem zimmergroßen Gefrierraum und den

Kühlschränken, die lauwarm und abgeschaltet waren, war nichts mehr zu finden.

Miles setzte den kleinsten Kühlschrank wieder in Gang. Falls er sehr lange hierbleiben sollte, würde er Lebensmittel besorgen müssen. Oder einen Diener. Ein einziger Diener würde sicher ausreichen. Doch er wollte keinen Fremden hier drin haben… vielleicht könnte er einen der kürzlich pensionierten Männer, die in der Nähe im Ruhestand lebten, dazu überreden, für ein paar Tage wieder herzukommen. Aber vielleicht blieb er gar nicht lange. Vielleicht würde er sich Fertiggerichte kaufen – *keine* Armeeprodukte, nein danke. Im klimakontrollierten Keller gab es noch eine eindrucksvolle Sammlung von Weinen und Spirituosen, die dort ungestört alterten. Das Schloß des Weinkellers öffnete sich bereitwillig seiner Vorkosigan-Handfläche. Er nahm sich zwei Flaschen eines besonders süffigen Rotweins mit, die in den Tagen seines Großvaters hier deponiert worden waren.

Miles machte sich nicht die Mühe, das Liftrohr einzuschalten, sondern schleppte beide Flaschen und die Reisetasche über die geschwungene Treppe in sein Schlafzimmer im zweiten Stock des Seitenflügels hoch, von wo aus man einen Blick auf den Garten hinter dem Gebäude hatte. Diesmal aktivierte er mit einem Ruf die Beleuchtung, denn inzwischen war es richtig Nacht geworden, und vom Herumstolpern im Dunkeln drohte jetzt mehr Gefahr als nur melancholische Beklemmung. Das Zimmer sah noch genauso aus wie damals, als er es verlassen hatte… lag das erst vier Monate zurück? Zu ordentlich und sauber; seit langer Zeit hatte hier niemand mehr gewohnt. Nun, Lord Vorkosigan war vergangenen Winter hier für längere Zeit eingezogen, aber damals war er nicht in der Verfassung gewesen, viele Wellen zu schlagen.

*Ich könnte mir etwas zu essen kommen lassen. Und es mit*

*dem Wächter am Tor teilen.* Aber in Wirklichkeit war er nicht so hungrig.

*Ich könnte alles tun, was ich will. Überhaupt alles.*

Außer dem einen und einzigen, was er wollte: noch heute nacht auf dem schnellsten verfügbaren Sprungschiff nach Escobar abreisen, oder zu einem medizinisch ebenso fortgeschrittenen galaktischen Medizindepot. Er knurrte wortlos. Statt abzureisen packte er seine Reisetasche aus und räumte alles ordentlich weg, streifte die Stiefel ab, hängte seine Uniform auf und schlüpfte in einen bequemen alten Schiffsstrickanzug.

Er setzte sich auf sein Bett und goß etwas Wein in sein Zahnputzglas. Auf dem Weg zur letzten Mission mit den Dendarii hatte er Alkohol und jede andere möglich Droge oder drogenähnliche Substanz gemieden; für die seltenen und unberechenbaren Anfälle schien es keinen Unterschied zu bedeuten. Wenn er bis zu seiner Begegnung mit Illyan ruhig und allein hier im Palais Vorkosigan bliebe, dann würde es wenigstens niemand miterleben, falls sich wieder ein solcher Vorfall ereignete.

*Ich werde etwas trinken und mir dann etwas zu essen bestellen.* Morgen mußte er sich einen neuen Angriffsplan auf den… den verdammten *Saboteur* ausdenken, der in seinen Neuronen lauerte.

Rauchig, schwer und wärmend feuchtete der Wein die Kehle. Um sich selbst zu sedieren, schien mehr Alkohol notwendig zu sein als üblicherweise, ein Problem, das leicht behoben werden konnte. Diese Immunisierung mochte ein weiterer Nebeneffekt der Kryo-Wiederbelebung sein, doch Miles fürchtete düster, daß es einfach am Alter lag. Als er die Flasche zu etwa zwei Drittel geleert hatte, sank er in Schlaf.

Gegen Mittag des nächsten Tages wurde das Nahrungsproblem akut, trotz einiger Schmerzmittel zum

Frühstück, und das Fehlen von Kaffee und Tee wurde ausgesprochen unerträglich. *Ich bin KBS-trainiert. Ich kann dieses Problem lösen. Jemand* mußte doch all diese Jahre einkaufen gegangen sein... nein, wo er jetzt darüber nachdachte, fiel ihm ein, daß der Nachschub für die Küche täglich von einem Luftkissentransporter angeliefert worden war; er erinnerte sich daran, wie die Gefolgsleute ihn inspiziert hatten. Der Oberkoch hatte praktisch die Pflichten eines Kompaniequartiermeisters gehabt und die Ernährungslogistik des Grafen, der Gräfin, von zwei Dutzend Dienern, zwanzig Gefolgsleuten samt allerhand Angehörigen und hungrigen KBS-Wachen (die es nicht unter ihrer Würde fanden, sich einen Imbiß zu schnorren) gemeistert, dazu die häufigen Staatsessen, Parties oder Empfänge, bei denen die Gäste zu Hunderten zählen konnten.

Die Komkonsole im Kabäuschen des Kochs neben der Küche lieferte bald die Daten, nach denen Miles suchte. Es hatte einen regulären Lieferanten gegeben – das Konto war jetzt gelöscht, aber er konnte es sicherlich wieder eröffnen. Die Angebotsliste war erstaunlich umfangreich, die Preise waren noch erstaunlicher. Wieviel Mark hatten sie denn für Eier bezahlt? Oh, das waren zwölf *Dutzend* Eier pro Karton, nicht zwölf Eier. Miles versuchte sich vorzustellen, was er mit 144 Eiern anstellte könnte. Vielleicht damals, als er dreizehn gewesen war. Einige Gelegenheiten kamen einfach zu spät im Leben.

Statt dessen nahm er sich das Vid-Adressenverzeichnis vor. Der nächste Lieferant war ein kleiner Lebensmittelladen in der Stadtmitte, etwa sechs Blocks entfernt. Ein weiteres Problem: sollte er es wagen zu fahren? *Geh zu Fuß hin, nimm dir heimwärts ein kommerzielles Taxi.*

Der Laden entpuppte sich als ein seltsames kleines Loch in der Mauer, aber er bot Kaffee, Tee, Milch, eine vernünftige Anzahl Eier, eine Schachtel mit Hafermüsli und eine Reihe abgepackter Waren mit der Aufschrift *Schnell-Mahl!* Er nahm von jedem der fünf Geschmäkker zwei Stück. Einer Eingebung folgend legte er noch ein halbes Dutzend Folienpackungen mit einer teueren, matschigen Katzennahrung hinzu, das stinkende Zeug, das Katzen mochten. Also... sollte er es dem Wächter am Tor zukommen lassen?

Oder sollte er versuchen, Pep, die Katze, zu locken, damit sie ihm folgte? Nach dem Vorfall mit dem Wirrfeld wäre es wahrscheinlich am besten, wenn das Tier nicht viel an der Hintertür von Palais Vorkosigan herumlungerte.

Er sammelte seine Einkäufe zusammen und brachte sie zur Kasse, wo die Angestellte ihn von oben bis unten musterte und eigenartig anlächelte. Miles wappnete sich innerlich gegen eine spöttische Bemerkung wie: *Aha, ein Mutant?* Er hätte seine KBS-Uniform tragen sollen; niemand wagte es über das Horusauge zu spotten, das von seinem Kragen blinzelte. Doch die Frau bemerkte: »Aha, Sie sind Junggeselle?«

Die Heimkehr und das Frühstück gegen Mittag dauerten eine weitere Stunde. Noch fünf Stunden, bis es dunkel wurde. Es dauerte nicht diese ganze Zeit, jeden Spezialisten und jede Klinik für Kryo-Neurologie auf Barrayar herauszusuchen und die Liste nach zwei Reihenfolgen zu sortieren: medizinisches Ansehen und die Wahrscheinlichkeit, daß sein Besuch vor dem KBS geheimgehalten wurde. Diese zweite Anforderung war der springende Punkt. Er wollte, daß wirklich nur die Besten an seinem Kopf herumdokterten, doch die Besten würde er nur sehr schwer überzeugen können, sie sollten einen Patienten behandeln und darüber keine Aufzeichnungen machen. Escobar? Barrayar? Oder sollte er warten, bis er zu seinem nächsten galaktischen Auftrag aufbrach, so weit weg vom HQ wie möglich?

Ruhelos ging Miles im Hause hin und her, Erinnerungen gingen ihm durch den Kopf. Das hier war Elenas Zimmer gewesen. Die winzige Kammer dort drüben hatte Sergeant Bothari, ihrem Vater, gehört. Hier war die Stelle, wo Ivan durch das Sicherheitsgeländer geschlüpft und ein halbes Stockwerk gefallen war, wobei er sich den Kopf aufgeschlagen hatte, was keine erkennbaren Auswirkungen auf seinen Intellekt hinterlassen hatte. Man hatte gehofft, der Sturz hätte ihn klüger gemacht...

Miles beschloß, zum Abendessen die Etikette einzuhalten. Er zog seine grüne Ausgehuniform an, zog alle Abdeckungen von den Möbeln im Prunkspeisezimmer ab und stellte seinen Wein neben ein passendes Kristallglas am Kopfende des meterlangen Tisches auf. Beinahe hätte er sich noch eine Servierplatte besorgt, doch dann fiel ihm ein, daß er sich den Aufwasch ersparen konnte, wenn er das *Schnell-Mahl!* direkt aus der Packung aß. Er ließ sich dabei von sanfter Musik berieseln. Abgesehen davon dauerte das Abendessen etwa fünf Minuten. Als er fertig war, legte er die Abdeckungen wieder pflichtbewußt auf das polierte Holz und die schönen Stühle.

*Wenn ich die Dendarii hiergehabt hätte, dann hätte ich eine echte Party feiern können.*

Elli Quinn. Oder Taura. Oder Rowan Durona. Oder sogar Elena, Baz und alle anderen. Bel Thorne, der ihm immer noch fehlte. Alle zusammen. Irgend jemand. Die Vision, wie die Dendarii Palais Vorkosigan in Beschlag nahmen, erzeugte bei ihm ein Schwindelgefühl, aber es gab keinen Zweifel, sie würden wissen, wie man das Haus mit Leben füllte.

Am nächsten Abend war er so verzweifelt, daß er seinen Cousin Ivan anrief.

Ivan antwortete ziemlich rasch über Komkonsole.

Leutnant Lord Ivan Vorpatril trug noch die grüne Interimsuniform, die bis auf eine Besonderheit genau der von Miles glich: vor dem roten Kragenspiegel des Leutnants stak bei ihm statt des KBS-Abzeichens das Emblem des Führungsstabs. Wenigstens hatte Ivan sich nicht verändert; er hielt tagsüber immer noch denselben Schreibtisch im Hauptquartier der kaiserlichen Streitkräfte besetzt und führte am Abend das angenehme Leben eines Vor-Offiziers in der Hauptstadt.

Ivans gut aussehendes, freundliches Gesicht erhellte sich zu einem echten Lächeln, als er Miles sah. »Schön, Cousin! Ich wußte gar nicht, daß du wieder hier bist.«

»Ich bin vor ein paar Tagen angekommen«, gestand Miles. »Ich mache zur Zeit die etwas bizarre Erfahrung, Palais Vorkosigan nur für mich zu haben.«

»Du lieber Gott, bist du ganz allein in diesem Mausoleum?«

»Abgesehen vom Wächter am Tor und Pep der Katze, die sich beide abseits halten.«

»Das dürfte dir doch passen, wo du von den Toten zurück bist«, sagte Ivan.

Miles faßte sich an die Brust. »Nicht wirklich. Ich habe vorher noch gar nicht gemerkt, wie sehr das alte Gemäuer bei Nacht *knarzt*. Ich habe diesen Nachmittag zugebracht mit...« Er konnte Ivan nicht gut sagen, er habe den Tag damit zugebracht, einen geheimen medizinischen Ausflug zu planen, ohne daß Ivan fragen würde: *Warum?* So fuhr er geschmeidig fort: »...dem Durchschauen des Archivs. Ich frage mich, wie viele Leute im Laufe der Jahrhunderte tatsächlich in diesem Haus gestorben sind. Außer meinem Großvater natürlich. Es waren viel mehr, als ich gedacht hatte.« Wirklich eine faszinierende Frage; er würde tatsächlich das Archiv durchschauen müssen.

»Pfui Teufel!«

»Also… was ist in der Stadt so los? Besteht eine Chance, daß du mal bei mir vorbeischaust?«

»Den ganzen Tag über habe ich natürlich Dienst… in Wirklichkeit ist nicht so übermäßig viel los. Wir stecken jetzt in der seltsamen Flaute zwischen Kaisers Geburtstag und dem Winterfest.«

»Wie war die Geburtstagsparty dieses Jahr? Ich habe sie einfach verpaßt, denn ich war noch unterwegs, hatte noch drei Wochen Reise vor mir. An Bord hat sich sogar niemand aus Anlaß der Feier besoffen.«

»Ja, ich weiß. An mir ist es hängengeblieben, den Beutel mit dem Gold für euren Distrikt abzugeben. Es war das übliche Gedränge. Gregor hat sich zeitig zurückgezogen, und so ist die ganze Sache noch vor dem Morgengrauen irgendwie versickert.« Ivan schürzte die Lippen. Es sah aus, als sei ihm eine brillante Idee gekommen. Miles machte sich auf alles gefaßt.

»Aber ich sag dir was. Übermorgen gibt Gregor ein Staatsdiner. Zwei oder drei neue Botschafter bedeutender galaktischer Mächte und ein paar Konsuln haben im letzten Monat ihre Akkreditierung beantragt, und Gregor kam auf den Gedanken, sie alle auf einmal zusammenzuholen und die Sache hinter sich zu bringen. Wie üblich spielt Mutter für ihn die Gastgeberin.«

Lady Alys Vorpatril war in Vorbarr Sultana weithin als die bestimmende Schiedsrichterin in gesellschaftlichen Fragen anerkannt, nicht zuletzt wegen ihrer häufigen Pflichten in der kaiserlichen Residenz, wo sie als offizielle Gastgeberin für den unbeweibten, mutter- und schwesternlosen Kaiser Gregor fungierte.

»Danach soll getanzt werden. Mutter hat mich gefragt, ob ich nicht ein paar jüngere Leute mitbringen könnte, um den Ballsaal aufzuwärmen. Mit *jünger* meint sie unter vierzig. Passende Leute, du kennst es ja. Wenn ich gewußt hätte, daß du in der Stadt bist, dann hätte ich dich schon längst dafür geschnappt.«

»Sie möchte, daß du eine Freundin mitbringst«, interpretierte Miles den Wunsch seiner Tante. »Vorzugsweise eine Verlobte.«

Ivan grinste. »Ja, aber die meisten Burschen, die ich kenne, wollen mir – ich weiß nicht, warum – die ihre nicht ausleihen.«

»Sollte ich dann auch noch eine Tanzpartnerin mitbringen? Ich kenne hier kaum noch irgendwelche Frauen.«

»Dann bring doch eines des Koudelka-Mädchen mit. Wie ich. Gewiß, das ist, als würde man seine Schwester mitbringen, aber sie sind teuflisch dekorativ, besonders, wenn sie *en masse* auftreten.«

»Hast du Delia gebeten mitzukommen?« fragte Miles nachdenklich.

»Ja. Aber ich überlasse sie dir, wenn du möchtest, und nehme Martya mit. Aber wenn du Delia begleitest, dann mußt du versprechen, daß du nicht von ihr verlangst, hohe Absätze zu tragen. Sie haßt es, wenn man sie hohe Absätze tragen läßt.«

»Aber sie ist darin so… eindrucksvoll.«

»Ohne hohe Absätze ist sie ebenfalls eindrucksvoll.«

»Stimmt. Nun… ja, okay.« Vor Miles' innerem Auge blitzte eine kurze Vision seiner selbst auf, wie er direkt auf dem Parkett des kaiserlichen Ballsaals einen Anfall hatte, vor der halben gesellschaftlichen Creme der Hauptstadt. Doch was war die Alternative? Noch einen weiteren Abend allein zu Hause zu bleiben; nichts zu tun zu haben, als von seiner Flucht – nach der nächsten Mission – nach Escobar zu träumen, neunzehn weitere undurchführbare Methoden auszudenken, wie er seine Beobachter vom KBS auf deren heimischem Territorium austricksen könnte, oder ein Brainstorming über die Frage zu veranstalten, wie er die Katze des Torwächters stehlen könnte, um wenigstens ihre Gesellschaft zu haben. Und Ivan konnte doch sein Transportproblem lösen.

»Ich habe keinen Wagen«, sagte Miles.

»Was ist mit deinem Leichtflieger passiert?«

»Er ist… in der Werkstatt. Muß neu eingestellt werden.«

»Möchtest du, daß ich dich abhole?«

Miles dachte kurz nach. Es hieße also, daß *Ivan* fuhr, zum Schrecken aller vernünftigen Mitfahrer, es sei denn, Miles konnte Delia Koudelka dazu bringen, daß sie das Steuer übernahm. Miles richtete sich auf; ihm war eine eigene brillante Idee gekommen. »Will deine Mutter wirklich noch zusätzliche Leute haben?«

»Sie sagt es.«

»Hauptmann Duv Galeni ist in der Stadt. Ich habe ihn kürzlich im KBS-Hauptquartier gesehen. Er hockt im Analyse-Bereich, allerdings scheint er das als etwas Besonderes zu betrachten.«

»O ja, ich weiß! Mir wäre es schon noch eingefallen, dir das zu erzählen. Er ist vor ein paar Wochen im Schlepptau von General Allegre in unseren Teil der Stadt gekommen, zu irgendeiner Beratung der hohen Tiere. Ich hatte vor, etwas zu machen, um ihn in Vorbarr Sultana willkommenzuheißen, aber bis jetzt bin ich noch nicht dazu gekommen. Ihr KBS-Leute hockt ja immerzu dort drüben in eurer Paranoia-Zentrale zusammen.«

»Und übrigens versucht er, ein komarranisches Mädchen zu beeindrucken«, schmiedete Miles das heiße Eisen weiter. »Kein Mädchen, vermutlich eine Frau, so ein energiegeladenes Rädchen in einer Handelsdelegation. Sie scheint eher ein intelligenter Kopf als eine Schönheit zu sein, vermute ich, was mich nicht überraschen würde, so wie ich Galeni kenne. Und sie hat interessante komarranische Beziehungen. Wie viele Punkte würde er deiner Meinung nach bekommen, wenn er sie zu einem kaiserlichen Staatsdiner mitbringt?«

»Viele«, sagte Ivan mit Nachdruck. »Besonders wenn es sich um eine der exklusiven kleinen Soirees meiner Mutter handelt.«

»Und wir sind ihm beide etwas schuldig.«

»Mehr als nur etwas. Und er ist auch keineswegs mehr so sarkastisch, wie er zu sein pflegte, wie ich bemerkt habe. Vielleicht wird er allmählich abgeklärt. Gewiß, lad ihn doch ein«, sagte Ivan.

»Ich rufe ihn an, und dann melde ich mich noch einmal bei dir.« Zufrieden über seinen Einfall brach Miles die Verbindung ab.

# KAPITEL 5

Miles stieg aus Hauptmann Galenis Bodenwagen, der vor der östlichen Säulenhalle der kaiserlichen Residenz hielt, und wandte sich Delia Koudelka zu, um ihr zu helfen, die jedoch keine Hilfe brauchte. Sie schwang ihre langen, athletischen Beine heraus und sprang auf die Füße. Die fließenden Röcke ihres Kleides – in ihrem bevorzugten Blau – gestatteten einen Blick auf ihre dazu passenden Tanzschuhe, die bequem und flach waren. Von Kommodore Koudelkas vier Töchtern war sie die größte; Miles Scheitel befand sich gute zehn Zentimeter unterhalb ihrer Schulterhöhe. Er grinste zu ihr empor. Sie antwortete mit einem etwas schiefen Lächeln, das kameradschaftlich und zugleich belustigt wirkte.

»Ich weiß nicht, warum ich mich von dir und Ivan dazu habe überreden lassen«, seufzte sie ihm ins Ohr.

»Weil du gerne tanzt«, stellte Miles überzeugt fest. »Gib mir die ersten beiden Tänze, und ich verspreche dir, ich suche dir einen netten großen galaktischen Diplomaten für den Rest des Abends.«

»Darum geht es nicht«, erwiderte sie und beäugte seine geringe Größe.

»Was mir an Größe fehlt, das mache ich an Schnelligkeit wieder gut.«

»*Das* ist das Problem.« Sie nickte lebhaft.

Galeni übergab sein bescheidenes Fahrzeug dem wartenden kaiserlichen Diener, der es wegfuhr, und legte die Hand seiner Dame auf seinen Arm. Man mußte Galeni etwas kennen, um in seinen finsteren

Gesichtszügen lesen zu können; Miles sah, daß er ein wenig stolz, ein wenig selbstzufrieden und ein wenig verlegen war, wie ein Mann, der schrecklich overdressed zu einer Party kommt. Da Galeni – wenn auch fast übertrieben gepflegt, gewaschen, rasiert und poliert – die gleiche grüne Ausgehuniform mit den glitzernden Abzeichen wie Miles trug, konnte die Wirkung nur von seiner Begleiterin ausgehen.

*Er darf auch selbstzufrieden sein,* dachte Miles. *Warte nur, bis Ivan sie sieht.*

Falls Dr. Laisa Toscane mehr Intelligenz als Schönheit besaß, dann mußte sie ein Genie sein. Doch was genau den beträchtlichen Eindruck bewirkte, der von ihrer körperlichen Erscheinung ausging, war schwer faßbar. Ihr Gesicht war weich modelliert und angenehm, aber nicht annähernd so eindrucksvoll wie etwa Elli Quinns teure Gesichtsskulptur. Ihre Augen waren ungewöhnlich, von einem lebhaften Blaugrün; allerdings war sich Miles nicht sicher, ob die Farbe kosmetischen oder genetischen Ursprungs war. Sie war selbst für eine Komarranerin klein, zwei Handbreiten kleiner als Galeni, der fast so groß war wie Delia. Doch am charakteristischsten war ihre Haut: sie war milchweiß und schien fast zu leuchten – *üppig,* so dachte Miles, war das Wort für dieses satte Fleisch. *Mollig* war irreführend und klang nicht annähernd begeisternd genug. Noch nie hatte er außerhalb des Energieschirms einer cetagandanischen Haud-Lady etwas so zum Anbeißen Weibliches gesehen.

Reichtum verlieh seinem Besitzer nicht immer guten Geschmack, aber wenn doch, dann war das Ergebnis eindrucksvoll. Sie trug dunkelrote weite Hosen im komarranischen Stil und dazu ein passendes, tief ausgeschnittenes Oberteil, dazu eine raffinierte enge offene Jacke in Cremefarbe und Blaugrün. Maßvollen Schmuck. Ihr Haar war zu dunkel, um blond zu sein, zu silbrig, um es braun zu nennen; es lockte sich in kurzen Büscheln in einer ausgesprochen komarranischen Mode. Ihr Lächeln wirkte froh und aufgeregt, als sie zu ihrem Begleiter aufschaute, aber keineswegs überwältigt. *Wenn sie bei Tante Alys durchkommt,* dachte Miles, *dann hat sie es geschafft.* Er machte lange Schritte, um mit Delia mitzuhalten, und winkte mit einer Verbeugung seine kleine Gesellschaft hinein, als wäre Kaiser Gregors Staatsdiner sein persönliches Geschenk an sie.

Sie wurden von den kaiserlichen Wachen gründlich überprüft; ein Haushofmeister überzeugte sich davon, daß sie keine Mäntel abzulegen hatten und in Miles' Begleitung auch keine weitere Führung brauchten. Die nächste Person, auf die sie trafen, war tatsächlich Lady Alys Vorpatril, die am Fuß der Treppe stand. Für diesen Abend hatte sie ein Kleid aus dunkelblauem Samt gewählt, das golden besetzt war, vielleicht zu Ehren der Farben des Hauses Vorpatril ihres schon lange verstorbenen Gemahls. Während Miles' Kindheit hatte sie immer das Taubengrau einer Witwe getragen, wie er sich zu erinnern meinte, aber schließlich hatte sie es aufgegeben, möglicherweise zur selben Zeit, als sie Lord Vorpatril endlich vergeben hatte, daß er während des Bürgerkriegs gegen den Usurpator Vordarian auf jene besonders empörende Weise ums Leben gekommen war.

»Hallo, Miles, mein Lieber, hallo, Delia«, begrüßte sie sie. Miles verneigte sich über ihrer Hand und stellte etwas förmlicher Hauptmann Galeni und Dr. Toscane vor. Lady Alys nickte zustimmend – Miles war erleichtert, daß Ivan daran gedacht und wie versprochen sie der Gästeliste hinzugefügt hatte, anstatt es bis zu einem peinlichen letzten Augenblick oder noch später zu vergessen. »Gregor begrüßt alle im Gläsernen Saal, wie üblich«, fuhr Lady Alys fort. »Ihr werdet zum Diner an seinem Tisch sitzen, neben der Botschafterin von Escobar und ihrem Gatten – ich dachte, wir sollten diesmal ein paar Einheimische zwischen die Galaktiker plazieren.«

»Danke, Tante Alys.« Miles blickte an ihrer Schulter vorbei auf die schmächtige, vertraute Gestalt in der grünen Offiziersuniform, die im Schatten der Tür links von der Treppe stand und leise mit einer Sicherheitswache sprach. »Ach, Delia, würdest du bitte Duv und Laisa zum Gläsernen Saal geleiten? Ich komme gleich nach.«

»Gewiß, Miles.« Delia lächelte Laisa zu, raffte mit der Leichtigkeit langer Praxis ihre langen Röcke und führte die Komarraner die breite Treppe hoch.

»Was für eine schöne junge Frau«, stellte Lady Alys fest und blickte ihnen nach.

»Ach, du meinst Dr. Toscane?« vermutete Miles. »Ich schließe daraus, daß es recht war, sie mitzubringen.«

»O ja. Sie ist die Haupterbin *der* Toscanes, du weißt schon. Ganz passend«, Alys schwächte dieses Lob jedoch etwas ab, indem sie hinzufügte: »für eine Komarranerin.«

*Wir haben alle unsere kleinen Handicaps.* Lady Alys war vom Kaiser engagiert, um dafür zu sorgen, daß die *richtigen* Leute zugelassen wurden; doch Miles hatte das andere Mitglied des Teams entdeckt, den Mann, den Gregor engagiert hatte, um dafür zu sorgen, daß die *sicheren* Leute zugelassen wurden. Der Chef des Kaiserlich Barrayaranischen Sicherheitsdienstes, Simon Illyan, blickte endlich von seinem Gespräch mit dem KBS-Mann auf. Der Soldat salutierte vor ihm und verschwand durch die Tür. Illyan winkte oder lächelte Miles nicht zu, doch Miles stahl sich an Lady Alys vorbei und ging trotzdem auf ihn zu, um ihn noch zu stellen, bevor er dem Wächter folgte.

»Sir.« Miles salutierte vor ihm nach Art der Analytiker; Illyan erwiderte den Gruß mit einer noch weiter abgewandelten Form: mit einem leicht frustrierten Winken, das mehr abweisend als erwidernd wirkte. Der Sicherheitschef war ein Mann in den frühen Sechzigern mit braunem, ergrauendem Haar, einem täuschend sanften Gesicht, und der ständigen Gewohnheit, sich ruhig im Hintergrund zu halten. Illyan war an diesem Abend offensichtlich im Dienst und überwachte die persönliche Sicherheit des Kaisers; Beweise dafür waren der Stöpsel des Kommunikators im rechten Ohr und die geladenen tödlichen Waffen an beiden Hüften. Das bedeutete entweder, daß hier heute abend mehr los war, als man Miles vorher gesagt hatte, oder daß anderswo nicht soviel los war, um Illyan im Hauptquartier festzuhalten, und daß er die Routine seinem kühlen und zuverlässigen Stellvertreter Haroche überlassen hatte. »Hat Ihr Sekretär Ihnen meine Nachricht übergeben, Sir?«

»Ja, Leutnant.«

»Er hat mir gesagt, Sie befänden sich außerhalb der Stadt.«

»Das war ich auch. Ich bin zurückgekommen.«

»Haben Sie… meinen letzten Bericht gesehen?«

»Ja.«

*Verdammt.* Die Worte: *Ich habe etwas Wichtiges ausgelassen* schienen in Miles' Hals steckenzubleiben. »Ich muß mit Ihnen reden.«

Illyan, der immer verschlossen war, wirkte noch ausdrucksloser als gewöhnlich. »Hier ist jedoch weder Ort noch Zeit dafür.«

»Ganz recht, Sir. Wann dann?«

»Ich warte auf weitere Informationen.«

In Ordnung. Wenn nicht ›mach schnell und warte‹ galt, dann eben ›warte und mach schnell‹. Aber irgend etwas mußte sich bald tun, sonst würde Illyan Miles nicht in Vorbarr Sultana festhalten mit der Maßgabe, binnen einer Stunde auf Befehl verfügbar zu sein. *Falls es sich um eine neue Mission handelt, wünsche ich mir verteufelt, er würde mich einweihen. Dann könnte ich wenigstens schon ein wenig mit der Planung der Eventualitäten beginnen.* »Sehr gut. Ich werde mich bereithalten.«

Illyan entließ ihn mit einem Nicken. Doch als Miles sich umwandte, fügte er hinzu: »Leutnant...«

Miles drehte sich wieder um.

»Sind Sie heute abend hierhergefahren?«

»Ja, das heißt, Hauptmann Galeni saß am Steuer.«

»Aha.« Illyan schien etwas zu entdecken, das ihn leicht interessierte. Er blickte über Miles' Scheitel hinweg. »Dieser Galeni ist auf Draht.«

»Ich glaube schon.« Miles gab es auf, an diesem Abend noch etwas aus Illyan herauszulocken und eilte hinter seinen Freunden her.

Er fand sie alle in dem breiten Korridor vor dem Gläsernen Saal, wo sie auf ihn warteten; Galeni plauderte freundlich mit Delia, die keine Eile zu haben schien, hineinzugehen und Ivan und ihre Schwester zu finden. Laisa blickte sich offensichtlich fasziniert unter den handgearbeiteten Antiquitäten und den Teppichen mit den raffinierten Farbmustern um, die den Korridor säumten. Miles spazierte mit ihr zu einer polierten Tischplatte, wo sie die kunstvolle, meisterlich gearbeitete Intarsie studierten, eine Szene mit galoppierenden Pferden in den natürlichen Farbschattierungen verschiedener Holzarten.

»Das ist alles so höchst barrayaranisch«, vertraute sie Miles an.

»Entspricht es Ihren Erwartungen?«

»Ja, gewiß. Was meinen Sie, wie alt dieser Tisch ist – was ist dem Handwerker durch den Kopf gegangen, der ihn geschaffen hat? Glauben Sie, er hat sich jemals uns vorgestellt, wie wir uns ihn vorstellen?« Ihre sensibel wirkenden Finger fuhren über die polierte Fläche, die nach feinem, aromatischem Wachs duftete, und sie lächelte.

»Etwa zweihundert Jahre, und: nein, vermute ich mal«, erwiderte Miles.

»Mm.« Ihr Lächeln wurde nachdenklicher. »Einige unserer Kuppeln sind über vierhundert Jahre alt. Und doch kommt uns Barrayar älter vor, selbst wenn es das nicht ist. An euch ist etwas von Natur aus Archaisches, meine ich.«

Miles dachte kurz an die Natur ihrer Heimatwelt. Nach weiteren vierhundert Jahren würde das Terraformen Komarr *vielleicht* allmählich außerhalb der Kuppeln für Menschen mit Atemmasken bewohnbar machen. Derzeit lebten die Komarraner alle zusammen in überwölbten Ökosystemen und waren in der lähmenden Kälte ihres Planeten zum Überleben so abhängig von ihrer Technik wie die Betaner auf ihrer grellheißen Wüstenwelt. Komarr hatte kein Zeitalter der Isolation erlebt, war nie vom Hauptstrom der galaktischen Entwicklungen abgeschnitten gewesen. Tatsächlich lebte es davon, daß es in diesem Strom fischte; seine einzigen bedeutenden natürlichen Ressourcen waren sechs wichtige Wurmloch-Sprungpunkte in naher und damit praktischer Nachbarschaft zueinander. Die Sprungpunkte hatten den komarranischen Lokalraum zu einer Kreuzung des Wurmlochnexus gemacht, und schließlich unglücklicherweise auch zu einem strategischen Ziel. Barrayar hatte genau eine Wurmlochsprungroute, die es mit dem galaktischen Nexus verband – und die ging über Komarr. Wenn man sich nicht sein eigenes Tor offenhielt, dann würden die, die es kontrollierten, über einen verfügen.

Miles holte seine Gedanken auf eine kleine und mehr persönlich-menschliche Ebene zurück. Galeni sollte einmal seine Dame zu einem Ausflug in der freien Luft Barrayars ausführen. Sie würde sicher diese riesigen Strecken von unkomarranischer Wildnis genießen. Zum Beispiel auf einer Wanderung, oder falls sie wirklich das Archaische vorzog…

»Sie sollten mal mit Duv einen Reitausflug machen«, schlug er vor.

»Du lieber Himmel! Kann er auch reiten?« Ihre erstaunlichen türkisfarbenen Augen weiteten sich.

»Äh…« Eine gute Frage. Na ja, wenn nicht, dann konnte Miles ihm einen Schnellkurs geben. »Sicherlich.«

»Das von Natur aus Archaische wirkt auf mich so…« – sie dämpfte ihre Stimme zu einem vertraulichen Ton – »…von Natur aus romantisch. Aber erzählen Sie Duv nicht, daß ich das gesagt habe. Er ist so pedantisch, wenn es um historische Genauigkeit geht. Das erste, was er tut, ist, den ganzen märchenhaften Staub wegzublasen.«

Miles grinste. »Das überrascht mich nicht. Aber ich dachte, Sie seien selbst der Typ der praktisch eingestellten Geschäftsfrau.«

Ihr Lächeln wurde ernster. »Ich bin Komarranerin. Da muß ich das sein. Ohne den Mehrwert aus Handel, Arbeit, Transport, Bankwesen und Remanufacturing würde Komarr wieder auf das verzweifelte Subsistenzniveau (und noch tiefer) zurückfallen, aus dem es sich erhoben hat. Und sieben von zehn Komarranern würden auf die eine oder andere Weise sterben.«

Miles zuckte interessiert mit einer Augenbraue; er hielt ihre Darstellung für übertrieben, wenn das auch offensichtlich ihre ehrliche Meinung war. »Tja, wir sollten nicht die Parade aufhalten. Gehen wir hinein?«

Er und Galeni postierten sich neben ihren Damen, und Miles führte sie durch die nahe Doppeltür. Der Gläserne Saal war ein langer Empfangssalon, den auf der einen Seite hohe Fenster, auf der anderen hohe antike Spiegel säumten, daher der Name, den sich der

Saal erworben hatte, als Glas noch viel schwerer zu bekommen war.

Gregor, der an diesem Abend eher den Gastgeber als den Lehnsherrn spielte, stand nahe der Tür in der Gesellschaft einiger hoher Regierungsvertreter, die man für diesen Anlaß herbeizitiert hatte, und begrüßte seine Gäste. Der Kaiser von Barrayar war ein hagerer, fast schmächtiger Mann Mitte dreißig, mit schwarzem Haar und dunklen Augen. An diesem Abend trug er gutgeschnittene Zivilkleidung im konservativsten förmlichen barrayaranischen Stil mit einer Andeutung der Farben des Hauses Vorbarra im Besatz und in der seitlichen Paspelierung der Hosen. Gregor war außergewöhnlich still, wenn er es sein durfte. Natürlich jetzt nicht, wo er sich in der Gesellschaft bewegte, eine Pflicht, die er nicht mochte, jedoch wie alle seine Pflichten trotzdem gut erfüllte.

»Ist er das?« flüsterte Laisa Miles zu, während sie darauf warteten, daß die Gruppe vor ihnen ihre Artigkeiten absolvierte und sich weiterbewegte. »Ich dachte, er würde diese phantastische Militäruniform tragen, in der man ihn immer in den Vids sieht.«

»Oh, die rot-blaue Paradeuniform? Die legt er nur zur Mittsommerparade, zu seinem Geburtstag und zum Winterfest an. Sein Großvater, Kaiser Ezar, war ein echter General, bevor er Kaiser wurde, und trug Uniformen wie eine zweite Haut, doch Gregor sieht sich nicht so, trotz seines Titels als Oberbefehlshaber der Kaiserlichen Streitkräfte. Deshalb bevorzugt er die Uniform des Hauses Vorbarra oder so etwas wie heute, wann immer die Etikette es gestattet. Wir alle wissen diese Vorliebe sehr zu schätzen, denn sie erspart es *uns*, das verdammte Ding zu tragen. Der Kragen würgt einen, der Säbel kommt einem in die Quere und mit den Stiefelquasten bleibt man immer irgendwo hängen.« Nicht, daß der Kragen der grünen Ausgehuniform viel niedriger war, und von den Quasten abgesehen waren die hohen Stiefel ähnlich, aber bei seiner Größe war für Miles der Säbel eine besondere Plage.

»Ich verstehe«, sagte Laisa. Ihre Augen funkelten amüsiert.

»Ah, wir sind dran.« Miles bugsierte seine Gruppe vorwärts.

Delia kannte Gregor schon seit ihrer Kindheit. Nach einem kurzen Austausch und einem begrüßenden Lächeln trat sie zurück, um den Neuankömmlingen eine Chance zu geben.

»Hauptmann Galeni, ich habe schon von Ihnen gehört«, sagte Gregor ernst, als Miles ihm den auf Komarr geborenen Offizier vorstellte. Für einen Sekundenbruchteil schaute Galeni drein, als wäre er sich nicht sicher, wie er diese beunruhigende Information bewerten sollte, und Gregor fügte schnell hinzu: »Nur Gutes!«

Gregor wandte sich Laisa zu, und sein Blick blieb einen Moment lang an ihr hängen. Er faßte sich schnell und verbeugte sich leicht über ihre Hand, murmelte etwas Höfliches und Hoffnungsvolles über Komarr als willkommenen Teil der Zukunft des Kaiserreiches.

Als die Formalitäten erledigt waren, machte sich Delia unter den festlich gekleideten Gästen, die sich in kleinen Gruppen im Raum verteilt hatten, auf die Suche nach Ivan und ihrer Schwester. Der Saal war auch nicht annähernd so voll wie beim Geburtstag des Kaisers oder beim Winterfest. Laisa warf einen Blick über die Schulter zurück auf Gregor. »Du lieber Himmel, mir ist es fast so vorgekommen, als entschuldigte er sich dafür, daß Barrayar uns erobert hat.«

»Na ja, eigentlich nicht«, erwiderte Miles. »Wir hatten keine große Wahl, nachdem die Cetagandaner auf dem Weg über Komarr bei uns eingedrungen waren. Er hat lediglich sein Bedauern für persönliche Unannehmlichkeiten ausgedrückt, die die Eroberung verursacht haben mag, und die sich, wenn man alles in Betracht zieht, jetzt fünfunddreißig Jahre später allmählich zu verlieren scheinen. Ein Reich, das aus mehreren Planeten besteht, ist ein heikler Balanceakt. Allerdings ist es den Cetagandanern gelungen, den ihren jahrhundertelang aufrechtzuerhalten, womit ich nicht sagen möchte, daß sie meine erste Wahl als politisches Vorbild wären.«

»Er scheint nicht gerade die strenge Persönlichkeit zu sein, als den eure offiziellen Nachrichtendienste ihn darstellen, oder?«

»In Wirklichkeit eher schwermütig als streng – nur im Vid wirkt er so. Glücklicherweise vielleicht.«

Ein magerer alter Mann, der auf einen Stock gestützt dahertatterte, versperrte ihnen kurz den Weg; seine ultraformelle rot-blaue Paradeuniform, korrekt hin bis zu den zwei Schwertern, die an seinen knochigen Hüften baumelten, hing schlottrig an ihm; ihre Farbe war merkwürdig verblaßt. Miles nahm seine Gäste und trat schnell zurück, um den Alten vorbeizulassen.

Laisa beobachtete den Mann interessiert. »Wer ist denn dieser alte General?«

»Das ist eines der berühmtesten Relikte von Vorbarr Sultana«, antwortete Miles. »General Vorparadijs ist der letzte überlebende Kaiserliche Auditor, der noch persönlich von Kaiser Ezar ernannt wurde.«

»Für einen Auditor oder Revisor sieht er aber ziemlich militärisch aus«, überlegte Laisa.

»Er ist ein Kaiserlicher Auditor, mit großem K«, korrigierte Miles. »Tja… jede Gesellschaft sieht sich der Frage gegenüber: Wer bewacht die Wächter? Die barrayaranische Antwort darauf ist der Kaiserliche Auditor. Die Auditoren sind eine Art Kreuzung zwischen… ah… einem betanischen Sonderstaatsanwalt, einem Generalinspekteur und einer kleinen Gottheit.

Das Amt hat nicht notwendigerweise etwas mit Buchprüfung zu tun, obwohl der Titel von dort kommt. Die ursprünglichen Grafen waren Voradar Taus Steuereintreiber. Da soviel Geld an meinen analphabetischen Vorfahren vorbeifloß, blieb gern an ihren Fingern etwas kleben. Die Auditoren überwachten im Auftrag des Kaisers die Grafen. Das unerwartete Erscheinen eines Kaiserlichen Auditors, für gewöhnlich zusammen mit einer größeren kaiserlichen Kavalleriestreitmacht, löste häufig blutige und ungewöhnliche Selbstmorde aus. Auch die Auditoren wurden in jenen Tagen häufiger ermordet, doch die frühen Kaiser waren wirklich konsequent in der Verfolgung der Täter mit spektakulären Massenhinrichtungen, und die Auditoren wurden dadurch bemerkenswert unverletzlich. Es heißt, sie hätten für gewöhnlich mit Säcken voller Gold an den Sätteln und fast ohne Wachen durch die Lande reiten können, und die Banditen seien heimlich vorausgeritten, um ihnen den Weg freizumachen, einfach um sicherzugehen, daß die Auditoren so schnell wie möglich ohne irritierende Verzögerungen aus ihren Distrikten fortkamen. Ich glaube allerdings, daß das eine Legende ist.«

Laisa lachte. »Es ist aber eine großartige Geschichte.«

»Es sollen immer neun sein«, warf Galeni ein. »Eine traditionelle Zahl mit einigen möglichen Ursprüngen auf der Alten Erde. Das ist ein bevorzugtes Thema für historische Seminararbeiten von Studenten. Allerdings glaube ich, daß es derzeit nur sieben lebende Auditoren gibt.«

»Werden sie auf Lebenszeit ernannt?« fragte Laisa.

»Manchmal«, antwortete Miles. »Andere werden nur für einen bestimmten Fall ernannt. Als mein Vater Regent war, hat er nur amtierende Auditoren ernannt; allerdings hat Gregor einige dieser Ernennungen bestätigt, als er volljährig wurde. In allen Angelegenheiten, die sich auf ihre Untersuchungen beziehen, sprechen sie faktisch mit der Stimme des Kaisers. Das ist eine weitere sehr barrayaranische Einrichtung. Ich habe einmal mit der Stimme des Grafen, meines Vaters, gesprochen, bei einer kleinen Morduntersuchung in meinem eigenen Distrikt. Es war eine eigenartige Erfahrung.«

»Das klingt wirklich interessant, von einem soziologischen Standpunkt aus gesehen«, sagte Laisa. »Meinen Sie, wir könnten General Vorparadijs in ein Gespräch verwickeln und ihn dazu bringen, von den alten Zeiten zu reden?«

»Nein, nein!« erwiderte Miles erschrocken. »Das *Amt* ist interessant, nicht die Person. Vorparadijs selbst ist der todlangweiligste, senilste alte Vor in ganz Vorbarr Sultana. Er hält nur Monologe darüber, wie seit Ezars Tagen die Maßstäbe zum Teufel gegangen sind«, *und dabei schaut er normalerweise immer mich sehr betont an,* »vermischt mit detaillierten Berichten über seine Verdauungsprobleme.«

»Ja«, stimmte Delia Koudelka ihm zu. »Er unterbricht einen ständig, um einem zu sagen, daß die jungen Leute keine Manieren mehr haben. Junge Leute sind alle unter sechzig.«

»Alle unter siebzig«, korrigierte Miles. »Er bezeichnet meinen *Vater* immer noch als ›Piotrs jüngeren Sohn‹.«

»Sind alle Auditoren so alt?«

»Na ja, nicht *so* alt. Aber es besteht eine Tendenz, für dieses Amt pensionierte Admiräle und Generäle zu nehmen, für den Fall, daß sie nichtpensionierten Admirälen und Generälen Angst einjagen müssen.«

Sie mieden den sterbenslangweiligen General und holten Ivan und Martya Koudelka ein; doch sogleich wurden sie durch den Haushofmeister wieder von ihnen getrennt, als er sie zu ihren Plätzen im schmucküberladenen Kleineren Speisesaal geleitete. Nach Miles' Meinung ging die Mahlzeit gut vonstatten. Er bemühte sich, der escobaranischen Botschafterin Suggestivfragen zu stellen, und die übliche Flut von Fragen nach seinem berühmten Vater über sich ergehen zu lassen. Laisa, die ihm gegenübersaß, behauptete sich im Gespräch mit einem älteren Herrn aus dem Gefolge der Escobaranerin. Gregor und Hauptmann Galeni brachten einen kurzen, ausgesucht höflichen Meinungsaustausch über die Beziehungen zwischen Barrayar und Komarr zustande, der für die zarten Ohren galaktischer Gäste geeignet war. Miles kam zu dem Schluß, daß man ihn und seine Begleiter nicht nur seinetwegen an Gregors Tisch gesetzt hatte.

Laisa hob ihre lebhaften Augen, als Galeni eine Bemerkung über die komarranische Transportwirtschaft machte und ihr damit, wie Miles erkannte, bewußt ein Stichwort gab. Sie wandte sich an den Escobaranern vorbei direkt an Gregor. »Ja, Majestät. Das Syndikat der Spediteure von Komarr, für das ich arbeite, ist in der Tat sehr besorgt über die derzeitige Debatte im Ministerrat. Wir haben in einer Petition um einen Steuernachlaß auf Gewinne gebeten, die direkt in wichtige Verbesserungen reinvestiert werden.«

Innerlich applaudierte Miles ihr, daß sie den Nerv hatte, den Kaiser höchstpersönlich während des Hauptgerichts zu beeinflussen – *ja, nur ran! Warum nicht?*

»Ja«, erwiderte Gregor und lächelte ein wenig. »Minister Racozy hat es mir gegenüber erwähnt. Ich fürchte, die Petition wird im Rat der Grafen auf heftigen Widerstand stoßen, denn dessen konservativere Mitglieder meinen, unsere beträchtlichen militärischen Ausgaben für die Verteidigung der komarranischen Sprungpunkte sollten… hm… von den an der Frontlinie Ansässigen proportional mitgetragen werden.«

»Aber eine Substanzerhöhung wird in der zweiten

Runde eine viel größere Besteuerungsgrundlage bieten. Wenn man zu früh abschöpft, dann ist das, wie wenn man… sein Saatgetreide aufißt.«

Gregor hob die Augenbrauen. »Eine äußerst nützliche Metapher, Dr. Toscane. Ich werde sie an Minister Racozy weitergeben. Sie macht vielleicht auf einige unserer Grafen aus dem Hinterland mehr Eindruck als die komplizierteren Diskussionen über Sprungtechniken, mit denen er sie behelligen wollte.«

Laisa lächelte. Gregor lächelte. Galeni blickte ausgesprochen selbstzufrieden drein. Laisa, die ihr Argument angebracht hatte, war so vernünftig, sich zurückzunehmen und das Gespräch sofort auf leichtere Dinge zu lenken, oder zumindest auf die escobaranische Politik bezüglich der Sprungtechniken, ein Thema, das weniger heikel war als die barrayaranisch-komarranischen Meinungsverschiedenheiten über Besteuerung.

Für die Musik für den nachfolgenden Tanz im Ballsaal im Erdgeschoß sorgte wie üblich das Orchester der Kaiserlichen Streitkräfte, deren Mitglieder sicherlich zu den weniger martialischen, wenn auch talentierteren, Soldaten von Barrayar gehörte. Der ältliche Oberst, der sie dirigierte, gehörte seit Jahren zum festen Inventar der Residenz. Gregor eröffnete den Tanz formell, indem er mit Lady Alys über das Parkett wirbelte und dann, den Geboten der Etikette folgend, eine Reihe weiblicher Gäste in der Reihenfolge ihres Ranges aufforderte, beginnend mit der escobaranischen Botschafterin. Miles forderte bei der großen, blonden, schönen Delia seine zwei Tänze ein. Nachdem er damit welchen Eindruck auch immer auf die Zuschauer gemacht hatte, übte er sich dann darin, wie Illyan unauffällig an der Wand zu lehnen und die Vorgänge auf dem Parkett zu beobachten. Hauptmann Galeni tanzte, wenn nicht gut, so zumindest doch ernsthaft. Er hatte eine politische Karriere nach dem Ablauf seiner zwanzig Jahre Militärdienst im Auge und sammelte methodisch alle möglichen diesbezüglichen Fertigkeiten.

Einer von Gregors Gefolgsleuten trat an Laisa heran; als Miles sie das nächste Mal entdeckte, wie sie sich in einem Spiegeltanz verneigte und dahinglitt, befand sie sich Gregor gegenüber. Miles fragte sich, ob sie ein paar weitere gute Anmerkungen über die Handelsbeziehungen anbringen würde, während sie tanzte. Eine erfreuliche Gelegenheit, und sie vergeudete sie nicht. Das Syndikat der Spediteure von Komarr sollte ihr für die Arbeit dieses Abends einen Extrabonus zahlen. Der sonst so melancholische Gregor lachte wirklich über etwas, das sie sagte.

Sie kehrte zu Galeni zurück, der vorübergehend bei Miles an der Wand lehnte. Ihre Augen leuchteten. »Er ist intelligenter, als ich dachte«, sagte sie atemlos. »Er hört… sehr aufmerksam zu. Man hat den Eindruck, er merkt sich alles. Oder tut er nur so?«

»Nein, er tut nicht nur so«, antwortete Miles. »Er verarbeitet alles. Aber Gregor muß sehr gut achtgeben, was er sagt, da sein Wort ja buchstäblich zum Gesetz werden kann. Er wäre schüchtern, wenn er könnte, aber das ist ihm nicht gestattet.«

»Nicht gestattet? Wie *seltsam* das klingt«, sagte Laisa.

Sie hatte noch dreimal die Chance, Gregors Zurückhaltung auf dem Tanzparkett zu testen, bevor der Abend schicklich und konservativ eine Stunde vor Mitternacht zu Ende ging. Miles fragte sich, ob Gregor ihn in Sachen Schüchternheit Lügen strafen wollte, denn der Kaiser brachte tatsächlich Laisa ein paarmal zum Lachen.

Die Gesellschaft schickte sich an aufzubrechen, bevor Miles endlich ein ruhiges, privates Wort mit Gregor tauschen konnte. Das erste, was Gregor sagte, war unglücklicherweise: »Ich habe gehört, es ist dir gelungen, Unseren Kurier fast in einem Stück zurückzubringen. Ein bißchen unter deinem üblichen Standard, nicht wahr?«

»Äh. Dann ist Vorberg also zu Hause, oder?«

»So hat man mir gesagt. Was ist denn genau passiert?«

»Ein… sehr peinlicher Unfall mit einem automatisierten Plasmabogen. Ich werde dir alles darüber erzählen, aber… nicht hier.«

»Ich freue mich darauf.«

Damit war Gregor auf der zunehmenden Liste der Leute, die Miles zu meiden suchen würde. Verdammt.

»Wo hast du denn diese außerordentliche junge Komarranerin aufgegabelt?« fügte Gregor hinzu und blickte in eine mittlere Entfernung.

»Dr. Toscane? Eindrucksvoll, nicht wahr? Ich habe ihren Mut ebenso sehr bewundert wie ihr Dekolleté. Worüber habt ihr denn die ganze Zeit gesprochen?«

»Meistens über Komarr… Hast du ihre… äh… die Adresse des Syndikats der Spediteure? Ach, laß nur, Simon kann sie mir besorgen. Zweifellos zusammen mit einem kompletten Sicherheitsbericht, egal, ob ich haben möchte oder nicht.«

Miles verneigte sich. »Der Kaiserliche Sicherheitsdienst ist Majestät immer zu Diensten.«

»Benimm dich«, murmelte Gregor. Miles grinste.

Nach der Rückkehr zum Palais Vorkosigan lud Miles die beiden Komarraner noch zu einem Drink ein, bevor ihm einfiel, welche logistischen Komplikationen derzeit für die Bewirtung von Gästen bestanden. Galeni setzte zu einer höflichen Ablehnung an und erwähnte etwas von der Arbeit, die am nächsten Tag auf ihn wartete, gleichzeitig sagte Laisa jedoch: »O ja, bitte. Ich würde das Haus gerne sehen, Lord Vorkosigan. Es ist von soviel Geschichte durchdrungen.« Galeni schluckte auf der Stelle hinunter, was er noch hatte anfügen wollen, und folgte ihr mit einem leichten Lächeln ins Haus.

Alle Räume im Erdgeschoß schienen zu groß, zu dunkel und zu ominös für nur drei Leute zu sein; Miles führte sie statt dessen in den ersten Stock, in einen Salon von menschlicheren Ausmaßen, dann mußte er im Raum herumflitzen und die Abdeckungen von den Möbel abziehen, bevor sich jemand hinsetzen konnte. Er stellte die Beleuchtung auf ein ziemlich romantisches Spätabendlicht ein, dann galoppierte er zwei bzw. drei Treppen hinab, um drei Weingläser und eine brauchbare Flasche Wein zu holen. Als er wieder im ersten Stock erschien, war er ziemlich außer Atem.

Als er wieder in den kleinen Salon trat, entdeckte er, daß Galeni seine Chance nicht genutzt hatte. Miles hätte nur das kleine Sofa aufdecken sollen, um die beiden zu einer größerer Nähe zu zwingen als zu der, die sie in den getrennt stehenden, zugegebenermaßen bequemen Sesseln fanden, die sie gewählt hatten. Der gute alte Galeni schien, seriös und sich an die Regeln haltend, das geheime Verlangen seiner Dame nach einer kleinen romantischen Dummheit gar nicht zu bemerken. Miles wurde auf seltsame Weise an Taura erinnert: durch ihre Größe, ihre Arbeit und ihren Rang war sie in der Öffentlichkeit zu einer dauernden Rolle gezwungen, die zu gefährlich war, als daß man sie hätte verspotten dürfen. Laisa war nicht zu groß, sondern vielleicht zu intelligent und sich ihrer öffentlichen und sozialen Pflichten zu sehr bewußt. Sie würde nie direkt den ersten Schritt tun. Galeni machte sie lächeln, aber nicht lachen. Die Abwesenheit jeden Sinns für *Spiel* zwischen den beiden beunruhigte Miles. Man brauchte einen ausgeprägten Sinn für Humor, um Sex miteinander zu haben und vernünftig zu bleiben.

Doch Miles fühlte sich nicht besonders qualifiziert,

gerade jetzt Galeni Ratschläge zu geben, wie er sein Liebesleben einrichten sollte. Er dachte wieder an Tauras Bemerkung: *Du versuchst wegzugeben, was du selbst haben willst.* Verdammt noch mal! Galeni war schon ein großer Junge, sollte er doch seine eigene Verdammnis finden.

Es war nicht schwer, Laisa in ein Gespräch über ihre Arbeit zu verwickeln; allerdings wurde dadurch die Sache etwas einseitig. Miles und Galeni konnten natürlich ihrerseits nicht viel über ihre höchst geheime Tätigkeit sagen. So kamen sie wieder ohne Umschweife zum offensichtlichen Thema des Abends, den Beziehungen zwischen Komarr und Barrayar samt der gemeinsamen Geschichte. Nach der Eroberung hatte die Familie Toscane zu den bedeutenden kooperierenden Kreisen gehört, daraus folgte ihre gegenwärtige herausgehobene Stellung.

»Aber man kann sie eigentlich nicht Kollaborateure nennen«, behauptete Miles hartnäckig, als das Thema berührt wurde. »Ich meine, diese Bezeichnung sollte für jene reserviert werden, die *vor* der barrayaranischen Invasion kooperiert haben. Es tut dem Patriotismus der Toscanes keinen Abbruch, daß sie sich der Verbrannte-Erde- oder eher: Verbranntes-Komarr-Politik des späteren Widerstandes verweigerten, ganz im Gegenteil.« Die barrayaranische Invasion war eigentlich keine Gewinnsituation gewesen, doch die Kooperierenden hatten es zumindest verstanden, ihre Verluste abzuschreiben und weiterzumachen. Jetzt, eine Generation später, bewies der Erfolg der von den Toscanes angeführten Oligarchie die Richtigkeit ihrer Überlegungen.

Und anders als bei Galeni, dessen Vater Ser Galen sein Leben damit verbracht hatte, eine vergebliche komarranische Rache anzuzetteln, hatte die Position der Toscanes Laisa keine peinlichen Beziehungen hinterlassen, die sie jetzt durch einen politisch tadellosen Lebenswandel vergessen machen mußte. Weder Miles noch Galeni brachten Ser Galen zur Sprache. Miles fragte sie, wieviel Galeni ihr von seinem verstorbenen verrückten Vater erzählt hatte.

Es war lange nach Mitternacht, und sie hatten eine weitere Flasche des besten Weins geleert, als Miles sich endlich aufraffen konnte, seine gähnenden Gäste heimgehen zu lassen. Er beobachtete nachdenklich, wie Galenis Bodenwagen die Auffahrt verließ und in die nachtstillen Straßen einbog und wie der einsame nächtliche KBS-Wächter salutierte. Galeni hatte wie Miles in den letzten zehn Jahren eine allesverzehrende Karriere verfolgt; deren geheime Belastungen hatten ihn vielleicht in romantischen Dingen ein wenig zurückbleiben lassen. Miles hoffte, Galeni würde, wenn es an der Zeit war, seinen Heiratsantrag an Laisa nicht als eine Art Geschäftsangebot formulieren, doch er fürchtete sehr, daß dies die einzige Form sein würde, die Galeni sich gestatten konnte. Galeni hatte nicht genügend Schwung. Dieser Schreibtischjob paßte zu ihm.

*Diese Frau wird nicht verdammt lang auf Sie warten, Galeni. Jemand mit mehr Mut wird dazwischenkommen, sie schnappen und entführen, um sie gierig für sich zu behalten.* Als potentieller Baba, traditioneller barrayaranischer Heiratsvermittler, war Miles der Meinung, der Abend habe für Galeni keinen sonderlichen Fortschritt gebracht. Stellvertretend für beide Freunde sexuell frustriert, ging Miles wieder ins Haus. Das Sicherheitsschloß der Tür schnappte automatisch ein.

Miles zog sich langsam aus, setzte sich auf sein Bett und betrachtete seine Komkonsole mit derselben boshaften Intensität, mit der Pep, die Katze, einen Menschen beäugte, der Futter brachte. Die Konsole schwieg beharrlich. *Summe endlich, verdammt noch mal!* In der natürlichen Perversität der Dinge sollte dies die Stunde sein, da Illyan Miles zu sich bestellte, wenn er müde, halbbetrunken und unfähig war, einen Bericht abzugeben. *Los, Illyan, ich möchte meine Mission haben!* Jede Stunde, die verging, schien seine Spannung zu vergrößern. Jede Stunde war eine weitere vergeudete Stunde. Falls bis zur Einbestellung durch Illyan soviel Zeit vergehen sollte, daß er hätte nach Escobar und zurück reisen können, dann wäre er so weit, in den Teppich zu beißen, selbst wenn er keinen Anfall hätte.

Er überlegte, ob er eine weitere Flasche heraufholen und sich *wirklich* betrinken sollte; ein Akt sympathetischer Magie, um es *wirklich* wahrscheinlich zu machen, daß Illyan anrief. Doch Ekel und Erbrechen ließen die Zeit subjektiv eher langsamer vergehen, nicht schneller. Eine unattraktive Aussicht. *Vielleicht hat Illyan mich vergessen.*

Ein fadenscheiniger Witz. Illyan vergaß nie etwas. Er konnte gar nichts vergessen. Damals, als *er* KBS-Leutnant gewesen war, in seinen späten Zwanzigern, hatte der damalige Kaiser Ezar ihn zum fernen Illyrica geschickt, damit in sein Gehirn ein experimenteller eidetischer Gedächtnischip implantiert wurde. Der alte Ezar hatte sich ausgemalt, über ein zweibeiniges Aufzeichnungsgerät zu verfügen, das nur ihm allein verantwortlich war. Die Technik hatte sich nicht als kommerzielle Entwicklung durchgesetzt, denn der Chip hatte später bei 90 % seiner Träger eine iatrogene Schizophrenie ausgelöst. In seiner Skrupellosigkeit war Ezar bereit gewesen, diese 90 % Risiko um der 10 % Gewinn willen einzugehen, oder anders ausgedrückt, hatte gewollt, daß ein leicht ersetzbarer junger Offizier dieses Risiko für ihn auf sich nahm. In der Verfolgung seiner Politik hatte Ezar im Laufe seines Lebens sich Tausender junger Soldaten wie Illyan entledigt.

Doch Ezar war bald darauf gestorben und hatte

Illyan wie einen wandernden Planetoiden in den Orbit um Admiral Aral Vorkosigan geraten lassen, der sich als einer der bedeutenderen politischen Sterne des Jahrhunderts erwies. Die folgenden dreißig Jahre hatte Illyan für Miles' Vater in der einen oder anderen Weise Sicherheitsarbeit geleistet.

Miles überlegte, was es bedeuten würde, die Erinnerungen aus fünfunddreißig Jahren wie mit einem Wimpernschlag herbeirufen zu können, so scharf und so augenblicklich, als hätte man das Erinnerte gerade eben erst erlebt. Die Vergangenheit würde nicht durch diesen willkommenen rosaroten Nebel der Vergeßlichkeit gedämpft. Fähig zu sein, jeden Fehler, den man jemals gemacht hatte, in Originalton und perfekter Farbe wieder ablaufen zu lassen... das mußte so etwas wie ewige Verdammnis sein. Kein Wunder, daß die Chip-Träger verrückt geworden waren. Allerdings war es vielleicht nicht so schmerzvoll, sich an die Fehler *anderer* Leute zu erinnern. In Illyans Umgebung lernte man, seine Zunge zu hüten. Er konnte jedes idiotische, dumme oder schlechtüberlegte Wort, das man jemals gesagt hatte, wörtlich zitieren, samt den begleitenden Gesten.

Alles in allem glaubte Miles, daß er sich nichts aus einem solchen Chip machen würde, selbst wenn er medizinisch dafür qualifiziert wäre. Einer schizoiden Demenz fühlte er sich schon ohne einen solchen technischen Beschleuniger nahe genug. Nein danke!

Galeni jedoch schien von dieser langweiligen, phantasielosen Art zu sein, die sich dafür eignen würde; doch Miles hatte Grund zu der Annahme, daß Galeni verborgene Tiefen in sich trug, so verborgen wie die terroristische Vergangenheit seines Vaters Ser Galen. Nein, auch Galeni war kein geeigneter Kandidat. Galeni würde einfach auf so ruhige Weise wahnsinnig werden, daß er einen riesigen Schaden anrichten könnte, bevor irgend jemand etwas bemerkte.

Miles starrte auf seine Komkonsole und versuchte sie mit dem bloßen Willen zum Aufleuchten zu bringen. *Rufen Sie an! Rufen Sie an! Rufen Sie an! Geben Sie mir meine gottverdammte Mission! Holen Sie mich hier heraus!* Das Schweigen der Konsole schien fast seiner zu spotten. Schließlich gab er es auf und ging eine weitere Flasche Wein holen.

# KAPITEL 6

Erst am übernächsten Abend summte die Komkonsole in Miles' Schlafzimmer wieder. Den ganzen Tag war er daneben gesessen, nun fiel er vor Überraschung fast vom Stuhl. Er ließ sie absichtlich noch einmal summen, während er versuchte, sein rasend pochendes Herz zu beruhigen und den Atem anzuhalten. *Ganz recht. Das muß es sein. Sei kühl, ruhig und gefaßt, alter Junge. Zeig Illyans Sekretär nicht, wie du schwitzt.*

Doch zu seiner bitteren Enttäuschung gehörte das Gesicht, das über der Vid-Scheibe erschien, nur seinem Cousin Ivan. Er war offenbar gerade erst von seiner Arbeit im Hauptquartier der Kaiserlichen Streitkräfte heimgekommen und trug noch seine grüne Interimsuniform… mit blauen statt roten Rangabzeichen am Kragen hinter seinen bronzenen Führungsstab-Nadeln. *Hauptmannsstreifen? Was, Ivan trägt Hauptmannsstreifen?*

»Hallo, Cousin«, begann Ivan fröhlich. »Wie war dein Tag?«

»Langweilig.« Miles zwang sich zu einem höflichen Lächeln und hoffte, er könnte das flaue Gefühl in seinem Magen verbergen.

Ivans Lächeln wurde breiter. Er fuhr sich mit der Hand glättend übers Haar. »Bemerkst du was?«

*Du weißt verdammt gut, daß ich es auf der Stelle bemerkt habe.* »Du hast einen neuen Coiffeur?« Miles tat so, als müsse er unsicher raten.

»Ha.« Ivan klickte mit einem Fingernagel auf ein Abzeichen.

»Du weißt doch, sich für einen Offizier auszugeben ist ein Verbrechen, Ivan. Es stimmt ja, sie haben dich noch nicht erwischt...« *Ivan ist vor mir zum Hauptmann befördert worden...?!*

»Ha«, wiederholte Ivan selbstgefällig. »Es ist ganz offiziell, von heute an. Seit heute morgen bin ich in einer neuen Soldstufe. Ich habe schon gewußt, daß es kommt, habe es aber noch zurückgehalten. Dachte mir, ihr verdientet alle eine kleine Überraschung.«

»Wie kommt es, daß man *dich* vor *mir* befördert hat? Mit wem, zum Teufel, hast du geschlafen?« kam es Miles über die Lippen, bevor er es runterschlucken konnte. Daß seine Stimme so schroff klang, hatte er nicht beabsichtigt.

Selbstzufrieden lächelnd zuckte Ivan die Achseln. »Ich mache meinen Job. Und ich tue ihn, ohne daß ich herumlaufe und alle Regeln zu kleinen Origami-Kunstwerken verbiege. Außerdem hast du weiß-Gott-wieviel Zeit auf Genesungsurlaub verbracht. Rechne das mal nach, und du wirst wahrscheinlich sehen, daß ich dir im Dienstalter um *Jahre* voraus bin.«

Blut, Haut und Knochen! Jedes bißchen dieses unerwünschten Urlaubs war mit Blut, Haut und Knochen und endlosem Schmerz erkauft worden, bereitwillig genug hatte er sie im Dienst des Kaisers geopfert. *Blut, Haut und Knochen, und sie befördern Ivan? Vor mir...* Etwas wie Wut würgte ihn, und die Worte blieben ihm im Hals stecken.

Ivan beobachtete ihn und machte ein langes Gesicht. Ja natürlich, Ivan hatte erwartet, Applaus zu ernten, auf eine passend indirekte Art, hatte erwartet, daß Miles seinen Stolz und seine Freude über das Erreichte teilte, denn sie allein zu genießen machte wenig Spaß. Miles kämpfte um mehr Beherrschung seiner Gesichtszüge, seiner Worte, seiner Gedanken. Er versuchte seiner Stimme wieder den passenden Ton leichten Geplänkels zu geben. »Meinen Glückwunsch, Cousin. Da du nun nach Rang und Soldstufe so hoch gestiegen bist, welche Entschuldigung hast du jetzt noch gegenüber deiner Mutter, daß du nicht eine schöne Vor-Knospe heiratest?«

»Die müßte mich erst fangen«, erklärte Ivan grinsend, und sein Gesicht hellte sich wieder auf. »Ich bin sehr schnell.«

»Mm. Warte lieber nicht zu lange. Hat nicht Tatya Vorventa aufgegeben und kürzlich geheiratet? Allerdings gibt es da vermutlich noch Violetta Vorsoisson.«

»Tja, nein, die hat doch schon letzten Sommer geheiratet«, gestand Ivan ein.

»Helga Vorsmythe?«

»Wurde ausgerechnet von einem der Unternehmerfreunde ihres Papas gepflückt. Er ist nicht einmal ein Vor. Allerdings verdammt reich. Das war vor drei Jahren. Du lieber Himmel, Miles, du bist nicht mehr auf dem laufenden. Kein Problem. Ich kann mir immer noch jemand jüngeren suchen.«

»Wenn du in diesem Tempo weitermachst, wirst du am Ende noch um Ungeborene werben.« *Das blüht uns allen.* »Jetzt macht es sich bei uns bemerkbar, daß zum Zeitpunkt unserer Geburt die Proportion zwischen den Geschlechtern so verschoben war. Tja, mit deinem Hauptmannsrang ist es schnell gegangen. Ich weiß ja, daß du dafür gearbeitet hast, auch wenn du anders tust. Ich wette, bevor ich mich noch einmal umdrehe, bist du schon Chef des Führungsstabs.«

Ivan seufzte. »Nicht, wenn man nicht nachgibt und mir endlich Schiffsdienst zuweist, damit ich den auch in meinem Lebenslauf habe. Dieser Tage ist man schrecklich knickrig damit.«

»Ich fürchte, man knausert schon mit halben Mark in den Trainingszyklen.«

»*Du* hast mehr Schiffsdienst gehabt als jeder, den ich

kenne, bis hinauf zum Rang eines Kommodore, und das mit deiner eigenen unnachahmlichen und regelwidrigen Methode«, fügte Ivan neidisch hinzu.

»Ja ja, aber das ist alles streng geheim. Du gehörst zu den wenigen, die davon wissen.«

»Der springende Punkt ist, daß du dich nicht von fehlenden Moneten aufhalten läßt. Oder von den Regeln. Oder vom Respekt für die Wirklichkeit, soweit ich das sagen kann.«

»Ich würde mich nie von *irgend etwas* aufhalten lassen. So bekommt man, was man will, Ivan. Niemand gibt es dir einfach.« Na ja… niemand würde es Miles einfach geben. Ivan fielen die Dinge in den Schoß, und so war es schon immer gewesen, als hätte der Himmel eine besondere Sympathie für ihn. »Wenn du nicht gewinnen kannst, dann ändere das Spiel.«

Ivan zuckte mit einer Augenbraue. »Wenn es kein Spiel gibt, ist dann Gewinnen nicht ein ziemlich sinnloser Begriff?«

Miles zögerte. »Aus den Mündern von… Ivans. Ich werde… darüber nachdenken müssen.«

»Streng dich nicht an, kleines Genie.«

Miles gelang es unmerklich zu lächeln. Ivan schaute drein, als würde dieses ganze Gespräch in seinem Mund einen ebenso schlechten Geschmack zurücklassen wie bei seinem Cousin. Miles sollte es lieber aufgeben. Später würde er sich wieder mit Ivan versöhnen. Das tat er ja immer. »Ich glaube, ich sollte lieber gehen.«

»Ja. Du hast soviel zu tun.« Ivan schnitt eine Grimasse und schaltete ab, bevor Miles' Hand die Aus-Taste erreichte.

Eine volle Minute saß Miles stumm auf seinem Stuhl vor der Konsole. Dann warf er den Kopf zurück und spie – da er ganz allein war – seine Frustration in einer Flut aller obszönen galaktischen Flüche, die er kannte, gegen die Schlafzimmerdecke. Danach fühlte er sich besser, als wäre es ihm gelungen, zusammen mit den unflätigen Wörtern etwas Giftiges aus seiner Seele auszustoßen. Er mißgönnte Ivan die Beförderung nicht, nicht wirklich. Es war einfach nur... einfach nur...

War Gewinnen alles, was er wirklich wollte? Oder wollte er auch noch, daß man *sah,* daß er gewonnen hatte? Und wer sollte es sehen? Wenn man außer nach Glück auch nach Ruhm hungerte, dann war man beim KBS, verdammt noch mal, auf dem falschen Dampfer. Doch Illyan wußte es, Miles' Eltern wußten es, Gregor und alle ihm nahestehenden Leute, die wirklich zählten, wußten von Admiral Naismith, wußten, was Miles wirklich war. Elena, Quinn, alle Dendarii. Selbst Ivan wußte es. *Für wen, zum Teufel, wirble ich denn herum, wenn nicht für sie?*

Nun... da gab es immer seinen Großvater, General Graf Piotr Vorkosigan, der seit dreizehn Jahren tot war. Miles' Auge fiel auf den Zeremonialdolch seines Großvaters, der in einer kunstvoll gearbeiteten Scheide an einem Ehrenplatz – oder zumindest nicht mit anderem Gerümpel überhäuft – auf einem eigenen Bord am anderen Ende des Raums lag. Zu einer früheren Zeit seiner Karriere hatte Miles wirklich darauf bestanden, ihn die ganze Zeit mit sich herumzutragen. Das bewies... was? Wem? *Jetzt nichts und niemandem.*

Er stand auf und ging zu dem Bord hinüber, hob die Waffe auf, zog die feine Klinge aus ihrer Scheide und beobachtete, wie das Licht auf dem gemaserten Stahl spielte. Der Dolch war immer noch sagenhaft alt, doch ihm fehlte... eine gewisse perverse Faszination, die er früher auf Miles ausgeübt hatte; die Magie war fort, oder zumindest: der Fluch war aufgehoben. Es handelte sich nur um ein Messer. Miles steckte den Dolch wieder in die Scheide, öffnete die Hand und ließ die Waffe wieder auf ihren Platz fallen.

Miles fühlte sich aus dem Gleichgewicht geworfen. Wenn er zu Hause war, hatte er zunehmend diese Empfindung gehabt, aber diesmal war sie sehr akut. Die seltsame Abwesenheit des Grafen und der Gräfin war wie eine Vorahnung ihres Todes. Das war ein Vorgeschmack, wie es sein würde, wenn er Graf Miles Vorkosigan wäre, und das den ganzen Tag lang. Er war sich nicht sicher, ob ihm dies schmecken würde.

*Ich brauche… Naismith.* Dieses inhaltslose Vor-Leben entnervte ihn. Aber Naismith war ein teures Hobby. Um den KBS dazu zu bewegen, daß er für Naismith zahlte, brauchte es einen Grund, eine Aufgabe, buchstäblich eine Lebensaufgabe. *Was hast du heute getan, um deine Existenz zu rechtfertigen?* war eine Frage, auf die Admiral Naismith lieber jeden Tag eine Antwort liefern können sollte, sonst riskierte er, ausgelöscht zu werden. Die Buchprüfer des KBS waren für das Weiterleben von Admiral Naismith so gefährlich wie feindliches Feuer. *Na ja… fast so gefährlich.* Seine Hand fuhr über das Gespinst von Narben auf seiner Brust unter seinem Hemd.

Mit seinem neuen Herzen stimmte etwas nicht. Es pumpte durchaus vorschriftsmäßig das Blut, alle Ventrikel und Klappen waren in Ordnung… angeblich war es aus seinem eigenen Gewebe gezüchtet worden, doch es schien nicht zu passen, schien einem Fremden zu gehören… *Du wirst noch durchdrehen, ganz allein in diesem leeren Haus.*

Eine Mission. Er brauchte eine Mission. Dann wäre alles wieder in Ordnung. Nicht, daß er irgend jemandem Böses wünschte, aber er sehnte sich nach einer Entführung, einer Blockade, einem kleinen Kolonialkrieg… noch besser: nach einer Befreiungsaktion. Hol die Gefangenen raus, ja!

*Das alles hast du schon getan. Wenn es das ist, was du willst, warum bist du nicht glücklich?*

Seine Vorliebe für Adrenalin war anscheinend ein Appetit, der mit dem Essen zunahm. Naismith war eine Sucht, ein heftiges Verlangen, das für den gleichen Grad von Befriedigung eine immer stärkere und toxischere Dosierung brauchte.

Er hatte mit ein paar gefährlichen Sportarten experimentiert und versucht, diesen Hunger damit zu stillen. Er war nicht besonders gut in ihnen, da ihm unter anderem die Zeit fehlte, wirkliches Können zu erwerben. Und außerdem… es fehlte dieser zusätzliche Kick. Es war nicht sehr interessant, nur sich selbst zu riskieren. Und eine Trophäe war ein wertloser Plunder, ein Firlefanz, wenn er in einer einzigen Runde um zehntausend Menschenleben gespielt und gewonnen hatte.

*Ich möchte meine verdammte Mission haben. Rufen Sie mich an, Illyan!*

Als der Anruf endlich kam, erwischte er ihn buchstäblich im Schlaf. Das Summen weckte ihn abrupt aus einem erschöpften Nachmittagsdusel, nachdem er die Nacht fast überhaupt nicht geschlafen hatte, gemartert von sich ständig im Kreis drehenden Sorgen und nutzlosen Spekulationen. In seinen Gedanken hatte er, so schätzte Miles, etwa dreihundert Versionen seines bevorstehenden Gesprächs mit Illyan durchgespielt. Die einzige Gewißheit, über die er verfügte, war, daß die dreihundertste Variante total anders sein würde.

Über der Vid-Scheibe erschien das Gesicht von Illyans Sekretär.

»Jetzt?« fragte Miles, bevor der Mann sein erstes Wort sprechen konnte. Er fuhr sich mit der Hand durch das schlafzerzauste Haar und über das etwas fühllose Gesicht.

Der Sekretär blinzelte, räusperte sich und begann mit seinen eigenen eingespielten Sätzen. »Guten Tag,

Leutnant Vorkosigan. Chef Illyan fordert Sie auf, sich in einer Stunde in seinem Büro zu melden.«

»Ich könnte schon eher kommen.«

»In einer Stunde«, wiederholte der Sekretär. »Das Hauptquartier schickt Ihnen einen Wagen.«

»Oh, danke.« Es war nutzlos, über Komkonsole nach mehr Informationen zu fragen; Miles' Gerät war stärker abgesichert als ein kommerzielles Modell, aber doch nicht soviel mehr.

Der Sekretär schaltete ab. Nun gut, damit hatte Miles noch Zeit für eine weitere kalte Dusche, und er konnte sich in Ruhe korrekt anziehen.

Nach dem zweiten Bad des Tages holte er eine frischgebügelte grüne Interimsuniform aus seinem Kleiderschrank und machte sich daran, das silberne Horusauge des KBS am neuen Kragen zu befestigen, vor dem… ähem!… abgenutzten roten Leutnantsabzeichen, das er jetzt schon acht verdammte Jahre trug. Die Rangabzeichen waren Duplikate, doch die Nadeln mit dem Horusauge, die in molekularen Schichten von nicht anlaufendem Silber in einem geheimen Muster aufgebaut waren, wurden immer nur in einem Paar (nach rechts und nach links blickend) an einen Soldaten ausgegeben. Auf der Rückseite waren Name und Seriennummer eingraviert, und wehe dem Mann, der eine Nadel verlor. Horusaugen des Kaiserlichen Sicherheitsdienstes waren so schwer zu fälschen wie Geld und genauso mächtig. Als Miles fertig war, sah er so adrett aus, als ginge er zu einer Audienz beim Kaiser. Noch adretter. Gregor hatte weniger direkten Einfluß auf sein Schicksal als Illyan.

Es war alles sympathetische Magie. Wenn man nicht etwas wirklich Nützliches tun konnte, dann neigte man dazu, die angestaute Energie in etwas Nutzloses, aber Verfügbares zu stecken, wie etwa sich schneidig anzuziehen. Und doch wartete er schon zehn Minuten im Untergeschoß, als der Bodenwagen des Sicherheitsdienstes am vorderen Säulengang vorfuhr.

Als Miles diesmal vor Illyans Büro eintraf, stand die Tür zum inneren Raum offen. Der Sekretär winkte ihn durch.

Illyan blickte von seinem übergroßen, überladenen Komkonsolenpult auf und nickte Miles zu, der etwas schneidiger als ein Analytiker salutiert hatte. Illyan betätigte einen Knopf, die Tür zum Vorzimmer glitt zu und das Sicherheitsschloß rastete ein. Die Tür zuzusperren war eine ungewöhnliche Geste, und Miles unterdrückte die aufsteigende Hoffnung, daß sie bedeute, diesmal sei etwas verdammt Großes im Rohr, eine wirkliche Herausforderung.

Ein leerer Stuhl wartete auf ihn. Das war gut. Man wußte von Illyan, daß er, wenn er besonders wütend war, einen stehen ließ, bis er einen zur Schnecke gemacht hatte. Nicht, daß Illyan jemals laut geworden wäre; er neigte zu verheerend wohlgewählten Worten, um seine Emotionen auszudrücken, ein Stil, den Miles bewunderte und nachzuahmen hoffte. Aber heute stand der Chef des KBS unter einer besonderen Spannung. Er war grimmig, und das weit mehr als normal. Miles setzte sich und nickte Illyan kurz zu, um zu signalisieren, daß sein Vorgesetzter seine ganze Aufmerksamkeit habe: *Ich bin bereit. Fangen wir an.*

Illyan beugte sich nicht vor, sondern lehnte sich zurück und musterte Miles über die weite schwarze Fläche des Pultes hinweg. »Du hast meinem Sekretär erzählt, daß du noch etwas hast, das du deinem letzten Bericht hinzufügen möchtest?«

*Mist. Jetzt oder nie.* Aber das Eingeständnis seines kleinen medizinischen Problems würde sicherlich jeden Auftrag für eine neue Mission total torpedieren. *Also, dann eben nie. Ich werde es selber später in Ordnung bringen. Sobald wie möglich.* »Nichts, was im Augenblick von Bedeutung wäre. Was gibt's?«

Illyan seufzte und trommelte einmal nachdenklich mit den Fingern auf das schwarze Glas vor sich. »Ich habe einen beunruhigenden Bericht von Jackson's Whole bekommen.«

Miles hielt den Atem an. *Dort bin ich einmal gestorben.* »Admiral Naismith ist dort bemerkenswert unwillkommen, doch ich bin zu einer Revanche bereit. Was haben die Scheißkerle diesmal angerichtet?«

»Hier handelt es sich nicht um eine neue Mission oder um einen neuen Bericht. Es steht in Bezug zu deiner letzten… Ich kann es kaum eine Mission nennen, da ich nie den Befehl dazu gegeben habe. Es geht um dein letztes Abenteuer dort.« Illyan schaute ihn an.

»So?« sagte Miles vorsichtig.

»Endlich sind komplette Kopien der medizinischen Aufzeichnungen deiner Chirurgin von der Kryo-Wiederbelebung aufgetaucht. Es hat einige Zeit gebraucht; schuld daran war das Durcheinander beim hastigen Rückzug der Durona-Gruppe von Jackson's Whole, wobei ihre Unterlagen zwischen Escobar und dem Haus Fell zerstreut wurden. Das Haus Fell war – unnötig, es zu erwähnen – nicht sehr mitteilsam bezüglich zusätzlicher Informationen. Es dauerte sogar noch länger, bis die Unterlagen bei meiner Analyse-Abteilung eintrafen und dort bearbeitet wurden, bis sie schließlich im Detail von jemandem gelesen wurden, der ihre Bedeutung und ihre Implikationen erkannte. Einige Monate, genaugenommen.«

In Miles' Unterleib wurde es jäh sehr kalt, als erinnerte er sich an seinen Tod in der Kryokammer. Plötzlich verstand er, in welchem Geisteszustand sich einer, der vom Dach eines sehr hohen Gebäudes fiel/sprang/gestoßen wurde, in jener subjektiv sich dehnenden Ewigkeit befand, die es dauerte, bis er unten auf dem Pflaster ankam. *Gerade haben wir einen großen Fehler gemacht. O ja.*

»Was mich natürlich am meisten beunruhigt«, fuhr Illyan fort, »sind nicht deine Anfälle an sich, sondern die Tatsache, daß du sie vor den KBS-Ärzten verheimlicht hast, die versucht haben, dich wieder dienstfähig zu machen. Du hast sie angelogen, und durch sie auch mich.«

Miles schluckte und suchte in seinem gelähmten Bewußtsein nach einer Rechtfertigung für das nicht zu Rechtfertigende. Was nicht gerechtfertigt werden konnte, konnte nur geleugnet werden. Er stellte sich vor, wie er fröhlich zwitscherte: *Welche Anfälle, Sir?* Nein. »Dr. Durona… hat gesagt, sie würden von selbst vergehen.« Sie *hatte* es gesagt, verdammt noch mal, sie hatte gesagt. »Oder… sie könnten«, korrigierte er sich. »Damals dachte ich, sie seien vergangen.«

Illyan verzog das Gesicht. Er hob eine Code-Karte von seinem Pult auf und hielt sie mit Daumen und Zeigefinger hoch. »Das«, erklärte er, »ist mein letzter unabhängiger Bericht von den Dendarii. Einschließlich der medizinischen Berichte *deiner* Flottenärztin. Und zwar die Aufzeichnungen, die sie in ihrer Kabine aufbewahrt hat, nicht in ihrem Büro auf der Krankenstation. Es war nicht leicht, an sie heranzukommen. Ich habe auf sie gewartet. Gestern abend sind sie eingetroffen.«

*Er hatte noch einen dritten Beobachter. Ich hätte es wissen sollen. Ich hätte es mir denken können.*

»Möchtest du versuchen, noch weitere kleine Ratespiele damit zu spielen?« fügte Illyan trocken hinzu.

»Nein, Sir«, flüsterte Miles. Eigentlich hatte er nicht flüstern wollen. »Keine Spiele mehr.«

»Gut.« Illyan schaukelte ein wenig auf seinem Stuhl und warf die Karte wieder auf das Pult. Sein Gesicht sah aus wie der Tod persönlich. Miles fragte sich, wie sein eigenes Gesicht wohl aussah. Vermutlich hatte er die Augen so weit aufgerissen wie ein Tier im Scheinwerferlicht, von einem Bodenwagen aus gesehen, der mit 100 km/h darauf losfuhr.

»Das«, Illyan deutete auf die Code-Karte, »war ein Verrat an den Untergebenen, die von dir abhingen, wie an den Vorgesetzten, die dir vertrauten. Und es war ein *wissentlicher* Verrat, der an Leutnant Vorbergs Körper bewiesen ist. Hast du etwas zu deiner Verteidigung zu sagen?«

Wenn die taktische Situation schlecht ist, dann wechsle deinen Standort. *Wenn du nicht gewinnen kannst, dann ändere die Regeln.* Miles' innere Spannung ließ ihn von seinem Stuhl hochschießen und vor Illyans Pult hin und her gehen. Seine Stimme wurde laut. »Ich habe Ihnen neun Jahre mit Leib und Blut gedient – und ich habe reichlich geblutet, Sir. Fragen Sie die Marilacaner, wie gut ich Ihnen gedient habe. Fragen Sie hundert andere. Über dreißig Missionen, und nur zwei, die man entfernt als Mißerfolge einstufen könnte. Ich habe mein Leben ein dutzendmal aufs Spiel gesetzt, ich habe es buchstäblich geopfert. Zählt das plötzlich alles *nichts*?«

»Es zählt«, Illyan holte Atem, »viel. Deshalb biete ich dir eine Entlassung aus medizinischen Gründen ohne Nachteile an, falls du jetzt aus dem Dienst ausscheidest.«

»Ausscheiden? Den Dienst *quittieren*? Der KBS hat schlimmere Skandale als diesen unter dem Teppich verschwinden lassen – ich weiß, Sie können mehr als das tun, wenn Sie wollen.«

»Es ist der beste Weg. Nicht nur für dich, sondern auch für deinen Namen. Ich habe es aus allen Blickwinkeln durchdacht. Ich habe Wochen darüber nachgedacht.«

*Deshalb hat er mich nach Hause gerufen. Keine Mission. Es hat nie eine gegeben. Nur das hier. Meine Sache war schon vermasselt, bevor es angefangen hat. Keine Chance.*

»Nachdem ich deinem Vater dreißig Jahre lang gedient habe«, fuhr Illyan fort, »kann ich nicht weniger für dich tun. Und nicht mehr.«

Miles erstarrte. »Mein Vater… hat darum gebeten? Er weiß es?«

»Noch nicht. Die Aufgabe, ihn ins Bild zu setzen, überlasse ich dir. Das ist ein letzter Bericht, den ich nicht gerne selbst geben möchte.«

Seltene Feigheit auf Illyans Seite und eine fürchterliche Strafe. »Meines Vaters Einfluß«, sagte Miles bitter. »Ein Gefallen.«

»Glaube mir, ohne deine Leistungen, die du gerade mit Recht erwähnt hast, könnte nicht einmal dein Vater diese Gnade von mir erwirken. Deine Karriere wird still enden, ohne öffentlichen Skandal.«

»Ja«, Miles keuchte. »Wirklich bequem, diese Lösung. Sie verschließt mir den Mund und läßt mir keine Möglichkeit zur Berufung.«

»Ich rate dir von ganzem Herzen, diese Sache nicht bis zu einem Militärgerichtsverfahren zu forcieren. Du wirst niemals ein günstigeres Urteil bekommen als dieses private unter uns. Es ist nicht humorvoll gemeint, wenn ich dir sage, daß deine Sache nicht auf festen Beinen steht.« Um seine Worte zu unterstreichen, tippte Illyan auf die Code-Karte. Tatsächlich zeigte sich in seinem Gesicht nicht ein Hauch von Amüsement. »Allein aufgrund dieser dokumentierten Beweise hier, ohne an den Rest zu denken, könntest du von Glück reden, wenn du nur mit einer unehrenhaften Entlassung davonkämst und nicht noch obendrein eine weitere Strafe zu gewärtigen hättest.«

»Haben Sie das mit Gregor besprochen?« wollte Miles wissen. Die Gnade des Kaiser, seine letzte Notfallverteidigung, von der er sich geschworen hatte, er würde lieber sterben, als sie anzurufen…

»Ja. Ausführlich. Ich bin heute den ganzen Vormittag mit ihm wegen nichts anderem zusammengesessen.«

»Oh.«

Illyan wies auf seine Komkonsole. »Ich habe deine Unterlagen bereit, damit du sie hier und jetzt unterzeichnest. Handflächenabdruck, Retina-Scan, und es ist erledigt. Deine Uniformen… stammen nicht aus Militärbeständen, deshalb mußt du sie nicht zurückgeben, und es ist Tradition, daß man seine Abzeichen behält, aber ich fürchte, ich muß dich bitten, mir deine Silberaugen zu überreichen.«

Miles drehte sich auf dem Absatz herum und unterbrach die halbe Geste seiner erregten Hände, die nach seinem Kragen faßten, um sich abwehrend daran zu klammern. »Nicht meine *Horusaugen*! Das ist… nicht wahr, ich kann es erklären, ich kann…« Die Kanten und Oberflächen der Gegenstände in dem Raum, das Komkonsolenpult, die Stühle, Illyans Gesicht wirkten plötzlich schärfer als zuvor, als seien sie von einem höheren Maß an Wirklichkeit durchtränkt. Ein Nimbus aus grünem Feuer barst in farbiges Konfetti, das über ihn herabwirbelte. *Nein…!*

Als er wieder zu sich kam, lag er flach auf dem Rükken auf Illyans Teppich. Über ihm schwebte Illyans blutleeres Gesicht, angespannt und besorgt. Etwas steckte in Miles' Mund – er drehte den Kopf und spie einen Schreibstift aus, einen Lichtgriffel von Illyans Pult. Sein Kragen stand offen – seine Hand langte danach und berührte ihn –, doch seine Silberaugen waren noch da. Er blieb liegen, nur einen Moment lang.

»Tja«, sagte er schließlich mit dünner Stimme. »Ich glaube, das war eine hinlängliche Vorstellung. Wie lange?«

»Etwa«, Illyan warf einen Blick auf sein Chrono, »vier Minuten.«

»Das ist ungefähr Standard.«

»Bleib still liegen. Ich rufe einen Sanitäter.«

»Ich brauche keinen gottverdammten Sanitäter. Ich kann gehen.« Miles versuchte aufzustehen. Ein Bein knickte ein, und er ging wieder zu Boden, mit dem Gesicht voll auf den Teppich. Das Gesicht war klebrig – offensichtlich war er beim ersten Mal auf den Mund aufgetroffen, denn die Lippen schwollen an, und jetzt auf die Nase: sie blutete. Illyan reichte ihm ein Taschentuch. Miles drückte es an sein Gesicht. Nachdem etwa eine Minute vergangen war, duldete er es, daß Illyan ihm wieder auf den Stuhl half.

Illyan saß halb auf dem Rand seines Pultes und beobachtete Miles. Beobachtete ihn wie immer. »Du hast es gewußt«, sagte Illyan. »Und du hast gelogen. Hast *mich* angelogen. *Schriftlich.* Mit diesem verdammten gefälschten Brief hast du alles... verdorben. Ich hätte eher meinem Gedächtnischip mißtraut als dir. *Warum,* Miles? Warst du so sehr in Panik geraten?« Schmerz sickerte in diese ruhige Stimme wie Blut in eine Quetschung.

*Ja, ich war so sehr in Panik geraten. Ich wollte Naismith nicht verlieren. Ich wollte nicht... alles verlieren.* »Jetzt spielt es keine Rolle mehr.« Er fummelte an seinem Kragen herum. Eine Nadel riß den grünen Stoff auf, als er sie mit zitternden Händen abnahm. Blind warf er die Nadeln Illyan zu. »Da. Sie haben gewonnen.«

Illyan schloß die Hände über den silbernen Horusaugen. »Gott bewahre mich«, sagte er leise, »vor noch so einem Sieg.«

»Schön, gut, geben Sie mir das Lese-Pad. Geben Sie mir den Retina-Scan. Bringen wir es, verdammt noch mal, hinter uns. Ich habe den KBS satt, und ich habe es satt, mich vom KBS wie Dreck behandeln zu lassen.

Schluß damit! Gut.« Das Zittern hörte nicht auf und strahlte in heißen Wellen von seiner Magengrube aus. Er hatte schreckliche Angst davor, vor Illyan in Tränen auszubrechen.

Illyan lehnte sich zurück und drehte seine geschlossene Hand nach innen. »Laß dir ein paar Minuten Zeit, um dich zu fassen. Laß dir soviel Zeit, wie du brauchst. Dann geh in meine Toilette und wasch dir das Gesicht. Ich mache meine Tür erst wieder auf, wenn du wieder so beieinander bist, daß du hinausgehen kannst.«

*Seltsames Mitleid, Illyan. Sie bringen mich so höflich um.* Doch er nickte und stolperte in Illyans kleinen Waschraum. Illyan folgte ihm bis zur Tür, dann kam er offensichtlich zu dem Schluß, daß Miles diesmal auf den Beinen bleiben würde, und ließ ihn allein. Das Gesicht im Spiegel war wirklich nicht vorzeigbar, blutig und mitgenommen. Es ähnelte sehr dem Gesicht, das ihm damals aus dem Spiegel entgegengeblickt hatte, als Sergeantin Beatrice umgekommen war, außer daß es jetzt fast hundert Jahre älter aussah. *Illyan wird über einen großen Namen keine Schande bringen. Und auch ich sollte dem Namen Vorkosigan keine Schande machen.* Er wusch sich sorgfältig, doch es gelang ihm nicht, alle Blutflecken aus seinem aufgerissenen Kragen und dem cremefarbenen Hemd zu entfernen.

Er kehrte in Illyans Büro zurück, setzte sich folgsam hin und ließ sich von Illyan das Lese-Pad für den Handflächenabdruck reichen, den Retina-Scan abnehmen und seine kurzen, formellen Worte des Abschiedsgesuchs aufzeichnen. »In Ordnung. Lassen Sie mich hinaus«, sagte er dann ruhig.

»Miles, du zitterst noch.«

»Ich werde noch eine Weile zittern. Aber das vergeht. Lassen Sie mich hinaus, bitte!«

»Ich rufe einen Wagen. Und ich werde dich zu ihm begleiten. Du solltest nicht allein sein.«

*O doch, das sollte ich.* »Sehr schön.«

»Möchtest du direkt in ein Krankenhaus gehen? Das solltest du. Als ehrenhaft entlassener Veteran hast du Anspruch auf Behandlung im Kaiserlichen Militärkrankenhaus, und zwar aus eigenem Recht, nicht nur deines Vaters wegen. Ich... dachte, das wäre wichtig.«

»Nein. Ich möchte nach Hause gehen. Ich werde mich... später damit befassen. Es ist chronisch, nicht kritisch. Wahrscheinlich vergeht ein Monat, bevor es wieder passiert, wenn es normal weitergeht.«

»Du solltest in ein Krankenhaus gehen.«

»Sie haben gerade die Autorität über meine Handlungen verloren«, erwiderte Miles und blickte ihn scharf an. »Darf ich Sie daran erinnern, Simon?«

Illyan machte eine Geste mit der offenen Hand: er gab nach – wenn auch voller Sorge. Er ging um sein Pult herum und drückte den Türöffner. Er rieb sich einen Moment lang mit der Hand über das Gesicht, als wollte er alle Emotionen wegwischen. Und die Tränen, die ihm in den Augen standen. Miles kam es vor, als könnte er fast die Verdunstungskälte auf Illyans runden Wangenknochen spüren. Als Illyan sich wieder umdrehte, war sein Gesicht so kühl und verschlossen wie eh und je.

*Gott, mein Herz tut mir weh.* Und auch der Kopf. Und der Magen. Und jeder andere Körperteil. Miles rappelte sich hoch und ging zur Tür. Mit einem Achselzucken wies er Illyans zögernde Hand zurück, die ihn unter dem Ellbogen fassen wollte.

Die Tür öffnete sich zischend. Drei Männer standen davor, besorgt und wachsam: Illyans Sekretär, General Haroche und Hauptmann Galeni. Galeni zog die Augenbrauen hoch und schaute Miles an. Als der Hauptmann bemerkte, daß die Abzeichen am Kragen fehlten, weiteten sich seine Augen bestürzt.

*Mensch, Duv, was denken Sie denn?* Daß Miles neben dem Zweikampf im Wortwechsel auch noch einen Faustkampf mit Illyan gehabt hatte? Daß ein wütender Illyan diese Horusaugen mit Gewalt heruntergerissen hatte? *Indizien können so überzeugend wirken.*

Haroche öffnete den Mund und flüsterte beunruhigt wie überrascht: »Was, zum Teufel…?« Er machte eine fragende Geste in Illyans Richtung.

»Entschuldigen Sie uns.« Illyan vermied die Blicke der anderen und drängte sich an ihnen vorbei. Die versammelten KBS-Offiziere drehten sich um und schauten den beiden nach, wie sie auf den Korridor traten und nach links abbogen.

# KAPITEL 7

Miles, der sich bewußt war, daß ihm die Blicke des KSB-Fahrers folgten, trat vorsichtig durch den Vordereingang des Palais Vorkosigan. Er ließ die Schultern erst sinken, als sich die Tür sicher hinter ihm schloß. Er ließ sich in den ersten Sessel fallen, auf den er stieß, direkt auf die Abdeckung. Es dauerte noch eine Stunde, bis er aufhörte zu zittern.

Nicht die zunehmende Dunkelheit, sondern der Druck seiner Blase zwang ihn endlich auf die Beine. *Unsere Körper sind unsere Herren, wir sind ihre Gefangenen. Befreit die Gefangenen!* Als er aufgestanden war und sich bewegte, bestand sein einziges Verlangen darin, wieder reglos zu sein. *Ich sollte mich betrinken. Das ist doch die Tradition für Situationen wie diese, nicht wahr?* Er holte eine Flasche Brandy aus dem Keller. Wein kam ihm unangemessen wohlschmeckend vor. Dieser Ausbruch von Aktivität endete in dem kleinsten Raum, den er finden konnte, einer Kammer im dritten Stock, die man für einen Wandschrank hätte halten können, wenn sie kein Fenster gehabt hätte. Es handelte sich um ein früheres Dienstbotenzimmer, das einen alten Ohrensessel beherbergte. Nach all der Anstrengung mit der Herbeischaffung des Brandys hatte er nicht mehr den Wunsch, die Flasche zu öffnen. Er kauerte sich in dem großen Sessel klein zusammen.

Bei seinem nächsten Ausflug zur Toilette, irgendwann nach Mitternacht, nahm er den Dolch seines Großvaters mit und legte ihn neben der verschlossenen

Brandy-Flasche auf das Lampentischchen zu seiner Linken. Der Dolch führte ihn ebenso wenig in Versuchung wie das Getränk, aber damit herumzuspielen lieferte ihm ein paar interessante Momente. Er ließ das Licht über die Klinge streichen und drückte sie gegen seine Handgelenke, seinen Hals, entlang der dünnen Narben, die die Kryonik-Vorbereitung dort hinterlassen hatte. *Auf jeden Fall in den Hals, falls überhaupt.* Alles oder nichts, kein Herumspielen.

Doch er war schon einmal gestorben, und es hatte nicht geholfen. Der Tod hielt weder Geheimnis noch Hoffnung bereit. Und da lauerte die schreckliche Möglichkeit, daß diejenigen, die soviel geopfert hatten, um ihn letztes Mal wiederzubeleben, sich veranlaßt sehen würden, es erneut zu versuchen. Und es verpfuschen würden. Oder eher es noch schlimmer verpfuschen würden. Er hatte halb erfolgreich Kryo-Wiederbelebte gesehen, die jetzt nur noch dahinvegetierten, menschliche Seelen, die gebrochen in einst menschlichen Körpern heulten. Nein. Er wollte nicht sterben. Zumindest nicht an einem Ort, wo sein Körper irgendwann gefunden würde. Sein Leben war einfach im Augenblick unerträglich.

Die Zuflucht zwischen den beiden organischen Zuständen, der Schlaf, weigerte sich, zu ihm zu kommen. Doch wenn er lang genug hier herumsaß, dann mußte er gewiß am Ende einschlafen.

*Steh auf! Steh auf und renn davon, so schnell du kannst!* Zurück zu den Dendarii, bevor der KBS oder sonstwer ihn aufhalten konnte. Jetzt bot sich seine Chance, Naismiths Chance. Naismiths letzte Chance. *Los! Los! Los!*

Er saß weiter da mit verkrampften Muskeln, und die Litanei der Flucht pochte in seinem Kopf.

Er entdeckte, daß er nicht so oft aufstehen mußte, wenn er kein Wasser trank. Er schlief immer noch nicht, aber in den Stunden vor Tagesanbruch wurden seine Gedanken allmählich langsamer. Ein Gedanke pro Stunde. Das ging in Ordnung.

Licht sickerte wieder durch das Fenster in den Raum und ließ das Lampenlicht blaß und schwach erscheinen. Ein Rechteck aus Sonnenschein kroch langsam über den abgetretenen gemusterten Teppich, so langsam wie seine Gedanken, von links in die Mitte, dann nach rechts, und schließlich war er wieder verschwunden.

Die Geräusche der Stadt draußen wurden in der hereinbrechenden Dämmerung leiser. Doch sein kleiner Kokon persönlicher Dunkelheit blieb von der Welt so isoliert wie jede Kryokammer.

Ferne Stimmen riefen seinen Namen. *Das ist Ivan. Mist. Ich möchte nicht mit Ivan reden.* Miles reagierte nicht. Wenn er nichts sagte und nichts tat, dann würden sie ihn vielleicht nicht finden. Vielleicht würden sie wieder weggehen. Ungerührt starrte er auf einen Riß in der alternden Stuckwand, der sich schon seit Stunden in seiner Blickrichtung befand.

Doch sein Trick funktionierte nicht. Stiefelschritte ertönten auf dem Korridor vor der kleinen Kammer. Dann Ivans Stimme, die viel zu laut schrie und Miles' Ohren weh tat: »Hier drinnen, Duv! Ich hab ihn gefunden!«

Weitere Schritte, schnell und schwer. Ivans Gesicht kam in sein Blickfeld und verdeckte die Wand. Ivan zog eine Grimasse. »Miles? Bist du hier, alter Junge?«

»Mein Gott!« Das war Galenis Stimme.

»Keine Angst«, sagte Ivan. »Er hat sich bloß verkrochen und richtig besoffen.« Er hob die verschlossene Flasche hoch. »Na ja… vielleicht auch nicht.« Er stupste das nackte Messer neben der Flasche an. »Hm.«

»Illyan hatte recht«, murmelte Galeni.

»Nicht… unbedingt«, sagte Ivan. »Wenn man das

schon zum fünfundzwanzigsten Mal gesehen hat, dann regt man sich nicht mehr darüber auf. Es ist nur… etwas, das er tut. Wenn er sich umbringen würde, dann hätte er das schon vor Jahren getan.«

»Sie haben ihn schon früher so erlebt?«

»Na ja… vielleicht nicht ganz so…« Ivans angespanntes Gesicht verdeckte wieder den Stuck. Er schwenkte eine Hand vor Miles' Augen.

»Er hat nicht geblinzelt«, bemerkte Galeni nervös. »Vielleicht… sollten wir ihn nicht anfassen. Meinen Sie nicht, wir sollten medizinische Hilfe holen?«

»Sie meinen psychiatrische Hilfe? Absolut nicht. Das wäre eine *echt* schlechte Idee. Wenn die Psychoklempner ihn je in die Hände bekommen, dann lassen sie ihn nicht mehr los. Nein. Das ist eine Familienangelegenheit.« Ivan richtete sich entschlossen auf. »*Ich* weiß, was zu tun ist. Kommen Sie!«

»Ist es in Ordnung, wenn wir ihn allein lassen?«

»Gewiß. Wenn er sich anderthalb Tage nicht bewegt hat, dann geht er nicht weit.« Ivan hielt inne. »Nehmen Sie allerdings das Messer mit. Für alle Fälle.«

Sie rumpelten wieder hinaus. Miles' langsame Gedanken verdauten das Gesagte, ein Gedanke pro Viertelstunde.

*Sie sind fort.*

*Gut.*

*Vielleicht kommen sie nicht wieder.*

Doch dann kamen sie leider zurück.

»Ich nehme ihn an den Schultern«, dirigierte Ivan, »Sie nehmen ihn an den Füßen. Nein, ziehen Sie ihm lieber zuerst die Stiefel aus.«

Galeni tat, wie geheißen. »Immerhin ist er nicht steif.«

*Nein, ganz schlaff.* Steifzusein würde Anstrengung erfordern. Die Stiefel plumpsten auf den Boden. Ivan zog Miles die Uniformjacke aus, rollte die Ärmel des Hemdes mit dem runden Kragen hoch, ließ seine Hände unter Miles' Achselhöhlen gleiten und hob an. Galeni nahm Miles' Füße, wie geheißen.

»Er ist leichter, als ich dachte«, bemerkte Galeni.

»Ja, aber Sie sollten jetzt einmal Mark sehen«, erwiderte Ivan.

Die beiden trugen ihn über die schmale Dienstbotenstiege zwischen dem dritten und dem zweiten Stock hinunter. Vielleicht wollten sie ihn ins Bett legen. Das würde ihm eine Menge Schwierigkeiten ersparen. Vielleicht würde er dort einschlafen. Vielleicht würde er, wenn er Glück hätte, erst im nächsten Jahrhundert wieder aufwachen, wenn von seinem Namen und seiner Welt nichts mehr übrig wäre als verzerrte Legenden in den Köpfen der Menschen.

Doch sie gingen an Miles' Schlafzimmertür vorbei und trugen ihn bis in ein altes Bad unten am Ende des Gangs, das nie renoviert worden war. Es enthielt eine antike Eisenwanne, die groß genug war, daß kleine Jungen darin schwimmen konnten. Sie war mindestens hundert Jahre alt.

*Sie haben vor, mich zu ertränken. Noch besser. Ich lasse sie gewähren.*

»Eins, zwei, drei, auf drei?« fragte Ivan Galeni.

»Einfach drei«, sagte Galeni.

»In Ordnung.«

Sie schwangen ihn über den Rand. Zum ersten Mal riskierte Miles einen Blick, was ihn unten erwartete. Sein Körper versuchte sich zusammenzukrampfen, doch seine unbenutzten verkrampften Muskeln machten ihm einen Strich durch die Rechnung, und seine trockene Kehle blockierte seinen empörten Aufschrei.

Ungefähr hundert Liter Wasser. In denen etwa fünfzig Kilo Eiswürfel schwammen.

Er stürzte in knirschende Kälte. Ivans lange Arme tauchten ihn ganz unter.

Schreiend kam er wieder hoch. »*Eis*-Wass…« Ivan schob ihn wieder hinunter.

Mit dem nächsten Atemzug stieß er hervor: »Ivan, du gottverdammter blö…«

Als er zum dritten Mal auftauchte, gab er ein wortloses Geheul von sich.

»Aha!« gluckste Ivan zufrieden. »Hab mir doch gedacht, daß dich das auf die Palme bringen würde!« An Galeni gewandt, der sich aus der Reichweite der wilden Spritzerei zurückgezogen hatte, fügte er hinzu: »Seit der Zeit, wo er Wetteroffizier auf Camp Permafrost war, haßt er nichts mehr als Kälte. Wieder hinunter, alter Junge!«

Miles kämpfte sich aus Ivans Griff frei, spie Eiswasser aus, kletterte hoch und fiel über die Wand der Wanne nach draußen. Eiswürfel hingen hier und da an der Außenseite seiner tropfnassen Uniformjacke und rutschten ihm am Hals hinab. Seine Hand ballte sich zur Faust und schoß zum grinsenden Gesicht seines Cousins empor.

Sie traf mit einem befriedigend fleischigen Knall auf Ivans Kinn auf; der Schmerz war köstlich. Es war das erste Mal in seinem Leben, daß er Ivan erfolgreich einen harten Schlag verpaßt hatte.

»Heh!« schrie Ivan und zuckte zurück. Miles' zweiter Schwinger verfehlte sein Ziel, denn Ivan hielt ihn jetzt auf Armlänge von sich weg, weiter als Miles reichen konnte. »Ich dachte, so etwas bricht dir den Arm!«

»Nicht mehr«, keuchte Miles. Er hörte auf zu boxen und stand zitternd da.

Ivan rieb sich den Kieferknochen und zog die Augenbrauen hoch. »Fühlst du dich jetzt besser?« fragte er nach einer Weile.

Miles antwortete mit einem Schwall von Flüchen, sammelte ein paar letzte Eiswürfel auf, die noch an seiner Jacke hingen und warf sie zusammen mit den Flüchen Ivan an den Kopf.

»Freut mich zu hören«, sagte Ivan freundlich. »Jetzt werde ich dir sagen, was du tun wirst, und du wirst es tun. Zuerst gehst du in dein Zimmer und ziehst diese nasse Uniform aus. Dann rasierst du dir diese abscheulichen Bartstoppeln und nimmst eine heiße Dusche. Und dann ziehst du dich ordentlich an. Und dann gehen wir mit dir zum Essen.«

»Ich will nicht ausgehen«, brummte Miles mürrisch.

»Habe ich um einen Disput gebeten? Haben Sie gehört, daß ich eine Abstimmung nach Art der Betaner verlangt habe, Duv?«

Galeni, der fasziniert zuschaute, schüttelte den Kopf.

»Ganz recht«, fuhr Ivan fort. »Ich möchte nichts davon hören, und du hast keine Wahl. Ich habe in der Gefrierkammer drunten noch weitere fünfzig Kilo Eis, und du weißt, ich werde nicht zögern, sie zu verwenden.«

Auf Ivans Gesicht konnte Miles die restlose, wirklich begeisterte Ehrlichkeit dieser Drohung ablesen. Seine schlimmen Worte versickerten zu einem unliebenswürdigen, aber nicht widersprechenden Gezischel. »Das hat dir gefallen«, grummelte er schließlich.

»Da hast du verdammt recht«, erwiderte Ivan. »Los jetzt, zieh dich an!«

Ivan verlangte nur wenig von Miles, bis er ihn in ein nahegelegenes Restaurant geschleift hatte. Dort flüsterte er ihm Drohungen zu, bis Miles sich ein paar Bissen von dem Essen in den Mund stopfte, kaute und schluckte. Sobald er begonnen hatte zu essen, stellte er fest, daß er sehr hungrig war. Befriedigt von seinem Erfolg ließ Ivan von ihm ab.

»Also«, sagte Ivan, als er sich den letzten Bissen seines Desserts einverleibt, »was ist, verdammt noch mal, mit dir los?«

Miles schaute zu den beiden Hauptleuten hoch, auf Galenis Nadeln mit dem Horusauge. »Du zuerst. Hat Illyan euch beide geschickt?«

»Er hat mich gebeten, nach Ihnen zu schauen«, sagte Galeni, »da er der Meinung war, wir seien irgendwie befreundet. Da die Torwache berichtete, Sie seien hineingegangen, aber nicht mehr herausgekommen, und da Sie auf wiederholte Anrufe und Nachrichten an Ihrer Komkonsole nicht antworteten, hielt ich es für besser, persönlich nachzuschauen. Da es mir… unbehaglich war, allein in Palais Vorkosigan einzudringen, holte ich Ivan, der, wie ich annahm, dort über Familienrechte verfügt. Auf meine Vollmacht hin, die ich von Illyan bekommen hatte, deaktivierte die Torwache Ihre Schlösser und ließ uns ein, und so mußten wir kein Fenster einschlagen.« Galeni zögerte. »Mir gefiel auch die Vorstellung nicht, ich müßte ganz allein Ihre Leiche von einem Balken abschneiden.«

»Ich hab Ihnen doch gesagt, daß dies nicht der Fall ist«, sagte Ivan. »Das ist nicht sein Stil. Falls er sich jemals umbringt, dann – da gehe ich jede Wette ein – mit irgendwas, wo große Explosionen dabei sind. Und wahrscheinlich jede Menge unschuldiger Zuschauer.«

Miles und Ivan grinsten einander höhnisch an.

»Ich… war mir nicht so sicher«, sagte Galeni. »Sie haben ihn nicht gesehen, Ivan, als er aus Illyans Büro herauskam. Der letzte, den ich so geschockt sah, war ein Kerl, den ich aus seinem abgestürzten Leichtflieger herauszuziehen half.«

»Ich werde es euch erklären«, seufzte Miles, »aber nicht hier. An einem etwas privateren Ort. Hat zuviel mit dem Geschäft zu tun.« Er wandte den Blick von Galenis Silberaugen ab. »Mit meinem früheren Geschäft.«

»Ganz recht«, stimmte Galeni höflich zu.

Sie landeten schließlich in der Küche von Palais Vorkosigan. Miles hoffte düster, Ivan würde ihm helfen, sich zu besaufen, doch sein Cousin kochte statt dessen Tee und zwang ihn, zwei Tassen zur Rehydration zu trinken, bevor er sich rittlings auf einen Stuhl setzte, die Arme über der Lehne kreuzte und sagte: »Also gut, schieß los! Du weißt, du mußt auspacken.«

»Ja, das weiß ich.« Miles schloß kurz die Augen und überlegte, wo er anfangen sollte. Wahrscheinlich am Anfang. Entschuldigungen und Verneinungen, die er alle so gut geübt hatte, brodelten in seinem Kopf empor. Ihr Geschmack war, wenn er sie auf der Zunge abwog, abscheulicher als der eines sauberen Geständnisses, und er hielt auch länger an. Der kürzeste Weg zwischen zwei Punkten war eine Gerade. »Nach meiner Kryo-Wiederbelebung letztes Jahr... hatte ich gesundheitliche Probleme. Ich bekam diese Anfälle. Konvulsionen, die zwei bis fünf Minuten dauerten. Sie schienen durch Momente von extremem Stress ausgelöst zu werden. Meine Ärztin erklärte, wie die Amnesie würden sie vielleicht von selbst wieder vergehen. Sie kamen selten und schienen wie versprochen zu vergehen. Also... erwähnte ich nichts gegenüber meinen Ärzten vom KBS, als ich heimkehrte.«

»So ein Mist«, murmelte Ivan. »Ich sehe schon, worauf das hinausläuft. Hast du es *jemandem* erzählt?«

»Mark wußte es.«

»Du hast es Mark erzählt, aber nicht *mir*?«

»Ich konnte Mark vertrauen... daß er tut, was ich ihn bitte. Bei dir konnte ich nur darauf vertrauen, daß du tust, was du für richtig hältst.« Fast das Gleiche hatte er Quinn gesagt, nicht wahr? Ach Gott!

Ivans Lippen zuckten, doch er konnte nicht leugnen, daß es so war.

»Du kannst verstehen, warum ich die Angst hatte, es würde schlimmstenfalls ein einfaches Ticket zu einer

Entlassung aus medizinischen Gründen. Bestenfalls ein Schreibtischjob, und keine Dendarii-Söldner mehr, kein Feldeinsatz mehr. Doch ich dachte, wenn ich oder eher meine Dendarii-Ärztin es im stillen einrenken könnte, dann bräuchte Illyan es nicht zu erfahren. Sie gab mir Medikamente. Ich dachte, die wirkten.« *Nein. Keine Entschuldigungen, verdammt!*

»Und Illyan hat dich erwischt und dafür gefeuert? Ist das nicht ein wenig extrem, nach allem, was du für ihn getan hast?«

»Da war noch mehr.«

»Aha.«

»Meine letzte Mission… wir sollten einen gekidnappten KBS-Kurier aus den Händen einiger Entführer in der Nähe von Zoave Twilight befreien. Ich wollte die Befreiung persönlich überwachen. Ich trug meine Kampfrüstung. Ich… hatte einen Anfall mitten in der Operation. Der Plasmabogen meines Anzugs wurde blockiert. Um ein Haar hätte ich den armen Kurier in der Mitte durchgeschnitten, doch er hatte Glück. Statt dessen trennte ich ihm einfach die Beine ab.«

Ivan ließ die Kinnlade fallen, dann schloß er den Mund. »Ich… verstehe.«

»Nein, du verstehst nicht. Noch nicht. Das war bloß kriminell dumm. Was ich als nächstes tat, war fatal. Ich fälschte meinen Bericht über die Mission. Behauptete, der Unfall mit Vorberg sei eine Gerätefehlfunktion gewesen.«

Galeni holte hörbar Luft. »Illyan sagte… Sie seien auf Wunsch ausgeschieden. Aber er sagte nicht, auf wessen Wunsch oder warum, und ich wagte nicht zu fragen. Ich glaubte es nicht. Ich dachte, es sei vielleicht der Beginn einer neuen Masche, eine interne Untersuchung oder etwas ähnliches. Allerdings habe ich geglaubt, daß nicht einmal Sie Ihren Gesichtsausdruck hätten nur spielen können.«

Ivan war immer noch daran, das Gehörte zu verdauen. »Du hast *Illyan* angelogen?«

»Jawohl. Und dann habe ich meine Lüge dokumentiert. Alles, was man tut, ist wert, gut getan zu werden, oder? Ich bin nicht auf eigenen Wunsch ausgeschieden, Ivan. Ich wurde gefeuert. Auf ganz Barrayar gibt es im Augenblick niemanden, der mehr gefeuert ist als ich.«

»Hat er dir wirklich deine silbernen Horusaugen abgerissen?« Ivan machte ganz runde Augen.

»Wer hat das erzählt?«

Galeni knurrte. »Es hat so ausgesehen. Haroche hat es gedacht.«

*Schlimmer noch. Er hat geweint, Ivan.* In seinem ganzen Leben hatte Miles Illyan nie weinen sehen. »Nein. Das habe ich selbst gemacht. Ich habe mir alles selbst eingebrockt.« Er zögerte. »Ich hatte meinen letzten Anfall in seinem Büro. Direkt vor ihm. Ich glaube, ich habe erwähnt, daß diese Anfälle anscheinend von Stress ausgelöst werden.«

Ivan verzog mitfühlend sein Gesicht.

Galeni stieß den Atem aus. »Haroche konnte es auch nicht glauben. Er sagte, jedermann im Hauptquartier des KBS wisse, daß Illyan meine, Sie seien ein Dukatenscheißer.«

*Naismith war der beste, o ja.* »Nach der Operation von Dagoola IV hatte er verdammt Grund, das zu meinen.« Doch die Rettung der Kriegsgefangenen von Dagoola lag fast schon vier Jahre zurück. *Was hast du in letzter Zeit für mich geschissen?* »Ich nehme an, Sie haben da Haroche direkt zitiert.«

»Mm, er kann ziemlich unverblümt sein. Er duldet Narren nicht sonderlich. Wie ich gehört habe, ist er aus dem Mannschaftsstand aufgestiegen. Er sagte, Sie waren dazu ausersehen, als Illyans Nachfolger vorbereitet zu werden.«

Miles zog erstaunt die Augenbrauen hoch. »Unmöglich. Für einen Schreibtischstrategen sind völlig andere Qualitäten erforderlich als für einen Feldagenten. Zuerst einmal eine diametral entgegensetzte Einstellung zu den Regeln. Ich bin nicht… war auch nicht annähernd vorbereitet auf Illyans Job.«

»Das sagte auch Haroche. Ihr nächster Posten sollte anscheinend der seines Assistenten sein. Fünf Jahre Dienst in Abteilung H.A., und dann wären Sie zur Beförderung reif gewesen, wenn Illyan zum Abschied bereit gewesen wäre.«

»Unsinn. Nicht Heimische Angelegenheiten. Wenn ich tatsächlich einen Schreibtischjob hätte machen sollen, dann wäre die Abteilung für Galaktische Angelegenheiten auf Komarr wirklich sinnvoll gewesen. Auf dem Gebiet habe ich einige Erfahrungen.«

»Diese Lücke in Ihren Erfahrungen war genau der Grund, weshalb man Sie Haroche unterstellen wollte. Illyan erzählte mir einmal, Haroche habe in seiner Zeit als Agent für die Abteilung H.A. nicht weniger als vier ernsthafte Anschläge auf das Leben des Kaisers zum Scheitern gebracht. Darin ist noch nicht einmal der *Yarrow*-Vorfall eingeschlossen, mit dem er seinen Chefposten bekommen hat. Vielleicht hoffte Illyan, Haroche würde auf Sie abfärben.«

»Ich brauche nicht…«, begann Miles und machte den Mund wieder zu.

»Was war denn beim *Yarrow*-Vorfall«, fragte Ivan, »und wenn der so wichtig war, warum habe ich dann noch nicht davon gehört?«

»Ein Lehrbuchfall in Terrorismusabwehr«, erwiderte Galeni. »Illyan läßt alle seine neuen Analytiker diesen Fall studieren.«

»Der Fall ist innerhalb des KBS berühmt«, erklärte Miles. »Da es sich dabei um einen Erfolg handelt, ist er außerhalb der Kaiserlichen Sicherheit praktisch unbekannt. Das ist die Natur des Jobs. Erfolge sind geheim und undankbar, Mißerfolge sind auffällig und bringen einem nur Schande ein.« *Nimm zum Beispiel meine Karriere…*

»Es hätte gefährlich ins Auge gehen können«, sagte Galeni. »Eine hyperisolationistische Gruppe, die mit Graf Vortifrani im Bunde stand, schmiedete ein Komplott, einen alten Sprung-Frachter namens *Yarrow* in einem Selbstmordattentat direkt auf die kaiserliche Residenz stürzen zu lassen. Auch ohne den Sprengstoff, den sie in das Schiff hineingepackt hatten, wäre das Gebäude zum größten Teil vernichtet worden. Der Sprengstoff war ihr einziger Fehler, denn er war der lose Faden, der Haroches Team zu ihnen führte. Vortifrani distanzierte sich davon wie verrückt, doch damit brach seine Unterstützung zusammen, und das Kaiserreich ist von ihm seitdem weniger in… äh… Verlegenheit versetzt worden.«

Ivan blinzelte. »Die Wohnung meiner Mutter ist nicht weit von der Residenz entfernt…«

»Ja, man fragt sich, wie viele Menschen sie in Vorbarr Sultana umgebracht hätten, wenn sie ihr Ziel nicht verfehlt hätten.«

»Tausende«, murmelte Miles.

»Ich muß mir merken, daß ich Haroche danke, wenn ich ihn nächstes Mal sehe«, sagte Ivan. Er klang beeindruckt.

»Damals war ich nicht auf Barrayar.« Miles seufzte. »Wie üblich.« Er unterdrückte einen irrationalen Anflug von Eifersucht. »Niemand hat mir etwas über diese vorgesehene Beförderung gesagt. Wann… sollte mir denn diese scheußliche Überraschung präsentiert werden?«

»Im Laufe des Jahres, anscheinend.«

»Ich dachte, ich hätte die Dendarii für den KBS zu wertvoll gemacht, als daß man auch nur im Traum an eine andere Aufgabe für mich denken würde.«

»Also haben Sie Ihre Sache etwas zu gut gemacht.«

»Chef der Kaiserlichen Sicherheit mit fünfunddreißig. Ha. Gott sei gelobt, *das* ist mir wenigstens erspart geblieben. Na ja. Haroche hätte es nicht gefreut, wenn er ein Vor-Fohlen hätte am Schreibtisch trainieren müssen, und das nur zu dem Zweck, daß es über seinen Kopf hinweg befördert werden sollte. Eigentlich müßte er sehr erleichtert sein.«

»Soviel ich mitbekommen habe, ist er das tatsächlich«, erwiderte Galeni kleinlaut.

»Ha«, sagte Miles düster. »Übrigens, Duv«, fügte er einen Moment später hinzu. »Ich hoffe, es ist offensichtlich, daß alles, was ich Ihnen gesagt habe, geheim ist. Die offizielle Version für das HQ des KBS und jedermann sonstwo ist, daß ich aus medizinischen Gründen ehrenhaft entlassen wurde.«

»Das hat auch Illyan gesagt, als Haroche ihn danach fragte. Illyan war verdammt wortkarg. Doch man konnte sehen, daß mehr dahinterstecken muß.«

Ivan verließ den Tisch. Miles brütete über seiner Teetasse. Er glaubte, er könnte jetzt schlafen. Tatsächlich gab es nichts, was er lieber gemocht hätte. Ivan kehrte allzu schnell zurück und stellte eine Reisetasche neben dem Küchentisch ab.

»Was ist das?« fragte Miles mißtrauisch.

»Meine Sachen«, sagte Ivan. »Für ein paar Tage.«

»Du ziehst doch nicht hier ein!«

»Was, hast du nicht genug Platz? Du hast hier mehr Zimmer als in einem Hotel, Miles.«

Miles gab wieder nach, da er erkannte, daß er diesen Streit nicht gewinnen würde. »Das ist eine Idee für meine nächste Karriere. Pension Vorkosigan.«

»Billige Zimmer?« Ivan zog eine Augenbraue hoch.

»Zum Teufel, nein. Ich verlange ein Vermögen.« Miles hielt inne. »Wann planst du dann, wieder auszuziehen?«

»Erst, wenn du ein paar Leute hier bei dir hast. Bis dein Kopf in Ordnung ist, brauchst du sicherlich mindestens einen Fahrer. Ich habe übrigens unten in der Garage deinen Leichtflieger gesehen. In der Werkstatt zur Reparatur, daß ich nicht lache! Und jemanden, der dir Essen kocht und danebensteht und aufpaßt, daß du es auch aufißt. Und jemand, der hinter dir her aufräumt.«

»Ich mache nicht soviel Durcheinander...«

»Und hinter allen anderen Leuten aufräumt«, fuhr Ivan erbarmungslos fort. »Dieses Haus braucht *Personal*, Miles.«

»Genau wie jedes andere Museum, was? Ich weiß nicht.«

»Wenn du sagst, du weißt nicht, ob du sie haben möchtest, dann hör mir mal zu. Du hast keine Wahl. Wenn du sagst, du weißt nicht, wie du sie engagierst... möchtest du dann, daß meine Mutter es für dich macht?«

»Äh... ich glaube, ich würde mir mein Personal lieber selbst aussuchen. Sie würde es alles zu korrekt und schicklich machen, um Sergeant Botharis alte Redewendung zu benutzen.«

»Das ist der Punkt. Mach es selber, oder ich werde sie es für dich machen lassen. Wie ist diese Drohung?«

»Wirksam.«

»In Ordnung, also dann.«

»Glaubst du nicht, ich könnte mit bloß einer Person auskommen? Die alles macht – fahren, kochen...«

Ivan schnaubte. »...hinter dir her sein und achtgeben, daß du deine bittere Medizin einnimmst? Dafür müßtest du eine Baba engagieren, die eine Frau für dich sucht. Warum fängst du nicht einfach mal mit einem Fahrer und einer Köchin an, und machst von da aus weiter?«

Miles verzog müde sein Gesicht.

»Schau mal«, sagte Ivan. »Du bist ein verdammter Vor-Lord in Vorbarr Sultana. Uns *gehört* diese Stadt. Dann leb also wie ein Vor-Lord! Such dir zur Abwechslung mal etwas Spaß!«

»Hast du den Verstand verloren, Ivan?«

»Du bist kein *Gast* im Palais Vorkosigan, Miles. Du bist das einzige Kind des Hauses, oder du warst es zumindest, bis Mark daherkam, und er hat sein eigenes Privatvermögen. Erweitere wenigstens deine Möglichkeiten! Durch die Arbeit für Illyan bist du so engstirnig geworden. Es ist, als hättest du in letzter Zeit kaum gelebt.«

*Das war ganz richtig. Das ganze Leben gehörte Naismith.* Aber Naismith war jetzt tot – eigentlich getötet von jener Nadelgranate auf Jackson's Whole, wenn auch die verzögerte Reaktion der Erkenntnis ein ganzes Jahr gebraucht hatte, bis sie angekommen war.

Miles hatte von Mutanten gelesen, von Siamesischen Zwillingen, die untrennbar miteinander verbunden geboren worden waren. Manchmal starb der erste schrecklicherweise zuerst und ließ den anderen für Stunden oder Tage mit einer Leiche verbunden, bis er auch starb. Lord Vorkosigan und Admiral Naismith waren Siamesische Zwillinge. *Ich möchte darüber nicht mehr nachdenken. Ich möchte überhaupt nicht denken.*

»Gehen wir… zu Bett, Ivan. Es ist spät, nicht wahr?«

»Spät genug«, erwiderte Ivan.

# KAPITEL 8

Miles schlief bis weit in den Vormittag des nächsten Tages hinein. Als er durch das Labyrinth des Hauses in die Küche hinabstieg, fand er dort zu seinem Entsetzen Ivan sitzen, der Kaffee trank und sein Frühstücksgeschirr schon in die Spüle gestellt hatte.

»Mußt du nicht zur Arbeit?« fragte Miles, als er sich den eingedampften Rest aus der Kaffeemaschine in die Tasse goß.

»Ich habe ein paar Tage privaten Urlaub«, informierte ihn Ivan.

»Wie lange?«

»Solange ich brauche.«

Das hieß, solange er brauchte, um festzustellen, daß Miles sich korrekt verhalten würde. Miles überdachte es. Wenn er also... dieses überflüssige Personal einstellte, dann würde Ivan, von der Totenwache befreit, nach Hause abhauen, in seine hübsche kleine Wohnung – wo ihm zufälligerweise kein Personal im Wege war, da es dort nur einen diskreten Raumpflegedienst gab. Dann konnte Miles sein Personal wieder feuern... das heißt, es mit passend warmherzigen Empfehlungen und einem Extrabonus wieder entlassen. Ja, das könnte hinhauen.

»Hast du es deinen Eltern schon mitgeteilt?« fragte Ivan.

»Nein, noch nicht.«

»Das solltest du aber tun. Bevor sie eine verzerrte Version aus einer anderen Quelle zu hören bekommen.«

»Ja, das sollte ich. Es ist… nicht leicht.« Er schaute zu Ivan empor. »Könntest nicht vielleicht du…?«

»Auf keinen Fall!« rief Ivan erschrocken. Nach einem Augenblick Schweigen ließ er sich dann zu einem »Na ja… wenn du es wirklich nicht kannst« erweichen. »Aber mir wäre es anders lieber.«

»Ich werde… darüber nachdenken.«

Miles schüttete den letzten Rest des grünlichen Kaffees in seine Tasse, trottete wieder nach oben und zog ein weites, im ländlichen Stil besticktes Hemd und eine schwarze Hose an, die er im hinteren Teil seines Kleiderschranks gefunden hatte. Vor drei Jahren hatte er die Sachen zum letzten Mal getragen. Immerhin waren sie nicht zu eng. In Ivans Abwesenheit holte er all seine barrayaranischen Uniformen und Stiefel aus dem Kleiderschrank und stopfte sie in einen Schrank in einem nicht benutzten Gastzimmer am Ende des Korridors. So würde er sie nicht jedesmal anschauen müssen, wenn er den Kleiderschrank öffnete. Nach langem Zögern schickte er seine Dendarii-Söldneruniformen gleichermaßen ins Exil. Die wenigen Kleider, die noch übrig blieben, wirkten einsam und verloren.

Er ließ sich vor der Komkonsole in seinem Schlafzimmer nieder. Eine Nachricht an seine Eltern, ach Gott! Und er sollte eigentlich auch eine an Elli Quinn schicken. Würde er jemals die Chance bekommen, es mit ihr wieder einzurenken? Von Angesicht zu Angesicht, von Leib zu Leib? Dies mit einer Komkonsolennachricht zu versuchen, war schrecklich kompliziert: da war bloß sein dünnes elektronisches Phantom, das schlecht ausgewählte oder mißverstandene Worte von sich gab, die erst Wochen später ankamen. Und alle seine Nachrichten an die Dendarii wurden von den Zensoren des KBS abgehört.

*Ich bin dem jetzt nicht gewachsen. Ich werde es später tun. Bald. Ich verspreche es.*

Statt dessen richtete er seine Gedanken auf das weniger beängstigende Problem der Auswahl des Personals für Palais Vorkosigan. Wie hoch belief sich das Budget für dieses Projekt? Seine Pension nach der Entlassung aus medizinischen Gründen belief sich auf die Hälfte seines Leutnantssolds und würde kaum ausreichen, um den Lohn und die Verpflegung eines Vollzeitdieners zu decken, selbst wenn er freies Logis bot; zumindest galt dies für die erstklassigen Leute, die normalerweise von der Aristokratie in der Hauptstadt beschäftigt wurden – auf diesem Arbeitsmarkt würde er sich mit den Haushalten von sechzig weiteren Distriktsgrafen im Wettbewerb befinden, dazu mit einer Menge geringerer Adliger und den industriellen Neureichen, die keine Vor waren, aber derzeit einen so beunruhigend hohen Prozentanteil heiratsfähiger Vor-Jungfrauen entführten, damit diese ihre Haushalte in dem von ihnen ersehnten Stil führten.

Miles tippte einen Komkonsolencode ein. Mit überraschender Schnelligkeit erschien das angenehme, lächelnde Gesicht des Geschäftsverwalters der Vorkosigans, Tsipis, über der Vid-Scheibe, als Antwort auf Miles' Anruf in seinem Büro in Hassadar. »Guten Morgen, Lord Vorkosigan! Ich wußte gar nicht, daß Sie schon von Ihrem Dienst außerhalb des Planeten zurückgekommen sind. Was kann ich für Sie tun?«

Anscheinend wußte er auch noch nichts von Miles' Entlassung aus medizinischen Gründen. Miles fühlte sich selbst von der für die Öffentlichkeit bestimmten Version der Ereignisse überfordert und sagte deshalb nur: »Ja, ich bin vor ein paar Wochen zurückgekommen. Es… sieht aus, als würde ich länger als erwartet auf Barrayar bleiben. Auf welche Geldmittel kann ich zurückgreifen? Hat Vater Ihnen diesbezüglich Instruktionen hinterlassen?«

»Alle«, antwortete Tsipis.

»Entschuldigen Sie, ich habe nicht verstanden.«

»Auf alle Konten und Depots wurde für Sie eine Vollmacht ausgestellt, kurz bevor der Graf und die Gräfin nach Sergyar abgereist sind. Für den Fall des Falles. Sie sind der Testamentsvollstrecker Ihres Vaters, wissen Sie.«

»Ja, aber…« Er hatte nicht geglaubt, daß Sergyar eine so wilde Grenzregion darstellte. »Hm… was kann ich tun?«

»Es ist viel einfacher zu sagen, was Sie nicht tun können. Sie können nicht die Familienerbgüter verkaufen, nämlich die Residenz in Hassadar und Palais Vorkosigan. Sie können natürlich kaufen, was Sie wollen, oder alles verkaufen, was Ihr Großvater Ihnen allein hinterlassen hat.«

»Also… kann ich es mir leisten, einen Fahrer auf Vollzeit einzustellen?«

»O Gott, ja, Sie können es sich leisten, Palais Vorkosigan mit vollem Personal auszustatten. Das Geld ist da und wächst ständig weiter.«

»Braucht man es nicht für den Palast des Vizekönigs auf Sergyar?«

»Gräfin Vorkosigan hat einen gewissen Teil ihres Privatvermögens angezapft, anscheinend, um da alles umzudekorieren, aber Ihr Vater unterhält augenblicklich nur seine zwanzig Gefolgsleute. Alles andere auf Sergyar kommt aus dem kaiserlichen Budget.«

»Ach so.«

Tsipis' Gesicht erhellte sich. »Erwägen Sie, Palais Vorkosigan wieder zu öffnen, Mylord? Das wäre großartig. Es war so ein schönes Bild, als ich beim letztjährigen Winterfest dort dinieren durfte.«

»Im Augenblick… nicht.«

Tsipis ließ den Kopf hängen. »Ach«, murmelte er enttäuscht. Dann endlich zeigte sein Gesichtsausdruck, daß er verstanden hatte. »Mylord… brauchen Sie *Geld*?«

»Äh… ja. Das war es, woran ich dachte. Um etwa einen Fahrer zu zahlen, vielleicht eine Köchin, um Rechnungen zu begleichen, Sachen zu kaufen… einen angemessenen Unterhalt eben, wissen Sie.« Sein Sold vom KBS, der sich während seiner längeren dienstbedingten Abwesenheiten angesammelt hatte, war immer mehr als genug gewesen. Er überlegte, um wieviel er Tsipis bitten sollte.

»Aber natürlich. Wie hätten Sie es gerne? Vielleicht als wöchentliche Überweisung auf Ihr Dienstkonto?«

»Nein… ich hätte gern ein neues Konto. Getrennt davon. Einfach… auf mich als Lord Vorkosigan.«

»Ein ausgezeichneter Gedanke. Ihr Vater legt immer großen Wert darauf, seine privaten Geldmittel und die kaiserlichen Gelder klar getrennt zu halten. Das ist von Anfang an eine gute Gewohnheit. Natürlich heißt das nicht, daß der verwegenste Kaiserliche Auditor es jemals gewagt hätte, es mit ihm aufzunehmen. Und auch nachher als nichts anderes als ein Narr dagestanden hätte, wenn die Zahlen vorgelegt worden wären.« Tsipis tippte etwas an seiner Komkonsole ein und warf einen Seitenblick auf eine Datenanzeige. »Wie wäre es, wenn ich das ganze angesammelte und ungenutzte Haushaltsgeld auf Ihr neues Konto übertrage, sozusagen als Startkapital. Und Ihnen dann nachfolgend einfach die übliche wöchentliche Summe überweise.«

»Schön.«

»Also, wenn Sie mehr brauchen sollten, dann rufen Sie mich einfach an.«

»Gewiß.«

»Ich schicke Ihnen Ihre neuen Kontounterlagen binnen einer Stunde per Kurier.«

»Danke.« Miles schickte sich schon an, die Verbindung abzuschalten, als ihm noch ein Gedanke kam. »Wieviel ist das denn?«

»Fünftausend Mark.«

»Oh, gut.«

»Und achtzigtausend Mark für den Anfang«, fügte Tsipis hinzu.

»Dieses Haus hat fünftausend Mark pro *Woche* verschlungen?«

»Oh, viel mehr, mit den Gefolgsleuten und dem privaten Konto der Gräfin. Und das schließt größere Reparaturen nicht ein, denn die werden getrennt budgetiert.«

»Ich… verstehe.«

»Also, wenn Sie sich dafür interessieren sollten, dann würde ich mich freuen, alle Ihre finanziellen Angelegenheiten *viel* ausführlicher mit Ihnen durchzugehen«, fügte Tsipis eifrig hinzu. »Man könnte soviel mehr tun, wenn man die Sache aggressiver und unternehmerischer und – ich erlaube mir, es zu sagen – weniger konservativ und aufmerksamer anginge.«

»Falls… ich einmal die Zeit habe. Danke, Tsipis.« Als Miles den Kommunikator abschaltete, tat er dies viel weniger lässig als sonst.

Du lieber Himmel! Er konnte… verdammt nahezu alles kaufen, was er wollte. Er versuchte an etwas zu denken, das er haben wollte.

*Die Dendarii.*

*Ja ja, das wissen wir schon.* Aber ihr Preis war für ihn nicht in Geld zu messen. *Was sonst?*

Einst, in seiner sich immer weiter entfernenden Jugend, war er einmal kurz auf einen Leichtflieger scharf gewesen, der schneller und röter war als der von Ivan. Ein besonders schönes, wenn auch inzwischen einige Jahre altes Modell stand drunten in der Garage, nur wenig benutzt. Natürlich konnte er jetzt überhaupt nicht damit fliegen.

*Das, woran meines Herzens Hoffnungen hingen, war nie das, was ich kaufen wollte. Es war das, was ich sein wollte.*

Was war das gewesen? Nun, natürlich Admiral, ein

echter Admiral, ein barrayaranischer Admiral, und das mit 35, ein Jahr jünger als sein Vater, der mit 36 der jüngste Admiral in der Geschichte nach dem Zeitalter der Isolation geworden war. Trotz Miles' geringer Körpergröße und trotz seiner Behinderungen. Doch selbst wenn er mit normalem Körperbau geboren worden wäre, dann hätte ihm seine Ära keine passenden größeren Kriege beschert, die seine Beförderung beschleunigt hätten. Verdeckte Operationen für den KBS war das beste gewesen, was er machen konnte, nicht nur der einzige Zweig der Streitkräfte, der ihn nehmen würde, sondern auch der einzige, der ihn in die vorderste Linie der einzigen bedeutsamen Aktion stellen konnte, die zur Zeit verfügbar war. Wie konnte man ein *großer Mann* werden, wenn die Geschichte einem keine *großen Ereignisse* bescherte, oder sie einem zum falschen Zeitpunkt bescherte, wenn man zu jung oder zu alt war? *Zu beschädigt.*

Er wandte sich seiner Liste mit fünf pensionierten Gefolgsleuten des Hauses Vorkosigan zu, die im Bereich von Vorbarr Sultana lebten. Auch wenn er schon älter war, wäre ein Gefolgsmann, dessen Frau vielleicht die Küche übernehmen konnte, die ideale Lösung für sein Problem. Er würde den beiden nichts über den Alltag von Palais Vorkosigan beibringen müssen, und sie hätten nichts gegen ein kurzfristiges Engagement. Miles begann seine Anrufe zu codieren. *Vielleicht habe ich schon beim ersten Versuch Glück.*

Einer war zu tatterig, um noch selbst zu fahren. Die Frauen der anderen vier sagten alle nein, oder eher *Nein!*

Nun ja, er befand sich nicht auf dem Höhepunkt einer Schlacht; er hatte keine Rechtfertigung, um an gewisse archaische Lehnseide zu appellieren. Mit einem Schnauben gab er es auf und ging in die Küche, um dort die Überreste des vorangegangenen Abends einzusammeln und damit seine Kampagne fortzusetzen, Pep die Katze zu überzeugen, sie solle nicht das Futter mit rasiermesserscharfen Klingen schnappen und damit unter einen Stuhl fliehen und knurren, sondern sauber fressen und sich danach auf den Schoß setzen und dankbar schnurren, wie eine richtige Vor-Katze. Alles in allem hatte Pep viel an sich, was Miles an seinen Klonbruder Mark erinnerte, und er hatte schließlich mit Mark recht gehabt. Außerdem würde es nicht schaden, die Torwache über Tsipis' Kurier ins Bild zu setzen.

Als Miles am Tor ankam, entdeckte er, daß der Wächter Besuch hatte, einen großen, blonden jungen Mann, dessen – wenn auch weiches – Gesicht bemerkenswert den schärferen Zügen von Korporal Kosti ähnelte. Er hatte eine große lackierte Schachtel bei sich.

»Guten Morgen, oder sollte ich sagen, guten Tag, Sir«, begrüßte ihn der Wächter mit einem angedeuteten militärischen Gruß, der fast eines HQ-Analytikers würdig war. Zu spät erkannte er, daß Miles keine Uniform trug. »Äh… darf ich Ihnen meinen jüngeren Bruder Martin vorstellen?«

*Sie sind doch gar nicht alt genug, um schon einen jüngeren Bruder zu haben.* »Hallo.« Miles streckte die Hand aus.

Der blonde junge Mann schüttelte sie, ohne zu zögern. Allerdings weiteten sich seine Augen ein wenig, als er auf Miles hinabschaute. »Äh… hallo. Leutnant. Lord Vorkosigan.«

Also hatte man anscheinend auch Kosti nicht unterrichtet. Vielleicht stand der Korporal in der Hierarchie einfach zu tief. Miles riß seinen Blick von den silbernen Horusaugen am steifen Kragen von Kosti dem Älteren los. Tja, komm doch endlich drüber hinweg. »Nix mehr mit Leutnant, fürchte ich. Ich bin gerade aus dem

Dienst ausgeschieden. Entlassung aus medizinischen Gründen.«

»Oh, tut mir leid, das zu hören, Si... Mylord.« Der Torwächter klang völlig aufrichtig. Doch er fragte nicht nach peinlichen Erklärungen. Niemand, der Miles anschaute, würde die Geschichte von der Entlassung aus medizinischen Gründen in Frage stellen.

Pep kam unter dem Stuhl des Wachhäuschens hervor und fauchte Miles leicht an; allmählich schien sie ihn zu erkennen. »Dieses haarige Biest wird nicht freundlicher, oder?« bemerkte Miles. »Nur dicker.«

»Das überrascht mich nicht«, sagte Korporal Kosti. »Jedesmal bei Schichtwechsel versucht sie jeden, der den Dienst antritt, zu überzeugen, der letzte Mann habe sie hungern lassen.«

Miles bot ihr etwas an; Pep ließ sich herab, es in der üblichen Weise entgegenzunehmen, dann zog sie sich zurück, um ihre Beute zu verschlingen. Miles saugte an dem Kratzer auf dem Rücken seines Daumens. »Offensichtlich trainiert sie als Wachkatze. Wenn wir ihr nur beibringen könnten, Freund und Feind zu unterscheiden.« Er stand wieder auf.

»Niemand will mich für bloß zwei Monate einstellen«, sagte Martin zu seinem Bruder, womit er offenbar ein Gespräch fortsetzte, das durch Miles' Auftauchen unterbrochen worden war.

Miles zog die Augenbrauen hoch. »Suchen Sie Arbeit, Martin?«

»Ich warte darauf, daß ich achtzehn werde und in den Armeedienst eintreten kann«, erwiderte Martin mannhaft. »Ich muß noch zwei Monate warten. Aber meine Mutter sagt, wenn ich für die Zwischenzeit keine Tätigkeit finde, dann wird sie mir eine suchen. Und ich fürchte, das hat dann etwas mit Saubermachen zu tun.«

*Dann warte mal, bis du deinem ersten Stabsfeldwebel be-*

*gegnest, mein Junge. Da wirst du alles über Saubermachen lernen.* »Ich habe einmal auf der Insel Kyril Abflußrohre gereinigt«, erinnerte sich Miles. »Ich war sehr gut darin.«

»Sie, Mylord?« Martin bekam runde Augen.

Miles schürzte die Lippen. »Es war aufregend. Ich fand eine Leiche.«

»Oh.« Martin erstarrte. »Ein Fall für die Kaiserliche Sicherheit, nicht wahr?«

»Nein… damals noch nicht.«

»Sein erster Sergeant wird ihn schon zurechtbügeln«, meinte der Korporal zu Miles.

*Er behandelt mich wie einen ehrenwerten Veteran. Er weiß nichts darüber.* »O ja.« Die beiden Eingeweihten grinsten den zukünftigen Lehrling boshaft an. »Die Streitkräfte werden heutzutage immer wählerischer mit ihren Rekruten… Ich hoffe, Sie haben Ihre Schularbeiten nicht vernachlässigt.«

»Nein, Mylord«, erwiderte Martin.

Wenn das stimmte, dann war er ein aussichtsreicher Kandidat. Er hatte die Statur für eine zeremonielle Wache; sein Bruder hatte offensichtlich das Köpfchen für echten Wachdienst. »Tja, viel Glück!« *Mehr Glück als ich.* Nein, es wäre ungerecht gewesen, sein tägliches Geschenk an Atemluft dazu zu verwenden, sich über sein Unglück zu beschweren. »Also, Martin… können Sie fahren?«

»Natürlich, Mylord.«

»Wie steht's mit dem Leichtflieger?«

Ein leichtes Zögern. »Ich bin schon ein bißchen geflogen.«

»Zufällig brauche ich vorübergehend einen Fahrer.«

»Wirklich, Mylord? Glauben Sie – könnte ich…?«

»Vielleicht.«

Auf der Stirn des Korporals erschienen Falten leichten Entsetzens. »Es gehört zu meinem Job, Lord Vorkosigan am Leben zu erhalten, Martin. Du wirst mich doch nicht in eine peinliche Lage bringen, oder?«

Martin zog einen brüderlichen Schmollmund, hielt es jedoch interessanterweise für unter seiner Würde, den Köder anzunehmen. Seine Aufmerksamkeit war auf Miles gerichtet. »Wann könnte ich anfangen?«

»Vermutlich jederzeit. Heute, wenn Sie wollen.« Ja, er müßte wenigstens zu dem Lebensmittelladen gehen und eine weitere Schachtel *Schnell-Mahl!* holen. »Wahrscheinlich wäre am Anfang nicht viel zu tun, aber da ich nicht vorher wissen würde, wann ich Sie bräuchte, hätte ich gern, daß Sie im Palais wohnen. Sie könnten die freie Zeit dazu nutzen, für Ihre Aufnahmeprüfung zu lernen.« Dazu käme natürlich die medizinische Wache. Würde die Einstellung des möglicherweise nachgiebigeren Martin ausreichen, um Ivan zu ersetzen? Er würde Martin später über dieses zusätzliche kleine Detail seines Jobs aufklären müssen.

Nein. Früher. Der nächste Anfall konnte jederzeit kommen. Es wäre unfair, den Jungen ohne Vorwarnung mit einem sich in Krämpfen windenden Arbeitgeber zu konfrontieren. Elli Quinn würde dem zustimmen. »Ich kann nicht selbst fahren. Ich habe gewisse Schwierigkeiten mit Anfällen. Eine Nachwirkungen eines akuten Falls von Tod, den ich mir letztes Jahr geholt habe, dank... einer wohlgezielten Nadelgranate. Die Kryo-Wiederbelebung hat fast funktioniert.«

Der Korporal schaute ihn an, als verstünde er jetzt, warum Miles entlassen worden war. »Ich habe nie geglaubt, daß der Job eines Kuriers das Daunenbett ist, für das ihn manche Leute halten.«

Martin starrte fasziniert auf Miles herab, fast so beeindruckt wie durch das Geständnis von der Reinigung der Abflußrohre. »Sie sind echt *tot* gewesen, Mylord?«

»So hat man mir gesagt.«

»Wie war das?«

»Ich weiß es nicht«, sagte Miles knapp. »Ich habe es verpaßt.« Er gab etwas nach. »Wieder lebendig zu sein, hat allerdings weh getan.«

»Toll!« Martin reichte seinem Bruder die Lackschachtel. Pep die Katze kam wieder hervor und rollte rückwärts über Korporal Kostis spiegelblanke Stiefelspitzen, schnurrte wild, schlug mit den Krallen in die Luft und starrte auf die Schachtel.

»Beruhige dich gefälligst, Pep, du löst sonst den Alarm aus«, sagte der Korporal amüsiert. Er stellte die Schachtel auf den winzigen Tisch des Wachhäuschens und nahm den Deckel weg. Dann riß er etwas zerstreut die Deckellasche seines Kommißfertiggerichts ab und stellte es auf den Boden. Pep schnupperte daran, doch dann kratzte sie wieder an seinen Stiefeln und schaute sehnsüchtig auf die Lackschachtel.

Die Innenseite des Schachteldeckels war raffiniert wie ein Kantinenteller mit mehreren kleinen Mulden gestaltet. Darauf stellte Kosti zwei Thermoskännchen, eine Schale und einen Becher; es folgte eine Auswahl an Sandwiches aus zwei verschiedenen Arten Brot (rund, sternförmig und rechteckig zugeschnitten, mit und ohne Kruste) mit verschiedenfarbigen Füllungen, geschältes Obst auf einem Stäbchen, Butterkekse und runde Törtchen (mit flockigen, kannelierten und mit Zucker übersprenkelten Krusten), aus denen dunkler, dicker Fruchtsirup sickerte. Aus einem der Kännchen goß Kosti eine rosafarbene Cremesoße in die Schale, aus dem anderen ein würziges heißes Getränk in den Becher. Beides dampfte in der kühlen Luft. Für Pep gab es ein Bündel hübsch zusammengebundener grüner Blätter, die geöffnet eine Art Fleischpaste anboten, offensichtlich dieselbe, die auch eines der Sandwiches füllte. Als Kosti sie auf den Boden legte, sprang Pep sofort darauf zu und knurrte ekstatisch mit peitschendem Schwanz.

Miles beobachtete Kosti verwundert und schluckte den Speichel hinunter, der ihm im Mund zusammengelaufen war. »Was ist das alles, Korporal?«

»Mein Mittagessen«, erwiderte Kosti schlicht. »Meine Mutter schickt es mir jeden Tag vorbei.« Er schlug eine brüderliche Pfote zur Seite, die nach einem Sandwich griff. »Heh, du kannst deins zu Hause bekommen. Das hier gehört mir.« Er schaute etwas unsicher auf Miles.

Eigentlich durften Angehörige des KBS im Dienst nichts anderes essen als die vom KBS ausgegebenen Rationen, um Anschläge durch Drogen oder Gifte in der Nahrung zu vermeiden. Aber wenn man nicht seiner Mutter und seinem Bruder trauen konnte, wem dann überhaupt noch? Außerdem… es war nicht mehr Miles' Aufgabe, als Offizier auch in idiotischen Situationen die Einhaltung der Vorschriften des KBS zu erzwingen. »Das alles richtet Ihre Mutter her? Jeden Tag?«

»Meistens«, sagte Kosti. »Seit meine Schwestern verheiratet sind…«

*Natürlich.*

»…und nur noch Martin zu Hause ist, langweilt sie sich ein bißchen, glaube ich.«

»Korporal Kosti. Martin.« Miles holte tief Luft, die von köstlichen Düften erfüllt war. »Glauben Sie, Ihre Mutter hätte gern einen *Job*?«

»Die Lage bessert sich«, bemerkte Ivan klug bei ihrem Mittagessen am nächsten Tag. Mama Kosti hatte ihr kunstvoll serviertes Speiseopfer vor ihnen abgesetzt und sich aus dem Gelben Salon zurückgezogen, vermutlich, um die nächste Ladung zu bringen. Einige Minuten später fügte er mit vollem Mund hinzu: »Was zahlst du ihr?«

Miles sagte es ihm.

»Verdopple es«, sagte Ivan mit Nachdruck. »Oder du wirst sie nach deiner ersten Dinnerparty verlieren. Jemand wird sie dir abwerben. Oder entführen.«

»Nicht, wenn ihr Sohn am Tor Wache steht. Außerdem plane ich keine Dinnerpartys.«

»Das wäre eine Schande. Soll's ich für dich tun?«

»Nein.« Miles wurde weich, vermutlich eine raffinierte und unheilvolle Wirkung der gewürzten Pfirsichtorte, die in seinem Mund zerging. »Jedenfalls nicht derzeit.« Er lächelte zögernd. »Aber in den Annalen großer Führer der Geschichte... kannst du jedermann vollkommen wahrheitsgemäß erzählen, daß Lord Vorkosigan die gleichen Speisen zu sich nahm wie sein Torwächter und sein Fahrer.«

Ein Vertrag mit Ivans Raumpflegedienst, wonach man zweimal in der Woche Leute vorbeischickte, vervollständigte das Personal von Palais Vorkosigan zu Ivans Zufriedenheit. Doch als Trick, um Ivan loszuwerden, war die Einstellung von Mama Kosti eine Fehlkalkulation gewesen, wie Miles feststellen mußte. Er hätte eine *schlechte* Köchin engagieren sollen.

Wenn Ivan nur abgehauen wäre – dann hätte Miles wieder in Ruhe weiterbrüten können. Es war ihm nicht möglich, seine Schlafzimmertür abzusperren und auf Klopfen nicht zu reagieren, ohne daß er damit Ivan provozierte, sie einzutreten, und für Knurren und Eingeschnapptsein gab es eine Grenze, wenn er nicht ein neues Bad im Eiswasser riskieren wollte.

Doch Ivan kann wenigstens wieder tagsüber zur Arbeit gehen, dachte Miles. Er versuchte beim Abendessen einen Wink mit dem Zaunpfahl.

»›Die meisten Menschen‹«, zitierte er, »›sind in ihrem Leben nichts Nützlicheres als Maschinen, die Essen in Scheiße verwandeln.‹«

Ivan schaute ihn schräg an. »Wer hat das gesagt? Dein Großvater?«

»Leonardo da Vinci«, erwiderte Miles besserwisserisch. Doch er sah sich gezwungen hinzuzufügen: »Allerdings habe ich es von Großvater.«

»Das habe ich mir doch gedacht«, sagte Ivan zufrieden. »Klingt ganz nach dem alten General. Er war zu seiner Zeit ein Monster, nicht wahr?« Ivan steckte ein weiteres Stück Braten mit Weinsoße in den Mund und begann zu kauen.

Ivan... ging ihm auf die Nerven. Das letzte, was ein Monster haben wollte, war ein Gefährte, der ihm den ganzen Tag lang mit einem Spiegel folgte.

Die Tage waren formlos in eine Woche übergegangen, als Miles eine Nachricht der Außenwelt auf seiner Komkonsole vorfand. Er drückte die Wiedergabetaste, und das feinknochige Gesicht von Lady Alys Vorpatril erschien über der Vid-Scheibe.

»Hallo, Miles«, begann sie. »Es hat mir sehr leid getan, als ich von deiner Entlassung aus medizinischen Gründen hörte. Ich weiß, nach all deinen Bemühungen muß es eine große Enttäuschung für dich sein.«

Man mußte Ivan zugute halten, daß er ihr sicher nicht die ganze Geschichte erzählt hatte, sonst hätte sie nämlich ihre Anteilnahme ganz anders formuliert. Sie tat seine völlige Zerstörung mit einer graziösen Geste ab und ging zu ihren eigenen Anliegen über. »Auf Gregors Ersuchen hin gebe ich morgen nachmittag ein intimes Essen im Südgarten der Residenz. Er hat mich gebeten, dich einzuladen. Er bittet dich, eine Stunde früher zu kommen, zu einer persönlichen Besprechung. Ich würde das als *›wünscht deine Anwesenheit‹* statt nur *›lädt ein‹* deuten, wenn ich du wäre. So habe ich es zumindest zwischen den Zeilen gelesen, obwohl er freundlich war, wie er manchmal ist, du weißt es ja.

R.s.v.p sofort, sobald du diese Nachricht bekommst. Bitte.« Sie schaltete ab.

Miles beugte sich vor und lehnte die Stirn auf den kühlen Rand der Komkonsole. Er hatte gewußt, dieser Augenblick mußte kommen. Das gehörte dazu, wenn er sich entschloß weiterzuleben. Gregor gab ihm die Gelegenheit, sich formell zu entschuldigen. Sie mußten früher oder später die Atmosphäre klären. Miles würde sich noch lange Zeit in Vorbarr Sultana aufhalten, und wenn auch nur eines Tages als Graf seines Distrikts. Er wünschte sich, er könnte seine Entschuldigung noch auf die alte, archaische Weise des Bauchaufschlitzens darbringen. *In absentia.* Es wäre leichter und weniger schmerzvoll gewesen.

*Warum haben sie mich nicht einfach beim ersten Mal tot sein lassen?*

Er seufzte, richtete sich auf und tippte Lady Alys' Nummer in den Kommunikator ein.

# KAPITEL 9

Graf Vorkosigans gepanzerter Bodenwagen senkte sich seufzend auf das Pflaster unter dem östlichen Säulengang der kaiserlichen Residenz. Martin schaut nervös über die Schultern zurück auf das Tor, um das sich die gestikulierenden Wachen drängten. »Sind Sie sicher, daß das in Ordnung geht, Mylord?«

»Machen Sie sich keine Sorgen«, erwiderte Miles, der auf dem Beifahrersitz saß. »Ich wette, die haben dieses Stückchen Schmiedeeisen wieder gerade gebogen und neu angestrichen, bevor ich wieder zum Abholen bereit bin.«

Martin ließ das Verdeck hochgehen oder suchte zumindest tapfer auf dem schimmernden Armaturenbrett nach dem entsprechenden Knopf. Miles zeigte ihn ihm. »Danke«, murmelte Martin.

Das Verdeck ging auf; Miles war mit dem Leben davongekommen. »Martin… ich sage Ihnen etwas. Während ich da drinnen beschäftigt bin, nehmen Sie doch diese Barkasse und drehen ein paar Übungsrunden durch die Stadt.« Er steckte den Kommunikator des Bodenwagens in die Tasche. »Ich rufe Sie zurück, wenn ich Sie brauche. Falls Sie ein Problem« – er vermied das Wort *›verursachen‹* – »haben, rufen Sie mich an… ach nein.« Miles vermutete, daß er in Kürze um eine Unterbrechung seines bevorstehenden Gesprächs mit Gregor beten würde, aber es wäre Betrug, sie schon vorher zu arrangieren. »Rufen Sie diese Nummer an.« Er beugte sich hinüber und tippte einen Code in die kunstvoll gearbeitete Konsole des Wagens. »Damit erreichen Sie einen sehr kompetenten Herrn namens Tsipis, einen netten Kerl, der Ihnen sagen wird, was Sie tun sollen.«

»Jawohl, Mylord.«

»Passen Sie auf, mit was für einem Schwung Sie unterwegs sind! Dieses Biest hat mehr Wucht drauf, als Sie glauben. Die Hochleistungsbrennstoff-Zellen tragen zur Masse fast so viel bei wie die Panzerung. Da täuscht man sich leicht in der Bedienung. Fahren Sie irgendwo hinaus, wo Sie viel Platz haben und experimentieren Sie damit, damit Sie nicht noch einmal eine Überraschung erleben.«

»Äh... danke, Sir.« Das Verdeck schloß sich zischend. Durch die polarisierte Halbverspiegelung sah Miles, wie Martin konzentriert an seiner Unterlippe saugte, während der Wagen sich hob und erneut vorwärts bewegte. Die silberglänzende linke Hinterkante des Wagens war unbeschädigt, stellte Miles ohne Überraschung fest. Noch ein Lehrling, ach ja. Wenn er seinen Kopf beisammen gehabt hätte, dann hätte er den Jungen die ganze letzte Woche zum Üben schicken und diese kleine Peinlichkeit mit Gregors Tor vermeiden können. Aber Martin würde es schon schaffen, sobald er genügend Erfahrung gesammelt hatte, und umso besser wäre es, wenn er bei seinen Übungsfahrten nicht die entnervende Anwesenheit dieses kleinen Lords, seines neuen Arbeitgebers, neben sich hatte.

Einer der livrierten Diener der Residenz empfing Miles an der Tür und geleitete ihn zum Nordflügel; sie begaben sich also zu Gregors Privatbüro. Der Nordflügel war der einzige Teil der wuchernden kaiserlichen Residenz, der weniger als zweihundert Jahre alt war. Er war im Bürgerkrieg um den Usurpator Vordarian, im Jahr von Miles' durch Soltoxingas geschädigter Geburt, niedergebrannt und anschließend wieder aufgebaut worden. Das Büro des Kaisers im Erdgeschoß war einer von Gregors wenigen wirklich privaten und persönlichen Räumen. Die Ausstattung war karg, die wenigen Kunstwerke hatte er alle von aufstrebenden Künstlern erworben, die tatsächlich noch lebten, und es war keine einzige Antiquität darunter.

Als Miles eintrat, stand Gregor neben einem hohen, mit schweren Vorhängen geschmückten Fenster und starrte in seinen Garten hinaus. War er im Zimmer auf und ab gegangen? Er trug die Uniform des Hauses Vorbarra, die sehr schneidig wirkte. Miles, der im Augenblick eine Allergie gegen Uniformen hatte, war für die Residenz ein wenig zu salopp gekleidet; er trug einen etwas altmodischen Straßenanzug, den er aus den Tiefen seines Kleiderschranks hervorgekramt hatte.

»Lord Vorkosigan«, verkündete der Diener und verließ mit einer Verneigung den Raum. Gregor nickte und winkte Miles, er solle auf einem Stuhl Platz nehmen. Miles lächelte etwas bleiern, als Gregor sich ihm gegenüber hinsetzte, beugte sich vor und legte die Hände umklammert auf die Knie.

»Für mich ist das ebenso schwierig, wie es sicherlich auch für dich sein muß«, begann Gregor.

Miles' Lächeln wurde trockener. »Nicht... ganz, stelle ich mir vor«, murmelte er.

Gregor verzog das Gesicht; eine Hand schnellte nach außen, als wollte sie den Köder wegschlagen. »Ich wünschte, du hättest es nicht getan.«

»Auch ich wünschte, ich hätte es nicht getan.«

»Wir können nicht ungeschehen machen, was geschehen ist. Egal, wie sehr wir es auch wünschen mögen«, fuhr Gregor widersprüchlich fort.

»Mm. Wenn ich könnte – wie in der Geschichte mit dem einen Wunsch, den man frei hat –, so weiß ich nicht einmal, ob ich mich dafür entscheiden würde, es ungeschehen zu machen. Vielleicht würde ich statt dessen zum Tod von Sergeant Bothari zurückgehen, ganz am Anfang, und den ungeschehen machen. Ich weiß nicht... vielleicht wäre es auch nicht besser ausgegangen. Wahrscheinlich nicht. Aber das war ein naiverer, wenn auch tödlicherer Fehler. Neuerdings bin ich zu kalkulierteren Dummheiten aufgestiegen.« Seine Stimme klang steif.

»Du standest an der Schwelle zu so großen Dingen.«

»Wozu denn? Einem Schreibtischjob in der Abteilung H.A.? Ich erlaube mir, anderer Meinung zu sein.« Das war vielleicht der spitzeste Stachel in diesem Wirrwarr: daß er alles, einschließlich seiner Integrität, geopfert hatte, um eine Identität zu retten, die ihm nach Plan sowieso binnen einem Jahr hätte genommen werden sollen. Wenn er es gewußt hätte, dann hätte er... was? *Was, na?*

Gregor preßte die Lippen zusammen, ein Zeichen ernsthaften Mißvergnügens. »In meinem ganzen bisherigen Leben haben alte Männer meine Angelegenheiten geregelt. Du warst der erste Mann meiner Generation, von dem ich dachte, ich könnte ihn erfolgreich in eine Stellung echter Macht und Verantwortung in den oberen Rängen der Institution positionieren, die ironischerweise *meine* Regierung genannt wird.«

*Und ich habe es vermasselt, ja, das wissen wir, Gregor.* »Das mußt du ihnen aber schon zugute halten, daß sie nicht alt waren, als sie begannen, dir zu dienen. Bei seiner vorzeitigen Ernennung zum Chef des Kaiserlichen Sicherheitsdienstes im Bürgerkrieg war Illyan wieviel, dreißig? Und er wollte *mich* bis fünfunddreißig warten lassen, der Heuchler.«

Gregor schüttelte den Kopf. *Wenn er jetzt sagt: »Miles, Miles, was sollen wir bloß mit dir machen?«, dann verlasse ich sofort den Raum.* Doch statt dessen sagte der Kaiser: »Also, was hast du jetzt vor?«

*Das ist fast genauso schlimm.* Doch Miles blieb sitzen. »Ich weiß es nicht. Ich brauche… freie Zeit, wirklich freie Zeit. Zeit zum Nachdenken. Genesungsurlaub und Zeit zum Reisen, das ist nicht wirklich dasselbe.«

»Ich… bitte dich inständig, nicht zu versuchen, auf eigene Faust Kontakt mit den Dendarii-Söldnern aufzunehmen. Ich bin mir bewußt, daß wahrscheinlich ich und der KBS zusammen dich nicht hindern könnten, wenn du entschlossen wärest, sie zu nehmen und damit abzuhauen. Aber diesmal gäbe es für mich keine Möglichkeit, dich vor einer Anklage wegen Hochverrat zu bewahren.«

Miles gelang es, nicht schuldbewußt zu schlukken, und er nickte, zum Zeichen, daß er vollkommen verstanden hatte. Er hatte immer gewußt, daß dies eine Einbahnstraße sein würde. »Die Dendarii können auch keinen Kommandeur mit Konvulsionen gebrauchen. Bis mein Kopf wieder in Ordnung ist – falls er in Ordnung gebracht werden kann –, ist die Versuchung gleich null.« Vielleicht war das ein Glück. Er zögerte, dann brachte er in den neutralsten Worten, über die er verfügte, seine wichtigste Sorge zum Ausdruck: »Welchen Status wird die Dendarii-Flotte jetzt haben?«

»Das wird wohl von ihrer neuen Kommandeurin abhängen. Wie sehr wird Quinn diese Rolle übernehmen wollen?«

Also plante Gregor *nicht,* alle von Miles' kreativen Errungenschaften einseitig aufzugeben. Miles seufzte innerlich erleichtert und wählte seine nächsten Worte sehr vorsichtig. »Sie wäre eine Närrin, wenn sie unsere – ihre – kaiserlichen Honorare über Bord werfen würde. Und sie ist keine Närrin. Ich sehe keinen Grund, warum die Flotte unter ihr nicht auch weiterhin die gleiche Ressource für den KBS sein kann wie unter mir.«

»Ich bin bereit zu warten und zu sehen, wie es funktioniert. Zu sehen, ob sie die entsprechenden Erfolge liefern kann. Oder nicht.«

*Gott helfe dir, Quinn.* Aber die Dendarii konnten immerhin des Kaisers eigene Truppe bleiben, selbst ohne Miles, ja, das war der wichtige Punkt. Sie mußten nicht aufgegeben werden. »Quinn war fast ein Jahrzehnt lang mein Lehrling. Sie ist Mitte dreißig, auf dem Gipfel ihrer Leistungsfähigkeit. Sie ist kreativ, sie ist entschlossen, und sie reagiert in Notfällen erstaunlich rationell, und von denen hat sie in meinem Gefolge ja schon ziemlich viele erlebt. Wenn sie nicht bereit ist aufzusteigen… dann bin ich nicht der Kommandeur, für den ich mich gehalten habe.«

Gregor nickte kurz. »Sehr gut.« Er holte Luft und wechselte fast sichtbar die Richtung; sein Gesicht hellte sich auf. »Willst du mir beim Essen Gesellschaft leisten, Lord Vorkosigan?«

»Ich weiß die Geste zu schätzen, Gregor. Aber muß ich bleiben?«

»Ich möchte dich mit jemandem zusammenbringen. Oder besser, mit jemandem, den du beobachten solltest.«

*Er legt immer noch Wert auf meine Meinung?* »Mein Urteil war in letzter Zeit nicht mehr so toll.«

»Ach… da fällt mir ein… hast du deinen Eltern schon davon erzählt?«

»Nein…«

Einen Moment lang herrschte düsteres Schweigen.

»Das ist *deine* Sache«, sagte Gregor schließlich mit Nachdruck.

»Das bestreite ich nicht.«

»Kümmere dich schleunigst um deine medizinische Behandlung, Miles. Ich bin bereit, das zu einem kaiserlichen Befehl zu machen, falls nötig.«

»Nicht… nötig, Majestät.«

»Gut.« Gregor erhob sich; notgedrungen stand Miles auch auf.

Sie waren schon auf halbem Weg zur Tür, als Miles ein leises »Gregor?« hervorbrachte.

»Ja...?«

»Es tut mir leid.«

Gregor zögerte, dann antwortete er mit einem fast unmerklichen Nicken. Sie gingen zusammen weiter.

In einem grasbewachsenen Winkel im Südlichen Garten war – umschlossen von Bäumen und blühenden Sträuchern – unter einem gefransten Sonnendach aus Musselin ein Tisch für vier Personen gedeckt worden. Das Wetter spielte mit, die Herbstsonne warf einen gesprenkelten Schatten, der sanfte Hauch einer Brise sorgte für perfekte Kühlung. Die Geräusche der sie umgebenden Stadt wirkten gedämpft und fern, als befände sich der Garten in einer Traumwelt. Miles setzte sich leicht beunruhigt links von Gregor nieder und beäugte das Arrangement. *Gewiß hat er nicht vor, mich damit zu ehren. Das wäre zu diesem Zeitpunkt reiner Spott.* Gregor winkte den übereifrigen Diener in Livree, der eine Auswahl an Aperitifs anbot, noch einmal fort; offensichtlich warteten sie noch auf jemanden.

Die Antwort erschien gleichzeitig mit Lady Alys Vorpatril, die für eine Vor-Dame am Nachmittag sehr korrekt in einen blauen Bolero und einen mit Silber paspelierten Rock gekleidet war, der – absichtlich? – die Silberfäden in ihrem dunklen Haar hervorzuheben schien. Sie begleitete Dr. Laisa Toscane, die geschmackvoll und elegant in einem komarranischen Hosenanzug erschien. Diener eilten herbei, um die Damen zu ihren Plätzen zu geleiten, dann zogen sie sich diskret wieder zurück.

»Guten Tag, Dr. Toscane«, sagte Miles, als man

Grüße austauschte. »Hier trifft man sich wieder. Das ist dann wohl Ihr zweiter Ausflug in die Residenz?«

»Mein vierter.« Sie lächelte. »Gregor war so freundlich, mich letzte Woche zu einem Arbeitsessen mit Minister Racozy und einigen Leuten seines Hauses einzuladen, wobei ich die Gelegenheit hatte, einige der Ansichten meiner Handelsgruppe vorzutragen. Und dann gab es einen zeremoniellen Empfang für einige in Pension gehende Distriktsbeamte, und der war schlicht faszinierend.«

*Gregor?* Miles warf Alys Vorpatril, die links neben ihm saß, einen Blick zu, den sie sehr sanft erwiderte.

Die Diener servierten das Essen; das Gespräch begann – nicht überraschend – mit einigen Allgemeinplätzen über komarranische Angelegenheiten. Es nahm allerdings eine fast unmittelbare scharfe Linkskurve, als Gregor und Laisa Familien- und Kindheitserinnerungen verglichen; beide waren Einzelkinder, eine Tatsache, die sie spannend und vieler vergleichender Analyse wert zu finden schienen. Miles hatte das starke Empfinden, in Teil 2 oder vielleicht sogar Teil 4 einer fortlaufenden Serie geraten zu sein. Seine eigene Rolle schien sich darauf zu beschränken, gelegentlich bestätigendes Gemurmel über Vorfälle von sich zu geben, die in ferner Vergangenheit stattgefunden hatten und an die er sich kaum noch erinnerte. Alys, die normalerweise sehr gesprächig war, sagte fast ebenso wenig.

Gregor bemühte sich, Laisa auszufragen, doch sie behauptete ihre Position, indem sie sanft auf einem Punkt-für-Punkt-Austausch von Informationen bestand. Soviel wie Gregor jetzt an einem Stück sprach, hatte Miles ihn schon lange nicht mehr reden hören.

Als die Cremetörtchen aufgetragen wurden, zusammen mit einem Angebot fünf verschiedener Arten von Kaffee und Tee zum Nachtisch, sagte Gregor schüchtern: »Ich habe eine kleine Überraschung für Sie vorbereitet, Laisa.« Er machte eine verstohlene Handbewegung zur Seite, ein offensichtlich vorher vereinbartes Signal, das sofort von einem aufmerksamen Livrierten aufgenommen wurde, der prompt hinter den Büschen verschwand. »Sie sagten, Sie hätten noch nie ein Pferd gesehen, außer in Vids. Das Pferd ist ein solches Symbol der Vor, daß ich dachte, Sie würden gern einmal eines reiten.«

Auf dieses Stichwort hin kehrte der Livrierte zurück und führte die prächtigste kleine Schimmelstute herbei, die Miles in seinem ganzen Leben gesehen hatte. Nicht einmal in den Stallungen seines Großvaters mit den teuren Rassepferden hatte es so etwas gegeben. Große Augen, zierliche Füße... die Hufe waren schwarzpoliert, in die lange silbrige Mähne und den wehenden Schweif waren scharlachrote Bänder geflochten, die zum Satteltuch paßten, ganz zu schweigen von der scharlachroten, bestickten Leine, die am vergoldeten Zaumzeug befestigt war.

»Du meine Güte!« Laisa hatte es schier den Atem verschlagen, als sie das Tier beäugte. »Darf ich es tätscheln? Aber ich habe keine Ahnung, wie man reitet!«

»Aber natürlich.« Gregor geleitete sie zur Flanke der Stute. Laisa lachte, als ihre Hände den glänzenden Hals berührten und durch die schimmernde Mähne fuhren. Die Stute schloß ihre friedlichen Augen halb, als sie diese verdienten Aufmerksamkeiten ruhig entgegennahm. »Ich werde sie selbst führen«, sagte Gregor. »Nur im Schritt. Sie ist sehr sanft.« Nach Miles' Urteil war die Stute eigentlich schon fast schläfrig. Gregor ging offensichtlich kein Risiko ein, daß ein unangenehmer Reitunfall seine Show verderben könnte.

Unschlüssig und fasziniert zugleich gab Laisa Laute von sich, die bedeuteten: *Bitte, überreden Sie mich dazu.* Miles beugte sich zu Lady Alys und fragte flüsternd: »*Wo* hat denn Gregor dieses *Pferd* gefunden?«

»Drei Distrikte entfernt«, erwiderte sie leise. »Gestern wurde es in die Stallungen der Residenz eingeflogen. Mit der detaillierten Planung dieses Essens treibt Gregor sein Haushaltspersonal schon seit vier Tagen zur Verzweiflung.«

»Ich helfe Ihnen aufsteigen«, fuhr Gregor fort, während der Pferdeknecht die bestickte Leine hielt. »Hier, ich zeige Ihnen wie. Sie beugen Ihr Bein, und ich nehme es in die hohle Hand...«

Es brauchte drei Versuche mit sehr viel Gelächter, bis Laisa oben saß. Falls Gregor versucht haben sollte, sie verstohlen zu berühren, so war ihm das mit erstaunlichem *savoir faire* gelungen. Sie setzte sich in dem samtgepolsterten Sattel zurecht und wirkte dabei erfreut, befangen und ein wenig stolz auf sich selbst. Gregor nahm dem Pferdeknecht die Leine ab, winkte ihn fort und führte unter Worten und Gesten Pferd und Reiterin zu einer Tour über die Gartenpfade.

Mit großen Augen nahm Miles einen großen Schluck heißen Tee. »Also, Tante Alys... spielst du hier Baba oder was?«

»Es sieht allmählich so aus«, sagte sie trocken und folgte mit den Blicken der vornehmen kleinen Kavalkade.

»Wann ist es passiert?«

»Ich bin mir nicht ganz sicher. Ich habe mich umgeblickt, und... da war es plötzlich. Seitdem muß ich rennen, um Schritt zu halten.«

»Aber Alys... eine Komarranerin als Kaiserin?« Es mußte eine Kaiserin sein, was Gregor im Sinn hatte; Alys hätte sich nie dazu herabgelassen, Kupplerin zu spielen. »Machen sich da die Vor-Lords vom konservativen Flügel nicht vor Angst in die Hosen? Ganz zu schweigen von den verbliebenen radikal-revolutionären Komarranern. Die scheißen sich doch erst recht ein.«

»Bitte bei Tisch keine Kasernensprache, Miles. Aber um deine Fragen zu beantworten... vielleicht. Der zentristischen Koalition wird es allerdings gefallen. Oder man könnte sie dazu überreden.«

»Du? Oder ihre Frauen durch dich, meinst du? Billigst *du* das?«

Sie kniff nachdenklich die Augen zusammen. »Wenn man alles in allem nimmt... ja, ich glaube schon. Da deine Mutter sich auf diesem Gebiet nicht betätigen wollte, war ich die letzten zehn Jahre für Gregors Suche nach einer Braut zuständig. Und das war eine frustrierende Aufgabe. Ich meine damit, er saß immer nur da und starrte mich mit diesem schrecklichen, trübseligen Ausdruck im Gesicht an, der besagte: *Warum tust du mir all das an?* Ich glaube, ich habe jede große, schlanke Vor-Schönheit dieses ganzen Planeten vor ihm vorbeiparadieren lassen und dabei ihr Leben und den Alltag ihrer Familie durcheinandergebracht; ich habe Dutzende von Lebensläufen präsentiert... nichts hat funktioniert. Gregor ist noch frustrierender als Ivan, das kann ich dir schwören, und Ivan hat so viele gute Chancen vergeben... Ein gewisser ungenannter Schlauberger oder Halbschlauberger hat mir sogar zugeflüstert, ich solle es einmal mit Jungen versuchen, doch ich habe darauf hingewiesen, daß dies das Problem mit dem Erben nicht lösen würde, was ja der Sinn der ganzen Übung ist.«

»Nicht ohne eine Menge noch nie dagewesener gentechnischer Eingriffe«, stimmte Miles zu. »Nein, keine Jungen, nicht bei Gregor. Aber auch keine Vor. Da bin ich schon vor Jahren darauf gekommen – ich wünschte, du hättest mich gefragt. Gregor ist noch enger mit Kaiser Yuri dem Wahnsinnigen verwandt als ich. Und... äh... er weiß mehr über seinen Vater, den verstorbenen, unbeweinten Kronprinzen Serg, als meiner Meinung nach meinen Eltern lieb ist. Er hatte diese historisch wohlbegründete genetische Paranoia über – na ja – Paranoia. Und über die Inzucht der Vor. Er würde sich nie in eine Vor verlieben.«

Alys' feine dunkle Augenbrauen zuckten. »Auf die Sache mit den Vor bin ich am Ende selbst gekommen. Und damit vor einem Dilemma gestanden, wie du dir vorstellen kannst.«

»Also... was sieht er in Dr. Toscane, was meinst du? Das heißt, außer Intelligenz, Schönheit, eine nette Persönlichkeit, einem guten Sinn für Humor, gesellschaftlicher Eleganz, Reichtum und Vor-fremden Genen?«

Alys stieß einen wenig damenhaften Schnaufer aus. »Ich glaube, es ist sogar einfacher und elementarer, obwohl ich bezweifle, daß Gregor sich dessen bewußt ist. Nicht, daß ich deine Mutter mit einem ihrer nervenden psychoanalytischen Schnellschüsse nach betanischer Art nachahmen möchte, aber... Gregors Mutter wurde ermordet, als er fünf Jahre alt war.« Ihre roten Lippen zuckten kurz in altem Schmerz; Lady Alys hatte Prinzessin Kareen damals gut gekannt. »Schau dir Dr. Toscanes Figur an. Sie ist... mütterlich. Nirgendwo ein Knochen zu sehen. Wieviel Zeit habe ich damit verschwendet, große, schlanke Schönheiten an ihm vorbeizutreiben, wo ich doch kleine, *mollige* Schönheiten hätte zusammenbringen sollen. Ich könnte heulen.« Statt dessen aß sie jedoch ein ansehnliches Stück Cremetorte.

Miles räusperte sich unbestimmt. Gregor und Laisa umrundeten eine Ecke, wandten sich von den Sitzenden ab und gingen einen Parkweg mit kunstvoll beschnittenen Eiben entlang. Gregor schritt groß und hager neben Laisas Steigbügel, gestikulierte angeregt, lächelte und redete. Laisa beugte sich halb zu ihm über den Sattelbug. Ihre Augen leuchteten, sie hatte die Lippen geöffnet und lauschte von... ganzem Herzen, wie Miles fürchtete.

»Also, Miles«, fuhr Alys fort, und ihre Stimme klang nun kühler, »erzähl mir von deinem Hauptmann Galeni. Mir ist nicht klar, wie er in die ganze Sache hineinpaßt.«

»Er ist nicht mein Hauptmann«, erwiderte Miles, »er ist Gregors Hauptmann.«

»Aber Ivan zufolge ist er dein Freund.«

»Ivan hat mit ihm länger zusammengearbeitet als ich.«

»Du weichst meiner Frage aus. Ich habe das Gefühl, daß dies wichtig ist oder wichtig sein könnte. Es ist ebenso sehr meine Aufgabe, häusliche Katastrophen von Gregor abzuwenden, wie Simons, Sicherheitskatastrophen zu verhindern, oder wie es deines Vaters Aufgabe war – und jetzt vermutlich Minister Racozys Job ist –, politische Desaster zu umschiffen. Simons KBS-Bericht behauptet, Galeni und Dr. Toscane seien kein Liebespaar.«

»Ich… nein. Ich glaube es auch nicht. Allerdings hat er sie umworben. Deshalb hatte ich sie überhaupt zu dem kaiserlichen Staatsdiner eingeladen. Um ihm zu helfen.« Miles' kaiserlicher Imbiß wurde ihm schwer im Magen.

»Aber sie sind nicht formell verlobt?«

»Ich glaube nicht.«

»Hatten sie über eine Heirat gesprochen?«

»*Ich* weiß es nicht. So vertraut bin ich nicht mit Galeni, weißt du. Wir haben nur… zusammengearbeitet, wurden einmal durch Zufall in dem Durcheinander mit Mark auf der Erde zusammengeworfen, später durch einen Auftrag während einer KBS-Untersuchung eines gewissen häßlichen Vorfalls auf Komarr. Ich glaube, Galeni dachte schon an Heirat, ja. Aber er ist ein sehr verschlossener Mann – aus einer Menge triftiger Gründe. Ich glaube, der Versuch, Laisa näherzukommen, ist ihm schwergefallen. Nicht wegen dem, was sie ist, sondern wegen dem, wie er ist, oder wozu er sich gemacht hat. Langsam, besonnen und vorsichtig.«

Lady Alys klopfte mit einem langen, lackierten Fingernagel auf das mit Spitzen besetzte Tischtuch, das an ihrem Platz nicht von Krümeln oder Tropfen verunziert war. »Ich muß es wissen, Miles. Ist Hauptmann Galeni möglicherweise ein Problem in dieser Sache? Ich möchte keine Überraschungen mehr erleben.«

»Was meinst du mit Problem? Ein Problem sein oder ein Problem machen?«

In Alys' sanft modulierte Stimme kam etwas Schärfe. »Genau das möchte ich dich fragen.«

»Ich… weiß es nicht. Ich glaube, er könnte verletzt sein. Es tut mir leid.« Galeni würde sehr verletzt sein, das war sicher. *Ach Gott, Duv… das hatte ich nicht für Sie vorgehabt. Tut mir leid, tut mir leid, heute ist es an mir, ein jämmerlicher Trottel zu sein, schon recht.*

»Nun, letztlich ist es ja Laisas Entscheidung«, bemerkte Alys klug.

»Wie kann der arme Galeni mit dem *Kaiser* konkurrieren?«

Sie warf ihm einen leicht mitleidigen Blick zu. »Wenn sie Galeni liebt… dann gibt es keine Konkurrenz. Wenn nicht… dann gibt es kein Problem. Stimmt's?«

»Ich glaube, mir tut der Kopf weh.«

Lady Alys schürzte die Lippen, als stimmte sie ihm insgeheim zu; doch ihr Gesichtsausdruck kehrte zu seiner gewöhnlichen angenehmen Ruhe zurück, als Gregor und die Ponyshow sich ihnen wieder näherten. Gregor half Laisa herunter, wobei er etwas zustandebrachte, was einer Umarmung gefährlich nahekam. Er übergab das Pferd wieder seinem Betreuer, und ein weiterer Diener brachte silberne Waschbecken für das Paar, um sich etwa vorhandene Pferdespuren von den

Händen zu waschen. Eine überflüssige Geste: das Tier war ganz gewiß heute morgen fast zu Tode gebürstet worden. Miles hätte nicht gezögert, seinen Lunch von den glänzenden Hinterbacken der Stute zu essen.

Alys schaute demonstrativ auf ihr Chrono. »Es tut mir leid, wenn ich diesen wunderbaren Nachmittag abbrechen muß, Gregor, aber dein Treffen mit Graf Vortala und Minister Vann ist schon in zwanzig Minuten.«

»Oh«, sagte Laisa und erhob sich mit rosafarbenen Wangen und Gewissensbissen von dem Stuhl, auf den sie sich gerade wieder gesetzt hatte. »Ich halte Sie von Ihrer Arbeit ab.«

»Nicht, wenn Lady Alys hier mich daran erinnert«, gab Gregor mit einem Glitzern in den Augen zurück, worauf Alys' Lächeln etwas dünn wurde. Doch Gregor erhob sich gehorsam und beugte sich über Laisas Hand – wollte er…? Ja, er wollte sie küssen. Genaugenommen drehte er Laisas Hand um und fuhr mit den Lippen über ihre Innenhand. Miles verschränkte die Arme, legte die Hand auf den Mund und biß sich in die Zunge. Laisa schloß ihre Hand über der geküßten Stelle wie eine Frau, die einen Schmetterling gefangen hat, und lächelte. Eigentlich grinste sie. Gregor grinste zurück und wirkte erheitert. Alys räusperte sich. Miles biß sich noch fester auf die Zunge. Gregor und Laisa tauschten einen langen und bemerkenswert idiotischen Blick. Schließlich mischte sich Alys ein, nahm Laisa bei der Hand und führte sie fort, wobei sie munter etwas über einen Rundgang durch die unteren Salons zur Besichtigung der Intarsienpaneele entlang des Wegs sagte.

Gregor warf sich halb seitlich in seinen Sessel, hängte ein gestiefeltes Bein über die Armlehne und ließ es baumeln. »Na, was hältst du von ihr?«

»Von Dr. Toscane?«

»Ich habe dich nicht nach deiner Meinung über deine Tante Alys gefragt.«

Miles studierte Gregors erwartungsvolles Lächeln. Nein… dieser Mann bat nicht um eine Kritik. »Schön.«

»Nicht wahr?«

»Sehr intelligent.«

»Brillant. Ich wünschte, du hättest bei der Begegnung mit Racozys Stab dabeisein können. Ihre Präsentation war ein Exempel an Klarheit.«

Zweifellos hatte jeder Experte, über den die Handelsvereinigung verfügte, die ganze Nacht mit der Vorbereitung zugebracht… doch Miles hatte selbst seinerzeit ein paar Stabsbesprechungen abgehalten. Er hatte Achtung vor der harten Arbeit, die dazu gehörte. Doch Gregor wollte nicht so sehr Miles' Meinung hören, sondern er bat um eine Bestätigung seiner eigenen. *Ich war nie ein Jasager.*

»Sehr patriotisch«, plapperte Gregor weiter, »auf genau die vorwärts blickende, kooperative Art und Weise, die dein Vater immer auf Komarr zu ernten gehofft hatte.«

»Jawohl, Majestät.«

»Sie hat schöne Augen.«

»Jawohl, Majestät«, seufzte Miles. »Sehr… hm… blaugrün.« *Warum tut er mir das an?* Vielleicht, weil Graf und Gräfin Vorkosigan nicht hier waren. Er benutzte Miles als Vertreter von dessen Eltern, die schließlich auch die Pflegeeltern des verwaisten Gregor waren. Herrgott, wie würden sie darauf reagieren?

»Schlagfertig…«

»Jawohl, Majestät, sehr schlagfertig.«

»Miles?«

»Ja, Majestät?«

»Hör damit auf.«

»Ähem.« Miles versuchte erneut den Trick mit dem Auf-die-Zunge-Beißen.

Gregor hörte auf mit dem Stiefel zu wippen; sein Gesicht wurde ernster, verschattet. »Ich habe schreckliche Angst.«

»Vor einer Zurückweisung? Ich bin kein solcher Experte für Frauen, wie Ivan einer zu sein behauptet, aber... alle vorläufigen Zeichen sehen für mich wie grünes Licht aus.«

»Nein. Vor... dem, was später geschehen könnte. Dieser Job könnte mein Tod sein. Und derer, die mir am nächsten sind.«

Prinzessin Kareens Schatten, nicht die launische Brise, war schuld an der kühlen Luft. Vielleicht hatte man ebenso wegen der Zweifel an Gregors geistiger Gesundheit den Nordflügel, wo sie gestorben war, völlig niedergebrannt und frei von Gespenstern wiederaufgebaut.

»Gewöhnliche Männer und Frauen... sterben jeden Tag. Aus allen möglichen Gründen, von willkürlichen Zufällen bis hin zur unerbittlichen Zeit. Der Tod ist kein kaiserliches Monopol.«

Gregor schaute ihn an. »Das ist er nicht«, sagte er leise. Er nickte nachdrücklich, als hätte Miles soeben etwas Nützliches gesagt. *Was denn?*

Miles versuchte das Thema zu wechseln. »Worum geht es denn bei deinem Treffen mit Vortala und Vann?«

»Ach, um das übliche. Ihr Kaiserliches Landzuteilungs-Komitee will Begünstigungen für Freunde haben. Ich will, daß ihre Freunde Beweise für kompetente Nutzungspläne vorlegen.«

»Aha.« Das waren alles Angelegenheiten des Südkontinents, ohne unmittelbares Interesse für den Distrikt der Vorkosigans. Miles fragte sich, ob er dem Bevollmächtigten seines Vaters einen Tip geben sollte, daß dies die ideale Woche für Lobbying um Vergünstigungen für den Distrikt sei. In seinem gegenwärtigen Zustand träumerischer Idiotie und erotischer Umnebelung würde Gregor, vom Liebespfeil getroffen, vielleicht alles mögliche gewähren. Nein… es war für das Kaiserreich besser, wenn man diese zeitweilige Geistesstörung als Staatsgeheimnis behandelte. Die Ehe würde Gregor schnell genug heilen.

Eine Kaiserin aus Komarr. Du lieber Himmel! Was für ein Alptraum für den KBS. Illyan würde wirklich den Schlaganfall bekommen, mit dem er schon seit Jahren gedroht hatte. »Hast du Illyan schon diesbezüglich gewarnt?«

»Ich dachte, ich würde Lady Alys beauftragen, ihn davon in Kenntnis zu setzen, falls mir die Lage hoffnungsvoll erscheint. Ziemlich bald. Lady Alys scheint sich das zu ihrer Aufgabe gemacht zu haben.«

»Sie ist die beste Verbündete und Vermittlerin, die du nur haben kannst. Benimm dich, und du wirst sie auf deiner Seite haben. Aber hast du dir auch die politischen Weiterungen dieser… Heirat durchdacht?« Zum erstenmal hatte jemand dieses Wort laut ausgesprochen, wie Miles sofort klar wurde.

»Ich habe in der vergangenen Woche über nichts anderes nachgedacht. Es könnte eine gute Sache werden, weißt du, Miles. Ein Symbol der Einheit des Kaiserreiches und so weiter.«

Es war wahrscheinlicher, daß die komarranische Untergrundbewegung dies zu einem Symbol der erneuten Unterdrückung Komarrs durch Barrayar machen würde. Miles stellte sich das Potential für bösartige politische Satiren vor und zuckte zusammen. »Darauf solltest du deine Hoffnungen nicht bauen.«

Gregor schüttelte den Kopf. »Letzten Endes… spielt nichts davon eine Rolle. Ich habe endlich etwas für mich gefunden. Wirklich für mich, nicht für das Kaiserreich, nicht einmal für den Kaiser. Einfach nur für mich.«

»Dann pack es mit beiden Händen. Und laß es dir von den Mistkerlen nicht wegnehmen.«

»Danke«, hauchte Gregor.

Miles verbeugte sich und verließ den Garten. Er fragte sich, ob sein neuer Fahrer schon jemanden umgebracht hatte und ob sich der Bodenwagen des Grafen noch nicht überschlagen hatte. Aber vor allem fragte er sich, wie er in den kommenden Wochen Duv Galeni aus dem Weg gehen könne.

# KAPITEL 10

Es dauerte einige Tage, bis Miles sich Ivans Klauen entwinden und nach Süden in den Distrikt der Vorkosigans entfliehen konnte, allein – oder fast allein. Schließlich gab er Ivan förmlich sein Ehrenwort als Vorkosigan, daß er während seiner Abwesenheit weder aktive noch passive Selbstmordtricks unternehmen würde. Ivan hatte dies widerstrebend angenommen, doch an Martins neuer Wachsamkeit war zu erkennen, daß Ivan es für nötig gehalten hatte, ihm zusätzlich etwas einzuflüstern, daß er bei seinem Arbeitgeber noch auf anderes als nur auf Anfälle zu achten habe, und wahrscheinlich hatte er ihm auch ein paar Kommunikatornummern genannt, die er in Notfällen oder bei übermäßig sonderbarem Benehmen anrufen solle. *Jetzt denkt der Bursche, ich bin verrückt. Oder auf jeden Fall, daß ich entlassen wurde, weil ich verrückt bin, und nicht verrückt, weil ich entlassen wurde. Vielen Dank, Ivan.* Doch vielleicht würden ein paar Tage des Friedens und der Ruhe in Vorkosigan Surleau Miles' Gemüt beruhigen – und Martins ebenfalls.

Als die ersten blauen Schatten der Dendarii-Berge so plötzlich wie eine Fata-Morgana in der zitternden Luft vor ihnen am Horizont erschienen, wußte Miles, daß sie die nördliche Grenze seines Heimatdistrikts überschritten. »Drehen Sie hier nach Osten«, wies Miles Martin an. »Ich habe Lust, den Distrikt abzufliegen. Sind Sie schon einmal hier unten gewesen?«

»Nein, Mylord.« Gehorsam steuerte Martin den Leichtflieger in eine Kurve in die Morgensonne; das polarisierte Verdeck dämpfte den grellen Schein. Wie Miles schon vermutet hatte, war Martin als Leichtfliegerpilot noch unsicherer als am Steuer eines Bodenwagens. Aber die störungssicheren Systeme bewirkten, daß der Leichtflieger, eine kleine, abgespeckte und äußerst manövrierbare Kreuzung zwischen einem Antigrav-Schlitten und einem Flugzeug, fast unmöglich abstürzen konnte. Jemand, der einen fünf Minuten langen Anfall hatte, würde es vielleicht trotzdem fertigbringen.

Manchmal ging der beste Weg zur Überquerung eines Quadrats an drei Seiten entlang… Nicht, daß es sich beim Distrikt der Vorkosigans um ein Quadrat handelte, genauer gesagt handelte es sich um ein zusammengedrücktes, unregelmäßiges Parallelogramm, das vom Streifen des nördlichen Tieflands bis zu den südlichen Gebirgspässen etwa 350 km und von Osten nach Westen etwa 500 km maß und sich entlang der Bergkette mit ihren höchsten Graten hinzog. Nur etwa das nördliche Fünftel bestand aus fruchtbaren Ebenen, und davon war natürlich nur die Hälfte landwirtschaftlich nutzbar. Nahe zu ihrer Rechten erschien die Stadt Hassadar; Miles dirigierte Martin zu einem weiten Bogen um die Gebiete mit dichtem Verkehr und vermied auf diese Weise Komplikationen mit der städtischen Computerkontrolle des Leichtfliegerverkehrs.

»Hassadar scheint in Ordnung zu sein«, sagte der in Vorbarr Sultana geborene und aufgewachsene Martin, während er auf die Stadt hinabschaute, die sich nach Kräften bemühte, in die Landschaft hinauszuwachsen.

»Es ist so modern wie jede Stadt auf Barrayar«, sagte Miles. »Moderner als Vorbarr Sultana. Der größte Teil wurde nach der Invasion der Cetagandaner gebaut, als mein Großvater Hassadar als neue Distriktshauptstadt auswählte.«

»Ja schon, aber Hassadar ist so ungefähr *alles*, was

der Distrikt besitzt«, erwiderte Martin. »Ich will sagen, sonst gibt es hier kaum etwas anderes.«

»Tja... wenn Sie mit *etwas* Städte meinen, dann nicht. Der Distrikt liegt im Binnenland und hat keine Möglichkeit zum Küstenhandel. Er war immer landwirtschaftlich geprägt, soweit das die Berge zulassen.«

»Dort oben in den Bergen gibt es nicht viel zu tun, wenn man nach der Zahl von Gebirgsbewohnern geht, die nach Vorbarr Sultana kommen und dort Arbeit suchen«, sagte Martin. »Wir machen Witze über sie. Wie zum Beispiel: Wie nennt man ein Mädchen aus den Dendarii-Bergen, das schneller laufen kann als seine Brüder? – Jungfrau.« Martin gluckste.

Miles jedoch nicht. In der Kabine des Leichtfliegers wurde es ausgesprochen kühl. Martin warf einen Seitenblick und schrumpfte auf seinem Sitz zusammen. »Tut mir leid, Mylord«, murmelte er.

»Den habe ich schon gehört. Ich habe sie alle gehört.« Tatsächlich hatten die Gefolgsleute seines Vaters, die alle aus dem Distrikt stammten, die Gewohnheit gehabt, sich solche Witze auszudenken, aber das war irgendwie etwas anderes. Einige von ihnen waren selbst Leute aus den Bergen gewesen, und es hatte ihnen nicht an witzigen Einfällen gefehlt. »Es stimmt, daß die Leute aus den Dendarii-Bergen viel weniger Vorfahren haben als ihr Faulpelze aus Vorbarr Sultana, aber das liegt daran, daß sie es nicht fertiggebracht hatten, sich im Bett herumzuwälzen und sich den Cetagandanern zu ergeben.« Eine leichte Übertreibung: die Cetagandaner hatten das Tiefland besetzt, wo sie praktische Ziele für die Männer aus den Bergen abgegeben hatten, die – angeführt von dem schrecklich jungen General Graf Piotr Vorkosigan – über sie hergefallen waren. Die Cetagandaner hätten ihre Frontlinie fünfzig Kilometer zurückverlegen sollen, anstatt zu versuchen, sie hinauf in die tückischen Berge zu schieben. Der

Distrikt der Vorkosigans war in der Folge hinter anderen Distrikten zurückgeblieben, weil er zu den vom Krieg am schlimmsten heimgesuchten auf ganz Barrayar gehört hatte.

Tja... vor zwei Generationen war das eine gute Entschuldigung gewesen, sogar noch vor einer Generation. Aber heutzutage?

*Das Imperium pflückt uns Vorkosigans aus unserem Distrikt und verbraucht uns und ersetzt nie, was es borgt. Und dann macht es Witze, daß wir verarmt sind.* Seltsam... bis jetzt hatte er den eifrigen Dienst seiner Familie noch nicht als verborgene Steuer auf den Distrikt angesehen.

Miles wartete zehn Minuten länger, als er ursprünglich vorgehabt hatte, dann sagte er: »Schwenken Sie hier nach Süden. Fliegen Sie jedoch noch tausend Meter höher.«

»Jawohl, Mylord.« Der Leichtflieger machte eine Kurve nach rechts. Nach einigen weiteren Minuten entdeckte sie der automatische Leitstrahlsender am Boden und schickte ihnen über den Kommunikator der Leichtflieger ein Standardgeblöke, eine aufgezeichnete Stimme, die intonierte: »Warnung. Sie fliegen in einen Bereich hoher radioaktiver Strahlung ein...«

Martin erbleichte. »Mylord? Soll ich in dieser Richtung weiterfliegen?«

»Ja. In dieser Höhe ist es okay. Doch es ist schon Jahre her, seit ich über die Mitte des Ödlandes geflogen bin. Es ist immer interessant nachzuschauen, wie die Dinge dort unten vorangehen.«

Viele Kilometer weit hinten war das Ackerland dem Waldland gewichen. Jetzt wurde das Waldland spärlicher, die Farben seltsamer und grauer, dürr und verwüstet in einigen Gebieten, seltsam dicht in anderen. »Mir gehört fast alles davon, wissen Sie«, fuhr Miles fort und blickte hinab. »Ich meine, mir persönlich.

Nicht als Redewendung, weil mein Vater der Graf des Distrikts ist. Mein Großvater hat es mir vererbt. Nicht meinem Vater, wie den größten Teil unserer Besitztümer. Ich habe mich immer gefragt, was für eine Art Botschaft das für mich sein sollte.« Verwüstetes Land für einen beschädigten Nachkommen, ein Kommentar auf seine frühkindlichen Behinderungen? Oder die resignierte Erkenntnis, daß das Leben des Grafen Aral seinen Lauf nehmen würde, lange bevor das von den Explosionen verwüstete Land sich erholte? »Ich habe noch nie einen Fuß darauf gesetzt. Ich habe vor, mir einmal einen Strahlenschutzanzug anzuziehen und es zu besuchen, irgendwann, wenn ich schon Kinder habe. Es heißt, dort drunten gebe es einige sehr seltsame Pflanzen und Tiere.«

»Dort gibt es keine *Menschen*, oder?« sagte Martin und starrte mit spürbarem Unbehagen nach unten. Ohne daß Miles etwas sagte, stieg er ein paar hundert Meter höher.

»Ein paar illegale Siedler und Banditen, die nicht erwarten, so lange zu leben, bis sie Krebs oder Kinder bekommen. Die Distriktswächter stöbern sie von Zeit zu Zeit auf und treiben sie hinaus. An manchen Stellen sieht es täuschend erholt aus. Tatsächlich ist seit meiner Geburt in manchen Gebieten die Radioaktivität um die Hälfte gesunken. Wenn ich alt bin, wird dieses Land gerade wieder nutzbar sein.«

»In zehn Jahren, Mylord?« fragte Martin.

Miles' Lippen zuckten. »Ich dachte an etwa fünfzig Jahre, Martin«, sagte er sanft.

»Ach so.«

Nach ein paar weiteren Minuten reckte Miles den Hals und schaute an Martin vorbei durch das Verdeck hinaus. »Dort zu Ihrer Linken. Dieser Fleck ist die Stätte, wo einmal Vorkosigan Vashnoi war, die alte Distriktshauptstadt. Ha, dort wird es jetzt graugrün.

Als ich ein Kind war, war noch alles schwarz. Ob es wohl noch in der Dunkelheit glüht?«

»Wir können nach Einbruch der Dunkelheit wieder herkommen und schauen«, schlug Martin nach einer kurzen Pause vor.

»Nein… nein.« Miles lehnte sich auf seinem Sitz zurück und schaute nach vorn auf die Berge, die im Süden aufragten. »Das reicht.«

»Ich könnte noch etwas mehr Gas geben«, sagte Martin sofort, als die modrigen Farben der Landschaft unter ihnen zurückblieben und von gesünderem Grün und Braun und Gold ersetzt wurden. »Schauen Sie, was dieser Leichtflieger schafft.« Sein Ton klang ausgesprochen sehnsüchtig.

»Ich weiß, was er schafft«, erwiderte Miles. »Und ich habe heute keinen Grund zur Eile. Ein andermal vielleicht.«

Martin hatte immer wieder Andeutungen gemacht, daß er offensichtlich den Geschmack seines Arbeitgebers hinsichtlich Reisen als zu zahm und langweilig empfand. Miles juckte es, selbst das Steuer zu übernehmen und Martin einen wirklich aufregenden Flug durch die Dendarii-Schlucht zu liefern. Bei diesem Dreifachsturzflug durch die wilden Auf- und Abströmungen neben und unter dem Hauptwasserfall konnte einem ängstlichen Passagier schon der Magen hochkommen.

Doch leider, so glaubte Miles, war er auch ohne die Anfälle physisch oder mental – oder moralisch – nicht dazu in der Lage, nicht auf die Art, wie er und Ivan es gemacht hatten, als sie ein wenig jünger gewesen waren als dieser Martin hier. Es war ein Wunder, daß sie sich nicht dabei umgebracht hatten. Seinerzeit waren sie überzeugt gewesen, es sei ihr überlegenes Geschick als Vor, doch im Rückblick sah es mehr wie göttliches Eingreifen aus.

Ivan hatte mit dem Spiel angefangen. Jeder Cousin übernahm abwechselnd das Steuer des Leichtfliegers zu einem Flug durch die tiefe, gewundene Schlucht, bis der andere entweder – nach Art der Kampfkünste – abklopfte, indem er aufs Instrumentenbrett schlug, oder seine letzte Mahlzeit von sich gab. Für einen den Regeln entsprechenden Flug mußte man zuerst einige der störungssicheren Schaltkreise abklemmen, ein Trick, den Martin – nach Miles' Wunsch – noch nicht lernen sollte. Miles war Ivan früh nach Punkten voraus gewesen, indem er die einfache Vorsorge traf, vor dem Wettfliegen nicht zu essen, bis Ivan dahinterkam und darauf bestand, daß sie zusammen frühstückten, um einen fairen Wettbewerb zu garantieren.

Miles gewann die Endrunde, indem er Ivan zu einem Nachtflug herausforderte. Ivan übernahm den ersten Flug und brachte sie lebend durch, allerdings war er bleich im Gesicht und schweißüberströmt, als sie über dem letzen Bergrücken auftauchten und den Leichtflieger abfingen.

Als Miles zu seinem Flug dran war, schaltete er die Lichter des Fliegers aus. Ivans Nerven muß man gutschreiben, daß er erst dann aufgab und schreiend nach dem abgeklemmten Knopf für den Schleudersitz grapschte, als er bemerkte, daß sein Cousin den Hochgeschwindigkeitsparcours durch die Schlucht mit geschlossenen Augen flog.

Miles erwähnte natürlich nicht, daß er dieselbe Strecke an den vorausgegangenen drei Tagen über sechzigmal bei Tageslicht geflogen war, wobei er das Verdeck stufenweise abgedunkelt hatte, bis es völlig undurchsichtig war.

Das war die letzte Runde *dieses* Spiels gewesen. Ivan hatte ihn nie wieder herausgefordert.

»Worüber lächeln Sie, Mylord?« wollte Martin wissen.

»Ach… es ist nichts, Martin. Schwenken Sie hier

nach rechts und fliegen Sie über die Mitte dieses Waldgebirges dort. Ich bin neugierig zu sehen, wie mein Wald vorankommt.«

Seine Vorkosigan-Vorfahren, die fern von ihren Gütern in der Hauptstadt gelebt hatten, waren besonders von jenen Zweigen der Landwirtschaft angetan gewesen, die wenig Aufsicht erforderten. Nach fünfzig Jahren Forstwirtschaft waren die schönen Hartholzbäume fast schon bereit zum schonenden ausgewählten Einschlag. Vielleicht nach weiteren zehn Jahren? Gruppen von Eichen, Ahornen, Ulmen, Hickorys und Birken wetteiferten glitzernd im Licht der Herbstsonne. Da und dort gab es auf den steilen Bergflanken ein dunkelgrünes Ornament durch gentechnisch veränderte, winterfeste Ebenholzbäume, eine neue Art – neu zumindest auf Barrayar –, die vor gerade erst drei Jahrzehnten eingeführt worden war. Miles fragte sich, wo sie alle ihre endgültige Bestimmung finden würden: in Möbeln, Häusern und anderen Gebrauchsgegenständen? Er hoffte, daß einige von ihnen wenigstens schön genützt würden. Etwa für Musikinstrumente oder Skulpturen oder Intarsien.

Miles runzelte die Stirn, als er einige Bergkämme weiter eine Rauchwolke aufsteigen sah. »Fliegen Sie dort hinüber«, wies er Martin an und zeigte in die Richtung. Doch als sie dorthin kamen, stellte er fest, daß alles seine Richtigkeit hatte; es handelte sich einfach um seine Mannschaft zur Terraformung, die an einer weiteren Bergflanke die giftigen einheimischen Sträucher abbrannten, bevor sie den Boden mit organischem Dünger mit irdischer DNS behandelten und die winzigen Schößlinge pflanzten.

Martin kreiste über dem Trupp, und das Halbdutzend Männer mit Atemschutzmasken schaute zu ihnen empor und winkte freundlich, ohne zu wissen, wer sie da beobachtete. »Wackeln Sie zur Antwort mit den

Tragflächen«, wies Miles Martin an, und der gehorchte. Miles fragte sich, wie es wohl sei, wenn man tagtäglich den ganzen Tag hindurch diese Arbeit machte und Barrayar auf die alte Art und Weise Meter um Meter mit einfachen Techniken terraformte. Aber wenigstens wäre es dann leicht, zurückzuschauen und die Leistung des eigenen Lebens abzuschätzen.

Sie verließen die Waldpflanzung und flogen westwärts weiter über die gezackten rotbraunen Hügel; sie waren alle da und dort gefleckt und bestickt mit Farben, die von der Erde stammten und menschliche Wohnstätten oder wildes Wachstum markierten. Auf der linken Seite wuchsen die grauen, mit Schnee überstäubten Berge immer höher empor. Miles lehnte sich zurück und schloß eine Weile die Augen, grundlos müde, obwohl er so gut aß und schlief wie immer. Schließlich öffnete er sie wieder auf ein fragendes Murmeln von Martin hin und entdeckte das ferne Geglitzer des langen Sees von Vorkosigan Surleau, der sich etwa vierzig Kilometer westwärts durch die unregelmäßigen Hügel wand.

Sie überflogen das Dorf am Ende des Sees und die zerstörte und ausgebrannte Burg, die darüber auf der Landspitze hockte und der ursprüngliche Grund für die Existenz des Dorfes gewesen war. Miles ließ Martin bis zum anderen Ende des Sees und wieder zurückfliegen, bevor sie über dem Anwesen der Vorkosigans kreisten und dort landeten. Weiter oben säumten hinter der Biegung der wenigen Uferkilometer, die im Besitz seiner Familie waren, an die hundert neue Landhäuser das Seeufer, die jetzt Leuten aus Hassadar oder Vorkosigan Surleau gehörten. Sie waren die Ursache der Bevölkerungsexplosion von… na ja, wenigstens einem Dutzend Booten, die die blaue Wasserfläche verunstalteten oder verzierten, je nachdem, von welchem Standpunkt aus man es betrachtete. Das Dorf wuchs ebenfalls, es diente den Urlaubern und Pensionären ebenso wie den wenigen Gütern alter Vor-Familien, die in der Nähe lagen.

Beim Sommersitz der Vorkosigans handelte es sich um eine lange, zweigeschossige Wachbaracke aus Stein, die einst der Burg gedient hatte und jetzt in einen anmutigen Landsitz mit einem schönen Blick über den See verwandelt war. Miles ließ Martin mit dem Leichtflieger auf der Landestelle neben der Garage hinter dem Hügelrücken niedergehen.

»Ins Haus, Mylord?« fragte Martin, als er ihr Gepäck auslud.

In diesem Haus wohnte ständig ein Hausverwalterehepaar, das es in Schuß hielt und das ausgedehnte Anwesen pflegte; hier würde nicht die dunkle, grabartige Atmosphäre herrschen wie im Palais in der Hauptstadt.

»Nein… lassen Sie das einstweilen. Ich möchte zuerst die Stallungen besuchen.«

Miles ging voraus auf dem Weg zu der Gruppe von Nebengebäuden und den erdgrünen Wiesen in dem ersten kleinen Tal hinter dem See. Ein junges Mädchen aus dem Dorf, das sich um die Handvoll noch verbliebener Pferde kümmerte, kam heraus und begrüßte sie. Martin, der sich offensichtlich pflichtgetreu darauf eingestellt hatte, in der Gesellschaft seines Arbeitgebers einige Tage tödlicher Langeweile ertragen zu müssen, bekam direkt leuchtende Augen. Miles ließ die beiden allein, damit sie sich miteinander bekannt machen konnten, und ging zum Weidegatter.

Sein Pferd, das in den ersten paar Wochen seines Lebens als Fohlen von Miles' Großvater den Namen Ninny bekommen hatte, kam auf seinen Ruf herbei, um ihn zu begrüßen, und wieherte, und Miles belohnte es mit Pfefferminzplätzchen. Er tätschelte die breite, samtige Nase des Rotschimmels. Das Pferd, das inzwischen… dreiundzwanzig Jahre alt war, hatte mehr Grau unter seinen roten Haaren und schnaubte von seinem kurzen Galopp über die Weide. Sollte er... es wagen zu reiten, trotz der Gefahr eines Anfalls? Vielleicht nicht gerade auf solchen tagelangen Campingausflügen in die Berge, wie er sie am liebsten unternommen hatte. Wenn er Martin dazu ausbildete, ihn aufzuspüren, dann konnte er vielleicht einige Runden über die Weiden riskieren. Falls er herunterfiel, würde er sich wohl kaum einen seiner synthetischen Knochen brechen, und er konnte sich darauf verlassen, daß Ninny nicht auf ihn trat.

Schwimmen, das andere Hauptvergnügen des Lebens in Vorkosigan Surleau, war völlig ausgeschlossen. Segeln war unsicher; er würde ständig eine Schwimmweste tragen und Martin mitnehmen müssen. Konnte Martin überhaupt schwimmen, geschweige denn den Lebensretter eines Mannes spielen, der über Bord gegangen war, und gleichzeitig das Boot nicht von sich forttreiben lassen? Das schien ziemlich viel verlangt. Tja... das Wasser des Sees wurde sowieso mit Fortschreiten des Herbstes immer kühler.

Es war kein Zufall, daß in der folgenden Woche Miles' dreißigster Geburtstag war, während er sich in stiller Langeweile am See aufhielt. Hier war der beste Ort, um das Ereignis zu ignorieren, anders als in der Hauptstadt, wo er wahrscheinlich von Bekannten und Verwandten heimgesucht worden wäre, oder zumindest von Ivan, der ihn mit dem Thema Älterwerden aufgezogen oder – noch schlimmer – mit einer Party behelligt hätte. Allerdings hätte die Einsicht, daß er in ein paar Monaten selber an der Reihe wäre, Ivan zweifellos ein wenig gebändigt. Auf jeden Fall würde Miles in Wirklichkeit nur einen Tag altern, genau wie an jedem anderen Tag. Okay?

Der fragliche Tag dämmerte neblig und feucht aus dem melancholischen Regen des Vortages herauf, der Miles' Stimmung so entsprochen hatte, doch an dem hohen blassen Blau direkt über ihnen war zu ersehen, daß das Wetter warm und dunstig und vollkommen werden würde. Und als über die Komkonsole des Hauses die erste Gratulation – von der selbstzufrieden amüsierten Lady Alys – eintraf, war ebenfalls ersichtlich, daß man ihm nicht gestatten würde, den Geburtstag gänzlich zu ignorieren. Wie lange dauerte es noch, bis Ivan sich meldete? Wenn Miles nicht einen Ausweg fand, um sich zu verstecken, dann riskierte er es, den ganzen Tag an das verdammte Gerät gekettet zu sein.

Er stibitzte aus der Küche ein Brötchen vom Frühstücksvorrat und ging auf dem Weg an der Hügelflanke hinaus zum Garten, der gleichzeitig als Friedhof diente. Einst war dies die Ruhestätte der Wächter aus der Kaserne gewesen, nach der Zerstörung von Vorkosigan Vashnoi hatten die Vorkosigans ihn als ihre Familiengrabstätte übernommen. Miles setzte sich für eine Weile kameradschaftlich neben das Grab von Sergeant Bothari, knabberte an dem Brötchen und beobachtete, wie die aufgehende Sonne rot durch die Morgennebel über Vorkosigan Surleau brannte.

Dann wanderte er zur Grabstelle des alten General Piotr hinüber und schaute viele Minuten darauf nieder. Es hatte eine Zeit gegeben, da hatte er vor diesem spöttisch stummen Stein auf den Boden gestampft und geschrien, geflüstert und gebettelt. Aber der alte Mann und er schienen einander nichts mehr zu sagen zu haben. Warum nicht?

*Ich spreche mit dem falschen Grab, das ist das Problem,* sagte sich Miles plötzlich. Er wandte sich ab und ging zum Haus zurück, um Martin zu wecken, der bis Mittag schlafen würde, wenn man ihn ließ. Miles kannte einen Ort, wohin er gehen und die Komkonsole ihn nicht verfolgen konnte. Und er hatte das verzweifelte Bedürfnis, dort mit einer gewissen kleinen Dame zu reden.

»Wohin fliegen wir denn, Mylord?« fragte Martin, als er sich auf dem Pilotensitz des Leichtfliegers niederließ und die Finger streckte.

»Wir fliegen zu einer kleinen Gebirgsgemeinde namens Silvy-Tal.« Miles beugte sich zu ihm hinüber und gab Anweisungen für das Vid-Landkarten- und Navigations-Programm ein, das ihnen dann ein dreidimensionales Gitternetz projizierte. »Ich möchte, daß Sie an einem ganz bestimmten Ort landen, hier in diesem kleinen Tal, genau oberhalb dieser engen Flußgabelung. Eigentlich handelt es sich um einen Friedhof. Dort dürfte es genug Platz zwischen den Bäumen geben, um den Leichtflieger zu landen. Oder zumindest gab es den Platz, als ich das letzte Mal dort oben war. Es ist eine schöne Stelle, neben dem Flüßchen. Die Sonne scheint durch die Bäume herab… vielleicht hätte ich einen Picknickkorb einpacken sollen. Zu Fuß sind es von hier vier Tage, oder zweieinhalb Tage mit dem Pferd. Oder weniger als eine Stunde mit dem Leichtflieger.«

Martin nickte und gab Gas; sie stiegen über den Hügelrücken auf und schwenkten nach Südosten. »Ich wette, ich könnte Sie noch schneller dorthin bringen«, schlug Martin vor.

»Nein…«

»Fliegen wir wieder die lange Route?«

Miles zögerte. Jetzt, wo er in der Luft war, ließ der Drang nach und wurde von einer Angst ersetzt, die langsam in ihn eindrang. *Und du hast gedacht, sich beim Kaiser zu entschuldigen sei schwer.* »Ja. Ich habe vor, Ihnen ein paar Tatsachen über Abwinde in den Bergen und ihren Einfluß auf Leichtflieger zu zeigen. Fliegen Sie hier nach Südwest, auf diese Gipfel zu.«

»Sehr wohl, Sir«, erwiderte Martin und praktizierte damit den Stil eines Dieners von einem Vor-Lord, so gut er konnte, doch er machte den Effekt gleich danach zunichte, indem er anfügte: »Das ist viel besser als noch so eine Reitstunde.« Martin und Ninny waren nicht so gut miteinander ausgekommen, wie Miles erwartet hatte. Martin gab Leichtfliegern sichtlich den Vorzug vor Pferden.

Es folgte eine Stunde voll interessanter Momente in der Dendarii-Schlucht und in ihrer Umgebung. Selbst Martin, der Stadtjunge, war von der Großartigkeit des Ortes beeindruckt, wie Miles erfreut feststellte. Sie flogen beträchtlich langsamer, als er und Ivan jemals geflogen waren; die Lektionen machten aus ihrem Frühstück nur ein mildes Unbehagen, nicht einen unmittelbaren Notfall. Doch schließlich fielen Miles keine Verzögerungen mehr ein, und sie schwenkten wieder genau nach Osten.

»Was gibt's denn in diesem Silvy-Tal?« fragte Martin. »Freunde? Eine schöne Gegend?«

»Nicht… so sehr. Als ich ungefähr so alt war wie Ihr Bruder – ich hatte genaugenommen gerade meine Ausbildung an der Kaiserlichen Militärakademie absolviert –, halste mir mein Vater etwas auf, das heißt: er beauftragte mich, seine Stimme in einem Fall zu sein, der vor das Gericht des Grafen gebracht worden war. Er schickte mich nach Silvy-Tal hinauf, um einen Mord zu untersuchen und ein Urteil zu fällen. Eine Kindstötung wegen einer Mutation, noch ganz auf die alte traditionelle Art.«

Martin zog ein Gesicht. »Gebirgsbewohner«, bemerkte er voller Abscheu.

»Mm. Es stellte sich heraus, daß die Sache komplizierter war, als ich gedacht hatte, selbst nachdem es mir gelungen war, die wahre Verdächtigte anzuklagen. Das kleine Mädchen – es war ein vier Tage altes kleines

Mädchen, das man getötet hatte, weil es mit einer Hasenscharte zu Welt gekommen war –, sein Name war Raina Csurik. Inzwischen wäre sie fast zehn Jahre alt, wenn sie überlebt hätte. Ich möchte mit ihr reden.«

Martin zog die Augenbrauen hoch. »Reden Sie oft mit… äh… Toten, Mylord?«

»Manchmal.«

Martin verzog die Lippen zu einem unsicheren Lächeln, das bedeutete: hoffentlich ist das nur Scherz. »Antworten die Toten auch?«

»Manchmal… was, reden Sie nie mit Toten?«

»Ich kenne keine. Außer Ihnen, Mylord«, schränkte Martin ein.

»Ich war nur eine potentielle Leiche.« *Lassen Sie sich Zeit, Martin. Ihr Bekanntenkreis wird sich im Laufe der Zeit sicher erweitern.* Miles kannte eine Menge toter Leute.

Doch selbst auf dieser langen Liste nahm Raina eine besondere Stellung ein. Nachdem er den ganzen imperialen Pomp und Unsinn abgestreift, alle Ambitionen auf Beförderung aufgegeben hatte und durch all die idiotischen Vorschriften und dunklen häßlichen Winkel des Militärlebens gewatet war… jetzt, wo es kein Spiel mehr war, wo die Dinge wirklich und wirklich beängstigend wurden, wenn damit Menschenleben und Seelen ebenfalls im Blitzentsorger verschwanden… da war Raina das einzige Symbol seines Dienstes, das noch einen Sinn ergab. Miles hatte das schreckliche Gefühl, daß er in letzter Zeit in all dem Durcheinander irgendwie auch den Kontakt zu Raina verloren hatte.

Hatte er sich so sehr hineingesteigert, Naismith zu spielen und das Spiel zu gewinnen, daß er vergessen hatte, wofür er spielte? Raina war eine Gefangene, die Naismith niemals retten würde, denn sie lag zehn Jahre schon dort unter der Erde.

Es gab eine wahrscheinlich apokryphe Geschichte

über Miles' Vorfahren, den Grafen Selig Vorkosigan, der von den Leuten seines Distriktes Steuern einsammelte – oder eher, einzusammeln versuchte –, und seine Untertanen waren nicht mehr von der Aussicht angetan als ihre Nachkommen heutzutage. Eine verarmte Witwe, die die Schulden ihres verstorbenen Ehemannes am Hals hatte, bot das einzige an, was sie besaß: das Trommelspiel ihres Sohnes, den Sohn eingeschlossen. Selig, so erzählte man, nahm das Trommelspiel an, doch den Jungen gab er zurück. Eigennützige Vor-Propaganda, ohne Zweifel. Naismith war Miles' bestes Opfer gewesen, sein Ein und Alles, das er in Händen hielt, als er auf der Suche sein Innerstes nach außen gekehrt hatte. Barrayars galaktische Interessen schienen in diesem Morgenlicht in den Bergen sehr weit weg zu sein, doch diesen Interessen zu dienen war seine Rolle gewesen. Naismith war der Trommelklang gewesen, den er gewirbelt hatte, aber Vorkosigan war es, der die Trommel geschlagen hatte.

So wußte er genau, wie er Naismith verloren hatte, Fehltritt um Fehltritt. Er konnte jedes Glied in dieser katastrophalen Ereigniskette berühren und benennen. Wo, zum Teufel, hatte er Vorkosigan verloren?

Wenn sie landeten, würde er Martin sagen, er solle einen Spaziergang unternehmen oder noch etwas mit dem Leichtflieger herumfliegen. Für dieses Gespräch mit den Toten wollte er keinen Zeugen haben. Er hatte Gregor enttäuscht, doch ihm ins Auge gesehen, er hatte seine Eltern enttäuscht und würde ihnen bald ins Auge sehen müssen. Doch vor Raina zu treten... das würde schmerzen wie die Explosion einer Nadelgranate.

*O Raina. Kleine Dame. Bitte, was soll ich jetzt tun?* Er kauerte sich von Martin weg, war ganz schweigsam und lehnte die Stirne gegen das Verdeck. Er hatte die Augen geschlossen, sein Kopf schmerzte.

Martins Stimme brach in seine zunehmend quälende Träumerei. »Mylord? Was soll ich tun? In dem Tal, das Sie angegeben haben, kann ich nicht landen. Da ist alles Wasser.«

»Was?« Miles setzte sich auf, öffnete die Augen und schaute überrascht hinaus.

»Dort scheint ein See zu sein«, sagte Martin.

In der Tat. Auf der schmalen Bergschulter, wo sich die beiden herabfließenden Wasserläufe getroffen hatten, saß jetzt ein kleiner Damm für ein Wasserkraftwerk. Dahinter spiegelte eine gewundene Wasserfläche das dunstige Morgenblau und füllte die steilen Täler. Miles schaute noch einmal auf die Vid-Landkarte, um sicherzugehen, und las dann das Datum auf der Karte. »Diese Karte ist nur zwei Jahre alt. Aber dieser See ist, verdammt noch mal, nicht drauf. Aber... es muß schon hier sein, ganz gewiß.«

»Wollen Sie immer noch landen?«

»Ja... hm... versuchen Sie dort auf dem Ostufer niederzukommen, so nahe am ursprünglichen Ziel, wie Sie können.«

Es war keine leichte Aufgabe, aber Martin fand schließlich eine Stelle und brachte den Leichtflieger langsam zwischen den Bäumen zu Boden. Dann ließ er das Verdeck hochgehen; Miles kletterte hinaus, blieb auf dem steilen Ufer stehen und blickte auf das klare braune Wasser hinab. Er konnte nur wenige Meter tief sehen. Einige weiße Baumstümpfe staken heraus wie Knochen. Neugierig folgte ihm Martin und stellte sich neben ihn, als wollte er ihm schauen helfen.

»Also... ist der Friedhof noch dort unten, oder haben die Leute vom Silvy-Tal ihre Gräber verlegt? Und wenn, wohin?« murmelte Miles.

Martin zuckte mit den Achseln. Auch der glatte, friedliche Wasserspiegel gab keine Antwort.

# KAPITEL 11

Nachdem Martin den Leichtflieger wieder aus den Bäumen heraus in die Luft manövriert hatte, entdeckte Miles die Siedlung, die er suchte; sie war etwa einen Kilometer entfernt. Er ließ Martin auf dem Hof vor einer Hütte landen, die aus ausgewittertem silbrigem Holz gebaut war. Die Hütte, deren vertraute lange Veranda einen schönen Ausblick auf das Tal und den neuen See bot, war scheinbar unverändert geblieben; allerdings gab es unten am Hang ein paar neue Nebengebäude.

Ein Mann kam auf die Veranda heraus, um zu sehen, was da auf seinem Hof landete. Es war nicht der einarmige Sprecher Karal mit seinem schütteren Haar, sondern ein völlig Fremder, ein großer Kerl mit einem sauber gestutzten schwarzen Bart. Doch er lehnte sich interessiert an das Verandageländer aus entrindeten Baumschößlingen, als gehörte das Gebäude ihm. Miles kletterte aus dem Leichtflieger und blieb einen Moment lang unsicher stehen, schaute zu dem Mann empor, überlegte sich Erklärungen für sein Erscheinen und war insgeheim froh über Martins massige Gestalt. Vielleicht hätte er einen trainierten Leibwächter mitbringen sollen.

Doch das Gesicht des Fremden erhellte sich; er erkannte Miles wieder und rief aufgeregt: »Lord Vorkosigan!« Dann kam er von der Veranda herabgerannt, zwei Stufen auf einmal, und schritt auf ihn zu, die Hände zum Gruß ausgestreckt und übers ganze Gesicht lächelnd. »Großartig, Sie wiederzusehen!« Sein

Lächeln verflog. »Es ist doch nichts Schlimmes geschehen, hoffe ich?«

Nun, dieser Mann erinnerte sich an *Miles* wegen des Urteils, daß er vor fast einem Jahrzehnt gefällt hatte. »Nein, das ist ein rein privater Besuch«, erklärte Miles, als der andere ihn erreicht hatte und seine Hand schüttelte. »Nichts Offizielles.«

Der Bärtige trat zurück, schaute auf Miles' Gesicht herab und sein Lächeln wurde zu einem verschmitzten Grinsen. »Wissen Sie nicht mehr, wer ich bin?«

»Äh…«

»Ich bin Zed Karal.«

»Zed?« Zed Karal, der mittlere Sohn des Sprechers Karal, war zwölf Jahre alt gewesen… Miles rechnete schnell im Kopf. Zweiundzwanzig, ungefähr. Ja. »Als ich Sie letztesmal sah, waren Sie kleiner als ich.«

»Na ja, meine Mama war eine gute Köchin.«

»Tatsächlich, ich erinnere mich.« Miles zögerte. »War? Sind Ihre Eltern… äh…«

»Oh, es geht ihnen gut. Sie sind bloß zur Zeit nicht hier. Mein älterer Bruder hat ein Mädchen aus dem Tiefland, aus Seligrad, geheiratet und ist dorthin umgezogen, um dort zu arbeiten und zu leben. Mama und Papa gehen den Winter über zu ihnen hinunter, weil die Winter hier oben für sie allmählich zu hart werden. Mama hilft ihnen bei den Kindern.«

»Ist… Karal also nicht mehr der Sprecher vom Silvy-Tal?«

»Nein, wir haben seit etwa zwei Jahren einen neuen Sprecher. Ein junges As voller progressiver Ideen, die er während seiner Zeit in Hassadar aufgeschnappt hat, genau Ihr Typ. Ich glaube, Sie werden sich noch gut an ihn erinnern. Er heißt Lem Csurik.« Zeds Lächeln wurde breiter.

»Oh!« erwiderte Miles. Zum ersten Mal an diesem

Tag erschien ein Lächeln auf seinen Lippen. »Wirklich. Ich… würde ihn gerne mal sehen.«

»Ich bringe Sie gleich zu ihm, wenn Sie mich mitfliegen lassen. Wahrscheinlich arbeitet er heute an der Klinik. Sie werden nicht wissen, wo das ist. Sie ist brandneu. Einen Augenblick bitte.« Zed sauste zurück in die Hütte, um etwas in Ordnung zu bringen, und seine Gangart erinnerte an den einstigen Zwölfjährigen. Miles kam es vor, als müßte er mit dem Kopf gegen das Verdeck des Leichtfliegers stoßen, um sein Gehirn, in dem sich alles drehte, wieder in Gang zu bringen.

Zed kehrte zurück, kletterte auf den Rücksitz des Leichtfliegers und gab Martin eine Reihe von Anweisungen vermischt mit ständigen Kommentaren, während sie in die Luft stiegen und den nächsten Hügelrücken überflogen. Er ließ sie etwa zwei Kilometer entfernt vor dem aufragenden Balkenwerk eines sechs Zimmer großen Gebäudes landen, dem größten Bauwerk, das Miles je im Silvy-Tal gesehen hatte. Stromleitungen führten zu ihm hin und speisten ein Gestell mit Energiezellen-Ladegeräten für stromgetriebenes Werkzeug. Ein halbes Dutzend Männer hielt in der Arbeit inne und beobachtete, wie sie landeten.

Zed kletterte aus dem Flieger und winkte. »Lem, hallo, Lem! Du wirst nicht draufkommen, wer hier ist!« Miles folgte ihm zum Gebäude; Martin blieb am Steuer sitzen und beobachtete verwundert die Szene.

»Mylord!« Lem Csurik erkannte ihn ebenfalls auf der Stelle, aber Miles' Erscheinung war ja… nun, unverkennbar. Miles seinerseits hätte vielleicht nach einem Moment des Musterns Lem aus der Gruppe herausfinden können. Er war immer noch der drahtige Bergbewohner von ungefähr Miles' Alter, wie ihn Miles in Erinnerung hatte, allerdings offensichtlich viel glücklicher als an jenem Tag vor zehn Jahren, als er zu Unrecht des Mordes beschuldigt worden war; er sah sogar noch selbstbewußter aus als seinerzeit, als Miles ihn vor sechs Jahren kurz in Hassadar getroffen hatte. Lem streckte ihm ebenfalls beide Hände zum Gruß entgegen.

»Sprecher Csurik. Meine Gratulation«, begrüßte ihn Miles. »Wie ich sehe, sind Sie eifrig gewesen.«

»Oh, Sie wissen noch nicht einmal die Hälfte, Mylord! Kommen Sie und schauen Sie! Wir bekommen unsere eigene Klinik – sie wird die ganze Gegend versorgen. Ich mache Druck, damit wir sie unter Dach haben, bevor der erste Schnee fällt, und damit alles zum Winterfest fertig ist. Dann bekommen wir unseren Doktor, einen richtigen Arzt, nicht nur den Sanitäter, der einmal in der Woche seine Runde fliegt. Der Doktor ist einer der Studenten von der neuen Hochschule in Hassadar, der das Stipendium Ihrer Frau Mutter bekommen hat; er wird uns hier vier Jahre zum Entgelt seiner Ausbildung dienen. Zum Winterfest soll er sein Examen machen. Wir richten ihm auch eine Hütte ein, weiter oben am Hang; von dort aus hat man einen wirklich schönen Ausblick…«

Lem stellte der Reihe nach seine Mannschaft vor und ließ dann Miles die Baustelle der Klinik, oder besser gesagt: den Traum der Klinik besichtigen, der so lebhaft in seiner Phantasie loderte, daß Miles ihre phantomhaften Umrisse schon ganz vollendet vor sich sah.

»Ich habe den Damm im Tal gesehen, als wir herkamen«, sagte Miles, als Lem endlich innehielt, um Atem zu holen. »Wie ist denn der zustande gekommen?«

»Wir haben ihn gebaut«, erwiderte Lem stolz. »Sie können mir glauben, das war schon eine Mordsanstrengung hier mit so wenig strombetriebenem Werkzeug. Wir mußten natürlich erst Strom erzeugen, um Strom zu haben. Wir hatten immerzu auf den Energiesatellitenrezeptor gewartet, den der Distrikt uns versprochen hatte, aber wir standen auf der Liste so weit unten, daß wir jetzt immer noch warten würden. Dann fing ich an zu rechnen. Ich ging nach Dos'tovar hinüber und schaute mir das dortige Wasserkraftwerk an, das die schon seit Jahren haben. Es war eine einfache Technik, aber es funktionierte. Ich schaffte es, daß ein paar Leute von dort kamen, um uns beim Damm zu helfen, damit wir das beste Gelände aussuchten und so fort, und ich erreichte, daß ein Ingenieur aus Hassadar, dem ich beim Hausbau geholfen hatte, kam, um uns bei den wesentlichen Teilen des elektrischen Systems zu helfen. Zur Belohnung darf er im Sommer eine Hütte oberhalb des neuen Sees als Ferienwohnung benutzen. Wir zahlen immer noch an den Generatoren, aber das ist auch alles.«

»Das war das beste Gelände für einen Damm, was?«

»O ja. Die kürzeste Spannweite und das größte Gefälle, die man hier haben kann, und der meiste Wasserzufluß. Mit der Zeit werden wir darüber hinauswachsen, aber das ist ja der Zweck der Sache. Ohne grundlegende Stromversorgung hat diese Gegend hier stagniert. Jetzt *können* wir wachsen. Zum Beispiel hätten wir ohne Strom für die Klinik nicht die Lotterie des Distrikts um den Doktor gewinnen können.«

»Sie lassen sich von niemandem aufhalten, was?«

»Na ja, Mylord, Sie wissen ja, von wem ich *das* gelernt habe.«

Von seiner Frau Harra natürlich. Rainas Mutter. Miles nickte. »Apropos Harra, wo ist sie heute?« Er war hier heraufgekommen, weil er nur stumm vor den Toten hatte stehen wollen, und jetzt wünschte er sich allmählich sehr, mit Harra zu sprechen.

»Sie unterrichtet in der Schule. Ich habe noch einen Raum angebaut – wir haben jetzt zwei Lehrer, wissen Sie. Da ist noch ein Mädchen, das Harra ausgebildet hat, und sie unterrichtet die Kleinen, und Harra unterrichtet die Älteren.«

»Kann ich die Schule besichtigen?«

»Harra würde mir bei lebendigem Leib die Haut abziehen, wenn ich Sie fortließe, ohne daß Sie sie besuchen! Kommen Sie, ich bringe Sie gleich rüber.«

Zed, der Miles somit der verantwortlichen Autorität übergeben hatte, winkte zum Abschied und machte sich auf den Heimweg. Er verschwand zwischen den Bäumen. Lem sprach kurz mit seinen Leuten und übernahm dann auf dem Rücksitz des Leichtfliegers Zeds Platz als einheimischer Führer.

Ein weiterer Katzensprung brachte sie zu einem älteren und traditionelleren Gebäude: einer langen Hütte mit zwei Türen und Kaminen aus Feldsteinen an beiden Enden. Ein großes handgeschnitztes Schild über der Veranda bezeichnete es mit verschnörkelten Buchstaben als *Raina-Csurik-Schule*. Lem führte Miles durch die linke Tür, Martin folgte ihnen und blieb dann unsicher draußen stehen. Etwa zwanzig Kinder unterschiedlicher Größe im Teenageralter saßen an selbstgebauten hölzernen Pulten, auf denen sich Lap-Terminals einer Komkonsole befanden, und lauschten der lebhaft gestikulierenden Frau an der Kopfseite des Raums.

Harra Csurik war immer noch groß und hager, wie Miles sie in Erinnerung hatte. Ihr glattes strohblondes Haar war nach Art der Bergbewohnerinnen ordentlich im Nacken zurückgebunden, und sie trug die einfache, jedoch saubere und gut genähte Kleidung einer Frau aus den Bergen. Wie die Mehrzahl ihrer Schüler war sie bei diesem milden Wetter barfuß. Ihre leicht hervortretenden grauen Augen waren lebhaft und warm. Als sie Miles und Lem erblickte, brach sie ihre Lektion sofort ab.

»Lord Vorkosigan! Also nein sowas, das hätte ich nie erwartet!« Sie ging ebenso auf ihn zu wie Zed und Lem, war jedoch nicht mit bloßem Händeschütteln zufrieden, sondern umarmte ihn. Immerhin hob sie ihn nicht hoch. Miles verbarg seine Überraschung, sammelte sich schnell genug, um ihre Umarmung zu erwidern, und nahm ihre beiden Händen in einer halben Drehung, als sie ihn losließ.

»Hallo, Harra. Sie sehend blendend aus.«

»Seit Hassadar habe ich Sie nicht mehr gesehen.«

»Ja, ich... hätte schon längst einmal kommen sollen. Aber ich war immer so beschäftigt.«

»Ich muß Ihnen sagen, es war ungeheuer wichtig für mich, daß Sie zu meiner Examensfeier an der Lehrerbildungsanstalt kamen.«

»Da hatten wir Glück, daß ich gerade zu der Zeit auf Barrayar war. Das war nicht mein Verdienst.«

»Wie man es nimmt. Kommen Sie, schauen Sie...« Sie schleppte ihn zur Stirnseite des Raums. »Schaut, Kinder, wer gekommen ist, uns zu besuchen! Es ist euer Lord Vorkosigan!«

Sie schauten ihn eher interessiert an als mißtrauisch oder abgestoßen; ihre Blicke wanderten hin und her, um den seltsamen kleinen Mann, der da leibhaftig vor ihnen stand, mit dem Bild an der Stirnwand ihres Klassenzimmers zu vergleichen. Über dem Freiraum für Vid-Projektionen waren drei Standfotos aufgereiht; zwei davon waren obligatorisch: Kaiser Gregor in der prächtigen, farbenfreudigen Paradeuniform und der Graf des Distrikts, Miles' Vater, der streng aus der formellsten braun-silbernen Vorkosigan-Livree schaute. Das dritte Porträt war nicht vorgeschrieben – öffentliche Einrichtungen mußten normalerweise nicht auch noch ein Porträt des Erben ihres Grafen aufhängen, aber von dort oben grinste Miles sein eigenes Gesicht entgegen. Es war eine seiner steiferen Aufnahmen aus jüngeren Tagen, auf der er die grüne Uniform der kaiserlichen Streitkräfte mit den hellblauen Kragenspiegeln eines Fähnrichs trug. Es mußte aus der Zeit seiner Abschlußfeier an der Akademie stammen, denn am

Kragen glitzerten noch keine silbernen Horusaugen. Woher, zum Teufel, hatte Harra dieses Bild bekommen?

Sie präsentierte ihn ihren Schülern so stolz wie ein Teilnehmer bei einer Schulausstellung, aufgeregt wie eine Sechsjährige, die ein Einmachglas mit ihren Lieblingskäfern herzeigte. Miles hatte nicht erwartet, jemandem zu begegnen, als er nach Silvy-Tal gekommen war, und schon gar nicht, öffentlich zu sprechen, und er kam sich ausgesprochen salopp vor in seiner alten Jacke im ländlichen Stil und der abgetragenen schwarzen Hose, Überbleibsel einer Arbeitsuniform aus der Armee, ganz zu schweigen von den abgetretenen Armeestiefeln, die er am Staudamm mit Schlamm bespritzt hatte. Aber er brachte ein paar allgemeine, herzliche Kommentare der Art ›*Gut gemacht, gut gemacht*‹ hervor, die allen Freude zu bereiten schienen. Harra führte ihn über die Veranda in den Nachbarraum und wiederholte die Vorführung, womit sie die junge Frau, die dort unterrichtete, in helle Aufregung versetzte und den Zappelquotienten der jüngeren Schüler fast bis zur Explosion erhöhte.

Als sie über die Veranda zum ersten Raum zurückgingen, nahm Miles Harra an der Hand und zwang sie, einen Augenblick langsamer zu gehen. »Harra – ich bin nicht zu einem Überraschungsbesuch hier heraufgekommen, um Himmels willen. Ich bin bloß gekommen, um… nun, um Ihnen die Wahrheit zu sagen, ich wollte bloß an Rainas Grab ein kleines Gedächtnisbrandopfer darbringen.« Der Dreifuß, das Feuerbecken und die aromatischen Hölzer waren im rückwärtigen Teil des Leichtfliegers verstaut.

»Wie schön von Ihnen, Mylord«, erwiderte Harra. Miles machte eine kleine Geste, mit der er ihr Lob zurückwies, doch sie schüttelte den Kopf und verwarf seine Ablehnung.

»Es scheint, als bräuchte ich jetzt ein Boot dafür«, fuhr Miles fort, »und ich möchte es nicht riskieren, das Boot anzuzünden, in dem ich sitze. Oder habt ihr den Friedhof verlegt?«

»Ja, vor der Flutung haben einige Leute, die es wünschten, Gräber verlegt. Wir haben einen wirklich schönen neuen Platz oben am Bergrücken ausgesucht, wo man einen Ausblick auf den alten Platz hat. Das Grab meiner Mutter haben wir natürlich nicht verlegt. Ich habe sie hier unten gelassen. Habe die Toten ihre Toten begraben lassen und keine Brandopfer für sie vollzogen.« Harra verzog das Gesicht. Miles nickte verständnisvoll. »Rainas Grab… nun ja, vermutlich lag es daran, daß dort neben dem Bach der Boden so feucht war und sie sowieso so winzig war… wir konnten sie nicht finden, um sie umzubetten. Vermutlich ist sie wieder zum Erdboden zurückgekehrt. Mir hat es nichts ausgemacht. Wenn ich darüber nachdenke, dann kommt es mir richtig vor. Ich glaube sowieso, daß diese Schule hier wirklich ihr bestes Denkmal ist. Jeden Tag, wenn ich hierher komme und unterrichte, ist es, wie wenn ich ein Brandopfer vollzöge, nur noch besser. Weil es etwas hervorbringt statt zerstört.« Sie nickte einmal, entschlossen und ruhig.

»Ich verstehe.«

Sie schaute ihn eingehender an. »Ist mit Ihnen alles in Ordnung, Mylord? Sie schauen wirklich müde aus. Und ganz blaß. Sie sind doch nicht krank gewesen oder so etwas, oder?«

Vermutlich dürfen drei Monate Tod schon als soviel Kranksein gelten, wie man nur abbekommen kann, dachte er. »Hm, ja. Oder so etwas. Aber ich bin dabei, mich zu erholen.«

»Oh, das ist gut. Müssen Sie nach Ihrem Besuch hier irgendwohin?«

»Eigentlich nicht. Ich bin sozusagen… im Urlaub.«

»Ich würde mich freuen, wenn Sie unsere Kinder kennenlernten, die von mir und Lem. Lems Mama oder seine Schwester kümmern sich um sie, während ich unterrichte. Ich würde Sie gern zu uns zum Essen einladen.«

Er hatte vorgehabt, zur Essenszeit schon wieder in Vorkosigan Surleau zu sein. »Kinder?«

»Wir haben jetzt zwei. Der Junge ist vier, und das Mädchen ein Jahr alt.«

Hier oben benutzte noch niemand Uterusreplikatoren; sie hatte sie in ihrem Leib getragen wie ihr verlorenes Erstgeborenes. Du lieber Himmel, die Frau war aber beschäftigt! Dieser Einladung konnte er sich nicht gut entziehen. »Ich fühle mich geehrt.«

»Lem, führe Lord Vorkosigan mal eine Minute umher…« Harra ging wieder ins Gebäude, um sich mit ihrer Kollegin und dann mit den Schülern zu beraten; Lem nahm Miles gehorsam zu einer Besichtigung der baulichen Besonderheiten der Schule nach draußen mit. Ein paar Minuten später stoben Kinder aus dem Gebäude, glücklich über den frühen Schulschluß, und verschwanden kreischend in alle Richtungen.

»Ich hatte nicht vorgehabt, Ihre Alltagsroutine zu stören«, protestierte Miles schwach. Jetzt konnte er sich nicht mehr drücken. Um nichts in der Welt konnte er dieses einladende Lächeln enttäuschen.

Sie landeten mit dem Leichtflieger unangemeldet bei Lems Schwester, die sich geschmeidig der Herausforderung stellte. Das Mittagessen, das sie auftischte, war, Gott sei dank, leicht. Miles lernte brav die Csurik-Kinder, -Nichten und -Neffen kennen und bewunderte sie. Sie entführten ihn zu einem Spaziergang durch die Wälder, und er besichtige ihren bevorzugten Schwimmteich. Er watete gravitätisch mit ihnen barfuß auf den glatten Steinen einher, bis seine Füße vor Kälte taub waren, und er erklärte den Tümpel mit einer Stimme voll Vor-Autorität zu einem ausgezeichneten Schwimmteich, dem vielleicht schönsten in seinem ganzen Distrikt. Offensichtlich war er für sie eine Anomalie mit einer gewissen Faszination, ein Erwachsener, der fast so klein war wie sie.

Als sie wieder an der Schule ankamen, war es inzwischen später Nachmittag geworden. Miles warf einen Blick auf die Menge, die auf den weiten Hof strömte und Teller, Körbe und Blumen, Musikinstrumente, Krüge und Kannen, Stühle, Bänke, Böcke und Tischplatten, Feuerholz und Tischtücher trug, und ihm sank das Herz. Trotz all seiner Bemühungen, an diesem Tag so etwas zu vermeiden, sah es so aus, als müßte er sich doch einer Überraschungsparty stellen.

Sätze wie: *Wir sollten noch vor Einbruch der Dunkelheit aufbrechen; Martin ist es nicht gewohnt, in den Bergen zu fliegen*, erstarben ihm auf den Lippen. Sie würden Glück haben, falls sie vor dem nächsten Morgen hier wegkämen. Oder – er bemerkte die Steinkrüge mit Ahornmet aus den Dendarii-Bergen, dem gefährlichsten alkoholischen Getränk, das je von Menschen erfunden worden war – erst am morgigen Nachmittag.

Es brauchte eine Mahlzeit, einen Sonnenuntergang, ein Lagerfeuer und eine Menge vorsichtig rationierter Schlucke Ahornmet, aber schließlich entspannte er sich tatsächlich und begann die Feier zu genießen. Dann begann die Musik, und der Genuß wurde völlig mühelos. Martin, der zuerst dazu geneigt hatte, die Nase ein bißchen zu rümpfen ob des bäuerisch improvisierten Charakters der ganzen Sache, ertappte sich dabei, wie er am Rande des Platzes einer Gruppe eifriger Teenager Tänze aus der Stadt beibrachte. Miles schluckte alle klugen Warnungen hinunter, die er dem Jungen hätte geben können, wie etwa: *Ahornmet mag zwar sanft und süß die Kehle hinabrinnen, aber er zerstört Zellmembranen, wenn er ins Gehirn steigt.* Es gab einige Dinge, die man ab einem gewissen Alter selbst lernen mußte. Miles tanzte traditionelle Schritte mit Harra und anderen Frauen, bis er nicht mehr wußte, wie viele es waren. Ein paar ältere Leute, die vor einem Jahrzehnt bei seinem Urteil zugegen gewesen waren, nickten ihm trotz seines Herumgehüpfes respektvoll zu. Es handelte sich schließlich nicht um eine Party für ihn, trotz des Bombardements von Geburtagsglückwünschen und Scherzen. Es war eine Party für das Silvy-Tal. Wenn er der Vorwand dafür war, nun ja, dann war dies der größte Nutzen, den er seit Wochen irgend jemandem gebracht hatte.

Doch als die Party mit der Glut des Lagerfeuers erstarb, wuchs seine Empfindung der des Ungenügens. Er war hier heraufgekommen, um… was zu tun? Um vielleicht seine schleichende Depression zu einer Art Ausbruch zu bringen, wie wenn man ein Furunkel aufschneidet, eine Maßnahme, die schmerzt, aber erleichtert. Eine widerliche Metapher, aber er war seiner durch und durch überdrüssig. Er wollte einen Krug Met nehmen und sein Gespräch mit Raina beenden. Wahrscheinlich eine schlechte Idee. Vielleicht würde er am Ende am Stausee betrunken heulen und sich zusammen mit seinem Kummer ersäufen, eine armselige Art, sich beim Silvy-Tal für die nette Party zu bedanken, und ein Wortbruch gegenüber Ivan. Suchte er Heilung oder Zerstörung? *Beides.* Dieser undefinierbare Zustand dazwischen war unerträglich.

Am Ende landete er irgendwie nach Mitternacht am Ufer. Aber nicht allein. Lem und Harra kamen mit ihm und setzten sich ebenfalls auf Baumstümpfe. Beide Monde standen hoch am Himmel, malten zarte seidige Muster auf die sanften Wellen und verwandelten den Nebel, der aus den Schluchten aufstieg, in silbernen Rauch. Lem hatte den Metkrug an sich genommen und schenkte wohlüberlegt aus, ansonsten bewahrte er ein abgeklärtes Schweigen.

Nicht mit den Toten mußte er in der Dunkelheit reden, erkannte Miles, sondern mit den Lebenden. Es war nutzlos, den Toten zu beichten; Absolution stand nicht in ihrer Macht. *Aber ich vertraue Ihrem Spruch, Harra, so wie Sie einst dem meinem vertraut haben.*

»Ich muß Ihnen etwas sagen«, sagte Miles zu Harra.

»Ich habe gewußt, daß etwas nicht in Ordnung ist«, erwiderte sie. »Ich hoffe, Sie sterben nicht oder sowas.«

»Nein.«

»Ich habe mir Sorgen gemacht, daß es etwas Derartiges sein könnte. Viele Muties leben nicht sehr lang, auch wenn ihnen niemand die Kehle durchschneidet.«

»Vorkosigan macht es rückwärts. Ich habe mir schon meine Kehle durchschneiden lassen, aber es hat zum Leben geführt, nicht zum Tod. Es ist eine lange Geschichte, und die Einzelheiten sind geheim, aber am Schluß bin ich voriges Jahr in einer Kryokammer draußen im Hinterhof der Galaxis gelandet. Als man mich auftaute, hatte ich einige medizinische Probleme. Dann habe ich etwas Dummes angestellt. Dann habe ich überdies noch etwas sehr Dummes angestellt, nämlich, über die erste Dummheit zu lügen. Und dann wurde ich erwischt. Und entlassen. Was immer Sie an meinen Leistungen bewundert haben, was immer Sie inspiriert hat, jetzt ist alles futsch. Dreizehn Jahre Karriereanstrengungen sind mit einem einzigen Schwung im Müllschlucker verschwunden. Geben Sie mir den Krug.« Er schluckte süßes Feuer und gab den Krug Lem zurück, der ihn Harra reichte und wieder an sich nahm. »Was auch immer ich mir gedacht hatte, was ich im Alter von dreißig sein könnte, ein *Zivilist* zu sein war nie darunter.«

Das Mondlicht spielte auf dem gekräuselten Wasser. »Und Sie haben *mir* gesagt, ich solle aufstehen und die Wahrheit sagen«, sagte Harra nach einer langen Pause.

»Bedeutet das, daß Sie mehr Zeit im Distrikt verbringen werden?«

»Vielleicht.«

»Gut.«

»Sie sind hart, Harra«, stöhnte Miles.

In den Wäldern sangen die Zikaden ihren sanften Chor, eine winzige organische Mondscheinsonate. »Kleiner Mann«, Harras Stimme klang in der Dunkelheit süß und gefährlich wie Ahornmet, »meine Mutter hat meine Tochter umgebracht. Und wurde dafür vor dem ganzen Silvy-Tal verurteilt. Glauben Sie, ich weiß nicht, was öffentliche Schande ist? Oder Verschwendung?«

»Was glauben Sie, warum ich Ihnen das alles erzähle?«

Harra schwieg lang genug, daß Lem im bleichen Mondlicht und der Dunkelheit den Steinkrug ein letztes Mal herumreichen konnte. Dann sagte sie: »Sie gehen weiter. Sie gehen einfach weiter. Mehr ist nicht dran, und es gibt keinen Trick, der es leichter macht. Sie gehen einfach weiter.«

»Was findet man auf der anderen Seite? Wenn man weitergeht?«

Sie hob die Schultern. »Wieder Ihr Leben. Was sonst?«

»Ist das ein Versprechen?«

Sie hob einen Kieselstein auf, fingerte daran herum und warf ihn ins Wasser. Die Mondmuster erblühten und tanzten. »Es ist unvermeidlich. Kein Trick. Keine Wahl. Sie gehen einfach weiter.«

Gegen Mittag am folgenden Tag startete Miles wieder mit Martin und dem Leichtflieger. Martins Augen waren rot und geschwollen, und sein Gesicht hatte einen blaß-grünlichen Anflug, der einen Schnellflug durch die Dendarii-Schlucht wert war. Er flog sehr sanft und vorsichtig, was Miles' Verfassung genau entsprach. Martin war nicht sehr gesprächig, aber er brachte ein »Haben Sie gefunden, wonach Sie suchten, Mylord?« hervor.

»Hier oben in diesen Bergen ist das Licht klarer als überall sonst auf Barrayar, aber… nein. Es war einmal hier, aber es ist nicht mehr hier.« Miles drehte sich in seinen Sitzgurten und schaute über die Schulter auf die zurückweichenden zerklüfteten Berge zurück. *Diese Leute brauchen tausend Dinge. Aber sie brauchen keinen Helden. Zumindest keinen Helden wie Admiral Naismith. Helden wie Lem und Harra schon.*

Martin kniff die Augen zusammen. Vielleicht wußte er im Augenblick dieses Licht nicht zu schätzen.

Nach einer Weile fragte Miles: »Wie alt ist mittleres Alter, Martin?«

»Oh…« Martin zuckte die Achseln. »Vielleicht dreißig.«

»Das habe ich auch immer gedacht.« Allerdings hatte er einmal gehört, wie die Gräfin es als »zehn Jahre älter als man jeweils ist« definierte, als bewegliches Fest sozusagen.

»Ich hatte einen Professor an der Kaiserlichen Militärakademie«, fuhr Miles fort, während die Berge unter ihnen sanfter wurden, »der die Einführung in den Kurs Taktisches Pionierwesen gab. Er sagte, er mache sich nie die Mühe, seine Tests von Semester zu Semester zu verändern, um Mogeleien zu verhindern, denn während die Fragen immer die gleichen seien, änderten sich die Antworten ständig. Damals dachte ich, er mache einen Witz.«

»Ah, und?« fragte Martin pflichtgemäß.

»Schon gut, Martin«, seufzte Miles. »Fliegen Sie einfach weiter.«

# KAPITEL 12

Nach ihrer Rückkehr in das Haus am See und einem kargen Mittagessen, von dem sich Martin entschuldigen ließ, schloß sich Miles in den Raum mit der Komkonsole ein und bereitete sich darauf vor, sich der erwarteten Flut von Grußbotschaften aus Vorbarr Sultana zu stellen. Die Geburtstagsglückwünsche entsprachen den Absendern: ernst und geradlinig die von Gregor, mit vorsichtigem Spott durchtränkt die von Ivan, und ein ganzes Spektrum dazwischen die von der Handvoll Bekannter, die wußten, daß er auf Barrayar war.

Marks Dichtstrahlaufzeichnung aus Kolonie Beta war... markisch. Sein Spott war eine unbeholfene Nachahmung von Ivans Art, nervöser und gehemmter. Die gestelzte Möchtegern-Schnoddrigkeit verriet Miles, daß es sich hierbei nicht um den ersten Entwurf der Botschaft handelte. Doch als er darüber nachdachte, erkannte Miles, daß Mark sehr wahrscheinlich zum ersten Mal in seinem Leben einen Geburtstagsgruß für *irgend jemanden* hatte abfassen müssen. *Versuch's weiter, Mark, du wirst es noch lernen, ein Mensch zu sein.*

Miles' gescheite Selbstzufriedenheit verflog, als ihm klar wurde, daß er gezwungen war, eine Antwortbotschaft abzufassen. Es war offensichtlich, daß Mark die Nachricht von Miles' Statuswechsel noch nicht erfahren hatte. Wie, zum Teufel, sollte er Mark davon berichten, ohne daß sein Klonbruder es nicht als Vorwurf auslegen konnte? Er schob das Problem einstweilen beiseite.

Den Gruß seiner Eltern hob er sich für den Schluß auf. Er war mit Strahl gekommen, nicht mit der Post. Daher hatte er Sergyar mit dem Dichtstrahl für Regierungsdaten verlassen und war durch die Wurmlochbarrieren zwischen den Empfängern per Expreßsprung transportiert worden, wodurch er nur wenig mehr als einen Tag unterwegs gewesen war; mit Raumschiffen transportierte Nachrichtendisketten brauchten für die Reise zwischen den beiden Welten fast so lange wie ein Mensch, fast zwei Wochen. Folglich handelte es sich hierbei um die neueste Nachricht von seinen Eltern, und sie würde ihre Reaktionen auf wiederum die neuesten Nachrichten enthalten, die sie ihrerseits erhalten hatten. Er holte tief Luft und rief sie an der Konsole auf.

Sie hatten sich ein Stück von der Vid-Kamera weggesetzt, damit sie beide ins Bild paßten, und so erschienen sie jetzt über seiner Vid-Scheibe als kleine lächelnde Halbfiguren. Graf Aral Vorkosigan war ein stämmiger, weißhaariger Mann in den frühen Sechzigern, gekleidet in die braun-silberne Uniform des Hauses Vorkosigan; diese Botschaft müßte folglich irgendwann während seines Arbeitstages aufgenommen worden sein. Die Gräfin trug eine Jacke und einen Rock in Grün, im Nachmittagsstil einer Vor-Dame. Ihr rotes Haar mit den grauen Strähnen wurde von reichverzierten Kämmen in ihrem üblichen Stil aus der breiten Stirn zurückgehalten. Sie war so groß wie ihr Gemahl, und ihre grauen Augen tanzten amüsiert.

*Sie wissen es noch nicht. Noch hat es ihnen niemand gesagt.* Miles wußte es mit zunehmender Sicherheit, bevor noch einer von beiden den Mund auftat.

»Hallo«, begann die Gräfin. »Meinen Glückwunsch, daß du deinen dreißigsten Geburtstag lebend erreicht hast.«

»Ja«, pflichtete ihr der Graf bei. »Wir haben uns wirklich oft gefragt, ob du es schaffen würdest. Doch jetzt erleben wir's ja. Ein bißchen mitgenommen, aber nach eingehender Betrachtung der Alternativen sind wir so doch glücklich. Ich mag hier auf Sergyar weit von dir entfernt sein, aber ich kann jeden Morgen in den Spiegel schauen und wegen all dieser weißen Haare an dich denken.«

»Das stimmt nicht, Miles«, widersprach die Gräfin grinsend. »Er fing schon an, grau zu werden, als ich ihn kennenlernte, mit etwas mehr als vierzig. Ich allerdings habe *meine* grauen Haare erst später bekommen.«

»Du fehlst uns«, fuhr der Graf fort. »Bestehe darauf, daß deine Reise zu deiner nächsten Mission über Sergyar führt, hin oder zurück oder in beiden Richtungen, und plane wenigstens einen kurzen Aufenthalt ein. Hier ereignet sich soviel, was für die Zukunft des Kaiserreiches von Bedeutung ist. Ich weiß, es würde dich interessieren, etwas davon zu erleben.«

»Ich würde Simon heimleuchten, wenn er dich nicht vorbeischickt«, fügte die Gräfin hinzu. »Du kannst ihm das als meine persönliche Drohung übermitteln. Alys sagt mir, daß du schon einige Wochen zu Hause bist. Warum haben wir nicht von dir gehört? Feierst du zu viele Parties mit Ivan, als daß du dir zehn Minuten nehmen kannst, um etwas für deine alternden Eltern zu sprechen?«

Lady Alys hatte es anscheinend ebenfalls abgelehnt, die Überbringerin selbst der nichtgeheimen Version der schlechten Nachricht zu sein, und sie war doch normalerweise die hauptsächliche Klatschlieferantin der Gräfin für alles von Vor-Interesse, was sich in Vorbarr Sultana und an Gregors Hof ereignete.

»Da wir gerade von Alys reden«, fuhr die Gräfin fort, »sie sagt mir, daß Gregor ein bestimmtes Mädchen getroffen hat – und ihre Stimme klingt dabei sehr bedeutungsvoll. Was weißt du darüber? Hast du sie schon gesehen? Sollen wir glücklich sein oder besorgt, oder was?«

»Eine kaiserliche Heirat mit einer Komarranerin«, sagte Graf Vorkosigan – der einst von seinen politischen Feinden, von denen er die meisten überlebt hatte, den Beinamen ›Der Schlächter von Komarr‹ bekommen hatte –, »ist mit potentiellen Komplikationen befrachtet. Aber zu diesem späten Zeitpunkt werde ich tun, was immer ich kann, um das Projekt zu unterstützen, falls Gregor nur seine Pflicht erfüllt und *irgendwie* einen passenden Kronprinzen hervorbringt. Und wir alle in meiner Generation, die wir zur Gruppe potentieller Erben gehören, werden einen großen Seufzer der Erleichterung ausstoßen. Versichere Gregor meiner vollen Unterstützung. Ich vertraue seinem Urteil.« Das Gesicht des Graf wurde seltsam wehmütig. »Ist sie ein nettes Mädchen? Gregor verdient ein bißchen persönliches Glück, als Entschädigung für den ganzen Unsinn, den er auf der anderen Seite für uns alle trägt.«

»Alys sagt, sie eignet sich dafür«, bemerkte die Gräfin, »und ich vertraue auf Alys' Urteil. Allerdings weiß ich nicht, ob sich die junge Dame ganz bewußt ist, wo sie da hineingerät. Bitte versichere Dr. Toscane *meiner* vollen Unterstützung, Miles, ganz gleich, wie sie sich entscheidet.«

»Sicher wird sie den Antrag annehmen, wenn Gregor sie fragt«, meinte der Graf.

»Nur, wenn sie so bis über beide Ohren verliebt ist, daß sie allen Sinn für Selbsterhaltung verloren hat«, sagte die Gräfin. »Glaub mir, man muß den Verstand verloren haben, um einen barrayaranischen Vor zu heiraten. Hoffen wir, sie hat ihn verloren.« Miles' Eltern tauschten ein eigenartiges Lächeln.

»Also, dann schauen wir mal«, fuhr der Graf fort.

»Was haben wir denn getan, als wir dreißig wurden? Kannst du dich noch so weit zurück erinnern, Cordelia?«

»Kaum. Ich war damals im Betanischen Astronomischen Erkundungsdienst und vermasselte mir eine erste Chance, zum Captain befördert zu werden. Allerdings kam sie dann im nächsten Jahr wieder, und da habe ich sie mir nicht entgehen lassen. Ohne sie wäre ich Aral nie begegnet, und es würde dich nicht geben, Miles, also würde ich jetzt auch nicht das geringste mehr davon ändern wollen.«

»Ich war schon mit achtundzwanzig Kapitän«, erinnerte sich der Graf selbstzufrieden. Die Gräfin schnitt ihm eine Grimasse. »Der Schiffsdienst hat mir gefallen. Ich bin nicht weitere vier oder fünf Jahre an einem Schreibtisch gehockt, als Ezar und die hohen Tiere im Hauptquartier die Annexion von Komarr zu planen begannen.« Sein Gesicht wurde wieder ernst. »Viel Glück für Gregor zu seinem Plan! Ich hoffe, er hat Erfolg, wo… mir nicht soviel Erfolg vergönnt war, wie ich gehofft hatte. Gott sei gedankt für eine neue Generation und einen sauberen Anfang.« Er und die Gräfin schauten einander an, und er schloß mit: »Also dann, mein Sohn. Melde dich doch, verdammt noch mal.«

»Gib gut auf dich acht, mein Sohn, bitte!« fügte die Gräfin hinzu. »Melde dich doch, verdammt noch mal.« Ihre Gestalten lösten sich glitzernd in der Luft auf.

Miles seufzte. *Ich kann es nicht länger aufschieben, wirklich nicht.*

Doch es gelang ihm, es noch einen weiteren Tag aufzuschieben, indem er sich von Martin am folgenden Morgen nach Vorbarr Sultana zurückfliegen ließ. Mama Kosti servierte Miles sein Mittagessen in herrlicher Einsamkeit im Gelben Salon; sie hatte sich offensichtlich große Mühe gegeben, es so korrekt wie möglich anzurichten; vielleicht hatte sie sich über ihre neue Aufgabe aus Handbüchern für Etikette kundig gemacht oder Hinweise von anderen Vor-Dienern aus der Gegend bekommen. Miles aß gehorsam, obwohl es ihn verlangte, seine Teller zu nehmen und zu Martin und dessen Mutter in die Küche zu gehen. Gewisse Aspekte der Rolle eines Vor-Lords kamen einem manchmal bemerkenswert dumm vor.

Danach ging er in sein Zimmer, um sich endlich der Aufgabe zu stellen, eine Nachricht an seine Eltern abzufassen. Er hatte drei verschiedene Versuche aufgenommen und gelöscht – der eine klang zu niedergeschlagen, der andere zu schnoddrig, der dritte war zu voll mit häßlichen Sarkasmen –, als ein eintreffender Anruf seine Bemühungen unterbrach. Er hieß ihn willkommen, obwohl er von Ivan stammte. Ivan war in Uniform und rief ihn vielleicht aus seiner Mittagspause an.

»Aha, du bist wieder in der Stadt, gut«, begann Ivan. Dieses ›*gut*‹ schien durchaus von Herzen zu kommen, anscheinend aus mehr als einem Grund. »Ich hoffe, du fühlst dich besser nach dem kleinen Urlaub in den Bergen?«

»Ein wenig«, erwiderte Miles vorsichtig. Wie hatte Ivan so schnell herausgefunden, daß er wieder zurück war?

»Gut«, wiederholte Ivan. »Nun, ich habe mich gefragt, hast du schon etwas unternommen, damit dein Kopf untersucht wird? Hast du einen Doktor aufgesucht?«

»Noch nicht.«

»Hast du irgendwo einen Termin ausgemacht?«

»Nein.«

»Hm. Mutter hat mich danach gefragt. Es scheint, daß Gregor sie danach gefragt hat. Na, wer ist wohl am Ende dieser Befehlskette und bekommt den Auftrag, tatsächlich etwas in dieser Richtung zu unternehmen? Ich habe gesagt, ich glaubte, daß du schon etwas getan hättest, aber ich würde dich fragen. Warum hast du noch nichts unternommen?«

»Ich…« Miles zuckte die Achseln. »Es schien keine Eile zu haben. Ich bin nicht aus dem KBS entlassen worden, weil ich Anfälle hatte, ich wurde entlassen, weil ich einen Bericht gefälscht habe. Und zwar nicht einen über eine Kleinigkeit. Selbst wenn die Medizinmänner etwas dazu tun könnten, um mich morgen wieder in einen garantiert perfekt funktionsfähigen Zustand zu versetzen – und wenn sie das könnten, dann hätte es meine Ärztin bei den Dendarii schon längst getan –, so würde das… nichts ändern.« *Illyan wird mich nicht zurücknehmen. Er kann es nicht. Es ist eine Frage des Prinzips, und Illyan ist einer der prinzipientreuesten Menschen, die ich kenne.*

»Ich habe mich gefragt… ob es daran lag, daß du nicht ins Militärkrankenhaus gehen wolltest«, sagte Ivan. »Weil du nichts mit den Militärärzten zu tun haben wolltest. Wenn das der Fall ist, dann verstehe ich es vermutlich – ich glaube, daß du in dieser Hinsicht dumm bist, wohlgemerkt, aber ich kann dich verstehen. Deshalb habe ich drei verschiedene zivile Kliniken herausgesucht, die auf Fälle von Kryo-Wiederbelebung spezialisiert sind und anscheinend einen guten Ruf haben. Eine ist hier in Vorbarr Sultana, eine weitere drüben in Weienovya in Vordarians Distrikt, und die dritte auf Komarr, falls du meinst, daß die Nähe zur galaktischen Medizin ein Vorteil sei, der alle dort noch nachwirkende Animosität gegen deinen Namen aufwiegen würde. Möchtest du, daß ich mit einer davon einen Termin ausmache?«

Miles glaubte, aufgrund seiner Suche damals die Namen der drei Kliniken zu kennen. »Nein, danke.«

Ivan lehnte sich zurück und verzog verwirrt den Mund. »Weißt du... ich hatte mir vorgestellt, daß du das als erstes tun würdest, sobald das kleine Bad im Eiswasser dich wieder aus dem Nebel geholt hätte. Daß du dich auf die Beine machen und losrennen würdest, genau wie immer. Ich habe dich noch nie vor einer Mauer gesehen, bei der du – wenn du sie nicht überklettern konntest – nicht versuchen würdest, einen Weg drumherum, hindurch oder darunter hinweg zu suchen oder sie mit einer Sprengladung in die Luft zu jagen. Oder einfach mit deinem Kopf dagegenzuknallen, bis sie umstürzt. Und dann würde man mir es anhängen, dich zu jagen. Aufs neue.«

»Wohin rennen, Ivan?«

Ivan machte eine Grimasse. »Zurück zu den Dendarii, natürlich.«

»Du weißt, daß ich das nicht kann. Ohne meine offizielle Position im KBS unter vorschriftsmäßiger kaiserlicher Autorität werde ich mit meinem Kommando über die Dendarii zu einem Vor-Lord, zu einem Grafenerben noch dazu, der eine Privatarmee unterhält. Verrat, Ivan, Hochverrat. Das haben wir doch alles schon früher durchgekaut. Wenn ich fortginge, könnte ich nie wieder zurückkommen. Ich habe Gregor mein Wort gegeben, daß ich das nicht tun würde.«

»So?« fragte Ivan. »Wenn du nicht zurückkommst, was hat dann dein Wort als Vorkosigan noch mit irgend etwas zu tun?«

Miles saß stumm da. Also, diese Geschichte, daß Ivan ihm im Palais Vorkosigan auf der Pelle gehockt war, war nicht nur eine Totenwache gewesen, sondern ebenso eine Fluchtwache.

»Ich hätte jede Summe gewettet, daß du abhauen würdest«, fuhr Ivan fort, »wenn es jemanden mit einer entsprechend hohen Sicherheitseinstufung gegeben hätte, mit dem ich hätte wetten können. Außer

Galeni natürlich, und er ist nicht der Typ, der wettet. Deshalb habe ich mir trotz Gregor und Mutter Zeit gelassen, dich damit zu triezen, daß du dir deinen Kopf behandeln läßt. Warum soll ich mir unnötigen Ärger einhandeln? Das ist übrigens eine Wette, die ich gern verliere. Also, wann machst du jetzt endlich einen Termin?«

»Hm… Bald.«

»Das ist zu vage«, widersprach Ivan. »Ich möchte eine konkrete Antwort. Etwa *Heute*. Oder vielleicht *Morgen vormittag*.«

Ivan würde nicht ablassen, bis er eine Antwort aus Miles herausgeholt hätte, die ihn zufriedenstellte. »Bis… Ende der Woche«, brachte Miles hervor.

»Gut.« Ivan nickte kurz. »Am Ende der Woche werde ich darauf zurückkommen und erwarte dann alles zu erfahren. Tschüss – einstweilen.« Er unterbrach die Verbindung.

Miles saß da und starrte auf die leere Vid-Scheibe. Ivan hatte recht. Seit seiner Entlassung hatte Miles nichts mehr in Richtung Behandlung unternommen. Als er von seinen Sicherheitsbeschränkungen durch den KBS befreit worden war, warum hatte er sich nicht diesen Anfällen gewidmet, sie attackiert, auseinandergenommen oder wenigstens einem glücklosen Medizinmann so hart zugesetzt, wie er je den Dendarii-Söldnern zugesetzt hatte, damit sie ihre Missionen erfolgreich beendeten?

*Um Zeit zu schinden.*

Er wußte, dies war die richtige Antwort, aber sie stellte ihm nur neue Rätsel über sich selbst. *Zeit wofür?*

Sich in einem selbstverursachten medizinischen Urlaub zu befinden erlaubte ihm, gewissen unangenehmen Realitäten aus dem Weg zu gehen. Wie etwa der Mitteilung, daß die Anfälle nicht geheilt werden konnten und daß er seine Hoffnung dauerhaft und real begraben mußte; keine Kryo-Wiederbelebung für diese Leiche, nur eine Bestattung mit anschließendem Verwesen.

*Ja? Wirklich?*

Oder... hatte er genauso Angst, daß sein Kopf geheilt werden *konnte* – und daß er dann logisch gezwungen sein würde, die Dendarii zu übernehmen und abzuhauen? Zurück in sein wirkliches Leben, das Leben, das weit, weit weg in die glitzernde galaktische Nacht aufstieg und damit all den unbedeutenden kleinen Sorgen der Dreckschlucker entkam. Zurück zum Heldenspiel, um damit den Lebensunterhalt zu sichern.

*Mehr Angst.*

Hatte er nach dieser häßlichen Episode mit der Nadelgranate seinen Lebensnerv verloren? In seiner Erinnerung hatte er ein deutlich aufblitzendes Bild aus seinem seltsam verzerrten Blickwinkel, wie seine Brust mit einem klumpig-roten Gespritze barst, dazu Schmerz ohne Maß und Verzweiflung ohne Worte. Danach aufzuwachen war auch nicht gerade ein Picknick gewesen. *Jener* Schmerz hatte sich wochenlang hingezogen, ohne Entrinnen. Den Kampfanzug wieder anzuziehen, um mit dem Kommando zu Vorbergs Rettung loszugehen, war schwer gewesen, ohne Frage, aber es war ihm gutgegangen bis zu dem Anfall.

Also... war die ganze Sache, vom einen Ende bis zum anderen, vom Anfall über die Fälschung bis zur Entlassung, ein trickreicher Tanz gewesen, um sich selbst davor zu bewahren, jemals wieder in das falsche Ende eines Nadelgranatenwerfers schauen zu müssen, ohne daß er laut sagen mußte *Ich quittiere den Dienst*?

Zum Teufel, natürlich hatte er Angst! Er müßte ein Idiot sein, um keine Angst zu haben. Jeder würde sie haben, aber er hatte den Tod *erlebt.* Er wußte, wie schlimm er war. Sterben tat weh, der Tod war einfach nichts, beides sollte ein geistig gesunder Mensch vermeiden. Doch er war wieder zurückgegangen. Er war auch all die anderen Male zurückgegangen, nach den kleinen Toden, mit zerschmetterten Beinen, mit zerschmetterten Armen, mit all den Verletzungen, die eine Landkarte aus feinen weißen Narben von Kopf bis Fuß auf seinem Körper zurückgelassen hatten. Immer wieder und wieder. Wie oft mußte man sterben, um zu beweisen, daß man kein Feigling war, wieviel Schmerz mußte man ertragen, um die Prüfung zu bestehen?

Ivan hatte recht. Miles hatte immer einen Weg über die Mauer gefunden. Er ging das ganze Szenario in seiner Vorstellung durch. Angenommen, er ließ seinen Kopf therapieren, hier oder auf Komarr oder auf Escobar, ganz egal, wo. Und angenommen, er haute ab und der KBS nahm davon Abstand, den Vor-Renegaten umzubringen, und sie kamen zu einer unausgesprochenen Übereinkunft, einander für immer und ewig zu ignorieren. Und er war nur noch Naismith.

Und was dann?

*Ich stelle mich dem Feuer. Ich klettere über die Mauer.*

Und was dann?

*Ich tue es wieder.*

Und was dann?

*Wieder.*

Und was dann?

*Es ist logisch unmöglich, ein Negativum zu beweisen.*

*Ich bin es müde, gegen die Mauer zu spielen.*

Nein. Er brauchte sich dem Feuer weder zu stellen noch es zu meiden. Wenn das Feuer auf ihn zukam, dann würde er sich damit befassen. Das war keine Feigheit, verdammt, was es auch sonst sein mochte!

*Also, warum habe ich meinen Kopf noch nicht behandeln lassen?*

Er rieb sich Gesicht und Augen, setzte sich auf und versuchte erneut einen zusammenhängenden Bericht über seinen neuen Status als Zivilist – und wie er dazu gekommen war – zu verfassen, für den Admiral und Grafen und dessen Dame, die Frau, die sein Vater gewöhnlich mit *lieber Captain* ansprach. Der Bericht wurde ziemlich steif und oberflächlich, befürchtete Miles, noch schlimmer als Marks Geburtstagsgruß, doch er weigerte sich, ihn auf ein weiteres Morgen zu verschieben, sondern speicherte ihn und schickte ihn ab.

Wenn auch nicht per Dichtstrahl. Er ließ den Bericht den langen Weg mit der gewöhnlichen Post gehen, hatte ihn allerdings als *Persönlich* markiert. Wenigstens war er weg, und Miles würde ihn nicht wieder zurückrufen können.

Quinn hatte ebenfalls einen Geburtstagsgruß geschickt, zurückhaltend formuliert, um den Zensoren des KBS nicht zuviel Unterhaltung zu bieten. Trotzdem klang durch ihre Fassade ein starker Unterton von Beunruhigung hindurch. In einer zweiten Botschaft waren ihre besorgten Fragen schon offener.

Mit enormem Widerstreben wiederholte er für Quinn eine gekürzte Version seiner Nachricht an die Eltern, ohne die Ausschmückungen und direkt bezogen auf die Ergebnisse, die sie vorhergesagt hatte. Sie verdiente es besser, aber das war das Beste, was er im Augenblick schaffte. Sie verdiente weder Schweigen noch Zurücksetzung. *Es tut mir leid, Elli.*

Am nächsten Abend lud Ivan sich selbst zum Essen ein. Miles fürchtete, er würde noch mehr von der Kampagne um seine medizinischen Probleme ertragen müssen, gegen die er zugegebenermaßen noch nichts unternommen hatte, doch statt dessen brachte Ivan Blumen für Mama Kosti, lungerte während der Zubereitung des Abendessens in der Küche herum und brachte sie zum Lachen, bis sie ihn hinausschickte. An diesem Punkt begann Miles zu fürchten, es handle sich um die Eröffnung einer Kampagne, um ihm seine Köchin wegzuschnappen; allerdings war er sich noch nicht sicher, ob Ivan das aus eigenem Antrieb oder stellvertretend für Lady Alys vorhatte.

Sie hatten den Nachtisch schon zur Hälfte hinter sich – auf Ivans Bitte eine Neuauflage der gewürzten Pfirsichtorte –, als sie von einem Komkonsolenanruf, bzw. von Martin, der hereinstürzte und ihn meldete, unterbrochen wurden. »Am Kommunikator ist ein Sturschädel vom KBS, der Sie sprechen möchte, Lord Vorkosigan.«

*Illyan? Warum sollte Illyan mich anrufen?* Doch als er, neugierig gefolgt von Ivan, zum nächsten Kommunikator auf diesem Stockwerk gegangen war, in das alte Wohnzimmer seines Großvaters mit dem Ausblick auf den hinteren Garten, da erschien auf seinen Tastendruck hin das Gesicht von Duv Galeni über der Vid-Scheibe.

»Sie kriecherischer, gottverdammter kleiner Kuppler«, sagte Galeni gefährlich ruhig.

»Hallo, Duv, was ist denn los?« begann Miles munter und unschuldig, doch geriet Panik in seine Stimme, sie verhaspelte sich und fiel flach hin, blieb da einfach liegen und verstummte unter Galenis zornigem Blick. Galenis Gesicht war weder rot noch blaß, sondern aschgrau, grau vor Wut. *Ich glaube, ich hätte doch noch eine Woche in Vorkosigan Surleau bleiben sollen.*

»Das *wissen* sie doch. Sie haben es ja eingefädelt. Sie haben mich reingelegt.«

»Hm... nur damit ich Bescheid weiß,« Miles schluckte, »worüber reden wir eigentlich?«

Galeni machte sich nicht einmal die Mühe, diesen Einwurf einer Antwort zu würdigen, sondern starrte ihn weiter zornig an, wobei er die Lippen schürzte und seine langen Zähne zeigte, ohne daß sich darin die Spur eines Lächelns zeigte.

»Geht es zufällig um Gregor und Laisa?« sondierte Miles vorsichtig. Ihm antwortete weiteres dumpfes Schweigen, das nur von Galenis Atmung unterbrochen wurde. »Duv… ich habe nicht gewußt, daß es so enden würde. Wer hätte das schon vermuten können, nach all den Jahren? Ich wollte Ihnen einen Gefallen tun, verdammt noch mal!«

»Das einzig Gute, das mir je über den Weg gelaufen ist. Weggenommen. Gestohlen. *Vor* heißt Dieb. Und ihr gottverdammten barrayaranischen Diebe haltet zusammen, ja ja. Sie und Ihr verflucht netter Kaiser und euer ganzes verdammtes Pack.«

»Äh… ist diese Komkonsole gesichert, Miles?« warf Ivan von der Seite her ein. »Tut mir leid, Duv, aber wenn Sie sich so… hm… offen ausdrücken wollen, wäre es dann nicht besser, das unter vier Augen zu tun? Ich will sagen, ich hoffe, Sie führen dieses Gespräch nicht über Ihren KBS-Kanal. Die haben Ohren an den verfluchtesten Orten.«

»Der KBS kann seine Ohren und den dazu gehörigen Schafskopf nehmen und sie sich in seinen kollektiven Arsch stecken.« Galenis Akzent, der normalerweise schwer definierbar und kultiviert war, wurde nicht nur ausgesprochen komarranisch, sondern regelrecht gossenkomarranisch.

Miles gab Ivan ein Zeichen, er solle den Mund halten. Da er sich erinnerte, was zwei unglückseligen Cetagandanern geschehen war, als er Galeni das letzte Mal erregt erlebt hatte, erschien ihm im Augenblick ein persönlicher Besuch als eine ausgesprochen schlechte Idee. Natürlich war Korporal Kosti da, um ihn zu schützen, aber würde Kosti mit einem seiner Vorgesetzten fertigwerden? Wenn der sich in einer mörderischen Trance befand? Es wäre ziemlich arg viel verlangt von dem armen Kerl.

»Duv, es tut mir *leid*. Es war nicht meine Absicht, daß es sich so entwickeln sollte. Ich hatte es nicht geplant. Alle wurden davon überrascht, sogar Lady Alys. Fragen Sie Ivan.«

Ivan zuckte die Achseln und hielt Galeni die offenen Hände hin. »Das stimmt.«

Miles räusperte sich vorsichtig. »Wie… hm… haben Sie es herausgefunden?«

»Sie hat mich angerufen.«

»Wann?«

»Vor etwa fünf Minuten.«

*Sie hat ihn gerade abserviert. Ach, großartig!*

»Sie haben mich *beide* angerufen«, stöhnte Galeni. »Sie sagte, ich sei ihr bester Freund hier, und sie wolle, daß ich der erste Komarraner sei, der die Neuigkeit erfährt.«

*Gregor hat sich also wirklich aufgerafft und es getan.* »Und… äh… was haben Sie gesagt?«

»Meinen Glückwunsch, natürlich. Was konnte ich denn sonst sagen? Wo sie beide dasaßen und mich angrinsten?«

Miles atmete erleichtert auf. Gut. Galeni hatte die Beherrschung nicht völlig verloren. Er hatte Miles bloß angerufen, um sozusagen eine Schulter zu haben, an der er mit den Zähnen knirschen konnte. *Toll. Danke, Duv.*

Ivan rieb sich den Hals. »Sie sind fünf Monate hinter dieser Frau hergewesen, und alles, was Sie erreicht haben, ist, daß sie Sie für ihren Freund hält? Duv, was, zum Teufel, haben Sie die ganze Zeit gemacht?«

»Sie ist eine *Toscane*«, erwiderte Galeni. »Nach den Maßstäben ihrer Familie bin ich bloß ein verarmter Kollaborateur. Ich mußte sie überzeugen, daß ich eine Zukunft hätte, die ihrer würdig ist, nichts Eindrucksvolles jetzt, nein, aber später… dann kommt er daher und schnappt sie mir einfach, einfach ohne alle Schwierigkeiten weg.«

Miles, der Gregor beobachtet hatte, wie er praktisch Kopfstände gemacht hatte in seinem Bemühen, Laisa zu gefallen, sagte nur: »Hm.«

»Fünf Monate waren irgendwie zu lang«, sagte Ivan und fuhr im Ton ernster Kritik fort: »Du lieber Himmel, Duv, ich wünschte, Sie hätten mich früher um Rat gefragt.«

»Sie ist *Komarranerin*. Was weiß schon einer von euch verfluchten barrayaranischen bonbonschwulen Soldatenhanswursten, verdammt noch mal, von einer komarranischen Frau? Sie ist intelligent, gebildet, kultiviert…«

»Fast dreißig…«, gab Miles zu bedenken.

»Ich hatte einen Zeitplan«, erklärte Galeni. »Sobald sie mich genau sechs Monate gekannt hätte, wollte ich ihr einen Antrag machen.«

Ivan zuckte zusammen.

Galeni schien sich zu beruhigen oder zumindest von seiner unmittelbaren Reaktion aus Wut und Schmerz allmählich in eine weniger energiegeladene Verzweiflung abzugleiten. Vielleicht dienten seine heftigen Worte ausreichend als Ventil für seine überkochenden Emotionen, ohne daß diesmal gewalttätige Aktionen folgten. »Miles…« – zumindest versah er jetzt den Namen nicht mit einer Kette von Schimpfworten – »Sie sind fast Gregors Pflegebruder.«

Nicht *fast*. »Und?«

»Glauben Sie… könnten Sie ihn vielleicht dazu überreden, sie aufzugeben… nein.« Galeni war völlig erschöpft.

*Nein*. »Ich bin Gregor seit zu langer Zeit verpflichtet. Auf persönlicher wie auf politischer Ebene. Diese Geschichte mit dem Thronerben ist wesentlich für meine zukünftige Gesundheit und Sicherheit, und er hat sich ewig damit Zeit gelassen. Bis jetzt. Ich kann nichts anderes tun als ihn zu unterstützen. Und im übrigen«, er erinnerte sich an die Worte seiner Tante Alys, »ist es Laisas Entscheidung, nicht Ihre oder meine oder Gregors. Ich kann es nicht ändern, daß Sie vergessen haben, *ihr* von Ihrem Zeitplan zu erzählen. Es tut mir leid.«

»Scheiße!« Galeni brach die Verbindung ab.

»Tja«, sagte Ivan in das nachfolgende Schweigen. »Wenigstens ist das überstanden.«

»Bist du ihm auch aus dem Weg gegangen?«

»Ja.«

»Feigling.«

»*Wer* hat sich denn die letzten zwei Wochen in den Bergen versteckt?«

»Das war ein strategischer Rückzug.«

»Schön. Ich glaube, unser Nachtisch vertrocknet im Speisezimmer.«

»Ich habe keinen Hunger. Außerdem... falls Gregor und Laisa diesen Abend ausgesucht haben, um ausgewählte persönliche Freunde noch vor der öffentlichen Ankündigung zu informieren... dann kann ich hier gleich noch ein paar Minuten warten.«

»Ach ja.« Ivan nickte, zog einen Stuhl herbei und setzte sich.

Drei Minuten später summte die Komkonsole. Miles aktivierte sie.

Gregor war tipptopp, dunkel und ausgesprochen zivil gekleidet, Laisa war so schön wie immer im offen komarranischen Stil. Beide lächelten, und ihre Augen leuchteten vor gegenseitiger Verliebtheit.

»Hallo, Miles«, begann Gregor, und Laisa fügte hinzu: »Hallo, freut mich, Sie wiederzusehen, Lord Vorkosigan.«

Miles räusperte sich. »Hallo, ihr Lieben. Was kann ich für euch tun?«

»Ich wollte, daß du zu den ersten gehörst, die es erfahren«, sagte Gregor. »Ich habe Laisa gebeten, mich zu heiraten. Und sie hat ja gesagt.« Gregor schaute ganz überrascht drein, als wäre diese prompte Zustimmung für ihn unvorhergesehen gekommen. Laisas Lächeln, das mußte man ihr zugute halten, wirkte mindestens ebenso überrascht.

»Meinen Glückwunsch«, brachte Miles hervor.

Ivan beugte sich über Miles' Schulter in den Aufnahmebereich des Vids, um die Gratulation zu unterstützen, und Gregor sagte: »Ach gut, daß du hier bist. Du warst der nächste auf der Liste.« Arbeitete er seine Liste zutiefst erleichteter Erben in der offiziellen Rangfolge ab? Nun… auf Barrayar mußte man so vorgehen. Laisa murmelte auch einen Gruß für Ivan.

»Bin ich der erste, der es erfährt?« sondierte Miles.

»Nicht ganz«, erwiderte Gregor. »Wir haben es abwechselnd gemacht. Lady Alys war natürlich die erste; sie hat es ja vom Anfang an miterlebt.«

»Ich habe die Nachricht gestern meinen Eltern zukommen lassen. Und ich habe es Hauptmann Galeni gesagt«, fügte Laisa hinzu. »Ich schulde ihm soviel. Ihm und Ihnen beiden.«

»Und… äh… was hat er gesagt?«

»Er war auch der Meinung, daß es für die Harmonie zwischen den Planeten gut sein könnte«, erklärte Gregor, »was ich außerordentlich ermutigend finde, wenn ich seine Herkunft in Betracht ziehe.«

*Mit anderen Worten, du hast ihn klipp und klar gefragt, und er hat gesagt: Ja, Majestät. Armer, ausgezeichneter Duv. Kein Wunder, daß er sofort mich angerufen hat. Sonst wäre er ja explodiert.* »Galeni… ist ein komplizierter Mensch.«

»Ja, ich weiß, daß du ihn magst«, sagte Gregor. »Auch deinen Eltern habe ich eine Botschaft geschickt, die noch heute abend ankommen dürfte. Ich erwarte, morgen von ihnen zu hören.«

»Ach ja«, sagte Miles, und dann fiel ihm ein: »Ich glaube, Tante Alys war dir schon voraus. Mein Vater hat mich gebeten, dir seine persönliche Zusicherung zu übermitteln, daß er dich unterstützt. Und meine Mutter hat mich gebeten, Ihnen das Gleiche zu sagen, Dr. Toscane.«

»Ich freue mich darauf, die legendäre Cordelia Vorkosigan kennenzulernen«, sagte Laisa, und sie meinte es offenkundig ehrlich. »Ich glaube, ich könnte von ihr eine Menge lernen.«

»Das glaube ich auch«, gab Miles zu. »Du lieber Gott, meine Eltern werden deswegen nach Hause kommen, nicht wahr?«

»Ich kenne niemanden außer ihnen, von denen ich mir mehr wünschte, daß sie in meinem Hochzeitskreis stehen, dich ausgenommen«, sagte Gregor. »Ich hoffe, du machst meinen Beistand.«

Genau wie bei einem Duell. »Gewiß doch. Ach… wie sieht eigentlich der Zeitplan für den öffentlichen Zirkus bei dieser Geschichte aus?«

Gregor sank etwas zusammen. »In dieser Hinsicht scheint Lady Alys einige sehr bestimmte Vorstellungen zu haben. Ich wollte die Verlobungszeremonie auf der Stelle feiern, aber sie beharrt darauf, daß die Sache erst nach ihrer Rückkehr von Komarr publik gemacht wird. Ich schicke sie als meine Stimme zu Laisas Eltern, um alle schicklichen Formalitäten einzuhalten, du weißt ja. Und die formelle Verlobung ist erst in zwei Monaten. Und die Hochzeit erst in knapp einem Jahr! Was die Verlobung angeht, haben wir einen Kompromiß erreicht: einen Monat nach ihrer Rückkehr. Über den anderen Termin streiten wir uns noch. Sie sagt, wenn wir den Vor-Damen nicht genügend Zeit geben, um sich passend einzukleiden, dann werden sie mir das nie verzeihen. Ich habe nicht verstanden, warum sie zwei Monate brauchen sollten, um sich einzukleiden.«

»Mm... Wenn ich du wäre, würde ich ihr in dieser Hinsicht freie Hand lassen. Sie könnte erreichen, daß ihr die konservative Gruppe der Alten Vor für dich aus der Hand frißt, ohne daß sie jemals erkennen würden, was ihnen widerfahren ist. Womit die Hälfte deines Problems gelöst wäre. Für die radikale komarranische Hälfte kann ich nichts sagen, fürchte ich.«

»Alys meint, wir sollten zwei Hochzeiten feiern, eine hier und eine auf Komarr«, sagte Gregor. »Eine doppelte Tortur.« Er blickte zur Seite und drückte Laisas Hand. »Aber sie ist es wert.«

Beim Blick auf den gesellschaftlichen Spießrutenlauf, der sich mit zunehmender Kompliziertheit vor ihnen auftat, schauten beide drein, als dächten sie daran, gemeinsam durchzubrennen. »Ihr werdet das schon schaffen«, versicherte ihnen Miles herzlich. »Wir alle werden euch helfen, nicht wahr, Ivan?«

»Meine Mutter hat mich schon als Freiwilligen angeworben«, gab Ivan niedergeschlagen zu.

»Habt ihr es schon... äh... Illyan erzählt?« fragte Miles.

»Ich habe Lady Alys geschickt, ihm die Neuigkeit vor allen anderen beizubringen«, erwiderte Gregor. »Er hat mich persönlich aufgesucht, um mich seiner persönlichen und dienstlichen Unterstützung zu versichern – diese Redewendung von wegen Unterstützung taucht ständig auf. Sehe ich aus, als würde ich gleich ohnmächtig? Ich konnte nicht erkennen, ob es ihn erfreut oder erschreckt hat, aber Illyan ist ja manchmal schwer zu durchschauen.«

»Nicht so schwer. Ich würde sagen, er war persönlich erfreut und dienstlich erschrocken.«

»Er regte an, ich solle alles tun, was ich könnte, um die Rückkehr deiner Frau Mutter vor der Verlobung zu bewerkstelligen, um – wie er es formulierte – ihren Einfluß Lady Alys zur Verfügung zu stellen. Ich frage mich, ob du dich nicht bei ihr zu unseren Gunsten verwenden könntest, Miles. Sie ist so schwer von deinem Vater zu trennen.«

»Ich werde es versuchen. Eigentlich wäre wahrscheinlich schon eine Wurmlochblockade nötig, um sie abzuhalten.«

Gregor grinste. »Meinen Glückwunsch auch für dich, Miles. Dein Vater brauchte vor dir eine ganze Armee dafür, aber du hast die Geschichte Barrayars einfach mit einer Einladung zu einem Diner verändert.«

Miles hob hilflos die Schultern. *Du lieber Himmel, wird mich jeder dafür verantwortlich machen? Und für alles, das daraus noch folgt?* »Versuchen wir doch, daraus nichts Historisches zu machen? Ich glaube, wir sollten anhaltende heimische Langeweile anstreben.«

»Von ganzem Herzen«, stimmte Gregor zu. Er salutierte fröhlich und schaltete ab.

Miles ließ den Kopf auf den Tisch sinken und stöhnte. »Es ist nicht meine Schuld!«

»Doch«, sagte Ivan. »Es war alles deine Idee. Ich war dabei, als du sie dir ausgedacht hast.«

»Nein, war es nicht. Es war deine Idee. Du warst es, der mich gezwungen hat, an diesem verdammten Staatsdiner teilzunehmen.«

»Ich habe nur *dich* eingeladen. Galeni hast du eingeladen. Und im übrigen hat meine Mutter mich gezwungen.«

»Oh, dann ist also alles ihre Schuld. Gut. Damit kann ich leben.«

Ivan zuckte zustimmend die Achseln. »Na, sollten wir nicht auf das glückliche Paar anstoßen? Es gibt Flaschen in deinem Keller, auf denen sitzt mehr Staub als auf einem alten Vor.«

Miles überdachte es. »Ja, gehen wir auf Entdekkungsreise.«

Als sie vor den Weinregalen im Keller standen und Ivan gerade Miles' schüchternen Vorschlag, nach Tisch Ahornmet zu trinken, heftig abgelehnt hatte, fügte er schweren Herzens hinzu: »Glaubst du, Galeni wird etwas tun, das er bereuen würde? Oder das wir bereuen würden?«

Miles zögerte lange, bevor er sagte: »Nein.«

# KAPITEL 13

Seine Drohung, Miles weiterhin wegen der medizinischen Behandlung oder deren Unterlassung zu triezen, setzte Ivan nicht in die Tat um, denn Lady Alys zwang ihn, ihr bei den Vorbereitungen für ihre Abreise nach Komarr zu helfen. Sie schaute kurz im Palais Vorkosigan vorbei und lud dort etliche Kilo historischer Werke mit Hinweisen auf frühere kaiserliche Hochzeiten ab, zusammen mit dem Befehl an Miles, sich kundig zu machen. Nach ihrer Rückkehr würde sie zweifellos eine lange Liste mitbringen, mit Aufgaben für jedermann, bei Ivan angefangen. Und der nächste nach Ivan war Miles.

Miles blätterte mit einem gewissen Schrecken in den alten Büchern. Wie viele dieser staubigen Zeremonien würde man aus dem Museum hervorholen? Vierzig Jahre waren vergangen seit der letzten kaiserlichen Hochzeit zwischen Prinz Serg glorreichen bzw. zweifelhaften Andenkens und der vom Unglück verfolgten Prinzessin Kareen. Damals hatte ein Zirkus monumentalen Ausmaßes stattgefunden, obwohl Serg nur der Erbe gewesen war, nicht der regierende Kaiser. Doch Miles vermutete, daß eine solche Erneuerung ihrer Formen die dahinschwindende Identität der Vor als Klasse stärken würde. Vielleicht würde eine wohlgeplante und gut durchgeführte Zeremonie als eine Art gesellschaftlicher Immunsuppressor dienen, um die Vor davon abzuhalten, das transplantierte komarranische Gewebe abzustoßen. Alys schien dies sicherlich zu glauben, und sie sollte es wissen, denn die Vorpatrils waren so alte Vor, wie es nur ging.

Deprimiert überdachte Miles seine zukünftigen Pflichten. Vermutlich war die Rolle des Beistandes durch den Kaiser bei dessen Hochzeit politisch wie gesellschaftlich wichtig, angesichts des Ausmaßes, in dem die beiden Aspekte sich in Vorbarr Sultana vermischen konnten, aber er kam sich trotzdem dabei etwa so nützlich vor wie eine Gipsstatue im Garten, die einen Leuchter hochhielt. Nun ja... die Pflicht hatte ihm früher schon viel seltsamere Aufgaben beschert. Würde er lieber wieder die zufrierenden Abflußrohre von Camp Permafrost säubern? Oder auf Jackson's Whole herumrennen, mit nur einem Schritt Vorsprung vor dem Schlägertrupp eines psychotischen einheimischen Barons?

*Gib darauf keine Antwort, Junge.*

Einen zeitweiligen Ersatz in ihrer Rolle als Gregors Anstandsdame hatte Lady Alys in Drou Koudelka gefunden, der Frau des Kommodore und Delias Mutter. Miles stellte dies fest, als Madame Koudelka anrief, um ihm eine Einladung bzw. einen Befehl zu übermitteln, er möge ein weiteres von Gregors Brautwerbungspicknicks in seiner Eigenschaft als Vor verzieren. Miles kam ein wenig zu früh am östlichen Säulengang der Residenz an und lief einer Gruppe von Männern in rotblauen Paradeuniformen in die Hände, die gerade eine ultraformelle Morgenzeremonie verließen. Er trat zur Seite und ließ die uniformierten Offiziere passieren, wobei er versuchte, auf seinem Gesicht nicht den nackten Neid erkennen zu lassen.

Ein Mann ging langsam und vorsichtig die Treppe hinab und stützte sich dabei auf das Geländer. Miles erkannte ihn auf der Stelle und unterdrückte den Impuls, sich hinter dem nächsten kunstvoll gestutzten Busch zu verstecken. Leutnant Vorberg! Vorberg hatte

Admiral Naismith nie zu Gesicht bekommen, nur den Kampfanzug eines Mannes von kleiner Statur. Anscheinend hatte Gregor an diesem Tag verschiedene kaiserliche Auszeichnungen verliehen, denn auf Vorbergs Brust glitzerte ein neuer Orden, das Ehrenzeichen für Verwundung im Dienste des Kaisers. In einer Schublade zu Hause hatte Miles ein halbes Einmachglas voll ähnlicher Orden; irgendwann hatte Illyan aufgehört, sie ihm zu verleihen, vielleicht weil er fürchtete, Miles' Drohung, eines Tages alle Orden gleichzeitig anzulegen, sei doch nicht bloß scherzhaft gemeint gewesen. Aber es war offensichtlich die erste ernsthafte Auszeichnung, die Vorberg je hatte erringen können, denn er trug sie mit einer nachdenklichen Befangenheit.

Miles konnte es nicht lassen. »Ach – Vorberg, sind Sie's?« sagte er versuchsweise, als der Leutnant an ihm vorüberging.

Vorberg blinzelte ihn unsicher an, dann hellte sich sein Gesicht auf. »Vorkosigan, nicht wahr? Ich glaube, wir sind uns mal im Hauptquartier für Galaktische Angelegenheiten auf Komarr begegnet.« Er nickte freundlich – ein KBS-Kurier und Vor grüßte seinesgleichen.

»Wo haben Sie sich denn dieses Amulett verdient?« Miles deutete mit einem Nicken auf Vorbergs Brust. »Oder sollte ich das lieber nicht fragen?«

»Es ist nicht geheim. Ich war auf einem Routineflug – völlig routinemäßig – von Zoave Twilight aus unterwegs. Eine Bande gottverdammter Entführer kaperte das Schiff, mit dem ich flog.«

»Doch nicht eines unserer Kurierschiffe! Davon hätte ich sicher etwas gehört. Das hätte ja eine helle Aufregung gegeben.«

»Ich wünschte, es wäre eines der unseren gewesen. Dann hätte der KBS vielleicht ein anständiges Kommando geschickt, um mich herauszuholen. Es war nur ein kommerzieller Frachter, der auf Zoave registriert war. Auf jeden Fall, in seiner unendlichen Weisheit und zweifellos auf Anraten desselben knickrigen Buchhalters, der meinen Flug auf diesem verdammten Schiff gebucht hatte, engagierte der KBS eine billige Söldnerorganisation, damit sie mich befreiten. Und die haben es wirklich versaut.« Er dämpfte seine Stimme vertraulich. »Falls Sie jemals in der Gegend unterwegs sind, dann machen Sie einen großen Bogen um die Clown-Truppe, die sich die Freie Dendarii-Söldnerflotte nennt. Diese Typen sind lebensgefährlich.«

»Sollten sie das nicht eigentlich sein?«

»Aber nicht doch für die *eigene* Seite.«

»Ach so.« Jemand mußte Vorberg gesagt haben, daß er vom Feuer der eigenen Seite getroffen worden war. Wahrscheinlich die Ärztin: sie war unheilbar ehrlich. »Aber ich habe von den Dendarii gehört. Das heißt, offensichtlich haben sie einige barrayaranische Renegaten in ihren Reihen, sonst hätten sie sich nicht nach dem wichtigsten geographischen Merkmal meines Distrikts genannt. Es sei denn, unter ihnen wäre ein Fan für Militärgeschichte, der von den Guerillakampagnen meines Großvaters beeindruckt war.«

»Ihr leitender Offizier war ein ehemaliger Barrayaner, ja, dem bin ich begegnet. Dem Gerücht nach soll ihr Kommandeur Betaner sein. Anscheinend ist er aus einer betanischen Nervenklinik abgehauen.«

»Ich dachte, die Dendarii sollten gut sein.«

»Nicht sonderlich.«

»Sie sind doch hier, nicht war?« versetzte Miles etwas pikiert. Schnell hatte er sich wieder unter Kontrolle. »Also… sind Sie wieder im Dienst, oder?«

»Ein paar Wochen werde ich jetzt Schreibdienst im HQ schieben, nach der Sache da.« Vorbergs vages Nicken wies auf die Zeremonie, die gerade zu Ende gegangen war. »Eine Arbeitsbeschaffungsmaßnahme. Ich verstehe nicht, warum meine Beine nicht zu Ende heilen können, während ich auf Reisen bin, aber offensichtlich denken die Ärzte, ich sollte mit vollem Tempo fortlaufen können, falls nötig.«

»*Das* stimmt«, gab Miles wehmütig zu. »Wenn ich selbst nur ein wenig schneller gelaufen wäre…« Er brach den Satz ab.

Zum ersten Mal schien Vorberg Miles' einfache Zivilkleidung wahrzunehmen. »Sind Sie auch in Genesungsurlaub?«

»Ich bin aus medizinischen Gründen entlassen worden«, sagte Miles knapp.

»Oh.« Vorberg war so anständig, verlegen dreinzuschauen. »Aber – ich dachte, Sie hätten so etwas wie eine besondere Ausnahmegenehmigung von… hm… ganz oben.« Vorberg mochte nur unklare Vorstellungen haben, wer Miles war, aber er wußte genau, wer Miles' Vater war.

»Sie ist abgelaufen. Dank einer Nadelgranate.«

»Autsch«, machte Vorberg. »Das klingt ja noch unangenehmer als Plasmafeuer. Tut mir leid, das zu hören. Was haben Sie denn jetzt vor?«

»Ich weiß es noch nicht wirklich.«

»Gehen Sie zurück in Ihren Distrikt?«

»Nein… ich habe… äh… gesellschaftliche Pflichten, die mich für eine Weile in Vorbarr Sultana festhalten.« Die allgemeine Bekanntmachung von Gregors Verlobung war noch nicht erfolgt; zweifellos würde irgendwann etwas durchsickern, aber Miles war entschlossen, nicht die Quelle dafür abzugeben. Im Hauptquartier des KBS würde es wie in einem Bienenstock zugehen, wenn die Hochzeitsvorbereitungen einmal auf vollen Touren waren. Wenn Miles noch dort arbeiten würde, wäre jetzt eine wunderbare Zeit, um eine ausgedehnte und sehr ferne galaktische Mission zu beantragen. Doch er konnte Vorberg nicht gut warnen. »Palais Vorkosigan ist mir… Heimat genug.«

»Vielleicht schaue ich einmal vorbei. Viel Glück!«

»Ihnen auch!« Miles salutierte wie ein Analytiker und ging weiter. Vorberg erwiderte natürlich gegenüber einem Zivilisten den militärischen Gruß nicht, sondern nickte lediglich höflich.

Gregors Haushofmeister geleitete Miles zu einer weiteren Gartenparty, bei der allerdings diesmal das Pferd fehlte und die nicht so intim war wie letztes Mal. Gregors enger Freund Graf Henry Vorvolk und dessen Gräfin waren zugegen, dazu ein paar andere alte Freunde des Kaisers. Der gesellschaftliche Zweck des Nachmittags schien zu sein, die zukünftige Braut dem engsten Kreis der Bekannten des Kaisers vorzustellen, außerhalb der Pflegefamilie, die von Alys, Miles und Ivan repräsentiert wurde. Gregor traf ein bißchen spät ein; offensichtlich hatte er sich gerade der Paradeuniform der morgendlichen Ordenszeremonie entledigt.

Drou Koudelka, Delias Mutter, führte an Stelle der abwesenden Alys fröhlich den Vorsitz. Drou war in Gregors Kindheit dessen Leibwächterin gewesen, bevor sie Koudelka geheiratet hatte, und sie hatte auch Sicherheitsfunktionen für Miles' Mutter erfüllt. Wie Miles erkannte, war Gregor besorgt, ob Drou und Laisa gut miteinander auskamen.

Gregor hätte sich keine Sorgen machen müssen. Madame Koudelka, die über immense Erfahrung im gesellschaftlichen Leben von Vorbarr Sultana verfügte, kam mit allen gut zurecht. Als genaue Beobachterin der Vor, zu denen sie jedoch nicht gehörte, war sie sehr gut geeignet, um Laisa private Ratschläge zu geben, was Gregors Idee zu sein schien.

Auch Laisa machte ihre Sache gut, wie üblich. Sie hatte die Instinkte einer Botschafterin, war aufmerksam und machte nie denselben Fehler zweimal. Vielleicht wäre es etwas optimistisch gewesen, wenn man sie im Slum einer barryaranischen Stadt oder im fernen Hinterland abgesetzt und dann erwartet hätte, daß sie überlebte, aber es war deutlich, daß sie mit Barrayars Nahtstelle zur galaktischen Zivilisation recht gut umgehen konnte.

Trotz des Zwecks der Party gelang es Gregor, seine Verlobte eine Weile für sich zu haben, als nach einem kaiserlichen Wink mit dem Zaunpfahl die Gruppe zu einem Verdauungsspaziergang im Residenzgelände aufbrach. Miles schlug sich mit Delia Koudelka seitwärts; sie setzten sich auf eine Bank, von der aus man einen Überblick über den geometrisch gestalteten Teil des Gartens hatte, und beobachteten das Menuett, bei dem die gewissenhaften Spaziergänger rücksichtsvoll versuchten, Gregor und Laisa auf den verzweigten Pfaden aus dem Weg zu gehen.

»Wie geht es deinem Papa?« fragte Miles, als sie sich gesetzt hatten. »Ich glaube, ich sollte ihn mal besuchen.«

»Ja, er hat sich schon gefragt, warum du ihm bei diesem Heimaturlaub aus dem Weg zu gehen scheinst. Dann hörten wir, daß du aus medizinischen Gründen entlassen wurdest. Er sagte, ich solle dir ausrichten, daß ihm das schrecklich leid tut. Hast du schon gewußt, daß es an jenem Abend bekannt wurde, als wir zu dem Staatsdiner gingen? Du hast dir nichts anmerken lassen. Aber für dich konnte es keine Überraschung gewesen sein.«

»Ich hatte immer noch verzweifelt gehofft, ich könnte irgendwie davonkommen.« Strenggenommen war das nicht wahr; er war in einem Zustand der völligen Verdrängung gewesen, hatte überhaupt nicht darüber nachgedacht. Ein schlimmer Fehler, im Rückblick.

»Wie geht es deinem Hauptmann Galeni?«

»Trotz allgemeiner Vermutung des Gegenteils ist Duv Galeni nicht mein persönliches Eigentum.«

Sie schürzte ungeduldig die Lippen. »Du weißt, was ich meine. Wie nimmt er Laisas Verlobung mit Gregor auf? An jenem Abend war ich mir sicher, daß er in sie verliebt war.«

»Es geht ihm nicht gerade gut«, gab Miles zu, »aber er wird darüber hinwegkommen. Vermutlich hat er sie einfach zu langsam umworben. Sie muß zu dem Schluß gekommen sein, daß er nicht so übermäßig an ihr interessiert war.«

»Das wäre einmal eine nette Abwechslung gegenüber den Flegeln, die immer gleich versuchen, auf einem herumzukrabbeln«, seufzte Delia.

Miles stellte sich vor, wie er mit Kletterhaken und jeder Menge Seil den Mount Delia in Angriff nahm. Eine sehr gefährliche Felswand. »Und wie kommst du derzeit mit Ivan zurecht? Ich wußte nicht, ob ich mich dafür entschuldigen sollte, daß ich dich an jenem Abend ihm entführt habe.«

»Ach so, Ivan.«

Miles lächelte dünn. »Freust du dich auf diese kaiserliche Hochzeit?«

»Tja, *Mutter* ist ganz aufgeregt, zumindest um Gregors willen. Sie plant schon unsere Kleider und überlegt, ob meine Schwester Kareen deshalb von Kolonie Beta zurückkommen kann. Ich frage mich, ob sie Hochzeiten für ansteckend hält. Wir bekommen ständig diese kleinen Hinweise, daß Mama und Papa eines Tages das Haus wieder für sich selbst haben wollen. Oder zumindest die Badezimmer.«

»Und du?«

»Na ja, es wird getanzt werden.« Ihr Gesicht hellte sich auf. »Und vielleicht gibt es interessante Männer.«

»Ivan ist kein interessanter Mann?«

»Ich sagte Männer, nicht Knaben.«

»Er ist fast dreißig. Wie alt bist du, vierundzwanzig?«

»Es geht nicht ums Alter, es geht um die Einstellung. Knaben wollen nur mit einem ins Bett. Männer wollen geheiratet werden und dann ihr Leben weiterführen.«

»Ich bin mir ziemlich sicher, daß Männer auch ins Bett wollen«, sagte Miles ziemlich kleinlaut.

»Nun ja, aber bei ihnen ist kein so allumfassendes Verlangen. Sie haben noch ein paar Gehirnzellen für andere Funktionen übrig.«

»Du kannst mir nicht weismachen, daß Frauen ihrerseits das nicht wollen.«

»Vielleicht sind wir wählerischer.«

»Dein Argument wird von der Statistik nicht gestützt. Fast jede scheint zu heiraten. So wählerisch können sie also nicht sein.«

Sie blickte nachdenklich drein, anscheinend beeindruckt von Miles' Einwand. »Nur in unserer Kultur. Kareen sagt, daß es auf Kolonie Beta anders ist.«

»Auf Kolonie Beta ist alles anders.«

»Also ist es vielleicht doch ansteckend.«

*Wie kommt es dann, daß ich anscheinend immun bin?* »Mich überrascht, daß keins von euch Mädchen schon weggeschnappt wurde.«

»Ich glaube, es liegt daran, daß wir zu viert sind«, gestand ihm Delia. »Die Kerle nähern sich dem Rudel, und dann kommen sie ganz durcheinander, welche von uns sie eigentlich anvisieren sollen.«

»Das kann ich verstehen«, meinte Miles. *En masse* waren die Koudelka-Blondinen ein höchst entnervendes Phänomen. »Es sieht so aus, als wolltest du deinen Schwestern entwischen, oder?«

»Jederzeit«, seufzte Delia.

Die Vorvolks spazierten vorbei und blieben zu einem Schwätzchen stehen; im Kielwasser dieses Paares drifteten Miles und Delia schließlich wieder zu Madame Koudelka zurück, und die Party löste sich auf. Miles kehrte nach Palais Vorkosigan zurück und schaute sich eifrig um, ob es für ihn nicht etwas anders zu tun gäbe als die Hausaufgabe, die ihm Lady Alys beim Abschied aufgetragen hatte.

Nach dem Abendessen war Miles im Gelben Salon in eine eingehende Durchsicht von Tsipis monatlichem Finanzbericht vertieft, machte sich Notizen und ignorierte immer noch den Stapel ledergebundener, staubiger Bände in der Ecke, als Martin hereinplatzte.

»Da ist jemand gekommen«, verkündete er in einem Ton sanfter Verwunderung. Als angehender Butler, eine Aufgabe, die Miles ihm notgedrungenermaßen zusätzlich zu seinen Pflichten als Fahrer und gelegentlicher Tellerwäscher übertragen hatte, war Martin darüber instruiert worden, wie man Besucher gebührend hereinbat und sie durch das Labyrinth des Hauses zu dessen Bewohner führte. Vielleicht war dies der richtige Zeitpunkt, um die entsprechenden Prinzipien noch einmal kurz zu wiederholen.

Miles setzte seine Leseeinheit ab. »Also... haben Sie ihn, sie oder es hereingelassen? Ich hoffe, es ist kein Vertreter; normalerweise ist die Torwache gut darin, sie fernzuhalten...«

Duv Galeni trat hinter Martin in den Raum. Miles brach sein Geplapper ab. Galeni war in Uniform, immer noch in der grünen Interimsuniform seines dienstlichen Büroalltags. Er schien nicht bewaffnet zu sein. Eigentlich schaute er vor allem nur müde aus. Und ein bißchen verstört, aber ohne diesen leisen Anflug von Manie, den Miles als Alarmzeichen zu interpretieren gelernt hatte. »Oh«, brachte Miles überrascht zustande. »Kommen Sie herein, nehmen Sie Platz!«

Mit einer lakonischen Geste nahm Galeni die Einladung an, obwohl er schon im Salon stand. Steif ließ er sich auf einem Stuhl nieder.

»Hätten Sie… gerne etwas zu trinken?«

»Nein, danke.«

»Dann ist es gut, Martin. Danke!« Martin brauchte einen Moment, dann verstand er den Wink und verschwand.

Miles hatte keine Ahnung, in welche Richtung dieser Besuch sich entwickeln sollte, und so zog er lediglich die Augenbrauen hoch.

Galeni räusperte sich verlegen. »Ich glaube, ich schulde Ihnen eine Entschuldigung. Ich war nicht ganz bei Verstand.«

Miles entspannte sich. Vielleicht würde sich alles einrenken. »Ja, und ja. Aber es war verständlich. Womit das Thema abgehakt ist.«

Galeni nickte kurz, er war wieder in seiner normalen ruhigen Verfassung.

»Hm… ich hoffe, ich war an jenem Abend der einzige, dem Sie sich anvertraut haben.«

»Ja, aber das ist nur die Einleitung zu dem Anliegen, um dessentwillen ich gekommen bin. Da ist eine viel größere Schwierigkeit aufgetaucht.«

*Was denn nun? Bitte, kein kompliziertes Liebesleben mehr…* »So? Welcher Art denn?«

»Diesmal handelt es sich um ein berufliches Dilemma, nicht um etwas Persönliches.«

*Ich gehöre nicht mehr zum KBS,* unterließ Miles vorsichtigerweise zu betonen. Seine Neugier war geweckt. Er wartete.

Galeni legte die Stirn in tiefe Falten. »Sagen Sie… haben Sie jemals Simon Illyan bei einem Fehler ertappt?«

»Nun ja, er hat *mich* gefeuert«, erwiderte Miles trokken.

Galenis Hand zuckte und verwarf den Scherz. »Nein, ich meine: bei einem Irrtum.«

Miles zögerte. »Er ist kein Übermensch. Ich habe

schon erlebt, daß er sich von einer unzutreffenden Argumentationskette hat irreleiten lassen, allerdings nicht sehr oft. Er ist ziemlich gut darin, ständig seine Theorien an neuen Daten zu überprüfen.«

»Keine komplexen Fehler, sondern einfache.«

»Nicht wirklich.« Miles schwieg einen Moment lang. »Sie etwa?«

»Vor diesem Vorfall nie. Ich habe nicht eng mit ihm zusammengearbeitet, Sie verstehen. Es gibt eine wöchentliche Besprechung mit meiner Abteilung, und gelegentlich Anforderungen spezieller Informationen. Aber in den letzten drei Tagen hat es vier... seltsame Vorfälle gegeben.«

»Vorfälle...? Hm... Welcher Art?«

»Der erste... er fragte mich nach einem Resümee, das ich gerade vorbereitete. Ich stellte das Papier fertig und schickte es ihm hinauf, und zwei Stunden später rief er dann bei mir an und forderte es erneut an. Es gab einen Moment der Verwirrung, dann bestätigte sein Sekretär aufgrund des Bürologbuchs, daß ich es abgeliefert hatte, und er sagte, er habe es Illyan schon reingereicht. Illyan fand dann die Code-Karte auf seinem Schreibtisch und entschuldigte sich. Und ich machte mir keine Gedanken mehr darüber.«

»Er war... vielleicht ungeduldig«, gab Miles zu bedenken.

Galeni zuckte die Achseln. »Das zweite war eine Kleinigkeit, bloß ein Vermerk aus seinem Büro mit einem falschen Datum. Ich rief seinen Sekretär an und ließ es korrigieren. Kein Problem.«

»Mm.«

Galeni holte Atem. »Das dritte war ein Vermerk mit einem falschen Datum, adressiert an meinen Vorgänger, der schon seit fünf Monaten nicht mehr da ist, und mit der Anforderung des letzten Berichts über eine bestimmte gemeinsame komarranisch-barrayaranische

Handelsflotte, die zu einer langen Rundreise via Tau Ceti gestartet und vor sechs Monaten wieder in den heimatlichen Orbit zurückgekehrt ist. Als ich hochrief, um herauszufinden, welche Art von Information er haben wollte, da leugnete er, so etwas angefordert zu haben. Ich schickte ihm den Vermerk zurück, er wurde echt still und unterbrach die Verbindung. Das war heute morgen.«

»Damit sind es drei.«

»Dann war da heute nachmittag die wöchentliche Besprechung mit meiner Abteilung, mit uns fünf Analytikern für Komarranische Angelegenheiten und General Allegre. Sie kennen ja Illyans normale Vortragsweise. Lange Pausen, aber sehr treffend, wenn er spricht. Heute gab es… noch mehr Pausen. Und was er dazwischen äußerte, schien von einem Punkt zum anderen zu springen, und das manchmal auf sehr verwirrende Art. Er hat uns zeitig fortgeschickt, bevor wir mit der Tagesordnung auch nur halb durch waren.«

»Hm… was war das Thema des heutigen Tages?«

Galeni blieb stumm.

»Ja, ich verstehe, Sie können es mir nicht wirklich sagen, aber wenn es um Gregors bevorstehendes Hochzeitsprojekt ging – vielleicht hatte er zu Ihrem Nutzen seine Ausführungen gekürzt, spontan oder so.«

»Wenn er mir nicht vertraute, dann hätte er mich nicht dabeihaben sollen«, versetzte Galeni. Widerstrebend fügte er hinzu: »Das ist eine gute Theorie. Aber sie paßt nicht ganz… ich wünschte, Sie wären dabeigewesen.«

Miles reagierte nicht auf den offensichtlichen Seitenhieb. »Was für eine Erklärung haben Sie?«

»Ich weiß es nicht. Der Kaiserliche Sicherheitsdienst hat eine Menge Geld und Zeit aufgewendet, um mich zum Analytiker auszubilden. Ich halte nach Veränderungen in Mustern Ausschau. Das ist das eine. Aber ich bin neu in der Stadt und obendrein Komarraner. Sie kennen Illyan schon Ihr ganzes Leben lang. Haben Sie so etwas schon einmal erlebt?«

»Nein«, gab Miles zu. »Aber all das klingt nach normalen menschlichen Fehlern.«

»Wenn sie über einen größeren Zeitraum verteilt gewesen wären, hätte ich sie wahrscheinlich gar nicht bemerkt. Ich muß – oder will – keine Einzelheiten wissen, aber steht Illyan im Augenblick in seinem Privatleben unter einem besonderen Druck, von dem niemand von uns im Büro etwas weiß?«

*Wie Sie, Duv?* »Ich glaube, Illyan hat gar kein Privatleben. Er hat nie geheiratet… hat fünfzehn Jahre lang immer in demselben kleinen Apartment sechs Blocks vom Büro entfernt gewohnt, bis man das Gebäude abgerissen hat. Dann ist er vor zwei Jahren in eins der Zeugenapartments auf der unteren Ebene des HQ gezogen, zur Überbrückung, und bis jetzt hat er sich immer noch nicht die Mühe gemacht, wieder auszuziehen. Ich weiß nichts über sein frühes Leben, aber in letzter Zeit hat es keine Frauen gegeben. Und auch keine Männer. Und keine Schafe. Allerdings könnte ich Schafe vermutlich verstehen. Sie können nicht reden, nicht einmal unter Schnell-Penta. Das ist nur ein Scherz«, fügte er hinzu, als Galeni nicht lächeln mochte. »Illyans Leben ist regelmäßig wie eine Uhr. Er liebt Musik… tanzt nie… achtet besonders auf Parfüms und Blumen mit viel Duft, dazu auf Gerüche allgemein. Das ist eine Form sinnlicher Wahrnehmung, die nicht durch seinen Chip geleitet wird. Ich glaube, dieser Chip behandelt auch keine somatischen Dinge, keine Berührungen, nur akustische und visuelle Wahrnehmungen.«

»Ja, ich habe mir auch über diesen Chip Gedanken gemacht. Wissen Sie irgendwas über diese angebliche chip-induzierte Psychose?«

»Ich glaube nicht, daß es der Chip sein kann. Ich

weiß nicht viel über seine technischen Spezifikationen, aber all diese Leute sollen ein oder zwei Jahre nach seiner Installation durchgedreht haben. Falls Illyan hätte verrückt werden sollen, dann wäre er das schon vor Jahren geworden.« Miles zögerte. »Man denkt dabei an… Stress? An einen kleinen Schlaganfall? Er ist schon mehr als sechzig… verdammt, vielleicht ist er bloß *müde*. Er hat diesen verdammten Job jetzt schon dreißig Jahre. Ich weiß, daß er geplant hatte, in fünf Jahren in Ruhestand zu treten.« Miles beschloß, nicht zu sagen, woher er das wußte.

»Ich kann mir den KBS ohne Illyan nicht vorstellen. Die beiden sind quasi Synonyme.«

»Ich bin mir nicht sicher, ob er diesen Job tatsächlich liebt. Er ist bloß sehr gut darin. Er hat soviel erlebt, daß es fast unmöglich ist, ihn zu überraschen. Oder in Panik zu versetzen.«

»Er hat ein sehr persönliches System, das Haus zu leiten«, bemerkte Galeni. »Wirklich ganz nach Art der Vor. Die meisten nichtbarrayaranischen Organisationen versuchen ihre Aufgaben so zu definieren, daß die Leute, die sie erfüllen, zu austauschbaren Teilen werden. Das sichert die organisatorische Kontinuität.«

»Und eliminiert die Inspiration. Illyans Führungsstil ist nicht sehr auffallend, das gebe ich zu, aber er ist flexibel und unendlich zuverlässig.«

Galeni zuckte mit einer Augenbraue. »Unendlich?«

»Gewöhnlich zuverlässig«, korrigierte Miles schnell. Zum ersten Mal fragte sich Miles, ob Illyan von Natur aus langweilig war. Er hatte immer angenommen, dies sei eine Reaktion auf die Hochsicherheitsaspekte von Illyans' Job – ein Leben, das den Feinden keinerlei Ansatzpunkte bot. Aber vielleicht war seine farblose Art die Methode, mit der er den Aspekt des Gedächtnis-Chip handhabte, der die anderen überwältigt hatte?

Galeni legte die Hände flach auf seine Knie. »Ich

habe erzählt, was ich beobachtet habe. Haben Sie irgendwelche Vorschläge?«

Miles seufzte. »Beobachten. Warten. Was Sie bis jetzt haben, ist nicht einmal eine Theorie. Es ist nur eine Handvoll Wasser.«

»Meine Theorie ist, daß mit dieser Handvoll Wasser irgend etwas ganz und gar nicht stimmt.«

»Das ist eine Intuition. Was übrigens keine Beleidigung darstellt. Ich habe einen tiefen Respekt für Intuition bekommen. Aber Sie dürfen sie nicht mit Beweisen verwechseln. Ich weiß nicht, was ich sagen soll. Falls Illyan so etwas wie subtile kognitive Probleme entwickelt, dann ist es an seinen Abteilungsleitern zu…« Was? Zu meutern? Über Illyans Kopf hinwegzugehen? Die einzigen beiden Menschen auf dem Planeten, die so hoch standen, daß sie über Illyan hinweggehen konnten, waren Premierminister Racozy und Kaiser Gregor. »Falls dieses Etwas real ist, dann werden auch andere Leute es bemerken. Und es ist besser, daß im KBS zuerst jemand anderer als Sie darauf aufmerksam macht. Ich dabei ausgenommen. Von *meiner* Seite wäre es noch schlechter.«

»Was ist, wenn alle so denken?«

»Ich…« Miles rieb sich die Stirn. »Ich bin froh, daß Sie mit mir geredet haben.«

»Nur weil Sie die einzige Person sind, die ich kenne und die Illyan wirklich schon sehr lange kennt. Ansonsten… bin ich mir nicht sicher, ob ich überhaupt darüber reden sollte. Nicht außerhalb des KBS.«

»Und auch nicht innerhalb des KBS. Allerdings ist da noch Haroche. Er hat fast so lange unter Illyan gearbeitet wie ich.«

»Das mag der Grund sein, warum es mir schwer gefallen ist, mich an ihn zu wenden.«

»Nun… melden Sie sich wieder bei mir, ja? Falls es irgend etwas gibt, das Sie beunruhigt.«

»Vielleicht ist alles nur heiße Luft«, sagte Galeni nicht sehr hoffnungsvoll.

Miles konnte dieser Tage schon auf hundert Meter Entfernung erkennen, wenn jemand seine wahren Gedanken negierte. »Ja. Hm… wollen Sie vielleicht jetzt doch etwas trinken?«

»Ja«, seufzte Galeni.

Am übernächsten Vormittag nach diesem Gespräch war Miles gerade eingehend mit einer Inventur des begrenzten Vorrats an Zivilkleidung in seinem Kleiderschrank beschäftigt, erstellte eine Liste der Lücken und überlegte, ob es einfacher wäre, schlicht einen Kammerdiener einzustellen und ihm zu sagen: »Kümmern Sie sich darum«, als seine Schlafzimmer-Komkonsole summte. Er beachtete sie eine Minute lang nicht, dann rappelte er sich vom Boden neben einem Haufen aussortierter Kleidungsstücke hoch und latschte zu dem Gerät.

Es erschien Illyans strenges Gesicht, und Miles Rückgrat straffte sich automatisch. »Jawohl, Sir?«

»Wo bist du?« fragte Illyan abrupt.

Miles starrte ihn an. »Im Palais Vorkosigan. Sie haben mich gerade hier angerufen.«

»Das weiß ich!« erwiderte Illyan gereizt. »Warum warst du nicht *hier*, um 9 Uhr, wie befohlen?«

»Verzeihung, was für ein Befehl?«

»*Mein* Befehl. ›Sei Punkt 9 Uhr hier und bring deinen Notizblock mit. Das wird dir gefallen. Es ist ein Ausbruch.‹ Ich dachte, du würdest schon eher dasein.«

Miles erkannte den Stil eines illyanesken wörtlichen Selbstzitats. Der Inhalt ließ ein sehr zartes Glöckchen in seinem Hinterkopf erklingen. »Worum geht es denn?«

»Etwas, das meine Cetaganda-Analytiker ausgekocht und mir eine Woche lang angepriesen haben. Es könnte sich als ein Stück taktisches Judo mit sehr hohem Ergebnis und geringen Kosten erweisen. Es gibt da einen Herrn namens Oberst Tremont, der, wie sie meinen, der beste Mann sein soll, um dem nachlassenden Widerstand auf Marilac eine entscheidende Spritze zu geben. Die Sache hat nur einen kleinen Haken. Er ist zur Zeit Gast im cetagandanischen Gefangenenlager auf Dagoola IV. Diese Erfahrung sollte ihm jede Menge Motivation geben, falls er befreit werden könnte. Anonym, natürlich. Ich plane, dir beträchtliche Ermessensfreiheit hinsichtlich der Methode zu geben, aber die Ergebnisse, die ich haben will, sind: ein neuer Führer für Marilac und kein Zusammenhang mit Barrayar.«

Miles erkannte nicht nur die Mission, er hätte sogar schwören können, daß genau dies die Worte gewesen waren, die Illyan seinerzeit benutzt hatte, um sie zu beschreiben. Eine höchst geheime Morgenkonferenz im HQ des KBS vor langer Zeit…

»Simon. Die Dagoola-Mission wurde vor fünf Jahren abgeschlossen. Die Marilacaner haben letztes Jahr die letzten Cetagandaner von ihrem Planeten vertrieben. Und Sie haben mich vor über einem Monat gefeuert. Ich arbeite nicht mehr für Sie.«

»Hast du den Verstand verloren?« fragte Illyan und verstummte abrupt. Sie starrten einander an.

Illyans Gesichtsausdruck veränderte sich, erstarrte. »Entschuldige«, murmelte er und brach die Verbindung ab.

Miles saß nur da und starrte auf die leere Vid-Scheibe. Noch nie zuvor hatte er sein Herz so schlagen gespürt, während er vollkommen still in einem leeren Zimmer saß. Galenis Bericht hatte ihn beunruhigt.

Jetzt war er zu Tode erschrocken.

# KAPITEL 14

Miles blieb zehn Minuten lang regungslos sitzen. Galeni hatte recht gehabt. Verdammt, Galeni ahnte noch nicht einmal die Hälfte! Illyan vergaß nicht bloß Dinge, die es gab, er erinnerte sich auch an Dinge, die gar nicht mehr da waren. Flashbacks seines Gehirns, eine Hyperamnesie?

*Mensch, wenn der Mann nicht sagen kann, welches Jahr wir schreiben, dann sehe ich eine Möglichkeit, wie du deinen alten Job wiederbekommen könntest …*

Das war nicht sehr witzig.

Was sollte er tun? Miles war sicher die einzige Person auf Barrayar, die kein Wort der Kritik über Illyan äußern durfte. Man würde es sofort der Wut über seine Entlassung oder – noch schlimmer – einem Versuch zur Rache zuschreiben.

Aber er konnte die Situation auch nicht ignorieren und nicht mehr verdrängen, was er jetzt wußte. Befehle strömten aus Illyans Büro, und seine Untergebenen *gehorchten* ihnen. Vertrauensvoll. Dreißig Jahre angesammelten Vertrauens war eine Bank, die nicht schnell zu sprengen war. Wieviel Schaden konnte Illyan in der Zwischenzeit anrichten? Gerade jetzt? Angenommen, Illyan hatte ein Flashback in einem der unangenehmeren Momente der komarranischen Revolte?

Und wie lange war das schon zugegangen, bevor Galeni es bemerkte? Es schien plötzlich aufgetreten zu sein, aber vielleicht war es nur plötzlich sichtbar geworden. Wie viele Wochen – Monate – der Befehlsausgabe waren mit dieser Unzuverlässigkeit behaftet gewesen? Irgend jemand würde jede Botschaft, die aus Illyans Büro gekommen war, überprüfen müssen, bis – wann zurück? *Irgend jemand. Aber nicht ich.*

Lag die Fehlfunktion im Chip oder in Illyans eigenem Nervengewebe? Oder handelte es sich um eine subtilere synergistische Dysfunktion? Das war eine medizinische und biotechnische Frage, und zu ihrer Beantwortung war ein Experte nötig. *Und wiederum nicht ich.*

Schließlich nahm er seine Zuflucht zu genau der Lösung, sofern man es eine Lösung nennen konnte, auf die auch Galeni zurückgegriffen hatte. *Gib die Informationen an jemand anderen weiter und hoffe, daß der etwas unternimmt.* Wie lange würde es dann dauern, bis das Komitee besorgter Illyan-Beobachter aufhörte, das heiße Eisen weiterzureichen und sich zu einer wirksamen Aktion zu vereinen? *Das ist nicht meine Entscheidung. Ich wünschte, verdammt noch mal, sie wäre es.*

Widerstrebend tippte er einen Komkonsolencode ein. »Hier spricht Lord Vorkosigan. Verbinden Sie mich bitte mit dem Büro für Heimische Angelegenheiten«, sagte er zu dem KBS-Korporal, der seinen Anruf entgegennahm.

General Haroche war nicht an seinem Platz. »Er soll mich so schnell zurückrufen, wie Sie ihn erreichen können«, erklärte Miles dem Büromenschen. »Es ist dringend.«

Während der Wartezeit wandte er sich wieder seinem Stapel Kleidung zu. Er wußte kaum, was er wegwerfen und was er behalten sollte. Haroche rief nicht zurück. Miles versuchte es noch zweimal in dessen Büro, bis er den Mann endlich aufstöberte.

Haroche schaute ihn mit gerunzelter Stirn ungeduldig vom Bildprojektor der Komkonsole her an. »Ja, was gibt's, Lord Vorkosigan?«

Miles holte tief Luft. »Simon Illyan hat mich vor

kurzem angerufen. Ich glaube, Sie sollten den Anruf einmal überprüfen.«

»Wie bitte?«

»Gehen Sie in Illyans Büro und lassen Sie seinen Sekretär den Anruf für Sie noch einmal abspielen. Eigentlich sollten Sie beide ihn sehen. Ich weiß, daß er aufgezeichnet wurde; das ist das Standardverfahren.«

»Warum?«

In der Tat. Warum sollte Haroche das Wort eines Sicherheitsparias ernst nehmen, wo er doch selbst Zeuge gewesen war, wie sein hochgeachteter Vorgesetzter Illyan ihn nicht nur entlassen, sondern auch höchstpersönlich aus seinem Hauptquartier hinauseskortiert hatte? »General, es ist wirklich wichtig, es ist wirklich dringend, und mir wäre es wirklich lieb, wenn Sie die Sache selbst beurteilten.«

»Sie geben sich theatralisch mysteriös, Lord Vorkosigan.« Haroches finsterer Blick verriet gelangweilte Mißbilligung.

»Es tut mir leid.« Miles bemühte sich ruhig zu bleiben. »Sie werden es verstehen, wenn Sie den Anruf sehen.«

Haroche zog eine Augenbraue hoch. »So? Nun denn, vielleicht.«

»Danke.« Miles schaltete ab. Es hatte keinen Zweck Haroche zu bitten, er solle nach der Besichtigung des Vids zurückrufen; denn dann läge die Sache gewiß schon nicht mehr in Miles' Händen.

Also. Er hatte es getan, hatte das Richtige getan, soweit wie unter diesen Umständen möglich.

Ihm war richtig schlecht.

Was nun? Sollte er Gregor anrufen? Es war unfair, den Kaiser in dieser Sache uninformiert zu lassen, aber du lieber Himmel…

Haroche würde es früh genug tun, so vermutete Miles. Sobald er die Ereignisse im Griff hatte und

Illyan unter geeignete medizinische Betreuung gestellt war, würde Haroche standardmäßig und aufgrund der Befehlskette zum amtierenden Chef des KBS aufrücken, und seine unmittelbare nächste Pflicht würde sein, Gregor von dieser unangenehmen Wendung der Ereignisse zu unterrichten und den Willen des Kaisers in dieser Angelegenheit zu erkunden. Bevor noch der Tag vorüber war, wäre schon alles geregelt.

Vielleicht war der Grund für Illyans Verwirrung etwas Einfaches, das leicht behoben werden konnte; vielleicht würde er binnen Tagen wieder im Dienst sein. Zum Beispiel ein Kurzschluß in seinem Chip. *Bei diesem Chip gibt es nichts Einfaches.* Aber der KBS würde schon für seinen Mann sorgen.

Miles seufzte und kehrte mit geringer Aufmerksamkeit zu seiner Liste selbstauferlegter kleiner Aufgaben zurück. Er versuchte zu lesen, aber er konnte sich nicht konzentrieren. Es war doch für Illyan nicht möglich, in dieser Sache seine Spuren zu verwischen, oder? Angenommen, Haroche war zu ihm hinaufgegangen, um den Anruf zu überprüfen, und der war nicht mehr gespeichert? Doch wenn Illyan einen solchen Grad von Selbstwahrnehmung besaß, dann hätte er sich eigentlich schon *selbst* in medizinische Behandlung begeben sollen.

Der Tag zog sich unendlich hin. Am Abend, als Miles es nicht mehr aushielt und er sowohl Gregor wie auch Haroche anrief, konnte er keinen von beiden erreichen. Vielleicht hielten sie sich in dieser Krise gegenseitig beschäftigt. Er hinterließ Nachrichten, in denen er um Rückruf bat, doch es kam keiner. Miles schlief schlecht in dieser Nacht.

Miles *haßte* es, aus dem Kreislauf der Informationen ausgeschlossen zu sein. Am folgenden Abend war er schon fast so weit, höchstpersönlich loszugehen, um an der Hintertür des KBS zu klopfen und geheime Berichte zu verlangen, auf die er keinerlei Anrecht hatte, als Galeni im Palais Vorkosigan erschien. Offensichtlich war er direkt von der Arbeit gekommen, er trug noch die Uniform und schaute selbst im Vergleich zu seinem normalen mürrischen Wesen grimmig drein.

»Einen Drink?« fragte Miles nach einem Blick auf das Gesicht seines Gastes, als Martin ihn – diesmal mit korrekter Ankündigung – in den Gelben Salon geleitete. »Was zu essen?«

»Einen Drink.« Galeni warf sich in den nächstbesten Armsessel und lehnte den Kopf zurück, als schmerzte ihm sein Hals bis zur Basis der Wirbelsäule. »Übers Essen werde ich noch nachdenken. Ich bin noch nicht hungrig.« Er wartete, bis Martin sich zurückgezogen hatte, dann fügte er hinzu: »Es ist vorbei.«

»Reden Sie! Was ist geschehen?«

»Mitten in der Besprechung aller Abteilungen heute nachmittag erlitt Illyan einen völligen Zusammenbruch.«

»Heute nachmittag? Sie meinen, General Haroche hat ihn nicht gestern der medizinischen Abteilung des KBS übergeben?«

»Was?«

Miles schilderte Illyans beunruhigenden Anruf. »Ich habe sofort Haroche unterrichtet. Erzählen Sie mir nicht, der Mann habe nicht getan, was ich ihm gesagt hatte.«

»Ich weiß es nicht«, erwiderte Galeni. »Ich kann nur berichten, was ich gesehen habe.« Als ausgebildeter Analytiker, ganz zu schweigen als Historiker, hatte Galeni ein scharfes Gefühl für den Unterschied zwischen der Aussage eines Augenzeugen, Hörensagen und bloßer Spekulation. Man wußte immer, zu welcher Kategorie das gehörte, was er berichtete.

»Aber *jetzt* ist Illyan in medizinischer Behandlung?« wollte Miles besorgt wissen.

»O Gott, ja«, seufzte Galeni. »Die Besprechung begann fast wie normal. Die Abteilungsleiter gaben ihre wöchentlichen Resümees und listeten alle kritischen Punkte auf, bei denen sie wünschten, daß die anderen Abteilungen darauf achtgaben. Illyan schien nervös zu sein, rastloser als gewöhnlich, und fingerte an Gegenständen auf dem Tisch herum… er zerbrach eine Datenkarte und murmelte dann eine Entschuldigung. Er stand auf, um seine übliche Aufgabenliste für jedermann zu verteilen, und es kam an den Tag… kein Satz paßte zum anderen. Er war völlig hinter dem Mond. Nicht, als meinte er, es wäre der falsche Tag, sondern als wäre er zwanzig Tage hinter dem Datum zurück, Jeder Satz war grammatikalisch korrekt und doch völlig unverständlich. Und er schien das nicht einmal zu merken, bis er uns alle ansah, die wir ihn mit offenem Mund anstarrten, und steckenblieb.

Dann stand Haroche auf – ich schwöre Ihnen, es war das Mutigste, was ich bisher erlebt habe. Und er sagte: *Sir, ich glaube, Sie sollten sich auf der Stelle in medizinische Behandlung begeben.* Und Illyan schnauzte ihn an, er sei nicht krank und Haroche solle sich, verdammt noch mal, hinsetzen… doch der Blick in seinen Augen wechselte ständig zwischen Wut und Verwirrung. Er zitterte. Wo ist eigentlich Ihr tapsiger Teenager mit den Drinks?«

»Wahrscheinlich ist er wieder falsch abgebogen und hat sich im anderen Flügel verirrt. Er wird sich schließlich noch eingewöhnen. Bitte, fahren Sie fort.«

»Ach.« Galeni rieb sich den Hals. »Illyan wollte nicht gehen. Haroche rief nach einem Arzt. Illyan widersprach ihm und sagte, er könne nicht mitten in einer Krise weggehen, nur handelte es sich bei der Krise, die er meinte, um die Invasion der Cetagandaner in Vervain vor zehn Jahren. Haroche, der inzwischen kreidebleich war, nahm ihn am Arm und versuchte ihn hinauszuführen – das war ein Fehler, denn Illyan fing an, mit ihm zu raufen. Haroche brüllte: *Oh, Scheiße, holt einen Arzt und beeilt euch!* Das war klug von ihm. Aber Illyan boxt verdammt gemein, wenn er boxt. So etwas habe ich noch nie gesehen.«

»Ich auch nicht«, sagte Miles, auf morbide Weise fasziniert.

»Als der Arzt eintraf, bedurften zwei weitere Männer ärztlicher Hilfe. Man sedierte Illyan komplett und stellte ihn in der Klinik im KBS-Hauptquartier ruhig. Und das war das Ende dieser Sitzung. Und wenn ich daran denke, daß ich mich immer beschwert hatte, solche Treffen seien langweilig.«

»Ach du lieber Himmel!« Miles preßte die Hände auf die Augen und massierte sich das Gesicht. Das Szenario hätte wohl kaum schlimmer sein können, wenn man es absichtlich eingefädelt hätte, um ein Maximum an Chaos und Erniedrigung zu erzielen. Und eine maximale Anzahl Zeugen.

»Haroche wird heute abend selbstverständlich Überstunden machen«, fuhr Galeni fort. »Das ganze Gebäude befindet sich in heimlicher Erregung. Haroche gab uns allen natürlich den Befehl, mit niemandem darüber zu reden.«

»Außer mit mir?«

»Aus irgendeinem Grund vergaß er Sie auszunehmen«, sagte Galeni trocken. »Also haben Sie dies alles nicht von mir erfahren. Sie haben das nicht erfahren, Punkt.«

»Ganz recht. Ich verstehe. Ich nehme an, er hat es inzwischen Gregor gemeldet.«

»Das hofft man.«

»Verdammt, Haroche hätte Illyan schon gestern abend vor Dienstschluß in ärztliche Behandlung übergeben sollen!«

»Er sah ziemlich erschrocken aus. Wie wir alle. Den

Chef des Kaiserlichen Sicherheitsdienstes mitten in seinem Hauptquartier zu verhaften ist… keine leichte Aufgabe.«

»Nein. Nein… vermutlich sollte ich den Mann nicht kritisieren, der sich in der Schußlinie befindet. Wahrscheinlich mußte er sich genügend Zeit nehmen, bis er seiner Sache sicher war. Bei so etwas möchte man keinen Fehler wagen, falls man auf seine Karriere Wert legt. Was Haroche ja tut.« Aber Illyan in einer so öffentlichen Arena zu demütigen, erschien unnötig grausam. *Wenigstens hat Illyan mich unter vier Augen gefeuert.* Aber andrerseits war es auf diese Weise absolut klar, ohne Zweideutigkeiten, ohne Raum für Verwirrung oder Gerüchte oder versteckte Andeutungen. Oder Streit.

»Schlechter Zeitpunkt für so etwas«, fuhr Miles fort. »Allerdings gibt es vermutlich keinen guten Zeitpunkt für einen biocybernetischen Zusammenbruch. Ich frage mich… ob der Stress mit all diesen bevorstehenden… hm… kaiserlichen Anforderungen der Grund war? Das erscheint kaum möglich. Illyan hat schon viel schlimmere Krisen überstanden als eine Hochzeit.«

»Eine Belastung muß gar nicht besonders schlimm sein, um so etwas auszulösen«, betonte Galeni. »Die Sache kann schon seit wer weiß wann an einem seidenen Faden gehangen haben.« Er zögerte. »Ist es wahrscheinlich, daß das schon im Busch war, als er Sie feuerte? Ich meine… könnten Sie nicht argumentieren, daß sein Urteil schon getrübt war?«

Miles schluckte. Er war sich nicht sicher, ob er Galeni dafür dankbar sein sollte, daß er etwas laut aussprach, was er selber kaum zu denken wagte. »Ich wünschte, ich könnte das behaupten. Aber nein. Damals war an seinem Urteil nichts falsch. Es folgte ganz logisch aus seinen Prinzipien.«

»Wann hat das also angefangen? Das ist eine kritische Frage.«

»Ja, ich habe sie mir auch schon gestellt. Und ich bin mir sicher, daß auch alle anderen das fragen werden. Vermutlich werden wir alle darauf warten müssen, bis die Ärzte vom KBS es uns sagen. Da wir gerade von ihnen sprechen, hat man schon etwas gehört darüber, wodurch genau das Ganze ausgelöst wurde?«

»Zu mir ist noch nichts durchgedrungen. Aber sie können wohl kaum schon damit begonnen haben, das Problem zu studieren. Vermutlich wird man obskure Experten einfliegen müssen.«

Endlich erschien Martin mit ihren Drinks, und Galeni beschloß, zum Abendessen zu bleiben, eine Nachricht, bei der Martin ein langes Gesicht machte. Da Mama Kosti die beiden Männer überraschend elegant und reichlich bewirtete, konnte Miles nur annehmen, daß Martin gezwungen worden war, seine Portion dem Gast zu überlassen und sich mit Sandwiches zu begnügen. Da er schon Mama Kostis Vorstellung von einem schnellen Imbiß erlebt hatte, hegte Miles in dieser Hinsicht keine übermäßigen Schuldgefühle; allerdings war ihre Kunst an diesem Abend an Miles' und Galenis Aufregung etwas verschwendet.

Jedoch... das Schlimmste in Sachen Illyan war vorüber, und die größeren Gefahren waren abgewendet. Der Rest wäre nur noch Aufräumarbeit.

Die geplätteten Dämonen über der Oberschwelle der Seitentür des KBS-Hauptquartiers schauten an diesem Morgen nach Miles' Meinung besonders gerötet aus, als wären sie von Sorgen niedergedrückt und würden unter dem inneren Druck ihrer düsteren Geheimnisse im nächsten Augenblick bersten. Und der Ausdruck auf den Gesichtern einiger Männer, an denen er vorüberkam, trug eine subtile Ähnlichkeit mit denen ihrer granitenen Maskottchen. Der Korporal am Sicherheitsschalter in der Vorhalle schaute mit einem nervösen Blinzeln zu ihm auf. »Kann ich Ihnen helfen, Sir?«

»Ich bin Lord Vorkosigan. Ich bin hier, um Simon Illyan zu besuchen.«

Der Mann schaute auf seine Komkonsole. »Sie stehen nicht auf meiner Namensliste, Mylord.«

»Nein, ich bin einfach vorbeigekommen, um ihn zu besuchen.« Der Korporal mußte – wie jeder andere – zumindest wissen, daß Illyan außer Dienst war, und wenn auch nur, weil man sie informiert haben mußte, daß Haroche jetzt ihr amtierender Chef war. »In der Klinik. Geben Sie mir einen Besucherausweis und lassen Sie mich bitte ein.«

»Das kann ich nicht, Mylord.«

»Natürlich können Sie das. Das ist Ihr Job. Wer ist heute der Offizier vom Dienst?«

»Major Jarlais, Mylord.«

»Gut, er kennt mich. Rufen Sie ihn zur Bestätigung an.«

Binnen weniger Minuten erschien Jarlais' Gesicht auf der Komkonsole. »Ja, was gibt's?«

Der Korporal erklärte Miles' Ansuchen.

»Ich glaube nicht, daß das möglich ist, Mylord«, sagte Jarlais unsicher zu Miles, der sich über die Schulter des anderen in den Aufnahmebereich des Vids beugte.

Miles seufzte. »Rufen Sie Ihren Boss… nein, verdammt, es dauert dreißig Minuten, bis ich mich durch die ganze Befehlskette hochgearbeitet habe. Übergehen wir die Herren in der Mitte, ja? Ich störe ihn nicht gerne, wenn er so beschäftigt ist, wie er heute morgen zweifellos ist, aber rufen Sie einfach General Haroche an.«

Jarlais widerstrebte es offensichtlich ebenso, seinen Vorgesetzten bei der Arbeit zu stören, aber einen Vor-Lord wegzuschicken war nicht leicht, und es war unmöglich, ihn zu ignorieren. Innerhalb von lediglich zehn Minuten drangen sie bis zu Haroches Komkonsole durch. Unter diesen Umständen eine Leistung, dachte Miles.

»Guten Morgen, General«, sagte Miles zu Haroches Bild auf der Vid-Scheibe des Korporals. »Ich bin gekommen, um Simon zu besuchen.«

»Unmöglich«, knurrte Haroche.

Miles Stimme wurde scharf. »*Unmöglich* ist es nur, wenn er tot ist. Ich glaube, Sie wollen sagen, daß Sie es nicht erlauben wollen. Warum nicht?«

Haroche zögerte. »Korporal, aktivieren Sie Ihren Schweigekegel und überlassen Sie Ihren Platz an der Komkonsole bitte einen Augenblick Lord Vorkosigan.«

Der Mann glitt gehorsam zur Seite; der Sicherheitsgenerator über dem Stuhl vor der Konsole warf einen Schatten auf Miles und Haroches Abbild.

»Woher haben Sie davon erfahren?« wollte Haroche mißtrauisch wissen, sobald ihre Geheimhaltung gesichert war.

Miles zog die Augenbrauen hoch und schaltete ohne die geringste Unterbrechung in einen anderen Gang. »Ich habe mir Sorgen gemacht. Als Sie mich nach meinem Anruf bei Ihnen von vorgestern nicht zurückriefen und keine meiner anderen Anrufe beantworteten, habe ich schließlich Gregor angerufen.«

»Ach so«, erwiderte Haroche. Sein Mißtrauen löste sich in bloße Irritation auf.

*Das war knapp*, erkannte Miles. Falls Haroche Gregor noch keinen Bericht erstattet hatte, dann hätte Miles' Trick ein beträchtlicher Fehler sein können, der Galeni potentiell sehr schädlich hätte werden können. Lord Vorkosigan sollte lieber sorgfältig unbestimmt über den Zeitpunkt sein, da er angeblich mit dem Kaiser gesprochen habe, bis er es wirklich getan hätte. »Ich möchte Illyan besuchen.«

»Illyan wird Sie vielleicht nicht einmal erkennen können«, sagte Haroche nach einer langen Pause. »Er plappert geheimes Material, einen Meter pro Minute. Ich mußte ihm Wachen von höchster Sicherheitsstufe zuteilen.«

»Was also noch? Ich verfüge über eine Unbedenklichkeitsbescheinigung für die höchsten Sicherheitsstufen.« Verdammt, er *war* geheimes Material.

»Sicher nicht. Ihre Bescheinigung muß widerrufen worden sein, als Sie… entlassen wurden.«

»Überprüfen Sie das mal.« Ach, verdammt, Haroche hatte jetzt zu allen Dateien von Illyan Zugang; er konnte sich die ganze wahre Geschichte von Miles' Entlassung jederzeit ansehen, wenn er eine freie Minute hatte. Miles hoffte, Haroche hätte am Vortag noch nicht zu viele freie Minuten gehabt, die er solchen Erkundigungen widmen konnte.

Haroche warf Miles einen Blick aus zusammengekniffenen Augen zu, dann tippte er an seiner Komkonsole einen Code ein. »Ihre Unbedenklichkeitsbescheinigung ist noch gültig«, sagte er leicht überrascht.

»Da haben Sie's.«

»Illyan muß vergessen haben, sie zu ändern. Ist er schon damals verwirrt gewesen? Nun ja…« Seine Finger tippten weiter. »Hiermit widerrufe ich sie jetzt.«

*Das können Sie nicht tun!* Miles verkniff sich den Schrei der Empörung. Haroche konnte das ganz gewiß. Miles starrte ihn frustriert an. Was sollte er also tun? Aus dem Hauptquartier davonstürzen und wütend rufen: *Das werden wir ja sehen! Ich werde Sie bei meinem großen Bruder verpetzen!* Nein. Gregor war eine Karte, die er nur einmal spielen durfte, und das nur im äußersten Notfall. Er stieß Atem und Wut in einem sorgsam kontrollierten Seufzer aus. »General, Klugheit ist eine Sache, Paranoia, die Freund von Feind nicht unterscheiden kann, ist eine ganz andere.«

»Lord Vorkosigan«, erwiderte Haroche ebenso verkniffen. »Wir wissen noch nicht, worum es sich hier handelt. Ich habe nicht die *Zeit*, um heute morgen neugierige Zivilisten müßig zu unterhalten, ganz gleich, ob sie freundlich sind oder nicht. Was immer der Kaiser beschließt, Ihnen mitzuteilen, ist seine Sache. Meine einzige Pflicht besteht darin, ihm Bericht zu erstatten. Guten *Tag*!« Mit einem Prankenhieb brach er die Verbindung ab; der Schweigekegel verschwand, Miles befand sich wieder in der Vorhalle, und der Korporal starrte ihn ernst an.

*Das ist nicht gut ausgegangen.*

Nach seiner Rückkehr in das Palais Vorkosigan schloß er sich als erstes in sein Schlafzimmer ein und rief Gregor an. Es dauerte fünfundvierzig Minuten, bis er durchkam. Wenn es fünfundvierzig Stunden gedauert hätte, so hätte er genauso darauf beharrt.

»Gregor«, begann Miles ohne Einleitung, als das Gesicht seines Kaisers über der Vid-Scheibe erschien. »Was, zum Teufel, ist mit Illyan los?«

»Woher hast du davon erfahren?« fragte Gregor und wiederholte damit, ohne es zu wissen, Haroches Worte. Er sah besorgt aus.

Miles gab ihm eine Zusammenfassung von Illyans Anruf und seinem Anruf bei Haroche vor zwei Tagen. Galeni ließ er wieder aus dem Spiel. »Und was ist dann passiert? Offensichtlich ist etwas passiert.«

Gregor gab ihm eine kurze Zusammenfassung von Illyans Zusammenbruch, ohne die quälenden Details, die Galeni geschildert hatte. »Haroche hat ihn in die Klinik des KBS eingewiesen, was unter diesen Umständen sinnvoll ist.«

»Ja, ich habe heute morgen versucht, Illyan zu besuchen. Haroche wollte mich nicht zu ihm lassen.«

»Man kann alle Geräte oder Experten, die gebraucht werden, zu ihm bringen. Ich habe persönlich Mittel und Vollmachten für alles erteilt, was Haroche anfordern möchte.«

»Gregor, laß das mal einen Moment. Haroche wollte *mich* nicht hineinlassen. Um *Illyan* zu besuchen.«

In einer Geste der Frustration spreizte Gregor die Finger. »Miles, gönne dem Mann doch eine Pause. Er hat alle Hände voll zu tun, wo er doch plötzlich Illyans gesamte Pflichten übernehmen und seine eigene Abteilung der Verwaltung seines Stellvertreters übergeben mußte – gib ihm doch ein paar Tage Zeit, sich einzurichten, ohne ihn ständig mit dem Ellbogen zu stoßen, bitte. Wenn er sich wieder als Herr der Lage sieht, dann wird er sich gewiß entspannen. Du mußt zugeben, Simon wäre der erste, der bei so einem Notfall eine vorsichtige Vorgehensweise billigen würde.«

»Stimmt. Simon würde es vorziehen, in den Händen von Leuten sein, denen Sicherheit wirklich wichtig ist. Aber allmählich glaube ich, ich würde es vorziehen, wenn es Anzeichen gäbe, daß er in den Händen von Leuten ist, denen Simon Illyan wirklich wichtig ist.« Er erinnerte sich an den nachklingenden Alptraum seines eigenen Anfalls von Amnesie nach der Kryo-Wiederbelebung. Das war eine der schrecklichsten Phasen seines Lebens gewesen: so sehr seine Erinnerungen verloren zu haben, sich selbst… erlebte Illyan im Augenblick etwas Ähnliches? Oder etwas noch Groteskeres? Miles war unter Fremden verloren gewesen. Illyan schien unter Leuten verloren zu sein, die seine Freunde hätten sein sollen.

Miles seufzte. »In Ordnung. Ich lasse den armen Haroche in Ruhe. Gott weiß, ich beneide ihn nicht um seinen Job. Aber würdest du mich über die medizinischen Bulletins auf dem laufenden halten? Ich finde dies alles... so unerwartet entsetzlich.«

Gregor schaute ihn mitfühlend an. »Illyan war wirklich für dich ein Mentor, nicht wahr?«

»Auf seine eigene herbe und fordernde Weise schon. Es war eine ausgezeichnete Weise, im Rückblick gesehen. Aber davor... hat er meinem Vater dreißig Jahre lang gedient, mein ganzes Leben lang. Bis ich achtzehn war, hatte ich ihn ›Onkel Simon‹ genannt, bis ich zur Militärakademie zugelassen wurde. Von da an habe ich einfach ›Sir‹ zu ihm gesagt. Damals hatte er keine überlebenden Familienangehörigen mehr, und sein Job und – wie ich allmählich meine – dieser verdammte Chip in seinem Kopf haben jede Chance zunichte gemacht, sich eine neue Familie aufzubauen.«

»Ich wußte noch gar nicht, daß du ihn für eine Art Pflegevater gehalten hast, Miles.«

Miles hob die Schultern. »Auf jeden Fall für einen Pflegeonkel. Es ist... eine Familienangelegenheit. Und ich bin ein Vor.«

»Schön zu hören, daß du das zugibst«, murmelte Gregor. »Manchmal fragt man sich, ob du dir dieser Tatsache bewußt bist.«

Miles errötete. »Was ich Illyan schulde, gilt einem Mann, der irgendwo zwischen einem Pflegeonkel und einem Gefolgsmann der Familie steht... und ich bin im Augenblick der einzige Vorkosigan auf dem Planeten. Es kommt mir vor... nein, es *ist* meine Verantwortung.«

»Die Vorkosigans waren immer äußerst loyal«, räumte Gregor ein.

»Das wird so etwas wie eine Gewohnheit.«

Gregor seufzte. »Natürlich werde ich dich auf dem laufenden halten.«

»Einmal täglich? Haroche wird dir einmal täglich bei

deiner morgendlichen KBS-Besprechung ein Bulletin geben, das weiß ich.«

»Ja, Illyan und mein Morgenkaffee sind immer zusammen angekommen. Manchmal, wenn er persönlich kam, brachte er den Kaffee selbst. Ich habe es immer als höflichen Wink empfunden: *Setzen Sie sich auf und seien Sie aufmerksam!*«

Miles grinste. »Ja, das ist Illyan. Einmal täglich, ja?«

»Ja, gut. Hör mal, ich muß jetzt gehen.«

»Danke, Gregor.«

Der Kaiser brach die Verbindung ab.

Miles lehnte sich zurück. Er war teilweise zufriedengestellt. Er mußte den Ereignissen und den Menschen Zeit geben sich zu klären. Er dachte an seinen eigenen selbstzufriedenen Rat an Galeni von wegen Intuition gegen Beweis. Sein Intuitionsteufel konnte wieder in seine Schachtel zurückkehren – er stellte sich vor, wie er einen kleinen Gnom von Naismith-Gestalt in einen Koffer stopfte und den Deckel mit Gurten festzurrte. Und wie leise quengelnde und klopfende Geräusche aus dem Innern drangen… *Illyans Topagent bin ich nicht deshalb geworden, weil ich die Regeln besser befolgt habe als alle anderen.* Aber es war noch verdammt zu früh zu sagen: *An diesem Bild stimmt etwas nicht,* nicht einmal, es sehr laut zu denken.

Der KBS würde sich um seinen Mann kümmern. Das tat er immer. Und Miles würde sich nicht noch einmal öffentlich zum Narren machen. Er würde warten.

# KAPITEL 15

Die Woche zog sich hin. Die täglichen kurzen Berichte, die Gregor über Komkonsole schickte, schienen zuerst in Ordnung zu sein, aber als einer auf den anderen folgte und doch wenig Fortschritt zu spüren war, kam es Miles allmählich vor, als bewege sich der KBS aus Vorsicht in einem ausgesprochenen Schneckentempo. Er beschwerte sich darüber bei Gregor.

»Du bist immer ungeduldig, Miles«, erwiderte Gregor. »Nichts geht dir jemals schnell genug.«

»Illyan sollte nicht auf Ärzte warten müssen. Andere Leute müssen das vielleicht, aber nicht er. Ist man noch zu keinem Schluß gekommen?«

»Schlaganfall hat man ausgeschlossen.«

»Schlaganfall hat man schon am ersten Tag ausgeschlossen. Was dann? Was ist mit dem Chip?«

»Anscheinend gibt es Anzeichen für einen Schaden am Chip.«

»Das haben wir auch schon vermutet. Welcher Art? Wann? Wie? Warum? Was, zum Teufel, tun sie die ganze Zeit dort drinnen?«

»Sie arbeiten noch daran, andere neurologische Probleme auszuschließen. Und psychologische. Anscheinend ist es nicht einfach.«

Miles kauerte nörglerisch vor der Komkonsole. »Die Idee einer iatrogenen Psychose kaufe ich denen nicht ab. Er hat diesen Chip zu lange gehabt, ohne daß bisher derartige Probleme aufgetreten sind.«

»Tja... das scheint genau der Punkt zu sein. Illyan

trägt diesen besonderen neuralen Zusatz schon länger – und zwar im Einsatz –, als jeder andere Mensch vor ihm. Es gibt keine Vergleichsmaßstäbe. Er ist der erste seiner Art. Niemand weiß, was fünfunddreißig Jahre kumuliertes künstliches Gedächtnis einer Persönlichkeit zufügen. Vielleicht finden wir es heraus.«

»Ich meine immer noch, daß wir es schneller herausfinden sollten.«

»Sie tun alles, was sie können, Miles. Du wirst einfach warten müssen, wie wir auch.«

»Ja, ja…«

Gregor brach die Verbindung ab; Miles starrte blind auf den leeren Raum über der Vid-Scheibe. Das Problem mit Informationen in Resümees war, daß sie immer so nebulös waren. Der Teufel steckte im Detail, in den Rohdaten; darin eingebettet lagen all die winzigen Hinweise, die den Intuitionsteufel nährten, bis er stark und dick wurde und manchmal zu einer wirklichen Theorie heranwuchs, oder sogar zu einem Beweis. Miles war mindestens drei Schichten von der Wirklichkeit entfernt; die Ärzte des KBS faßten sie für Haroche zu einem Resümee zusammen, der es für Gregor aufkochte, und der wiederum filterte es für Miles. In der abgeklärten Brühe, die dabei herauskam, waren aber nicht mehr genug Fakten enthalten, um sich eine Meinung zu bilden.

Am folgenden Morgen kehrte Lady Alys Vorpatril von ihrer offiziellen Reise nach Komarr zurück; am gleichen Nachmittag rief sie Miles per Komkonsole an. Er machte sich auf die Wucht der über ihn hereinbrechenden gesellschaftlichen Pflichten gefaßt; eine unterdrückte innere Stimme rief *Vorsicht! Attacke!* und warf sich nutzlos in Deckung. Der innere Schweinehund würde einfach an den Fersen wieder herausgeschleift und aufgestellt werden müssen, um auf ihren Befehl hin loszumarschieren.

Doch statt dessen waren ihre ersten Worte: »Miles, wie lange weißt du schon von dem schrecklichen Unfug, der mit Simon getrieben wird?«

»Äh… ein paar Wochen.«

»Ist keinem von euch drei jungen Flegeln schon einmal der Gedanke gekommen, daß *ich* darüber gerne informiert werden würde?«

Junge Flegel – Ivan, Miles und… Gregor? Sie mußte wirklich erregt sein.

»Es gab nichts, was du tun könntest. Du warst auf halbem Weg nach Komarr. Und du hattest schon eine Aufgabe von höchster Priorität. Aber nein, ich gestehe, ich habe nicht daran gedacht.«

»Narren«, keuchte sie. Ihre braunen Augen glühten.

»Hm… wie ist es übrigens gegangen? Auf Komarr.«

»Nicht übermäßig gut. Laisa Eltern sind ziemlich aufgeregt. Ich habe getan, was ich konnte, um ihre Ängste zu beschwichtigen, in Anbetracht der Tatsache, daß ich einige ihrer Sorgen für sehr begründet halte. Ich habe deine Mutter gebeten, auf ihrer Heimreise dort haltzumachen und etwas ausführlicher mit ihnen zu reden.«

»Mutter ist auf der Heimreise?«

»Bald, hoffe ich.«

»Äh… bist du dir sicher, daß meine Mutter die beste Person für diese Aufgabe ist? Sie kann mit ihrer Meinung über Barrayar schrecklich offen sein. Und sie ist nicht immer sehr diplomatisch.«

»Nein, aber sie ist absolut ehrlich. Und sie hat diesen eigenartigen Trick, mit dem sie die fremdartigsten Dinge vollkommen vernünftig erscheinen läßt, zumindest solange man mit ihr spricht. Leute stimmen am Ende mit ihr überein und wundern sich dann den ganzen folgenden Monat, wie es dazu gekommen ist.

Ich habe auf jeden Fall alle gebührenden Formalitäten und Pflichten als Gregors Baba erfüllt.«

»Also… findet Gregors Hochzeit statt oder nicht?«

»Oh, sie findet statt, natürlich. Aber es gibt einen Unterschied zwischen Dingen, die in einem Durcheinander stattfinden, und solchen, die hervorragend abgewickelt werden. Da es genug Spannungen geben wird, die ich nicht glätten kann, habe ich nicht die Absicht, noch solche herrschen zu lassen, die ich beseitigen kann. Guter Wille wird sehr gefragt sein.« Sie runzelte heftig die Stirn. »Da ich gerade von gutem Willen – oder dessen Fehlen – spreche: man hat mir gesagt, daß Simon sich in der Klinik im KBS-Hauptquartier befindet, also bin ich *natürlich* sofort hingegangen, um ihn zu besuchen. Dieser Idiot von einem General – wie heißt er noch mal? – wollte mich nicht zu ihm lassen!«

»Haroche?« fragte Miles.

»Ja, so heißt er. Kein Vor, der Kerl, und das sieht man. Miles, kannst du nicht etwas tun?«

»Ich?! Ich habe doch keinerlei Autorität.«

»Aber du hast mit diesen, diesen, diesen… *Männern* jahrelang zusammengearbeitet. Du verstehst sie vermutlich.«

*Ich bin der KBS,* hatte er einmal zu Elli Quinn gesagt. Er war sehr stolz gewesen, daß er sich mit dieser mächtigen Organisation identifizieren konnte, als sei er mit ihr verschmolzen, um eine Art höherer Cyborg zu bilden. Tja, jetzt war er vom KBS amputiert, und der schien ohne ihn in vollkommener Gleichgültigkeit dahinzustampfen. »Ich arbeite nicht mehr für sie. Leutnants geben Generälen keine Befehle, nicht einmal Vor-Leutnants. Haroche würde mich auch nicht zu Simon lassen. Ich glaube, du mußt mit Gregor reden.«

»Das habe ich gerade getan. Er gab sich in der ganzen Sache zum Verrücktwerden wischiwaschi.«

»Vielleicht wollte er dir keinen Kummer bereiten. Wie ich gehört habe, ist Illyan im Augenblick in einem ziemlich beunruhigenden Geisteszustand, er erkennt die Leute nicht und so weiter.«

»Nun, wie kann er das, wenn keiner von denen, die er kennt, ihn besuchen darf?«

»Hm. Ein gutes Argument. Schau, ich habe nicht vor, Haroche dir gegenüber zu verteidigen. Ich bin selbst über ihn ziemlich verärgert.«

»Nicht verärgert genug«, versetzte Lady Alys. »Haroche hatte tatsächlich den Nerv mir zu sagen – *ausgerechnet mir!* –, das es kein Anblick für eine Dame sei. Ich fragte ihn, was *er* denn während des Kriegs gegen den Usurpator Vordarian getan habe.« Ihre Stimme wurde zu einem Zischen – Miles traute seinem Ohr nicht ganz, aber er dachte, er habe unterdrückte Kasernenhofausdrücke mitbekommen. »Ich kann verstehen, daß Gregor meint, er müsse vielleicht noch lange Zeit mit Haroche zusammenarbeiten. Er sagte es natürlich nicht mit so vielen Worten, aber ich glaube, Haroche hat Gregor überzeugt, daß sein Status als amtierender Chef des KBS zu neu und zu fragil ist, um Einmischungen von so gefährlich unbefugten – und weiblichen – Personen wie mir zu vertragen. *Simon* hatte nie solche Bedenken. Ich wünschte, Cordelia wäre hier. Sie war immer besser darin, Macho-Gefasel abzuwürgen.«

»Sozusagen«, erwiderte Miles und dachte an Vordarians Schicksal durch die Hand seiner Mutter. Aber Lady Alys hatte völlig recht: Illyan hatte sie immer als ein geschätztes, wenn auch andersartiges, Mitglied des Teams zu Gregors Rückendeckung behandelt. Haroches neue und strikte professionelle Ordnung mußte für sie wie ein Schock gekommen sein. »Haroche ist in einer ausgezeichneten Position, um Gregor zu überreden«, fuhr Miles fort. »Er kontrolliert seinen gesamten

Informationsfluß.« Allerdings konnte man das keine Veränderung des Verfahrens nennen; es war immer so gewesen, aber solange Illyan der Schleusenwärter gewesen war, hatte es Miles nie beunruhigt.

Alys' dunkle Brauen zuckten; sie äußerte sich nicht zu dieser Feststellung. Unter ihrer nachdenklich gerunzelten Stirn wuchs das Schweigen… spürbar.

Um das Unbehagen zu durchbrechen, das seine unbedachtsamen Worte ausgelöst hatten, sagte Miles leichthin: »Du könntest in Streik treten. Keine Hochzeit, bis Gregor Haroche den Arm für dich herumdreht.«

»Wenn nicht etwas Vernünftiges geschieht, und zwar bald, dann könnte ich das durchaus tun.«

»Das habe ich nur als Scherz gemeint«, sagte Miles hastig.

»Ich nicht.« Sie nickte ihm kurz zu und schaltete ab.

Kurz nach Tagesanbruch am nächsten Morgen schüttelte Martin Miles vorsichtig wach.

»Äh… Mylord? Unten wartet ein Besucher auf Sie.«

»Zu nachtschlafender Zeit?« Miles rieb sich sein verschlafenes Gesicht und gähnte. »Wer?«

»Er sagt, sein Name sei Leutnant Vorberg. Vermutlich wieder einer Ihrer Kumpel vom KBS.«

»Vorberg?« Miles blinzelte. »Hier? Jetzt? Warum?«

»Er möchte mit Ihnen sprechen, deshalb sollten Sie ihn lieber selber fragen.«

»Ganz recht, Martin. Äh… Sie haben ihn nicht auf der Türschwelle stehen lassen, oder?«

»Nein, ich habe ihn in den großen Raum auf der Ostseite des Erdgeschosses geführt.«

»In den Zweiten Empfangssalon. Das ist gut. Sagen Sie ihm, ich bin in einer Minute unten. Machen Sie etwas Kaffee. Bringen Sie ihn auf einem Tablett mit zwei Tassen und den üblichen Zutaten. Falls in der

Küche noch etwas vom Gebäck oder Brot Ihrer Mutter übrig ist, dann legen Sie's in einen Korb und bringen es ebenfalls, in Ordnung? Gut.«

Miles' Neugier war geweckt. Er zog das erste Hemd und die erste Hose an, die ihm in die Hände kamen, und tappte barfuß zwei Fluchten der geschwungenen Vordertreppe hinab, dann wandte er sich nach rechts und durchquerte drei weitere Räume, bis er zum Zweiten Empfangssalon gelangte. Martin hatte von einem Stuhl für den Gast die Abdeckung abgezogen und sie als weißen Haufen auf dem Boden liegen lassen. Finger aus Sonnenlicht tasteten sich durch die schweren Vorhänge und ließen so den Schatten, in dem Vorberg saß, irgendwie dichter erscheinen. Der Leutnant trug die grüne Interimsuniform, doch sein Gesicht wirkte von zarten Bartstoppeln grau. Mit gerunzelter Stirn schaute er Miles müde an.

»Guten Morgen, Vorberg«, sagte Miles mit vorsichtiger Höflichkeit. »Was bringt Sie so früh am Tag ins Palais Vorkosigan?«

»Für mich ist es spät am Tag«, erwiderte Vorberg. »Ich komme gerade von der Nachtschicht.« Er senkte die Augenbrauen.

»Man hat für Sie einen Job gefunden, oder?«

»Ja. Ich bin Zugführer der Nachtschicht von der Sicherheitswache in der KBS-Klinik.«

Miles setzte sich auf einen abgedeckten Stuhl. Plötzlich war er auch ohne Kaffee wach. *Vorberg* war einer von Illyans Wachen? Aber natürlich, als Kurier verfügte er schon über die Sicherheitseinstufung, die dafür nötig war. Er hatte nichts zu tun und konnte leicht für einen körperlich leichten, wenn auch mental anspruchsvollen Dienst abkommandiert werden. Und ... er war ein Außenseiter im HQ. Hatte dort keine engen alten Freunde, mit denen er schwatzen würde. Miles bemühte sich um einen ruhigen, neutralen Ton. »So? Was ist los?«

Vorbergs Stimme wurde angespannt, fast zornig. »Ich glaube, es sind schlechte Manieren Ihrerseits, Vorkosigan. Fast kleinlich, unter den Umständen. Illyan war viele Jahre der Mann Ihres Vaters. Ich habe Ihnen die Nachricht mindestens viermal geschickt. Warum sind Sie nicht gekommen?«

Miles saß ganz still. »Verzeihen Sie, ich glaube, mir ist da die erste Hälfte von etwas entgangen. Was… äh… könnten Sie mir bitte *genau* sagen, was dort los ist? Wie lange haben Sie schon diesen Dienst?«

»Seit der ersten Nacht, als man ihn einlieferte. Er war ziemlich schlimm. Wenn er nicht sediert ist, dann brabbelt er. Wenn man ihn sediert hat, nachdem er wieder aggressiv gewesen ist, dann brabbelt er immer noch, aber man kann nicht verstehen, was er redet. Die Ärzte lassen ihn fast die ganze Zeit eingesperrt. Es ist, als würde er in seinen Gedanken durch die Geschichte wandern, aber von Zeit zu Zeit scheint er in die Gegenwart durchzustoßen. Und dann fragt er nach Ihnen. Zuerst dachte ich, er wolle Ihren Vater, den Grafen, sprechen, aber es geht zweifellos um Sie. *Miles,* sagt er, und: *Bringen Sie den idiotischen Burschen her*, und: *Haben Sie ihn noch nicht gefunden, Vorberg? Sie können doch den hyperaktiven kleinen Mistkerl nicht verfehlen.* Tut mir leid«, fügte Vorberg nachträglich hinzu, »genau das hat er gesagt.«

»Ich erkenne seinen Stil«, flüsterte Miles. Dann räusperte er sich, und seine Stimme wurde stärker. »Es tut mir leid. Ich habe jetzt zum ersten Mal davon gehört.«

»Unmöglich. Ich habe es inzwischen vier oder fünf Nächte hintereinander in meinem Nachtbericht weitergegeben.«

Gregor hätte es nicht unterlassen, eine solche Meldung weiterzuleiten. Gregor hatte keine Ahnung davon. Die Zäsur war irgendwo anders in der Befehlskette oberhalb von Vorberg. *Das werden wir herausfinden. O ja, das werden wir.* »Welche Art medizinischer Behandlung bekommt er jetzt?«

»Ich weiß es nicht. Während meiner Schicht passiert nicht viel.«

»Vermutlich ist das… vernünftig.«

Sie verstummten beide, als Martin auf einem Backblech als behelfsmäßigem Tablett den Kaffee und die Brötchen brachte – *Notiz für Lektion Sechs in »Wie werde ich Butler«: Wie man die Servierutensilien findet* –, sich ein Brötchen schnappte, fröhlich grinste und wieder hinausspazierte. Vorberg blinzelte ob dieser seltsamen Art von Bedienung, aber er nippte dankbar an dem heißen Kaffee. Wieder runzelte er die Stirn, diesmal eher nachdenklich. »Tief in der Nacht habe ich von dem Mann eine Menge seltsamer Dinge gehört. Wenn die Beruhigungsmittel in ihrer Wirkung nachlassen, aber er noch nicht wieder… äh… laut wird und eine weitere Dosis verpaßt bekommt.«

»Ja, das kann ich mir vorstellen. Wissen Sie, warum Illyan nach mir fragt?«

»Nicht genau. Selbst in seinen helleren Augenblikken klingt es ziemlich durcheinander. Aber ich habe das verdammt unangenehme Gefühl, daß das Problem zur Hälfte bei mir liegt. Da ich den Hintergrund nicht kenne, kann ich nicht entschlüsseln, was eine vollkommen verständliche Aussage sein könnte. Aber ich habe mir zusammengereimt, daß Sie nie ein Kurier gewesen sind.«

»Nein. Verdeckte Operationen.« Ein Sonnenstrahl kroch über seine Armlehne und ließ den Kaffee in der dünnen Tasse, die Miles dort abgesetzt hatte, rot erglühen.

»Hochgradig verdeckte Operationen«, erwiderte Vorberg und betrachtete ihn zwischen Schatten und Sonnenstrahlen.

»Höchstgradig.«

»Ich verstehe nicht ganz, warum er Sie entlassen hat...«

»Ach«, Miles lächelte humorlos, »das muß ich Ihnen eines Tages wirklich erzählen. Das mit der Nadelgranate stimmt. Es ist bloß noch nicht alles.«

»Zeitweise scheint er nicht zu wissen, daß er Sie entlassen hat. Doch dann weiß er es wieder. Und selbst dann fragt er immer noch nach Ihnen.«

»Haben Sie das jemals direkt an General Haroche gemeldet?«

»Ja, zweimal.«

»Was hat er gesagt?«

*»Danke, Leutnant Vorberg.«*

»Ich verstehe.«

»Ich nicht.«

»Nun... ich auch nicht ganz. Aber jetzt glaube ich, ich kann es herausfinden. Ach... ich glaube, vielleicht sollte dieses Gespräch besser nicht stattgefunden haben.«

Vorbergs Augen verengten sich. »So?«

»Das Gespräch, das wir auf den Stufen vor der Residenz hatten, wird statt dessen genügen – falls jemand fragt.«

»Nanu? Und was sind Sie eigentlich für die Dendarii-Söldner, Vorkosigan?«

»Jetzt nichts mehr.«

»Na ja... ihr Burschen von den Verdeckten Operationen wart immer die schlimmste Bande von Wieseln, der ich je begegnet bin, und so weiß ich selbst jetzt nicht, ob ich Ihnen trauen soll, aber wenn Sie mit mir ehrlich sind... Ich bin um der Vor willen froh, daß Sie den Lehnsmann Ihres Vaters nicht einfach haben fallenlassen. Es sind nicht mehr viele von uns übrig, denen genug daran liegt, um... ich weiß nicht, wie ich es ausdrücken soll.«

»Denen genug daran liegt, die Vor zu verwirklichen«, schlug Miles vor.

»Ja«, sagte Vorberg dankbar, »so stimmt's.«

»Verdammt richtig, Vorberg.«

Eine Stunde später schritt Miles im Morgengrauen durch den Seiteneingang des Hauptquartiers des KBS. Wolken wurden von Osten herangeweht und dämpften das Versprechen der frühen Sonne; Miles roch Regen in der Luft. Die granitenen Dämonen schauten trüb und mürrisch in das schattenlose Licht. Das Gebäude über ihnen ragte groß und verschlossen und massiv empor. Und häßlich.

Haroches erstes Anliegen war gewesen, Wachen mit der höchsten Sicherheitsstufe um Illyan zu postieren. Kein Wort von den *Ärzten* mit der höchsten Sicherheitsstufe, oder *Sanitätern*, oder – was Gott verhüten möge – *die bestmöglichen Experten, ob mit sicherheitsrelevanter Unbedenklichkeitsbescheinigung oder nicht*. Er behandelte Illyan nicht so sehr als Patient wie als Gefangenen. Ein Gefangener seiner eigenen Organisation – wußte Illyan die Ironie zu schätzen? Vermutlich nicht.

War also Haroche von Natur aus paranoid und dumm, oder war er nur aufgrund seiner neuen Verantwortlichkeiten vorübergehend in Panik geraten? Wenn er dumm gewesen wäre, hätte Haroche seine derzeitige Position nicht erreichen können, aber seine neue und komplizierte Aufgabe war ihm plötzlich und überraschend in den Schoß gefallen. Haroche hatte seine Karriere als Militärpolizist beim Sicherheitsdienst der Streitkräfte begonnen. Als Assistent in der Abteilung H.A. und später deren Chef war er großenteils an der Nahtstelle nach unten und innen tätig gewesen und hatte mit kalkulierbaren militärischen Untergebenen zu tun gehabt. Illyan war das Gesicht des KBS nach oben und außen gewesen und hatte sich geschmeidig mit dem Kaiser, den Vor-Lords und all den ungeschriebenen und manchmal nicht anerkannten Regeln des idiosynkratischen Vor-Systems beschäftigt. Illyans Umgang mit Alys Vorpatril zum Beispiel war geschickt und brillant gewesen und hatte ihm einen weit offenen Informationskanal zur privaten Seite der Vor-Gesellschaft in der Hauptstadt geboten, der sich mehr als einmal als enorm wertvolle Ergänzung der mehr offiziellen Beziehungen erwiesen hatte. Bei seiner ersten Begegnung mit ihr hatte Haroche diese potentielle Verbündete tief beleidigt, als bedeute die Tatsache ihres Fehlens auf dem Organogramm der Regierung, daß ihre Macht nicht existierte. Ein dicker Punkt für die Hypothese von der Dummheit.

Doch was die Paranoia anging – da mußte Miles zugeben: Illyans Kopf war mit den heißesten Geheimnissen Barrayars aus den letzten dreißig Jahren so vollgestopft, daß es fast einem Wunder gleichkam, daß er nicht schon längst geschmolzen war. Man konnte ihn nicht auf der Straße herumwandern lassen, wenn er nicht wußte, welches Jahr man schrieb. Haroches Vorsicht war eigentlich lobenswert, aber sie hätte noch einen Anflug von… *was*? haben sollen. Respekt? Höflichkeit? *Trauer*?

Miles holte Luft und marschierte durch die Tür. Martin, der ungewöhnliches Glück gehabt und ganz in der Nähe einen ausreichend großen Parkplatz für den gepanzerten Bodenwagen des Grafen gefunden hatte, folgte ihm unsicher, trotz seiner familiären Beziehung sichtlich eingeschüchtert von dem düsteren Gebäude. Miles pflanzte sich vor dem Sicherheitsschalter auf und blickte den Korporal finster an, denselben Burschen, der auch vergangene Woche Dienst gehabt hatte.

»Guten Morgen, hier bin ich wieder. Ich möchte Simon Illyan besuchen.«

»Äh…« Der Mann tippte etwas in seine Komkonsole ein. »Sie stehen immer noch nicht auf meiner Namensliste, Lord Vorkosigan.«

»Nein, aber ich stehe vor Ihrer Tür. Und ich habe vor, hier stehenzubleiben, bis sich etwas tut. Rufen Sie Ihren Chef.«

Der Korporal zögerte, gab dann aber nach und überließ jemand anderem mit höherem Rang die Machtprobe mit einem Vor-Lord, selbst wenn es sich um einen so kleinen und merkwürdigen wie Miles handelte. Sie blieben kurz auf der Ebene von Haroches, früher Illyans, Sekretär hängen, aber Miles vertrieb schließlich den Korporal von seinem Stuhl und kämpfte sich zu Haroche persönlich durch.

»Guten Morgen, General. Ich bin hier, um Illyan zu besuchen.«

»Schon wieder? Ich dachte, ich hätte das geregelt. Illyan ist nicht in der Verfassung für gesellschaftlichen Verkehr.«

»Das habe ich auch nicht angenommen. Ich ersuche Zugang, um ihn zu besuchen.«

»Ersuchen abgelehnt.« Haroche hob die Hand, um die Verbindung abzubrechen.

Miles zügelte sein Temperament und versuchte sanfte Worte und wieselhafte Argumente aufzubieten. Er war willens, den ganzen Tag zu reden, bis er sich in Illyans Krankenzimmer geredet hätte. Nein, keine sanften Worte – Haroche zog die rauhbeinige Methode vor, so sehr er auch seine eigene Redeweise beflissen dem Standard der Oberklasse von Vorbarr Sultana anglich. »Haroche! Reden Sie mit mir! Das wird allmählich hanebüchen! Was, zum Teufel, geht da drinnen vor, daß Ihnen die Haare am Allerwertesten so zu Berge stehen? Ich versuche zu helfen, verdammt noch mal!«

Einen Moment lang schienen die Falten aus Haroches Stirn zu verschwinden, doch dann verhärtete sich sein Gesicht aufs neue. »Vorkosigan, Sie haben hier nichts zu suchen. Bitte entfernen Sie sich.«

»Nein.«

»Dann werde ich Sie entfernen lassen!«

»Dann werde ich wiederkommen.«

Haroche preßte die Lippen zusammen. »Vermutlich kann ich Sie nicht erschießen lassen, wenn ich in Betracht ziehe, wer Ihr Vater ist. Und außerdem ist es ja bekannt, daß Sie… mentale Probleme haben. Aber wenn Sie uns hier weiter auf die Nerven fallen, dann lasse ich Sie vielleicht verhaften.«

»Aufgrund welcher Beschuldigung?«

»Unbefugter Aufenthalt in einem Sperrbereich allein ist schon ein Jahr Haft wert. Vermutlich könnte ich auch noch andere Dinge anbringen. Ziemlich sicher Widerstand gegen die Staatsgewalt. Aber ich würde nicht zögern, Sie betäuben zu lassen.«

*Das würde er nicht wagen.* »Wie oft?«

»Wie oft wollen Sie es notwendig machen?«

»Sie können selbst barfuß nicht weiter als bis zweiundzwanzig zählen, Haroche«, sagte Miles mit zusammengebissenen Zähnen. Anzudeuten, daß jemand zusätzliche Finger oder Zehen hatte, war auf diesem von Mutationen heimgesuchten Planeten eine ernste Beleidigung. Martin wie auch der lauschende Korporal beobachteten mit zunehmender Beunruhigung, wie die Temperatur dieses Wortwechsels anstieg.

Haroches Gesicht lief rot an. »Jetzt reicht's! Illyan war bescheuert, Sie bloß zu entlassen – ich hätte Sie vors Militärgericht gebracht. Hauen Sie aus meinem Gebäude ab!«

»Erst wenn ich Illyan besucht habe.«

Haroche unterbrach die Verbindung.

Etwa eine Minute später kamen zwei bewaffnete

Unteroffiziere um die Ecke und marschierten auf Miles zu, der gerade dem Korporal zusetzte, er solle es noch einmal bei Haroches Sekretär versuchen. *Verdammt, er würde es doch nicht wagen – oder…?*

Er würde. Ohne Vorrede nahm jede Wache einen von Miles' Armen und begann ihn in Richtung Tür zu drängen. Dabei war es ihnen gleich, ob seine Zehenspitzen den Boden berührten oder nicht. Martin folgte ihnen wie ein aufgeregter Welpe, der nicht wußte, ob er bellen oder beißen sollte. Durch die Tür. Durch das äußere Tor. Dann setzten sie ihn auf dem Gehsteig vor der Umfassungsmauer ab und stellten ihn gerade noch auf die Beine.

Der eine Unteroffizier sagte zu den Torwachen: »General Haroche hat gerade den direkten Befehl gegeben, daß dieser Mann betäubt werden soll, falls er noch einmal versucht, das Gebäude zu betreten.«

»Jawohl, Sir.« Der ranghöhere Wächter salutierte und starrte Miles unbehaglich an. Mit knallrotem Gesicht würgte Miles nach Atem gegen die Erniedrigung und Wut, die seine Brust einschnürte. Die Unteroffiziere drehten sich auf dem Absatz um und marschierten wieder ins Gebäude.

Auf der anderen Seite der Straße war ein ziemlich kahler schmaler Park mit Bänken, von denen aus man die berüchtigte Architektur des KBS-Hauptquartiers betrachten konnte. Im zunehmenden kalten Nebel standen sie jetzt leer. Zitternd ging Miles zu einer hinüber, setzte sich und starrte auf das Gebäude, das ihm zum zweiten Mal eine Niederlage zugefügt hatte. Martin folgte ihm unsicher, setzte sich vorsichtig ans andere Ende und wartete auf Befehle. Er wagte nicht zu sprechen.

Wilde Visionen einer Kommandoaktion nach Art verdeckter Operationen à la Naismith schwirrten Miles durch den Kopf. Er stellte sich vor, wie er als Anführer grauuniformierter Söldner im Stil der Ninja über die Mauer des Hauptquartiers stürmte… Blödsinn. Er würde sich dabei wirklich niederschießen lassen, nicht wahr? Er schnaubte verächtlich. Illyan war ein Gefangener, der sich außerhalb Naismiths Reichweite befand.

*Wie kann Haroche es wagen, mich zu bedrohen*, hatte Miles innerlich getobt. Zum Teufel, warum sollte Haroche es nicht wagen? Ganz verrückt danach, nur nach seinen eigenen vermeintlichen Verdiensten beurteilt zu werden, hatte Miles die letzten dreizehn Jahre damit zugebracht, Lord Vorkosigan seines Kerns zu berauben. Er hatte gewollt, als er selbst gesehen zu werden, nicht als der Sohn seines Vaters oder der Enkel seines Großvaters oder der Nachkomme eines anderen Vorkosigan aus elf Generationen. Da er sich so große Mühe gegeben hatte, war es nicht verwunderlich, daß es ihm gelungen war, alle – sogar sich selbst – zu überzeugen, daß Lord Vorkosigan nicht… zählte.

Naismith war davon besessen, unter allen Umständen zu gewinnen, und davon, daß man sah, daß er gewonnen hatte.

Doch Vorkosigan… Vorkosigan konnte nicht kapitulieren.

Das war nicht ganz dasselbe, oder?

Die Unfähigkeit zur Kapitulation war eine Familientradition. Im Laufe der Geschichte waren Lords aus dem Hause Vorkosigan erstochen, erschossen, ertränkt, totgetrampelt und bei lebendigem Leibe verbrannt worden. Erst in jüngster Zeit und auf spektakulärste Weise war einer fast in zwei Teile gerissen, dann schnellgefroren, aufgetaut, zusammengenäht und fortgestoßen worden, um erneut verwirrt seines Weges zu torkeln. Miles fragte sich, ob die legendäre Halsstarrigkeit der Vorkosigans nicht teilweise einfach Zufall war; ob Glück oder Pech konnte er nicht sagen. Vielleicht hatten ein paar wirklich versucht zu kapitulieren, aber ihre Chance verpaßt, wie in der Geschichte von dem General, dessen letzten Worte gewesen sein sollen: *Keine Angst, Leutnant, auf diese Entfernung kann uns der Feind unmöglich tref...*

Es gab einen Witz über den Dendarii-Distrikt, daß dessen Bewohner sich schon hatten ergeben wollen, doch es fand sich niemand, der genug lesen konnte, um das Amnestieangebot der Cetagandaner zu entziffern, und so kämpften sie weiter bis zu einem Sieg, der sie verblüffte. *In mir steckt mehr von einem Bergbewohner, als ich gedacht hatte.* Aber diesen Verdacht hätte er schon über einen Mann hegen sollen, der insgeheim den Geschmack von Ahornmet *mochte.*

Naismith konnte nachweisbar Vorkosigan umbringen lassen. Er konnte von dem kleinen Lord jeden positive menschlichen Zug abtragen, bis nur das bloße, nackte Dendarii-Grundgestein übrig blieb, kalt und steril. Naismith hatte seine Energie vergeudet, ihm Zeit, Nerven und Geist geraubt, das Volumen seiner Stimme genommen und ihm sogar die Sexualität gestohlen. Doch an diesem Punkt konnte nicht einmal Naismith weitergehen. Ein Bergbewohner, so stumm wie ein Felsen, wußte einfach nicht, wie man aufgab. *Ich bin der Mann, dem Vorkosigan Vashnoi gehört.*

Miles warf den Kopf zurück und lachte. Er schmeckte den metallischen Beigeschmack des nebeligen Regens, der in seinen offenen Mund nieselte.

»Mylord?« fragte Martin unbehaglich.

Miles räusperte sich und versuchte, sich das seltsame Lächeln aus dem Gesicht zu wischen. »Entschuldigung. Ich habe gerade herausgefunden, warum ich meinen Kopf noch nicht habe behandeln lassen.« Und er hatte gedacht, *Naismith* sei der Listige. Vorkosigans Letzter Widerstand, wie? »Es kam mir komisch vor.« Lustig, genaugenommen. Er stand auf und unterdrückte ein weiteres Kichern.

»Sie versuchen nicht noch einmal dort hineinzugehen, oder?« fragte Martin beunruhigt.

»Nein. Nicht direkt. Zuerst einmal nach Palais Vorkosigan. Nach Hause, Martin.«

Miles duschte erneut, um den Regen und den Ruß der Stadt abzuwaschen, vor allem aber, um den unangenehmen Geruch der Schande loszuwerden, der ihm noch anhaftete. Ihm fiel auch die Sitte der Landsleute seiner Mutter bezüglich der Taufe ein. Ein Handtuch um die Leibesmitte geschlungen durchsuchte er verschiedene Schränke und Schubladen, um seine Kleidung zur Durchsicht zurechtzulegen.

Seit einigen Jahren hatte er seine Uniform des Hauses Vorkosigan nicht mehr getragen, nicht einmal zu Kaisers Geburtstag oder zu den Winterfestbällen. Er hatte sie zugunsten des – wie ihm schien – höheren Status echter kaiserlicher Militäruniformen, der grünen Ausgehuniform oder der rot-blauen Paradeuniform, abgelegt. Er breitete das braune Tuch auf sein Bett aus, so leer wie die abgestreifte Haut einer Schlange. Er inspizierte die Säume und das silbern gestickte Zeichen der Vorkosigans an Kragen, auf den Schultern und an den Ärmeln, ob sie abgetragen oder beschädigt waren, aber ein gewissenhafter Diener hatte alles sauber und abgedeckt verstaut, und die Uniform war in einem ausgezeichneten Zustand. Die dunkelbrauen Stiefel, die er aus ihrem schützenden Beutel gezogen hatte, glänzten noch spiegelglatt.

Grafen und deren Erben, die sich ehrenhaft aus dem aktiveren kaiserlichen Dienst zurückgezogen hatten, durften nach alter Sitte ihre militärischen Auszeichnungen auf den Uniformen ihres Hauses tragen, in Anerkennung des offiziellen und historischen Status der Vor als – wie lautete noch einmal die verrückte Formulierung? –: »Die Muskeln des Kaiserreichs, des Kaisers Rechter Arm.« Niemand hat sie jemals das Gehirn des Kaiserreichs genannt, bemerkte Miles trocken. Wie kam es dann, daß niemand jemals für sich in Anspruch genommen hatte, etwa die Gallenblase des Kaiserreichs oder die Bauchspeicheldrüse des Kaisers zu sein? Einige Metaphern sollte man lieber nicht näher untersuchen.

Miles hatte noch kein einziges Mal alle seine angesammelten Ehrenzeichen auf einmal getragen, zum Teil, weil vier Fünftel davon sich auf geheime Aktivitäten bezogen, und welchen Spaß machte schon eine Auszeichnung, über die man keine gute Geschichte erzählen konnte, und zum Teil, weil... warum? Weil sie Admiral Naismith gehört hatten?

Zeremoniell ordnete er sie alle in der korrekten Reihenfolge auf der braunen Jacke an. Die Abzeichen für Pech, wie jenes, das Vorberg gerade dafür bekommen hatte, daß er verwundet worden war, füllten eine ganze Reihe aus, dazu noch teilweise eine zweite. Seine allererste Medaille stammte von der Regierung von Vervain. Sein jüngstes hohes Ehrenzeichen war ziemlich verspätet von den dankbaren Marilacanern per Sprungpost geschickt worden. Er hatte die verdeckten Operationen gemocht; sie hatten ihn an so *höchst* seltsame Orte geführt. Er legte nicht weniger als fünf barrayaranische Kaiserliche Sterne verschiedener Grade aus, deren Rangstufen mehr davon verrieten, wieviel Angstschweiß Illyan während der durch sie vertretenen Missionen zu Hause im Hauptquartier geschwitzt hatte, als davon, wieviel Blut Miles persönlich an der Front vergossen hatte. Bronze bedeutete, daß sich sein Befehlshaber die Nägel nur bis zum zweiten Fingerknöchel abgebissen, Gold, daß er bis zu den Handgelenken genagt hatte.

Miles zögerte, dann legte er das goldene Medaillon

des Cetagandanischen Verdienstordens an seinem bunten Band korrekt um den hohen Kragen des Jacke. Der Orden lag kühl und schwer in seiner Hand. Er war vielleicht einer der wenigen Soldaten in der ganzen Geschichte, der jemals von beiden Seiten im selben Krieg dekoriert worden war... allerdings, um der Wahrheit die Ehre zu geben, war der Verdienstorden später gekommen und eigentlich – zur Abwechslung einmal – Lord Vorkosigan verliehen worden, nicht dem kleinen Admiral.

Wenn alle Auszeichnungen so versammelt waren, dann war die Wirkung fast irre.

Da er alles in die kleinen geheimen Fächer aufgeteilt hatte, war er sich gar nicht bewußt gewesen, wieviel er schon angehäuft hatte, bis er alles wieder zusammensetzte. Nein, nicht wieder. Zum ersten Mal.

*Alles an die Front!* Mit einem grimmigen Lächeln befestigte er die Orden an der Uniformjacke. Er zog das weiße Seidenhemd an, das untendrunter kam, die silbern bestickten Hosenträger, die braunen Hosen mit den silbernen Paspeln an den Nähten, die glänzenden Reitstiefel. Zuletzt die schwere Jacke. Er band den Dolch seines Großvaters in der Cloisonné-Scheide und mit dem Siegel der Vorkosigan im juwelenbesetzten Heft am dazu passenden Gürtel um die Taille. Er kämmte sich das Haar und trat zurück, um sich zu betrachten, glitzernd im Spiegel.

*Wir passen uns den Eingeborenen an, was?* Die sarkastische Stimme wurde schwächer.

»Wenn du erwartest, eine Büchse mit Würmern zu öffnen«, er sprach zum ersten Mal laut, »dann solltest du dir die Mühe machen, einen Büchsenöffner einzupacken.«

Martin, der selbstvergessen mit einem Handprojektor las, blickte auf, als er Miles Stiefelschritte hörte, und mußte zu Miles' stiller Befriedigung zweimal hinschauen.

»Bringen Sie meinen Wagen zum vorderen Säulengang«, wies ihn Miles kühl an.

»Wohin fahren wir, Mylord?«

»Zur kaiserlichen Residenz. Ich habe eine Verabredung.«

# KAPITEL 16

Gregor empfing Miles in der friedlichen Ungestörtheit seines Büros im Nordflügel der Residenz. Er saß hinter seinem Komkonsolenpult, ging einige visuelle Displays durch und schaute erst auf, als der Haushofmeister Miles angekündigt und sich wieder zurückgezogen hatte. Er drückte eine Taste, das Holovid verschwand und gab den Blick auf den kleinen, glühenden, braununiformierten Mann frei, der ihm gegenüberstand.

»Schon gut, Miles, worum geht's – ach, du lieber Himmel.«

Überrascht richtete sich Gregor auf und zog seine Augenbrauen hoch, als er die Einzelheiten in sich aufzunehmen begann. »Ich glaube nicht, daß ich dich schon einmal habe mit *Absicht* den Vor-Lord spielen sehen.«

»In diesem Augenblick sollte mir die *Absicht* aus beiden Ohren dampfen«, erwiderte Miles. »Ich würde wetten«, früher war sein Schlagwort gewesen: *Ich würde meine silbernen Horusaugen wetten,* »und zwar alles, was du willst, daß der Schlamassel mit Illyan größer ist, als Haroche dir berichtet hat.«

»Seine Berichte sind notwendigerweise nur Resümees«, sagte Gregor zögernd.

»Aha, du hast es also auch gespürt, nicht wahr? Hat dir Haroche auch nur einmal mitgeteilt, daß Illyan verlangt hatte, mich zu sehen?«

»Nein… hat Illyan das? Und woher weißt du es?«

»Ich habe es von einer – wie soll ich sagen? –, einer zuverlässigen anonymen Quelle.«

»Wie zuverlässig?«

»Mir vorzustellen, daß er mich mit einer falschen Geschichte hereinlegen würde, würde bedeuten, einem Mann, den ich für fast schmerzhaft ehrlich halte, eine nahezu barock verschnörkelte Denkweise zu unterstellen. Und dann gibt es da noch das Problem der Motivation. Also sagen wir einfach: praktisch zuverlässig genug.«

»So wie ich es verstehe, ist Illyan im Augenblick...«, sagte Gregor langsam, »nun, um offen zu sein, auf gefährliche Weise nicht ganz bei Sinnen. Er hatte eine Menge unmöglicher Dinge verlangt. Eine Sprungschiff-Attacke auf die Hegen-Nabe, um dort eine imaginäre Invasion zurückzuschlagen, wurde mir zum Beispiel berichtet.«

»Sie war einmal real. Du bist dabeigewesen.«

»Vor zehn Jahren. Wie weißt du, daß das Verlangen, dich zu sehen, nicht auch bloß Teil dieses halluzinatorischen Wahngeredes ist?«

»Genau das ist die Frage. Ich kann es nicht beurteilen, weil ich ihn nicht besuchen darf. Niemand darf ihn besuchen. Du hast von Lady Alys gehört?«

»Hm, ja.«

»Haroche hat mir bis jetzt zweimal den Zugang verweigert. Heute morgen hat er angedroht, er würde mich betäuben lassen, wenn ich ihm weiter auf die Nerven ginge.«

»Wie sehr bist du ihm auf die Nerven gegangen?«

»Du kannst sicherlich eine Kopie von Haroches Komkonsolenaufzeichnung unseres letzten Gespräches anfordern – ich würde es verlangen, wenn ich du wäre. Du würdest es vielleicht unterhaltsam finden. Aber Gregor – ich habe ein *Recht*, Illyan zu besuchen. Nicht als sein Ex-Untergebener, sondern als Sohn meines Vaters. Eine Vor-Verpflichtung, die die militärische Hierarchie des KBS völlig umgeht und durch eine andere

Tür hereinkommt. Zum Schrecken der Leute vom Sicherheitsdienst, aber das ist deren Problem. Ich habe den Verdacht… ich weiß nicht, was für einen Verdacht ich habe. Aber ich kann nicht stillsitzen, bis ich es herausgefunden habe.«

»Glaubst du, daß da irgend etwas faul ist?«

»Nicht… notwendigerweise«, erwiderte Miles vorsichtig. »Aber Dummheit kann manchmal genauso schlimm sein wie Boshaftigkeit. Falls dieser Chip-Zusammenbruch so etwas ist wie meine Kryo-Amnesie, dann muß es für Illyan die Hölle sein. Sich selbst im eigenen Kopf zu verirren… ich bin damals so einsam gewesen wie noch nie in meinem Leben. Und niemand ist mich besuchen gekommen, bis Mark sich durchgekämpft hatte. Zumindest behandelt Haroche die Sache falsch, aufgrund von Nervosität und Unerfahrenheit, und man muß ihm sanft – oder vielleicht auch nicht so sanft – den Kopf zurechtrücken. Im schlimmsten Fall – daß es möglicherweise absichtliche Sabotage ist, muß dir doch auch schon durch den Kopf gegangen sein. Selbst wenn du darüber nicht viel mit mir geredet hast.«

Gregor räusperte sich. »Haroche hat mich gebeten, nicht mit dir zu reden.«

Miles zögerte. »Hat er endlich meine Personalakte gelesen, was?«

»Ich fürchte, ja. Haroche hat… strenge Maßstäbe für Loyalität.«

»Ja, nun… ich stelle ja nicht seine Maßstäbe für Loyalität in Frage. Sondern seine Urteilsfähigkeit. Ich möchte immer noch zu Illyan.«

»Um ihn zu besuchen? Das kann ich vermutlich anordnen. Meiner Einschätzung nach ist es an der Zeit.«

»Nein, mehr als das. Ich möchte jedes Fitzelchen Rohdaten durchgehen, das sich auf den Fall bezieht, medizinisch oder sonstwie. Ich möchte einen *Überblick* haben.«

»Das wird Haroche nicht gefallen.«

»Haroche wird vermutlich auf stur schalten. Und ich kann dich nicht alle Viertelstunden anrufen, damit du mir ständig Rückendeckung gibst. Ich brauche wirkliche Autorität. Ich möchte, daß du mir einen Kaiserlichen Auditor zuweist.«

»Was?!«

»Selbst der KBS muß sich einem Kaiserlichen Auditor beugen und ihm zu Diensten sein. Ein Auditor kann legalerweise *alles* beschlagnahmen, und alles, was Haroche oder sonst jemand tun kann, ist dagegen zu schäumen – und es herauszurücken. Ein Auditor spricht mit deiner Stimme. Auf ihn müssen sie hören. Du kannst nicht so tun, als sei dies nicht wichtig genug, um die Aufmerksamkeit eines Auditors zu rechtfertigen.«

»Nein, das stimmt, aber… wonach würdest du suchen?«

»Wenn ich es schon wüßte, müßte ich nicht mehr suchen. Ich weiß nur, daß an dieser Sache…« – er breitete die Hände aus – »irgend etwas merkwürdig ist. Die Gründe können sich als trivial erweisen. Oder nicht. Ich weiß es nicht. Ich muß es in Erfahrung bringen.«

»An welchen Auditor denkst du dabei?«

»Hm… kann ich Vorhovis haben.«

»Meinen Top-Mann.«

»Ich weiß. Ich denke, mit ihm könnte ich zusammenarbeiten.«

»Unglücklicherweise ist er unterwegs nach Komarr.«

»Oh, hoffentlich nichts Ernstes.«

»Eine Vorbeugungsmaßnahme. Ich habe ihn zusammen mit Lord und Lady Vorob'yev geschickt; er soll helfen, die Arrangements mit der komarranischen Oligarchie zur Ankündigung meiner bevorstehenden Eheschließung zu fördern. Er verfügt über beträchtliche diplomatische Talente.«

»Hm.« Miles zögerte. Er hatte wirklich an Vorhovis gedacht, als ihm dieser Gedanke gekommen war. »Vorlaisner, Valentine und Vorkalloner sind alle ein bißchen... konservativ.«

»Hast du Angst, sie würden Haroches Partei gegen dich ergreifen?«

»Hm.«

Gregors Augen funkelten. »Da gibt es immer noch General Vorparadijs.«

»O Gott, verschon mich mit dem.«

Gregor rieb sich nachdenklich am Kinn. »Ich sehe hier ein Problem voraus. Welchen Auditor auch immer ich dir zuweise, es besteht immer die fünfzigprozentige Chance, daß du am nächsten Morgen wieder hier bei mir auf der Matte stehst und einen weiteren verlangst, um den ersten unter Kontrolle zu halten. Du willst in Wirklichkeit keinen Auditor; du möchtest einen Schild in Gestalt eines Auditors haben, der dir den Rücken deckt, während du deine eigenen Untersuchungen vorantreibst.«

»Nun... ja. Ich weiß nicht. Vielleicht... vielleicht könnte ich schließlich doch etwas mit Vorparadijs anfangen.« Sein Mut sank, als er über diese Aussicht nachdachte.

»Ein Auditor ist nicht nur meine Stimme«, sagte Gregor. »Er ist mein Auge und auch mein Ohr, durchaus im ursprünglichen Sinn des Wortes. Mein Lauscher. Eine Sonde – allerdings gewiß kein Roboter –, die an Orte dringt, wohin ich nicht gehen kann, und mir unter einem absolut unabhängigen Blickwinkel berichtet. Du...« – Gregors Lippen deuteten ein Lächeln an, – »hast unter allen Leuten, denen ich bisher begegnet bin, den unabhängigsten Blickwinkel.«

Miles schien das Herz stehenzubleiben. Gewiß konnte Gregor doch nicht daran denken...

»Ich denke«, fuhr Gregor fort, »ich erspare mir viele

unnötige Schritte, wenn ich einfach *dich* zu einem amtierenden Kaiserlichen Auditor ernenne. Natürlich mit den üblichen weitgesteckten Grenzen der Machtbefugnisse eines Neunten Auditors; was immer du tust, muß zumindest irgendwie in Beziehung zu dem Ereignis stehen, mit dessen Untersuchung du beauftragt bist, in diesem Fall mit Illyans Zusammenbruch. Du kannst keine Hinrichtungen anordnen, und in dem unwahrscheinlichen Fall, daß du Verhaftungen verfügst... nun, da hätte ich es gern, wenn sie mit ausreichend Beweisen für eine erfolgreiche Strafverfolgung in Verbindung stünden. Man erwartet bei den Untersuchungen eines Kaiserlichen Auditors ein gewisses... hm... traditionelles Dekorum und gebotene Sorgfalt.«

»Alles, was es wert ist, getan zu werden«, zitierte Miles seine Mutter, die Gräfin Vorkosigan, »ist es wert, gut getan zu werden.« Er fragte sich, ob seine Augen anfingen zu glühen. Sie fühlten sich an wie glimmende Kohlen.

Gregor wußte, woher dieser Spruch stammte, und lächelte. »Ganz richtig.«

»Aber, Gregor – Haroche wird wissen, daß es sich dabei um eine Masche handelt.«

Gregors Stimme wurde leise. »Dann wird Haroche gefährlich im Irrtum sein. Ich war auch nicht glücklich über die Entwicklung, die die Dinge nahmen, aber ich habe nicht gewußt, was ich tun konnte, außer persönlich dort zu erscheinen. Jetzt weiß ich es. Zufrieden – Lord Vorkosigan?«

»Ach, Gregor. Du weißt überhaupt nicht, wie sehr. In den letzten dreizehn Jahren in der Befehlskette zu arbeiten war für mich, wie... wie wenn man versucht, mit einem Elefanten Walzer zu tanzen. Er ist langsam, schwerfällig, und jeden Augenblick kann er auf dich treten und dich zermatschen. Hast du eine Vorstellung, wie schön es wäre, *nur einmal* auf dem verdammten Elefanten zu tanzen, anstatt unter ihm?«

»Ich dachte, es würde dir gefallen.«

»Gefallen? Es wird ausgeprochen orgasmisch sein.«

»Jetzt heb aber nicht ab«, warnte ihn Gregor. Um seine Augen kräuselten sich Fältchen.

»Nein.« Miles hielt den Atem an. »Aber… ich glaube, das wird gut funktionieren. Danke. Ich nehme deinen Auftrag an, mein Lehnsherr.«

Gregor rief seinen Haushofmeister herbei und ließ ihn aus dem Tresorraum der Residenz die symbolische Amtskette eines Auditors holen, dazu das sehr nichtsymbolische elektronische Siegel, das dazugehörte. Während sie auf seine Rückkehr warteten, erklärte Miles: »Es ist Tradition, daß ein Auditor seinen ersten Besuch unangekündigt absolviert. Wahrscheinlich wird ihnen das auch eine höllische Menge Spaß bereiten«, fügte er nachdenklich hinzu.

»Den Verdacht habe ich schon lange«, stimmte Gregor ihm zu.

»Aber ich möchte lieber nicht betäubt werden, wenn ich beim KBS durchs Tor gehe. Meinst du, du solltest Haroche persönlich anrufen und meinen ersten Termin vereinbaren?«

»Möchtest du, daß ich's tu?«

»Mm… ich bin mir nicht sicher.«

»In diesem Fall… halte dich an die Tradition.« Gregors Stimme bekam einen Anflug kalter Wissenschaftlichkeit. »Schauen wir mal, was passiert.«

Miles blieb stehen. Ein Verdacht überkam ihn. »Du klingst genau wie meine Mutter, wenn du das sagst. Was weißt du, das ich nicht weiß?«

»Im Augenblick weiß ich weniger als du, dessen bin ich mir zunehmend sicher. Aber… ich habe über Haroche nachgedacht. Gib auf ihn acht. Abgesehen von dieser Geschichte mit Illyan, die ihn verständlicherweise nervös macht, scheint er die normale Routine des KBS zügig zu übernehmen. Falls Illyan… sich nicht erholt, werde ich früher oder später vor der Entscheidung stehen, ob ich Haroche in seinem Job bestätigen oder einen anderen Mann ernennen soll. Ich bin neugierig, aus welchem Holz er geschnitzt ist. Du könntest für ihn einen Testfall auf mehr als einer Ebene darstellen.«

»Willst du damit sagen, du möchtest ihm eine Gelegenheit geben, es zu vermasseln?«

»Lieber früher als später.«

Miles schnitt eine Grimasse. »Gilt das auch umgekehrt? Gibst du mir auch eine Chance, es zu vermasseln?«

Gregor verzog den Mund zur Andeutung eines Lächelns. »Sagen wir einfach… eine parallaktische Sicht des Problem könnte höchst aufschlußreich sein. Ich habe da noch einen Gedanken zu der Frage, ob das in Illyans neuraler Ergänzung Sabotage oder natürlicher Verschleiß ist.«

»Ja?«

»Einer Sabotage hätte eigentlich prompt irgendeine Attacke folgen sollen, und zwar noch während der Verwirrung unmittelbar nach Illyans Zusammenbruch.«

»Oder noch besser kurz vor seinem Zusammenbruch.«

»Stimmt. Aber es gibt nichts Ungewöhnliches außer Illyans – ich weiß nicht, wie ich es nennen soll – Krankheit? Indisponiertheit?«

»Indisponiertheit – das ist ein guter Ausdruck«, stellte Miles fest. »Krankheit läßt an eine innere Ursache denken, Verletzung an eine äußere. Ich bin mir nicht sicher, ob ich im Augenblick eines dieser beiden Wörter mit Gewißheit verwenden könnte.«

»Ganz recht. Auf jeden Fall ist *außer* Illyans Indisponiertheit bisher nicht Ungewöhnliches vorgefallen.«

*Illyans Zerstörung.* »Notiert«, sagte Miles. »Es sei denn, die Motivation war etwas wie zum Beispiel persönliche Rache. Kein Doppel-, bloß ein Einzelschlag.«

»Hast du zufällig schon damit angefangen, die Liste möglicher Verdächtiger aufzustellen?«

Miles stöhnte. »Wenn man damit anfängt und persönliche Motivationen wie auch politische berücksichtigt – dann könnte es die Vergeltung für alles sein, was der KBS irgendwann in den letzten dreißig Jahren irgend jemandem angetan hat. Es muß nicht einmal auf vernünftigen Überlegungen beruhen – es könnte jemand einen Groll hegen, der in keinem Verhältnis mehr zur ursprünglichen Verletzung steht. Mit dieser Seite des Problems darf man nicht beginnen, das ist ein verdammt weites Feld. Ich würde lieber mit dem Chip anfangen. Davon gibt es nur einen.« Er räusperte sich. »Es gibt immer noch das Problem, wie ich nicht schon an der Tür betäubt werde. Ich hatte nicht vorgehabt, als Einzelkämpfer auf den KBS loszugehen. Ich war davon ausgegangen, ich würde einen echten Auditor haben, hinter dem ich mich verstecken könnte, einen dieser würdevollen pensionierten Admiräle zum Beispiel – und ich glaube immer noch, daß ich gerne einen Zeugen hätte. Sicherlich einen Assistenten, aber in Wirklichkeit einen Zeugen. Jemanden, dem ich vertrauen kann und dem *du* vertrauen kannst, jemanden, der den erforderlichen Grad von Unbedenklichkeit in puncto Sicherheit hat, der aber nicht selbst zur Hierarchie gehört.«

»Denkst du an jemand bestimmten?« fragte Gregor.

»Du lieber Himmel«, sagte Ivan und wiederholte damit unwissentlich Gregor. Er gaffte Miles an. »Ist die *echt*?« Seine Finger langten nach der schweren goldenen Amtskette des Kaiserlichen Auditors, die um Miles' Hals hing. Ihre dicken Glieder verbanden große quadratische, emaillierte Plaketten, in die Wappen und Emblem des Hauses Vorbarra gepunzt waren. Sie lief über Miles' Schultern bis auf seine Brust und wog nach Miles' Schätzung einige Kilo. Das elektronische Siegel hing in der Mitte an einer goldenen Spange, in die ebenfalls Gregors Wappen graviert war.

»Möchtest du die Folie abnehmen und die Schokolade darin essen?« fragte Miles trocken.

»Uff.« Ivan schaute sich in Gregors Büro um. Der Kaiser saß auf dem Rand seines Komkonsolenpults und wippte mit einem Bein. »Als Gregors Livrierte ins Hauptquartier galoppiert kamen und mich aus der Arbeit rissen, dachte ich, die verdammte Residenz brennt nieder oder meine Mutter hätte einen Herzanfall oder sowas. Aber es ging nur um dich, Cousin?«

»Einstweilen Cousin Lord Auditor für dich.«

Ivan wandte sich hilfesuchend an Gregor. »Sag mir, daß das ein Scherz ist.«

»Nein«, erwiderte Gregor. »Ganz echt. Ein Audit ist genau, was ich haben will. Ich bin, oder um es offizieller zu formulieren: *Wir sind* mit der derzeitigen Entwicklung der Dinge nicht zufrieden. Wie du weißt, kann ein Kaiserlicher Auditor alles verlangen, was ihm beliebt. Das erste, was er verlangt hat, war ein Assistent. Meinen Glückwunsch!«

Ivan rollte die Augen. »Er wollte einen Lastesel haben, der ihm sein Gepäck trägt, und der erste Esel, der ihm einfiel, war ich. Wie schmeichelhaft. Danke, Cousin Lord Auditor. Sicherlich ist das bloß ein Spaß.«

»Ivan, wir werden die Behandlung von Illyans Zusammenbruch durch den KBS untersuchen«, sagte Miles ruhig. »Ich weiß nicht, welche Last zu tragen ich dich bitten werde, aber es besteht zumindest die Gefahr, daß sie hochexplosiv ist. Ich brauche einen Lastesel, auf den ich mich absolut verlassen kann.«

»Ach so.« Ivans Ironie verflog abrupt; er straffte sich.

»So. Also Illyan, ha?« Er zögerte, dann fügte er hinzu: »Gut. Es wird Zeit, daß da jemand jemandem ein Feuer unter dem Hintern macht. Das wird Mutter gefallen.«

»Das hoffe ich«, sagte Gregor aufrichtig.

Trotz der neuen Ernsthaftigkeit in seinen Augen schürzte Ivan die Lippen. »So, so, Miles. Ich muß sagen, diese Kette steht dir gut. Ich habe schon immer gedacht, du bräuchtest ein Würgehalsband.«

Diesmal wies Miles Martin an, mit dem Bodenwagen vor dem Vordereingang des KBS-Hauptquartiers anzuhalten. Er ließ zuerst die beiden kaiserlichen Gefolgsleute in Vorbarra-Livree aussteigen, die Gregor ihm ausgeliehen hatte, dann winkte er ihnen, sie sollten ihn flankieren, während er sich den Torwachen näherte. Ivan folgte ihm und beobachtete fasziniert die Szene. Miles erlaubte zuerst den beiden Gefolgsleuten und Ivan, ihre Ausweise scannen und bestätigen zu lassen.

»Guten Tag, meine Herren«, redete Miles die Wachen freundlich an, als das Prüfungsritual beendet war und die Lichter ihrer Geräte grün zeigten. Unsicher, die Augen zusammenkneifend, nahmen sie ihren Mut zusammen. Und befragten ihr Gewissen, hoffte Miles. Miles konzentrierte sich auf den ranghöheren Sergeanten. »Gehen Sie bitte an Ihre Komkonsole und sagen Sie General Haroche, daß der Kaiserliche Auditor hier ist. Ich fordere ihn auf, mich höchstpersönlich an diesem Vordereingang zu empfangen. Auf der Stelle.«

»Sind Sie nicht der gleiche Kerl, den wir heute morgen hier hinausgeschmissen haben?« fragte der Sergeant beunruhigt.

Miles lächelte dünn. »Nicht exakt, nein.« *Seitdem habe ich mich ein wenig verändert.* Er hielt ihnen die leeren Hände hin. »Nehmen Sie bitte zur Kenntnis, daß ich nicht versuche, Ihr Gelände zu betreten. Ich habe nicht die Absicht, Sie in das Dilemma zu bringen, daß

Sie wählen müssen, ob Sie einen direkten Befehl verweigern oder ansonsten einen Akt des Verrats begehen wollen. Aber ich weiß, daß man etwa vier Minuten braucht, um sich höchstpersönlich vom Büro des Chefs zum Vordereingang zu begeben. Dann werden *Ihre* Probleme vorbei sein.«

Der Sergeant zog sich in sein Kabäuschen zurück und sprach eindringlich in seinen Kommunikator, wobei er interessante Gesten des Haareausreißens vollführte. Als er wieder herauskam, schaute Miles auf sein Chrono und merkte sich die Zeit. »Jetzt wollen wir mal sehen, was passiert, wie Gregor sagen würde.« Ivan saugte an seiner Unterlippe und hielt den Mund.

Schließlich erschienen Gestalten in Uniform auf der übergroßen Vortreppe des Hauptquartiers; Haroche marschierte schnell über die regennassen Pflastersteine voran, ihm folgte ein bedeutender Lakai: Illyans Sekretär. »Vier Minuten, neunundzwanzig Sekunden«, murmelte Miles Ivan zu. »Nicht schlecht.«

»Darf ich jetzt hinter die Büsche gehen und kotzen?« murmelte Ivan zurück, als er sah, wie die Macht des KBS auf sie zugestürzt kam.

»Nein. Hör auf, wie ein Untergebener zu denken.«

Miles nahm Rührt-euch-Stellung ein und wartete darauf, daß Haroche schnaubend vor ihm anhielt. Er gestattete sich einen kurzen, glorreichen Augenblick des Vergnügens an dem Entsetzen, das sich im Gesicht des Generals abzeichnete, als Haroche die Einzelheiten wahrnahm, dann schob er ihn beiseite. Er konnte die Erinnerung mitnehmen und sie später hegen. Jetzt trieb ihn seine innere Vorstellung vom medizinisch gefolterten Illyan voran. »Guten Tag, General.«

»Vorkosigan, ich habe Ihnen gesagt, Sie sollten nicht mehr hierherkommen.«

»Versuchen Sie es noch einmal«, erwiderte Miles grimmig.

Haroche starrte auf die Kette, die auf Miles' Brust glitzerte. Trotz der flankierenden Vorbarra-Gefolgsleute, die ihm beide persönlich bekannt waren, würgte er hervor: »Die kann doch nicht echt sein.«

»Die Strafe für die Fälschung der Insignien eines Kaiserlichen Auditors ist der Tod«, stellte Miles lakonisch fest.

Es war ihm, als könnte er fast die Zahnrädchen in Haroches Kopf knirschen hören. Einige lange Sekunden krochen vorüber, dann korrigierte Haroche sich mit einer leicht brüchigen Stimme: »...Mylord Auditor.«

»Danke«, antwortete Miles heiser. Jetzt hielten sie sich ans Szenario, seine neue Autorität war formal erkannt und anerkannt, und sie konnten fortfahren. »Mein kaiserlicher Herr Gregor Vorbarra wünscht, daß ich den Umgang des KBS mit der derzeitigen Situation untersuche. Ich verlange Ihre volle Mitarbeit bei dieser Untersuchung. Setzen wir dieses Gespräch in Ihrem Büro fort?«

Haroche zog die Augenbrauen herunter; in seinen Augen glomm ein schwach ironisches Licht auf. »Ja, ich glaube, das sollten wir, Mylord Auditor.«

Miles entließ seine Vorbarra-Eskorte – Martin sollte die beiden in die kaiserliche Residenz zurückfahren – und ging Haroche voran ins Gebäude.

Die schale, gefilterte Luft in Illyans Büro war mit Erinnerungen geschwängert. Hier hatte Miles hundertmal gestanden oder gesessen, um Befehle entgegenzunehmen oder Ergebnisse abzuliefern. Er war fasziniert gewesen, erregt, sicher herausgefordert, gelegentlich hatte er triumphiert, manchmal war er erschöpft gewesen, manchmal niedergeschlagen, manchmal von Schmerzen geplagt. Manchmal von großen Schmerzen. Dieser Raum war das Zentrum gewesen, von dem sein Leben ausgestrahlt hatte. All das war nun verschwunden. Miles' Platz gegenüber Illyans Komkonsolenpult war derselbe wie früher, doch der Fluß der Autorität war umgekehrt. Er würde sich vor alten Reflexen hüten müssen.

Haroche holte ihm mit eigenen Händen einen Stuhl von der Seitenwand; Ivan suchte sich einen für sich und setzte sich neben Miles. Haroche ließ seine Körperfülle auf Illyans Stuhl niedersinken, legte die Fingerspitzen über dem schwarzen Glas zusammen und wartete vorsichtig.

Miles beugte sich vor. »Also gut. Wie Sie inzwischen eingesehen haben sollten, ist Gregor ernstlich unzufrieden mit der Art und Weise, wie diese Organisation Simon Illyans Zusammenbruch behandelt hat. Somit möchte ich folgendes haben, und zwar in dieser Reihenfolge. Erstens möchte ich Illyan sprechen«, begann er, die Finger der rechten Hand auf die kalte Oberfläche drückend, aufzuzählen. »Dann möchte ich eine Unterredung mit seinem kompletten medizinischen Stab abhalten. Ich möchte, daß sie alles auf den Tisch legen, was sie bis jetzt in Erfahrung gebracht haben, und daß sie bereit sind, mich zu unterrichten, Danach … ich werde mir überlegen, was danach noch kommt.«

»Sie haben notwendigerweise meine volle Kooperation, Mylord Auditor.«

»Da wir inzwischen zur Sache gekommen sind, können Sie sich die Formalitäten sparen.«

»Aber Sie haben mir ein Dilemma beschert.«

Und hoffentlich auch einen Moment knapp vor dem Herzanfall, dachte Miles boshaft. Aber nein, jetzt war kein Platz mehr für persönliche Animositäten. »So?«

»Es war und bleibt verfrüht, in der Angelegenheit von Illyans Chip-Störung irgend jemanden der Sabotage zu beschuldigen, bevor die Ursache des Chip-Versagens geklärt ist. Möglicherweise sehr peinlich, falls sich herausstellt, daß eine natürliche Ursache vorliegt.«

»Dessen bin ich mir ebenfalls bewußt.«

»Ja… das darf man annehmen. Aber ich komme nicht umhin vorauszudenken. Genaugenommen ist das mein Job. Also habe ich eine kleine Liste, die ich noch in der Schublade behalte, bevor Daten eintreffen, mit denen ich sie an der Wirklichkeit festmachen kann.«

»Nur eine kleine Liste?«

»Illyan hat seine Listen immer in die kurze und die lange unterteilt. Vermutlich eine Art Triage. Scheint mir ein gutes System zu sein. Aber auf meiner kurzen Liste – stehen Sie ganz weit oben.«

»So?« sagte Miles. Plötzlich bekamen Haroches Obstruktionen einen Sinn.

»Und jetzt haben Sie sich unantastbar gemacht«, fügte Haroche hinzu.

»Die volle Formulierung lautet: zu einem unantastbaren, lästigen Vor«, erwiderte Miles. »Ich… verstehe.« Das war genau der erniedrigende Verdacht, den er am meisten gefürchtet hatte, als er Illyans Rettung übernahm. Tja… schade.

Sie starrten einander unverwandt über das schwarze Glas hinweg an. »Also ist das allerletzte auf der Welt, was ich möchte, Sie zu Illyan zu lassen, wo Sie eine Art zweiten Schuß abgeben könnten. Jetzt scheint es, daß ich es tun muß. Aber ich möchte formell die Tatsache festhalten, daß ich das unter Protest tue, Mylord Auditor.«

»Zur Kenntnis genommen.« Miles' Mund war ausgetrocknet. »Haben Sie ein Motiv, das auf Ihrer Liste zu meinen Gelegenheiten und der noch nicht geklärten Methode paßt?«

»Ist es nicht offensichtlich?« Haroche öffnete die Hände. »Illyan hat Sie sehr abrupt aus dem Dienst entfernt. Ihre Karriere vernichtet.«

»Illyan hat geholfen, mich zu schaffen. Er hat ein Recht, mich zu vernichten.« Unter den Umständen – über die Haroche inzwischen völlig im Bilde war, Miles konnte es in seinen Augen sehen – fast eine Pflicht.

»Er hat Sie entlassen, weil Sie Ihre Berichte gefälscht haben. Eine dokumentierte Tatsache, die ich auch gerne formell festhalten möchte, Mylord Auditor.« Haroche warf Ivan einen Blick zu, doch dessen Gesicht blieb wunderbar ausdruckslos, eine Verteidigungsreaktion, die er ein Leben lang perfektioniert hatte.

»Einen Bericht. Einmal. Und Gregor weiß darüber schon alles.« Miles spürte fast, wie der Boden unter seinen Füßen nachgab. Wie hatte er diesen Mann je als dumm einstufen können? Miles verlor seinen Schwung fast so schnell, wie er ihn gewonnen hatte. Doch er biß die Zähne gegen jede Versuchung zusammen, sich zu verteidigen, zu erklären, zu protestieren, sich zu entschuldigen oder sich sonstwie von seinem Ziel ablenken zu lassen.

»Ich traue Ihnen nicht, Lord Vorkosigan.«

»Tja, Sie haben mich am Hals. Ich kann nicht aus meinem Amt entfernt werden, außer durch die Stimme des Kaisers, der mich ernannt hat, oder ein Dreiviertelvotum zur Amtsenthebung durch den Rat der Grafen und den Ministerrat in einer gemeinsamen Plenarsitzung, und beides können Sie meiner Meinung nach nicht zuwege bringen.«

»Dann wäre es wahrscheinlich zwecklos, wenn ich zu Gregor ginge und einen anderen Auditor für diesen Fall verlangte.«

»Sie können es versuchen.«

»Ha, damit ist das beantwortet. Und selbst wenn Sie schuldig wären… ich frage mich allmählich, ob ich etwas dagegen tun könnte. Der Kaiser ist die einzige Berufungsinstanz, und Sie scheinen ihn schon eingewickelt zu haben. Würde ein Versuch, Sie auszuschalten, den Selbstmord meiner Karriere bedeuten?«

»Nun... wenn die Situation umgekehrt wäre, würde ich nicht ruhen, bis ich Sie mit den größten Nägeln, die es gibt, an die Wand genagelt hätte.« Nach einer kurzen Pause fügte Miles hinzu: »Aber falls nach meinem Besuch bei Illyan so etwas wie ein zweiter Schuß vorkommt... dann können Sie Gift darauf nehmen, daß ich seine Flugbahn mit äußerster Sorgfalt berechnen werde.«

Haroche stieß einen langen Seufzer aus. »Das ist verfrüht. Ich wäre mehr als jeder andere erleichtert, falls die Ärzte eine Diagnose mit natürlichen Ursachen lieferten. Das würde eine Menge Schwierigkeiten ersparen.«

Auf Miles' Gesicht zeigte sich widerwillige Zustimmung. »Da haben Sie recht, General.«

Sie betrachteten einander mit einer gewissen nüchternen Reserviertheit. Alles in allem fühlte sich Miles mehr erleichtert als beunruhigt. Haroche war gewiß so unverblümt gewesen, wie Miles es sich hätte wünschen können, um die Atmosphäre zu reinigen. Vielleicht konnte er mit diesem Mann am Ende doch zusammenarbeiten.

Haroches Musterung von Miles' Person endete bei der kunterbunten Sammlung von militärischem Nippes auf seiner Jacke. »Vorkosigan, sagen Sie mir – ist das wirklich ein cetagandanischer Verdienstorden?« Seine Stimme klang unerwartet traurig.

»Ja.«

»Und das übrige?«

»Ich habe nicht die Schreibtischschublade meines Vaters ausgeräumt, falls Sie das meinen. Über jedes Stück hier ist in meiner Geheimakte Rechenschaft abgelegt. Sie sind vielleicht einer der wenigen Menschen auf diesem Planeten, die sich nicht mit meinem Wort dafür begnügen müssen.«

»Hm.« Haroche zog die Brauen kraus. »Tja, Mylord Auditor, machen Sie weiter. Aber ich werde Sie beobachten.«

»Gut. Beobachten Sie mich genau.« Miles klopfte auf das schwarze Glas und erhob sich. Ivan rappelte sich hinter ihm hoch.

Auf dem Korridor unterwegs zur Klinik des Hauptquartiers murmelte Ivan: »Ich habe noch nie einen General im Sitzen steptanzen sehen.«

»Mir kommt es vor wie ein Menuett in einem Minenfeld«, gestand Miles ein.

»Zuzusehen, wie du ihm gegenüber den kleinen Admiral gespielt hast, war den Eintrittspreis allerdings wert.«

»Was?« Miles wäre um ein Haar gestolpert.

»War das nicht Absicht? Du hast dich genau benommen, wie du es tust, wenn du Admiral Naismith spielst, außer daß du den betanischen Akzent weggelassen hast. Mit voller Wucht voraus, keine Hemmungen, und die unschuldigen Zuschauer rennen um ihr Leben. Vermutlich wirst du sagen, Schrecken sei gut für mich, reinige die Arterien oder was.«

Wirkten Admiral Naismiths Ordenszeichen auf ihn als eine Art magischer Talisman? Miles wollte im Augenblick nicht einmal versuchsweise die Implikationen dieses Gedankens durchdenken. Statt dessen sagte er leichthin: »Betrachtest du dich als unschuldigen Zuschauer?«

»Gott weiß, daß ich versuche einer zu sein«, seufzte Ivan.

Die Luft der Klinik, die zusammen mit den forensischen Laboratorien eine ganze Etage im KBS-Hauptquartier einnahm, kam Miles ebenfalls mit vertrauten Gerüchen geschwängert vor, als er den Bereich betrat, und zwar mit einem unangenehmen medizinischen Mief. Hier hatte er selbst im Laufe der Jahre zu viele Stunden verbracht, von seinem ersten Besuch mit einer beginnenden Lungenentzündung infolge von Unterkühlung bis zu seiner jüngsten ärztlichen Untersuchung, die ihn wieder für diensttauglich erklärt hatte, woraufhin er die vom Unglück verfolgte Aktion zur Rettung von Leutnant Vorberg übernommen hatte. Was er hier roch, weckte in ihm das kalte Grausen.

Aus allen vier Einzelzimmern bis auf eines hatte man die Patienten verlegt; die Räume waren dunkel und leer und standen offen. Vor der einzigen geschlossenen Tür stand gleichmütig ein grünuniformierter Wächter.

Ein KBS-Oberst mit dem Abzeichen eines Arztes auf der Jacke tauchte plötzlich auf, als Miles durch den Eingang trat. »Mylord Auditor, ich bin Dr. Ruibal. Was kann ich für Sie tun?« Ruibal war ein kleiner, rundgesichtiger Mann mit buschigen Augenbrauen, die jetzt zu einem krummen Strich der Sorge zusammengekniffen waren.

»Erzählen Sie mir über Illyan. Nein, bringen Sie mich zu ihm. Wir werden uns danach unterhalten.«

»Hier entlang, Mylord«. Der Doktor winkte den Wächter zur Seite und führte Miles in das fensterlose Zimmer.

Illyan lag mit dem Gesicht nach oben auf dem Bett und war halb mit einem Laken bedeckt. Handgelenke und Fußknöchel waren gefesselt, »sanft fixiert«, wie die Ärzte es nannten. Er atmete heftig. War er sediert? Seine Augen waren offen, glasig und nicht fokussiert. Dichte Bartstoppeln verschatteten sein normalerweise glattrasiertes Gesicht. Das warme Zimmer roch nach getrocknetem Schweiß und noch schlimmeren organischen Ausscheidungen. Miles hatte eine Woche damit zugebracht, sich den Weg hierher zu erzwingen, und dabei hatte er einige der extremsten Methoden angewendet, die er jemals einzusetzen gewagt hatte. Alles, was er jetzt noch wollte, war Reißaus zu nehmen und wieder hinauszurennen.

»Warum ist dieser Mann nackt?« fragte er den Oberst. »Ist er inkontinent?«

»Nein«, erwiderte Ruibal. »Wegen der Prozeduren.«

Miles sah keine Schläuche, Sonden oder Maschinen. »Welche Prozeduren?«

»Nun, nicht im Augenblick. Aber er ist nicht leicht zu handhaben. Ihn an- und auszuziehen wie auch die anderen… verursacht meinem Personal Probleme.«

In der Tat. Der Wächter, der jetzt auf der Innenseite der Tür stand, hatte ein braun-purpurn-blaues Auge. Und Ruibals Mund war gequetscht, seine Unterlippe aufgeplatzt. »Ich… verstehe.«

Miles zwang sich, näher heranzugehen, und kniete sich mit einem Bein neben Illyans Kopf nieder. »Simon?« fragte er unsicher.

Illyan drehte sein Gesicht ihm zu. Die glasigen Augen flackerten, fokussierten. Erkannten ihn wieder und leuchteten auf. »Miles! Miles, Gott sei Dank, du bist hier.« Seine Stimme schnappte über vor Eindringlichkeit. »Lord Vorvanes Frau und Kinder – habt ihr sie lebend herausgebracht? Kommodore Rivek im Sektor Vier dreht durch.«

Miles erkannte die Mission, um die es sich dabei handelte. Es war vor etwa fünf Jahren gewesen. Er befeuchtete die Lippen. »Jawohl, wir haben uns um alles gekümmert. Wir haben sie herausgeholt. Unverletzt und im rechten Moment.« Dafür hatte er einen goldenen Stern verliehen bekommen. Der hing jetzt an seiner Jacke als dritter von links in seiner Reihe.

»Gut, gut.« Illyan seufzte, legte sich zurück und schloß die Augen. Seine von Stoppeln umrahmten Lippen bewegten sich. Er öffnete die Augen, erneut leuchteten sie auf, weil sie ihn wiedererkannten. »Miles! Gott sei Dank, daß du hier bist.« Seine Hände bewegten sich und langten nach den Fesseln. »Was ist das? Mach mich davon los!«

»Simon, welcher Tag ist heute?«

»Morgen ist Kaisers Geburtstag. Oder ist er heute? Du bist schon dafür angezogen… ich muß dort sein.«

»Nein«, erwiderte Miles. »Kaisers Geburtstag war schon vor Wochen. Ihr Gedächtnis-Chip hat eine Fehlfunktion. Sie müssen hier bleiben, bis man herausfindet, was daran nicht stimmt, und es repariert.«

»Oh.« Vier Minuten später wandte Illyan den Kopf wieder Miles zu und kräuselte überrascht die Lippen. »Miles, was, zum Teufel, tust du hier? Ich habe dich nach Tau Ceti geschickt. Warum kannst du nicht ein einziges Mal einen Befehl befolgen?«

»Simon, Ihr Gedächtnis-Chip hat eine Fehlfunktion.«

Illyan zögerte. »Welcher Tag ist heute? Wo bin ich?«

Miles wiederholte seine Informationen.

»Du lieber Gott«, flüsterte Illyan. »Na, das ist ja scheußlich.« Er lag matt da und sah bestürzt aus.

Fünf Minuten später schaute er wieder zu Miles auf und sagte: »Miles! Was, zum Teufel, tust du hier?«

*Mist*. Miles mußte aufstehen und sich für eine Minute umdrehen. *Ich weiß nicht, wieviel ich davon verkraften kann.* Er merkte, daß Dr. Ruibal ihn aufmerksam beobachtete.

»Ist es die ganze Woche so schlimm gewesen?« fragte er ihn.

Ruibal schüttelte den Kopf. »Es hat eine eindeutige und meßbare Progression gegeben. Seine… wie soll ich es nennen, seine Momente zeitweiliger Verwirrung folgen in ständig kürzeren Abständen aufeinander. Am ersten Tag glaubte ich sechs Wahrnehmungssprünge festgestellt zu haben. Gestern kamen sechs pro Stunde.«

Inzwischen waren es doppelt soviel. Miles wandte

sich wieder Illyan zu. Der schaute nach einer Weile zu ihm auf und sein Gesicht erhellte sich, als er Miles erkannte. »Miles! Was, zum Teufel, geht hier vor?«

Geduldig erklärte es Miles ihm aufs neue. Wie er bemerkte, spielte es keine Rolle, ob er die Formulierung wiederholte. Illyan wurde ihrer nicht müde. Oder er erinnerte sich ihrer fünf Minuten später nicht mehr.

In der nächsten Runde blickte Illyan ihn finster an. »Wer, zum Teufel, sind Sie?«

»Miles. Vorkosigan.«

»Reden Sie keinen Unsinn! Miles ist fünf Jahre alt.«

»Onkel Simon, schau mich an.«

Illyan starrte ihn ernst an, dann flüsterte er: »Gib acht! Dein Großvater will dich umbringen. Vertraue Bothari!«

»O ja, das tu ich«, seufzte Miles.

Drei Minuten später: »Miles! Was, zum Teufel, geht hier vor? Wo bin ich?«

Miles wiederholte seinen Refrain.

»Wie kommt es, daß er Ihnen die ganze Zeit glaubt?« meldete sich der Wächter mit dem blauen Auge. »Uns glaubt er nur einmal von fünf. Die anderen viermal versucht er uns umzubringen.«

»Ich weiß es nicht«, erwiderte Miles. Er empfand eine unermeßliche Qual.

Es ging wieder los. »Miles! Vorberg hat dich gefunden!«

»Ja... ja?« Miles richtete sich kerzengerade auf. »Simon, welcher Tag ist heute?«

»Herrgott, ich weiß es nicht. Mein verdammter Chip ist total im Arsch. Er verwandelt sich in meinem Kopf zu Rotz. Er treibt mich zum Wahnsinn.« Er packte Miles Hand ganz fest und blickte ihm mit äußerster Eindringlichkeit in die Augen. »Ich halte das nicht aus. Wenn das Ding nicht repariert werden kann... schwöre mir, daß du mir dann die Kehle durchschneidest! Laß es nicht so weiter gehen! Ich werde es nicht selbst machen können. Schwör es mir! Mit deinem Wort als Vorkosigan!«

»O Gott, Simon, das kann ich nicht versprechen!«

»Du mußt es versprechen. Du kannst mich nicht ewig *hier* lassen. Schwör es mir!«

»Das kann ich nicht«, flüsterte Miles. »Haben Sie deshalb… Vorberg nach mir geschickt?«

Wieder veränderte sich Illyans Gesicht, die Verzweiflung löste sich in Verwirrung auf. »Wer ist Vorberg?« Dann plötzlich ein heftiger Argwohn: »Wer, zum Teufel, sind Sie überhaupt?« Illyan riß seine Hand los.

Miles machte noch fünf weitere Runden mit, dann trat er auf den Korridor hinaus. Er lehnte sich an die Wand und hielt den Kopf gesenkt, bis die Übelkeit vergangen war. Er zitterte am ganzen Leib, ein unterdrücktes Schaudern, das vom Scheitel bis zur Sohle wanderte. Dr. Ruibal blieb neben ihm stehen. Auch Ivan ergriff die Gelegenheit, hinauszugehen und tief Luft zu holen.

»Sie sehen, womit wir es zu tun haben«, sagte Ruibal.

»Das ist… würdelos«. Miles hatte es nur geflüstert, aber Ruibal zuckte zusammen. »Ruibal. Lassen Sie ihn waschen. Rasieren. Geben Sie ihm wieder Kleider. In seinem Apartment unten gibt es einen kompletten Vorrat an Zivilkleidung, ich weiß es.« Wenn Illyan nicht mehr wie ein Tier aussah, dann würde man ihn vielleicht auch nicht wie eines behandeln.

»Mylord«, erwiderte der Oberst. »Es widerstrebt mir, von meinen Sanitätern zu verlangen, daß sie es riskieren, noch mehr Zähne zu verlieren. Doch wenn Sie dabeibleiben, dann werden wir es versuchen. Sie sind der einzige, den er nach meiner Beobachtung bisher noch nicht zu schlagen versucht hat.«

»Ja, natürlich.«

Miles half bei der ganzen Prozedur. Die Tatsache, daß eine vertraute Person zugegen war, schien einen beruhigenden Einfluß auf Illyan zu haben. Leute, die er besonders lange kannte, schienen am besten geeignet zu sein; zu welchem Tag oder Jahr auch immer er dann alle fünf Minuten die Augen öffnete, er würde stets ein bekanntes Gesicht sehen, das ihm eine Geschichte erzählen konnte, der er vielleicht traute. Wieder angekleidet saß Illyan in einem Sessel und aß von einem Tablett, das ein Sanitäter gebracht hatte, anscheinend die erste Mahlzeit seit einigen Tagen, die er nicht als Wurfgeschoß zu verwenden versuchte.

An der Tür erschien ein Offizier und sprach mit Ruibal.

»Die Unterredung, die Sie gefordert haben, ist vorbereitet, Mylord Auditor«, sagte Ruibal zu Miles. Der servile Ton war nicht nur Ausdruck des Respekts vor Miles' Bedrohlichkeit als Auditor, denn der Arzt fügte erwartungsvoll hinzu: »Kommen Sie nachher wieder?«

»O ja. In der Zwischenzeit...« Miles' Blick fiel auf Ivan.

»Lieber würde ich nackt eine Laserkanonenstellung angreifen«, bemerkte Ivan ruhig, »als hier zu bleiben.«

»Ich werde es mir merken«, erwiderte Miles. »In der Zwischenzeit – bleib bei ihm, bis ich zurückkomme.«

»Jawohl.« Ivan übernahm den Stuhl an Illyans Seite, als Miles ihn freigab.

Während Miles Ruibal zur Tür hinaus folgte, hörte er Illyans Stimme, die zur Abwechslung einmal eher freundlich als angespannt klangt: »Ivan, du Idiot. Was machst du hier?«

# KAPITEL 17

Der Konferenzraum der Klinik hatte starke Ähnlichkeit mit allen anderen Besprechungsräumen des KBS, in denen Miles schon endlose Stunden zugebracht hatte. Auf einem runden schwarzen Tisch stand ein gesicherter Holovid-Projektor mit einer Schalttafel, die aussah wie der Navigationscomputer eines Sprungschiffes. Im Augenblick standen fünf Stühle eng um den Tisch, davon waren drei besetzt. Die Männer standen hastig auf und nahmen Haltung an, als Ruibal Miles hereinführte. Als sie alle versammelt waren, gab es außer Miles niemanden im Raum, der einen niedrigeren Rang als den eines Obersten bekleidete. Das war für Vorbarr Sultana nicht so ungewöhnlich; über das Hauptquartier der kaiserlichen Streitkräfte am anderen Ende der Stadt, wo Ivan arbeitete, kursierte der Witz, dort servierten Obersten den Kaffee.

Nein: er stand rangmäßig weder über noch unter ihnen, rief sich Miles in Erinnerung. Er stand völlig außerhalb ihrer Rangordnung. Wie sehr sie auch den Umgang mit Generälen und Admirälen gewohnt sein mochten, so war es doch offensichtlich, daß sie zum ersten Mal einem Kaiserlichen Auditor begegneten. Die letzte Untersuchung durch einen Kaiserlichen Auditor hatte der KBS vor fast fünf Jahren über sich ergehen lassen müssen, und damals hatte sie sich der Tradition entsprechend mehr auf finanzielle Dinge bezogen. Damals war Miles auf der Gegenseite davon gestreift worden, da der Auditor sich an bestimmten Aspekten der Söldner-Finanzierung festgebissen hatte. Diese Untersuchung hatte einen gefährlichen politischen Anstrich gehabt, gegen den Illyan ihn abgeschirmt hatte.

Ruibal stellte sein Team vor. Er selbst war der Neurologe. Der nächste – oder vielleicht der erste – der Bedeutung nach war ein Konteradmiral, Dr. Avakli, ein Biocybernetiker. Avakli war von der Medizinergruppe ausgeliehen, die bei allen Sprungschiffpiloten der kaiserlichen Streitkräfte die neuralen Implantate betreute, die einzige Nervenerweiterungstechnik auf Barrayar, die eine gewisse Ähnlichkeit mit der aufwies, die Illyans eidetischen Chip hervorgebracht hatte. In hübschem Kontrast zu Ruibal war Avakli groß, hager und konzentriert und hatte eine angehende Glatze. Miles hoffte, daß letzteres eine hohe intellektuelle Temperatur anzeigte. Die beiden anderen Männer waren fachliche Assistenten von Avakli.

»Danke, meine Herren«, sagte Miles, als die Vorstellung abgeschlossen war. Er setzte sich, die anderen ebenfalls, nur Ruibal blieb stehen: er war anscheinend zum Sprecher – oder zum Sündenbock? – bestimmt worden.

»Wo soll ich anfangen, Mylord Auditor?« fragte Ruibal.

»Hm... wie wär's mit dem Anfang?«

Gehorsam begann Ruibal eine lange Liste neurologischer Tests herunterzurasseln, die er mit Holovids der Daten und Ergebnisse illustrierte.

»Verzeihen Sie«, sagte Miles nach einigen Minuten dieses Sermons. »Ich habe mich nicht richtig ausgedrückt. Sie können alle negativen Daten überspringen. Kommen Sie direkt zu den positiven Ergebnissen.«

Es folgte ein kurzes Schweigen, dann sagte Ruibal: »Zusammenfassend gesagt finde ich kein Anzeichen für eine organische neurologische Schädigung. Den gefährlich hohen Grad an physiologischem und psychologischem Stress halte ich eher für eine Auswirkung als für den Grund des biocybernetischen Zusammenbruchs.«

»Stimmen Sie dieser Einschätzung zu?« fragte Miles Avakli, der nickte, allerdings dabei nachdenklich die Lippen schürzte, um anzudeuten, daß es immer die Möglichkeit eines menschlichen Fehlers gab. Avakli und Ruibal nickten einander zu, und Avakli übernahm Ruibals Platz am Holovid-Projektor.

Avakli besaß einen detaillierten Holovid-Plan der inneren Architektur des Chips, den er jetzt zeigte. Miles war erleichtert. Er hatte ein bißchen befürchtet, man würde ihm mitteilen, der KBS habe in den vergangenen fünfunddreißig Jahren das zu dem Chip gehörige Handbuch verloren, doch man schien über eine Menge Daten zu verfügen. Der Chip selbst war ein immens komplexes Sandwich aus organischen und anorganischen molekularen Schichten, etwa fünf mal sieben Zentimeter groß und einen halben Zentimeter dick, und ruhte in vertikaler Position zwischen den beiden Großhirnlappen von Illyans Gehirn. Die Zahl der neurologischen Verknüpfungen, die davon ausgingen, ließen das Steueraggregat im Kopf eines Sprungpiloten wie ein Kinderspielzeug erscheinen. Die größte Komplexität schien eher in seinem Netz zur Informationswiedergewinnung als in dem auf Proteinen basierenden Datenspeicher zu liegen, allerdings waren beide nicht nur verteufelt verwickelt, sondern auch großenteils kartographisch nicht erfaßt – denn dieses Netz war ein selbstlernendes System gewesen, das sich *nach* der Installation des Chips in einer höchst nichtlinearen Art und Weise zusammengebaut hatte.

»Ist somit der… Schaden oder die Verschlechterung, die wir beobachten, auf den organischen oder den anorganischen Teil beschränkt? Oder auf beide?« fragte Miles.

»Auf den organischen«, erwiderte Avakli. »So gut wie sicher.«

Avakli gehörte offensichtlich zu jenen Wissenschaftlern, die niemals eine unsichere Wette eingingen.

»Unglücklicherweise«, fuhr er fort, »war bei der Konstruktion des Chips nicht vorgesehen, daß sein Speicherinhalt heruntergeladen werden könnte. Es gibt kein einziges Äquivalent einer Datenschnittstelle, an die man sich anschließen könnte; nur diese Tausende und Abertausende neuronaler Leitungen, die überall an der Oberfläche des Dings herauskommen oder hineingehen.«

Angesichts der Geschichte dieses Chips als Kaiser Ezars ultrasicherer Datenspeicher erschien dies sinnvoll. Es hätte Miles nicht überrascht zu erfahren, daß das Ding auf besonderen Wunsch des Bestellers als nichtherunterladbar konzipiert worden sei.

»Nun... hatte ich den Eindruck, daß das Ding parallel zu Illyans ursprünglichem zerebralem Gedächtnis arbeitete. Es ersetzt es eigentlich nicht, oder?«

»Das ist korrekt, Mylord. Der neurologische Input wird von den sensorischen Nerven nur abgespalten, nicht völlig umgeleitet. Die Probanden haben offenbar ein doppeltes Gedächtnis aller Wahrnehmungen. Das scheint der entscheidende Faktor dafür gewesen zu sein, daß später bei ihnen so viele Fälle von iatrogener Schizophrenie auftraten. Ein inhärenter Konstruktionsfehler, nicht so sehr des Chips als des menschlichen Gehirns.«

Ruibal räusperte sich, ein höflicher Ausdruck theoretischen oder vielleicht theologischen Widerspruchs.

Illyan mußte ein geborener Spion gewesen sein. Mehr als eine Realität im Kopf im Gleichgewicht zu halten, bis Beweise eintrafen, ohne dabei von der Spannung verrückt zu werden, war sicher das Kennzeichen eines großen Ermittlers.

Avakli ging dann zu einer höchst fachlichen Erörterung dreier projektierter Ideen über, wie man etwa die im Chip gespeicherten Daten herunterladen könnte. Sie klangen alle nach Notbehelf, bei allen war das Ergebnis ungewiß. Während er sie beschrieb, wirkte Avakli selbst nicht sonderlich glücklich oder begeistert. In der Mehrzahl schienen sie mit stundenlangen und delikaten mikroneurochirurgischen Eingriffen verbunden zu sein. Ruibal zuckte mehrfach zusammen.

»Also«, unterbrach Miles diese Ausführungen schließlich, »was passiert, wenn man den Chip herausnimmt?«

»Um laienhafte Begriffe zu verwenden«, erwiderte Avakli, »der Chip erfährt einen Schock und stirbt. Offensichtlich *soll* das so sein, anscheinend um... hm... Diebstahl zu verhindern.«

Ganz recht. Miles stellte sich Illyan vor, wie er von Chip-Spionen überfallen wurde, wie sein Kopf aufgehackt wurde, wie er tot zurückgelassen wurde... jemand anderer hatte diese Vision schon vorweggenommen. Ezars Generation war eine paranoide Bande gewesen.

»Er war so konstruiert, daß er nie intakt aus seiner organischen elektrischen Versorgungsmatrix entnommen werden durfte«, fuhr Avakli fort. »Die Chance, verständliche Daten wiederzugewinnen ist jedenfalls äußerst reduziert.«

»Und wenn er nicht herausgenommen wird?«

»Die Matrizen der Proteinketten zeigen kein Anzeichen von Verlangsamung ihrer Dissoziation.«

»Oder wissenschaftlich ausgedrückt, der Chip verwandelt sich in Illyans Kopf zu Rotz. Einer von euch schlauen Burschen hat übrigens genau diese Formulierung anscheinend in Illyans Hörweite benutzt.«

Einer von Avaklis Assistenten war so anständig, schuldbewußt dreinzuschauen.

»Admiral Avakli, was sind Ihre Top-Theorien bezüglich der Ursache des Zusammenbruchs des Chips?«

Avakli zog die Augenbrauen zusammen. »In der Reihenfolge der Wahrscheinlichkeit: Seneszenz, das heißt Alterung, die eine Selbstzerstörung auslöst, oder eine Art chemischer oder biologischer Attacke. Um die zweite Hypothese zu beweisen, müßte ich den Chip auseinandernehmen.«

»Also… es ist nicht die Rede davon, den Chip zu entfernen, zu reparieren und wieder zu installieren.«

»Ich glaube kaum.«

»Und Sie können ihn nicht *in situ* reparieren, ohne den Grund zu kennen, den Sie nicht bestimmen können, ohne den Chip zu entfernen, um sein Inneres zu untersuchen. Wodurch er zerstört würde.«

Avakli preßte die Lippen zusammen und bestätigte damit den Teufelskreis des Problems. »Ich fürchte, eine Reparatur steht außer Frage. Ich habe mich auf den Versuch konzentriert, ein praktisches Vorgehen zum Herunterladen des Chips zu entwickeln.«

»Offenbar haben Sie meine Ausgangsfrage mißverstanden«, fuhr Miles fort. »Was passiert *Illyan*, wenn der Chip entfernt wird?«

Avakli wies mit einer schnellen Geste auf Ruibal – das heiße Eisen wurde weitergereicht.

»Wir können es nicht mit Sicherheit voraussagen«, erklärte Ruibal.

»Können Sie es mit einer vernünftigen Wahrscheinlichkeit vermuten? Kehrt er zum Beispiel psychisch wieder in das Alter von siebenundzwanzig zurück?«

»Nein, das glaube ich nicht. Eine gewöhnliche Entfernung, ohne den Versuch, den Chip zu retten, wäre eigentlich eine ziemlich einfache Operation. Aber das Gehirn ist ein komplexes Ding. Wir wissen zum Beispiel nicht, in welchem Ausmaß es im Laufe von fünfunddreißig Jahren seine eigenen internen Funktionen um das Artefakt herum neu vernetzt hat. Und dann gibt es da das psychologische Element. Was immer er mit seiner Persönlichkeit gemacht hat, das es ihm ermöglichte, mit dem Chip zu arbeiten und dabei geistig gesund zu bleiben, wird aus dem Gleichgewicht geworfen.«

»Wie wenn… einem eine Krücke weggenommen wird, und man entdeckt, daß die Beine eine Atrophie entwickelt haben?«

»Vielleicht.«

»Über wieviel kognitiven Schaden reden wir also? Wenig? Eine Menge?«

Ruibal zuckte hilflos die Achseln.

»Haben Sie schon galaktische Experten mit langer Erfahrung in dieser obsoleten Technik ausfindig gemacht?« fragte Miles.

»Noch nicht«, erwiderte Ruibal. »Das kann einige Monate dauern.«

»Wenn ich es recht verstanden habe«, versetzte Miles grimmig, »ist der Chip dann inzwischen zu Sülze geworden und Illyan entweder auf Dauer geisteskrank oder an Erschöpfung gestorben.«

»Ah«, sagte Ruibal.

»Darauf läuft es in etwa hinaus«, sagte Avakli.

»Warum haben wir dann das verdammte Dinge noch nicht herausgeholt?«

»Unsere Befehle, Mylord, lauteten, den Chip zu retten«, stellte Avakli fest, »oder soviel von den Daten des Chips, wie man wiedergewinnen kann.«

Miles wischte sich über die Lippen. »Warum?« fragte er schließlich.

Avakli hob die Augenbrauen. »Vermutlich, weil die Daten für den KBS und das Kaiserreich von vitalem Interesse sind.«

»Sind sie das?« Miles beugte sich vor und starrte auf den lebhaft bunten biocybernetischen Alptraum von Chip-Plan, der vor seinen Augen über der zentralen Vid-Scheibe des Tisches schwebte. »Der Chip wurde niemals installiert, um aus Illyan einen Übermenschen zu machen. Er war bloß ein Spielzeug für Kaiser Ezar, dem es gefiel, einen zweibeinigen Vid-Recorder zu besitzen. Ich gebe zu, daß der Chip auch für Illyan nützlich gewesen ist. Er gibt ihm eine hübsche Aura der Unfehlbarkeit, die den Leuten eine Heidenangst einjagt, aber das ist nur ein Popanz, und er weiß es, auch wenn sie es nicht wissen.

Der Chip hat in Wirklichkeit nichts mit der Leitung des KBS zu tun. Illyan hatte den Posten bekommen, weil er an dem Tag, als Vordarians Leute seinen Vorgänger ermordeten, an der rechten Seite meines Vaters stand und mein Vater ihn mochte und ihm vertraute. Mitten in einem wütenden Bürgerkrieg war keine Zeit für Talentsuche. Von allen Eigenschaften, die Illyan zum besten Chef des KBS in dessen Geschichte gemacht haben... ist der Chip sicher die trivialste.« Seine Stimme war fast zu einem Flüstern geworden. Avakli und Ruibal beugten sich vor, um ihn zu verstehen. Miles räusperte sich und setzte sich auf.

»Es gibt nur vier Kategorien von Informationen auf diesem Chip«, fuhr Miles fort. »Alte und obsolete. Aktuelle, die komplett in der Realität dokumentiert sind – Illyan hat immer unter der ständig gültigen Voraussetzung arbeiten müssen, daß er jeden Augenblick tot umfallen oder umgefällt werden könnte, und daß Haroche oder jemand anderer mitten im Strom würde seine Funktion übernehmen müssen. Dann gibt es da Datenmüll, persönliches Zeug ohne Nutzen für irgend jemanden außer Illyan. Vielleicht nicht einmal für Illyan. Fünfunddreißig Jahre Duschen, Mahlzeiten, Umziehen, Ausfüllen von Formularen. Nicht sonderlich viele Geschlechtsakte, fürchte ich. Haufenweise schlechte Romane und Holovid-Dramen, alles da drin gespeichert, Wort für Wort. Tausendmal mehr davon als von allem anderen. Und irgendwo in all den Milliarden Abbildern vielleicht ein Dutzend heißer Geheimnisse, die kein anderer kennt. Oder vielleicht sogar kennen sollte.«

In das Schweigen, das sich nach diesem Selbstgespräch dehnte, fragte Ruibal: »Was sollen wir nach Ihrem Wunsch tun, Mylord Auditor?«

*Du hast Autorität gewollt. Jetzt hast du sie, alter Junge.* Miles seufzte. »Ich möchte mit noch jemand sprechen. In der Zwischenzeit… bringen Sie alles zusammen, was Sie zur chirurgischen Entfernung des Chips brauchen. Geräte auf jeden Fall, aber vor allem den Operateur. Ich möchte das beste Paar Hände haben, das Sie bekommen können, im KBS oder außerhalb.«

»Wann sollen wir anfangen, Mylord?« fragte Ruibal.

»Ich möchte, daß Sie in zwei Stunden *fertig* sind.« Miles klopfte auf den Tisch und erhob sich. »Danke, meine Herren, Sie können gehen.«

Über eine gesicherte Komkonsole direkt auf der Klinikebene rief Miles Gregor an.

»Also hast du gefunden, was du gewollt hast?« fragte Gregor.

»Etwas derartiges habe ich nicht *gewollt*. Aber ich habe Fortschritte gemacht. Ich bin mir ziemlich sicher, es wird dich nicht überraschen zu erfahren, daß das Problem nicht in Illyans Hirn liegt, sondern in dem verdammten Chip. Er gibt unkontrolliert Daten ab. Etwa alle fünf Minuten überflutet er Illyans Bewußtsein mit einem neuen Schwall kristallklarer Erinnerungen an beliebige Zeitpunkte in der Vergangenheit. Die Auswirkungen sind… gräßlich. Ursache unbekannt, man kann den Chip nicht reparieren, und wenn man ihn entfernt, werden die noch darauf befindlichen Daten vernichtet. Läßt man den Chip in seinem Gehirn, dann wird Illyan vernichtet. Du siehst, wohin das zielt.«

Gregor nickte. »Entfernen.«

»Es scheint angezeigt. Es hätte schon… nun, wenn noch nicht geschehen sollen, so zumindest vorgeschlagen und vorbereitet sein sollen. Das Problem ist, daß Illyan nicht in der Verfassung ist, um der Operation zuzustimmen.«

»Ich verstehe.«

»Man weiß auch nicht, was die Auswirkungen der Entfernung sein werden. Volle Erholung oder nur teilweise, Persönlichkeitsveränderungen, kognitive Veränderungen – es ist eine Knobelei. Was ich sagen möchte, ist: immer noch kann es sein, daß du deinen Chef des Kaiserlichen Sicherheitsdienstes nicht zurückbekommst.«

»Ich verstehe.«

»Also, gibt es irgend etwas, das du von diesem Chip gesichert haben möchtest, von dem ich nichts weiß?«

Gregor seufzte. »Dein Vater ist vielleicht der einzige andere Mensch, der in der Lage wäre, diese Frage zu beantworten. Und in den über fünfzehn Jahren, seit ich volljährig bin, hat er es nicht für angebracht gehalten, mir diesbezüglich etwas mitzuteilen. Die alten Geheimnisse scheinen sich selbst zu bewahren.«

»Illyan ist jetzt dein Mann. Stimmst du zu, den Chip herauszunehmen, mein Lehnsherr?«

»Rätst du es mir, mein Auditor?«

Miles stieß den Atem aus. »Ja.«

Gregor kaute einen Moment lang auf seiner Unterlippe; dann erstarrte sein Gesicht. »Dann sollen die Toten ihre Toten begraben. Die Vergangenheit soll vergehen. Tu es!«

»Jawohl, Majestät.«

Miles brach die Verbindung ab.

Diesmal wurde Miles ohne Verzögerung oder Protestgemurmel in Haroches bzw. Illyans Büro gelassen. Haroche, der etwas auf seinem Komkonsolendisplay studierte, winkte ihm, auf einem Stuhl Platz zu nehmen. Miles drehte ihn herum und setzte sich rittlings darauf, die Arme über der Rückenlehne gekreuzt.

»Nun, Mylord Auditor«, sagte Haroche und schaltete sein Vid ab. »Ich hoffe, die Kooperation meiner Untergebenen hat Sie voll zufriedengestellt.«

Illyan gelang Ironie besser, aber man mußte Haroche zugute halten, daß er es versuchte. »Ja, danke.«

»Ich gebe zu«, Haroche wies auf die Komkonsole, »ich habe Sie falsch eingeschätzt. Ich habe Sie hier seit Jahren herein- und herausflitzen sehen, und ich wußte, daß Sie verdeckte Operationen ausführten. Aber ich wußte nicht immer ganz, *welche* verdeckten Operationen oder wie viele. Kein Wunder, daß Sie Illyans Liebling waren.« Sein Blick auf Miles' dekorierte Uniformjacke wirkte jetzt eher abschätzend als ungläubig.

»Sie haben meine Akte gelesen, oder?« Miles weigerte sich, vor Haroche zurückzuzucken.

»Ich habe die Zusammenfassungen durchgeschaut, und dazu einige von Illyans Anmerkungen. Sie eingehend zu studieren würde eine Woche dauern. Im Augenblick ist meine Zeit sehr kostbar.«

»Ja. Ich habe eben mit Gregor gesprochen.« Miles atmete tief ein. »Wir sind zu dem Schluß gekommen, daß der Chip entfernt werden muß.«

Haroche seufzte. »Ich hatte gehofft, daß das vermieden werden könnte. Es kommt einem so dauerhaft vor. Und so lähmend.«

»Nicht annähernd so lähmend wie das, was zur Zeit mit ihm geschieht. Nebenbei bemerkt, Illyan hätte auf jeden Fall von Anfang an zu seiner Beruhigung jemanden bei sich haben sollen, den er kennt. Es scheint einen beträchtlichen Unterschied auf das Ausmaß seiner Aggressivität zu haben. Damit hätte man möglicherweise den größten Teil der Sedierung vermeiden können. Und die erniedrigende Fixierung. Ganz zu schweigen von der Belastung für die Sanitäter.«

»Zu Beginn war ich mir noch nicht sicher, womit wir es zu tun hatten.«

»Mm. Aber es war falsch, ihn in seinen Qualen allein zu lassen.«

»Ich… gebe zu, ich bin nicht zu einer persönlichen Inspektion in die Klinik hinabgegangen. Der erste Tag war schlimm genug.«

*Verständlich, wenn auch feige.* »Ivan und ich konnten eine Menge tun, indem wir einfach dort waren. Ich habe an eine andere Person gedacht, die noch mehr ausrichten könnte. Ich denke, Lady Alys Vorpatril sollte bei ihm sitzen, bis die Operation vorbereitet ist.«

Haroche runzelte die Stirn. »Sie und Leutnant Vorpatril sind oder waren zumindest unter Fahneneid stehende Soldaten. Lady Alys ist eine Zivilistin und aufgrund ihres Geschlechts von den meisten Eiden ausgeschlossen.«

»Aber sie ist trotz allem wohl kaum eine Nichtperson. Falls ich muß, dann werde ich mit meiner Autorität als Auditor befehlen, daß sie zu Illyan gelassen wird, doch ich wollte Ihnen eine Chance geben, Ihren Fehler zu korrigieren. Wenn sonst nichts zählt, so sollten Sie sich doch der Tatsache bewußt sein, daß sie als Gregors Baba und als engste ältere weibliche Angehörige alle gesellschaftlichen Arrangements für die Hochzeit des Kaisers treffen wird. Vielleicht sind Sie dann immer noch amtierender Chef des KBS. Wie das in Ihre Sicherheits… aufgaben paßt, sollte offensichtlich sein. Die Kaiserin Laisa kann neue Arrangements treffen, sobald sie inthronisiert ist, aber in der Zwischenzeit ist Lady Alys die alte Garde und sorgt für den Übergang. Das ist eine Vor-Sitte. In seinen bewundernswerten Bemühungen, mehr nach Verdienst als nach Abstammung zu befördern, verbringt das Militär viel Zeit damit, so zu tun, als seien die Vor nicht real. Die hohen Vor, deren Sicherheit und gutes Benehmen Ihrer besonderen Obhut anvertraut sind, solange Sie hinter diesem Pult sitzen, verwenden mindestens ebensoviel Energie darauf, so zu tun, als seien die Vor real.«

Haroche zog die Augenbrauen hoch. »Wer hat also recht?«

Miles zuckte die Achseln. »Meine Mutter würde es den Aufeinanderprall zweier miteinander konkurrierender Phantasien nennen. Doch wie auch immer Ihre persönliche Meinung über die Verdienste und Defizite des Vor-Systems sein mag – und ich habe ein paar eigene Gedanken darüber, die ich nicht unbedingt vor dem Plenum des Rates der Grafen verkünden würde –, es ist das System, das aufrechtzuerhalten wir beide geschworen haben. Die Vor sind wirklich die Muskeln des Kaiserreichs. Falls Ihnen das nicht gefällt, dann können Sie auswandern, aber wenn Sie bleiben, dann ist dies das einzige Spiel, das in der Stadt gespielt wird.«

»Wie ist dann Illyan so gut mit euch allen zurechtgekommen? Er war auch nicht mehr Vor als ich.«

»Ich glaube, daß er eigentlich das Spektakel ziemlich genossen hat. Ich weiß nicht, was er dachte, als er jünger war, aber zu der Zeit, als ich ihn richtig kennenlernte, in den letzten zehn Jahren oder so... da war er, glaube ich, zu der Überzeugung gekommen, das Kaiserreich sei eine Schöpfung, die es zu bewahren galt. Er schien ein ureigenes Interesse daran zu haben. Auf seltsame Art eine fast cetagandanische

Einstellung: mehr die eines Künstlers zu seinem Medium als die eines Dieners zu seinem Herren. Illyan hat mit viel Getue Gregors Diener gespielt, aber ich glaube, ich bin noch keinem weniger servilen Menschen begegnet.«

»Aha.« Haroches Augen waren hellwach, als er dies hörte. Seine Finger trommelten einmal auf dem schwarzen Glas, eine ausgesprochen illyaneske Geste. Bei Gott, der Mann hörte wirklich zu. Und lernte auch? Ein ermutigender Gedanke.

Haroche preßte entschlossen die Lippen zusammen und tippte einen Code in seine Komkonsole ein. Lady Alys' Sekretär erschien, und nach ein paar gemurmelten Worten der Begrüßung und Erklärung bildete sich Alys' Gesicht über der Vid-Scheibe. Sie blickte Haroche finster an.

»Mylady.« Er nickte ihr kurz zu. Die Geste seiner Hand konnte man entweder als den modifizierten Gruß eines Analytikers interpretieren, oder als die Bewegung eines Mannes, der an seiner Stirnlocke zupfte; die Nuance war hübsch vage. »Ich habe noch einmal Ihr Ersuchen auf Zugang zur KBS-Klinik überdacht. Chef Illyan wird vielleicht in Kürze operiert. Ich würde es als einen persönlichen Gefallen auffassen, wenn Sie bereit wären, hierherzukommen und vorher eine Weile bei ihm zu bleiben. Vertraute Gesichter scheinen zu helfen, ihn mit weniger Drogen ruhigzubleiben.«

Alys straffte sich. »*Das* habe ich Ihnen doch schon gestern gesagt!«

»Ja, Mylady«, erwiderte Haroche sanft. »Sie hatten recht. Darf ich Ihnen einen Wagen zu Ihrer Residenz schicken? Und wie bald?«

»Dafür kann ich in fünfzehn Minuten fertig sein«, erklärte Alys.

Miles fragte sich, ob Haroche zu schätzen wüßte, was für eine eindrucksvolle Aussage das war. Manchmal konnte eine hohe Vor-Dame fünfzehn *Stunden* brauchen, um sich zum Ausgang bereit zu machen.

»Danke, Mylady. Ich glaube, dies könnte von großer Hilfe sein.«

»Danke, General.« Sie zögerte. »Und danken Sie Lord Vorkosigan ebenfalls.« Sie brach die Verbindung ab.

»Uff«, sagte Haroche und zog einen schiefen Mund. »Die ist aber fix.«

»Auf bestimmten Gebieten innerhalb ihrer persönlichen Sachkenntnis eine der fixesten.«

»Man fragt sich, wie Lord Ivan... äh... na ja. Wie war das, Mylord Auditor?«

*Außerordentlich.* »Eine noble Entschuldigung. Sie mußte sie akzeptieren. Sie werden es nicht bereuen.«

»Wie schwer verständlich es Ihnen auch erscheinen mag, wenn man die Geschichte Ihrer Einstellung gegenüber den meisten Ihrer kommandierenden Offiziere bedenkt«, Haroche klopfte auf seine Komkonsole – *welche* Dateien hatte er eigentlich gelesen? –, »ich möchte meine Arbeit gut tun. *Tun Sie Ihre Pflicht* ist nicht genug. Die unteren Ränge sind voll mit Männern, die lediglich ihre Pflicht tun, und nicht mehr. Ich weiß, ich bin kein höflicher Mensch – bin es nie gewesen...«

»Illyans Vorgänger, Oberst Negri, war es auch nicht, wie ich gehört habe«, warf Miles ein.

Haroche lächelte düster. »Ich habe mir diesen Notfall nicht gewünscht. Wahrscheinlich werde ich nie so geschmeidig und geschliffen wie Illyan sein. Aber ich beabsichtige, meinen Job ebenso gut zu machen wie er.«

Miles nickte. »Danke, General.«

Miles kehrte auf die Kliniketage zurück, um Ivan abzulösen. Er fand ihn immer noch neben Illyan sitzen – allerdings so weit zurückgelehnt auf seinem Stuhl, wie es ging – und gequält lächeln; ein Stiefel tappte in einem nervösen Rhythmus sanft auf den Boden.

Ivan stand hastig auf und kam zur Tür, als er Miles erblickte, der dort lehnte und die Szene betrachtete. »Gott sei Dank! Es wurde aber auch Zeit, daß du zurückkommst«, murmelte er.

»Wie war's?«

»Was glaubst denn du? Ich kann verstehen, warum sie ihn sediert haben, selbst wenn er nicht versucht, ihnen den Kopf abzureißen. So mußten sie sich nicht Stunde um Stunde dieses Zeug anhören. Miles, das ist ein Alptraum.«

»Ja, ich weiß.« Miles seufzte. »Allerdings habe ich für diese Aufgabe Hilfe auf den Weg gebracht. Ich habe deine Mutter gebeten zu kommen und bei ihm zu sitzen.«

»Oh«, sagte Ivan. »Eine gute Idee. Auf jeden Fall besser sie als ich.«

Miles verzog den Mund. »Du hast keine Angst, daß es für sie zu schwer sein wird?«

»Oh… hm. Sie ist verdammt robust.«

»Robuster als du?«

»Darin ist sie tüchtig«, versprach Ivan etwas verzweifelt.

»Mach eine Pause, Ivan.«

»Ja.« Ivan wartete nicht auf eine zweite Einladung, sondern sauste an ihm vorbei.

»Und, Ivan?«

Ivan hielt mißtrauisch an. »Ja?«

»Danke.«

»Oh, nicht der Rede wert.«

Miles holte tief Luft und betrat Illyans Zimmer. Es war immer noch sehr warm. Er nahm seine Jacke ab und faltete sie über die Rückenlehne eines Stuhls, dann rollte er seine seidenen Ärmel hoch und setzte sich. Zuerst beachtete Illyan ihn eine Weile nicht, dann starrte er ihn verdutzt an, schließlich hellte sich sein Gesicht auf. Es begann wieder von neuem: *Miles, was tust du hier…? Simon, hören Sie mir zu. Ihr Chip hat einen Defekt…*

Immer wieder und wieder.

Es kommt einem ein bißchen vor, als redete man mit einem Menschen mit multiplen Persönlichkeiten, stellte Miles nach einer Weile fest. Der dreißigjährige Illyan überließ das Feld dem Illyan von sechsundvierzig, und beide unterschieden sich grundlegend vom Illyan mit sechzig Jahren. Miles wartete geduldig auf die Karte, die, wie er hoffte, aufs neue gespielt würde, und wiederholte endlos das Datum, die Fakten, die Situation. Würde er jemals den Punkt erreichen, wo alle Illyans informiert worden waren, oder würde sich Simon unendlich weiter aufspalten?

Schließlich meldete sich wieder der Illyan, auf den er wartete.

»Miles! Hat Vorberg dich gefunden? Mist, das ist ein Alptraum. Mein verdammter Chip hat einen Defekt. Er wird in meinem Kopf zu Rotz. Versprich mir – versprich mir bei deinem Wort als Vorkosigan! –, daß du nicht zuläßt, daß das so weitergeht.«

»Hören Sie zu, Simon! Ich weiß alles darüber. Aber ich werde Ihnen nicht – verdammt noch mal! – die Kehle durchschneiden. Wir haben statt dessen eine Operation geplant, um den Chip herauszunehmen. Spätestens morgen, falls ich irgendwas zu sagen habe, und das habe ich. Der Chip kann nicht repariert werden, also werden wir ihn herausnehmen.«

Illyan schwieg einen Moment. »Herausnehmen…?« Seine Hand berührte die Stirn. »Aber wie funktioniere ich ohne ihn?«

»Genauso wie in den ersten siebenundzwanzig Jahren Ihres Lebens, bevor der Chip installiert wurde, ist die günstigste Voraussage der Ärzte.«

In Illyans Augen waren Ernst und Furcht zu lesen. »Wird er… all meine Erinnerungen mitnehmen? Werde ich mein ganzes Leben verlieren? O Gott, Miles.« Er schwieg eine Weile, dann fügte er hinzu: »Ich glaube, es wäre mir lieber, wenn du mir die Kehle durchschneidest.«

»Das steht nicht zur Debatte, Simon.«

Illyan schüttelte den Kopf. Und löste sich aufs neue in einen anderen Illyan auf. Es folgte eine weitere Runde von: »Miles! Was tust du hier? Was tue *ich* hier?« Er starrte auf seine Zivilkleidung. Illyan bevorzugte eine wirklich langweilige Mode oder traute ansonsten seinem eigenen Geschmack nicht. »*Jetzt* sollte ich mich in voller Ausgehuniform im Rat der Grafen befinden. Man muß es ihnen sagen – man muß es ihnen sagen…«

Miles konnte nicht entscheiden, ob Illyans Worte unter diesen Umständen die Zustimmung eines Patienten bedeuteten, der über die Risiken unterrichtet worden war, oder nicht. War Illyan unterrichtet? War es überhaupt Zustimmung? Aber es schien ihm das beste zu sein, was er erreichen konnte. Er wiederholte seinen Refrain. Immer wieder und wieder.

Endlich geleitete Dr. Ruibal Lady Alys ins Zimmer. Er hatte sie, wie von Miles gewünscht, informiert; Miles konnte es in ihrem gefaßten, beunruhigten Gesicht lesen.

»Hallo, Simon!« Ihre Stimme war ruhig, ein melodischer Alt.

»Lady Alys!« Illyans Gesicht arbeitete, während er sein Gedächtnis nach Miles-wußte-nicht-was durchsuchte. »Der Tod von Lord Vorpatril tut mir so leid«, sagte Illyan schließlich. »Wenn ich nur gewußt hätte, daß Sie sich in der Stadt aufhalten. Ich habe versucht, Admiral Kanzian herauszuholen. Wenn ich es doch nur gewußt hätte. Haben Sie das Kind gerettet?«

Bitte um Entschuldigung und Ausdruck des Beileids

über die Ermordung ihres Gatten vor dreißig Jahren. Kanzian war inzwischen schon ein halbes Jahrzehnt tot, gestorben an Altersschwäche. Alys warf Miles einen Blick heimlicher Angst zu. »Ja, Simon, es ist alles in Ordnung«, sagte sie. »Leutnant Koudelka hat uns durch Vordarians Linien hindurchgebracht. Jetzt ist alles in Ordnung.«

Miles nickte und wiederholte den Orientierungsrefrain als Modell für Alys. Sie lauschte aufmerksam dem Wortwechsel und beobachtete, wie Illyans Gesicht die übliche Folge von Emotionen durchlief, Erstaunen, Ablehnung, verwirrte Bestürzung. In ihrer Gegenwart verschwand aus Illyans Redeweise jede derbe Kasernensprache. Miles glitt von dem Stuhl neben Illyan und bot ihn ihr an. Sie setzte sich ohne Zögern und nahm Illyan bei der Hand.

Illyan blinzelte und schaute zu ihr auf. »Lady Alys!« Sein Gesicht entspannte sich. »Was tun Sie hier?«

Miles zog sich zur Tür zurück, von wo aus Ruibal die Szene beobachtete.

»Das ist interessant« sagte Ruibal und schaute auf eine Monitoranzeige an der Wand. »Sein Blutdruck ist ein bißchen gesunken.«

»Ja, es… überrascht mich nicht. Kommen Sie hinaus und reden wir dort. Ich möchte auch ein Wort mit Avakli wechseln.«

Zu dritt saßen sie, Miles, Ruibal und Avakli, jetzt alle in Hemdsärmeln, im Stationsraum und tranken Kaffee. Draußen war es tiefe Nacht, wie Miles erst jetzt bemerkte. Er wurde hinsichtlich der Zeit schon so konfus wie Illyan und bekam einen Vorgeschmack von dessen mechanistischer Ewigkeit.

»Also, Sie haben mich überzeugt, daß die Chirurgie hier adäquat eingerichtet ist«, sagte Miles. »Erzählen Sie mir mehr über den Operateur.«

»Er ist mein zweiter Oberarzt für Chirurgie zur Installation und Wartung der neuralen Implantate von Sprungpiloten«, erklärte Avakli.

»Warum nehmen wir nicht Ihren ersten Oberarzt?«

»Er ist auch gut, aber der hier ist jünger, mit modernerer Ausbildung. Meiner Meinung nach ist er der beste Kompromiß zwischen modernster Ausbildung und maximaler praktischer Erfahrung.«

»Vertrauen Sie ihm?«

»Lassen Sie es mich so formulieren«, erwiderte Avakli. »Falls Sie in den letzten fünf Jahren in einem kaiserlichen Schnellkurierschiff gereist sind, dann haben Sie ihm wahrscheinlich schon Ihr eigenes Leben anvertraut, und zwar so sicher, wie Sie es den Ingenieuren anvertraut haben, die die Necklin-Stäbe des Schiffes kalibriert haben. Er hat auch die Implantation beim persönlichen Piloten des Kaisers durchgeführt.«

»Sehr gut. Ich akzeptiere Ihre Entscheidung. Wie schnell können wir ihn also hierherbringen, und wie bald kann er sich an die Arbeit machen?«

»Wir könnten ihn noch heute abend aus Vordarians Distrikt einfliegen, aber ich denke, es ist besser, wir lassen ihn zuerst noch einmal sich zu Hause gut ausschlafen. Ich würde ihm wenigstens einen Tag lassen, um das Problem zu studieren und seine chirurgische Vorgehensweise zu planen. Danach – liegt es bei ihm. Wahrscheinlich findet die Operation frühestens übermorgen statt.«

»Verstehe. Sehr gut.« Für Miles gab es nichts mehr zu tun, womit er diesen Teil der Angelegenheit vorantreiben konnte. »Das gibt Dr. Avaklis Team zwei Tage mehr, um ihren Teil des Problems durchzuspielen. Falls Sie auf irgendwelche neuen Verfahren stoßen, die verhindern, daß Illyan noch mehr… davon durchmachen muß, dann lassen Sie mich es wissen. Und noch etwas! Ich habe einen Vorschlag. Wenn die Operation abgeschlossen ist, wird Dr. Avaklis Team die Rolle der Gerichtsmediziner für den Chip übernehmen. Ich möchte, daß an dem verdammten Ding eine Autopsie vorgenommen wird, selbst wenn es tot ist. Was hat die Fehlfunktion verursacht? Das wollen der KBS und ich wissen. Ich habe daran gedacht, dem Team einen Mann beizugeben, der Ihnen einiges interessante galaktische Fachwissen zur Verfügung stellen könnte. Er hat ein Labor in der Bio-Forschungseinrichtung des Kaiserlichen Instituts für Naturwissenschaften am Stadtrand von Vorbarr Sultana, wo er geheime Arbeit für das Kaiserreich leistet. Er heißt Vaughn Weddell.« Einst bekannt als Dr. Hugh Canaba von Jackson's Whole. Eine frühe Dendarii-Mission hatte ihn incognito als Flüchtling zu einem neuen Leben, Gesicht und Namen nach Barrayar gebracht, zusammen mit einem der geheimsten genetischen Forschungsprojekte der Galaxis. Sergeantin Taura war eines seiner früheren und ehrgeizigeren Projekte gewesen. »Von Ausbildung und Beruf ist er Molekularbiologe, doch seine frühen Erfahrungen umfassen ein außerordentliches Spektrum von… wirklich sonderbaren Dingen. Er ist eine Art Joker und hat etwas von einem… äh… Primadonna-Typ an sich, aber ansonsten werden Sie seine Ideen interessant finden, glaube ich.«

»Jawohl, Mylord.« Avakli machte sich eine Notiz. Die Vorschläge eines Lord Auditors hatten das Gewicht eines kaiserlichen Befehls, wie Miles erneut erkannte. Er mußte wirklich seine Zunge hüten.

Und das schien alles zu sein, was er an diesem Tag tun konnte. Er sehnte sich danach, nach Palais Vorkosigan zu fliehen und zu schlafen.

Statt dessen legte er sich für vier Stunden in einem der angrenzenden Patientenzimmer nieder, dann löste er seinerseits Alys Vorpatril in der Nachtwache ab. Leutnant Vorberg, der zum Dienst erschien, freute sich anscheinend, daß er ihnen den Platz an Illyans Bett überlassen konnte und postierte sich am Eingang der Klinik. Illyan schlief unruhig und wachte etwa alle zwanzig Minuten in einem neuen Ausbruch von Verwirrung und Angst auf. Bis zur Operation würden es noch zwei sehr lange Tage werden.

# KAPITEL 18

Aus den sich quälend dehnenden zwei Tagen wurden drei. Am letzten vollen Tag war Illyan nicht mehr klar genug, als daß er um den Tod bitten oder seinen Schrecken vor der bevorstehenden Operation ausdrücken hätte können – für Miles eine Art Atempause. Illyans flackernde Episoden von Desorientierung und Qual folgten einander zu schnell, um ihn noch zu beruhigen; er wurde stumm und nur sein zuckendes Gesicht, nicht seine Worte, spiegelte das kaleidoskopische Chaos in seinem Kopf.

Selbst Alys fand es unerträglich. Ihre Ruhepausen wurden immer länger, ihre Besuche bei Illyan immer kürzer. Miles hielt durch und fragte sich, warum er das tat. Würde sich Illyan daran erinnern können? *Werde ich es jemals vergessen können?*

Illyan war nicht länger aggressiv, doch seine taumeligen Bewegungen waren abrupt und unvorhersehbar. Es wurde beschlossen, daß man keinen Versuch unternehmen würde, ihn während der Operation bei Bewußtsein zu halten. Die Überwachung seiner höheren neuralen Funktionen würde bis nach dem Eingriff warten müssen. Für Miles war es eine tiefe Erleichterung, als die Sanitäter kamen, um Illyan zu anästhesieren und für die Operation vorzubereiten. Endlich wurde er still.

Als Gregors bevollmächtigter Beobachter folgte Miles der Prozession in den Operationssaal direkt neben den Labors, ein paar Schritte korridorabwärts von den Patientenzimmern. Niemand schlug vor, er solle draußen bleiben. *Wo sitzen die vierzig Kilo Kaiserlicher Auditor? Überall, wo er will.* Ein Sanitäter half ihm in eine nur leicht übergroße sterile Schutzkleidung und bot ihm einen bequemen Schemel an, mit einem guten Blick auf die Holovid-Monitore, die jeden Aspekt der Prozedur innerhalb und außerhalb von Illyans Schädel aufzeichnen würden, und mit einem akzeptablen Blick vorbei an der Schulter des Operateurs auf Illyans Scheitel. Im großen und ganzen, so dachte Miles, würde er lieber auf die Monitore schauen.

Der Sanitäter depilierte einen kleinen rechteckigen Fleck in der Mitte von Illyans Kopfhaut, was bei dem schütteren Haar fast unnötig war. Miles dachte, er sollte eigentlich inzwischen an alle Arten von Blutvergießen gewöhnt sein, aber in seinem Magen drehte sich immer noch alles, als der Chirurg durch die Kopfhaut schnitt und sie für einen Zugang zurückzog. Der Schnitt war wirklich winzig, ein bloßer Spalt. Dann wurden die computergesteuerten Mikroservos positioniert und verbargen den Spalt, und der Chirurg beugte sich in seine Vid-Vergrößerer, die über Illyans Kopf hockten. Miles richtete seine Aufmerksamkeit wieder auf die Monitore.

Der Rest dauerte kaum fünfzehn Minuten. Der Chirurg kauterisierte mit einem Laser die winzigen Arteriolen, die den Chip mit Blut versorgten und seine organischen Teile am Leben erhielten, dann durchbrannte er geschwind die wimperfeinen neuralen Konnektoren, die dünner als Spinnenseide waren und die Oberfläche des Chips bedeckten. Der allerfeinste chirurgische Handtraktor hob den Chip sauber aus seiner Matrix. Der Chirurg ließ ihn in einen Teller mit einer Lösung fallen, den der besorgte Dr. Avakli neben ihm bereithielt.

Avakli und sein Sanitäter eilten zur Tür, um den Chip schnell ins Labor zu bringen. Avakli hielt an und warf Miles einen Blick zu, als erwarteten sie, er werde ihnen folgen. »Kommen Sie mit, Mylord?«

»Nein, ich sehe Sie später. Machen Sie weiter, Admiral.«

Miles war kaum in der Lage, das zu interpretieren, was er auf den Monitoren sah, aber zumindest konnte er etwas vom Gesicht Dr. Ruibals ablesen, der sich neben dem Chirurgen um Illyans physiologischen Zustand kümmerte. Ruibal war aufmerksam, aber entspannt. Also noch kein Notfall.

Der Chirurg paßte den Schädelsplitter mit biotischem Kleber wieder an seinem Platz ein, schloß den Schnitt und reinigte ihn. Auf der bleichen Kopfhaut war nichts zu sehen außer einer sauberen, dünnen roten Linie. Pep, die Katze, hatte auf menschlicher Haut blutigere Kratzer als diese Operationswunde hinterlassen.

Der Chirurg richtete sich auf und streckte sich. »Das war's. Er gehört Ihnen, Dr. Ruibal.«

»Das war… einfacher, als ich erwartet hatte«, bemerkte Miles.

»Einige Größenordnungen einfacher, als es gewesen sein muß, den Chip zu implantieren«, pflichtete ihm der Chirurg bei. »Ich hatte zuerst ein paar furchtbare Minuten, als ich mir den Plan des Dings anschaute und dachte, ich würde hineingehen und alle diese neuralen Konnektoren von ihren anderen Enden im ganzen Hirn lösen müssen, bis mir aufging, daß sie einfach *in situ* gelassen werden konnten.«

»Wird es keine Folgen haben, wenn man sie drin läßt?«

»Nein. Sie sitzen einfach da, funktions- und harmlos. Wie jede andere Art durchgeschnittener Kabel; es gibt jetzt keinen Stromkreis mehr. Nichts fließt.«

»Sind Sie bereit, daß ich jetzt den Antagonisten verabreiche?« wollte der Anästhesist von Dr. Ruibal und dem Chirurgen wissen.

Ruibal holte tief Luft. »Ja, wecken Sie ihn auf. Finden wir heraus, was wir angerichtet haben.«

Der Hypospray zischte; der Anästhesist beobachtete, wie Illyans Atmung schneller wurde, dann entfernte er auf ein Nicken des Chirurgen hin die Schläuche aus Illyans Mund und löste die Kopffixierung. Ein wenig mehr Farbe erwärmte Illyans bleiche Züge, die schwindende Leichenblässe einer vergehenden Ohnmacht.

Illyan öffnete die braunen Augen, er kniff sie zusammen, und sein Blick flog von Gesicht zu Gesicht. Er befeuchtete die trockenen Lippen.

»Miles?« fragte er heiser. »Wo, zum Teufel, bin ich? Was tust du hier?«

Angesichts dieser Wiederholung der Worte, mit denen er während der letzten vier Tage fast alle seine Gespräche eröffnet hatte, verließ für einen Moment Miles der Mut. Doch Illyans Blick ruhte, wenn auch unsicher, stetig auf Miles' Gesicht.

Miles schob sich durch die Gruppe der Mediziner, die beiseite traten. »Simon, Sie sind im OP im Hauptquartier des KBS. Ihr eidetischer Gedächtnis-Chip hatte eine irreparable Störung. Wir haben ihn gerade entfernt.«

»So«, Illyan runzelte die Stirn.

»Woran können Sie sich als letztes erinnern, Sir?« fragte Ruibal und beobachtete ihn aufmerksam.

»... erinnern?« Illyan zuckte zusammen. Seine rechte Hand zuckte, er hob sie zur Schläfe, senkte sie nach vorn, ballte sie zur Faust und ließ sie wieder fallen. »Es ist... wie ein Traum.« Er schwieg einen Moment lang. »Ein Alptraum.«

Miles hielt dies für eine bewundernswerte Demonstration von logischer Kohärenz und korrekter Wahrnehmung, obwohl Ruibal die Stirne runzelte.

»Wer hat... das beschlossen?« fügte Illyan hinzu und winkte unbestimmt in Richtung seines Kopfes.

»Ich«, gestand Miles. »Oder genauer gesagt, ich habe es Gregor geraten, und er hat zugestimmt.«

»Hat er... Hat Gregor dich hiermit beauftragt?«

»Ja.« Miles zitterte innerlich.

»Gut.« Illyan seufzte. Miles wagte wieder zu atmen. Illyans Augen wurden aufmerksamer. »Und der KBS? Was geschieht da? Wie lange...?«

»Im Augenblick sitzt General Haroche an Ihrer Komkonsole.«

»Lucas? Oh, gut.«

»Er hat alles unter Kontrolle. Keine größere Krise, von der Ihren abgesehen. Sie können sich ausruhen.«

»Ich muß zugeben«, murmelte Illyan, »ich bin müde.« Er sah völlig erschöpft aus. »Das überrascht mich nicht«, erwiderte Miles. »Das ist jetzt schon über drei Wochen so gegangen.«

»Wirklich.« Illyans Stimme wurde leiser, fast zaghaft. Noch einmal machte seine Hand diese seltsame Geste neben seinem Gesicht, als riefe er... als versuchte er, vor seinen Augen ein Vid-Bild aufzurufen, das nicht erschien. Seine Hand zuckte erneut, dann schloß sie sich; er schien sie fast zurück an seine Seite zu zwingen.

Dann wurde Ruibal als Neurologe aktiv und führte seine ersten paar Tests durch; Illyan meldete keine schlimmeren offenkundigen Nachwirkungen als leichtes Kopfweh und etwas Muskelschmerz. Mit einiger Verblüffung musterte Illyan seine geprellten Knöchel, doch er stellte keine Fragen, auch nicht über die Striemen an seinen Handgelenken. Als man ihn wieder in sein Patientenzimmer in der Klinik fuhr, trudelte Miles hinterdrein.

Als Illyan wieder in sein Bett verfrachtet worden war, unterrichtete Ruibal Miles auf dem Korridor. »Sobald seine physische Erholung feststeht – sobald er gegessen, Stuhlgang gehabt und geschlafen hat –, werde ich mit der Batterie der kognitiven Tests beginnen.«

»Wie bald kann er...? Nein, vermutlich ist es noch zu früh, danach zu fragen«, begann Miles. »Ich wollte fragen, wie bald kann er nach Hause gehen.« In das Zuhause, das Illyan hatte. Miles erinnerte sich an seinen langvergangenen Aufenthalt in diesen fensterlosen Zeugenapartments in den unteren Etagen, und er schauderte innerlich.

Ruibal zuckte die Achseln. »Falls keine neuen Entwicklungen auftauchen, wäre ich bereit, ihn nach zwei Tagen eingehender Beobachtung zu entlassen. Er würde natürlich zu den täglichen Nachfolgeuntersuchungen kommen müssen.«

»So bald?«

»Wie Sie gesehen haben, war die Operation nicht sehr invasiv. Man könnte sie fast als leicht einstufen. Physisch.«

»Und nichtphysisch?«

»Das müssen wir noch herausfinden.«

Miles gab seine sterile Operationskleidung an einen der Sanitäter zurück und stöberte wieder seine Jacke mit ihren ganzen Auszeichnungen auf. Er zog sie an und steckte den Kopf um eine Ecke in ein Nebenbüro. Dort saß geduldig Lady Alys Vorpatril; auf die Bewegung hin blickte sie auf.

»Alles vorbei«, berichtete Miles. »Bis jetzt alles in Ordnung. Er scheint wieder in etwa in die Normalität zurückgekehrt zu sein. Allerdings ist er ein bißchen gedämpft. Ich glaube, du kannst ihn besuchen, wenn du willst.«

»Ja, das will ich.« Lady Alys erhob sich und rauschte an ihm vorbei.

Miles seinerseits besuchte das gesicherte Labor am Ende des Korridores, das Avaklis Team besetzt hatte.

Avakli hatte den Chip schon unter einem Scanner,

doch er hatte noch nicht begonnen, ihn auseinanderzunehmen. Miles fiel sofort ein neues Gesicht in dem Team auf, ein großer hagerer Mann, der sich etwas abseits von den anderen hielt.

Dr. Vaughn Weddell, früher Dr. Hugh Canaba von Jackson's Whole, hatte jetzt blassere Haut und dunkleres Haar, und seine Augen waren von einem hellen Haselnußbraun statt des ursprünglichen Dunkelbraun, das sie gehabt hatten, als Miles dem Mann zum ersten Mal begegnet war. Eine höhere Wölbung seiner Wangenknochen und seiner Nase verlieh ihm ein noch distinguierteres Aussehen. Seine Aura ernster intellektueller Überlegenheit war allerdings noch die gleiche.

Als Weddell Miles erblickte, weiteten sich seine Augen. Miles lächelte grimmig. Er hatte nicht geglaubt, daß der gute Doktor ›Admiral Naismith‹ vergessen haben würde. Miles trat mit ihm beiseite und dämpfte seine Stimme.

»Guten Tag, Dr. Weddell. Und wie genießen Sie dieser Tage Ihre neue Identität?«

Weddell verarbeitete seine Überraschung geschmeidig. »Gut, danke. Und… äh… wie genießen Sie die Ihre?«

»Das ist genaugenommen meine *alte* Identität.«

»Wirklich?« Weddell zog die Augenbrauen hoch, während er Miles' barrayaranische Hausuniform und deren Auszeichnungen sowie die prunkvolle Kette um den Hals musterte und deren Bedeutung entzifferte. »Hm. Heißt das also, Sie sind der Kaiserliche Auditor, dem ich diese Unterbrechung meiner Arbeit am Institut für Naturwissenschaften zu verdanken habe?«

»Korrekt. Wir Untertanen des Kaiserreichs haben manchmal überraschende Pflichten, das muß Ihnen ja inzwischen bewußt sein. Das ist der Preis, Barrayaraner zu sein. Einer der Preise.«

»Zumindest ist Ihr Klima hier besser«, seufzte Weddell.

Gegenüber Jackson's Whole, in der Tat. Und Weddell bezog sich nicht nur auf das Wetter. »Ich bin sehr erfreut, daß sich die Dinge für Sie zufriedenstellend entwickelt haben«, bemerkte Miles. »Wenn ich gewußt hätte, daß ich Sie treffen würde, hätte ich Grüße von Sergeantin Taura mitgebracht.«

»Du meine Güte, ist sie noch am Leben?«

»O ja.« *Und das ist nicht Ihnen zu danken.* »Admiral Avakli hat Sie vermutlich schon über das sehr delikate Problem unterrichtet, dessen Lösung ich seinem Team übertragen habe. Für den Fall, daß sich irgendwelche interessanten galaktischen Verbindungen ergeben, hoffe ich, daß Ihr etwas eklektischer galaktischer Werdegang vielleicht helfen könnte, sie aufzudröseln. Haben Sie schon eine Idee?«

»Einige.«

»Tendieren sie zu natürlichen Ursachen oder zu Sabotage?«

»Ich würde nach Anzeichen für Sabotage suchen. Falls ich keine finden kann, werden wir es am Ende vielleicht aufgrund des Fehlens anderer Möglichkeiten natürliche Ursachen nennen. Die Analyse wird einige Tage dauern, falls sie gründlich durchgeführt wird.«

»Ich möchte, daß Sie gründlich sind. Molekül um Molekül, falls nötig.«

»Oh, das wird nötig sein.«

»Und ... hm ... denken Sie bitte daran: zwar befinden Sie sich in einem Labor des KBS und sind sicherlich Teil eines Teams, aber Sie gehören nicht zur Befehlskette des KBS. Sie erstatten direkt mir Bericht.«

Weddell zog nachdenklich die Augenbrauen herab. »Das ist ... sehr interessant.«

»Dann machen Sie weiter.«

Weddell neigte sein Kinn schief in leicht ironischer Bestätigung. »Ja, Mylord... äh... Vorkosigan, nicht wahr?«

»Oder ›Mylord Auditor‹ wäre korrekt, in dieser Woche.«

»Sie haben sich verbessert.«

»Ich könnte hier kaum höhersteigen, ohne Nasenbluten zu riskieren.«

»Soll das eine Warnung an mich sein?«

»Eine Gefälligkeit. Nur zur Orientierung.«

»Aha, danke.« Weddell nickte und kehrte wieder zu der Gruppe zurück, um über Avaklis Schulter das Geschehen zu verfolgen.

Weddell/Canaba war im Grunde immer noch ein Dummkopf, überlegte Miles. Aber er beherrschte seine Molekularbiologie.

Nach einem Gespräch mit Admiral Avakli rief Miles Gregor an und berichtete über die erfolgreiche Operation. Dann ging er erneut Illyan besuchen. Er fand den Chef des KBS im Bett sitzend und wieder angekleidet vor. Lady Alys saß neben ihm. Illyan lächelte tatsächlich ein wenig, als er ins Zimmer trat. Der erste ungequälte Ausdruck, den Miles seit Tagen auf seinem Gesicht gesehen hatte.

»Hallo, Sir. Gut, daß Sie wieder bei uns sind.«

»Miles.« Illyan nickte vorsichtig, dann berührte er mit der Hand den Kopf, als wollte er sich vergewissern, daß der noch dran war. »Wie lange bist du hier gewesen? Komm her.«

»Nur etwa vier Tage. Oder fünf.« Miles trat an die andere Seite des Bettes.

Auch Illyan musterte Miles' Vorkosigan-Uniform und die darauf angeordneten Zierstücke. Er langte nach der goldenen Auditorkette, die Miles über die Schultern hing, und klickte leicht damit. Es gab einen schwachen, reinen Klang. »Also das ist... ziemlich unerwartet.«

»General Haroche wollte mich nicht einlassen. Gregor kam zu dem Schluß, daß dies Streitereien ersparen würde.«

»Wie kreativ von Gregor!« Illyan stieß ein kurzes überraschtes Lachen aus; Miles war sich nicht ganz sicher, wie er es interpretieren sollte. »Daran hätte ich nie gedacht. Doch spare in der Zeit, so hast du in der Not.«

»Wenn Sie jetzt anscheinend auf sich selbst achtgeben können, Sir, dann würde ich gern eine Pause machen und ein wenig nach Hause gehen.«

»Ich bleibe noch eine Weile«, meldete sich Alys, dann fügte sie hinzu: »Du hast deine Sache gut gemacht, Miles.«

Miles zuckte die Achseln. »Verdammt, *ich* habe doch gar nicht soviel gemacht. Vermutlich bloß die Experten in Bewegung gesetzt.« Mühsam verwandelte er die Ehrenbezeigung zum Abschied in ein mehr ziviles höfliches Nicken, deutete eine Verneigung an und verließ den Raum.

Wieder in seinem Schlafzimmer in Palais Vorkosigan angekommen, hängte er seine Vorkosigan-Uniform auf – eine Wäscherei würde sich später um sie kümmern –, nahm die Auszeichnungen ab und legte sie sorgfältig beiseite. Es würde wahrscheinlich lange dauern, bis er sie wieder trug, falls überhaupt. Doch sie hatten schließlich einem nützlichen Zweck gedient. Zuletzt hielt er die goldene Kette seines Auditor-Amtes hoch und ließ sie im Licht kreisen, wobei er ihre exquisiten Details studierte.

*Tja, das war amüsant, solange es dauerte.*

Vermutlich sollte er die Kette wieder prompt in die Residenz zurückbringen, damit sie wieder in den Tresor gelegt würde, aus dem sie stammte. Es kam ihm ein wenig sorglos vor, einen Gegenstand von einem solchen historischen und künstlerischen Wert in einer Kommodenschublade herumliegen zu lassen. Doch... eine Aufgabe war nie abgeschlossen, solange die Berichte nicht abgefaßt waren; ein Jahrzehnt in Diensten des KBS hatte ihn wenn sonst nichts, so *das* gelehrt. Und bis Avakli und seine fröhlichen Männer *ihren* Bericht vorgelegt hatten, konnte Miles nicht gut Gregor seinen Schlußbericht überreichen.

Er legte die Kette auf einen Stapel Hemden.

# KAPITEL 19

Widerstrebend, aber standhaft setzte sich Miles am nächsten Tag an seine Komkonsole, rief die Abteilung zur Behandlung von Veteranen im Kaiserlichen Militärkrankenhaus an und vereinbarte eine Voruntersuchung zur Diagnose seiner Anfälle. Das KMK war die logische Wahl; dort hatte man soviel Erfahrung mit Fällen von Kryo-Wiederbelebung wie sonst nirgends auf Barrayar, und außerdem hatte man sofortigen und privilegierten Zugriff auf seine medizinischen Unterlagen, ob geheim oder nicht. Allein schon die Aufzeichnungen seiner Flottenärztin von den Dendarii würden ihm Wochen wiederholten Herumprobierens ersparen. Früher oder später würde Ivan sich an seine Drohung erinnern, Miles höchstpersönlich in eine Klinik seiner Wahl zu schleifen, oder noch schlimmer: über Miles' Drückebergerei bei Gregor petzen. So machte er Ivan einen Strich durch die Rechnung.

Nachdem dies erledigt war, seufzte Miles, ließ von der Komkonsole ab, stand auf und begab sich auf ziellose Wanderungen durch die hallenden Korridore und Räume des Palais Vorkosigan. Nicht daß ihm gerade Ivans Gesellschaft fehlte, es war einfach… ihm fehlte jede Gesellschaft, auch die von Ivan. Palais Vorkosigan war nicht dazu bestimmt, so ruhig zu sein. Es war gebaut worden, um rund um die Uhr einen tosenden Zirkus zu beherbergen, mit seiner Besetzung aus Wächtern und Hauspersonal, Zimmermädchen, Dienern und Gärtnern, eilenden Kurieren und trägen Höflingen, Vor-Besuchern mit Kindern und Gefolge... wobei der jeweilige Graf Vorkosigan den Zirkusdirektor abgab, die Nabe, um die sich das ganze große bunte Rad drehte. Graf und Gräfin Vorkosigan. Vermutlich war der Höhepunkt des Trubels in den Tagen seiner Urgroßeltern gewesen, kurz vor dem Ende des Zeitalters der Isolation. Er hielt vor einem Fenster an, von dem man einen Ausblick auf die Kurven der Auffahrt hatte, und stellte sich vor, wie sich dort unten Pferde und Kutschen drängten, wie Offiziere und Damen ausstiegen, mit glitzernden Säbeln und wirbelnden Gewändern.

Die Dendarii-Söldner anzuführen war etwas Ähnliches gewesen, zumindest was den Aspekt des tosenden Zirkus anging. Würde die Dendarii-Flotte ihren Gründer so lange überleben wie Palais Vorkosigan den ersten Grafen vor elf Generationen? Und würde sie ebenso oft niedergerissen und komplett neu aufgebaut werden? Seltsam der Gedanke, er habe vielleicht etwas so Organisches und Lebendiges geschaffen, daß es in seiner Abwesenheit fortdauern würde, ohne seinen Halt und seine Energie... so wie Kinder ohne einen weiteren Willensakt von seiten der Eltern weiterlebten.

Quinn war sicherlich seine würdige Nachfolgerin. Er sollte aufhören so zu tun, als kehrte er zu den Dendarii zurück, und sie einfach zur Admiralin befördern. Punkt. Oder würden Personalentscheidungen jetzt Haroche zufallen? Miles hätte Illyan zugetraut, mit Quinn umzugehen. Aber verfügte Haroche über die notwendige Einsicht und Vorstellungskraft? Er seufzte beunruhigt.

Seine Wanderungen führten ihn in die Zimmerflucht des ersten Stocks mit dem besten Ausblick auf den Garten hinter dem Gebäude, die in den letzten Lebensjahren seines formidablen Großvaters das Versteck des alten Mannes gewesen war. Miles' Vater und Mutter hatten sich nach dem Tod des alten Grafen nicht entschließen können, in diese Räume zu ziehen, statt dessen hatten sie ihre eigenen ausgedehnten Gemächer auf dem darüberliegenden Geschoß beibehalten. Doch sie hatten die Zimmer des alten Grafen als eine Art kaiserlicher Gastsuite neu möblieren lassen: Schlafzimmer, privates Bad, Wohnzimmer und Studierzimmer. Selbst Ivan, ein Connoisseur des Komforts, hatte bei seinem kürzlichen Aufenthalt nicht den Nerv gehabt, die elegant ausgestatteten Räume in Beschlag zu nehmen. Statt dessen hatte er ein kleines Schlafzimmer am selben Korridor wie Miles bezogen; allerdings konnte der Grund dafür auch gewesen sein, daß es so bequemer war, ein Auge auf seinen unberechenbaren Cousin zu haben.

Als Miles sich in den stillen Gemächern umschaute, kam ihm ein Einfall.

»Eine Entführung?« murmelte General Haroche, als er am nächsten Morgen Miles über Illyans Komkonsole hinweg beäugte.

Miles lächelte höflich. »Das wohl kaum, Sir. Eine Einladung an Illyan, während seiner Rekonvaleszenz die Gastfreundschaft von Palais Vorkosigan zu genießen, angeboten in meines Vaters Namen und an seiner Stelle. Ich zweifle nicht, daß er es billigen würde.«

»Admiral Avaklis Team hat eine Sabotage des Chips noch nicht ausgeschlossen, obwohl ich selbst immer mehr zu der Erklärung mit natürlichen Ursachen tendiere. Aber wenn man diese Ungewißheit in Betracht zieht, ist Palais Vorkosigan wirklich sicher genug? Verglichen mit dem HQ des KBS?«

»Falls Illyans Chip Opfer einer Sabotage geworden ist, so kann die durchaus im Bereich des KBS stattgefunden haben; schließlich hat sich Illyan dort am häufigsten aufgehalten. Der KBS ist offensichtlich kein

Schutz. Und… äh… falls Palais Vorkosigan nicht durch den KBS zu sichern ist, dann wird das sicherlich eine interessante Neuigkeit für den früheren Lordregenten sein. Ich würde es sogar einen größeren Skandal nennen.«

Haroche fletschte die Zähne. »Ich habe verstanden, Mylord Auditor.« Er blickte auf Ruibal, der neben Miles saß. »Und was halten Sie unter medizinischen Gesichtspunkten von diesem Umzug, Dr. Ruibal? Eine gute Idee, oder eine schlechte?«

»Mm… mehr gut als schlecht, glaube ich«, erwiderte der dickliche Neurologe. »Illyan ist physisch in der Lage, zu normaler leichter Aktivität zurückzukehren – Arbeit natürlich nicht eingeschlossen. Ein wenig zusätzliche Distanz zwischen ihm und seinem Büro könnte vielleicht dazu beitragen, Meinungsverschiedenheiten über diesen Punkt vorzubeugen.«

Haroche hob die Augenbrauen. Anscheinend war ihm diese unangenehme Möglichkeit noch nicht in den Sinn gekommen.

»Lassen Sie ihn Genesungsurlaub nehmen«, fügte Dr. Ruibal hinzu, »sich ausruhen und entspannen, ein wenig lesen oder was immer… wobei man Aufzeichnungen über alle weiteren Probleme machen sollte. Ich kann seine tägliche Untersuchung dort sicher ebenso gut vornehmen wie hier.«

»Weitere Probleme«, griff Miles Ruibals Formulierung auf. »Was sind seine derzeitigen Probleme? Wie entwickelt er sich im Augenblick?«

»Nun, er ist physisch in einer guten Verfassung, wenn auch verständlicherweise erschöpft. Seine motorischen Reflexe sind normal. Aber sein Kurzzeitgedächtnis ist im Augenblick beim Teufel, um es offen zu sagen. Seine Leistungen bei kognitiven Aufgaben, die das Kurzzeitgedächtnis erfordern – und die meisten davon tun das – sind alle weit unter seiner Norm.

Seine frühere Norm war natürlich außerordentlich. Es ist noch zu früh, um zu sagen, ob das ein bleibender Zustand sein wird oder ob sein Gehirn sich im Laufe der Zeit wieder nachtrainieren lassen wird. Oder ob irgendeine medizinische Intervention notwendig sein wird. Oder, Gott steh mir bei, von welcher Art diese Intervention sein mag. Meine Verordnung lautet: ein paar Wochen Ruhe und verschiedenartige Aktivitäten, und dann werden wir sehen.«

Das würde Ruibal Zeit verschaffen, um nach Lösungen zu suchen. »Mir klingt das vernünftig«, erklärte Miles.

Haroche nickte zustimmend. »Auf Ihre Verantwortung dann also, Lord Vorkosigan.«

Nach einem weiteren persönlichen Anruf bei Avakli in dessen Labor begab sich Miles in die Klinik des KBS, um Illyan die Einladung auszusprechen. Dort fand er in Lady Alys, die erneut Illyan besuchte, eine unerwartete Verbündete bei seiner selbstauferlegten Mission der Überredung. Sie war wie üblich tadellos gekleidet, heute in etwas Dunkelrotes und auf Art der Vor Feminines, also Sündteures.

»Aber das ist eine glänzende Idee«, sagte sie, als Illyan stockend Bedenken zu äußern begann. »Ganz recht und billig von dir, Miles. Cordelia würde zustimmen.«

»Glauben Sie?« fragte Illyan.

»Ja, wirklich.«

»Und die Suite hat Fenster«, erklärte Miles hilfreich. »Jede Menge Fenster. Die haben mir immer am meisten gefehlt, wenn ich hier drin festsaß.«

Illyan schaute sich in seinem fensterlosen Patientenzimmer um. »Fenster, wie? Die sind nicht unbedingt ein Vorteil. *Dich* hat es erwischt, als Evon Vorhalas diese Gasgranate durch das Schlafzimmerfenster deiner Eltern feuerte. Ich kann mich noch an jene Nacht erinnern…« Seine Hand zuckte; er runzelte die Stirn. »Es ist wie ein Traum.«

Der Vorfall hatte sich vor etwas mehr als dreißig Jahren ereignet. »Deshalb wurden auch später alle Fenster im Palais Vorkosigan mit einem Energieschirm gesichert«, sagte Miles. »Jetzt gibt es kein Problem mehr. Im Augenblick ist es dort ziemlich ruhig, aber ich habe eine neue Köchin.«

»Ivan hat deine neue Köchin erwähnt«, gestand Illyan. »Und zwar ausführlich.«

»Ja«, sagte Lady Alys, und ein leicht berechnender Ausdruck huschte über ihre feinen Züge – bedauerte sie es, daß die Tage der Raubzüge auf Pferde, Rinder und Leibeigene benachbarter Lords für immer vorbei waren? »Und es wird für alle so viel praktischer – und bequemer – sein, Sie zu besuchen, als hier an diesem schrecklich deprimierenden Ort, Simon.«

»Hm«, erwiderte Illyan. Er lächelte sie kurz an und blickte nachdenklich drein. »*Das* ist wahr. Nun, Miles… ja. Danke, ich nehme an.«

»Ausgezeichnet«, sagte Lady Alys. »Brauchen Sie Hilfe? Hätten Sie gern meinen Wagen?«

»Ich habe meinen Wagen und Fahrer draußen«, erwiderte Miles. »Ich glaube, wir kommen zurecht.«

»In diesem Fall werde ich Sie dann dort besuchen. Ich bin sicher, du hast nicht an alles gedacht, Miles. Männer denken nie an alles.« Lady Alys nickte entschlossen, erhob sich mit wirbelnden Röcken und eilte hinaus.

»Was kann sie denn noch bringen wollen, was es in Palais Vorkosigan noch nicht gibt?« überlegte Illyan etwas verdutzt.

»Blumen?« schlug Miles vor. »Tänzerinnen?« *Hm… Seife und Handtücher?* Sie hatte recht, er hatte nicht an alles gedacht.

»Ich kann es kaum erwarten, das herauszufinden.«

»Nun, womit immer sie daherkommt, ich bin sicher, es wird stimmen.«

»Bei ihr kann man damit rechnen«, stimmte Illyan zu. »Eine zuverlässige Frau.« Anders als einige Männer aus Illyans Generation, die Miles kannte, schien er das nicht als Widerspruch in sich selbst zu empfinden. Er zögerte und schaute Miles mit zusammengekniffenen Augen an. »Es kommt mir vor, als erinnerte ich mich… sie war hier. In einigen ziemlich unangenehmen Augenblicken.«

»Das war sie. Ganz stilvoll.«

»Bei Lady Alys nicht anders zu erwarten.« Illyan schaute sich in dem kleinen Patientenzimmer um, als sähe er es zum ersten Mal seit Wochen wirklich. »Deine hochverehrte Tante hat recht. Hier ist es trostlos.«

»Dann hauen wir von hier ab.«

Sie verließen das Hauptquartier des KBS mit nur einer Reisetasche und sehr wenig weiterem Wirbel. Illyan reiste schließlich schon länger mit leichtem Gepäck, als Miles auf der Welt war.

Im altmodischen Luxus des Bodenwagens brachte Martin sie zurück nach Palais Vorkosigan. Als sie in Illyans neuer Bude ankamen, stießen sie dort auf Alys. Sie dirigierte eine Putzmannschaft, die sich gerade zum Abmarsch bereit machte. Blumen waren aufgestellt, Seife und Handtücher bereitgelegt und frische Bettlaken übergezogen worden. Falls Miles jemals seine Drohung wahrmachen sollte, Palais Vorkosigan in ein Hotel umzuwandeln, dann wußte er, wen er als Geschäftsführerin engagieren mußte. Martin brauchte fünf Minuten, um Illyans spärliche Habseligkeiten an ihrem neuen Platz unterzubringen, dann wurde er von Alys in die Küche gescheucht.

Illyans leichte Verlegenheit ob all dieser Aufmerksamkeiten verflog, als Martin zurückkam und einen Teewagen beladen mit einer kräftigen Vesper à la Mama Kosti hereinrollte. Er servierte auf dem Wohnzimmertisch, von wo man durch ein Erkerfenster einen Ausblick auf den hinteren Garten hatte. Der Service trug Lady Alys' Handschrift; endlich schien man alle korrekten Tabletts und Utensilien gefunden und ihrer richtigen Bestimmung zugeführt zu haben. Aber nach einer Runde mit Tee mit Sahne, kleinen Sandwiches, gefüllten Eiern, Fleischklößchen in Pflaumensoße, den berühmten gewürzten Pfirsichtörtchen, lieblichem Wein und einigen tollen verzierten Schokoladendingern, von denen Miles nicht einmal den Namen wußte, war *jedermann* entspannt.

In dem satten und meditativen Schweigen, das auf diesen Genuß folgte, wagte Miles endlich, eine Frage zu stellen.

»Also, Simon, wie ist's? Woran können Sie sich jetzt erinnern, aus den letzten paar Wochen und... hm... davor?« *Was haben wir Ihnen angetan?*

Illyan, der halb in der weichen Polsterung des Armsessels versunken war, in dem er sich zurücklehnte, zog eine Grimasse. »Die letzten paar Wochen scheinen sehr bruchstückhaft zu sein. Davor – ist es auch bruchstückhaft.« Wieder das Zucken der Hand. »Ich komme mir vor... wie ein Mann, der immer perfektes Sehvermögen gehabt hatte und jetzt einen Glashelm über dem Kopf hat, der über und über mit Fett und Schlamm beschmiert ist. Außer... daß ich ihn nicht abnehmen kann. Nicht zerbrechen kann. Nicht atmen kann.«

»Aber«, erwiderte Miles, »mir kommen Sie so vor, als wären Sie wieder, ich weiß nicht, im Besitz Ihrer selbst. Anders als zum Beispiel bei meiner Kryo-Amnesie. Ich wußte nicht, wer ich war... verdammt, ich erkannte nicht einmal *Quinn.*« *Herrgott, wie Quinn mir fehlt!*

»Ah, das stimmt. Du hast vermutlich… Schlimmeres durchgemacht.« Illyan lächelte grimmig. »Allmählich weiß ich es zu schätzen.«

»Ich weiß nicht, ob es schlimmer war oder nicht. Aber ich weiß, daß es ziemlich beunruhigend war.« Eine *leichte* Untertreibung.

»Ich bin anscheinend in der Lage, Dinge zu erkennen«, seufzte Illyan. »Ich kann mich nur nicht richtig an sie erinnern. Nichts kommt hoch. Da ist *nichts.*« Diesmal ballte er die Faust und setzte sich auf.

Alys war sich sofort Illyans plötzlich steigender Spannung bewußt. »Die ganze Vergangenheit ist wie ein Traum«, bemerkte sie besänftigend. »So erinnern sich die meisten Menschen ständig daran. Vielleicht können Sie sich an Ihre Jugend erinnern, an die Zeit, bevor Ezar den Chip installieren ließ. Wenn Ihnen die Dinge so einfallen wie etwas aus jener Zeit, nun, das ist dann vollkommen normal.«

»Normal für Sie.«

»Mm.« Sie runzelte die Stirn und nippte an ihrem Tee, als wollte sie damit verbergen, daß ihr eine Antwort darauf fehlte.

»Ich habe einen konkreten Grund, warum ich danach frage«, erläuterte Miles. »Ich bin mir nicht sicher, ob es Ihnen schon jemand erklärt hat, aber Gregor hat mich zum amtierenden Kaiserlichen Auditor ernannt, und zwar mit dem Mandat, Ihren Fall zu untersuchen.«

»Ja, ich habe mich schon gefragt, wie du das bewerkstelligt hast.«

»Wir brauchten etwas, das den KBS noch übertrifft, wissen Sie, und da gibt es nicht mehr viel. Sobald Admiral Avaklis Team mit der Untersuchung des Chips fertig ist, werde ich dem Kaiser einen ordnungsgemäßen Auditorenbericht vorlegen müssen. Falls sie zu dem Urteil kommen, es lägen natürliche Ursachen vor, nun, dann ist die Sache erledigt. Aber wenn nicht... ich habe überlegt, ob Sie in der Lage wären, sich irgend etwas in Erinnerung zu rufen, irgendeinen Moment, irgendein Ereignis, das eine Form von Biosabotage getarnt haben könnte.«

Illyan breitete die Hände aus und legte sie langsam in einer Geste der Frustration an die Schläfen. »Wenn ich meinen Chip hätte... und ein bestimmtes Zeitfenster, dann könnte ich jeden wachen Moment vor meinem geistigen Auge ablaufen lassen. Jedes Detail sehen. Es würde Zeit brauchen, aber es wäre möglich. Die Mistkerle absolut festnageln, ganz egal, wie raffiniert sie es mir verpaßt haben... Falls es Sabotage war, dann haben sie die Beweise gegen sich ganz sauber vernichtet.« Er schnaubte unzufrieden.

»Mm.« Enttäuscht, aber nicht überrascht lehnte Miles sich zurück. Er goß sich eine halbe Tasse Tee ein und beschloß, das letzte Pfirsichtörtchen nicht in Angriff zu nehmen, das einsam und verlassen auf dem mit Krümeln übersäten Zierdeckchen umgekippt lag. Er spürte, wenn er weiter in Illyan dränge, würde er ihn ernstlich aufwühlen. Hier war einstweilen das Ende der Fahnenstange erreicht, und es war an der Zeit, das Thema zu wechseln. »Also, Tante Alys, wie kommen eigentlich die Vorbereitungen für Gregors Verlobungszeremonie voran?«

»Oh«, sie warf ihm einen dankbaren Blick für das Stichwort zu, »alles in allem recht gut.«

»Wer ist für die Sicherheit verantwortlich?« fragte Illyan. »Versucht Haroche das selbst zu deichseln?«

»Nein, er hat es an Oberst Lord Vortala den Jüngeren delegiert.«

»Ah, eine gute Wahl.« Illyan entspannte sich wieder und fingerte an seiner leeren Tasse herum.

»Ja«, bemerkte Alys. »Vortala weiß, wie man etwas organisiert. Die offizielle Bekanntgabe und Zeremonie wird natürlich in der Residenz stattfinden – ich habe versucht, Laisa mit den Kompliziertheiten der traditionellen barrayaranischen Kleidung zu helfen; allerdings erörtern wir auch, ob nicht komarranische Mode für die Verlobung angemessen wäre. Für die Hochzeit selbst wird natürlich barrayaranische Kleidung erforderlich sein…«

Sie begann einen längeren Vortrag über – so nannte es Miles in Gedanken – die gesellschaftstechnischen Aspekte ihrer Aufgabe; das Thema war beruhigend und angenehm, und sowohl Miles als auch Illyan hielten sie eine Weile mit Suggestivfragen in Fahrt.

Nachdem Martin den Tisch abgeräumt hatte, schlug Miles ein Kartenspiel vor, um die Zeit zu vertreiben. Natürlich ging es nicht darum, die Zeit totzuschlagen, sondern um einen privaten Test von Illyans neuralen Funktionen, was Illyan keineswegs entging. Doch der willigte ein.

Sterntarock war ein mittelschweres Spiel und verlangte in gewissem Maß, daß man – um dem Glück ein Schnippchen zu schlagen – verfolgte, welche Karten ausgespielt worden waren, welche die Gegner hielten und welche wahrscheinlich herauskommen würden. Miles hatte in seinem ganzen Leben noch nicht erlebt, daß bei einer längeren Spielserie jemand gegen Illyan gewonnen hatte, es sei denn, der Betreffende hätte mit einer gezogenen Karte überwältigend Glück gehabt. Nach sechs Runden hatten Miles und Lady Alys die Punkte unter sich aufgeteilt, und Illyan schützte Müdigkeit vor. Miles gab sofort nach. Illyan sah erschöpft aus, sein Gesicht war abgespannt und unruhig, doch Miles glaubte nicht, daß dies der wahre Grund für sein Aufgeben war.

Ruibal hatte nicht übertrieben. Illyans Kurzzeitgedächtnis und sein Blick fürs Detail waren praktisch nicht mehr vorhanden. In einem beiläufigen Gespräch, wo eine Bemerkung in fließendem Übergang die nächste auslöste, schien er sich zu behaupten, aber …

»Was denken Sie über den Mann, den Haroche für die Sicherheit von Gregors Hochzeit ernannt hat?« fragte Miles beiläufig.

»Wen hat er denn ernannt?« fragte Illyan.

»Wen würden Sie an erster Stelle nehmen?«

»Oberst Vortala vermutlich. Er kennt die Szene in der Hauptstadt wie kein zweiter meiner Männer.«

»Aha«, sagte Miles. Alys, die sich gerade erhob, um sich zu verabschieden, zuckte zusammen. Illyan runzelte plötzlich die Stirn und kniff die Augen zusammen, aber er sagte nichts weiter. Etwas trotzig winkte er Miles, er solle sich wieder setzen, und geleitete Lady Alys höflich und vornehm zu ihrem Wagen.

Miles stand auf und streckte sich. Er war müder, als sein Tagewerk rechtfertigen konnte. *Das wird seltsam werden.*

Die neue, wenn auch ziemlich ruhige Alltagsroutine von Palais Vorkosigan spielte sich schnell ein. Miles und Illyan standen auf, wann sie wollten, und sie begegneten sich – oder auch nicht – morgens in der Küche, wo sie sich ein Frühstück schnorrten; allerdings trafen sie sich förmlicher zu den von Mama Kosti zubereiteten Mittags- und Abendmahlzeiten. Miles ging täglich zum KMK, dem ausgedehnten Komplex des Krankenhauses der kaiserlichen Streitkräfte auf der anderen Seite des steilen Flußtals, das die Altstadt durchschnitt. Am ersten Tag hieß man ihn wie jeden anderen Veteran, der zur Behandlung kam, auf den Korridoren warten; er ließ beiläufig eine Bemerkung über seinen neuen Status als amtierender Kaiserlicher Auditor fallen, und dann passierte ihm dies nie wieder. Tja, Gregors Würgehalsband war doch zu etwas gut gewesen.

Am zweiten Abend kam Duv Galeni vorbei. Daß Illyan jetzt in den Gemächern des alten Grafen residierte, schien Galeni zu überraschen; er versuchte die Einladung zum Abendessen auszuschlagen, aber Miles ließ es nicht zu. Der auf Komarr geborene Offizier war steif und verlegen, als er mit seinem respekteinflößenden früheren Chef dinierte; vermutlich, so vermutete Miles, lastete die ganze Geschichte auf seinem Gemüt. Galeni gab diplomatisch vor, die häufigen Unzulänglichkeiten und Fehler in Illyans Erinnerung und Aufmerksamkeit nicht zu bemerken, und übernahm schnell Miles' Technik, kleine Bemerkungen als Gedächtnishilfen in seine Konversation einzustreuen, um Illyan zu helfen, im Geleise zu bleiben oder zumindest die Illusion aufrechtzuerhalten, er tue es.

Wie versprochen kam Lady Alys oft zu Besuch, obwohl ihr Alltag hektischer wurde, je mehr die Verlobungszeremonie des Kaisers näherrückte; sie hatte nicht einen, sondern zwei neue Sekretäre für gesellschaftliche Angelegenheiten in der Residenz installiert. Ivan kam vorbei, und zwar immer gerade so, daß er zu einer Mahlzeit eingeladen wurde. Ein halbes Dutzend alternder militärischer Bekannter aus Illyans Generation sprach vor, um ihm Guten Tag zu sagen; sie lernten schnell immer zur Teezeit aufzutauchen. Zu ihnen gehörte auch Guy Allegre, der Sektionschef für Komarranische Angelegenheiten im KBS, aber glücklicherweise war er so vernünftig zu vermeiden, daß Illyan sich aufregte, indem sie vom Dienst redeten.

Die Ehrenwache, die der KBS zur Residenz des abwesenden Vizekönigs von Sergyar abgeordnet hatte, wurde von einem Mann pro Schicht auf ernsthaftere drei verstärkt; das hatte den unangenehmen Nebeneffekt, daß Korporal Kostis private Mahlzeiten aus der

Schachtel nicht mehr möglich waren, doch er schaute jetzt routinemäßig nach Schichtende in der Küche vorbei, so daß Miles annahm, er befinde sich nicht in der Gefahr zu verhungern. Die Lebensmittelrechnungen von Palais Vorkosigan wurden ziemlich eindrucksvoll; allerdings waren sie noch weit von denen des früheren Haushalts des Grafen entfernt.

Miles rief täglich Admiral Avakli an, um sich über die Fortschritte des Teams zu unterrichten. In seinen Ausführungen war Avakli wissenschaftlich vorsichtig, aber Miles konnte sie so deuten, daß man zumindest in der Eliminierung negativer Hypothesen stetig Fortschritte machte. Miles drängte Avakli nicht zu entschiedeneren Aussagen. Dies war ein Fall, wo man sich wirklich keine Fehler aus Voreiligkeit leisten konnte, und zwar in beide Richtungen. Und es bestand keine Notwendigkeit zur Eile. Welcher Schaden auch immer beabsichtigt gewesen war, er war angerichtet, und es gab keine Möglichkeit, daß Miles, Avakli oder sonst jemand ihn jetzt noch ungeschehen machen konnte.

Der medizinische Durchbruch, auf den Miles ungeduldig wartete, kam am sechsten Tag, jedoch nicht von Avaklis Team. Dem Kryoniker und dem Neurologen des KMK, die sich zusammengetan hatten, um seinen Fall anzugehen, gelang es endlich, in ihrem Labor einen von Miles' Anfällen auszulösen.

Als Miles aus dem allzu vertrauten bunten Konfetti und der Schwärze wieder zu sich kam, lag er immer noch auf dem Untersuchungstisch. Sein Kopf steckte in einem Scanner, der halb so groß war wie der ganze Raum, und sein Körper war über und über verdrahtet. Die drei wachsamen Medtechs, die um ihn herum postiert waren, hatte man vielleicht aufgestellt, um ihn davon abzuhalten, in Krämpfen vom Tisch zu fallen, aber wahrscheinlicher noch, um dafür zu sorgen, daß die Monitore korrekt justiert blieben. Oberst Dr. Chenko, der Neurologe und Hauptmann Dr. D'Guise, der Kryoniker, hüpften auf und ab und gluckten, wobei sie einander laut auf faszinierende Meßwerte aufmerksam machten. Es war anscheinend die beste Show, seit der fahrradfahrende Bär auf den Markt von Hassadar gekommen war und den Pferden einen Schrecken eingejagt hatte. Miles stöhnte, doch dies brachte ihm keine sofortige Aufmerksamkeit ein; die Monitore waren offenbar viel fesselnder.

Erst als er angezogen war und in Dr. Chenkos Büro auf sie wartete, begannen die Ärzte wirklich wieder mit ihm, anstatt miteinander zu reden. Diesmal gelang es nicht einmal seinem Status als Kaiserlicher Auditor, sie anzutreiben. Chenko, ein energischer Mann mittleren Alters, der recht fit war und somit eine lebende Reklame für den Arztberuf zu sein schien, kam endlich herein, einen Stapel Datendisketten in der Hand. Seine ursprüngliche Miene freudiger Erregung war inzwischen zu reiner Selbstzufriedenheit geworden. »Wir wissen, was mit Ihnen geschieht, Lord Vorkosigan«, verkündete er und setzte sich an seine Komkonsole. »Wie wir schon vermutet hatten, war der Mechanismus Ihrer Anfälle idiosynkratisch. Aber wir haben ihn jetzt!«

»Wunderbar«, sagte Miles mit dünner Stimme. »Und was bedeutet das?«

Unbeeindruckt von Miles' Ton schob Chenko die Datendiskette in seine Komkonsole und ließ das Holovid Modelle und Graphen anzeigen, die seine Ausführungen illustrierten, während er sprach. »Anscheinend begann Ihr Gehirn nach Ihrer kryonischen Wiederbelebung ein ungewöhnlich hohes Maß an Neurotransmittern hervorzubringen. Diese stauen sich im Laufe der Zeit in ihren neuralen Reservoirs zu einem ganz abnorm hohen Niveau auf, wie Sie hier sehen können. Gegenüber zum Kontrast die Darstellung eines normalen Reservoirs. Sehen Sie den Unterschied? Dann geschieht etwas und löst eine ungewöhnlich heftige Gehirnaktivität aus – zum Beispiel Stress oder irgendeine Erregung – und die Reservoirs geben in einer Kaskade alles auf einmal ab. Das ist die Spitze in dieser Kurve hier. Das unterbricht vorübergehend Ihre normalen neuralen Funktionen und ist übrigens für die halluzinatorischen Effekte verantwortlich, über die Sie berichten. Nach ein oder zwei Minuten leeren sich Ihre Neurotransmitterreservoirs auf ein normales – eigentlich unternormales – Niveau. Daher die wenigen Minuten Bewußtlosigkeit, die dann folgen. Dann beginnt das Gleichgewicht sich wiederherzustellen, und Sie kommen wieder zu Bewußtsein, wenn auch etwas erschöpft. Und der Zyklus beginnt von neuem. Es handelt sich also eher um eine biochemische statt phasenelektrische Form von Epilepsie. Ganz faszinierend und einzigartig. Dr. D'Guise möchte darüber für das Medizinische Journal des KMK schreiben – Ihre Anonymität als Patient wird dabei natürlich gewahrt.«

Stumm verdaute Miles die Neuigkeit über seinen bevorstehende Platz in der Geschichte der Medizin. »Also«, sagte er schließlich, »was können Sie dagegen tun?«

»Mm. Die Ursache ist global, das heißt über große Teile Ihres Gehirns verbreitet. Allerdings wirkt sie – vielleicht zum Glück – eher in den vorderen Großhirnlappen als im Hirnstamm, und so bringen die Anfälle Sie nicht ganz und gar um. Die Sache eignet sich offensichtlich nicht für chirurgische Behandlungen.«

*Niemand schnetzelt an meinem Gehirn herum, Sie Hauruckmediziner.* »Freut mich, das zu hören. Für welche Behandlung eignet es sich denn?«

»Äh.« Dr. Chenko zögerte. Genaugenommen verstummte er. »Äh... hm«, fügte er nach einer Weile hinzu.

Miles wartete und hielt sich krampfhaft an seiner fragilen Geduld fest. Dr. Chenkos medizinische Kreativität würde sicherlich nicht dadurch verbessert werden, daß ein Kaiserlicher Auditor über die Komkonsole hinweg auf ihn zuhechtete und ihn zu erdrosseln versuchte. Miles war sich auch nicht sicher, ob seine gesetzliche Immunität als Auditor sich auch auf tätliche Angriffe erstreckte.

»Eine Vorgehensweise bei phasenelektrischen epileptischen Defekten«, sagte Dr. Chenko nach einer Weile, »besteht darin, im Gehirn des Patienten einen Destabilisierungschip zu installieren. Wenn ein Anfall sich vorbereitet, dann spürt der Biochip dies und erzeugt einen Gegenstoß aus elektrischen Impulsen, um das offensive Feedbackmuster der Gehirnwellen zu dephasieren. Eine Art Umkehrung der Unterdrükkung eines Spannungsstoßes. Genaugenommen keine Heilung, aber es mildert die hauptsächlichen Symptome.«

»Ich bin mir... nicht so sicher, ob ich Biochips vertraue«, bemerkte Miles. »Besonders neuralen Chips.«

»Oh, das ist eine ganz zuverlässige und ausgereifte Technik«, versicherte ihm Dr. Chenko. »Ich glaube nur nicht, daß es das Richtige für Ihren Fall ist.«

*Es gibt eine Heilung, aber man kann sie nicht haben. Fein.* »Was ist dann das Richtige?«

»Dr. D'Guise und ich werden uns darüber beraten müssen. Wo wir nun einige geeignete Daten haben, mit denen wir arbeiten können, glaube ich, wir dürften in der Lage sein, ein paar mögliche Verfahren zu entwickeln. Da Ihr Fall einzigartig ist, müssen sie natürlich experimentell sein. Wir müssen vielleicht einige Ideen ausprobieren, bevor wir die optimale Methode finden.«

Das klingt ziemlich vernünftig, dachte Miles. »Also... reden wir über Tage? Wochen? Monate?« *Jahre?*

»Nein, nicht Monate. Falls es Sie beruhigt, ich glaube, nach diesem Anfall heute im Labor, wird es einige Zeit dauern, bis Sie biochemisch reif sind für eine weitere Episode. Womit mir genaugegenommen eine Idee kommt...« Ein abwesender Ausdruck erschien auf Dr. Chenkos Gesicht; er schrieb ein paar Notizen in seine Komkonsolen, machte eine Pause und begann dann heftiger zu tippen. Datenanzeigen sprudelten hervor und entfalteten sich. Miles beobachtete ihn eine Weile, dann stand er auf und ging still auf den Zehen hinaus.

»Ich rufe Sie morgen an, Mylord«, rief Dr. Chenko hastig hinter ihm her, als sich die Tür zischend schloß.

Als Miles die schwarz-weiß geflieste Vorhalle von Palais Vorkosigan betrat, fand er Illyan auf der gepolsterten Bank am Fuß der geschwungenen Treppe sitzend vor. Illyan war geduscht, rasiert, gekämmt und trug die grüne Ausgehuniform mit all seinen Abzeichen und passenden Auszeichnungen. Miles erlebte einen momentanen Schreck, da er dachte, 1) Illyan sei wieder verwirrt und denke, er solle zu einer Konferenz beim Kaiser gehen, oder 2) *er, Miles,* sei verwirrt und Illyan gehe wirklich zu einer Konferenz mit dem Kaiser.

»Was gibt's, Simon?« fragte er mit gespielter Beiläufigkeit.

»Ach, da bist du ja, Miles. Was hast du gesagt, wohin du gehen würdest? Oh, ins KMK, ja, das war's. Tut mir leid. Ja, Lady Alys hat mich gebeten, sie zu einem Konzert zu begleiten, das sie heute abend besuchen möchte.«

»Ein Konzert? Ich wußte nicht, daß Sie sich für Konzerte interessieren. Wohin?«

»Zum Vorbarr-Sultana-Ensemble. Ich weiß nicht, ob ich mich für Konzerte interessiere oder nicht. Denn immer, wenn ich die Sicherheitsmaßnahmen für Gregor in diesem Gebäude geleitet habe, hatte ich kein einziges Mal die Chance, mich hinzusetzen und die Vorführung selbst anzuschauen und zuzuhören. Vielleicht finde ich heraus, warum all diese feinen Leute wie deine Tante dorthin gehen.«

»Vermutlich, um füreinander fein zu sein«, erwiderte Miles. »Allerdings ist das wahrscheinlich nicht der einzige Grund, warum Plätze schon zwei Jahre im voraus verkauft werden. Das Vorbarr-Sultana-Ensemble soll das beste auf ganz Barrayar sein.«

Ein Konzert, wie unerwartet. Illyans erstes Erscheinen in der Öffentlichkeit nach seinem Zusammenbruch würde sicher eine interessante Wirkung auf die Gerüchteküchen der Hauptstadt haben. Er sah so schneidig aus wie immer, wenn er sich die Mühe machte, sich in Schale zu werfen und den kaiserlichen Offizier zu spielen; die Operationswunde war fast abgeheilt, und wenn er das schüttere Haar über die kahle Stelle kämmte, war sie kaum zu bemerken, wenn man nicht wußte, wonach man suchen sollte. Es war nicht einmal zu sehen, daß die neue vage Unsicherheit in seinen Augen sich von dem abwesenden, nach innen gerichteten Ausdruck unterschied, den er angenommen hatte, wenn er auf seinen Chip zugriff. Aber wenn es Sabotage gewesen war, eine Art von Attacke... würde dann irgend jemand es noch einmal versuchen? Miles konnte sich vorstellen, daß ein deprimierter Illyan einen Mordanschlag herausforderte, aber es kam ihm unfair vor, daß seine einzige Tante in Illyans Schicksal mitgerissen werden sollte.

»Also... was tun *Sie* für die Sicherheit, Simon?«

»Tja, Miles... das ist heute abend das Problem der Leute vom KBS. Ich glaube, ich überlasse es denen.« Ein seltsames Lächeln umspielte seine Lippen. »Ah, da kommt sie schon.«

Das Geräusch von Lady Alys schnurrendem Bodenwagen ertönte von dem Vordach, das den Haupteingang abschirmte; dann hörte man das Winseln des sich öffnenden Verdecks, die Schritte des Fahrers, schließlich Lady Alys' schnelle Gangart. Miles öffnete die Tür für seine lächelnde Tante. Sie trug etwas Beiges, aus dessen Faltenwurf ein verhaltenes Glitzern schimmerte, und das *sehr* Vor-mäßig aussah.

»Hallo, Miles, mein Lieber.« Sie tätschelte ihn im Vorübergehen auf die Schulter; vermutlich besser, dachte Miles, als der übliche flüchtige Tantenkuß auf die Wange. Wenigstens tätschelte sie ihn nicht auf den Kopf. »Simon!«

Illyan erhob sich und neigte sich über ihre Hand. »Mylady.«

Na ja... Lady Alys würde ihn *wahrscheinlich* nicht davonziehen und sich verlaufen lassen. Miles trat zurück, als sie hinausrauschte, ihre Beute am Arm, die sich über derartige Erbeutung ziemlich zu freuen schien. Illyan war ein Gast, um Himmels willen, und stand nicht unter Hausarrest. »Äh... seid vorsichtig«, rief Miles hinter den beiden her.

Illyan winkte lässig, dann hielt er an. »Warten Sie bitte. Da war noch etwas... das ich vergessen habe.«

Alys wartete. »Ja, Simon?«

»Eine Nachricht für dich, Miles. Sie war wichtig.« Er rieb sich mit der rechten Hand an der Schläfe. »Ich habe die Diskette mit der Nachricht auf deine Komkonsole gelegt. Was war's denn bloß noch mal? O ja. Von deiner Frau Mutter. Sie reist gerade von Komarr ab und wird in fünf Tagen hier sein.«

Miles gelang es, das *›Ach du Scheiße‹* hinunterzuschlucken, das ihm auf der Zunge lag. »So? Dann ist mein Vater nicht dabei, oder?«

»Ich glaube nicht.«

»Nein, er ist nicht dabei«, warf Alys ein. »Ich habe

heut nachmittag auch eine Nachricht von Cordelia bekommen – sie muß beide zusammen abgeschickt haben. Ich bin froh, daß sie mir bei der Verlobung helfen wird – na ja, eigentlich nicht *helfen*, du weißt ja, wie indolent deine Mutter werden kann, wenn sie sich mit diesen kleinen gesellschaftlichen Herausforderungen konfrontiert sieht. Aber mir hilft auf jeden Fall ihre moralische Unterstützung. Und wir haben noch soviel aufzuholen.«

Illyans Lippen zuckten. »Du siehst nicht sonderlich erfreut aus, Miles.«

»Oh, ich werde mich vermutlich freuen, sie zu sehen. Aber Sie kennen ja die Art, wie sie versucht, auf betanische Weise meine emotionale Temperatur zu messen. Wenn ich an all die über mich hereinbrechende mütterliche Sorge denke, dann möchte ich am liebsten den Kopf einziehen und abhauen.«

»Mm«, machte Illyan mit wohlüberlegtem Mitgefühl.

»Sei doch nicht kindisch, Miles«, sagte seine Tante mit Nachdruck. Ihr Fahrer hob mit einem Pokergesicht das Verdeck, Illyan half ihr, sich hineinzusetzen und ihr Kleid zurechtzustreichen. All die Jahre eingehender Beobachtung der Vor-Klasse hatten ihn gewiß die richtigen Handgriffe gelehrt, das mußte Miles zugeben.

Und jetzt waren sie fort und überließen es Miles, wieder einen Abend lang im Palais Vorkosigan herumzuwandern und Selbstgespräche zu führen. Warum ging eigentlich nicht *er* mit Damen ins Konzert? Was hielt ihn davon ab? Tja, natürlich die Sache mit den Anfällen. Und die Krise mit Illyan, die noch ungelöst war. Doch beides sah aus, als würde es bald beendet sein, und was dann? Lieber Gott, keine Doppelrendezvous mit Ivan mehr. Miles schauderte bei der Erinnerung an einige historische Desaster. Er brauchte etwas Neues. Irgendwie hing er immer noch in der Luft, ein

Gefangener alter Gewohnheiten. Er war zu *jung*, um sich zur Ruhe zu setzen, verdammt. Wenn doch nur Quinn hier wäre...

Er hoffte, seine Tante Alys würde heute abend vorsichtig sein. An einem Nachmittag waren er und Illyan spazieren gegangen, wobei ihnen Korporal Kosti diskret gefolgt war, und Illyan hatte sich zwei Häuserblocks von Palais Vorkosigan entfernt verlaufen. Miles wäre weniger nervös gewesen, wenn Illyan und Lady Alys im Haus geblieben wären und wieder Karten gespielt hätten, eine Form sanfter kognitiver Therapie, die Dr. Ruibal gebilligt hatte.

Illyan und Lady Alys kamen erst zwei Stunden nach Mitternacht zurück, lang nach dem Ende des Konzerts. Etwas mürrisch empfing Miles seinen Hausgast an der Tür.

Illyan wirkte leicht überrascht. »Hallo, Miles. Bist du noch auf?« Illyan sah aus, als ginge es ihm gut, wenn er auch etwas zerknittert war und spürbar nach guten Weinen und feinen Parfums duftete.

»Wo sind Sie denn die ganze Zeit gewesen?« wollte Miles wissen.

»Welche ganze Zeit?«

»Seit das Konzert zu Ende war.«

»Oh, wir sind herumgefahren. Haben eine späte Mahlzeit eingenommen. Haben geredet. Du weißt ja.«

»Geredet?«

»Nun ja, Lady Alys hat geredet. Ich habe zugehört. Für mich war es erholsam.«

»Haben Sie Karten gespielt?«

»Nicht heute abend. Geh zu Bett, Miles. Ich geh auf jeden Fall schlafen.« Gähnend ging Illyan die Treppe zu seiner Suite empor.

»Also, wie gefallen Ihnen Konzerte?« rief Miles hinter ihm her.

»Sehr gut!« kam es zurück.

*Verdammt, wir übrigen werden wegen dieser Geschichte mit dem Chip noch verrückt. Warum Sie nicht?* Nein, es war unfair, Illyan dafür Vorwürfe zu machen, daß er es ablehnte zu... nun ja, zum alten Eisen zu gehören. Vielleicht war der Chef des KBS zu dem Schluß gekommen, daß das Versagen des Chips natürliche Ursachen hatte, und wurde damit fertig. Oder vielleicht war er einfach geduldiger und raffinierter als Miles, wenn es darum ging, sich an den auf ihn angesetzten Pirschjäger heranzupirschen. *Das* wäre nichts Neues.

Im übrigen, warum sollte Illyan nicht einmal normal an einem Abend ausgehen? *Er* brach nicht in der Öffentlichkeit mit Krämpfen zusammen. Miles knurrte und ging zu Bett, doch er schlief nicht ein; er würde noch nervenzermürbend warten müssen, bis Dr. Chenko aus dem KMK anrief.

Dr. Chenko beugte sich eifrig in den Aufnahmebereich seiner Komkonsole und redete.

»Das haben wir bis jetzt herausgefunden, Lord Vorkosigan. Wir haben die Möglichkeit eines rein medizinischen Vorgehens ausgeschlossen, wie etwa die Verabreichung von Drogen, um Ihre Produktion von Neurotransmittern zu verlangsamen. Wenn nur eine oder ein paar miteinander verwandter Chemikalien im Spiel wären, wäre es vielleicht möglich, aber offenbar gibt es bei Ihnen eine Überproduktion von Dutzenden oder sogar Hunderten – vielleicht sogar von allen. Wir können sie nicht alle unterdrücken, und auf jeden Fall würde es, selbst wenn wir es könnten, nur die Häufigkeit der Anfälle reduzieren, aber sie nicht eliminieren. Und genaugenommen glaube ich nach eingehenderer Untersuchung der Daten, daß die Fehlfunktion nicht so sehr auf der Seite der Produktion liegt, sondern auf der Seite des Molekülfreisetzungsmechanismus, des Reservoirs.

Eine zweite Vorgehensweise erscheint mehr zu versprechen. Wir glauben, wir können eine Version der neuralen Stimulatoren mikrominiaturisieren, die wir neulich im Labor verwendet haben, um Ihren Anfall auszulösen. Diese Vorrichtung könnte man dauerhaft unter Ihrem Schädeldach installieren, zusammen mit Feedback-Sensoren, die es melden würden, wenn Ihre Neurotransmitterreservoirs gefährlich überlastet würden. Sie könnten den Stimulator benutzen, um an einem sicheren Ort und zu einer sicheren Zeit einen Anfall willentlich auszulösen, und sich damit sozusagen gefahrlos entschärfen. Wenn das nach einem gewissen Plan geschieht, dürften die Attacken auch weniger heftig und kürzer werden.«

»Wäre ich in der Lage zu fahren? Zu fliegen?« *Ein Kommando innezuhaben?*

»Mm… wenn die Niveaus der Neurotransmitterreservoirs richtig überwacht und eingehalten würden, sähe ich keinen Grund, warum nicht. Falls es funktioniert.«

Nach einem kurzen inneren Kampf – *gegen wen?* – stieß Miles hervor: »Ich bin wegen dieser Anfälle aus medizinischen Gründen entlassen worden. Würde ich – könnte ich wieder zugelassen werden? In den Dienst zurückkehren?«

»Ja also, ich verstehe nicht ganz… Sie hätten ins KMK geschickt werden sollen, *bevor* Ihre Entlassung in die Wege geleitet wurde. Hm… Tja. Wenn Sie als Leutnant noch in Dienst wären, dann könnten Sie vielleicht eine Petition vorbringen – oder an allen Strippen ziehen, die Ihnen zur Verfügung stehen – und es einrichten, daß Sie eine Schreibtischtätigkeit zugewiesen bekämen. Da Sie schon entlassen sind, würden Sie… sicherlich noch mehr Strippen brauchen.« Chenko lächelte, zum Zeichen, daß er klugerweise nicht bereit war, Lord Vorkosigans Vorrat an Strippen zu unterschätzen.

»Schreibtischtätigkeit. Keinen Schiffsdienst, kein Einsatzkommando?«

»Einsatzkommando? Ich dachte, Sie seien ein KBS-Detektiv für galaktische Angelegenheiten gewesen.«

»Ach... sagen wir einfach, daß ich in dieser Kryokammer gelandet bin, war nicht das Ergebnis eines Unfalls bei einem Lehrgang.« *Obwohl es sicherlich eine lehrreiche Erfahrung war.*

»Hm. Tja, das gehört ganz gewiß nicht in mein Ressort. Der KBS hat seine eigenen Gesetze; die Sanitätstruppe des KBS würde entscheiden müssen, wofür Sie geeignet sind. Was die übrigen Streitkräfte angeht, so würden Sie außergewöhnliche mildernde Umstände brauchen, um für sich eine andere Verwendung als für Büroarbeit zu organisieren.« *Da könnte ich schon einige beibringen, jede Wette.* Aber eine Schreibtischtätigkeit war keine Versuchung, keine Drohung für die Fortsetzung der Existenz von Lord Vorkosigan. Den Rest seiner Karriere als Leiter der Wäscherei oder – noch schlimmer – als Wetteroffizier auf irgendeinem abgelegenen Stützpunkt zu verbringen und ewig auf Beförderung zu warten – nein, sei vernünftig! Zweifellos würde er in einem gemütlichen Kämmerchen in den Eingeweiden des KBS enden und Daten analysieren, die von anderen Agenten für galaktische Angelegenheiten geliefert wurden, er würde nach einem regulären Plan Solderhöhungen einstreichen – aber man würde ihm den Stress der Beförderung zum Abteilungsleiter oder zum Chef des KBS ersparen. Er würde jeden Abend nach Hause gehen und in seinem eigenen Bett in Palais Vorkosigan schlafen, genau wie Ivan, der zu seiner Wohnung heimtrottete. Und allein schlafen? – Nicht einmal unbedingt.

Wenn er doch nur diesen dreimal verfluchten Bericht nicht gefälscht hätte.

Miles seufzte. »Das ist alles völlig hypothetisch,

fürchte ich. Was diese Idee mit den Anfällen nach Plan angeht… das ist keine wirkliche Heilung, oder?«

»Nein. Aber während Sie darauf warten, daß jemand, der intelligenter ist als ich, eine Lösung findet, würde es Ihre Symptome unter Kontrolle halten.«

»Falls niemand auftaucht, der intelligenter ist als Sie, würde ich dann diese verdammte Geschichte bis zum Ende meines Lebens haben?«

Chenko zuckte die Achseln. »Ehrlich gesagt, ich habe keine Ahnung. Ihr Zustand ist nach meiner Erfahrung als Neurologe einzigartig.«

Miles saß eine Weile stumm da. »In Ordnung«, sagte er schließlich. »Versuchen wir es. Und sehen wir, was passiert.« Er mußte kurz lächeln: das war Gregors übliche Redewendung – ein privater Scherz.

»Sehr gut, Mylord.« Chenko machte sich schnell ein paar Notizen. »Sie müßten dann in… hm… etwa einer Woche wieder bei uns vorbeischauen.« Er hielt inne und schaute auf. »Verzeihen Sie mir meine Neugier, Mylord… aber warum, um alles in der Welt, sollte ein *Kaiserlicher Auditor* sich wünschen, als einfacher KBS-Leutnant wieder in die Streitkräfte aufgenommen zu werden?«

*Als KBS-Hauptmann. Ich wollte als KBS-Hauptmann wieder aufgenommen werden.* »Ich bin nur amtierender Auditor, fürchte ich. Meine Amtszeit endet, wenn mein Fall abgeschlossen ist.«

»Äh, und… was *ist* Ihr Fall?«

»Streng geheim.«

»Oh, ganz recht, Verzeihung.«

Als Miles seine Komkonsole abschaltete, dachte er über Chenkos sehr berechtigte Frage nach. Anscheinend hatte er darauf keine sehr zufriedenstellende Antwort.

# KAPITEL 20

Als die Tage verstrichen, ohne daß etwas geschah, neigte Miles widerstrebend immer mehr zu Haroches stärker werdender Ansicht, daß das Versagen des Chips natürliche Ursachen gehabt hatte. Der neue amtierende Chef des KBS agierte sicher in der ganzen Sache weniger angespannt. Doch warum sollte Haroche nervös bleiben, wenn es doch keine Nachfolgetat gegeben hatte, keine Attacke während des Zeitfensters der Verwirrung? Die Machtübergabe war glatt vonstatten gegangen. Falls das vermutete Komplott den Zweck gehabt haben sollte, statt Illyans Persönlichkeit die Organisation des KBS durcheinanderzubringen, so war es ein bemerkenswerter Flop gewesen.

Drei Tage bevor Gräfin Vorkosigan in der Hauptstadt eintreffen sollte, hielt Miles es nicht mehr aus und beschloß, nach Vorkosigan Surleau zu flüchten. Er hegte weder die Hoffnung noch wirklich das Verlangen, ihr bei ihrem Besuch zu Hause völlig aus dem Weg zu gehen, aber er war einfach noch nicht ganz bereit, ihr gegenüberzutreten. Vielleicht würden ein paar Tage der Ruhe auf dem Land ihm helfen, seinen Mut zusammenzunehmen. Außerdem... wäre es auch aus Sicherheitsgründen gut für Illyan. Dort draußen in dem dünn besiedelten Gebiet, wo Fremde sofort auffielen, war es einfacher, heranrückende Störenfriede zu entdecken.

Der einzige Zweifel, den Miles bezüglich dieses Rückzugs in das Landhaus hatte, bestand darin, ob er seine Köchin würde überreden können, ihn und Illyan zu begleiten. Doch Martin erwies sich als mächtiges Bestechungsmittel, um Mama Kosti aus der ihr vertrauten Stadt in das verdächtige Hinterland zu locken. Miles erwog, nicht das Gehalt der Köchin, sondern ihres Sohnes zu erhöhen, um ihn und damit auch sie zu verlocken, länger bei ihm zu bleiben. Doch vielleicht würde er bald keinen Fahrer mehr brauchen.

Illyan war mit dem vorgeschlagenen Ausflug einverstanden, wenn auch nicht gerade überschwenglich begeistert.

»Diese Woche ist wahrscheinlich die allerletzte mit gutem Herbstwetter dort draußen«, erklärte Miles; tatsächlich erlebte die Hauptstadt eine Folge ziemlich kalter und regnerischer Tage, mit einem unangenehmen Vorgeschmack frühen Schneefalls.

»Es wird… interessant sein, die Gegend wiederzusehen«, meinte Illyan. »Zu sehen, ob es noch so ist, wie ich es in Erinnerung habe.«

Das war wieder ein Beispiel für Illyans stille Selbstprüfung; Illyan redete nicht viel darüber, vielleicht weil die Ergebnisse so vieler seiner kleinen Tests so entmutigend waren. Oder vielleicht, weil er die Ergebnisse zu schnell aus den Augen verlor.

Auf einen Morgen mit einem sehr sanften Wirbel von Aktivität – sowohl Miles als auch Illyan reisten aufgrund von Training und Gewohnheit mit leichtem Gepäck – folgte eine ruhige Vesper auf der langen vorderen Veranda des Hauses am See. Es war unmöglich, in der Nachmittagswärme angespannt zu bleiben, wenn man im Schatten saß und über den grünen Rasen auf die funkelnde Wasserfläche hinabschaute, die zwischen die Hügel eingebettet war. Die herbstlichen Bäume hatten ihre bunten Blätter schon fast gänzlich abgeworfen und den Blick auf den See freigegeben. Und die Inanspruchnahme durch die Verdauung heilte den Betrachter von jedem noch verbliebenen Rest Ehrgeiz. Wenn das so weiterginge, dachte Miles, dann würde er ein Gymnastikprogramm beginnen müssen, oder er würde am Ende aussehen wie sein Klonbruder Mark, was Marks Absichten, sich von Miles zu unterscheiden, ziemlich zunichte machen würde. Er nahm sich vor, Mark und Mama Kosti so lange wie möglich voneinander fernzuhalten.

Während einer Pause im Strom der Köstlichkeiten blickte Illyan auf den Rasen hinab. »Ha, das ist doch ungefähr die Stelle, wo Oberst Negri starb, nicht wahr? Der Schuß, der den Bürgerkrieg um den Usurpator Vordarian eröffnete.«

»So hat man es mir erzählt«, erwiderte Miles. »Waren Sie denn damals hier? Haben Sie es gesehen?«

»Nein, nein. Ich war droben in der Hauptstadt und wurde von Vordarians Leuten überrascht, zusammen mit fast allen anderen.« Illyan seufzte nachdenklich. »Oder so deute ich es. Das einzige Bild, das ich mir in Erinnerung rufen kann, zeigt, wie einer meiner Untergebenen – ich kann mich nicht an seinen *Namen* erinnern – mit der ersten Meldung angerannt kommt und wie ich in einem Bodenwagen irgendwohin fahre. Und daß mir vor Angst schlecht war. Ja, *daran* erinnere ich mich lebhaft: wie meinen Gedärmen dabei zumute war. Seltsam. Warum sollte ich mich daran erinnern, und nicht... an all die wichtigeren Fakten?«

»Vermutlich, weil Sie sich immer daran erinnern mußten«, gab Miles zu bedenken. »Hat Ihr Chip auch Ihre Emotionen festgehalten?«

»Nicht wirklich. Allerdings war es möglich, sie zu rekonstruieren, wenn ich mich erinnerte.«

»Abgeleitet. Nicht empfunden.«

»Mehr oder weniger.«

»Das muß seltsam gewesen sein.«

»Ich habe mich daran gewöhnt.« Illyan lächelte ironisch und schaute über das von der Sonne beschienene Gras hinab. »Als dein Vater mich zum Chef des KBS beförderte, bestand so ziemlich meine erste Aufgabe darin, den Mord an meinem Vorgänger aufzuklären. Dabei fällt mir ein, man könnte sagen, daß dies auch Negris erste Aufgabe war. Zweifellos wurde es ihm dadurch einfacher gemacht, daß er mitgeholfen hatte, die Ermordung seines Vorgängers herbeizuführen, aber dennoch. Alles, was auf Barrayar zweimal geschieht, ist schon Tradition. Ich glaube, ich bin glimpflich davongekommen. Ich habe nie gedacht, daß ich diesen Job lebend verlassen würde, obwohl der Rücktritt deines Vaters im letzten Jahr ein ziemlich hoffnungsvolles Beispiel war.«

»War es damals… als Sie angefangen haben, über mich als Ihren Nachfolger nachzudenken?«

»Oh, ich hatte dich schon lange vorher im Auge. Oder Gregor und ich hatten dich im Auge.«

Miles war sich nicht sicher, ob er darüber nachdenken wollte. »Also… nachdem Sie eine Woche Zeit hatten, um darüber nachzudenken, glauben Sie jetzt, daß das Versagen Ihres Chips natürliche Ursachen hatte?«

Illyan zuckte die Achseln. »Nichts dauert ewig. Menschen, Geräte… Nun, Admiral Avakli wird zur gegebenen Zeit Mitteilung machen. Ich frage mich, was Lady Alys heute macht?«

»Sie wird Gästelisten durchgehen, Papier für die Verlobungsanzeigen aussuchen und ihre neuen Sekretäre zu kalligraphischen Übungen antreiben, hat sie zumindest gesagt.« Lady Alys hatte es gestern ihnen beiden gesagt.

»Ach so«, sagte Illyan.

Kuchen wurde gebracht, und einige Zeit herrschte Schweigen, unterbrochen nur vom Geräusch des Kauens und von anerkennendem Gemurmel. »Also«, sagte Illyan schließlich. »Was machen zwei Offiziere a.D. und Männer von Lebensart bei einem Wochenende auf dem Land?«

»Was ihnen gefällt. Länger schlafen?«

»Das haben wir die ganze Woche getan.«

»Interessieren Sie sich für Reiten?«

»Nicht wirklich. Dein Großvater, der General, bestand darauf, mich von Zeit zu Zeit zu unterrichten, wenn ich hier war. Ich kann zwar am Leben bleiben, wenn ich auf einem Pferd sitze, aber ich habe es nicht als luxuriöses Vergnügen in Erinnerung. Mehr als etwas Masochistisches.«

»So, so. Nun, da gibt es Wandern. Und Schwimmen, obwohl das für mich vielleicht unklug wäre... vermutlich könnte ich eine Schwimmweste tragen.«

»Das Wasser ist inzwischen doch ein bißchen kalt, nicht wahr?«

»Nicht so schlimm wie im Frühling.«

»Ich glaube, ich passe. Es kling alles ein bißchen jugendlich athletisch.«

»Oh, für ein Kind war es hier großartig.« Miles überlegte. »Vermutlich gibt es auch noch das Fischen. Ich habe es nie sonderlich betrieben. Sergeant Bothari mochte es nicht, die Fische auszunehmen.«

»Fischen hört sich aber durchaus ruhig an.«

»Die Tradition ist, daß man sich heimisches Bier aus dem Dorf holt – dort gibt es eine Frau, die es zu Hause braut, einen außerordentlichen Trank – und die Flaschen zum Kühlen über Bord hängt. Wenn das Bier zu warm zum Trinken wird, dann ist es zu heiß zum Fischen.«

»In welcher Jahreszeit kommt das vor?«

»Nie, soweit ich weiß.«

»Dann wollen wir doch auf jeden Fall die Tradition pflegen«, sagte Illyan ernst.

Es dauerte einen halben Tag, um das Motorboot aus dem Bootshaus zu holen, und anstatt in der nebligen Kälte des frühen Morgens fuhren sie in der dunstigen Wärme des nächsten Nachmittags damit hinaus auf den See. Das paßte Miles gut. Den grundlegenden Mechanismus des Fischens hatte Miles nicht vergessen, und um die Verfeinerungen hatte er sich nie gekümmert. Die Notwendigkeit, Haken in sich windende unglückliche Lebewesen zu stechen, war technisch durch die Erfindung kleiner Proteinwürfel abgeschafft worden, die nach Versicherung der Aufschrift auf der Pakkung garantiert Fische in Scharen oder Schwärmen oder was immer anlockten.

Miles und Illyan hängten ihr Bier in einem Netzbeutel über Bord, spannten das Sonnensegel über ihren Köpfen auf und ließen sich auf dem Boot nieder, um den Frieden und die Aussicht zu genießen. Der diensthabende KBS-Wächter, einer von den dreien, die das Hauptquartier beauftragt hatte, Illyan hierher zu folgen, mußte sich am Ufer neben einem kleinen, mit Schwimmern ausgestatteten Leichtflieger hinsetzen und sie aus der Ferne beobachten; sie waren sozusagen aus dem Sinn, aber nicht aus den Augen.

Die beiden Angelschnüre platschten nahezu simultan über die Bootswand, Köder und Senkgewichte verschwanden im Wasser und tauchten schnell hinab. So weit vom Ufer entfernt sah der steinige Grund nicht mehr grün aus, sondern war zu einem tiefen schwarzen Schatten geworden. Miles und Illyan lehnten sich auf ihren gepolsterten Stühlen zurück und öffneten die ersten Bierflaschen. Das Gebräu war süffig, fast so schwarz wie das Wasser des Sees und zweifellos voller Vitamine. Es rann angenehm bitter prickelnd durch Miles' Kehle, und das erdige Aroma füllte sein Nase.

»Wenn die Fische bewaffnet wären«, bemerkte Illyan nach einer Weile, »und zurückschießen könnten, dann gliche das Ganze mehr einer Überwachungsaktion. Wenn die Fische Menschen fischen würden, welche Art Köder würden sie benutzen?«

Miles stellte sich eine Angelschnur vor, die an Land geworfen war, am Ende versehen mit einem gewürzten Pfirsichtörtchen. »›Gehen wir menschen?‹ Ich weiß nicht. Was für einen Köder haben Sie gewöhnlich benutzt?«

»Ach, die Motivationen der Menschen. Geld, Macht, Rache, Sex... eigentlich waren sie fast nie so simpel. Der verrückteste Fall, an den ich mich erinnern kann... du lieber Gott, warum kann ich mich *daran* erinnern, wenn ich nicht... nun gut. In diesem Fall war der damalige Premierminister Vortala in schwierigen Verhandlungen mit den Polianern über den Vertrag betreffs Zugang zum Wurmloch begriffen und versuchte alles, was ihm einfiel, um ihnen den Handel zu versüßen. Der Botschafter von Pol gab Vortala zu verstehen, das, was er sich wirklich sein ganzes Leben lang immer insgeheim am meisten wünsche, sei ein Elefant. Bis zum heutigen Tag weiß ich nicht, ob er wirklich einen Elefanten haben wollte, oder ob es einfach das Absurdeste und Unmöglichste war, was ihm in der Eingebung des Augenblicks in den Sinn kam. Auf jeden Fall, die Sache kam uns zu Gehör... Es gehörte in Wirklichkeit in den Bereich des Abteilungsleiters G.A., aber ich gab den Auftrag höchstpersönlich meinem KBS-Agenten, einfach damit ich ihn beobachten konnte. Ich sehe immer noch den glasigen Blick vor mir, der auf seinem Gesicht erschien, als er hervorwürgte: ›Und... wie groß muß dieser Elefant sein, Sir?‹ Solche Momente sind in meinem Job selten. Ich liebe sie. Das war vor deiner Zeit, sonst weißt du ja, an welchen Mann ich zuerst gedacht hätte.«

»Oh, danke. Also... hat Ihr Agent einen Elefanten ausfindig gemacht?«

»Er war ein KBS-Mann bis ins Mark; natürlich hat er einen gefunden. Einen kleinen. Ich war selber bei der Abordnung dabei, als Vortala ihn in der Botschaft von Pol ablieferte. ›Ein Geschenk meines kaiserlichen Herrn, Gregor Vorbarra…‹, sagte er mit seiner sonoren, unbewegten Stimme. Gregor muß damals etwa zehn gewesen sein und hätte es wahrscheinlich vorgezogen, das Tier selbst zu behalten. Dein Vater ließ ihn klugerweise nie wissen, daß er einmal einen Elefanten verschenkt hatte.«

»Und hat Vortala seinen Vertrag bekommen?«

»Natürlich. Ich glaube, der Botschafter wollte wirklich einen Elefanten haben, denn nachdem er seine Verblüffung und Verwirrung überwunden hatte, freute er sich offensichtlich. Man hielt das Tier etwa ein Jahr im rückwärtigen Teil des Botschaftsgeländes, und er badete und pflegte es immer selbst, bis er es mit sich nach Hause nahm. Dieser Vorfall hat meine Sicht der Welt erweitert. Geld, Macht, Sex… und Elefanten.«

Miles prustete. Er fragte sich, was seine Motive waren, die ihn so stark, so lang, so weit getrieben hatten. Bis in den Tod und darüber hinaus. Geld erregte ihn vermutlich nicht, denn er hatte dessen Mangel nie empfunden, außer in den astronomischen Mengen, die notwendig waren, um Schlachtkreuzer zu reparieren; im Gegensatz dazu war Mark auf seine ruhige Art ausgesprochen gierig. Macht? Miles hatte kein Verlangen nach dem Kaisertum oder dergleichen. Aber es juckte ihn höllisch, wenn andere Macht über ihn hatten. Das war keine Gier nach Macht, sondern Furcht. Furcht wovor? Furcht, zum Opfer ihrer Unfähigkeit zu werden? Furcht, als Mutant vernichtet zu werden, wenn er nicht ständig seine Überlegenheit beweisen konnte? Davon war etwas da, unter der Oberfläche. Na ja… in Wirklichkeit ziemlich viel davon. Sein eigener Großvater hatte versucht, ihn wegen seiner Mißbildungen zu töten, und es hatte ein paar weitere häßliche kleine Vorfälle in seiner Kindheit gegeben, die gewöhnlich – allerdings nicht immer – durch das rechtzeitige Eingreifen von Sergeant Bothari vereitelt worden waren. Aber das war kaum eine verborgene Motivation, nicht von der unbewußten Art, die einen in tiefe Schwierigkeiten brachte, wo man dann nicht wußte, warum.

Er trank einen weiteren kühlen und rauchigen Schluck Bier. *Identität. Das ist mein Elefant.* Dieser Gedanke kam ihm mit Gewißheit, diesmal ohne Fragezeichen. Eigentlich nicht Ruhm, obwohl Anerkennung eine Art wichtiger Zement dafür war. Aber man war, was man tat. *Und ich habe mehr getan, o ja.* Wenn man Hunger nach Identität etwa in Hunger nach Nahrung übersetzte, dann wäre er ein phantastischerer Vielfraß, als Mark jemals in seinen Träumen gewesen war. *Ist es irrational, soviel sein zu wollen, und es so sehr zu wollen, daß es weh tut?* Und wieviel war dann *genug*?

Illyan nahm ebenfalls einen weiteren tiefen Zug des Hausgebrauten und zappelte mit der extrastarken Angelrute aus Karbonfiber, die wie Miles' Angel aus den Vorräten des Bootshauses stammte. »Bist du sicher, daß es dort unten Fische gibt?«

»O ja. Seit Jahrhunderten gibt es welche. Man kann an der Anlegestelle liegen und die kleinen beobachten, wie sie um die Steine herumschnuppern, oder man kann mit ihnen schwimmen. Der See wurde tatsächlich schon lange vor dem Ende des Zeitalters der Isolation terraformt, auf die alte, primitive Methode, indem man alle Arten organischer Abfälle, derer man habhaft werden konnte, hineinschüttete, gefolgt von gestohlenen Kräutern und Elritzen, und dann hoffte, dabei würde ein Ökosystem herauskommen, das irdische Lebensformen unterstützte. Es gab deshalb eine Menge Streit, damals in der Zeit der ersten Grafen, da die Bauern in der Gegend den gesammelten Mist auch für ihre Felder haben wollten. Seit der Zeit meines Großvaters gibt es eine Gruppe von Leuten, die vom Büro des Grafen in Hassadar aus arbeiten und die Aufgabe haben, die Gewässer des Distrikts wissenschaftlich zu terraformen und mit Fischen zu besetzen, also kann man das Wasser jetzt wieder trinken *und* die Fische sind genetisch verbessert worden. Seeforellen, Seebarsche, Süßwasserlachse... da drunten gibt es allerhand gute Beute.«

Illyan beugte sich über die Bootswand und schaute ein wenig zweifelnd in das klare Wasser hinab. »Wirklich.« Er spulte seine Schnur auf und untersuchte seinen Haken. Der Köderwürfel war verschwunden.

»Habe ich an diesem Ding einen Köder befestigt?«

»Ja, ich habe es selbst gesehen. Ist wahrscheinlich abgefallen.«

»Fische mit langen Fingern.« Doch Illyan widerstand der Eingebung, noch einen ausführlicheren Witz über Mutantenfische zu machen. Er steckte einen neuen Köder noch fester an den Haken und warf ihn erneut ins Wasser. Jeder machte ein weiteres Bier auf. Miles hockte sich auf den Bootsrand und ließ seine bloßen Füße eine Weile im Wasser kühlen.

»Das ist sehr ineffizient«, bemerkte Illyan, nachdem er das Sonnensegel etwas gedreht hatte, um den davonkriechenden Schatten zurückzuholen.

»Das habe ich mich auch schon gefragt. Ich glaube nicht, daß es effizient sein sollte. Ich glaube, diese Methode wurde geschaffen, um den Eindruck zu erwecken, man tue etwas, während man in Wirklichkeit nichts tut. Vielleicht, um Ehefrauen abzuschrecken, die mit unangenehmen Arbeiten ankamen.«

»Ich tue seit einer Woche nichts.« Illyan stockte. »Es hat anscheinend nicht geholfen.«

»Das stimmt nicht. Sie sind im Sterntarock schon besser geworden. Ich habe es verfolgt.«

»Ich dachte, du und Lady Alys, ihr hättet mich letztes Mal heimlich gewinnen lassen.«

»Nein.«

»Aha.« Illyan blickte etwas heiterer drein, doch das dauerte nur einen Moment. »Aber ich fürchte, die Fähigkeit, Sterntarock zu spielen, ohne ständig zu verlieren, reicht nicht aus, um mich wieder für den KBS fit zu machen.«

»Lassen Sie sich Zeit. Sie haben ja kaum erst mit Ihrer Rehabilitation begonnen.« Miles' Füße wurden runzelig, und er kehrte auf seinen gepolsterten Sitz zurück.

Illyan starrte auf das gegenüberliegende Ufer, das grün und braun in der nach Westen sinkenden Sonne lag. »Nein… für alles, was man tut, gibt es eine Grenze des Möglichen. Wenn man auf dieser Grenze balanciert und in Topform gespielt hat… dann kann man nicht mehr zu etwas Geringerem zurückkehren. Um den alten Spruch deiner Mutter umzukehren: Alles, was man nicht gut tun kann, ist nicht wert getan zu werden. Und… den KBS zu leiten ist weiter von *Spiel* entfernt als alles, was ich kenne. Es hängen tagtäglich zu viele Menschenleben davon ab.«

»Mm«, sagte Miles und vertuschte die Tatsache, daß ihm keine nützliche Bemerkung einfiel, durch einen weiteren kräftigen Schluck Bier.

»Ich habe meine zweimal zwanzig Jahre im Dienst des Kaisers hinter mich gebracht«, sagte Illyan. »Das hat angefangen, als ich achtzehn war, in der Offiziersausbildung für den alten Ezar… nicht auf der Kaiserlichen Militärakademie; damals brauchte man mehr gute Noten und Geld und eine gewisse Silbe vor dem Familiennamen, um da hineinzukommen. Ich bin auf eine der regionalen Schulen gegangen. Ich hatte nie vorgehabt, es bis zu einem Dreimal-zwanzig-Jahre-Mann zu bringen. Ich wußte, ich würde irgendwann vorher aufhören, ich wußte bloß nicht, wann. Ich habe Gregor gedient, seit er fünf Jahre alt war. Jetzt ist er voll erwachsen, weiß Gott.«

»Das ist sicherlich Ihre Leistung«, bemerkte Miles.

Illyan nickte. »Nicht meine allein. Aber ich kann nicht... der sein, der ich bin – der ich war – und dies nicht wissen.«

»Ich habe es nicht bis zum Ende meiner ersten zwanzig Jahre geschafft«, sagte Miles düster. »Nicht einmal annähernd.«

Illyan räusperte sich und musterte seine Angelschnur. »Hat da einer angebissen?«

»Nein, ich glaube nicht. Die Rute würde tiefer sinken. Das ist nur die Strömung, die mit dem Gewicht der Schnur spielt.«

»Ich hätte mich jetzt noch nicht dafür entschieden, den Dienst zu quittieren, wohlgemerkt«, erklärte Illyan. »Ich hätte gern Gregor noch durch seine Hochzeit begleitet.«

»Und durch die nächste Krise danach«, zog ihn Miles auf. »Und durch die nächste Krise danach, und...«

Illyan knurrte resigniert Zustimmung. »Also... vielleicht ist das nicht so schlimm.« Nach einer Weile fügte er hinzu: »Glaubst du, man hat alle Fische aus eurem See gestohlen?«

»Dazu müßte man sie erst fangen.«

»Ach ja, ein gutes Argument.« Illyan hielt inne, fischte den Netzbeutel aus dem Wasser, machte sich ein weiteres Bier auf und reichte eines an Miles weiter. Er hatte die Flasche zur Hälfte geleert, als er fragte: »Ich... weiß, wieviel die Dendarii dir bedeutet haben. Ich... freue mich, daß du überlebt hast.«

Er hat nicht gesagt: *Es tut mir leid,* bemerkte Miles. Miles' Desaster war eine Wunde gewesen, die er sich selbst zugefügt hatte. »Tod, wo ist dein Stachel?« Er rüttelte an seiner Angelrute. »Haken, wo ist dein Fisch…? Nein. Selbstmord wäre für mich keine Option mehr, wie ich herausgefunden habe. Genauso wie der gute alte jugendliche Weltschmerz. Ich bin nicht mehr insgeheim der Meinung, daß der Tod mich irgendwie übersehen würde, wenn ich nicht persönlich etwas dazu tue. Und in Anbetracht des Lebens… erscheint es mir dumm, nicht aus dem, was ich habe, das meiste zu machen. Um nicht zu sagen: verflucht undankbar.«

»Glaubst du… du und Quinn… wie soll ich das taktvoll ausdrücken. Glaubst du, du wirst Kapitänin Quinn überreden können, sich für Lord Vorkosigan zu interessieren?«

Aha, Illyan versuchte sich dafür zu entschuldigen, daß er Miles' *Liebes*-Leben vermasselt hatte, das war's. Miles trank erneut von dem Bier und dachte ernsthaft darüber nach. »Das habe ich bisher noch nicht gekonnt. Ich will es versuchen… ich muß es noch einmal mit ihr versuchen. Aufs neue.« *Wann? Wie? Wo?* Es schmerzte, an Quinn zu denken. Es schmerzte immer noch, wenn er überhaupt an die Dendarii dachte. Deshalb würde er es nicht tun. Nicht viel. *Mehr Bier.* »Was das übrige angeht…« – er nippte und lächelte bitter –, »es gibt überzeugende Beweise dafür, daß ich zu langsam geworden bin, um noch länger ein lebendes Ziel zu spielen. In Wirklichkeit wurde bei meinen bevorzugten Missionen in letzter Zeit kaum militärische Gewalt eingesetzt.«

»Du bist verdammt schlau geworden, das ist alles«, meinte Illyan und betrachtete durch das bunte Glas seiner Flasche Miles' verzerrte Gestalt. »Allerdings braucht man selbst bei einem Manöverkrieg eine glaubhafte Streitmacht, um damit ein Manöver abhalten zu können.«

»Mir hat das Siegen gefallen«, sagte Miles leise. »Das hat mir wirklich gefallen.«

Illyan warf seine Flasche in die Kiste mit den übrigen leeren und beugte sich über den Bootsrand, um in das Seewasser hinabzuschielen. Er seufzte, richtete sich auf und schob wieder das Sonnensegel zurecht, dann zog er, anstelle von Fischen, erneut den Netzbeutel hoch.

Miles hielt seine erst halb geleerte Flasche hoch, um den angebotenen Nachschub abzulehnen, dann lehnte er sich zurück und beobachtete seine unbewegte weiße Angelschnur, die tief in geheime Dunkelheit hinabreichte. »Ich bin immer irgendwie damit davongekommen. Auf jede Art und Weise, wie ich gerade konnte. Ob auf dem Tisch oder darunter, ich habe gewonnen. Diese Geschichte mit den Anfällen… scheint der erste Feind zu sein, den ich nicht austricksen konnte.«

Illyan zog spöttisch die Augenbrauen hoch. »Einige der besten Festungen wurden schließlich durch Verrat von innen eingenommen, heißt es.«

»Ich bin besiegt worden.« Miles blies nachdenklich über den Mund seiner Flasche und machte sie summen. »Doch ich habe überlebt. Das hatte ich nicht erwartet. Ich fühle mich deswegen… sehr aus dem Gleichgewicht geworfen. Immer mußte ich siegen oder sterben. Also… in welchem Punkt hatte ich auch noch unrecht?… Ich nehme das andere Bier jetzt doch, danke.«

Illyan öffnete die Flasche für ihn und reichte sie ihm. Das Seewasser war inzwischen hübsch eisig geworden, es war ausgesprochen zu spät im Jahr zum Schwimmen. Oder zum Ertrinken.

»Vielleicht«, sagte Illyan nach einer sehr langen Pause, »haben Generationen von Fischern aus dieser Population alle Fische ausgemerzt, die dumm genug sind, an Haken anzubeißen.«

»Das ist möglich«, räumte Miles ein. Sein Gast, so befürchtete er, begann sich allmählich zu langweilen.

Als korrekter Gastgeber sollte er eigentlich etwas dagegen unternehmen.

»*Ich* glaube, da drunten gibt es überhaupt keine Fische. Das ist ein Gaunertrick, Vorkosigan.«

»Nö, ich habe sie ja gesehen. Wenn ich einen Betäuber hätte, könnte ich es Ihnen beweisen.«

»Du läufst heutzutage ohne Betäuber herum, mein Junge? Nicht sehr helle.«

»Heh, ich bin jetzt Kaiserlicher Auditor. Ich bekomme massige Gorillas gestellt, die meine Betäuber für mich herumtragen, genau wie die hohen Tiere.«

»Übrigens könntest du durch all diese Meter von Wasser hindurch gar nichts betäuben«, versetzte Illyan hartnäckig.

»Tja, nicht mit einem Betäuber. Mit der Energiezelle eines Betäubers.«

»Aha!« Illyans Gesicht hellte sich sofort auf, doch dann meldeten sich wieder Zweifel. »Man kann Fische bombardieren, oder? Auf den Gedanken bin ich noch nicht gekommen.«

»Oh, das ist ein alter Trick der Leute aus den Dendarii-Bergen. *Die* hatten nicht die Zeit, auf ihren Ärschen zu hocken und Schnüre ins Wasser zu hängen; der Angelsport ist eine Perversion der Vor. Die Bergbewohner waren hungrig und wollten ihr Abendessen haben. Außerdem betrachteten es die Lords am See als Wilderei in ihrem Fischgehege, und das war ein Ansporn, schnell hinein und wieder heraus zu gelangen, bevor die Gefolgsleute des Grafen angeritten kamen.«

Nach ungefähr einer weiteren Minute bemerkte Illyan: »Ich habe zufällig einen Betäuber bei mir.«

*Du lieber Gott, wir haben Sie bewaffnet aus der Klinik entlassen?* »So?«

Illyan stellte die Bierflasche ab und zog die Waffe aus der Tasche. »Hier, ich biete ihn als Opfer an. Ich muß diesen Trick erleben.«

»Äh… nun ja…« Miles setzte sein Bier ab, reichte Illyan seine Angelrute und überprüfte den Betäuber. Armeemodell, voll geladen. Er nahm die Energiezelle heraus und schloß dann ganz nach Art der KBS-Instruktion für verdeckte Operationen – Kapitel: »Wie Sie Ihren Betäuber in eine Handgranate verwandeln« – die Patrone kurz. Er nahm einen weiteren Schluck Bier, zählte einen Augenblick und warf die Energiepatrone über Bord.

»Hoffentlich sinkt das Ding«, bemerkte Illyan.

»Es sinkt. Schauen Sie nur!« Der metallische Schimmer verschwand in die Dunkelheit.

»Wie viele Sekunden?« fragte Illyan.

»Natürlich weiß man es nie genau. Das ist eins von den Dingen, die dieses Manöver immer so verdammt heikel machen.«

Eine halbe Minute später leuchtete in der Dunkelheit ein schwach strahlender Blitz auf. Ein paar Momente später brodelte das Wasser neben dem Boot auf. Das dazugehörige Geräusch war eher ein Rülpser als ein Knall. Das Boot schwankte.

Am Ufer sprang der KBS-Wächter jäh auf und beäugte sie durch sein starkes Fernglas. Miles winkte ihm fröhlich, bierselig und beruhigend zu; zögernd ließ sich der Mann wieder auf seinem Stuhl nieder.

»Nun?« fragte Illyan und spähte ins Wasser hinab.

»Warten Sie bloß.«

Etwa zwei Minuten später kam etwas bleich Schimmerndes von unten herauf. Und dann noch etwas. Und noch etwas. Zwei weitere Fische tauchten silbrig glänzend an der Oberfläche auf.

»Himmel«, sagte Illyan, und es klang beeindruckt. »Fische.« Respektvoll drehte er seine Flasche zu einem Trinkspruch auf Miles um.

Fische, und was für welche! Der kleinste war einen halben Meter lang, der größte nahezu zweidrittel

Meter; Lachse und Seeforellen, darunter einer, der schon seit den Tagen von Miles' Großvater dort drunten gelauert haben mußte. Ihre Augen waren glasig und blickten vorwurfsvoll, als Miles sich vorsichtig über den Bootsrand beugte und versuchte, sie mit dem Netz einzufangen. Sie waren kalt und glitschig, und Miles hätte sich fast zu ihnen in ihr feuchtes Grab gesellt, bevor es ihm gelungen war, alle zu schnappen. Illyan packte klugerweise Miles an einem Fußknöchel, während er spritzend herumfuhrwerkte. Als ihre Beute auf dem Bootsdeck ausgelegt war, bildete sie mit ihren im späten Nachmittagslicht irisierenden Schuppen eine eindrucksvolle Strecke.

»Wir haben gefischt«, verkündete Illyan und starrte auf die Masse, die fast Miles' Körpervolumen gleichkam. »Können wir jetzt heimgehen?«

»Haben Sie noch eine Betäuberzelle?«

»Nein.«

»Ist noch Bier übrig?«

»Das war das letzte.«

»Ja, dann können wir genauso gut heimgehen.«

Illyan grinste schelmisch. »Ich kann es kaum erwarten«, murmelte er, »bis mich jemand fragt, was wir als Köder benutzt haben.«

Miles gelang es, das Boot anzulegen, ohne gegen den Landungssteg zu donnern, trotz des verzweifelten Bedürfnisses zu pinkeln und einem schwankenden Gefühl, das nichts mit den Wellen im Wasser zu tun hatte. Er ging mit Schlagseite den Hang zum Haus hinauf und schleppte dabei die beiden kleineren Fische an einer Schnur, die durch ihre Kiemen gesteckt war; er überließ es Illyan, sich mit den größeren abzumühen.

»Müssen wir die alle essen?« schnaufte Illyan in seinem Kielwasser.

»Vielleicht einen. Die übrigen kann man ausnehmen und einfrieren.«

»Wer? Wird das Mama Kosti dir nicht übelnehmen? Ich glaube nicht, daß du wirklich deine Köchin beleidigen möchtest, Miles.«

»Keineswegs.« Miles hielt an und wies mit einem Kopfnicken hangaufwärts. »Was glauben Sie denn, wozu Lakaien da sind?«

Martin, den die Rückkehr des Bootes angelockt hatte – und wahrscheinlich gerade um die Erlaubnis bitten wollte, selbst einmal hinausfahren zu dürfen – polterte den Pfad herab auf sie zu.

»Ah, Martin«, jubilierte Miles in einem Ton, der den erfahreneren Ivan hätte kehrtmachen und davonlaufen lassen. »Genau der Mann, den ich erwarte. Bringen Sie die Fische zu Ihrer Mutter«, er lud seine Last in die Arme des verdutzten jungen Mannes ab, »und machen Sie damit, was sie Ihnen anweist. Hier, Simon.«

Höflich lächelnd überreichte auch Illyan ihm seine Fische. »Danke, Martin.«

Sie ließen Martin stehen und schauten sich unbarmherzigerweise nicht nach ihm um, als er kläglich begann: »Mylord…?«, sondern torkelten zum kühlen Steinhaus hinauf. Den höchsten Ehrgeiz bildeten im Augenblick in Miles' Welt eine Toilette, eine Dusche und ein Nickerchen, genau in dieser Reihenfolge. Das würde reichen.

Bei Einbruch der Dunkelheit ließen sich Miles und Illyan im Speisezimmer des Seehauses zu einer Fischmahlzeit nieder. Mama Kosti hatte die kleinste Seeforelle zubereitet, die ausreichte, um den ganzen Haushalt zu verköstigen, zusammen mit einer Soße, die gedünsteten Karton hätte köstlich schmecken lassen und den frischen Fisch zu einem Festmahl für mindere Götter machte.

Illyan amüsierte sich offensichtlich über diesen Beweis ihrer Fähigkeiten als urtümliche Ernährer. »Hast du das hier oft gemacht? Deine ganze Familie verpflegt?«

»Gelegentlich mal. Dann fand ich heraus, daß meine betanische Mutter, die – wenn sie es einrichten kann – nie etwas anderes ißt als künstlich gezüchtetes Protein, es tapfer kaute und schluckte und das Blaue vom Himmel log, was für ein guter Junge ich sei, und dann habe ich aufgehört, ihre kulinarischen Vorlieben in Frage zu stellen.«

»Ich kann sie mir richtig vorstellen.« Illyan grinste.

»Wollen Sie morgen wieder auf den See hinausfahren?«

»Warten wir doch zumindest… bis die Reste vertilgt sind.«

»Die Scheunenkatzen können uns dabei helfen. Im Augenblick treiben sich vier von ihnen an der Küchentür herum und versuchen, meine Köchin zu erweichen. Als man sie zuletzt sah, hatten sie gerade Erfolg dabei.«

Miles ließ sich bei seinem Glas Wein Zeit und trank nur winzige Schlucke. Eine Menge Wasser, der Schlaf und etwas Medikamente hatten seinen beginnenden Bier-und-Sonnen-Kater vergehen lassen. Wirklich entspannt zu sein war eine seltsame und unbekannte Empfindung. Nirgendwohin unterwegs, weder im Schongang noch in einem anderen Tempo. Die Gegenwart genießend, das Jetzt, das an der Ewigkeit teilhat.

Martin trudelte ein. Er brachte nicht noch mehr Essen. Miles blickte auf.

»Mylord? Ein Anruf für Sie.«

*Wer immer es ist, sagen Sie ihm, ich rufe morgen zurück. Oder nächste Woche.* Nein, es könnte ja die Gräfin sein, die schon früh landete oder aus dem Orbit anrief. Jetzt, so dachte er, war er bereit, ihr gegenüberzutreten. »Wer ist es?«

»Er sagt, er heißt Admiral Avakli.«

»Oh.« Miles legte seine Gabel hin und stand sofort auf. »Ich übernehme, danke, Martin.«

Im privaten Komkonsolenzimmer am Ende des hinteren Korridors des Hauses wartete Avaklis hageres Gesicht über der Vid-Scheibe, ein körperloser Kopf. Miles ließ sich auf seinem Platz nieder und justierte die Vid-Kamera.

»Ja, Admiral?«

»Mylord Auditor.« Avakli nickte. »Mein Team ist bereit, seinen Bericht abzugeben. Wir können ihn gleichzeitig Ihnen und General Haroche präsentieren, wie Sie gewünscht haben.«

»Gut. Und wann?«

Avakli zögerte. »Ich würde empfehlen, so bald wie möglich.«

Miles bekam ein flaues Gefühl im Magen. »Warum?«

»Wollen Sie das über eine Komkonsole erörtern?«

»Nein.« Miles leckte sich über die trockenen Lippen. »Ich... verstehe. Ich werde ungefähr zwei Stunden brauchen, um nach Vorbarr Sultana zurückzukehren.« Und für diese Besprechung sollte er sich lieber Zeit lassen, um sich angemessen zu kleiden. »Wir könnten uns, sagen wir, um 26 Uhr treffen. Es sei denn, Sie würden morgen früh vorziehen.«

»Die Entscheidung liegt bei Ihnen, Mylord Auditor.«

Avakli hatte nichts gegen ein Treffen um Mitternacht. Ein sanftes Verdikt von wegen *natürliche Ursachen* machte keine solche Eile erforderlich. In Erwartung dieses Ergebnisses würde Miles sowieso kein Auge zutun. »Also heute noch.«

»Sehr gut, Mylord.« Avakli stimmte zu und verabschiedete sich mit einem Nicken.

Miles schaltete die Komkonsole ab und pustete den Atem aus. Soeben hatte das Leben wieder an Tempo gewonnen.

# KAPITEL 21

Im Hauptquartier des KBS herrschte mitternächtliche Stille; das Konferenzzimmer der Klinik wirkte fast wie ein Grab. Der schwarze Tisch mit dem Vid-Projektor war von fünf Stühlen umringt. Ach, noch eine weitere medizinische Besprechung. Miles lernte dieser Tage insgesamt mehr über das Innere der Köpfe von Menschen, seinen eigenen eingeschlossen, als er jemals hatte wissen wollen.

»Hier scheint noch ein Stuhl zu fehlen«, sagte Miles zu Admiral Avakli und deutete mit einem Nicken in Richtung Tisch. »Sofern Sie nicht vorschlagen, General Haroche stehen zu lassen.«

»Ich hole noch einen, Mylord Auditor«, murmelte Avakli. »Wir hatten nicht erwartet...« Sein Blick wanderte zu Illyan, der sich links von dem Platz niedersetzte, der für Miles reserviert war, neben Oberst Ruibal und gegenüber von Dr. Weddell.

Miles war sich nicht sicher gewesen, ob es klug war, Illyan mit hierherzubringen, aber Avaklis offensichtliches Unbehagen erfüllte ihn mit einer fröhlichen Skrupellosigkeit. »Das erspart mir, daß ich ihm alles später noch einmal wiederholen muß«, murmelte Miles zurück. »Und nebenbei bemerkt, ich kann mir keinen Mann auf diesem Planeten vorstellen, der ein größeres Recht hätte, es zu erfahren.«

»Dagegen kann ich nichts einwenden, Mylord.«

*Das sollten Sie auch lieber nicht.*

Avakli ging den zusätzlichen Stuhl holen.

Miles trug seine braun-silberne Vorkosigan-Uniform,

allerdings hatte er diesmal die militärischen Auszeichnungen in seiner Kommodenschublade gelassen. Er wollte nicht, daß das Geklapper den Blick von seiner Auditorenkette ablenkte, die er formell über seiner Brust drapiert hatte. Illyan hatte gemütliche Zivilkleidung gewählt: ein offenes Hemd, weite Hosen und eine Jacke, die ihm das Aussehen eines Rekonvaleszenten außer Dienst gaben. Aus Höflichkeit gegenüber seinem kämpfenden Ersatzmann Haroche? Nur hatte Illyan im Dienst so oft Zivilkleidung getragen, daß die Botschaft, falls es eine war, ein bißchen mehrdeutig ausfiel.

Zusammen mit Haroche erschien Avakli wieder im Besprechungsraum. Haroches Lippen zuckten überrascht, als er Illyan sah. Illyan wandte ihm den Kopf zu und nickte grüßend. »Hallo, Lucas.«

Haroches tiefe Stimme wurde weich. »Hallo, Sir. Es ist gut, Sie wieder auf den Beinen zu sehen.« Doch er wandte sich zur Seite und flüsterte Miles zu: »Ist bei ihm alles in Ordnung? Wird er das verkraften?«

»O ja.« Miles lächelte und verbarg damit, daß er in dieser Hinsicht selbst nicht Bescheid wußte. Auf eine kurze verneinende Handbewegung von Haroche hin übersprang die Gesellschaft den Austausch militärischer Ehrenbezeigungen; da Illyan zugegen war, würde es vielleicht etwas Verwirrung geben, wer eigentlich wen begrüßen sollte. Es gab Geraschel und Geknarze, während man sich ernst und aufmerksam setzte. Admiral Avakli blieb am Podium des Vid-Projektors stehen.

»Mylord Auditor«, begann er. »General Haroche, meine Herren. Chef Illyan.« Er widmete Illyan ein besonderes, wenn auch etwas unsicheres Nicken. »Wahrscheinlich... wird es Sie nicht wirklich überraschen, was wir herausgefunden haben, nämlich, daß es sich bei dem Defekt, der bei Chef Illyans eidetischem neuralen Implantat eingetreten ist, um ein künstlich herbeigeführtes Ereignis handelt.«

Haroche stieß einen langen Seufzer aus und nickte. »Das hatte ich befürchtet. Ich hatte gehofft, es wäre etwas Einfacheres.«

Miles hatte selbst schon solche Hoffnungen gehegt, und zwar bei vielen Gelegenheiten; er konnte nicht anders als mit Haroche mitzufühlen. Auch er war für gewöhnlich enttäuscht worden.

»Einfach«, sagte Avakli, »ist das letzte Wort, das ich verwenden würde, um die Sache zu beschreiben.«

»Wir haben es also mit einem Fall bewußter Sabotage zu tun«, stellte Haroche fest.

Avakli saugte an seiner Unterlippe. »Das gehört in Ihr Ressort, Sir. Ich denke, ich bleibe einstweilen bei meiner ursprünglichen Formulierung: ein künstlich herbeigeführtes Ereignis. Um das zu erklären, verweise ich Sie jetzt an Dr. Weddell, der…« – Avaklis hohe Stirn runzelte sich leicht – »dazu beigetragen hat, die Kette der Kausalität zusammenzufügen. Dr. Weddell, bitte!«

Aus Avaklis Stirnrunzeln schloß Miles, daß Weddell/Canaba sich wie gewohnt gegeben hatte: brillant und unausstehlich. Falls seine Brillanz jemals versagen sollte, würde er zweifellos völlig überrascht sein, welches Maß an Vergeltung ihm seine Unausstehlichkeit einbrächte. Doch Avakli war als Wissenschaftler zu ehrlich, um die Leistung eines anderen für sich in Anspruch zu nehmen. Weddell übernahm das Podium; sein aristokratisches Gesicht war müde, angespannt und ein wenig selbstgefällig.

»Falls Sie einen Blick auf den Schuldigen werfen wollen – das heißt, auf den unmittelbar Schuldigen –, so ist hier sein Porträt.« Weddell fummelte an der Bedienung des Holovids herum; die Scheibe projizierte einen hellgrünen, topologisch komplexen Klumpen, der sich langsam in der Luft drehte. »Die Farbe ist natürlich eine Dreingabe des Computers – ich habe mir hier ein wenig künstlerische Freiheit erlaubt –, und die Vergrößerung beträgt einige Millionen. Das, meine Herren, ist ein biotechnisch erzeugter apoptotischer Prokaryot. So zumindest habe ich ihn rekonstruiert.«

»Ein *was*?« fragte Miles. »Machen Sie es bitte etwas einfacher.«

Weddell lächelte gequält; zweifellos sucht er nach einsilbigen Wörtern. »Ein kleines Ding, das Dinger frißt«, versuchte er zu übersetzen.

»So einfach auch nicht«, bemerkte Miles trocken. Die Barrayaraner am Tisch, die um die Macht eines Kaiserlichen Auditors wußten, fuhren bei diesem Ton zusammen, Weddell, der Einwanderer, nicht. *Streite nie mit einem Pedanten über Fragen der Nomenklatur. Damit vergeudest du nur deine Zeit und verärgerst den Pedanten.* Miles ließ es durchgehen. »Ein Prokaryot also. Was heißt: rekonstruiert?«

»Dazu komme ich gleich, Mylord Auditor. Man kann ihn kaum als Lebensform bezeichnen, da er kleiner und einfacher ist als das kleinste Bakterium, aber er weist zwei Lebensfunktionen auf. Er ›frißt‹ gewissermaßen. Speziell produziert er ein proteolytisches Enzym, das die Proteinmatrix aufspaltet, die es in dem eidetischen Chip und einigen verwandten galaktischen neurotechnischen Anwendungen vorfindet. Er zerstört diese Matrix und nichts anderes. Und nachdem er die sich daraus ergebenden Nährstoffe absorbiert hat, reproduziert er sich durch einfache binäre Teilung. Wenn einer Population dieser Prokaryoten ein Feld von Chip-Proteinen präsentiert wird – wie es hier der Fall war –, von denen sie sich ernähren kann, dann wird sie sich in der üblichen geometrischen Progression verdoppeln und nochmals verdoppeln – bis zu einem bestimmten Punkt. Nach einer Anzahl von Verdoppelungen ist der Prokaryot darauf programmiert, sich selbst zu vernichten. Zu dem Zeitpunkt, als wir den Chip zur Analyse erhielten, hatten sich fast alle Prokaryoten auf diese Weise vernichtet und mir ein hübsches Puzzle aus Fragmenten zum Spielen hinterlassen. Noch eine Woche, und es wäre nichts mehr übrig gewesen zum Analysieren.«

Haroche zuckte zusammen.

»Also«, meldete sich Miles, »war dieser Prokaryot speziell für Illyan entwickelt worden? Oder handelt es sich dabei um ein kommerzielles Produkt, oder was?«

»Ihre erste Frage kann ich nicht beantworten. Aber ich konnte aus der Molekularstruktur einiges über seine Produktgeschichte herausfinden. Erstens, wer immer diesen Prokaryoten geschaffen hat, hat nicht am Punkt Null begonnen. Es handelt sich um die Modifikation eines bestehenden, patentierten apoptotischen Organismus, der ursprünglich entworfen worden war, um neurale Plaque zu vernichten. Der galaktische Patentcode für diese vollkommen legitime medizinische Applikation war noch auf einigen der molekularen Fragmente zu lesen. Der modifizierte Prokaryot jedoch trug keine Identifikation der Ursprungslabors oder der Lizenzierung und keine Patentkennzeichnungen. Das ursprüngliche Patent ist übrigens etwa zehn Jahre alt, was Ihnen den ersten Hinweis für Ihr Zeitfenster-Problem gibt.«

»Das wäre jetzt meine nächste Frage gewesen«, sagte Miles. »Ich hoffe, wir können die Sache noch stärker einengen.«

»Natürlich. Aber Sie sehen, wieviel wir schon bloß von den Codes und ihrem Fehlen lernen. Der ursprüngliche medizinische Prokaryot wurde für den neuen Zweck plagiiert, und den Leuten, die ihn modifizierten, ging es offensichtlich nicht darum, ihn für das Massengeschäft zu legitimieren. Alle Anzeichen deuten darauf hin, daß es sich um eine einmalige Anfertigung für einen einzigen Kunden handelt.«

»Zufällig illegale jacksonische Arbeit?« fragte Miles. *Das würden Sie wissen.*

»Die Art der abgekürzten Verfahren, die man bei seinem Entwurf verwendet hat, lassen das stark vermuten. Unglücklicherweise bin ich nicht persönlich damit vertraut.«

Also nichts aus den Labors des Hauses Bharaputra, Weddell/Canabas früherem Arbeitgeber. *Das* wäre ein glücklicher Zufall gewesen. Aber es gab ein Dutzend weiterer jacksonischer Häuser, die eine kleine Arbeit wie diese übernommen hätten. Gegen das entsprechende Honorar.

»Was hat es denn gekostet, dieses Ding herzustellen? Oder vielmehr: es herstellen zu lassen?«

»Mm...« Weddell starrte nachdenklich ins Leere. »Die tatsächlichen Laborkosten etwas unter fünfzigtausend betanische Dollar. Wer weiß, wie hoch die Handelsspanne wohl war? Jeder besondere Wunsch nach Geheimhaltung auf seiten der Käufer dürfte die Kosten um... ah... das etwa Fünfzigfache hochgetrieben haben. Oder mehr, abhängig davon, was der Markt hergibt.«

Also nicht die Arbeit eines einsamen Irren, es sei denn, es handelte sich dabei um einen *fabelhaft reichen* einsamen Irren. Vielleicht eine Organisation. Miles fielen komarranische Terroristen ein – unglücklicherweise mußte man immer an sie denken.

»Könnte es sich dabei um eine cetagandanische Arbeit handeln?« fragte General Haroche.

»O nein, das glaube ich nicht«, erwiderte Weddell. »Das ist überhaupt nicht ihr Stil. Vom Standpunkt der Genetik aus gesehen. Cetagandanische Arbeit zeichnet sich durch ihre Qualität, Originalität und – wie soll ich es formulieren – *Eleganz* aus. Im Vergleich dazu ist das hier Schluderzeug. Effektiv, wohlgemerkt, aber Schluderzeug. Auf molekularer Ebene.«

Illyan verzog die Lippen, aber er sagte nichts.

»Bei der Sequenzierung zur Selbstzerstörung«, fuhr Weddell fort, »könnte es sich um eine Sicherheitsmaßnahme handeln, die einfach vom ursprünglichen Entwurf übrig geblieben war. Oder… sie könnte bewußt beabsichtigt gewesen sein, um das Beweismaterial zu vernichten.«

»Können Sie sagen, was von beiden zutrifft?«

»Es gab darin einige leichte Modifikationen, verglichen mit dem ursprünglichen medizinischen Prokaryoten… auf jeden Fall wurde diese Sequenzierung absichtlich im Design dringelassen. Ich kann Ihnen Fakten liefern, Mylord; ich kann Ihnen nicht die Absichten unbekannter Personen mitteilen.«

*Das ist meine Aufgabe, ganz recht.* »Wann also… wurde er Illyan verabreicht? Und wie?«

»›*Verabreicht*‹ ist ein Ausdruck, der einen Verdacht impliziert; allerdings ist er unter diesen Umständen wahrscheinlich zulässig. Wann sind die ersten schweren Symptome für einen Zusammenbruch aufgetreten?«

»Vor vier Wochen«, antwortete Haroche. »Bei der Besprechung mit allen Abteilungen.«

»Eigentlich eine Woche davor«, sagte Miles, »laut meinem Informanten.«

Haroche warf ihm einen scharfen Blick zu.

Illyan rührte sich, als wollte er etwas hinzufügen, verzichtete dann aber doch.

»Hm. Der Prokaryot reproduziert sich nicht sehr schnell. Viel hängt davon ab, wie groß die ursprünglich eingebrachte Dosis war.«

»Ja, und wie wurde es gemacht?« warf Miles ein. »Übrigens, wie wird dieses Zeug aufbewahrt und transportiert? Wie steht es mit seiner Haltbarkeit? Braucht es besondere Bedingungen?«

»Es wird trocken aufbewahrt, in verkapselter Form, bei Zimmertemperatur; allerdings würde geringes Einfrieren ihm keinen Schaden zufügen. Haltbarkeit – du lieber Himmel! Jahre. Allerdings ist es offensichtlich weniger als ein Jahrzehnt alt. Aktiviert wird es durch Befeuchtung, vermutlich bei der Verabreichung, die feuchten Kontakt erfordert. Durch Schleimhäute – es könnte als Staub inhaliert worden sein –, als Lösung injiziert oder als Schadstoff in eine Schramme eingebracht. Aufgesprungene Haut und Feuchtigkeit würden schon ausreichen. Es müßte kein große Schramme sein.«

»Geschluckt?«

»Die meisten Prokaryoten würden von Magensäuren zerstört werden. Man könnte es schaffen, aber das würde eine größere Anfangsdosis erforderlich machen, um ausreichend sicher zu gehen, daß sie in den Blutkreislauf gelangen und zu dem Chip transportiert werden.«

»Also… wann? Wie groß ist das maximal mögliche Zeitfenster für die Infektion? Können Sie nicht die Reproduktionsrate nehmen und daraus errechnen, wann das Zeug verabreicht wurde?«

»Nur grob. Ich fürchte, da gibt es mehrere verschiedene Variablen, Mylord. Die Verabreichung muß zwischen zehn Wochen und einer Woche vor dem Auftreten der ersten Symptome stattgefunden haben.«

Miles wandte sich an Illyan. »Können Sie sich an irgend etwas derartiges erinnern?«

Illyan schüttelte hilflos den Kopf.

»Gibt es eine Möglichkeit… könnte es sein… ist es möglich, daß die Infektion zufällig stattgefunden hat?« fragte Haroche.

Weddell verzog den Mund. »Möglich? Wer kann das sagen? Wahrscheinlich? Das ist die Frage.« Und er schaute drein, als wäre er froh, daß er sie nicht beantworten müßte.

»Gibt es irgendwelche Berichte«, Miles wandte sich Haroche zu, »über irgend jemand auf Barrayar, der eine ähnliche Chip-Technik besitzt, die einen mysteriösen Zusammenbruch erlebt hat? In diesem Zusammenhang: Gibt es überhaupt irgend jemand anderen auf Barrayar, der einen ähnlichen Chip besessen hat?«

»Nicht daß ich wüßte«, erwiderte Haroche.

»Ich hätte gerne, daß der KBS das noch einmal überprüft.«

»Jawohl, Mylord.« Haroche machte sich eine Notiz.

»Die neuralen Implantate der Sprungpiloten verwenden ein völlig anderes System«, warf Avakli ein. »Gott sei Dank.« Er blinzelte, vermutlich geschockt von einer Vision des Chaos, das aus einer Art Piloten-Seuche resultieren würde.

»Dieser Prokaryot ist nicht mit gewöhnlichen Mitteln übertragbar«, versicherte ihnen Weddell, allerdings ziemlich leichthin, nach Miles' Meinung.

»Ich glaube, wir müssen einmal vom schlimmsten annehmbaren Fall ausgehen«, sagte Miles.

»Leider«, seufzte Haroche.

»Für mich sieht das Ganze wie Sabotage aus«, fuhr Miles fort. »Genau beabsichtigt, kenntnisreich und raffiniert.« *Und grausam, Herrgott, irgendwie grausam.* »Wir wissen jetzt was und wie. Und ein wenig wann. Aber wer und warum?« Ach, wieder die Motivationen von Menschen. *Ich habe den Elefanten berührt, und er glich einem …* – was waren die sechs Antworten? – *Seil, einem Baum, einer Mauer, einer Schlange, einem Speer, einem Fächer …* »Wir haben die Methode. Die Motive bleiben im Dunkeln. Sie haben zu viele Feinde, Simon, und keiner davon ist Ihr persönlicher Feind. Ich glaube, Sie haben doch nicht … mit irgend jemandes Frau oder Tochter geschlafen oder etwas in der Art, worüber wir nichts wissen, oder?«

Düster amüsiert verzog Illyan den Mund. »Leider nein, Miles.«

»Also... es muß jemand gewesen sein, der allgemein auf den KBS schlecht zu sprechen ist. Politische Motive? Verdammt, das läßt immer noch ein zu weites Feld. Allerdings hatte man Geld wie Heu und... hm... Geduld – wie lange würde es nach Ihrer Schätzung dauern, um dieses Mikrobiest zu entwickeln, Dr. Weddell?«

»Die Zeit im Labor? Oh, ein paar Monate. Es sei denn, man hat es als Eilauftrag deklariert und entsprechend dafür gezahlt. Mindestens einen Monat.«

»Plus die Transportzeit... dieses Komplott muß vor mindestens sechs Monaten gestartet worden sein, würde ich meinen.«

Haroche räusperte sich. »Es ist ziemlich wahrscheinlich, daß dieses Zeug von einem fremden Planeten kam. Ich würde gerne wissen, aus welchem Labor es kam und wann. Mit Ihrer Erlaubnis, Mylord Auditor, werde ich sofort die Abteilung G.A. alarmieren, daß sie ihre Agenten auf das jacksonische Ende dieses Gewirrs ansetzt. Mit einem Auge auf andere mögliche Quellen für Bioarbeiten dieser Art – Escobar zum Beispiel. Schließlich besitzt Jackson's Whole kein *komplettes* Monopol auf zwielichtige Geschäfte.«

»Ja, bitte, General Haroche«, erwiderte Miles. Dies war genau die Art öder Kleinarbeit, die der KBS viel besser machen konnte als er. Ein wirklicher Kaiserlicher Auditor besaß normalerweise einen eigenen Stab, an den er solche Aufgaben delegieren konnte. Sicherlich würde er die Berichte persönlich überprüfen müssen. Ach, er würde schließlich doch noch in Innern des KBS-Hauptquartiers festhocken. Das mußte ihm vom Schicksal bestimmt sein.

»Und«, fügte Haroche hinzu, »ich werde alle Bewegungen von Chef Illyan in den letzten, sagen wir, sechzehn Wochen bis vor fünf Wochen überprüfen.«

»Ich war die meiste Zeit hier im Hauptquartier«, erklärte Illyan. »Zwei Reisen nach außerhalb der Stadt… ich glaube… ich weiß, daß ich in diesem Zeitraum Barrayar nicht verlassen habe.«

»Da ist Gregors Staatsdiner gewesen«, betonte Miles. »Und ein paar andere Ereignisse, die Sie persönlich überwacht haben.«

»Ja.« Haroche machte sich eine weitere Notiz. »Wir werden eine Liste aller galaktischen Besucher zusammenstellen, denen Chef Illyan bei diesen Anlässen physisch begegnet sein könnte. Die Liste wird lang sein, aber nicht unendlich.«

»Gibt es noch etwas anderes, womit Sie das Zeitfenster einengen können?« fragte Miles Avakli und Weddell.

Weddell breitete die Hände aus. Avakli schüttelte den Kopf und sagte: »Nicht mit den Daten, die uns im Moment vorliegen, Mylord.«

»Gibt es überhaupt noch etwas anderes, was Sie hinzufügen können?« wollte General Haroche wissen.

Allgemeines Kopfschütteln. »Nicht, ohne daß wir uns ins Reich der Spekulation begeben«, erwiderte Avakli.

»Eine seltsame Attacke«, sagte Miles. »Sie zielt auf Illyans Funktion, doch nicht auf sein Leben.«

»Ich bin mir nicht sicher, daß man mörderische Absichten ausschließen kann, Mylord«, warf Dr. Ruibal ein. »Wenn der Chip nicht entfernt worden wäre, dann hätte Chef Illyan am Ende durchaus an Erschöpfung sterben können. Oder ihm hätte während der Perioden seiner Verwirrung ein Unfall zustoßen können.«

Haroche atmete hörbar ein. *Ganz recht*, dachte Miles. Und wenn jemand KBS-Chefs als Ziele für ein Attentat im Visier hatte, dann konnte Haroche durchaus der nächste auf der Liste sein.

Haroche setzte sich aufrecht hin. »Meine Herren, Sie

haben alle ausgezeichnete Arbeit geleistet. Mein persönliches Lob wird Ihren Personalakten beigefügt. Sobald Sie Ihre endgültigen Berichte vorlegen können, dürfen Sie zu Ihren regulären Aufgaben zurückkehren.«

»Morgen, höchstwahrscheinlich«, sagte Avakli.

»Kann ich heute nacht heimgehen?« meldete sich Weddell. »Mein armes Labor ist schon seit einer Woche in den Händen meiner Assistenten. Mich schaudert's, wenn ich daran denke, was mich bei meiner Rückkehr erwartet.«

Avakli warf Miles einen Blick zu und überließ ihm damit auch die Entscheidung über Weddells Ansinnen. *Sie haben ihn mir aufgehalst; befassen Sie sich mit ihm.*

»Ich wüßte nicht, warum nicht«, erwiderte Miles. »Ich möchte ein Duplikat des Berichts haben.«

»Gewiß, Mylord Auditor«, sagte Admiral Avakli.

»Und alles andere, was Ihr Büro beibringt, General Haroche.«

»Natürlich.« Haroche setzte an, noch mehr zu sagen, dann machte er eine Geste mit der offenen Hand in Miles' Richtung. »Mylord Auditor? Sie haben diese Besprechung einberufen.«

Miles lächelte und stand auf. »Meine Herren, Sie dürfen gehen. Und ich danke Ihnen allen.«

Draußen auf dem Korridor blieb Illyan mit Haroche zusammen stehen, und Miles wartete auf ihn.

»Nun, Sir«, Haroche seufzte, »Sie haben mir ein häßliches Puzzle hinterlassen, das muß ich schon sagen.«

Illyan grinste. »Willkommen auf dem heißen Stuhl! Ich habe Miles… – gestern? – erzählt, daß *meine* erste dienstliche Aufgabe als Chef des KBS die Untersuchung der Ermordung meines Vorgängers war. Ein Triumph der Tradition.«

*Das haben Sie mir heute nachmittag erzählt, Simon.*

»Zumindest sind Sie nicht ermordet worden«, sagte Haroche.

»Ah ja.« Illyans Lächeln wurde dünn. »Das habe ich… vergessen.« Er schaute Haroche an, und seine Stimme wurde zu einem Murmeln, so daß Haroche den Kopf neigen mußte, um ihn zu verstehen. »Schnappen Sie die Mistkerle für mich, ja, Lucas?«

»Ich werde mein Bestes tun. Wir alle werden unser Bestes tun.« Trotz Illyans Zivilkleidung salutierte Haroche ernst vor ihm, als sie sich anschickten zu gehen.

In dieser Nacht, oder eher: an diesem Morgen, schlief Miles nicht leicht ein, obwohl statt der vermuteten Schlaflosigkeit der Erwartung – *was* eingetreten war? Vermutlich eine Informationsverdauungsstörung.

Er warf sich im Bett hin und her und starrte in eine Dunkelheit, die beträchtlich weniger undurchsichtig war als das Problem, das soeben in seinem Schoß gelandet war. Als er die Chance ergriffen hatte, den Kaiserlichen Auditor zu spielen, hatte er erwartet, daß genau das daraus würde: eine Scharade, die gerade lang genug dauerte, bis Simon Illyan aus den schwerfälligen medizinischen Klauen des KBS befreit war. Wirklich keine sonderlich schwierige Sache, im Rückblick gesehen. Aber jetzt… jetzt stand er vor einem Problem, das einem *wirklichen* Auditor samt seinem ganzen Stab und Gefolge galoppierende Schlaflosigkeit bereiten würde.

Die Hohlheit seines Amtes, das ihm nur aus Gregors Laune heraus übertragen worden war, hallte in seinem Kopf wieder. Ihm fehlte seine Verstärkung durch die Dendarii. Falls er auch nur einen Moment lang gedacht hätte, daß aus dieser Ernennung etwas Echtes werden würde, und wenn auch nur vorübergehend, dann hätte er begonnen, einen Stab aus geeigneten Experten aufzubauen, die er aus allen anderen barrayaranischen Organisationen – aber unabhängig von ihnen – abgezogen hätte. Er kannte eine Anzahl guter Leute vom

KBS z.B., die – kurz vor ihrem zwanzigjährigen Jubiläum stehend – bereit wären, sich pensionieren zu lassen und ihre Ausbildung ihm zur Verfügung zu stellen. Er hätte die Stäbe anderer Auditoren studiert und seinen nach ihrem Vorbildung organisiert. Er hätte den Lord Auditor Vorhovis an die nächste Wand genagelt und nicht gehen lassen, ehe der nicht alles ausgespuckt hätte, was er über seinen Job wußte. Eine neue Lehrlingszeit. *Ich mach's wieder von hinten her, verdammt.* Eine vertraute Unvertrautheit. *Du denkst wohl, ich würde es lernen.*

Also. Was sollte er als nächstes – oder eher: als erstes – tun? Sein einziges Stück greifbarer Beweis, der biotechnisch erzeugte Prokaryot, schien nach Jackson's Whole zu deuten, falls man Weddells technischem Fachwissen trauen konnte. Miles traute ihm. Sollte er nach Jackson's Whole davonflitzen, um die Suche zu leiten? Der Gedanke machte ihn schaudern.

Diese Art Feldarbeit gehörte genau zu den Dingen, die man an ein Team von Feldagenten delegierte, wie er selbst einmal einer gewesen war. Wenn man von Fachwissen sprach. Also war die offensichtliche Lösung, dies zu delegieren, außer… wenn der KBS *selbst* mit Verdacht behaftet war…

Falls die Produktion des Prokaryoten ein rein kommerzielles Unternehmen gewesen war, gab es auf Jackson's Whole kein Motiv zu finden. Na ja, vielleicht Rache. ›Admiral Naismith‹ hatte dort bei seinem letzten Besuch einige jacksonische Große Häuser ernstlich verärgert: Falls sie endlich herausgefunden hatten, für wen er arbeitete… Doch dem Haus Fell, das über die Ressourcen für diesen häßlichen Akt der Sabotage verfügte, hatte er keine ernsthaften Unannehmlichkeiten bereitet; das Haus Bharaputra, das mehr durcheinandergewirbelt worden war, war vielleicht nicht verrückt genug, um einen privaten Krieg mit Barrayar anzufangen – das versprach schließlich keinen offensichtlichen Profit; das Haus Ryoval, das sowohl über die Ressourcen verfügte als auch verrückt genug war, war zerschlagen, und Baron Ryoval war tot.

Nein. Die Waffe mochte von Jackson's Whole gekommen sein, aber das Verbrechen war *hier* verübt worden. *Intuition, alter Junge?* Was sollte er also tun? Auf der Lauer liegen und versuchen, sein eigenes Unterbewußtsein zu überlisten? Er würde dabei in aller Ruhe verrückt werden.

Vielleicht mußte er dem Dämon seiner Intuition mehr zu knabbern geben. Den KBS aufrühren? *Vielleicht deine eigene Ermordung provozieren?* Zumindest wäre es unterhaltsam und weniger frustrierend als diese Leere.

*Glaubst du wirklich, es ist das Werk von Insidern?* Der Dämon der Intuition war wie üblich zu spröde, um ihm eine direkte Antwort zu geben. Aber schließlich war es ja so: jedermann konnte losziehen und Jackson's Whole ausbaldowern. Nur ein Kaiserlicher Auditor konnte in das Hauptquartier des KBS gelangen. Dieses Puzzle zu lösen war kein Einmannjob, aber es war nur allzu offensichtlich, was sein Anteil daran sein mußte.

*Also geht es um den KBS.*

Als es Mittag wurde, war Miles wieder auf, voll uniformiert im Braun und Silber seines Hauses und mit seiner Auditorenkette geschmückt. Er trank den Rest seines Kaffees, saß auf der gepolsterten Bank in der schwarz-weiß gefliesten Vorhalle und wartete darauf, daß Martin den Bodenwagen des Grafen holte, als unter dem Vordach vor der Tür ein Lärm entstand, der zu groß war, als daß er von Martin stammen konnte – zumindest hatte Miles kein Geräusch eines Bodenwagens gehört, der eine Säule rammte. Doch da waren mehrere Bodenwagen zu hören, das Öffnen von Verdecken, Stimmen, knirschende Schritte. Miles stellte seine Tasse ab und stand auf, um an die Tür zu gehen, doch sie schwang von selbst auf. *Oh, natürlich.* Gräfin Vorkosigan war offensichtlich samt Gefolge heute morgen im Orbit eingetroffen, während er noch geschlafen hatte.

Zwei braun-silbern uniformierte Gefolgsmänner gingen ihr in die Vorhalle voraus und geleiteten sie unter Verbeugungen herein, bevor sie sich umdrehten und vor Miles salutierten. Sie rauschte durch die Schar der Wachen, Sekretäre, Zofen, Diener, Fahrer, Gepäckträger, Angehörigen und noch mehr Wachen, wie eine schöne Jacht, die durch kabbeliges Gewässer segelt, und sie teilten sich vor ihr wie eine Bugwelle und wirbelten in kleinen Strudeln beiseite in ihre verschiedenen vorgeschriebenen Richtungen. Sie war eine große, rothaarige Frau von ruhiger Präsenz, in etwas Cremefarbenes und Schnittiges gekleidet, was den nautischen Effekt noch verstärkte. ›*Gut erhalten*‹ wurde ihrer charakteristischen Schönheit nicht gerecht; sie war schließlich Betanerin und hatte nach den Maßstäben ihres Heimatplaneten mit fünfundsechzig kaum mittleres Alter erreicht. Ein Sekretär, der sie am Ellbogen zupfte, wurde zur Seite gewinkt, als Gräfin Vorkosigan ihren Sohn erblickte.

»Miles, mein Lieber!«

Er ließ seine Kaffeetasse sein und beugte sich über ihre Hand bei dem Versuch, eine mütterliche Umarmung zu umgehen. Sie verstand den Wink und sagte nur: »Du meine Güte, wie förmlich in dieser frühen Morgenstunde.«

»Ich bin auf meinem Weg zur Arbeit«, erklärte Miles. »Mehr oder weniger.«

»Du wirst mir natürlich davon erzählen…« Sie nahm ihn am Arm und bugsierte ihn aus dem Durcheinander Gepäck schleppender Domestiken weg, die

Miles an eine Kolonne Blattschneiderameisen erinnerte. Sie schlüpften in den nächsten Raum, das Vorzimmer zur großen Bibliothek; ihre Lakaien machten kompetent weiter ohne sie.

Sie schob ihn auf Armeslänge von sich und betrachtete ihn von oben bis unten. »Wie geht es dir?« Ihrem Lächeln gelang es nicht ganz, ihre Nervosität und Besorgtheit zu verbergen.

Da die Frage von ihr kam, wohnte ihr eine potentiell gefährliche Tiefe inne. »Gut, danke«, erwiderte er.

»Wirklich?« fragte sie ruhig.

»Wirklich.«

»Du schaust wirklich... besser aus, als ich erwartet hatte. Nicht so zombiemäßig wie in einigen deiner... ähm... außerordentlich kurzen Mitteilungen.«

»Ich... hatte ein paar schlimme Tage, direkt danach, weißt du. Ich bin darüber hinweggekommen.«

»Dein Vater und ich wollten fast heimreisen. Einige Male.«

»Ich bin froh, daß ihr es nicht getan habt. Nicht, daß ich nicht froh wäre, dich jetzt zu sehen«, fügte er hastig an.

»Hm. Ich dachte mir schon, daß die Dinge so lagen.«

»Vielleicht säße ich immer noch in meinem Kämmerlein«, gab er reumütig zu, »aber die Ereignisse kamen dazwischen. Du hast von Simons Fall gehört.«

»Ja, aber nicht alles. Allerdings ist Alys hilfreicher gewesen als du oder Gregor. Wie geht es ihm?«

»Gut. Er ist hier. Schläft noch. Gestern abend ist es sehr spät geworden. Ich glaube... ich sollte lieber ihn selbst es dir erzählen lassen. Soweit er kann.« Vorsichtig fügte er hinzu: »Er hat sich körperlich erholt, aber er ist ein bißchen... na ja, er ist viel geistesabwesender als der Simon, an den du gewöhnt warst, fürchte ich. Du wirst es ziemlich schnell merken, wenn du mit ihm redest.«

»Verstehe.« Sie runzelte leicht die Stirn. »So bald wie möglich. In einer Stunde treffe ich mich zum Brunch mit Alys. Ich bin außerordentlich erpicht darauf, Laisa kennenzulernen.«

»Dann ist es dir also gelungen, ihre Eltern zu beschwichtigen, wo Lady Alys sagte, sie könnte es nicht?«

»Oh, Alys hat gute Arbeit geleistet und das Fundament dafür gelegt. Natürlich hatten Laisas Eltern gemischte Gefühle. Als *die* Toscanes sind sie verständlicherweise sehr interessiert an der Aussicht, mehr Einfluß zu gewinnen, sowohl für sich und ihre Firma als auch – das muß man ihnen zugute halten – für Komarr generell.«

»Da sind sie im Irrtum, wenn sie das meinen. Gregor ist sich der Notwendigkeit unparteiisch zu sein viel zu bewußt, als daß er den Verwandten seiner Frau zu viele offene Vergünstigungen zuteil werden ließe.«

»Das habe ich ihnen auch schonend beigebracht. Glücklicherweise mangelt es ihnen nicht an Intelligenz. Ihre freudige Erregung wurde durch eine echte Sorge um die Sicherheit und das persönliche Glück ihrer Tochter gedämpft, obwohl sie sicher ebenso wenig wie andere Eltern wissen, wie das zu bewerkstelligen ist.« Sie lächelte ihn trocken an.

War das an seine Adresse gerichtet? Ohne Frage. »Also… wie geht es Vater? Wie hat er… das alles aufgenommen?« Ein Achselzucken, bei dem Miles' Schulter in keine bestimmte Richtung wies, deutete auf sein neuen Leben als Zivilist hin.

Sie räusperte sich. »Mit gemischten Gefühlen, gemischten Reaktionen. Er gab mir allerhand logisch widersprüchliche Beteuerungen für dich mit, die ich meiner Meinung nach einfach dazu zusammenfassen kann: du hast seine Unterstützung. Immer.«

»*Das* habe ich gewußt. Das war eigentlich nicht die Frage. War er… sehr enttäuscht?«

Jetzt war es an ihr, die Achseln zu zucken. »Wir alle wissen, wie hart du für das gearbeitet hast, was du erreicht hast, und gegen welche Handicaps.«

*Verdammt, sie drückt sich vor einer Antwort.*

»Er war mehr besorgt darüber, was nachher mit dir geschehen würde, wenn du nicht mehr recht wüßtest, was du mit dir anfangen sollst«, fügte sie hinzu. Ein langer Finger tippte an seine Amtskette. »Das war sehr klug von Gregor, das muß ich schon sagen. Der Junge wird ganz erfreulich scharfsinnig als reifer Mann.«

»Wart's ab, bis Simon dir erklärt, welche Last ich mit dieser verdammten Kette schleppen soll.«

Sie zog die Augenbrauen hoch, drang aber nicht in ihn. Er dachte einen Moment lang über Gräfin Vorkosigans kühle Mütterlichkeit nach, über den Gegensatz zu den handfest unternommenen Vorbereitungen von Lady Alys gegen – ja, gegen – Ivan. Im großen und ganzen empfand er den ruhigen Respekt der Gräfin als verdammt beängstigender, als es jede offene Einmischung möglicherweise gewesen wäre. Man ertappte sich dabei, daß man sich wünschte, man wäre dieses Respekts würdig. Die Gräfin spielte fast überzeugend den desinteressierten Beobachter, eine Manier, die Gregor zweifellos von ihr gelernt hatte.

Martin steckte den Kopf zur Tür herein. Als er die Gräfin wahrnahm, schaute er eingeschüchtert drein. »Mylord? Äh… Ihr Wagen ist da und so…«

Die Gräfin winkte Miles verabschiedend zu. »Wenn du gehen mußt, dann geh. Ich werde mich als nächsten über Simon hermachen.«

»Es sieht so aus, als würde es meine Aufgabe werden, seinen früheren…« – ihm mißfiel der Klang dieses ›*früheren*‹ – »Apparat anzutreiben. Haroche ist bei diesem Problem nur langsam in Gang gekommen. Allerdings kann ich vermutlich dem KBS keinen Vorwurf machen, daß man sich dort weigert, noch vor Erhalt genauer Daten Überlegungen anzustellen.«

»Warum nicht? Das haben sie schon früher getan, und oft genug.«

»Nun, nun, sei nicht höhnisch, Frau Mutter.« Miles verabschiedete sich von ihr mit einer Verbeugung, sehr nach Art der Vor.

»Auf jeden Fall bin ich froh, daß ich dich hier angetroffen habe«, rief sie ihm nach.

»Wo denn sonst?«

Sie zögerte, dann gab sie trocken zu: »*Ich* habe mit Aral gewettet, daß du dich für den kleinen Admiral entscheiden würdest.«

# KAPITEL 22

Des Rest des Tages trieb Miles sich in Haroches Büro herum, überprüfte alles, was der KBS seit dem Vorabend unternommen hatte, und überwachte die neuen Befehle, die hinausgingen. Er verschlang das detaillierte Logbuch von Illyans Aufenthalten und Bewegungen in den letzten drei Monaten, bis seine Augen schielten und er befürchtete, er würde etwas übersehen. Haroche ertrug Miles' Kiebitzerei geduldig. Es würde Wochen dauern, bis Ergebnisse der galaktischen Untersuchungen eintrafen. Haroche konzentrierte sich vor allem auf die Spur nach Jackson's Whole, ihren einzigen handfesten Anhaltspunkt, der genau zu Miles' Theorien oder Vorurteilen paßte.

Miles machte Haroche auf jeden Nebenzweig aufmerksam, den dieser übersah, und Haroche korrigierte prompt das Versehen. Als der Nachmittag zu Ende ging, schien es im Hinblick auf Jackson's Whole nichts mehr zu tun zu geben, außer daß Miles persönlich dorthin reiste, eine Idee, auf die Haroche unabhängig von Miles ebenfalls kam.

»Sie scheinen eine außerordentliche Menge Erfahrung im Umgang mit den jacksonischen Häusern zu haben«, bemerkte Haroche.

»Mm«, machte Miles unverbindlich, um zu verbergen, welche Anziehungskraft diese Idee für seine Phantasie besaß. In seiner neuen Rolle als Kaiserlicher Auditor nach Jackson's Whole zurückzukehren, mit allen kaiserlich barrayaranischen Kriegsschiffen, die er requirieren mochte, als Rückendeckung – das ergab eine erfreuliche kleine Machtphantasie. »Nein«, sagte er unbestimmt, »ich glaube nicht.« *Die Antwort sitzt hier, im KBS. Ich wünschte mir nur, ich wüßte die richtige Frage zu formulieren.*

Ruhelos und frustriert überließ Miles Jackson's Whole den damit beauftragten Agenten und Haroche und begab sich auf eine Wanderung durch das Gebäude. Er hatte gedacht, er kenne das Hauptquartier des KBS auswendig, aber es gab Winkel und Ecken, in die er bislang noch nie vorgedrungen war, ganze Abteilungen, die er noch nie hatte kennen müssen. Tja, *jetzt* hatte er hier gewiß überall freien Zutritt.

Er guckte aufs Geratewohl in ein paar dieser Büros, wodurch er ihre Insassen gründlich erschreckte, dann beschloß er, seinen Rundgang systematisch anzulegen. Er würde jede Abteilung vom obersten Stockwerk bis in den tiefsten Keller inspizieren und dabei auch die Gebäudetechnik und den Verpflegungsdienst nicht ausnehmen.

Er hinterließ eine Spur der Unruhe und Bestürzung, da jeder Abteilungsleiter verzweifelt sein Gewissen nach einem Grund durchforschte, weshalb der Kaiserliche Auditor ausgerechnet *ihn* visitierte. *Ha, sie sind schuldig, jeder einzelne von ihnen,* dachte Miles trocken. Einige bestanden darauf, ihre budgetmäßigen Aufwendungen in – nach Miles' Empfinden – übertriebenen Einzelheiten zu erklären, doch einer sprudelte völlig unaufgefordert eine Rechtfertigung seines kürzlichen galaktischen Urlaubs hervor. Diese normalerweise verschlossenen Männer panisch daherplappern zu sehen war höchst unterhaltsam, das mußte Miles zugeben. Er verleitete sie zu weiteren Eingeständnissen, indem er oft und an den richtigen Stellen unbestimmte Äußerungen wie »Ähem« und »Hm?« einwarf, aber das alles schien ihn der Formulierung seiner richtigen Frage nicht näherzubringen.

Ausreichend viele der Abteilungen taten rund um die Uhr von Barrayars 26,7stündigem Tageszyklus Dienst, so daß Miles seinen Rundgang die ganze Nacht hindurch hätte fortsetzen können, aber am späten Abend brach er ihn ab. Der KBS war ein riesiges Gebäude. Sorgfalt, nicht Schnelligkeit, war jetzt vonnöten.

Als Miles am nächsten Morgen erwachte, fand er Palais Vorkosigan von der ungewohnten Geschäftigkeit der Gefolgsleute seiner Mutter erfüllt. Sie brachten das Haus wieder in Schuß, zogen die Abdeckungen von den Möbeln, übernahmen erfolgreich die Sorge für seinen Hausgast Illyan und versperrten ihm den Weg mit Fragen, was sie für Mylord tun könnten, als er versuchte halbbekleidet durch das Gebäude zu wandern, nachzudenken und seinen Morgenkaffee zu trinken. So sollte es ja sein, aber… trotzdem hatte er noch vor, früh zur Arbeit zu gehen. Solange er der ganzen Sache gegenüber noch amtlich oder halbamtlich gestimmt war, beschloß Miles, mit einem persönlichen Bericht in seinem besten Auditorenstil bei Gregor in der kaiserlichen Residenz zu beginnen. Außerdem hatte Gregor vielleicht eine Idee. Im Augenblick fühlte sich Miles besonders leer, was Ideen anging.

Sein Auditorenstil wurde schnell zu seiner gewöhnlichen Manier, als er Gregors Büro erreicht hatte und sie allein waren. Sie saßen in den bequemen Sesseln mit Blick auf das Gartenfenster. Miles legte die Füße auf den niedrigen Tisch und blickte finster auf seine Stiefel.

»Gibt's was Neues?« erkundigte sich Gregor und lehnte sich im Sessel zurück.

»Bis jetzt nicht. Was hat Haroche dir erzählt?«

Gregor ratterte eine leidliche vollständige Zusammenfassung des mitternächtlichen Treffens herunter, sowie der Befehle und Anfragen, die Haroches Büro tags zuvor unter Miles' Augen ausgeschickt hatte. »Er sagte, Illyan sei bei eurer Besprechung schrecklich ruhig gewesen«, fügte Gregor hinzu. »Ich schließe daraus, daß Haroche glaubt, Illyan sei viel stärker geschädigt, als er sich anmerken läßt.«

»Mm. Das denkt Illyan auch. Ich bin mir nicht sicher, ob er so sehr geschädigt ist, daß er aus der Übung ist. Es ist, als hätte er vergessen, wie man Aufmerksamkeit zuwendet. Das Innere seines Kopfes... muß für ihn im Augenblick eine seltsame Welt sein. Ich glaube, Lady Alys könnte dir in dieser Hinsicht bessere Beobachtungen schildern als Haroche.«

»Was hast du also unternommen?«

Miles verzog das Gesicht. »Nichts. Ich bin gezwungen, Däumchen zu drehen, bis allmählich die galaktischen Berichte eintreffen. Ich habe beim KBS in den Schränken herumgestöbert und den Generalinspekteur gespielt. Das bereitet mir etwas Amüsement, während ich warte. Und warte.«

»Du hast doch erst einen Tag gewartet.«

»Das ist eben so eine Vorahnung.«

»Bist du jetzt zufriedener mit Haroche?«

»Ja, eigentlich schon. Er tut alles, was er sollte. Und er lernt schnell und macht den gleichen Fehler nicht... na ja, mehr als höchstens zweimal. Doch mit der Situation bin ich nicht zufrieden. Sie kommt mir seltsam bar aller Angriffspunkte, aller Hebel vor, an denen man ansetzen könnte... es gibt keine losen Strippen, an denen man ziehen und dann sehen kann, was passiert. Oder ich habe zumindest noch keine gefunden.«

Gregor nickte mitfühlend. »Du hast doch die wirklichen Untersuchungen erst begonnen.«

»Ja.« Miles zögerte. »Die ganze Angelegenheit ist viel größer und komplizierter geworden, als ich damals erwartet hatte, wo ich bloß stinksauer war über die Art, wie der KBS mit Illyans medizinischer Behandlung umging. Jetzt ist es kein Witz mehr. Bist du dir sicher, daß du… nicht einen wirklichen Auditor auf den Fall ansetzen möchtest? Vorhovis zum Beispiel?«

»Vorhovis ist immer noch auf Komarr. Es würde eine Woche dauern, ihn zurückzurufen. Und ich möchte, daß er dort bleibt.«

»Oder einen von den anderen?«

»Was heißt das? Hast du Schiß?« Gregor musterte Miles mit zusammengekniffenen Augen. »Möchtest du, daß ich dich von deinem Amt entbinde?«

Miles öffnete den Mund, dann machte er ihn wieder zu, schließlich sagte er: »Ich dachte, du solltest eine Chance haben, deine Meinung zu ändern.«

»Verstehe.« Gregor saugte an seiner Unterlippe. »Danke, Lord Vorkosigan. Doch die Antwort ist: nein.«

*Ich hoffe, du machst jetzt nicht einen großen Fehler, Gregor.* Doch Miles sagte es nicht laut.

Endlich kam der Kaffee, den Gregor bei Miles' Eintreffen bestellt hatte. Das Tablett trug aber nicht Gregors Haushofmeister, sondern Lady Vorpatril höchstselbst. Sie hatte Laisa Toscane im Schlepptau. Gregors Gesicht erhellte sich.

»Seid ihr bereit zu einer Pause, meine Herren?« erkundigte sich Lady Alys, setzte das Tablett schwungvoll ab und runzelte die Stirn, als sie Miles' Stiefel sah. Er entfernte seine Füße hastig vom Tisch und setzte sich aufrecht hin.

»Ja«, erwiderte Gregor und streckte die Hand Laisa entgegen. Sie nahm sie und setzte sich – an ihn gekuschelt – neben ihn. Miles spürte flüchtig, wie der Neid ihn stach.

»Wir sind genaugenommen schon fertig, glaube ich«, fügte er hinzu. »Für heute.« *Mein Bericht besteht darin, daß es nichts zu berichten gibt. Basta.*

Laisas Lippen deuteten ein besorgtes und etwas seltsames Lächeln an. »Gregor und Lady Alys haben mir von Illyan erzählt. Vermutlich sollte es mir... leid tun? Nein, das ist nicht das richtige Wort. Ich sollte erschrocken sein, daß eine solche Ikone gefallen ist. Für uns auf Komarr war er eine solche Legende. Und als ich ihm endlich begegnet bin, da schien er mir nur ein gewöhnlicher Zeitgenosse zu sein.«

»Kaum das«, bemerkte Lady Alys.

»Nun, nicht wirklich gewöhnlich, aber das schien der Eindruck zu sein, den er einem vermitteln wollte. So ruhig. Er war nicht... was ich erwartet hatte.«

*Kein Monster?* Laisa war eine höfliche Komarranerin; das mußte man ihr zugestehen. »Echte Monster«, bemerkte Miles, »sind oft bloß gewöhnliche Männer. Sie sind nur in ihrem Denken stärker verwirrt. Illyan war einer der am wenigsten verwirrten Menschen, die ich kenne.«

Laisa errötete leicht. An ihr sah das gut aus. Sie räusperte sich und redete weiter. »Wir sind eigentlich aus einem bestimmten Grund gekommen, Lord Vorkosigan.«

»Sie dürfen mich privat ruhig Miles nennen.«

Sie warf Gregor einen fragenden Blick zu. Er nickte. »Miles«, fuhr sie fort. »Lady Alys hat vorgeschlagen, nächste Woche hier in der Residenz einen Empfang mit Tanz abzuhalten, für Gregors und meine besonderen Freunde. Zur Abwechslung einmal etwas ohne politische Aspekte.«

*Das wünschst du dir zumindest.* Doch Lady Alys nickte bestätigend. Wenn nicht politisches, so stand gewiß gesellschaftliches Kalkül dahinter. War es eine Belohnung dafür, daß Laisa so hart daran arbeitete, ein guter Vor-Lehrling zu sein?

»Wollen Sie nicht kommen, Lo... Miles, sofern es Ihre Pflichten erlauben? Als ein Freund von uns beiden.«

Miles machte im Sitzen eine halbe Verneigung vor

seiner zukünftigen Kaiserin. »Sofern es meine Pflichten erlauben, wird es mir eine Ehre sein.« Wahrscheinlich würde er Zeit haben, da er immer noch auf die galaktischen Berichte wartete.

»Und Sie können natürlich gerne einen Gast mitbringen«, fügte Laisa hinzu. Sie schaute wieder auf Gregor, und die beiden lächelten einander auf diese vertrauliche Art an, die zum Verrücktwerden war. »Haben Sie eine ständige…« – sie suchte nach einem passenden barryaranischen Begriff – »Begleiterin?«

»Zur Zeit nicht.«

»Hm.« Sie schaute ihn abwägend an; Gregor drückte ihre Hand, die er immer noch hielt. Wenn sie eine jüngere Schwester gehabt hätte, hätte Miles genau gewußt, wie dieser Blick zu interpretieren war. Liebe, so schien es, war nicht nur ansteckend, sie war *heftig* ansteckend.

»Miles hat sich für unsere Vor-Damen immun erwiesen«, warf seine Tante ein, und es klang mißbilligend. Du lieber Himmel, wollte sie etwa ihre Versuche aufgeben, Ivans Ledigenstand zu ändern und statt dessen aus schierer Frustration bei ihm anfangen?

Laisa schaute drein, als versuchte sie herauszufinden, ob Lady Alys hatte andeuten wollen, Miles bevorzuge Knaben, ohne daß sie so unhöflich war zu fragen, oder zumindest solange sie nicht wieder mit ihrer Mentorin allein war.

»Nicht immun«, warf Miles schnell ein. »Nur bis jetzt ohne Glück. Meine früheren Reiseverpflichtungen wirkten sich auf Romanzen höchst zerrüttend aus.« *Auf jeden Fall zu Hause.* »Jetzt, wo ich auf Dauer in Vorbarr Sultana stationiert bin, wer weiß. Äh… vielleicht frage ich Delia Koudelka.«

Laisa lächelte erfreut. »Ich würde sie gerne wiedersehen.«

Alys goß allen Kaffee ein; Laisa beobachtete sie dabei sorgfältig. Sie machte sich keine Notizen, aber Miles war sich sicher, sie würde sich beim nächsten Mal daran erinnern, daß er seinen Kaffee schwarz trank. Alys lenkte das Gespräch für die Dauer einer Tasse auf leichtere Themen, doch dann goß sie nicht nach und stand auf, um Laisa wieder hinauszugeleiten. In die Damentoilette, um dort Miles *in absentia* zu sezieren? *Sei nicht so nervös, alter Junge.* Unter Alys' Anleitung schien Laisa schnell Bekanntschaft mit der Damenwelt der Vor zu machen, und anders als Haroche schien sie deren Bedeutung für ihre Zukunft nicht zu unterschätzen.

Gregor ließ Laisa nur mit offensichtlichem Widerstreben gehen. »Lady Alys«, fügte er mit nachdenklicher Miene hinzu. »Wenn Sie meinen, Simon würde es packen, dann bringen Sie doch Simon zu dem Mittagessen mit, das Laisa und ich mit Ihnen und Lady Vorkosigan einnehmen werden. Ich finde, mir fehlt seine Konversation.« Er fing Miles' Blick auf und lächelte trocken.

»Ich dachte, Simons Gespräche mit dir seien meistens Berichte gewesen«, sagte Miles.

»Es ist ziemlich faszinierend zu entdecken, was all diese Berichte in all den Jahren verdrängt haben«, bemerkte Lady Alys. »Gewiß, Gregor. Ich glaube, es wird ihm gut tun.« Sie brachte Laisa hinaus. Miles folgte kurz darauf.

Miles setzte seine selbstauferlegte Inspektion des KBS-Hauptquartiers dort fort, wo er sie unterbrochen hatte. Persönlich hätte er einen zielgenauen Stoß mit dem Rapier dieser brutalen Holzhammermethode von Datenerhebung vorgezogen, aber wenn man, verdammt noch mal, nicht wußte, wonach man suchte, dann mußte man eben *alles* anschauen. Die Abteilung Kryptographie erwies sich als kryptisch; ihre offene Kooperation wurde zu einer listig fachmännischen Erklärung ihrer Tätigkeit, bei der er sich nach der dritten Wendung verloren vorkam. *Wenn man sie nicht mit Mut beeindrucken kann, dann halte man sie mit Pferdescheiße auf.* Miles lächelte unverwandt und nahm sich vor, diese Abteilung später noch einmal zu überprüfen. Die Finanzabteilung schien sich schlicht und einfach zu freuen, daß sich jemand mit ihr *beschäftigte*, und drohte ohne Ende weiterzuerzählen. Miles riß sich von den Kontentabellen los und floh.

Hausmeisterei und Gebäudetechnik erwiesen sich als wider Erwarten faszinierend. Miles hatte gewußt, daß das HQ-Gebäude hoch gesichert war, aber ihm war nicht bewußt gewesen, wie man das im Detail erreicht hatte. Jetzt erfuhr er, wo all die stahlverstärkten Wände und Böden waren und wie viele Gedanken man sich allein über Fragen der Explosionseindämmung, der Luftzirkulation und -filtrierung und der Wasserreinigung gemacht hatte. Sein Respekt für den verstorbenen verrückten Architekten des Bauwerks nahm um eine Stufe zu. Das Gebäude war nicht nur von einem Paranoiker entworfen worden, es war *gut* entworfen worden. Jeder Raum verfügte über sein eigenes Filtersystem von der Qualität eines Biolabors, und das zusätzlich zu der Zentraleinheit, die die gesamte zurückströmende Luft filterte und sterilisierte, um mögliche Giftgase oder Mikroben zu vernichten, bevor sie rezirkuliert oder ventiliert wurde. Die entstehende Wärme wurde auch verwendet, um Wasser zu destillieren, was dessen eigenartig faden Geschmack erklärte. Miles hatte Raumschiffe mit weniger strengen Systemen erlebt. *Hier* würden sich keine Erkältungen unter dem Personal verbreiten.

Das Personal der Hausmeisterei bestand gänzlich aus aktiven Soldaten, Veteranen mit mindestens zehn Jahren Dienstzeit. Sie waren auch, wie er entdeckte, die bestbezahlten ihrer Klassifikation unter allen derartigen Männern in den kaiserlichen Streitkräften. Sie besaßen eine hohe Moral; sobald sie erkannt hatten, daß sein Besuch keine Kritik an der Qualität ihrer Arbeit bedeutete, wurden sie nicht nur kooperativ, sondern ausgesprochen freundlich. Es sah so aus, als wäre schon lange kein inspizierender Offizier mehr bereit gewesen, mit ihnen höchstpersönlich durch das Röhrensystem zu kriechen; aber schließlich waren ja die meisten ranghöheren Inspekteure viel älter, steifer und beleibter als Miles. Unterwegs entdeckte er auch, was die langweiligste Arbeit im KBS-Hauptquartier sein mußte – die Vid-Monitoren all der Kilometer Röhren und Leitungen im Gebäude zu überwachen. Er konnte nur staunen, daß ihn dieses Schicksal nicht früher einmal erreicht hatte, in einer der Perioden, als er etwas in Ungnade gefallen war.

Als ihr Kaiserlicher Auditor die Hausmeisterei widerstrebend verließ, war man dort sehr zufrieden mit ihm, und umgekehrt. Die dortige Kombination aus Kompetenz und Kameradschaftlichkeit erinnerte ihn einen kurzen und atemberaubend schmerzlichen Augenblick lang an die Dendarii, bis seine Gedanken von dem Vergleich zurückschreckten.

Seine Geschäftigkeit verhinderte ein übermäßiges, morbides Nachdenken über die Merkwürdigkeit seiner gegenwärtigen Situation. Ingesamt, so dachte Miles, bevorzugte er diese Art. Zum ersten Mal in seinem Leben als Erwachsener war er dem KBS gegenüber ein Außenseiter, und doch erhielt er einen besseren Einblick als je zuvor in die Organisation, der er so leidenschaftlich gedient hatte. War das eine Art endgültiges Abschiednehmen? *Genieße es, solange es anhält.*

Von seinem Gewissen getrieben machte er an diesem Abend früh genug Schluß, um wirklich heimzugehen und mit seiner Mutter und Illyan zu Abend zu essen, was einen willkommenen Anflug menschlicher Höflichkeit darstellte. Es gelang ihm, das Tischgespräch auf den Fortschritt der barryaranischen Kolonie auf Sergyar zu konzentrieren, worüber die Gräfin tatsächlich viel Interessantes zu erzählen wußte. Früh am nächsten Morgen kehrte er ins Hauptquartier zurück und schaute Haroche ein bißchen auf die Finger, bis Haroche aufs neue die Vorteile eines Ausflugs nach Jackson's Whole aufzuzählen begann. Miles grinste und setzte seine Inspektion fort.

Miles' Besuch in der Analyseabteilung verschlang an diesem Tag die meiste Zeit. Unter anderem blieb er dort länger, um mit Galeni und den anderen Analytikern zu sprechen, die jetzt auf dieses interne KBS-Problem angesetzt waren; auch sie warteten vor allem auf das Eintreffen der galaktischen Berichte. Er überprüfte auch die Männer, die an anderen Problemen arbeiteten. Die hohe Priorität der Sabotage an Illyans Chip bedeutete nicht, daß alle anderen Krisen auf Eis gelegt waren. Miles hatte ein langes und interessantes Gespräch mit dem Chef der Abteilung für Komarranische Angelegenheiten (K.A.), General Allegre, das sich verständlicherweise Gregors Verlobung zuwandte, einem Thema, das Miles bei Galeni sorgsam gemieden hatte. Miles überlegte, ob es sich lohnen würde, wenigstens bis Komarr zu reisen, um persönlich mit Allegres dort stationiertem Gegenpart für Galaktische Angelegenheiten (G.A.) zu sprechen. Oberst Olshansky von der Abteilung Sergyaranische Angelegenheiten (S.A.) erkundigte sich höflich nach der Gräfin; Miles lud ihn zum Dinner mit ihr ein, eine Artigkeit, die der Oberst etwas einschüchternd zu finden schien, jedoch bereitwillig akzeptierte.

Was Miles als das Dessert seiner Inspektion betrachtet hatte, erwies sich somit – nicht zufällig – als der letzte Punkt dieses Nachmittags.

Die Asservatenkammer des Kaiserlichen Sicherheitsdienstes war im zweiten Kellergeschoß untergebracht und belegte die Räume des alten Gefängnisblocks – Miles hatte sie immer als Kammern des Schreckens betrachtet. In den letzten Tagen Kaiser Yuris des Wahnsinnigen hatte dieser Block das beste moderne Verlies dargestellt, mit einem ausgesprochen medizinischen Beigeschmack, der Miles bedrückender vorkam als triefnasse Wände und Spinnweben, Ketten und raschelndes Ungeziefer. Kaiser Ezar hatte ihn auch – viel diskreter – für seine politischen Gefangenen benutzt, angefangen mit Yuris Gefängniswärtern, ein Schnörkel kosmischer Gerechtigkeit in einer allgemein harten Regierungszeit. Miles meinte, es sei eine der besseren, stillen Errungenschaften der Regentschaft seines Vaters gewesen, daß das düstere Gefängnis in ein Museum umgewandelt worden war. Dort hätte man wirklich ein lebensgroßes Tableau aus Wachsfiguren des alten wahnsinnigen Yuri und seiner Schlägerkommandos aufstellen sollen.

Doch wie das mit Asservatenkammern so ist, sie mußte zu den sichersten Lagerräumen auf dem Planeten gehören. Sie beherbergte alle die höchst interessanten Kinkerlitzchen und Spielzeuge, die der KBS im Laufe seiner vielen Ermittlungen gesammelt hatte. Die verschiedenen Räume waren vollgestopft mit Dokumentationen, Waffen, biologischen Kampfstoffen – *gut* verschlossen, wie Miles hoffte –, Drogen und sogar noch bizarreren Gegenständen, die man den Bösen und den Unglücklichen abgenommen hatte und hier auf Erforschung, weitere Untersuchungen oder Umklassifizierung und Aussortierung als obsoletes Material warten ließ.

Miles hatte Lust auf einen meditativen Besuch im Waffenraum. Es war schon einige Jahre her, seit er zum letzten Mal hier unten gewesen war, als er einige interessante Prachtstücke von einer seiner Dendarii-Missionen mitgebracht hatte. In einem der hinteren Regale hatte er eine verrostete metallene Armbrust und einige leere Kanister für Soltoxin-Gas entdeckt. Sie waren die letzten handfesten Überbleibsel – von ihm selbst abgesehen – jenes Giftanschlags auf den damals neu ernannten kaiserlichen Regenten Lord Aral Vorkosigan und seine schwangere Frau vor dreißig Jahren und ein paar Monaten. *Alpha und Omega, alter Junge, Anfang und Ende.*

Der diensthabende Sergeant an der Aufsicht im ehemaligen Verhörraum am einzigen Eingang der Abteilung war ein bleicher junger Mann mit dem sanften Flair eines klösterlichen Bibliothekars. Als Miles eintrat, schnellte er von seinem Komkonsolenstuhl hoch und nahm Grundstellung ein. Offensichtlich war er sich unsicher, ob er sich verbeugen oder salutieren solle. Als Kompromiß senkte er den Kopf. »Mylord Auditor, wie kann ich Ihnen behilflich sein?«

»Setzen Sie sich, entspannen Sie sich und aktivieren Sie den Zutrittszyklus für mich. Ich möchte einen Rundgang machen«, erwiderte Miles.

»Gewiß, Mylord Auditor.« Er setzte sich wieder, während Miles – in den Prozeduren erfahren – an das Pult herantrat und seine Handfläche auf das Lese-Pad legte und den Hals für den Retina-Scan reckte. Der Sergeant lächelte leicht, aus Dankbarkeit dafür, daß Miles ihm so die Entscheidung abgenommen hatte, ob ein Kaiserlicher Auditor über den Standardsicherheitsmaßnahmen stand oder nicht, und falls nicht, wie, zum Teufel, er dann versuchen sollte, seine Regeln durchzusetzen.

Seine Erleichterung war nur von kurzer Dauer, als die Lichter auf dem Bedienungsfeld rot aufleuchteten und die Komkonsole ablehnende Geräusche von sich gab. »Mylord? Sie sind ausdrücklich als nichtberechtigt aufgelistet, auf Befehl von General Haroche.«

»Was?« Miles ging um das Komkonsolenpult herum und schaute über die Schulter des Mannes. »Aha, schauen Sie sich mal das Datum an. Das ist noch übrig aus der Zeit vor… ein paar Wochen. Falls Sie Schwierigkeiten damit haben, dann rufen Sie Haroches Büro an und holen Sie sich die Genehmigung zur Änderung. Ich werde solange warten.«

Nervös folgte der Sergeant Miles' Anweisung. Während er mit Haroches Sekretär verhandelte, der sofort, als er das Problem verstanden hatte, die Genehmigung zusammen mit einer Bitte um Entschuldigung übermittelte, starrte Miles auf die flache Anzeigematrix, die über die Vid-Scheibe projiziert wurde. Dort wurden die Datums- und Uhrzeitangaben aller Besuche aufgelistet, die er jemals – im Laufe von fast zehn Jahren – hier unten gemacht hatte, zusammen mit Codes für Gegenstände, die er hereingebracht oder hinausgenommen hatte (meistens hatte er etwas hereingebracht). Da war die sicher lobotomisierte zveganische Smart-Bombe aufgeführt, ah ja. Und diese seltsamen cetagandanischen genetischen Proben, die jetzt unter der Leitung von Dr. Weddell weiteren Untersuchungen unterzogen wurden, wie Miles vermutete. Und… was, *zum Teufel*…?

Miles beugte sich näher herab. »Verzeihung. Diese Komkonsole behauptet, ich hätte die Asservatenkammer vor zwölf Wochen besucht.« Das war eigentlich das Datum seiner Rückkehr von der letzten Dendarii-Mission, der fatale Tag, als Illyan nicht in der Stadt gewesen war. Die Zeitangabe entsprach… genau dem Zeitpunkt nach seiner vergeblichen Meldung in Illyans Büro, also etwa der Zeit, als er in Wirklichkeit zu Fuß nach Hause gegangen war. Miles bekam große Augen und klappte verblüfft den Mund zu. »Wie… *interessant*«, zischte er.

»Ja, Mylord?« fragte der Sergeant.

»Hatten Sie damals Dienst?«

»Ich erinnere mich nicht, Mylord. Ich müßte im Dienstplan nachschauen. Äh... warum fragen Sie, Sir?«

»Weil ich damals nicht hierhergekommen bin. Und an keinem anderen Tag seit dem vorletztem Jahr.«

»Sie sind aber hier aufgeführt, Sir.«

»Das sehe ich.« Miles grinste breit.

Er hatte gefunden, wonach er die letzten drei Tage unterschwellig gesucht hatte, klar und eindeutig. Die lose Strippe. *Das ist entweder der Jackpot oder eine Falle. Was wohl?* Hatte man beabsichtigt, daß er das fand? Daß *er* es *jetzt* fand? Hätte ein Seher diesen Besuch im Keller vorhersagen können? *Keine Vermutungen, alter Junge. Mach einfach weiter.*

*Mit aller Sorgfalt.*

»Schalten Sie auf Ihrer Komkonsole einen gesicherten Kanal zum Führungsstab«, befahl er dem Sergeanten. »Ich möchte Hauptmann Vorpatril sprechen, und zwar *auf der Stelle.*«

Ivan schaffte es ziemlich schnell. Er kam vom Gebäude des Führungsstabes auf der anderen Seite der Stadt; zufällig hatte Miles ihn an einem Tag erwischt, wo er sich nicht schon zeitig aus der Arbeit davongemacht hatte. Miles saß auf dem Rand des Komkonsolenpults am Eingang zur Asservatenkammer, ließ dabei ein Bein baumeln und lächelte grimmig, als Ivan eintrat und den ihn eskortierenden KBS-Mann abschüttelte: »Ja, ja, Sie sehen doch, ich verlaufe mich nicht. Sie können jetzt gehen. Danke.« Der Sergeant von der Asservatenkammer und sein Vorgesetzter, ein Leutnant, befanden sich nach dem Willen des Lord Auditors in Wartestellung. Der Leutnant war grün im Gesicht und zitterte.

Ivan warf einen Blick auf Miles' Gesicht und zog die

Augenbrauen hoch. »Also, Cousin Lord Auditor. Hast du etwas Spaßiges gefunden?«

»Schaue ich fröhlich aus?«

»Mehr manisch.«

»Was für ein Spaß, Ivan, ein absoluter Spaß. Das interne Sicherheitssystem des KBS lügt mich an.«

»Das hat ja 'ne Macke«, sagte Ivan vorsichtig. »Was sagt es denn?«

»Es meint, ich hätte am Tag meiner Rückkehr von der letzten Mission die Asservatenkammer hier besucht. Überdies wurde das Logbuch oben an der Rezeption so geändert, daß es mit dem hier übereinstimmt – es führt mich auf, als hätte ich das Gebäude eine halbe Stunde später verlassen als in Wirklichkeit. Die Sicherheitsaufzeichnungen des Postens am Palais Vorkosigan zeigen immer noch die tatsächliche Zeit meiner Ankunft, allerdings mit genau soviel zeitlichem Abstand zu meinem angeblichen Weggang hier, daß ich mit einem Bodenwagen hätte heimfahren können. Nur bin ich an jenem Tag zu Fuß gegangen. Überdies – und das ist die Krönung des Ganzen –, die Kassette des inneren Vid-Monitors der Asservatenkammer von jenem Tag ist – rate mal, was?«

Ivan blickte auf den offensichtlich verzweifelten KBS-Leutnant. »Verschwunden?«

»Du hast's erfaßt.«

Ivan verzog das Gesicht. »*Warum?*«

»Ja, in der Tat, warum? Genau die Frage, die ich als nächstes zu beantworten vorhabe. *Vermutlich* könnte das völlig ohne Bezug zur Sabotage an Illyans Chip stehen. Möchtest du eine Zusatzwette machen?«

»Nö.« Ivan starrte ihn düster an. »Bedeutet das, ich muß meine Pläne fürs Abendessen streichen?«

»Ja, und meine auch. Ruf meine Mutter an und entschuldige mich bei ihr, aber ich werde heute abend nicht heimkommen. Dann setz dich an dieses Pult hier.« Er zeigte auf den Stuhl des Sergeanten; der Sergeant rappelte sich hoch. »Ich erkläre diese Asservatenkammer für versiegelt. Laß keinen herein, Ivan, überhaupt keinen, ohne meine Genehmigung als Auditor. Sie beide«, er zeigte auf die beiden KBS-Leute, die zusammenfuhren, »sind meine Zeugen, daß ich persönlich die Lagerräume heute nicht betreten habe.« Dann fügte er an den Leutnant gerichtet hinzu: »Erklären Sie mir Ihre Inventurprozeduren!«

Der Leutnant schluckte. »Die Komkonsolendateien werden natürlich fortlaufend auf den neuesten Stand gebracht, Mylord Auditor. Einmal im Monat machen wir eine körperliche Bestandsaufnahme. Sie dauert eine Woche.«

»Und wann hat die letzte stattgefunden?«

»Vor zwei Wochen.«

»Hat sich herausgestellt, daß etwas fehlt?«

»Nein, Mylord.«

»Hat in den letzten drei Monaten etwas gefehlt?«

»Nein.«

»Im letzten Jahr?«

»Nein!«

»Machen immer dieselben Leute die Inventur?«

»Das wechselt turnusmäßig. Diese Arbeit ist... nicht gerade beliebt.«

»Ganz gewiß nicht.« Miles blickte zu Ivan. »Ivan, während du hier sitzt, ruf beim Führungsstab an und fordere dir vier Männer mit höchster Sicherheitsstufe an, die nie für oder beim KBS gearbeitet haben. Sie werden dein Team bilden.«

Ivan verzog bestürzt das Gesicht. »O Gott«, stöhnte er. »Du wirst doch nicht *mich* in dem ganzen verdammten Ding hier Inventur machen lassen, oder?«

»Doch. Aus offensichtlichen Gründen kann ich es nicht selbst machen. Jemand hat hier ein rotes Fähnchen aufgesteckt, auf dem mein Name steht. Falls man meine Aufmerksamkeit erregen wollte, so ist das gewiß gelungen.«

»Auch die biologischen Waffen? Auch den Kühlraum?« Ivan schauderte.

»Alles.«

»Wonach soll ich suchen?«

»Wenn ich das wüßte, müßten wir jetzt keine Inventur machen, oder?«

»Was ist, wenn nicht etwas herausgenommen, sondern hinzugefügt wurde? Was, wenn du nicht auf eine Spur gestoßen bist, sondern auf eine Zündschnur?« fragte Ivan und vollführte mit gespreizten Händen eine nervöse Pantomime.

»Ich hoffe, daß du sie dann austrittst.« Er winkte den beiden KBS-Männern, daß sie ihm folgen sollten. »Kommen Sie mit mir, meine Herren. Wir gehen zu General Haroche.«

Auch Haroche war sofort alarmiert, als Miles und sein kleines Gefolge in das Büro kamen und er Miles' Gesicht sah. Haroche schloß die Tür hinter ihnen, schaltete seine Komkonsole ab und fragte: »Was haben Sie gefunden, Mylord?«

»Etwa fünfundzwanzig Minuten revidierter Geschichte. Ihre Komkonsolen sind manipuliert worden.«

Haroche blickte wirklich unglücklich drein, als Miles seine Entdeckung mit der verlängerten Zeit erklärte und die Bestätigung des Aufsehers der Asservatenkammer hinzufügte. Sein Gesicht verdunkelte sich noch mehr, als er von der fehlenden Vid-Kassette hörte.

»Können Sie zeigen, wo Sie waren?« fragte er, als Miles geendet hatte. »Beweisen, daß Sie zu Fuß nach Hause gegangen sind?«

Miles zuckte die Achseln. »Vielleicht. Ich bin an einer Menge Leute auf der Straße vorbeigekommen und bin… äh… ein bißchen auffälliger als der Durchschnittsmensch. Die Stadtwache muß immer wieder Zeugen auftreiben, wenn sie ein Verbrechen unter Zivilisten aufklärt, und das auch eine Ewigkeit nach dem Geschehen. Ich kann sie darauf ansetzen, falls es notwendig erscheint. Aber da ich Kaiserlicher Auditor bin, steht mein Wort nicht auf dem Prüfstand.« *Noch nicht.*

»Hm, ganz recht.«

Miles blickte auf die Leute von der Asservatenkammer. »Meine Herren, warten Sie bitte auf mich im Vorzimmer. Gehen Sie nirgendwohin und reden Sie mit niemandem.«

Miles und Haroche warteten, bis die beiden den Raum verlassen hatten, dann fuhr Miles fort: »Was im Augenblick feststeht, ist, daß Sie einen Maulwurf in Ihrem internen Sicherheitssystem haben. Nun kann ich dagegen auf zwei Arten vorgehen. Ich kann den KBS komplett dichtmachen, während ich außenstehende Experten hole, damit sie ihn überprüfen. Diese Methode weist gewisse offensichtliche Nachteile auf.«

»Ein *leichte* Untertreibung, Mylord«, stöhnte Haroche.

»Ja. Den gesamten KBS eine Woche lang – oder länger – abklemmen, während Leute, die Ihr System nicht kennen, versuchen es zu erlernen und dann zu überprüfen, erscheint mir eine Einladung zum Desaster. Aber eine interne Überprüfung mit internem Personal hat ebenfalls… hm… offensichtliche Haken. Haben Sie eine Idee?«

Haroche rieb sich die Stirn. »Ich verstehe, worauf Sie hinauswollen. Nehmen wir mal an… nehmen wir mal an, wir bilden ein Team, das die Überprüfung durchführt. Wenigstens drei Mann, die ständig zusammen arbeiten müssen. Auf diese Weise überwachen sie sich gegenseitig. Ein Maulwurf, das kann ich mir noch vorstellen, aber drei, die zufällig ausgewählt werden…

sie können das System sektionsweise stillegen, mit minimaler Störung des laufenden Dienstes vom KBS. Falls Sie wollen, kann ich Ihnen die Liste qualifizierter Mitarbeiter geben, und Sie können die Männer auswählen.«

»Ja…«, sagte Miles langsam. »Das könnte funktionieren. Gut. Tun Sie's.«

Haroche atmete offensichtlich erleichtert auf. »Ich bin… dankbar, daß Sie in diesem Punkt vernünftig sind, Mylord.«

»Ich bin immer vernünftig.«

Haroches Lippen zuckten, aber er widersprach nicht. Er seufzte. »Diese Sache wird immer widerwärtiger. Ich hasse interne Untersuchungen. Selbst wenn man gewinnt, verliert man. Aber was… ich gebe zu, ich begreife diese Geschichte mit der Asservatenkammer nicht. Was halten Sie davon?«

Miles schüttelte den Kopf. »Es *sieht* so aus, als sollte es eine Intrige sein. Aber die meisten Intrigen projizieren ein bestimmtes Bild. Dies hier nicht. Es ist alles… sehr verdreht. Das heißt, normalerweise beginnt man beim Verbrechen und leitet daraus die Verdächtigen ab. Ich muß mit dem Verdächtigen anfangen und das Verbrechen ableiten.«

»Ja, aber… wer wäre so töricht, eine Intrige gegen einen Kaiserlichen Auditor zu versuchen? Das ist doch verrückt.«

Miles runzelte die Stirn und ging im Zimmer vor Haroches Tisch hin und her. Wie oft war er so vor Illyan hin und her gegangen, als sie seine Einsatzpläne ausgearbeitet hatten? »Das kommt darauf an… ich möchte, daß Ihre Systemanalytiker besonders danach suchen. Es kommt darauf an, wie lange dieses Ding schon dort unten in der Komkonsole der Asservatenkammer schlummert. Das war eine versteckte Mine, die nur losgehen sollte, wenn sie berührt wurde. *Wann* wurden die Veränderungen in den Dateien durchgeführt? Das heißt, es hätte irgendwann zwischen dem Tag meiner Rückkehr nach Barrayar und heute morgen sein können. Aber wenn die Daten vor mehr als ein paar Wochen verändert wurden – dann wußte irgend jemand vielleicht noch gar nicht, daß er einem Kaiserlichen Auditor etwas anhängte. Ich sehe nicht, wie derjenige hätte voraussehen können, daß ich dieses Amt bekommen würde, wo ich es ja selbst noch nicht wußte. Man wollte, schlicht gesagt, einem entlassenen rangniedrigen Offizier etwas anhängen, der in Ungnade den KBS verlassen hatte. Der unbedeutende Sohn eines berühmten Vaters, und noch dazu eine Art Halbmutant. Ich wäre wie geschaffen gewesen für die Rolle eines leichten Ziels.« *Damals.* »Ich bin nicht gern ein Ziel. Ich bin dagegen inzwischen ausgesprochen allergisch.«

Haroche schüttelte verwundert den Kopf. »Sie erstaunen mich, Lord Vorkosigan. Ich glaube, ich fange endlich an zu begreifen, warum Illyan immer…«

»Warum Illyan *was*?« stachelte Miles ihn nach einem langen Moment des Schweigens an.

Ein schiefes Lächeln huschte über Haroches breites Gesicht. »…leise fluchend herauskam, nachdem Sie ihm berichtet hatten. Und sich dann prompt umdrehte und sie wieder zu den heikelsten Aufträgen losschickte, die er hatte.«

Miles deutete eine kurze, ironische Verbeugung in Haroches Richtung an. »Danke, General.«

# KAPITEL 23

Ivan fand es zwei Stunden vor Tagesbeginn, und nicht *ganz* zufällig.

Es war in der fünften Reihe des zweiten Raums, den er in Angriff genommen hatte, in Waffenraum IV. Er hatte den Bereich ›Biologische Kampfstoffe, Gifte‹ und den Kühlraum gerade wegen der möglichen Nebenfolgen als letzte auf seine Liste gesetzt, in der Hoffnung, daß er sie überhaupt nicht würde durchsuchen müssen. Miles hätte sich dafür entschieden, die schlimmsten Räume als erste zu erledigen; manchmal, so mußte er zugeben, war Ivan nicht so idiotisch, wie er sich gab.

Ivan trat in den Eingangsbereich. Dort hatte Miles in den letzten paar Stunden auf der Komkonsole die Inventurlisten überprüft, nachdem er Haroches aus drei Leuten bestehendes Team zur Analyse der Sicherheitssysteme ausgewählt und in den oberen Stockwerken an die Arbeit gesetzt hatte.

»Ich bin in einem Waffenraum, oder?« fragte Ivan und schwenkte sein Bündel mit den Plastikfolien der Inventurliste.

Miles zog seinen Blick von der chemischen Beschreibung des 909. Objekts (in alphabetischer Reihenfolge) aus dem Giftraum ab: Abgestreifte Schlangenhaut, von Pol, 3 Gramm. »Wenn du es sagst.«

»Ganz recht. Was tut dann eine kleine Schachtel mit der Aufschrift ›Komarranisches Virus‹ in Reihe 5, Bord 9, Behälter 27? Was, zum Teufel, ist das? Sollte es nicht bei den biologischen Kampfstoffen sein? Hat es jemand falsch klassifiziert? Ich werde das verdammte Ding nicht öffnen, bevor du herausfindest, was das ist. Sonst bekomme ich noch grüne Pilze oder schwelle auf wie die armen Schweine mit der sergyaranischen Wurmseuche. Oder noch schlimmer.«

»Die Wurmseuche muß die abscheulichste Heimsuchung in der jüngeren Geschichte gewesen sein«, pflichtete Miles ihm bei. »Aber für eine Seuche war sie nicht sonderlich letal. Laß mich mal sehen. Stand es auf der Liste für den Waffenraum?«

»O ja, genau dort, wo es sein sollte. Wie die hier meinen.«

»Also soll es eine Waffe sein. Vielleicht.« Miles markierte sich die Stelle, an der er gerade gewesen war, und speicherte die Gifteliste zurück, die er gerade auf der Bibliothekskomkonsole der Asservatenkammer durchgeschaut hatte, dann rief er statt dessen die Liste der Waffenräume auf. Das »Komarranische Virus«, so zeigte es sich, hatte eine Code-Klassifikation, die den Zugriff auf seine Beschreibung und Geschichte für alle blockierte, außer für Leute mit der allerhöchsten Sicherheitsstufe. Das Hauptquartier des KBS war voll solcher Leute. Miles lächelte verhalten und überging die Sperre mit seinem Auditorensiegel.

Er hatte nicht mehr als die ersten drei Zeilen gelesen, da begann er leise zu lachen. Er hätte geflucht, aber ihm fiel kein Schimpfwort ein, daß häßlich genug war.

»Was ist?« fuhr Ivan ihn an und reckte sich, um über Miles' Schulter gucken zu können.

»Das ist kein Virus, Ivan. Jemand im Klassifikationsbüro muß sich einmal von Dr. Weddell belehren lassen. Das ist ein biotechnisch erzeugter apoptotischer Prokaryot. Ein kleines Ding, das Dinger frißt, besonders Neurochip-Proteine. *Der* Prokaryot, Illyans Prokaryot. Er ist für dich völlig ungefährlich, es sei denn, du trägst einen Neurochip, von dem ich nichts weiß. O

Gott! *Von hier* ist er also gekommen... oder eher: von hier ist er zuletzt gekommen.« Er ließ sich nieder und begann zu lesen. Ivan, der über der Lehne von Miles' Stuhl hing, schlug Miles' Hand beiseite, wenn dieser versuchte, das Schirmbild weiterzurollen, bevor auch Ivan zu Ende gelesen hatte.

Da war es, sichtbar und doch verborgen, vergraben in einem Inventar von Zehntausenden anderer Gegenstände. Hier war es brav in Behälter 27 auf Bord 9 gehockt und hatte nahezu fünf Jahre lang Staub angesammelt, seit dem Tag, als es von einem Offizier der Abteilung Komarranische Angelegenheiten in der Asservatenkammer des KBS abgeliefert worden war. Damals war es von der kaiserlichen Spionageabwehr direkt hier in Vorbarr Sultana konfisziert worden, bei einer Razzia gegen Zellen komarranischer Terroristen, die mit... dem verstorbenen Ser Galen in Verbindung gestanden hatten, der auf der Erde getötet worden war, während er versuchte, sein letztes kompliziertes, dramatisches und vergebliches Komplott zum Sturz des barrayaranischen Kaisertums und zur Befreiung von Komarr in Gang zu setzen. Das Komplott, für das Galen Miles' Klonbruder Mark hatte schaffen lassen.

»Oh, verdammt«, knurrte Ivan. »Hat dein verflixter Klon etwas damit zu tun.«

»Bruder«, korrigierte Miles und unterdrückte die gleiche Befürchtung. »Ich sehe nicht, wie. Er ist seit fast einem halben Jahr auf Kolonie Beta. Das kann meine betanische Großmutter bestätigen.«

»Wenn du eine Bestätigung haben möchtest«, sagte Ivan, »dann mußt du denken, was ich denke. *Könnte* er wieder so getan haben, als sei er du?«

»Nicht ohne eine höllische Schnelldiät.«

Ivan brummte halb zustimmend. »Könnte man aber machen, mit den richtigen Medikamenten.«

»Das glaube ich nicht. Ich verspreche dir, das letzte,

was Mark möchte, ist, jemals wieder ich zu sein. Auf jeden Fall werde ich formell überprüfen lassen, wo er sich aufgehalten hat, einfach, um alle davon abzuhalten, in eine Sackgasse zu rennen. Das KBS-Büro in der Botschaft auf Kolonie Beta behält ihn im Auge, einfach weil Mark ist… wer er ist.«

Miles las weiter. Die Verbindung zu Jackson's Whole war ebenfalls ganz real. Der chipfressende Prokaryot war in der Tat dort auf Bestellung für die komarranischen Terroristen hergestellt worden, und zwar von einem der Kleinen Häuser, das üblicherweise mehr für seine auf Bestellung angefertigten Drogen bekannt war. Und Illyan war von Anfang zum Ziel bestimmt gewesen; der Plan hatte vorgesehen, daß die Störung des KBS zusammenfallen sollte mit der Ermordung des damaligen Premierministers Graf Aral Vorkosigan. Die Ermittlungen des KBS vor fünf Jahren hatten die Spur des Prokaryoten direkt bis zu dem Gebäude zurückverfolgt, wo er entstanden war, und bis zur komarranischen Zahlung auf das Bankkonto des jacksonischen Biochemikerteams. Die neue Suche, die soeben gestartet worden war, mußte früher oder später exakt die gleichen Daten liefern: später, falls man die ganze langwierige erste Untersuchung total rekonstruieren mußte; früher, falls die Organisation ihre kollektive Amnesie überwand und die Daten in ihren eigenen Dateien entdeckte. Drei bis acht Wochen, je nachdem, schätzte Miles.

»Das erklärt… zumindest die Intrige«, murmelte Miles.

Ivan zog eine Augenbraue hoch. »Wie das?«

»Ich bin in der falschen Reihenfolge hineingeraten. Mein angeblicher Besuch hier sollte entdeckt werden, ja, unvermeidlicherweise, aber nicht als erstes. Diese Information…« – Miles wies auf die Komkonsole – »hätte, wenn sie schließlich hier angekommen wäre, die Aufmerksamkeit auf die Asservatenkammer gelenkt. Statt mit den Komkonsolendateien zu beginnen und dann das Inventar zu überprüfen, hätten die Ermittler mit Behälter 27 begonnen und dann die Sicherheitsaufzeichnungen der Leute überprüft, die aus und ein gingen. Wobei sie dann sehr zufrieden mit sich selber gewesen wären, wenn sie mich gefunden hätten, einen kürzlich entlassenen Offizier, der hier nichts zu suchen hatte. Wenn man es so angepackt hätte, dann wäre der Schwindel *viel* überzeugender gewesen.«

Miles saß einen Moment lang ruhig da und ordnete seine Gedanken. Dann rief er die Forensische Abteilung des KBS an und forderte den ranghöchsten Offizier von der Rufbereitschaft an. Danach richtete er einen Anruf an Dr. Weddells heimische Konsole.

Das Gerät ließ ihn nicht durch, sondern versuchte eine Mitteilung aufzuzeichnen; anscheinend wollte Weddell sich nicht seinen Schönheitsschlaf unterbrechen lassen. Miles versuchte es noch einmal, mit dem gleichen Ergebnis, wartete volle drei Sekunden, um seine Geduld wiederzugewinnen, und rief dann die kaiserlichen Wachen an. Er befahl dem diensthabenden Offizier zwei seiner größten uniformierten Männer zu Weddells Wohnung zu schicken, mit der Anweisung, ihn mit allen notwendigen Mitteln zu wecken und unverzüglich zum KBS-Hauptquartier zu bringen, und wenn sie ihn hierher tragen müßten.

Es schien immer noch eine Ewigkeit zu dauern – draußen mußte schon der Morgen grauen, vermutete Miles –, bis er endlich sein Team beisammen hatte und er alle vor sich in den Waffenraum IV gehen ließ. Weddell quengelte immer noch leise, von wegen mitten in der Nacht so rücksichtslos aufgeweckt zu werden; solange er seine Beschwerden klugerweise nur *sotto voce* äußerte, fand Miles es besser, sie zu ignorieren. Weder er noch Ivan hatten überhaupt Schlaf abbekommen.

Der Forensiker durfte sich als erster am Äußeren des kleinen verschlossenen Biocontainers versuchen.

»Er ist ein paarmal bewegt worden«, berichtete er. »Einige Fingerabdrücke, einige Schmierer, keiner sonderlich frisch...« Er zeichnete sie vorschriftsmäßig mit einem Laserscanner auf, damit man sie mit den Abdrücken des Personals der Asservatenkammer und – falls nötig – der übrigen Bevölkerung des Kaiserreichs vergleichen konnte. »Der Schaltkreis des akustischen Warnsignals zur Entdeckung der Entfernung des Behälters aus der Asservatenkammer ist nie aktiviert worden. Keine Haare oder Fasern. Angesichts der Luftfilter in diesem Raum würde ich hier nicht viel Staub erwarten. Das ist alles, was ich sagen kann. Jetzt gehört es ganz Ihnen, meine Herren.«

Er trat zurück; Ivan trat vor, holte die Box aus ihrem Regalfach und stellte sie auf das beleuchtete Untersuchungsbord, das zu diesem Zweck herbeigebracht worden war. Die Box war mit dem einfachsten numerischen Code-Schloß gesichert, das mehr dazu diente, den Container daran zu hindern, daß er aufsprang, falls er zufällig herunterfallen sollte, als daß es echte Sicherheit bot – im übrigen war der Zugangscode direkt in der Inventurbeschreibung aufgelistet. Ivan schaute auf der Folie nach und tippte die Sequenz ein. Der kleine Deckel schwang auf.

»Okay«, sagte Ivan gedehnt, spähte hinein und sah dann wieder auf seine Inventurfolie. Die Box war mit einem stoßfesten Gelpackmaterial ausgekleidet, in dem sich sechs parallele Schlitze befanden. In drei Schlitzen steckten winzige braune Kapseln, klein genug, daß ein Kind sie schlucken konnte. Die anderen drei waren leer. »Ursprünglich sechs verschlossene Bakterienüberträger-Beförderungseinheiten – so werden sie hier jedenfalls genannt; eine wurde vor fünf Jahren zur Untersuchung entnommen und ist als vernichtet aufgeführt. Fünf sollten noch übrig sein – bloß sind jetzt nur noch drei da.« Er wies mit einer schwungvollen Gebärde der offenen Hand auf das Corpus delicti; der Forensiker trat wieder vor und beugte sich über die Box, um den Verschluß von der Innenseite her zu überprüfen.

*Stimmt, stimmt!* heulte Miles innerlich, wobei er einen kleinen geheimen Vorbehalt für die eine Kapsel machte, die vor fünf Jahren entfernt worden war. *Die* würde die Dinge komplizieren, aber vielleicht würden die Laboraufzeichnungen helfen, sobald man sie gefunden hatte.

»Sie wollen sagen«, stöhnte Weddell, »daß ich mir eine Woche lang den Kopf damit zerbrochen habe, diesen verdammten Mist wieder zusammenzusetzen, und die ganze Zeit lag hier unten eine unbeschädigte Probe davon?«

»Ja.« Miles grinste. »Ich hoffe, Sie haben etwas für Ironie übrig.«

»Nicht zu dieser Morgenstunde.«

Der Forensiker blickte auf und meldete: »Das Schloß ist nie gewaltsam geöffnet worden.«

»In Ordnung«, erwiderte Miles. »Die Box geht zur vollständigen Untersuchung an die Forensische Abteilung. Ivan, ich möchte, daß du mitgehst. Paß auf, daß diese Wiesel dort oben sie nicht aus deinem Blickfeld schmuggeln. Weddell, Sie übernehmen eine dieser Proben für eine molekulare Analyse – ich möchte, daß Sie bestätigen, daß es sich dabei tatsächlich um den gleichen Mist handelt, den Sie aus Illyans Chip gespült haben, und ich möchte auch alles andere wissen, was Sie darüber herausfinden können. Die Probe und Sie verlassen das Gebäude nicht – Sie können wieder dasselbe Labor in der Klinik haben, dazu alle Materialien, die Sie anfordern möchten, aber niemand – *niemand* – außer Ihnen darf die Probe anfassen. Sie berichten ausschließlich mir. Die letzten beiden Einheiten kommen zurück in die neue Box im Regal, die mit meinem Auditorensiegel verschlossen wird. Ich hoffe, sie wird diesmal dort bleiben.« *Obwohl ich allmählich glaube, in meiner Tasche wäre sie sicherer.*

Haroche, der Scheißkerl, war nach der Zusammenstellung des Systemteams in der Nacht heimgegangen, um zu schlafen, eine Stunde nach Mitternacht. Während Miles auf seine Rückkehr wartete, gönnte er sich eine Frühstückspause in der Cafeteria des KBS-Hauptquartiers. Das war ein Fehler gewesen, wie er erkannte, als er sich dabei ertappte, wie er über seinem Kaffeebecher eindöste. Er wagte nicht, mit seiner Arbeit aufzuhören. Irgendwie war es viel schwerer als früher, wieder in Fahrt zu kommen.

Er saß gähnend in Haroches Vorzimmer, als der KBS-Chef ebenfalls gähnend eintraf. Haroche schluckte sein Gähnen verschlafen hinunter und winkte Miles in sein Allerheiligstes. Miles zog sich einen Stuhl heran und setzte sich, während sich Haroche hinter seinem Pult niederließ. »Also, Lord Vorkosigan, gibt es Fortschritte?«

»O ja.« Schnell brachte Miles Haroche auf den neuesten Stand über die Ereignisse der letzten Stunden. Haroche, der vorgebeugt auf dem Rand seines Stuhls hockte, gähnte nicht mehr, als Miles geendet hatte.

»Verdammt«, flüsterte Haroche und lehnte sich wieder zurück. »Verdammt. Damit ist die letzte Hoffnung futsch, daß das Ganze etwas anderes ist als ein Insiderjob.«

»Ich fürchte, ja.«

»Also haben wir jetzt eine andere Verdächtigenliste. Wie viele Leute könnten davon gewußt haben, daß die Proben dort unten waren?«

»Zunächst einmal die Teams für die Inventur in der

Asservatenkammer in den letzten fünf Jahren«, erwiderte Miles.

»Die Leute, die sie erbeutet und abgeliefert haben«, fügte Haroche hinzu.

»Und jeder, der damals hier gearbeitet hat und vielleicht eng mit den Leuten befreundet war, die sie erbeutet und abgeliefert haben.« Miles begann an den Fingern abzuzählen. Er fragte sich, ob seine Finger dafür ausreichten. »Die Box wurde unter dem Siegel des Vorgängers von Allegre als Leiter der Abteilung Komarranische Angelegenheiten archiviert. Damals arbeitete Allegre noch auf Komarr selbst, als lokaler Sektionschef. Das habe ich überprüft. Dazu… alle Komarraner in diesen revolutionären Gruppen, die seinerzeit der Verhaftung entgangen sind, oder die eingesperrt worden waren und kürzlich wieder entlassen wurden. Leute, mit denen sie vielleicht im Gefängnis geredet haben… Diese Liste sollte vermutlich lieber auch überprüft werden, obwohl, wie Sie sagen… die Manipulation der Komkonsolen mich auch zu dem Schluß zwingt, daß es sich um einen Insiderjob handelt.«

Haroche machte sich eine Notiz. »Ganz recht. Die Liste ist also auf jeden Fall noch nicht kurz, fürchte ich.«

»Nein. Allerdings ist sie schon erheblich kürzer als die mit den Bewohnern von drei Planeten, mit der wir angefangen haben.« Miles zögerte, dann fügte er widerstrebend hinzu: »Ich weiß nicht, ob mein Bruder Lord Mark – das heißt: mein Klon – von diesem Zeug weiß oder nicht. Vermutlich wird es notwendig sein, das zu überprüfen.«

Haroche hob die Augen und begegnete Miles' Blick, Verblüffung im Gesicht. »Vermuten Sie etwa…«

»Physisch unmöglich«, erklärte ihn Miles. »Mark hält sich seit sechs Monaten auf Kolonie Beta auf. Seit

Beginn des Semesters war er jeden Tag in der Hochschule.« *Das hoffe ich.* »Es ist bestens beweisbar, wo er sich aufgehalten hat.«

»Hm.« Haroche gab sich widerwillig damit zufrieden.

»Fällt *Ihnen* etwas zu diesem Zeitabschnitt ein?«

»Ich war damals noch stellvertretender Sektionschef für Heimische Angelegenheiten. Das war kurz vor meiner letzten Beförderung. Ich erinnere mich noch an den Wirbel von Aktivitäten wegen der Komarraner in Vorbarr Sultana. Der Fall, der damals gerade die Aufmerksamkeit der Heimischen Abteilung gefesselt hatte, betraf eine regierungsfeindliche Gruppe in Vorsmythes Distrikt, die verdächtigt wurde, verbotene Waffen zu importieren.«

»Aha. Tja, ich hoffe, Ihre Datenpfriemler können uns helfen, das zu triangulieren«, fuhr Miles fort. »Wer immer das getan hat, muß erst vor kurzem noch Zugang zu den internen Systemen des KBS gehabt haben, dazu eine Menge Intelligenz und Nervenstärke. Die kurze Liste wird wohl aus den Leuten bestehen, die auf beiden Listen auftauchen.«

»Warum nehmen Sie an, daß es sich um nur einen einzigen Mann handelt?« fragte Haroche.

»Oh«, sagte Miles ernüchtert. »Stimmt. Danke.« Haroche, das rief sich Miles ins Gedächtnis, war in diesen Dinge nicht ohne Erfahrung.

»Nicht, daß ich es nicht vorziehen würde, wenn nur einer wäre«, räumte Haroche ein. »Mir wäre es viel lieber, wenn wir es nur mit einem zu tun hätten als mit einer Verschwörung.«

»Mm. Aber ob es nun ein Mann ist oder eine Gruppe, die Motivation wird allmählich… komplex. Warum mich? Warum hat man mich als Sündenbock ausgewählt? Liegt dieser Sache ein besonderer Haß zugrunde, oder war es Zufall – war ich einfach der einzige KBS-Offizier, der im richtigen Zeitfenster entlassen wurde?«

»Wenn ich Ihnen einen Rat geben darf, Mylord, bei solchen Geschichten sind die Motive eine heikle Sache. Sie sind zu spekulativ. Ich bin immer weiter gekommen, wenn ich den Fakten gefolgt bin. Man kann Theorien über die Motive später entwickeln, über dem Bier bei der Siegesfeier. Wenn Sie wissen werden, *wer*, dann werden Sie auch wissen, *warum*. Ich gebe zu, das ist eine philosophische Präferenz.«

*Wenn ich weiß,* warum, *dann werde ich wissen,* wer. »Es stimmt, es steckt vielleicht nichts Persönliches darin. Sobald entdeckt war, daß es sich bei dem Verbrechen – *wirklich* um ein Verbrechen – handelte, da hat der... der... vermutlich kann ich ihn nicht einen Killer nennen...«

Haroche lächelte humorlos. »Wir haben erst einmal keine Leiche.«

Trotz all seiner neuen Zerstreutheit war Illyan wohl kaum ein Zombie. Aber Miles erinnerte sich an die heisere, verzweifelte Stimme, die ihn ernsthaft um einen anständigen Tod anbettelte... »Der Attentäter«, fuhr er fort, »mußte unbedingt einen Sündenbock liefern, damit der den Kopf für ihn hinhält. Denn dies ist ein Fall, der nie abgeschlossen werden kann, es sei denn, er wird gelöst. Diesmal gibt es kein ›Haltmachen, bis weitere Daten vorliegen‹, bis der Fall Staub angesammelt hat und vergessen ist. Er mußte wissen, daß der KBS nie ruhen würde.«

»Da haben Sie verdammt recht«, knurrte Haroche.

»Dieses Zeug da unten ist sorgfältig arrangiert worden, damit es gefunden wurde, weil dies unvermeidlich war. Sobald die Jagd losgehen würde, gab es zu viele Aufzeichnungen an zu vielen Orten, um es einfach verschwinden zu lassen. Alles, was ich getan habe...«, sagte Miles gedehnt, »war, den Zeitplan zu ändern.«

»Drei Tage.« Haroche lächelte schief. »Sie haben den ganzen KBS in drei Tagen durchsucht.«

»Nicht den ganzen KBS, nur das Gebäude des Hauptquartiers. Und es waren eher vier Tage. Jedoch... irgend jemand muß sich jetzt winden. Das hoffe ich. Wenn man vorhatte, den Exleutnant Vorkosigan im Netz zappeln zu lassen und statt dessen den Lord Auditor Vorkosigan erwischt hat... das muß ein Gefühl sein, wie wenn man seine Angel nach einer Forelle auswirft und einen Hai hochzieht. Vielleicht bin ich gerade rechtzeitig unten angekommen. Angesichts des Vorsprungs von mehreren Wochen, den unser Attentäter erwartete, hätte er durchaus auf den Gedanken kommen können, seine Unterschiebung in der Asservatenkammer zu beseitigen und etwas anderes zu versuchen. Herrgott, wie gern würde ich es wissen.«

*Wer haßt mich und arbeitet hier?* War es möglich, daß Leutnant Vorberg herausgefunden hatte, wer Admiral Naismith wirklich war...? Vorberg konnte doch wohl kaum so krankhaft sein, daß er Illyan vernichtete, bloß um Miles zu vernichten, oder? *Sicherlich war ich ein zweitrangiges Ziel.* Er mußte ein zweitrangiges Ziel sein. Die Alternative war zu schrecklich, um nur darüber nachzudenken.

»Trotzdem haben Sie außerordentliche Fortschritte gemacht, Lord Vorkosigan«, bemerkte Haroche. »Ich habe Fälle geknackt, bei denen es am Anfang weit weniger Daten gab als das, was Sie bisher schon aufgedeckt haben. Es ist gute, solide Arbeit.«

Miles versuchte, nicht zuviel Gefallen an Haroches maßvollem Lob zu finden, doch er spürte, wie trotzdem sein Gesicht wärmer wurde. Haroche war ein sehr zurückhaltender Mann, und seine kurzen Worte waren zweifellos so bedeutsam, daß man darauf stolz sein durfte. Sicher war es nicht unloyal Illyan gegenüber, wenn man hoffte, sein Nachfolger möge noch wachsen, um seinen Platz auszufüllen; zwar nicht derselbe, aber immerhin.

»Es ist schade«, seufzte Haroche, »daß so viele Männer im KBS-Hauptquartier gegen Schnell-Penta imprägniert sind.«

»Es ist noch viel zu früh, um daran zu denken, jemandem die Fingernägel herauszureißen«, sagte Miles und nagte an einem der seinen. »So verlockend es auch sein mag. Vermutlich... warten wir jetzt einfach mal auf die Berichte unseres Systemanalytikerteams. Vermutlich...« – ein weiteres Gähnen verzog sein Gesicht – »kann ich genauso gut heimgehen und etwas schlafen, während ich warte. Rufen Sie mich bitte sofort an, wenn es etwas zu berichten gibt.«

»Ja, Mylord Auditor.«

»Ach, verflixt, warum nennen Sie mich nicht einfach Miles? Alle anderen tun das. Dieses Zeug von wegen Lord Auditor ist nur die ersten zwanzig Minuten spaßig, danach bedeutet es nur Arbeit.« Das stimmte nicht *ganz*, aber...

Als er hinausging, winkte ihm Haroche mit einer Geste zu, die fast wie der Gruß eines Analytikers aussah.

Es war schon Vormittag, als Martin Miles vor dem Haupteingang von Palais Vorkosigan absetzte. Verführerische Visionen seines weichen Bettes füllten Miles' Kopf. Pflichtbewußt machte er sich zuerst auf die Suche nach seiner Mutter, um ihr guten Morgen oder gute Nacht zu wünschen.

Nachdem zwei oder drei Gefolgsleute ihn in unterschiedliche Richtungen gewiesen hatten, gelangte er schließlich in einen der Salons auf der Ostseite des Erdgeschosses, der für diesen kalten frühen Wintertag von ungewöhnlich angenehmem Morgenlicht erfüllt war. Die Gräfin trank Kaffee und blätterte in einem alten, in Leder gebundenen Band, den Miles von Lady Vorpatrils historischen Aufträgen zur kaiserlichen Hochzeit zu kennen glaubte: es war das Buch, vor dessen Lektüre er sich gedrückt hatte. *Lieber sie als ich.*

»Hallo, mein Lieber«, antwortete sie auf seinen Gruß. Sie erlaubte sich, ihm einen mütterlichen Kuß auf seine Stirn zu drücken; er stahl sich einen Schluck von ihrem Kaffee. »Du bist lange weggeblieben. Gibt es einen Fortschritt in deinem Fall?«

»Ich glaube schon. Auf jeden Fall den ersten Knacks.« Miles beschloß, ihr nicht den Morgen zu verderben, indem er ihr erklärte, der erste Knacks bestünde darin, daß man ihm das Verbrechen hatte anhängen wollen, wie er entdeckt hatte.

»Ah. Ich war mir nicht sicher, ob dein zerstreuter Blick das bedeutet oder nur Schlafmangel verrät.«

»Beides. Ich bin unterwegs ins Bett, aber ich möchte zuerst mit Illyan sprechen. Weißt du, ob er schon auf ist?«

»Ich glaube schon. Pym hat ihm gerade sein Frühstück hochgebracht.«

»Frühstück im Bett, nachdem der halbe Vormittag schon rum ist. Was für ein Leben!«

»Ich denke, er hat es sich verdient, oder nicht?«

»Ganz schwer.« Er nippte noch einmal an ihrem Kaffee und stand auf, um nach oben zu gehen.

»Ach, klopf bitte zuerst an«, riet sie ihm, als er die Tür erreichte.

»Warum?«

»Er frühstückt mit Alys.«

Das erklärte das Buch; Lady Alys hatte es mitgebracht. Miles fragte sich, welches Stück aus der Geschichte der Vor sie den armen Illyan lesen ließ.

Wie sie ihm geraten hatte, klopfte er höflich an die Tür der Gastsuite im ersten Stock. Keine Antwort: er klopfte erneut. Pym, so schien es, war anscheinend nicht geblieben, um das Frühstück zu servieren, denn statt daß der Gefolgsmann öffnete, war schließlich Illyans Stimme durch die Tür zu hören: »Ja, bitte?«

»Ich bin's, Miles. Ich muß mit Ihnen reden.«

»Eine Minute bitte.«

Aus der einen Minute wurden zwei oder drei oder vier, während Miles an den Türrahmen gelehnt wartete und mit dem Stiefel auf dem gemusterten Teppich scharrte. Er klopfte aufs neue. »Los, Simon, lassen Sie mich rein.«

»Sei nicht so ungeduldig, Miles«, ermahnte ihn die Stimme seiner Tante nachdrücklich. »Du bist ein bißchen ungehobelt.«

Miles biß die Zähne zusammen, um eine schnippische Antwort zu unterdrücken, scharrte noch mehr auf dem Teppich und fingerte an seiner Auditorenkette herum, dabei öffnete sich der hohe Kragen seiner braun-silbernen Jacke. Von drinnen war Geschlurfe und Geklimper zu hören, dazu ein leises Lachen. Schließlich näherten sich Lady Alys' leichte Schritte; mit einem Klick sperrte sie auf, und die Tür schwang auf.

»Guten Morgen, Tante Alys«, sagte Miles trocken.

»*Guten* Morgen, Miles«, antwortete sie viel fröhlicher, als er erwartet hatte. Sie winkte ihn in das Wohnzimmer herein. Das übervolle Frühstückstablett stand auf dem kleinen Tisch in der Fensternische, von der aus man den Garten sehen konnte. Es waren leider nur noch Krümel übrig. Lady Alys war nach Miles' Meinung für diese Tageszeit seltsam formell gekleidet, in ein Gewand, das mehr zu einem Dinner als zu einem Frühstück paßte, und sie experimentierte offenbar mit ihrer Frisur; ihr Haar war offen, in glänzenden schwarzen und silbernen Wellen gebürstet fiel es über ihren Rücken herab.

Illyan erschien aus dem Bad, er zog sich gerade eine

Jacke über sein Hemd und seine Hose und trug noch die Schlafzimmerpantoffel. »Guten Morgen, Miles«, er klang wie ein Echo von Lady Alys, und auch er hatte diese widerliche Munterkeit eines Morgenmenschen in der Stimme. Sein Lächeln verflog, als er an Miles' zerknitterter Erscheinung erkannte, daß der die ganze Nacht aufgewesen war. Sein Ton wurde flacher. »Was ist denn los?«

»Ich habe heute nacht im KBS-Hauptquartier einige sehr interessante Dinge herausgefunden.«

»Fortschritte?«

»Zwei Schritte voran, drei zur Seite. Hm…« Er blickte mit gerunzelter Stirn auf seine Tante und überlegte, wie er sie höflich hinausschicken könnte. Sie verstand den Wink nicht und setzte sich statt dessen auf das kleine Sofa neben den Tisch und hörte ihm mit gesteigertem Interesse zu. Illyan setzte sich neben sie. Miles beschloß feige, Illyan den unangenehmen Part zu überlassen. »Das ist alles höchst geheim, oder wird es sein.«

Er wartete einen Herzschlag lang, während sie ihn beide anschauten. »Glauben Sie wirklich, es eignet sich für Lady Alys' Ohren?« fügte er hinzu.

Er hatte es schlecht formuliert. Illyan erwiderte lediglich: »Gewiß. Heraus damit, Miles, spann uns nicht auf die Folter!«

Tja, wenn *Illyan* meinte, das ginge in Ordnung… Miles holte Atem und begann eine schnelle Schilderung der Ermittlungen während seines letzten Tageszyklus beim KBS. Keiner seiner beiden Zuhörer unterbrach ihn, Lady Alys murmelte allerdings: »Gut für Ivan«, als er beschrieb, wie sie ihre kostbare Nadel im Heuhaufen des Waffenraums IV gefunden hatten.

Illyans fröhliche Miene war völlig verschwunden; angespannt saß er da. Lady Alys betrachtete besorgt sein Profil und nahm seine Hand; er drückte seinerseits die ihre.

»Was ich wissen muß«, kam Miles zum Schluß, »ist, ob Sie sich an etwas, irgend etwas aus der Zeit erinnern, als diese Probe gebracht wurde, damals als dieser letzte komarranische Rebellionsversuch vereitelt wurde.«

Illyan rieb sich die Stirn. »Da ist… wenig da. Ich erinnere mich natürlich an Ser Galens Komplott und an den anfänglichen schrecklichen Wirbel um die Entdeckung der Existenz von Lord Mark. Die Gräfin war sehr aufgeregt, auf ihre beste betanische Art. Trieb deinen Vater fast zur Verzweiflung. Ich erinnere mich an deinen Bericht von der Erde. Ein Meisterwerk seines literarischen Genres. Dieses Abenteuer in Sektor Vier, wo du dir beide Arme gebrochen hast, war… direkt danach, stimmt's?«

»Ja. Aber gewiß muß doch *irgend jemand* Ihnen einen Bericht über den Prokaryoten gegeben haben. Ich kann verstehen, warum Sie es vielleicht nicht riskiert haben, dieses Objekt persönlich in Augenschein zu nehmen.«

»Sicher hat das jemand getan.« Illyans rechte Hand ließ die Lady Alys' los und ballte sich zur Faust. »Zweifellos hat man mir alle Details berichtet. Und zweifellos habe ich sie dort abgespeichert, wo ich immer die Details abgespeichert habe. Aber jetzt ist nichts mehr davon *übrig*.«

Lady Alys blickte Miles finster und gereizt an, als wäre das alles irgendwie seine Schuld.

»Wer hätte Ihnen diesen Bericht geben sollen?« drängte Miles weiter.

»Vermutlich General Diamant. Chef der Abteilung Komarranische Angelegenheiten vor Allegre. Erinnerst du dich noch an ihn? Ist erst vor zwei Jahren gestorben, nach seiner Pensionierung, der arme Kerl. Miles, ich kann wirklich nicht... Ich hätte mich sicher schon früher daran erinnert, wenn es hier drin wäre!« Er umfaßte frustriert seinen Kopf. Lady Alys nahm seine Hand und streichelte sie besänftigend.

»Hat dein Freund Hauptmann Galeni irgendwelche Ideen?« fuhr Illyan ruhiger fort. »Möglicherweise hat er eine Insiderspur. Schließlich war es das Komplott seines Vaters.«

Miles lächelte unglücklich.

Illyans Augen verengten sich. »Du weißt, er wird auf deiner kurzen Liste auftauchen, sobald die zusammengestellt wird.«

»Ja.«

»Hast du es Haroche gesagt?«

»Nein.«

»Warum nicht?«

»Es wäre überflüssig gewesen. Duv wird mit allen anderen zusammen überprüft werden. Und... ich habe ihm in letzter Zeit genug schlechte Dienste erwiesen.«

»Heißt das nicht, daß du... deine Daten voreilig beurteilst – Mylord Auditor?«

»*Sie* kennen doch Galeni.«

»Nicht so gut wie du.«

»Ganz recht! Ich beurteile hier überhaupt keine Daten. Ich beurteile den Charakter dieses Mannes. Seine Motivationen, wenn Sie so wollen.«

»Hm«, sagte Illyan. »Gib da mal bloß auch auf deine eigenen Motivationen acht, alter Junge.«

»Ja, ja, ich weiß. Ich muß nicht nur unparteiisch sein, ich muß auch so erscheinen. *Sie* haben mich das gelehrt«, fügte er ziemlich boshaft an. »Auf eine Weise, die ich wahrscheinlich nicht vergessen werde.«

»Das habe ich? Wann?«

»Ach, lassen Sie.« Er drückte sich auf den Nasenrücken. Er war nicht nur erschöpft, er bekam schon Kopfschmerzen vor Müdigkeit. Es war Zeit, sich ins

Bett zu begeben, sonst würde er in der nächsten Runde nicht richtig funktionieren können.

»In Ordnung«, seufzte er. »Und das zuletzt: Erinnern Sie sich daran, daß irgendwann in den letzten vier Monaten irgend jemand Ihnen eine kleine braune Kapsel zum Schlucken gegeben hat?«

»Nein.«

»Zwei fehlen. Er könnte vielleicht zur selben Zeit selbst eine genommen haben, direkt mit Ihnen zusammen.« Wer immer *er* war.

»Nein.« Illyans Antwort klang bestimmter als gewöhnlich. »Ich habe in den vergangenen dreißig Jahren keine anderen Medikamente genommen als diejenigen, die mein Leibarzt mir mit eigenen Händen verabreicht.«

Miles erinnerte sich an Haroches Mehr-als-ein-Mann-Theorie. »Es könnte sogar Ihr eigener Arzt gewesen sein. Es geht um die kleine braune Kapsel. Hinter der bin ich her.«

Illyan schüttelte den Kopf.

Miles rappelte sich hoch, verabschiedete sich höflich und torkelte davon, in Richtung Bett.

Mitten am Nachmittag wachte er auf und verbrachte eine halbe Stunde vergeblich damit, wieder einzuschlafen, während seine Gedanken in seinen neuen Problemen herumstocherten. Schließlich gab er es auf, stand auf und meldete sich über Komkonsole bei Haroche; das Systemanalytikerteam hatte seinen Bericht noch nicht abgeliefert. Ein Anruf bei Weddell in den Labors der KBS-Klinik entlockte dem Wissenschaftler vor allem Geknurr wegen der Störung, aber auch das Versprechen, mehr Informationen würden bald folgen. Bald, aber noch nicht jetzt.

Miles schlich ruhelos in seinem Zimmer umher, bis er von einem Anruf eines völlig erschöpften Ivan unterbrochen wurde, der meldete, daß die ursprüngliche Biobehälterbox von den Forensikern pflichtgemäß untersucht und zurückgebracht worden sei, und fragte, ob er, um Gottes willen, das verdammte Ding nicht jemand anderem geben, Schluß machen und jetzt zu Bett gehen könne? Miles zuckte schuldbewußt zusammen und war froh, daß Ivan ihn über die Komkonsole nicht hatte beim Schnarchen ertappen können. Er befahl ihm, die Box wieder in die Obhut der Asservatenkammer zu geben und den Rest des Tages freizunehmen.

Er ging gerade ins Bad, als die Komkonsole erneut summte. Diesmal war es Dr. Chenko von der Veteranenklinik des Kaiserlichen Militärkrankenhauses.

»Lord Vorkosigan.« Dr. Chenko verbeugte sich fröhlich grüßend. »Ich bitte um Verzeihung, daß es so lange gedauert hat. Diese mikrotechnischen Aufgaben erweisen sich in der Ausführung immer ein wenig komplizierter als in der Planung. Aber wir haben eine Vorrichtung entwickelt, die klein genug ist und unter Ihr Schädeldach paßt, damit sie – und zwar gefahrlos, wie wir hoffen – Ihre Anfälle auslöst, und wir sind endlich bereit, sie an Ihnen auszutesten. Falls sie richtig funktioniert, können wir mit den endgültigen Kalibrierungen weitermachen und die Operation planen, bei der sie eingesetzt wird.«

»Oh«, sagte Miles. »Gute Arbeit.« *Schlechtes Timing.*

»Wann können Sie in die Klinik kommen? Morgen?«

Haroche konnte jederzeit wegen des Berichts des Systemteams anrufen, und wenn das passierte, dann dürften die Dinge – so vermutete Miles – sehr schnell in Bewegung geraten. Und… irgendwo in Vorbarr Sultana gab es einen sehr cleveren, vom KBS geschulten Mann, der Miles zu seinem besonderen Ziel auserkoren hatte. Verwendete Chenkos experimenteller Apparat Proteinschaltkreise, und was war mit dieser fehlenden Kapsel geschehen? Im Augenblick lief es im kalt über den Rücken, wenn er daran dachte, daß Leute, die er nicht sehr gut kannte, Apparate, die er nicht verstand, in sein Gehirn einsetzten. »Ich… wahrscheinlich nicht morgen. Ich werde mich noch einmal bei Ihnen melden müssen, damit wir einen Termin ausmachen können, Doktor.«

Chenko blickte enttäuscht drein. »Haben Sie seit dem einen Anfall, den wir im Labor ausgelöst haben, noch weitere gehabt?«

»Bis jetzt nicht.«

»Hm. Nun, ich rate Ihnen, nicht zu lange zu warten, Mylord.«

»Ich verstehe. Ich werde mein Bestes tun.«

»Und vermeiden Sie Stress«, fügte Chenko noch hinzu, als Miles schon nach der Abschalttaste langte.

»Danke, Doktor«, knurrte Miles die leere Vid-Scheibe an.

Als er sich schon halb geduscht hatte, fiel ihm plötzlich ein, daß an diesem Abend Laisas Party stattfinden sollte. Seine Anwesenheit war vom Kaiser nahezu befohlen worden; und seine Pflichten, so schien es, würden die Teilnahme gestatten. Zumindest wäre es gut, die Chance zu nutzen, vorher Gregor einen vorläufigen Bericht zu erstatten. Alles, was er noch tun mußte, war, eine Tanzpartnerin aufzutreiben.

Er zog sich sorgfältig an und rief Delia Koudelka an.

»Hallo«, grüßte er die Blondine. Wenigstens verrenkte er sich an der Komkonsole nicht den Hals, wenn er zu ihr aufschaute. »Was machst du heute abend?«

»Ich bin… sehr beschäftigt«, erwiderte sie höflich. »Warum fragst du?«

»Oh.« Verdammt. Sein Fehler, daß er bis zur letzten Minute gewartet und einfach angenommen hatte, sie würde…

»Das heißt – das hat nichts zu tun mit deiner Geschichte als Kaiserlicher Auditor, oder?« fügte sie beunruhigt an.

Ganz kurz kam Miles der bizarre Gedanke, dies wäre eine glänzende Gelegenheit, seine neuen Vollmachten zu mißbrauchen. Mit Bedauern schob er ihn beiseite. »Nein. Bloß eine Miles-Geschichte.«

»Tut mir leid«, sagte sie, und es klang ehrlich.

»Äh... ist Martya da?«

»Ich fürchte, sie ist auch beschäftigt.«

»Und Olivia?«

»Sie auch.«

»Aha. Tja, danke jedenfalls.«

»Wofür denn?« Sie unterbrach die Verbindung.

# KAPITEL 24

Wegen Miles' mündlichem Bericht kamen sie beide erst verspätet zur Party; Gregor hatte Dutzende von Fragen, von denen Miles die meisten noch nicht beantworten konnte. Er kaute frustriert auf der Lippe, als sie in dem Vestibül anhielten, das zu einem der kleineren Salons der kaiserlichen Residenz führte, der schon hell erleuchtet und voller Menschen war. Im nächsten Raum, der durch die offenstehende überwölbte Tür zu sehen war, stimmte ein kleines Orchester seine Instrumente.

Oberst Lord Vortala der Jüngere, der an diesem Abend für die Sicherheit der Residenz verantwortlich war, hatte Miles und den Kaiser persönlich dorthin geleitet. Vortala, der schneidig und zugleich gestresst aussah, salutierte und zog sich wieder in den Korridor zurück, wo er gleich einem seiner Untergebenen durch ein Kopfmikrophon Anweisungen gab.

»Es ist schwer, mich daran zu gewöhnen, daß ich nicht Illyan im Rücken habe«, seufzte Gregor und schaute ihm nach. »Allerdings macht Vortala seine Arbeit gut«, fügte er hastig hinzu. Er blickte auf Miles herab. »Versuch mal, nicht so grimmig dreinzuschauen. Selbst ohne deine Auditorenkette werden die Leute neugierig sein, was wir im Schilde führen, und dann werden wir beide den Rest des Abends damit beschäftigt sein, den Klatschmäulern den Mund zu stopfen.«

Miles nickte. »Dasselbe gilt für dich.« Im Augenblick fielen ihm keine guten Witze ein – und nicht einmal schlimme. »Denk an Laisa«, riet er ihm.

Gregors Gesicht erhellte sich; lächelnd folgte ihm Miles in den Salon. Dort wurde Gregors Glück vollkommen, als er Dr. Toscane entdeckte, wie immer unter den Fittichen von Lady Alys. Gräfin Vorkosigan stand ebenfalls dabei und plauderte freundschaftlich mit den beiden.

»Oh, gut«, sagte die Gräfin, »da sind sie ja.« Gregor nahm Laisas Hand und legte sie besitzergreifend auf seinen Arm; mit strahlenden Augen blickte sie lächelnd zu ihm auf. »Alys«, fuhr die Gräfin fort, »wo nun ihr richtiger Begleiter da ist, warum läßt du mich nicht einmal für eine Weile Baba spielen. Du solltest dich mal entspannen und dich zur Abwechslung einmal an etwas anderem erfreuen.« Sie neigte leicht den Kopf: Miles folgte der Richtung des Nickens. Da stand Illyan, elegant in einen dunklen, gut geschnittenen Zivilanzug gekleidet. Doch aus purer Gewohnheit gelang es dem ehemaligen KBS-Chef so zu wirken, als wäre er nicht ganz da und als teilte sich das Licht und flösse um ihn herum.

»Danke, Cordelia«, murmelte Lady Alys. Gregor begrüßte seinen früheren Sicherheitschef, und nachdem sie ein bißchen normales Partygeplauder ausgetauscht hatten (»Wie fühlen Sie sich?« – »Gut, Majestät« – »Sie sehen gut aus«), entführte Alys Illyan entschlossen, bevor er wieder auf Arbeit umschalten konnte.

»Seine Rekonvaleszenz scheint gut voranzukommen«, bemerkte Gregor, der die Szene mit Zustimmung beobachtete.

»Dafür kannst du Lady Alys danken«, sagte Gräfin Vorkosigan.

»Deinem Sohn ebenfalls.«

»Ja, das habe ich gehört.«

Miles verbeugte sich leicht, und es war nicht nur Ironie. Er schaute hinter seiner Tante und Illyan her, die anscheinend dem Büfett zustrebten. »Nicht, daß ich den Inhalt von Illyans Kleiderschrank sehr gut kenne, aber… er wirkte heute irgendwie anders gekleidet, das könnte ich schwören. Verdammt konservativ wie immer, aber…«

Gräfin Vorkosigan lächelte. »Lady Alys hat ihn endlich überredet, sich von ihr einen Schneider empfehlen zu lassen. Wegen seines Geschmacks oder seines Mangels an Geschmack in puncto Kleidung hat sie sich seit Jahren die Haare gerauft.«

»Ich hatte immer gedacht, das sei Teil seiner KBS-Persönlichkeit. Langweilig und dadurch unsichtbar.«

»Das sicher auch.«

Gregor und Laisa begannen zu vergleichen, was sie in den endlosen vier Stunden seit ihrer letzten Begegnung getan hatten, ein Gespräch, das hauptsächlich die Beteiligten beschäftigte. Miles, der am anderen Ende des Raums Ivan entdeckt hatte, ließ die beiden Verliebten unter dem duldsamen Auge seiner Mutter zurück. Ivan begleitete Martya Koudelka, aha!

Martya war eine jüngere, kleinere und dunklere Version von Delia, allerdings auf ihre Weise nicht weniger bemerkenswert. An diesem Abend trug sie etwas Blaßgrünes, in einer Nuance, die perfekt auf die Farbe der kaiserlichen Ausgehuniform abgestimmt war.

Als Miles sich ihnen näherte, stieß Martya ihren Partner in die Seite und sagte: »Ivan, du Trottel, hör auf, ständig meine Schwester anzuschauen. Du hast *mich* um diesen Tanz gebeten, erinnerst du dich noch?«

»Ja, aber… ich habe sie zuerst gefragt.«

»Du hast zu langsam geschaltet. Es geschieht dir recht, wenn ich dir auf die Stiefel steige und die Politur verderbe.« Sie warf einen Seitenblick auf Miles und fügte, an ihn gerichtet, hinzu: »Ich werde so froh sein, wenn Delia sich endlich jemanden aussucht und auszieht. Ich bin der abgelegten Männer schon so überdrüssig wie der abgelegten Kleider.«

»Das solltest du auch, Mylady.« Miles verneigte sich über ihre Hand und küßte sie.

Das weckte Ivans Aufmerksamkeit; er nahm Martyas Hand wieder in Besitz und tätschelte sie besänftigend. »Verzeihung«, bat er. Doch seine Augen wanderten verstohlen noch einmal nach links.

Miles schaute in dieselbe Richtung und entdeckte sofort den hellblonden Kopf. Auf einem der kleinen Sofas saß Delia Koudelka neben Duv Galeni; anscheinend teilten sie sich den Teller mit Horsd'œvres, den Galeni auf seinen Knien balancierte. Der dunkle Kopf und der blonde beugten sich einen Moment lang gleichzeitig, dann lachte Delia. Galeni entblößte seine langen Zähne zu einem düsteren Lächeln. Galenis Knie berührte das von Delia, wie Miles mit unerwartet scharfem Interesse bemerkte.

Ein Diener mit einem Tablett voller Gläser zirkulierte in der Nähe. »Hättest du gern etwas zu trinken?« fragte Ivan Martya.

»Ja, bitte, aber nicht dieses rote Zeug. Etwas weißes, bitte.« Ivan machte sich hinter dem Diener her, und Martya vertraute Miles an: »*Falls* ich es mir über das Kleid tröpfle, dann sieht man es wenigstens nicht. Ich weiß nicht, wie Delia das schafft. Sie verschüttet nie etwas. Manchmal kommt es mir so vor, als würde sie üben, um Lady Alys zu sein.«

Galeni hatte nicht erwähnt, daß er – mit Delia – hier sein würde, als sie sich im KBS-Hauptquartier gesprochen hatten – wann war das gewesen... erst gestern? »Wie lang geht das schon?« fragte Miles und wies mit einem Ruck seines Kopfes in Galenis Richtung.

Martya grinste. »Delia hat unserem Papa vor einem Monat gesagt, daß Duv derjenige sein wird, welcher. Ihr gefällt Duvs Stil, sagt sie. Ich glaube, für einen so alten Knacker ist er durchaus in Ordnung.«

»Ich habe auch Stil«, betonte Miles.

»Deinen ganz eigenen«, stimmte Martya höflich zu.

Miles beschloß klugerweise, auf dieses Stichwort nicht einzugehen. »Hm… und wann hat der alte Duv das herausgefunden?«

»Delia arbeitet noch daran. Es gibt Kerle, denen muß man mit einem Ziegelstein auf den Kopf hauen, damit sie einen bemerken. Bei einigen muß man sogar mit einem *großen* Ziegelstein zuhauen.«

Als Miles versuchte herauszufinden, in welche Kategorie er ihrer Meinung nach fiel, kehrte Ivan mit Getränken zurück. Wenige Minuten später ertönten die ersten Takte Musik aus dem Nachbarraum; Ivan rettete Martyas Kleid von der Begegnung mit Würzwein und entführte sie zum Tanz. Falls es sich bei den fremden Gesichtern von Zivilisten hier um Kollegen von Laisa aus dem Speditionskonsortium handelte, dann waren doch allerhand andere Komarraner unter der Menge. Nichts Politisches bei dieser Party, ha! Galenis Gegenwart, so vermutete Miles, mußte eine Folge von Laisas Einfluß auf die Gästeliste sein. Natürlich, ihr bester alter Freund.

Miles machte sich eine Weile über die Horsd'œvres her, die wie immer großartig waren, dann wanderte er in den Nachbarsalon hinüber, um der Musik zu lauschen und die Tänzer zu beobachten. Ihm wurde nachhaltig bewußt, daß sein Versagen, eine eigene Partnerin mitzubringen, ihn überzählig machte, und dabei war er nicht der einzige; das Verhältnis von Männern zu Frauen war unter den Anwesenden leicht zehn zu neun, wenn nicht zehn zu acht. Er erbettelte sich ein paar Tänze bei Frauen, die ihn gut genug kannten, um sich nichts aus seiner geringen Körpergröße zu machen, wie zum Beispiel Henri Vorvolks Gräfin, aber sie waren alle deprimierend verheiratet oder in festen Händen. Den Rest der Zeit praktizierte er seine beste finster illyaneske Stütz-die-Wand-Pose.

Illyan selbst tanzte mit Alys Vorpatril vorüber. Ivan, der neben Miles anhielt, um sich mit einem Becher heißen Würzweins zu stärken, starrte erstaunt auf das Paar.

»Ich wußte gar nicht, daß der alte Illyan tanzen kann«, bemerkte er.

»Ich wußte auf jeden Fall nicht, daß er so gut tanzen kann«, stimmte ihm Miles zu. Ivan war nicht der einzige, der es kaum glauben konnte. Henri Vorvolks Frau, die Alys und ihren Partner vorbeischweben sah, flüsterte einen Kommentar ins Ohr ihres Gatten; er blickte mit einem verblüfften Lächeln auf. »Ich habe Illyan noch nie so etwas tun sehen. Vermutlich war er immer im Dienst.« *Immer.* Dr. Ruibal hatte erwähnt, die Entfernung des Chips könne Persönlichkeitsveränderungen wie auch kognitive Veränderungen als Nebenwirkungen haben… Teufel, Teufel! Schon die Entfernung dieser dreißig Jahre währenden Last erdrückender Verantwortung konnte die Sache erklären.

Eine Haarsträhne löste sich aus Lady Alys' kunstvoll mit Blumen geschmückter Frisur, und sie strich sie sich aus der Stirn zurück. Das Bild, wie sie *en deshabille* beim Frühstück gesessen war, drängte sich in Miles' Erinnerung, und er hatte plötzlich die Empfindung, als hätte man ihn mit einem *großen* Ziegelstein auf den Kopf gehauen. Er verschluckte sich fast an seinem Wein.

*Du lieber Himmel! Illyan schläft mit meiner Tante.*

Und umgekehrt. Er war sich nicht sicher, ob er indigniert oder erfreut sein sollte. Der einzige klare Gedanke, der ihm kam, war eine plötzlich erneuerte Bewunderung für Illyans kühle Nerven.

»Geht es dir gut?« fragte ihn Ivan.

»O ja.« *Ich glaube, das werde ich Ivan allein herausfinden lassen.* Er verbarg ein unbeherrschtes Grinsen, indem er einen weiteren Schluck Wein hinunterkippte.

Er entwischte Ivan und zog sich in den Empfangssalon zurück. Am dortigen Büfett lief er Hauptmann Galeni in die Hände, der gerade einige Happen für Delia auswählte, die sittsam in der Nähe wartete. Sie bedachte Miles mit einem kleinen, distanzierten Winken ihrer Finger.

»Sie... äh... haben eine neue Tanzpartnerin gefunden, wie ich sehe«, bemerkte Miles nahe an Galenis Ohr.

»Ja.« Galeni lächelte wie ein vergnügter Fuchs mit einem Maul voll Federn.

»*Ich* wollte sie heute abend hierher einladen. Sie antwortete mir, heute abend sei sie schon besetzt.«

»Schade, Miles.«

»Ist das eine Art asymmetrische Symmetrie?«

Galenis schwarze Augenbrauen zuckten. »Ich will nicht so tun, als sei ich über eine kleine Rache erhaben, aber ich bin ein ehrenhafter Mann. Ich habe sie zuerst gefragt, ob sie meint, daß Sie ernsthaft an ihr interessiert seien. Sie sagte nein.«

»Ach so.« Miles tat so, als knabberte er an einem Stück Obsttorte. »Und sind Sie ernsthaft an ihr interessiert?« Er kam sich vor wie ein Stellvertreter für Kommodore Koudelka, der über Galenis Absichten aufgeklärt werden wollte.

»Todernst«, flüsterte Galeni, und für einen Augenblick verschwand das Lächeln völlig aus seinen Augen. Miles zuckte fast zurück. Galeni blinzelte und fuhr etwas gelassener fort: »Mit ihrer Herkunft und ihren Beziehungen, würde sie eine ausgezeichnete politische Gastgeberin sein, meinen Sie nicht?« Das zögernde Lächeln wurde breiter. »Das Köpfchen und die Schönheit tun auch nicht weh.«

»Kein Vermögen«, betonte Miles.

Galeni hob die Schultern. »In der Hinsicht kann ich selber etwas tun, wenn ich mich darauf konzentriere.«

Darüber hegte Miles keinen Zweifel. »Tja…« Es wäre unpassend, bloß zu sagen: *Diesmal mehr Glück!* »Würde es Ihnen… äh… gefallen, wenn ich bei ihrem Papa, dem Kommodore, ein gutes Wort für Sie einlege?«

»Ich hoffe, Sie nehmen es mir nicht übel, Miles, aber es wäre mir *wirklich* lieber, wenn Sie nicht mehr versuchten, mir einen Gefallen zu tun.«

»Oh, das kann ich vermutlich verstehen.«

»Danke. Ich mache nicht gerne einen Fehler zweimal. Heute abend, auf dem Heimweg, werde ich sie fragen, ob sie meine Frau werden will.« Galeni nickte entschlossen und ließ Miles stehen, ohne noch einmal zurückzuschauen.

Duv und Delia. Delia und Duv. Auf jeden Fall ein alliteratives Paar.

Miles wehrte die Fragen zweier Bekannter ab, die verdrehte Gerüchte über seine Ernennung zum Kaiserlichen Auditor gehört hatten, dann flüchtete er sich wieder in den Salon mit der Musik, wo es schwieriger war sich zu unterhalten. Sein Gehirn begann unerbittlich die Daten des vergangenen Abends durchzugehen, während er da lehnte und mit leerem Blick die Tänzer vorüberwirbeln sah. Nach etwa zehn Minuten dieses ziellosen Starrens begannen die Leute auf ihn zu schauen; er stieß sich von der Wand ab und ging, um Laisa um einen Tanz zu bitten, solange es noch Zeit war. Sicherlich würde Gregor die letzten paar Runden für sich selbst einfordern.

Er war ganz konzentriert darauf, den Takt eines ziemlich schnellen Spiegeltanzes mit Laisa einzuhalten und die gut gepolsterte Figur der Zukünftigen seines Kaisers nicht zu offen zu würdigen, als er durch die überwölbte Tür des Empfangssalons einen flüchtigen Blick auf Galeni erhaschte. Ein Oberst des KBS und zwei einfache Wachen in gewöhnlicher grüner Interimsuniform waren an ihn herangetreten: Galeni und der Oberst standen da und diskutierten mit heftigem Unterton. Delia stand ein wenig entfernt, die blauen Augen weit aufgerissen, die Hand an den Lippen. Galeni gab sich äußerst formell und hatte im unbewegten Gesicht diesen ausdruckslosen, brennenden Blick, der auf unterdrückte, aber kochende Wut schließen ließ. Welcher Notfall des KBS konnte so dringend sein, daß man den führenden komarranischen Analytiker aus einer Party holen würde? Beunruhigt glitt Miles dahin und drehte sich so, daß Laisas Rücken dem Eingang zugekehrt war.

Der Oberst machte eine drängende Geste und legte seine Hand auf Galenis Ärmel; Galeni schüttelte sie ab. Einer der Wächter griff nach seinem Betäuber und lockerte ihn im Halfter.

Atemlos blieb Laisa mit Miles stehen, dann erkannte sie, daß dies keine Figur des Tanzes war. »Miles, was ist los?«

»Verzeihen Sie, Mylady. Ich muß mich um etwas kümmern. Bitte, kehren Sie jetzt zu Gregor zurück.« Er verbeugte sich hastig und schlüpfte an ihr vorbei. Unvermeidlicherweise folgte ihm ihr Blick, während er ein wenig zu schnell durch die Tür ging.

»Gibt es etwas Unerfreuliches, meine Herren?« fragte Miles ruhig, als er bei der nervösen kleinen Gruppe ankam. Falls er den Ton der Verhandlungen nicht ändern konnte, so konnte er vielleicht doch die Lautstärke dämpfen. Die Hälfte der Anwesenden starrte schon auf die Szene, die sich da bot.

Der Oberst nickte ihm unsicher zu – Miles trug zwar seine Auditorenkette nicht, aber der KBS-Mann mußte wissen, wer er war. »Mylord, General Haroche hat befohlen, diesen Mann zu verhaften.«

Miles verbarg seine Bestürzung und dämpfte die Stimme. »Weshalb?«

»Die Beschuldigungen wurden nicht näher benannt. Ich bin aufgefordert, ihn auf der Stelle aus der kaiserlichen Residenz zu entfernen.«

»Was, zum Teufel, heißt das, Vorkosigan?« zischte Galeni Miles zu. »Haben Sie da die Hand im Spiel?«

»Nein. Ich habe keine Ahnung, was das soll. Ich habe diesen Befehl nicht gegeben...« War das mit seinem Fall verknüpft? Und wenn, wie konnte Haroche es wagen, einen Schritt zu tun, der ihn unvorbereitet traf.

Ivan und Martya kamen ebenfalls herbei und blickten besorgt drein; der Oberst wirkte zunehmend unnachgiebiger, während er sehen mußte, wie diese Verhaftung, die nach dem ihm erteilten Befehl zweifellos ohne Aufsehen verlaufen sollte, seiner Kontrolle entglitt.

»Haben Sie irgendwelche gebührenpflichtigen Verwarnungen nicht bezahlt, von denen ich nichts weiß, Duv?« fuhr Miles fort und versuchte, einen leichteren Ton anzuschlagen. Jetzt hatten beide Wachen ihre Hände an den Betäubern.

»Nein, verdammt noch mal!«

»Wo befindet sich General Haroche im Augenblick?« erkundigte sich Miles bei dem Oberst. »Im Hauptquartier?«

»Nein, Mylord. Er folgt uns auf dem Fuß. Er wird in Kürze hier sein.«

Um Gregor einen Bericht zu erstatten? Haroche sollte lieber eine sehr triftige Erklärung für diesen Vorgang hier haben. Miles zog die Atemluft ein. »Hören Sie, Duv... ich glaube, Sie sollten lieber in aller Ruhe mitgehen. Ich werde mich darum kümmern.«

Der Oberst warf ihm einen dankbaren Blick zu. In Galenis Augen zeigten sich Verblüffung, Mißtrauen und große Frustration. Es war von ihm viel verlangt, diesen Augenblick öffentlicher Erniedrigung wegzustecken, aber es hätte auch schlimmer gehen können; Miles stellte sich vor, wie es wäre, wenn Galeni beim Empfang des Kaisers betäubt oder zusammengeschlagen würde, weil er sich der Verhaftung widersetzte. Das hätte die Aufmerksamkeit *aller* Anwesenden auf sich gezogen.

Galeni blickte auf Delia, ein Aufblitzen von Schmerz in den dunklen Augen, dann schaute er auf Ivan. »Ivan, sorgen Sie bitte dafür, daß Delia gut nach Hause kommt?«

»Natürlich, Duv.«

Delia biß sich in die Lippe; noch zehn Sekunden, so schätzte Miles nach einigen Erfahrungen mit ihr, dann würde *sie* sich einmischen und dabei explodieren.

Auf Miles' hastiges Nicken hin geleiteten der Oberst und die Wachen Galeni aus dem Raum, wobei sie klugerweise Abstand hielten und ihn nicht berührten. Miles winkte Ivan fort und folgte ihnen den Korridor hinab. Wie er befürchtet hatte, drückten die beiden Wachen, sobald sie um die Ecke gebogen waren, Galeni an die nächste Wand und begannen ihn zu durchsuchen und zu fesseln.

Einen Sekundenbruchteil, bevor Galeni sich umdrehte und auf sie losging, rief Miles ihnen zu: »Das ist nicht notwendig, meine Herren!«

Sie hielten inne. Mit sichtbarer Anstrengung öffnete Galeni die Fäuste, biß aber weiter die Zähne zusammen und schüttelte die beiden Männer ab, anstatt zu versuchen, sie über den Korridor zu schleudern.

»Er wird wie ein Regimentskamerad mitgehen, wenn Sie es nur zulassen.« Miles strenger Blick fügte stumm hinzu: *Das werden Sie doch, Duv, oder?* Galeni strich seine Jacke glatt und nickte steif. »Herr Oberst – was wird *wirklich* gegen Hauptmann Galeni vorgebracht?«

Der Oberst räusperte sich. Er wagte es nicht, einem

Kaiserlichen Auditor die Antwort zu verweigern, ganz gleich, welche Befehle für öffentliche Diskretion Haroche ihm gegeben haben mochte. »Hochverrat, Mylord.«

»Was?« brüllte Galeni.

»So ein Schafscheiß!« versetzte Miles. Vorsorglich legte er die Hand auf Galenis Ärmel und verhinderte so eine gewalttätigere Verneinung.

Um seine Selbstbeherrschung zu sichern – und um Galeni ein gutes Beispiel zu geben – holte Miles dreimal Luft, bevor er sagte: »Duv, ich werde Sie besuchen kommen, sobald ich mit Haroche gesprochen habe, in Ordnung?«

Galenis Nasenflügel bebten, doch er erwiderte: »In Ordnung.« Mit zusammengebissenen Zähnen unterließ er glücklicherweise jeden weiteren Kommentar. Während das Verhaftungskommando ihn hinauseskortierte, gelang es ihm, ziemlich würdevoll davonzuschreiten.

Miles eilte in den Empfangssalon zurück. Vor dem Eingang wurde er auf dem Korridor von einer Gruppe abgefangen, die aus Gregor, Laisa, Delia und seiner Mutter bestand.

»Was ist da los, Miles?« fragte Gregor.

»Warum haben diese Leute Duv weggeholt?« fügte Laisa mit weit aufgerissenen Augen beunruhigt hinzu.

»Miles, *tu* doch etwas!« verlangte Delia.

Gräfin Vorkosigan beobachtete nur, den einen Arm über ihren Oberkörper gelegt, die andere Hand am Mund.

»Ich weiß es nicht. Und ich sollte es wissen, verdammt noch mal!« sprudelte Miles heraus. »Galeni ist soeben vom KBS unter einer…« – er warf Laisa einen verstohlenen Blick zu – »verschwommenen Beschuldigung verhaftet worden. Anscheinend auf Befehl von Lucas Haroche selbst.«

»Ich muß annehmen, er hat einen triftigen Grund für...«, begann Gregor.

»Ich muß annehmen, er hat einen Fehler gemacht!« fuhr Delia hitzig dazwischen. »Cordelia, helfen Sie uns!«

Gräfin Vorkosigans Blick wanderte an Miles' Schulter vorbei. »Falls ihr authentische Informationen haben wollt, dann geht zur Quelle. Hier kommt sie schon.«

Miles drehte sich herum und sah Haroche, geführt von einem von Gregors Gefolgsleuten, mit schweren Schritten und düsterem Gesicht um die Ecke biegen. Der General trat zu der Gruppe und nickte Gregor formell zu: »Majestät«, dann nickte er kurz in Miles' Richtung. »Mylord Auditor, ich bin so schnell gekommen, wie ich konnte.«

»Was, zum Teufel, geht hier vor, Lucas?« fragte Gregor ruhig. »Der KBS hat soeben mitten in *meinem* Empfang einen meiner Gäste verhaftet. Ich hoffe, Sie können mir erklären, warum.« Kannte Haroche Gregor gut genug, um den Ärger zu spüren, der sich in der leichten Betonung des Possessivpronomens verbarg?

»Ich bitte zutiefst um Verzeihung, Majestät. Und Sie auch, Dr. Toscane. Ich bin mir der Unannehmlichkeiten voll bewußt. Aber die Aufgabe des KBS ist, Ihnen – und den Ihren...« – er nickte leicht in Laisas Richtung – »Sicherheit zu garantieren. Genau heute abend wurden mir Gründe geliefert, die Loyalität dieses Mannes anzuzweifeln, und dann entdeckte ich zu meiner Bestürzung, daß er sich tatsächlich in Ihrer Gegenwart befand. Ich mag aus Vorsicht oft irren, aber ich wage es nicht, auch nur einmal aus Sorglosigkeit zu irren. Hauptmann Galeni physisch zu entfernen, hatte oberste Priorität für mich; alles andere, Erklärungen eingeschlossen, konnte warten.« Er blickte auf die Damen, dann schaute er bedeutungsvoll zur Seite. »Dafür stehe ich Ihnen nun zur Verfügung.«

»Oh, ja.« Gregor wandte sich Gräfin Vorkosigan zu und wies mit einer unbestimmten, frustrierten Geste auf Delia und Laisa. »Cordelia, würden Sie bitte…?«

Gräfin Vorkosigan lächelte sehr trocken. »Kommen Sie, meine Damen. Die Herren müssen miteinander reden.«

»Aber ich will wissen, was los ist!« protestierte Laisa.

»Wir können es später noch erfahren. Ich werde Ihnen das System erklären. Es ist wirklich stupide, aber man kann einrichten, daß es funktioniert. Was, wenn ich daran denke, auch für sehr viele andere Sitten der Vor zutrifft. In der Zwischenzeit müssen wir dafür sorgen, daß die Vorstellung dort drinnen weitergeht«, sie deutete mit einem Nicken in Richtung Empfangssalon, »und, soweit wir können, alle Schäden dieser… äh…« – sie warf Haroche einen scharfen Blick zu, der ihn zusammenzucken ließ – »unglücklichen Übung in Vorsicht ausbügeln.«

»Schäden ausbügeln, wie denn?« fragte Laisa.

»Indem wir lügen, meine Liebe. Alys und ich werden Ihnen zeigen, wie das geht…« Gräfin Vorkosigan trieb die beiden wieder hinein; Delia blickte über die Schulter zurück auf Miles und bildete mit den Lippen stumm die Worte: *Tu etwas, verdammt noch mal!*

»Wir sollten das lieber in Ihrem Büro fortsetzen, Majestät«, murmelte Haroche. »Wir werden die Komkonsole brauchen. Ich habe für Sie beide Kopien des Berichts meines Sicherheitssystem-Teams mitgebracht.« Er klopfte auf seine Jacke und lächelte Miles grimmig zu. »Ich dachte, Sie wollten ihn sobald wie möglich sehen, Mylord Auditor.«

»O gut, ja«, gab Miles zu. Er folgte den beiden Männern, während sie den Korridor hinabgingen und die Wendeltreppe am Ende hinunterstiegen. Der Gefolgsmann bildete die Nachhut und postierte sich vor Gregors Büro. Gregor schloß die Tür hinter ihnen.

»Meine kurze Liste ist abrupt und unerwartet geschrumpft«, sagte Haroche. »Wenn Sie so nett wären, Majestät…« Er nickte in Richtung auf die Komkonsole; Gregor schaltete sie ein. Haroche steckte eine gesicherte Datenkarte in den Leseschlitz und übergab deren Pendant Miles.

»Ich bin sicher, Sie werden dies später eingehender studieren wollen, aber ich kann Ihnen jetzt eine kurze Zusammenfassung liefern.

Was man Ihnen anhängen wollte, Miles, war nahezu perfekt gemacht. Der Eintrag Ihres vorgeblichen Besuchs in das Logbuch der Asservatenkammer war außerordentlich gut durchgeführt; mein Team hatte es verdammt schwer, eine Spur zu finden, wie das Ganze eingefädelt worden war. Ich fing wirklich an zu staunen. Dann kam mir der Gedanke, man solle noch einmal Ihren Retina-Scan überprüfen. Ihr Retina-Scan war durch Ihre Kryo-Wiederbelebung leicht verändert worden, waren Sie sich dessen bewußt?«

Miles schüttelte den Kopf. »Allerdings überrascht mich das nicht.« *Viel von mir wurde durch meine Kryo-Wiederbelebung leicht verändert.*

»Es heißt, daß jeder Verbrecher einen Fehler begeht. Nach meiner Erfahrung stimmt das nicht unbedingt, aber diesmal ist es passiert. Der Retina-Scan im Log der Asservatenkammer ist die Kopie eines Scans, der letztes Jahr gemacht wurde und nicht mit Ihrem derzeitigen identisch. Wie Sie an diesem Overlay sehen können.« Haroche ließ die beiden Scans über der Vid-Scheibe von Gregors Komkonsole verschmelzen; die Veränderungen sprangen, purpurn hervorgehoben, ins Auge; das Bild wirkte wie der bösartige Blick eines verkaterten Zyklopen. »Und damit sind Sie entlastet, Mylord Auditor.« Haroche öffnete die Hand.

»Danke«, knurrte Miles. *Ich war nie belastet.* »Was hat das mit Duv Galeni zu tun?«

»Haben Sie Nachsicht mit mir. Aufgrund der Beweise – oder deren Fehlen – sagt mein Team, daß die Datei der Komkonsole der Asservatenkammer von einem Maulwurfsprogramm verändert worden sein muß, das Galeni physisch über deren Leseschlitz eingegeben hat. Diese Konsole arbeitet im Stand-alone-Betrieb. Es gibt keinen anderen Weg.«

»Galeni oder jemand anders«, korrigierte Miles.

Haroche zuckte die Achseln. »Auf diese Weise haben wir Galeni jedoch nicht identifiziert. Der andere Angriffspunkt, auf den ich mein Team angesetzt habe, ist natürlich das Zugangsprotokoll des Gebäudes. Das erwies sich als fruchtbarer. Dieses Logbuch wurde nicht an Ort und Stelle verändert, sondern aus einiger Entfernung, über die Datenverbindungen zu anderen Systemen des KBS-Hauptquartiers. Mein Team mußte bis zur Maschinencode-Ebene graben, um darauf zu stoßen; ich empfehle Ihnen lobend ihre Hingabe und ihre Geduld, Majestät, wie auch ihre Sachkunde.« Haroche ließ Schirm um Schirm Logikverknüpfungen durchrauschen. »Die bedeutungsvollen Punkte sind rot hervorgehoben; Sie können es selbst verfolgen. Mein Team hat die Veränderung bis zur Ebene der Sektionsleiter zurückverfolgt – das System hat Sperren in den Sektionen bis hinauf zu dieser Ebene, wie Sie sehen. Sperren, die die Sektionsleiter übergehen können – ich selbst oder inzwischen mein Stellvertreter in der Abteilung H.A., Allegre, Olshansky, der Chef der Abteilung G.A., wenn er hier ist. Mein Team hat die Spur *durch* Allegres Komkonsole hindurchverfolgt, bis hinab auf die Ebene seiner Analytiker. Zu Hauptmann Galenis Komkonsole.«

Haroche seufzte. »Die Analytiker in all unseren Abteilungen haben einen beträchtlichen Grad an Ermessensspielraum, was die Daten angeht, auf die sie zugreifen können. Ehrlich gesagt kann ich nicht behaupten, *zuviel;* es ist ihre Aufgabe, alles zu überblicken, da auf höherer Ebene aufgrund ihrer Berichte, Empfehlungen und Meinungen Entscheidungen getroffen werden. Ich habe selbst einige Jahre diese Arbeit gemacht, in der Abteilung H.A. Aber Galeni hat anscheinend seine Analytikercodes benutzt, um Zugang zur Komkonsole seines Chefs zu bekommen, und von dort ist er dann in die größeren Systeme gesprungen.«

»Oder jemand hat es getan und dabei Galenis Komkonsole verwendet«, gab Miles zu bedenken. Ihm war flau im Magen. Die roten Hervorhebungen auf dem Vid-Display sahen aus wie Blutschmierer. »Ist das wirklich ein Beweis?« *Wenn schon ein Schwindel, warum dann nicht auch zwei?* Oder… so viele wie nötig, bis ein Verdächtiger herauskam, den Miles weder kannte noch mochte?

Haroche blickte bedrückt drein. »Das ist vielleicht alles, was wir bekommen können. Ich würde alles dafür geben, wenn wir den Mann unter Schnell-Penta befragen könnten, aber als er auf seine derzeitige Position befördert wurde, bekam er die Allergiebehandlung. Schnell-Penta würde ihn umbringen. Also müssen wir unseren Fall auf die alte mühselige Art und Weise aufbauen. Jeder physikalische Beweis für das Verbrechen ist schon lange in Rauch aufgegangen. Also sind wir doch wieder beim Thema Motive angelangt, Mylord Auditor. Welche Leute in der Analyseabteilung für Komarranische Angelegenheiten hatten sowohl Zugang zum Wissen über den biotechnisch erzeugten Prokaryoten wie auch einen Grund, das zu tun? Er hatte Zugang; er hat seinen Vater, Ser Galen, auf der Erde getroffen, kurz bevor das ursprüngliche komarranische Komplott fehlschlug.«

»Ich weiß«, sagte Miles schroff. »Ich bin dort gewesen.« *O Gott, Duv…*

»Ich weiß nicht, wieviel Gewicht Sie der Tatsache

beimessen, daß Ihr Klonbruder Galenis Vater erschossen hat…«

»Wenn das ein Problem sein sollte, dann wäre es schon längst ein Problem gewesen.«

»Vielleicht. Aber es muß noch ein Gefühl hinterlassen haben. Dann haben Sie obendrein noch dazu beigetragen, seine Heiratspläne zu vereiteln.«

»Darüber ist er hinweg.«

»Welche Heiratspläne?« wollte Gregor wissen.

Miles knirschte mit den Zähnen. *Haroche, Sie Idiot.* »Duv war einmal sehr an Laisa interessiert. Deshalb hat er sie auch zu deinem Empfang für die Botschafter begleitet, wo ihr euch kennengelernt habt. Seitdem hat Duv begonnen, sich für eine andere Frau zu interessieren.«

»Oh«, sagte Gregor und wirkte betroffen. »Ich wußte nicht, daß… es zwischen Laisa und Galeni so ernst war.«

»Die Sache war einseitig.«

Haroche schüttelte den Kopf. »Tut mir leid, Miles, aber der Mann hat *Sie* angerufen und – ich zitiere – einen ›kriecherischen gottverdammten kleinen Kuppler‹ genannt.« Haroche blickte abwesend, und sein Gesichtsausdruck glich einen Moment lang so sehr dem von Illyan, wenn er eines seiner wortwörtlichen Zitate aus seinem Chip von sich gab, daß Miles den Atem anhielt. »Und dann hat er sehr leidenschaftlich erklärt: ›Vor bedeutet Dieb. Und ihr gottverdammten barrayaranischen Diebe haltet alle zusammen. Sie und Ihr verdammt feiner Kaiser und Ihr ganzes verdammtes Pack.‹ Und Sie erwarten von mir im Ernst, ich soll annehmen, daß ihm das nur als leichte Unannehmlichkeit vorkam?«

Gregor hob die Augenbrauen.

»Das hat er mir ins Gesicht gesagt«, versetzte Miles. Nach Gregors Gesichtsausdruck zu schließen, konnte der Kaiser nicht verstehen, warum dies eine Entschuldigung darstellen sollte. »Nicht hinter meinem Rükken«, versuchte Miles zu erklären. »Niemals hinter meinem Rücken, nicht Galeni. Das ist... nicht sein Stil.« An Haroche gerichtet fügte er hinzu: »Woher, zum Teufel, haben Sie das? Läßt der KBS jetzt schon alle privaten Komkonsolen seiner Analytiker abhören? Oder hatte jemand Galeni schon im Visier, bevor Illyan seinen Zusammenbruch erlebte?«

Haroche räusperte sich. »Genaugenommen nicht Galenis Komkonsole, Mylord, sondern die Ihre.«

»Was!«

»Alle öffentlichen Kanäle in Palais Vorkosigan werden aus Sicherheitsgründen vom Büro des KBS-Chefs überwacht. Das geht schon seit Jahrzehnten so. Die einzigen drei, die nicht überwacht werden, sind die persönlichen Geräte des Grafen und der Gräfin und Ihre persönliche Komkonsole. Gewiß haben das Ihre Eltern Ihnen gegenüber schon einmal erwähnt, denn die wissen es.«

Natürlich von Illyan überwacht. Sein Vater und seine Mutter würden nichts dagegen haben. Und er hatte an jenem Abend Galenis Anruf auf... der Komkonsolenstation in der Gästesuite entgegengenommen, ganz recht. Miles gab innerlich kochend nach, doch seine Gedanken wirbelten, als er versuchte, sich an alles zu erinnern, was er in den letzten drei Monaten zu irgend jemandem über eine Komkonsole im Palais Vorkosigan gesagt hatte.

»Ihre Loyalität gegenüber Ihrem Freund ist Ihnen hoch anzurechnen, Miles«, fuhr Haroche fort. »Aber ich bin mir nicht so sicher, ob er wirklich Ihr Freund ist.«

»Nein«, sagte Miles. »Nein. Ich *weiß*, was Galeni gezahlt hat, um so weit zu kommen. Das würde er nicht für einen... privaten Groll aufs Spiel setzen. Hier handelt es sich um eine Spur aus Rauch und Spiegelungen.

Und überhaupt, selbst angenommen, Galeni hätte ein Motiv, mir etwas anzuhängen, wie steht es dann mit dem eigentlichen Verbrechen? Welches Motiv hatte er, um Illyan fertigzumachen?«

Haroche zuckte die Achseln. »Ein politisches, vielleicht. Da sind dreißig Jahre böses Blut zwischen dem KBS unter Illyan und einigen Komarranern. Ich gebe zu, daß der Fall noch keineswegs komplett aufgeklärt ist, aber er dürfte jetzt leichter zu verfolgen sein, wo wir jetzt eine echte Richtung haben, in die wir schauen können.«

Gregor blickte fast bestürzt drein. »Ich hoffte, meine Heirat könnte ein wenig dazu beitragen, die Beziehungen zu Komarr zu verbessern. Ein wahrhaft vereintes Reich...«

»Das wird sie auch«, beruhigte ihn Miles. »Und zwar doppelt, wenn Galeni am Ende eine Barrayaranerin heiratet.« *Das heißt, sofern er nicht vorher aufgrund einer gezinkten Anklage wegen Hochverrats ins Kittchen wandert.* »Du weißt, wie das mit imperialen Moden ist; ihr werdet gewiß eine große Welle zwischenplanetarischer Romanzen auslösen. Und angesichts der Knappheit an barrayaranischen weiblichen Säuglingen, die unsere Eltern in unserer Generation hinterlassen hat, werden sich sehr viele von uns sowieso ihre Ehefrauen von anderswo importieren müssen.«

Gregor verzog die Lippen – eine traurige Würdigung von Miles' Versuch, humorvoll zu sein.

Miles nahm seine Kopie des Berichts. »Ich möchte das überprüfen.«

»Bitte, tun Sie das«, sagte Haroche. »Überschlafen Sie es. Und wenn Sie darin etwas finden, was ich noch nicht entdeckt habe, dann lassen Sie es mich wissen. Ich bin nicht glücklich zu entdecken, daß einer meiner KBS-Leute illoyal ist, egal, von welchem Planeten er stammt.«

Haroche verabschiedete sich; Miles folgte ihm sofort und schickte einen Diener der Residenz los, der Martin suchen sollte, damit der Miles' Bodenwagen holte. Wenn er jetzt zu der Party zurückginge, dann würden ihn Frauen bedrängen, die von ihm Erklärungen und Taten forderten, doch keines von beiden konnte er auf der Stelle anbieten. Er beneidete Gregor nicht um die Aufgabe, zurückzugehen und sich unter die Gesellschaft zu mischen, als sei nichts geschehen.

Miles saß im Bodenwagen des Grafen, als auf halbem Weg zwischen der kaiserlichen Residenz und dem KBS-Gebäude seine Sicht durch das Verdeck auf einige baufällige Häuser mit hell erleuchteten Türmen dahinter plötzlich ganz scharf wurde. Sie nahm abrupt eine unwirkliche Wirklichkeit an, als wären sie dichter geworden, überwältigend, als würden sie gleich von grünem Feuer umrahmt. Ihm blieb gerade noch Zeit, um zu denken: *o Scheiße, o Scheiße, o Schei…*, bevor die ganze Szenerie sich in das vertraute bunte Konfetti und dann in Dunkelheit auflöste.

Als er wieder zu sich kam, lag er auf dem Rücksitz des Wagens, im trüben gelben Licht über sich Martins entsetztes Gesicht. Seine Jacke war aufgerissen. Das Verdeck war in den nächtlichen Nebel geöffnet, und er zitterte in der Kälte.

»Lord Vorkosigan? Mylord, o verdammt, sterben Sie? Hören Sie auf, hören Sie auf!«

»Unh…«, brachte Miles nur hervor. Seinen klingenden Ohren kam es wie ein gedämpftes Stöhnen vor. Sein Mund tat weh; er berührte seine feuchten Lippen, und seine Finger waren mit frischem Blut verschmiert. In diesem Licht wirkte es rotbraun.

»Ist schon in Ordnung, Martin. Nur ein Anfall.«

»Sehen die so aus? Ich dachte, Sie seien vergiftet

worden oder erschossen oder sowas.« Martin sah nur wenig erleichtert aus.

Miles versuchte sich aufzusetzen; Martin öffnete seine großen Hände, wußte jedoch nicht, ob er ihm aufhelfen oder ihn wieder zurückschieben sollte. Miles hatte sich in die Zunge und die Unterlippe gebissen; beide bluteten stark und besudelten seine beste Vorkosigan-Uniform.

»Soll ich Sie in ein Krankenhaus oder zu einem Arzt bringen, Mylord? Zu welchem?«

»Nein.«

»Dann lassen Sie mich wenigstens Sie nach Hause bringen. Vielleicht...« Martins besorgtes Gesicht hellte sich hoffnungsvoll auf. »Vielleicht wird Ihre Frau Mutter bald dort sein.«

»Und mich Ihnen abnehmen?« knurrte Miles und lachte gequält. *Sie wird es nicht einfach mit einem Kuß gutmachen können, Martin. Ganz gleich, wie gern sie das täte.*

Er wollte unbedingt zum KBS weiterfahren. Er hatte es Galeni versprochen... Doch er hatte die neuen Daten noch nicht richtig angeschaut, und das Team, das er dazu befragen wollte, sobald er es getan hatte, war zweifellos zu einer wohlverdienten Nachtruhe heimgegangen. Und er zitterte immer noch und fühlte sich schwindlig von der Mattigkeit, die auf den Anfall gefolgt war.

Die Militärmediziner hatten nur allzu recht. Der vom Stress ausgelöste Aspekt der verdammten Anfälle *garantierte* praktisch, daß sie immer im unpassendsten Augenblick auftraten. Untauglich für den Dienst, in der Tat, für jeden Dienst. Untauglich.

*Das hasse ich.*

»Nach Hause, Martin«, seufzte er.

## KAPITEL 25

Am nächsten Morgen erwachte Miles mit einem Gefühl im Kopf, das er inzwischen als die Nachwehen eines Anfalls zu interpretieren gelernt hatte. Zwei schmerzstillende Tabletten halfen nur wenig. Wenn überhaupt, so wurden die Symptome mit der Zeit nur schlimmer, nicht besser. Oder vielleicht lernte er einfach, sie exakter zu bestimmen, wo sie jetzt nicht mehr von einer Betäubermigräne oder einer selbstmörderischen Depression maskiert wurden. *Ich muß Chenko bald aufsuchen.*

Er holte sich eine Kanne Kaffee in sein Zimmer und schloß sich mit seiner Komkonsole und Haroches Bericht ein. Den Rest des Morgens verbrachte oder verschwendete er damit, diesen Bericht durchzuschauen, einmal und dann noch einmal.

Gerade die Knappheit der Daten machte sie so überzeugend. Falls das eine Doppelintrige hätte sein sollen, dann müßte es *mehr* Daten geben. Der Bericht legte Haroches Deutung sehr nahe, war aber kein eindeutiger Beweis. Doch wie sehr er es auch versuchte, er konnte keinen Fehler in der Argumentation finden, keinen Bruch im Fluß der Logik.

Er fürchtete sich vor der Wiederbegegnung mit Galeni, wenn er nichts Optimistischeres berichten konnte. Der KBS hatte den von Komarr stammenden Offizier über Nacht in den Übergangszellen in seinem Hauptquartier festgehalten, in dem kleinen Bereich, der die ausgedehnteren unterirdischen Verliese aus der Zeit Ezars ersetzt hatte. Dort saß Galeni und wartete auf die formelle Anklageerhebung, wonach er vermutlich in ein offizielleres und trübseligeres Militärgefängnis verlegt werden würde. *Verhaftet aufgrund eines Verdachts.* Das barrayaranische Militärrecht war ein wenig unklar in dem Punkt, wie *lange* man aufgrund eines Verdachts in Haft sein durfte. *Das sieht mehr aus nach ›in Haft aufgrund verdammter Paranoia‹.*

Seine verdrießlichen Betrachtungen wurden durch einen Anruf von Dr. Weddell unterbrochen, der vorwurfsvoll wissen wollte, wann *er* endlich nach Hause gehen könne. Miles versprach, zu ihm zu kommen, seinen Bericht entgegenzunehmen und ihn gehen zu lassen; wenn er schon den einen KBS-Gefangenen nicht freilassen konnte, dann vielleicht wenigstens einen anderen. Er zog eine frische – die zweitbeste – Vorkosigan-Uniform an, legte seine Auditorenkette um, schmierte mehr Salbe auf seine aufgerissene Lippe und rief Martin, er solle den Wagen holen.

Die medizinischen und chemischen Gerüche der Klinik im KBS-Hauptquartier verursachten immer noch ein unangenehm flaues Gefühl in Miles' Magen. Er betrat den Laborraum, den Weddell übernommen hatte. Ein zerknittertes Feldbett in der Ecke bewies, daß der galaktische Bioexperte seinen Befehlen gehorchte und die Probe oder seine Daten nicht unbeaufsichtigt gelassen hatte. Weddell selbst trug immer noch dieselbe Kleidung wie am vergangenen Morgen; allerdings hatte er es offensichtlich geschafft, sich zwischendurch zu rasieren. Er wirkte etwas weniger erschöpft als Miles, was nicht viel bedeutete.

»Nun, Mylord Auditor. Wahrscheinlich werden Sie nicht überrascht sein zu hören, daß ich Ihren Fund eindeutig als den gleichen Prokaryoten identifiziert habe, wie er gegen Chef Illyan eingesetzt wurde. Er stammt sogar aus derselben Charge.« Er führte Miles zur Komkonsole des Labors und begann unter Benutzung visueller Hilfsmittel und Hervorhebungen mit einem detaillierten Vergleich der beiden Proben, wobei er sich schüchtern selber beglückwünschte, als der schweigsame Kaiserliche Auditor es unterließ, ihm zu gratulieren.

»Ich habe mit Illyan gesprochen«, sagte Miles. »Er kann sich nicht erinnern, in den letzten vier Monaten jemals eine kleine braune Kapsel geschluckt zu haben. Leider ist sein Gedächtnis nicht mehr das, was es einmal war.«

»Oh, sie wurde nicht *geschluckt*«, stellte Weddell überzeugt fest. »Sie war nie dazu vorgesehen, daß man sie schluckt.«

»Woher wissen Sie das?«

»Die Kapsel war weder durchlässig noch löslich. Sie sollte aufgebrochen werden – ein Fingerdruck dürfte dazu ausreichen –, und ihr Inhalt sollte sich mit der Luft vermischen und eingeatmet werden. Nach dem Bauplan der Transmissionsverkapselung sollte der Erreger offensichtlich durch die Luft übertragen werden. Sie ist sehr sporenähnlich.«

»Die *was*?«

»Hier.« Weddell löschte das Vid der Molekülkette, das gerade auf der Vid-Scheibe zu sehen war, und rief die Darstellung eines Objekts auf, das für den Laien wie ein kugelförmiger, mit lauter Antennen gespickter Satellit aussah. »Die tatsächlichen Prokaryoten wären unhandhabbar winzig gewesen, wenn jemand einfach versucht hätte, sie nackt in diese großen Kapseln zu laden. Statt dessen sind sie in diesen hohlen, sporenähnlichen Partikeln enthalten«, Weddell zeigte auf die Vid-Scheibe, »die in der Luft schweben, bis sie auf eine feuchte Oberfläche wie eine Schleimhaut oder die Bronchien treffen. Dann lösen sich die Übertragungseinheiten auf und geben ihren Inhalt frei.«

»Könnte man sie in der Luft sehen, wie etwa Rauch oder Staub? Oder riechen?«

»Bei starker Beleuchtung könnte man vermutlich kurz ein kleines Wölkchen sehen, wenn die Partikel ausgestreut werden, aber dann würden sie scheinbar verschwinden. Sie sind auch absolut geruchlos.«

»Wie lange... würden sie in der Luft hängen?«

»Zumindest einige Minuten. Das hängt von der Wirksamkeit der Ventilation ab.«

Miles starrte fasziniert auf die bösartig wirkende Kugel. »Das ist eine neue Information.« Allerdings sah er noch nicht ohne weiteres, ob sie viel helfen würde.

»Es war nicht möglich, sie aus dem eidetischen Chip zu rekonstruieren«, bemerkte Weddell ein wenig steif, »da kein Teil der Transmissionsverkapselung je den Chip erreichte. Da mußte man noch an einige andere mögliche Methoden der Verabreichung denken.«

»Ich... verstehe vollkommen. Ja, vielen Dank.« Er stellte sich vor, wie er wieder zu Illyan ging und fragte: *Können Sie sich an jeden Atemzug erinnern, den Sie in den letzten vier Monaten getan haben?* Früher hätte Illyan sich daran erinnern können.

Ein Piepton der Komkonsole unterbrach seine Gedanken; die Transmissionsspore verschwand und wurde durch den Kopf von General Haroche ersetzt.

»Mylord Auditor.« Haroche nickte zögernd Miles zu. »Verzeihen Sie, daß ich Sie unterbreche. Aber da Sie im Gebäude sind, möchte ich fragen, ob Sie bei mir vorbeischauen könnten. Natürlich wie es Ihnen paßt, sobald Sie im Labor und so weiter fertig sind.«

Miles seufzte. »Gewiß, General.« Zumindest hatte er damit einen Vorwand, um den Besuch bei Galeni noch ein paar weitere Minuten aufzuschieben. »Ich bin in Kürze in Ihrem Büro.«

Miles nahm die Code-Karte mit Weddells Bericht an

sich und verschloß wieder den Behälter mit den restlichen Prokaryoten, dann entließ er den Wissenschaftler, der sich dankbar davonmachte. Miles beschleunigte seine Schritte, als er durch die allzu vertrauten Korridore des KBS-Hauptquartiers ging, hinauf zu Illyans altem und Haroches neuem Büro. Vielleicht, das gebe Gott, hatte Haroche etwas Neues gefunden, das er ihm mitteilen wollte, etwas, das diesen ganzen Wirrwarr weniger schmerzlich machen würde.

Haroche schloß die Tür seines Büros hinter Miles, holte höflich einen Stuhl für den Kaiserlichen Auditor und stellte ihn neben sein Komkonsolenpult. »Ist Ihnen seit gestern abend noch etwas eingefallen, Mylord?« erkundigte sich Haroche.

»Eigentlich nicht. Weddell hat inzwischen die Probe identifiziert. Wahrscheinlich werden Sie sich davon eine Kopie machen wollen.«

Er reichte Haroche Weddells Datenkarte. Der General nickte und zog sie durch den Leseschlitz seiner Komkonsole. »Danke.« Er gab Miles das Original zurück und fuhr fort: »Ich habe mir die anderen vier Senior-Analytiker in Allegres Abteilung näher angeschaut. Keiner war in einer so guten Position wie Galeni, um von der Existenz der komarranischen Proben zu wissen, und zwei kann man durch genau diesen Test vorbehaltlos eliminieren. Den anderen beiden fehlt jedes Motiv, das ich entdecken kann.«

»Das perfekte Verbrechen«, murmelte Miles.

»Fast. Das wirklich perfekte Verbrechen wird nie entdeckt; das vorliegende war nahe dran. Alles deutet darauf hin, daß die Intrige gegen Sie eine Art Reserveplan war, und damit notwendigerweise alles andere als perfekt.«

»In meiner ganzen Zeit bei den Dendarii-Söldnern habe ich nie einen perfekten taktischen Plan in die

Wirklichkeit durchgeboxt«, seufzte Miles. »Der beste, den ich je geschafft habe, war gerade mal *gut genug.*«

»Ich kann Sie beruhigen, die Abteilung H.A. hat es auch nie besser geschafft«, gab Haroche zu.

»Ohne ein Geständnis gibt es bloß Indizien.«

»Ja. Und ich bin mir nicht sicher, wie wir eines bekommen können. Schnell-Penta verbietet sich. Ich habe überlegt… ob Sie vielleicht in dieser Hinsicht helfen könnten. In Anbetracht Ihrer Kenntnis des Mannes. Vielleicht könnten Sie Ihre bekannte Überredungsgabe bei ihm einsetzen.«

»Vielleicht«, sagte Miles, »wenn ich Galeni für schuldig hielte.«

Haroche schüttelte den Kopf. »Wir mögen mehr Beweise haben wollen, aber ich bin nicht sehr optimistisch, daß wir auch mehr bekommen. Man muß oft mit dem Unvollkommenen weitermachen, weil man weitermachen muß. Man kann nicht aufhören.«

»Die Dampfwalze weiterrollen lassen, ganz gleich, was unter ihr zermalmt wird?« Miles zog die Augenbrauen hoch. »Wie planen denn Sie, weiter vorzugehen?«

»Wahrscheinlich mit einem Militärgerichtsverfahren. Der Fall muß korrekt abgeschlossen werden. Wie Sie schon betont haben, kann man ihn nicht in der Schwebe lassen.«

Was würde ein Militärgericht daraus machen, wenn der KBS im Hintergrund stand und auf eine schnelle Entscheidung drängte? Schuldig? Nicht schuldig? Oder ein nebulöseres »Schuldbeweis nicht erbracht«? Er mußte einen erstklassigen Militäranwalt finden, der den Fall auswerten sollte… »Nein, verdammt. Ich möchte nicht, daß eine Kammer von Militärrichtern herumrät und dann heimgeht, um zu Abend zu essen. Wenn das Ergebnis auf Vermutungen beruhen muß, dann kann ich selbst den ganzen Tag lang Vermutungen anstellen. Ich möchte es *wissen*. Sie müssen weitersuchen. Wir können nicht einfach mit Galeni aufhören.«

Haroche stieß den Atem aus und rieb sich das Kinn. »Miles, Sie verlangen von mir, hier eine Hexenjagd vom Stapel zu lassen. Möglicherweise sehr schädlich für meine Organisation. Sie wollen, daß ich den KBS auf den Kopf stelle, und wozu das? Falls der Komarraner schuldig *ist* – und ich bin einstweilen davon überzeugt, daß er es ist –, dann werden Sie sich wirklich sehr anstrengen müssen, um einen Verdächtigen aufzutreiben, der Ihnen mehr zusagt. Wo wollen Sie dann aufhören?«

*Hier nicht, das ist verdammt gewiß.* »Die zukünftige Kaiserin wird nicht sehr zufrieden mit Ihnen sein. Oder mit mir.«

Haroche verzog das Gesicht. »Dessen bin ich mir bewußt. Sie scheint eine sehr nette junge Frau zu sein, und es macht mir kein Vergnügen, wenn ich daran denke, daß ihr das vielleicht Kummer bereitet, aber ich habe meinen Eid auf *Gregor* geschworen. Und Sie auch.«

»Ja.«

»Wenn Sie nichts Konkreteres zu bieten haben, dann bin ich bereit, die Anklage vorzulegen, und dann soll das Militärgericht die Sache klären.«

*Sie können ja die Anklage munitionieren, aber ich werde nicht die Lunte anzünden…* »Ich könnte es ablehnen, als Auditor meinen Fall für abgeschlossen zu erklären.«

»Wenn das Militärgericht ihn schuldig spricht, dann werden Sie den Fall abschließen müssen, Mylord.«

*Nein, das werde ich nicht.* Er blinzelte bei dieser Erkenntnis. Er konnte seine Untersuchung als Auditor *für immer* offen halten, wenn er sich dafür entschied, und Haroche konnte nicht das geringste dagegen tun. Kein Wunder, daß Haroche heute so ausgesucht höflich war. Miles konnte sogar ein Veto gegen das Militärgerichtsverfahren einlegen… Aber Kaiserliche Auditoren gingen traditionell mit ihren ausgedehnten Machtbefugnissen umsichtig um. Sie wurden aus einem großen Aufgebot erfahrener Männer nicht aufgrund des Ruhms ihrer früheren Karriere ausgewählt, sondern wegen ihres jahrelangen Leumunds äußerster persönlicher Rechtschaffenheit. Fünfzig Jahre Prüfung durch das Leben wurden normalerweise für gerade ausreichend betrachtet, um die geeigneten Kandidaten ans Licht zu bringen. Er sollte die internen Regeln des KBS nicht stärker strapazieren um das bloße Minimum, das notwendig war, um zu…

Haroche lächelte müde. »Vielleicht müssen wir uns am Ende darauf einigen, daß wir uneinig sind, aber versuchen Sie meinen Standpunkt zu verstehen. Galeni war einmal Ihr Freund, und ich habe Mitgefühl für Ihre Bestürzung über die Wendung, die die Dinge genommen haben. Das ist, was ich tun kann. Ich kann die Anklage auf Hochverrat fallenlassen und sie auf Angriff auf einen vorgesetzten Offizier reduzieren. Die Strafe minimieren. Ein Jahr im Gefängnis, eine einfache unehrenhafte Entlassung, und Galeni kommt davon. Sie könnten sogar Ihren Einfluß geltend machen und ihm eine Begnadigung durch den Kaiser erwirken und ihm damit das Gefängnis ersparen. Dagegen habe ich nicht viel einzuwenden, solange er von *hier* wegkommt.«

Damit würden Galenis Karriere und alle seine zukünftigen politischen Ambitionen zerstört… und Galeni war ein ehrgeiziger Mann gewesen, bemüht, Komarr zu dienen in dieser neuen und friedvolleren Zukunft, die Gregor sich vorgestellt hatte, und er war sich seiner Möglichkeiten dabei außerordentlich bewußt gewesen. »Eine Begnadigung ist für die Schuldigen da«, sagte Miles. »Es ist nicht das gleiche wie ein Freispruch.«

Haroche kratzte sich am Kopf und verzog erneut das Gesicht, oder vielleicht sollte das ein Lächeln sein. »Ich… hatte eigentlich einen anderen Grund, weshalb ich Sie hier heraufgebeten hatte, Lord Vorkosigan. Ich schaue an mehr als einer Front in die Zukunft.« Haroche zögerte einen langen Augenblick, dann fuhr er fort: »Ich habe mir erlaubt, von Ihrem Neurologen beim KMK eine Kopie der medizinischen Befunde über Ihren Zustand anzufordern. Über die Geschichte mit Ihren Anfällen. Ich glaube, sein Behandlungsplan klingt vielversprechend.«

»Der KBS«, murmelte Miles, »war immer so allgegenwärtig wie die Küchenschaben. Zuerst zapfen Sie meine Komkonsole an, dann meine medizinischen Daten… erinnern Sie mich doch morgen früh daran, daß ich meine Stiefel ausschüttle.«

»Ich bitte um Verzeihung, Mylord. Ich denke, Sie werden mir vergeben. Ich mußte die näheren Umstände kennen, bevor ich sagen konnte, was ich jetzt sagen will. Doch wenn diese Vorrichtung zur Auslösung kontrollierter Anfälle sich so zuverlässig erweist, wie Sie hoffen…«

»Sie kontrolliert nur die Symptome. Das ist keine Heilung.«

Mit einer Handbewegung tat Haroche den Unterschied ab. »Das ist eine Frage der medizinischen Definition und nicht eine von praktischer Bedeutung. Ich bin praktisch eingestellt. Ich habe die Berichte über Ihre Dendarii-Aktionen für den KBS gelesen. Sie und Simon Illyan waren ein außerordentliches Gespann.«

*Wir waren die besten, o ja.* Miles gab ein nichtssagendes Knurren von sich, denn er war plötzlich unsicher, welche Richtung Haroche einschlagen würde.

Der General lächelte schief. »Illyans Platz auszufüllen ist eine verdammt große Herausforderung. Mir widerstrebt es, einen Vorteil aufzugeben. Jetzt, wo ich eine Gelegenheit habe, mit Ihnen persönlich zusammenzuarbeiten und Ihre Akte wirklich im Detail zu studieren… bin ich mir zunehmend sicher, daß Illyan einen ernsthaften Fehler begangen hat, als er Sie entließ.«

»Das war kein Fehler. Was ich bekam, hatte ich mehr als verdient.« Miles' Mund wurde trocken.

»Das sehe ich nicht so. Ich glaube, daß Illyan überreagiert hat. Meiner Meinung nach hätte ein schriftlicher Verweis zu den Personalakten ausgereicht.« Haroche zuckte die Achseln. »Sie hätten ihn zu Ihrer Sammlung hinzufügen können. Ich habe schon mit Leuten Ihrer Art zusammengearbeitet, die bereit sind, Risiken zu übernehmen, die keiner eingehen will, um Ergebnisse zu erzielen, die kein anderer erzielen kann. Ich liebe Ergebnisse, Miles. Ich liebe sie sehr. Die Dendarii-Söldner waren für den KBS eine großartige Ressource.«

»Das sind sie noch. Kommodore Quinn wird Ihr Geld annehmen. Und die von Ihnen gewünschten Waren liefern.« Miles' Herz begann zu pochen.

»Diese Quinn kenne ich nicht, und sie ist keine Barrayaranerin. Ich würde es viel lieber vorziehen – falls Ihre medizinische Behandlung erfolgreich ist –, Sie wieder einzusetzen.«

Miles mußte schlucken, um noch atmen zu können. »Alles… soll wieder sein wie zuvor? Weitermachen, wo ich aufgehört habe?« *Die Dendarii… Admiral Naismith…*

»Nicht ganz, wo Sie aufgehört haben, nein. Zunächst einmal waren Sie nach meinen Berechnungen schon etwa zwei Jahre überfällig zur Beförderung zum Hauptmann. Aber ich glaube, Sie und ich könnten ein Team sein, so wie Sie und Illyan es waren.« Haroche zwinkerte, in seinen Augen erschien ein kleines Funkeln. »Vielleicht verzeihen Sie mir meinen Anflug von Ehrgeiz, wenn ich sage: vielleicht könnten wir sogar besser sein? Ich wäre stolz, Sie an Bord zu haben, Vorkosigan.«

Miles saß wie betäubt da. Einen Augenblick lang konnte er idiotischerweise nichts anderes denken als: *Ach, bin ich froh, daß ich gestern abend schon diesen Anfall hatte, sonst würde ich mich jetzt gleich wieder auf diesem Teppich krümmen.* »Ich… ich…« Seine Hände zitterten, sein Kopf barst schier vor Freude. *Ja! Ja! Ja!* »Ich würde… zuerst diesen Fall abschließen und Gregor sein Würgehalsband zurückgeben müssen. Aber dann… klar!« Seine verletzte Lippe sprang wieder auf, als er sie schmerzhaft zu einem nicht zu bremsenden Grinsen dehnte. Er saugte das salzige Blut ein.

»Ja«, sagte Haroche geduldig, »genau das habe ich gemeint.«

Miles war es, als strömte ein Strudel aus Eiswasser mitten durch seine Brust und als erstickte er seine Hochstimmung. *Was?* Er fühlte sich kaum in der Lage, vernünftig zu denken. Eine Erinnerung erschien vor seinem geistigen Auge: eine Andockbucht, in der sich von einer Wand zur anderen Dendarii-Kämpfer drängten und riefen: *Naismith, Naismith, Naismith!*

*Mein erster Sieg!*

*…Weißt du noch, was er gekostet hat?*

Sein Grinsen war erstarrt. »Ich… ich… ich…« Er schluckte zweimal und räusperte sich. Wie ein Echo aus einem fernen Tunnel hörte er seine Stimme – von welchem seiner Ichs? –, wie sie sagte: »Ich werde darüber nachdenken müssen, General.«

»Bitte, tun Sie das«, erwiderte Haroche freundlich. »Lassen Sie sich Zeit. Aber spannen Sie mich nicht ewig auf die Folter – ich kann mir schon einen Einsatz für die Dendarii vorstellen, in einer gewissen Situation, die in der Nähe von Station Kline auf uns zuzukommen scheint. Ich würde sie gerne mit Ihnen erörtern, wenn Sie dabei sind. Ich hätte gerne Ihren Rat.«

Miles hatte die Augen weit aufgerissen, seine Pupillen waren erweitert, sein Gesicht bleich und feucht. »Danke, General«, würgte er hervor. »Vielen Dank…«

Er rappelte sich von seinem Stuhl hoch und lächelte immer noch mit blutenden Lippen. Er prallte fast wie ein Betrunkener gegen den Türrahmen; Haroche drückte gerade noch rechtzeitig den Türöffner. Ein gemurmeltes Wort an Haroches Sekretär bewirkte, daß Martin und der Bodenwagen rechtzeitig zur Stelle waren, als Miles das Gebäude verließ.

Miles scheuchte Martin weg und setzte sich allein in den Fond. Er aktivierte die silberne Schutzfärbung des Verdecks und wünschte sich, er könnte ebenso leicht den entgeisterten Ausdruck von seinem Gesicht verschwinden lassen. Er kam sich vor, als fliehe er von einem Schlachtfeld. Aber wo war die Wunde in all diesem grinsenden Stolz?

Im Palais Vorkosigan angekommen, setzte er seinen Rückzug fort. Er drückte sich an den Gefolgsleuten seiner Mutter vorbei und machte einen weiten Bogen um Illyans Gästesuite. Er schloß sich in seinem Schlafzimmer ein und ging auf und ab, bis er bemerkte, daß sein Blick auf die Komkonsole fixiert war. Sie schien mit Horusaugen auf ihn zurückzustarren. Er floh eine Etage weiter nach oben, in das kleine Gästezimmer mit dem alten Ohrensessel. Dieser Raum kam ihm endlich klein genug vor, um seine Erregung zu bändigen, und war beruhigend wie eine Zwangsjacke. Diesmal hatte er weder den Weinbrand noch das Messer mitgebracht. Sie wären überflüssig gewesen.

Er schloß die Tür und warf sich in den Ohrensessel. Nicht nur seine Hände, sein ganzer Leib zitterte.

Seinen alten Job zurückbekommen. Damit alles wieder so wäre wie zuvor.

*Jetzt erzähl mir etwas über Ablehnung, haha!* Er hatte

gedacht, er sei über Naismith hinaus. Lord Vorkosigan hatte die Oberhand, ganz recht. So zu tun, als machte es ihm nichts aus, daß Naismith fort war. So zu tun, als ginge er auf dem Wasser, während er dabei war zu sinken, warum nicht? *Deshalb also kommt es mir so vor, als würde ich ertrinken. Die Wahrheit kommt ans Licht.*

Du möchtest es haben? Möchtest die Dendarii wiederhaben?

*Ja!*

Doch war er dafür medizinisch fit, *wirklich?* Also, er würde in dem verdammten Taktikraum bleiben müssen und nicht mehr mit den Kommandos hinausgehen dürfen. Was war neu daran? Mit der Sache konnte er fertig werden. Er hatte sein ganzes Leben lang seinen Behinderungen getrotzt; das war nur ein weiteres Handikap in einer langen Reihe. Er wußte, wie. *Ich kann es. Irgendwie.*

Er konnte Quinn wiederhaben. Und Taura, in der ganzen kostbaren Zeitspanne, die ihr noch übrig war.

Wenn nicht da dieses kleine, heimliche, dämonische Geflüster in seinem Hinterkopf gewesen wäre: *Da gibt es nur einen kleinen Haken…*

Schließlich drehte er sich mühsam herum, um diesen Haken anzuschauen, zuerst aus den Augenwinkeln, dann direkt.

*Haroche will, daß ich Galeni opfere.* Daß Miles seinen Fall abschloß und Haroche ungehindert weiter den KBS leiten ließ, sollte sein Ticket zurück zu den Dendarii sein. Ein Kaiserlicher Auditor hatte weite Befugnisse, aber sicherlich gehörte nicht dazu, daß er dem KBS befehlen konnte, ihn wieder einzustellen. Diese Machtbefugnis stand ganz und gar Haroche zu.

Miles schaukelte in seinem Sessel, seine Füße klopften in einem gebrochenen Rhythmus auf den Boden. Aber was, wenn Galeni schuldig war? Warum hielt er dagegen? Haroches Furcht vor einer Hexenjagd war sehr zwingend. Miles und Galeni waren Freunde gewesen. Wenn irgendein anderer beschuldigt worden wäre, jemand, den er nicht kannte, wäre er dann jetzt so mäkelig in dieser Sache? Oder wäre er mit Haroches Beweisen völlig zufrieden gewesen?

Verdammt, hier ging es nicht um Freundschaft. Es ging um Wissen. Um die Beurteilung eines Charakters. *Ich dachte immer, ich sei in der Einschätzung von Personen gut gewesen.* Sollte er jetzt sein Urteil anzweifeln? Aber zum Teufel, Menschen waren nun einmal seltsam. Raffiniert und falsch. Man wußte nie *wirklich* alles über sie, selbst nicht nach Jahren der Freundschaft. Bei Verwandten noch weniger.

Seine Hände umfaßten die Armlehnen. Plötzlich ertappte er sich dabei, wie er an den Sprungpiloten dachte, den zu verhören er Sergeant Bothari befohlen hatte, damals vor dreizehn Jahren, bei seiner allerersten Begegnung mit den Dendarii und seinem Schicksal. Es beunruhigte ihn außerordentlich, daß er sich jetzt an den Namen des Mannes nicht erinnern konnte, obwohl er heuchlerisch bei dessen Bestattung gesprochen hatte. Sie hatten unbedingt die Zugangscodes des Piloten gebraucht, um Leben zu retten. Und Bothari hatte sie bekommen, mit der rauhesten der schnellen Methoden, und sie hatten – so vermutete Miles – Leben gerettet. Allerdings nicht das des Sprungpiloten.

Seine erste militärische Karriere hatte mit dem Opfer eines Menschenlebens begonnen. Vielleicht war ein weiteres für ihre Erneuerung notwendig. Er hatte schon früher genügend Freunde geopfert, Gott wußte es, er hatte sie in eine verdammt gute Sache hineingeführt, aber nicht wieder heraus. Und sie waren nicht alle Freiwillige gewesen.

*Ich möchte, ich möchte…* Hatte Haroche das nackte Verlangen in seinem Gesicht gesehen? Ja, natürlich; Miles hatte es in Haroches selbstzufriedenen Augen gesehen, in dieser entspannten Gewißheit seines Lächelns, in seinen lässig gefalteten Händen, die sich dunkel in dem schwarzen Glas gespiegelt hatten. Mächtige Hände, die nach Belieben soviel geben oder vorenthalten konnten. *Er durchschaut mich, o ja.* Miles kniff die Augen zusammen und öffnete die wunden Lippen. Sein Atem paffte in die kühle Luft des winzigen Raums, als hätte ihm gerade jemand mit voller Wucht in den Magen geboxt.

*O Gott. Das ist nicht bloß ein Jobangebot. Das ist eine Bestechung.* Lucas Haroche hatte soeben versucht, einen Kaiserlichen Auditor zu bestechen.

Versucht? Oder Erfolg dabei gehabt?

*Darauf werden wir noch zurückkommen.*

Und was für eine Bestechung. Was für eine *süße* Bestechung. Konnte Miles überhaupt beweisen, daß es eine Bestechung *war*, und nicht einfach ehrliche Bewunderung?

*Ich bin mir sicher. Oh, ich bin mir sicher. Lucas Haroche, Sie raffinierter Mistkerl, ich habe Sie vom ersten Tag an unterschätzt.* Soviel zu Miles' Beurteilung menschlicher Charaktere, deren er sich so gerühmt hatte.

Er hätte Haroche nicht unterschätzen sollen. Haroche war ebenso Illyans handverlesener Mann wie Miles auch. Illyan mochte Wiesel. Doch Illyan hatte ein Talent dafür, sie unter Kontrolle zu halten. Haroches kühler, beherrschter Stil eines früheren Unteroffiziers war die Maske für einen rasiermesserscharfen Verstand. Auch Haroche bekam Ergebnisse, auf jede mögliche Weise, sonst wäre er nicht zum Chef der Abteilung Heimische Angelegenheiten aufgestiegen, nicht unter Illyan.

Haroche hätte nicht gewagt, seinen Vorschlag zur Sprache zu bringen, wenn er sich Miles' nicht sicher gewesen wäre. Und warum nicht? Mit Zugang zu allen Dateien Illyans hatte er reichlich Gelegenheit gehabt,

Admiral Naismiths Karriere von Anfang bis Ende zu studieren. *Besonders das Ende.* Haroche wußte, was für ein Mitwiesel der kleine Admiral war. Er konnte zuversichtlich voraussagen, daß Miles alles – einschließlich seiner Integrität – opfern würde, um Naismith zu behalten, weil er es einmal schon getan hatte. Hier gab es keine Jungfräulichkeit mehr.

Sein Hauptmannsrang. Sein *Hauptmannsrang. Haroche hatte sicher keine Schwierigkeiten herauszufinden, wo mein Einschaltknopf ist.* Aber Haroche war ein loyales Wiesel, das würde Miles schwören, loyal zu Gregor und dem Kaiserreich, ein wirklicher Waffenbruder. Falls Geld diesem Mann irgend etwas bedeutete, so hatte Miles kein Anzeichen dafür gesehen. Seine Leidenschaft war sein Dienst im KBS, wie bei Illyan selbst, wie auch bei Miles. Die Arbeit, die er von Illyan übernommen hatte.

Miles stockte der Atem; einen Moment lang kam er sich so erstarrt vor wie eine Kryo-Leiche.

Nein. Die Arbeit, die Haroche Illyan *weg*genommen hatte.

*Oh.*

Miles krümmte sich in seinem Sessel und begann zu fluchen, leise und schrecklich. Ihm war schwindlig vor Wut und Scham, vor allem aber vor Wut. *Ich bin blind, blind, blind! Ein Motiv! Was muß ein Elefant hier tun, etwa hier vormarschieren, damit er erkannt wird?*

Es war Haroche, die ganze Zeit Haroche, er mußte es gewesen sein. Haroche, der Illyan das Gehirn rausgepustet hatte, um ihm den *Job* zu stehlen.

Natürlich waren die Komkonsoleneinträge alle hübsch choreographiert. Haroche verfügte über *alle* Mastercodes Illyans, dazu über eine Menge Zeit, um damit zu spielen, und das Wissen eines Jahrzehnts über das interne System des KBS-Hauptquartiers. Miles schoß aus dem Sessel hoch und ging auf und ab. Er rannte praktisch von einer Seite des winzigen Raums zur anderen, und schlug bei jeder zweiten Wendung so hart mit der Hand an die Wand, daß es weh tat. Dieser Elefant ähnelte sehr einer Schlange, ganz gewiß.

*Haroche ist es, verdammt, ich* weiß, *daß er es ist.*

*So, ja? Dann beweise es doch, du Kaiserliches Auditorenknäblein.*

Alle handfesten Beweise waren in Rauch aufgegangen, und alle Dokumente befanden sich völlig unter Haroches Kontrolle. Miles hatte viel weniger gegen Haroche in der Hand, als Haroche gegen Galeni.

Er konnte den Mann nicht einfach ohne etwas in der Hand beschuldigen; man würde gegen ihn Gott-weißwelche Gegenbeschuldigungen erheben, zu allermindest ihn der Hysterie bezichtigen. Ein Kaiserlicher Auditor hatte Macht, aber der Chef des KBS ebenfalls. Er würde nur eine einzige Chance haben, dann würde Haroche auf ihn losgehen. *Wirklich seltsame Dinge könnten mir dann zustoßen. Dinge, die man nicht würde zurückverfolgen können.* Sobald er Haroches phantastische Bestechung nicht annahm, würde Haroche eigentlich schon wissen, daß Miles es wußte. *Es ist nicht mehr viel Zeit.*

Motiv. Beurteilung. Beweis. Rauch.

Miles warf sich auf den Boden und starrte wütend an die Decke; seine Fäuste schlugen einmal auf den abgenutzten, ausgefransten Teppich.

Aber… angenommen, er spielte mit Haroche mit. Nähme seine Bestechung an und läge auf der Lauer, um ihn später zu schnappen, bei einer besseren Gelegenheit. Miles konnte dann die Dendarii behalten *und* Gerechtigkeit erlangen.

*Ja!*

Haroche und Miles würden eine Zeit lang einander gehören, oder Haroche konnte dazu gebracht werden, daß er dies dachte... Verspätet fiel es Miles ein: falls dies eine Bestechung war, dann war Haroches ölige Schmeichelei vorhin in Illyans Büro, dieses ganze *Sie und Illyan waren so ein großartiges Gespann* der reine Schafscheiß. Haroche war nicht in Admiral Naismith verliebt. Und wie lange würde es dauern, bis Haroche Miles »zufälligen Tod« arrangierte? Und diesmal würde es keine Kryo-Wiederbelebung geben. Das Leben eines Feldagenten des KBS war sowieso ein Glückspiel. Ehre unter Dieben, ha! Es würde ein faszinierendes Rennen geben, um zu sehen, wer als erster den anderen zur Strecke brächte. Tod, der traditionelle Lohn für Verrat, mit einer langsamen Zündschnur, die von der Mitte auf beide Enden zu brannte. *Was für ein Leben würden wir führen, eine kleine Weile. Höchst stimulierend.*

Ein Klopfen an der Tür warf seine Gedanken aus dem Gleis. Es klang wie ein Knall. Hyperreaktiv zuckte er zusammen, wo er lag, mit dem Rücken auf dem Boden. »Wer ist da?« keuchte er.

»Miles?« fragte die leise Altstimme seiner Mutter besorgt. »Ist bei dir da drinnen alles in Ordnung?«

»Du hast nicht etwa einen deiner Anfälle, oder?« sekundierte Illyan der Gräfin.

»Nein... nein. Mir geht es gut.«

»Was tust du denn?« fragte die Gräfin. »Wir haben durch die Decke eine Menge Schritte gehört und dann ein Plumpsen...«

Miles bemühte sich, seine Worte ruhig klingen zu lassen. »Ich habe bloß... mit der Versuchung gerungen.«

»Und wer gewinnt?« wollte Illyan amüsiert wissen.

Miles' Blick folgte den Sprüngen im Stuck der Decke. Seine Stimme klang schrill und hell, als er seufzte: »Ich glaube... ich schaffe es mit drei zu zwei.«

Illyan lachte. »In Ordnung. Wir sehen dich später.«

»Ich denke, ich komme bald nach unten.«

Ihre Schritte entfernten sich, ihre Stimmen wurden leiser und verklangen.

*Lucas Haroche, ich glaube, ich hasse Sie.*

Aber angenommen, Miles konnte im voraus wissen, daß Haroche es ehrlich mit ihm meinte. Es war doch möglich. Angenommen, das Angebot war nur und genau das gewesen, was es zu sein schien, kein Messer in den Rücken zu einem späteren Zeitpunkt? Welche Antwort sollte er dann geben? Welche Antwort nur?

Haroche hatte Admiral Naismith ausgelotet, komplett, vorwärts und rückwärts. Naismith würde *Ja!* schreien und versuchen, sich später aus dem Handel herauszuwinden. Aber Haroche kannte Lord Vorkosigan nicht. Wie könnte er auch? Praktisch niemand kannte ihn, nicht einmal Miles. *Ich bin diesem Mann selbst eben erst begegnet.* Er hatte einen Jungen dieses Namens gekannt, vor langer Zeit, der verwirrt und leidenschaftlich und verrückt nach dem Militär gewesen war. Zweckmäßigerweise hatte Admiral Naismith diesen Jungen hinter sich zurückgelassen, als er auf seine größere Identität, seine weitere Welt zuschritt. Doch dieser neue Lord Vorkosigan war jemand völlig anderer, und Miles wagte es kaum, Vermutungen über seine Zukunft anzustellen.

Miles wurde plötzlich müde, überdrüssig des Lärms in seinem Kopf. Haroche, der Puppenspieler, ließ ihn im Kreis laufen und versuchen, sich in den Rücken zu beißen. Was, wenn er Haroches schwindelerregendes Spiel nicht mitspielte? Was, wenn er einfach… stehenblieb? Welches andere Spiel gab es da noch?

*Wer bist du, alter Junge?*

*…Wer bist du, der diese Frage stellt?*

Auf diesen Gedanken hin überfiel ihn ein verflixtes Schweigen, eine leere Klarheit. Er hielt sie zuerst für reine Trostlosigkeit, aber Trostlosigkeit war eine Art freier Fall, ewig und ohne Boden unter den Füßen. Dies war reglose Stille: im Gleichgewicht, stabil, seltsam ruhig. Überhaupt keine Bewegung, weder vorwärts noch rückwärts oder nach der Seite.

*Ich bin der, der zu sein ich mich entscheide. Ich bin immer gewesen, wozu ich mich entschieden habe... wenn auch nicht immer, was mir gefiel.*

*Wenn du dich für eine Handlung entscheidest,* hatte seine Mutter oft gesagt, *dann entscheidest du dich auch für die Konsequenzen dieser Handlung.* Sie hatte die logische Folge aus diesem Axiom sogar noch heftiger betont: wenn du dir eine bestimmte Konsequenz wünschst, dann solltest du, verdammt noch mal, lieber die Handlung wählen, die sie hervorbringt.

Miles lag aller Spannung entleert da, bewegte sich nicht und war mit diesem Zustand zufrieden. Der seltsam gedehnte Augenblick war wie ein Bissen Ewigkeit, den er im Laufen gegessen hatte. War dieser ruhige Ort in seinem Innern neu entstanden, oder war er einfach noch nie darauf gestoßen? Wie konnte etwas so Großes so lange unentdeckt bleiben? Seine Atmung wurde langsamer und tiefer.

*Ich entscheide mich dafür... ich selbst zu sein.*

Haroche schrumpfte zu einer winzigen Gestalt in der Ferne. Miles war sich nicht bewußt gewesen, daß er seinen Gegner so schrumpfen lassen konnte, und es verwunderte ihn.

*Aber meine Zukunft wird kurz sein, wenn ich nichts unternehme.*

...Wirklich? Eigentlich hatte Haroche bis jetzt niemanden umgebracht. Und der Tod eines Kaiserlichen Auditors mitten in einem nichtabgeschlossenen Fall würde den wildesten Verdacht auslösen; auf Miles' leerem Platz würde wie eine Hydra wenigstens ein halbes Dutzend anderer Auditoren aufstehen, routiniert, verärgert und immun gegen diese Art von Spielchen. Haroche konnte unmöglich alle unter seine Kontrolle bringen.

Es war *Galenis* Leben, das keinen Pfifferling mehr wert war. Was entsprach der Tradition mehr, als daß ein entehrter Offizier in seiner Zelle Selbstmord beging? So würde ein Vor handeln. Es würde als ein Schuldgeständnis ausgelegt, als eine Geste der Sühne gewertet werden. Fall abgeschlossen, o ja. Es würde zweifellos ein sehr gut inszenierter Selbstmord sein; Haroche hatte eine Menge praktischer Erfahrung in solchen Dingen und würde keine amateurhaften Fehler begehen. Sobald Haroche wußte, daß Miles es wußte, würde es einen Wettlauf mit der Zeit geben. Und alles, worüber Miles verfügte, war eine Spur aus Spiegelungen und Rauch.

Rauch!

*Luftfilter.*

Miles' Augen weiteten sich.

# KAPITEL 26

Eine knappe Stunde vor Dienstschluß – zumindest für die dort Beschäftigten, die das Glück hatten, in der Tagschicht zu arbeiten – ließ Miles seine kleine Truppe am Seiteneingang im Hauptquartier des KBS aufmarschieren. Was folgen sollte, nannte er bei sich den *Sturm auf die Küchenschaben-Zentrale.* Endlich einmal war er dankbar für die peinliche Größe des alten Bodenwagens des Grafen, weil er alle im Fond hatte unterbringen und auf dem Weg vom Kaiserlichen Institut für Naturwissenschaften seine Einsatzbesprechung zu Ende führen können, was ihm so ein paar weitere wertvolle Minuten ersparte. Er hatte wieder Ivan in Dienst genommen, dazu Simon Illyan selbst, in grüner Interimsuniform mit allen Abzeichen. Miles hatte darauf bestanden, daß er sie trug. Dr. Weddell folgte und trug vorsichtig einen alten Versandkarton mit der Aufschrift *Labormäuse, eingefroren, Charge Nr. 621A, 1 Dutzend* (allerdings war dies nicht der tatsächliche Inhalt). Als letzte, aber keineswegs unwichtigste, schwang Delia Koudelka ihre langen Beine aus dem Fahrzeug und schloß sich eilig den anderen an.

Der diensthabende Korporal am Empfang blickte nervös auf, als Miles hereinkam. Miles trat zu ihm und lächelte verkniffen. »General Haroche hat Ihrem Posten den Befehl gegeben, in seinem Büro zu melden, wenn ich komme und gehe, nicht wahr?«

»Warum… ja, Mylord Auditor.« Der Korporal blickte an Miles vorbei und salutierte vor Illyan, der die Geste erwiderte.

»Nun, tun Sie das besser nicht!«

»Äh... ja, Mylord Auditor.« Der Korporal blickte leicht erschreckt drein, weil er sah, daß er zwischen zwei Mühlsteinen zermalmt zu werden drohte.

»Ist schon in Ordnung, Smetani«, beruhigte Illyan ihn im Vorübergehen, und der Korporal entspannte sich dankbar.

Die Kavalkade marschierte in die Korridore des KBS. Miles' erste Haltestelle war der neue Haftbereich, der jetzt in einem inneren Quadranten des ersten Stockwerks untergebracht war. Miles nahm den diensthabenden Offizier in die Mangel.

»In Kürze komme ich hierher zurück, um Hauptmann Galeni zu befragen. Ich erwarte ihn lebend anzutreffen, wenn ich komme, und dafür werde ich Sie persönlich verantwortlich machen. In der Zwischenzeit wird Fräulein Koudelka hier ihn besuchen. Sie werden sonst niemandem – *niemandem,* nicht einmal Ihren eigenen Vorgesetzten«, *besonders Ihren eigenen Vorgesetzten,* »gestatten, den Gefangenenblock zu betreten, bis ich zurückkomme. Ist das kristallklar?«

»Ja, Mylord Auditor.«

»Delia, du läßt Duv nicht eine Sekunde allein, bis ich zurückkomme.«

»Schon verstanden, Miles.« Sie hob entschlossen das Kinn. »Und... danke!«

Miles nickte.

Er hoffte mit dieser Maßnahme jede Möglichkeit zu vereiteln, daß noch in letzter Minute ein bequemer ›Selbstmord‹-Versuch an Galeni inszeniert würde. Haroche mußte jetzt bereit sein, jeden Augenblick diesen Plan in die Tat umzusetzen; der Trick bestand darin, ihm diesen Augenblick zu verweigern. Miles führte seine übrigen Leute weiter zur Hausmeisterei, wo er den Abteilungsleiter, einen älteren Oberst, kommen ließ. Als er den Mann beruhigt hatte, daß sein heftiges

Interesse für den Zeitplan der Wartung der Luftfilteranlagen keine kritische Betrachtung der Dienste seiner Abteilung bedeutete, wurde er sehr kooperativ. Miles nahm ihn mit.

Miles wollte an vier Orten gleichzeitig sein, doch die Sache mußte in ebenso strenger Reihenfolge angegangen werden wie ein Beweis in fünfdimensionaler Mathematik. Inspiration war eine Sache, die praktische Verwirklichung eine völlig andere. Nachdem er einen Techniker von der Forensischen Abteilung abgezogen hatte, trieb er sein Team weiter in das zweite Kellergeschoß zur Asservatenkammer. Nach einigen sehr wenigen weiteren Minuten ließ er seine Phalanx untadeliger Zeugen in Gang 5 des Waffenraums IV antreten. Weddell setzte seinen Karton ab und lehnte sich mit verschränkten Armen an das Regal. Diesmal wurde seine Pose skeptischer intellektueller Überlegenheit fast von seiner Faszination für das Geschehen verdrängt.

Bord 9 war unpraktischerweise außerhalb von Miles' Reichweite; er mußte sich von Ivan den kleinen bioversiegelten Container herunterreichen lassen. Sein Auditorensiegel war unbeschädigt. Die beiden verbliebenen spröden braunen Kapseln warteten brav in ihren Schlitzen. Er nahm eine heraus und rollte sie zwischen Daumen und Zeigefinger hin und her.

»In Ordnung. Schauen Sie alle genau hin. Jetzt kommt's.« Er drückte fest, und die Kapsel zerbrach. Er schwenkte sie zweimal über dem Kopf. Ein rauchiger gelbbrauner Kometenschweif aus einem überaus feinen Pulver hing einen Moment lang in der Luft und löste sich dann auf. Ein kleiner Schmierer blieb an seinen Fingern hängen. Miles bemerkte, wie Ivan den Atem anhielt.

»Wie lange sollen wir warten?« fragte Miles Dr. Weddell.

»Ich würde mindestens zehn Minuten warten, bis

sich alles im ganzen Raum verteilt hat«, erklärte Weddell.

Miles versuchte sich in Geduld zu fassen. Illyan starrte mit einem harten Gesichtsausdruck in die Luft. *Ja,* dachte Miles, *hier ist die Waffe, die Sie ermordet hat. Sie können sie nicht berühren, aber sie kann Sie berühren…* Ganz rot im Gesicht gab Ivan auf und begann wieder zu atmen, bevor er noch völlig purpurn geworden und in Ohnmacht gefallen wäre.

Schließlich bückte sich Weddell und öffnete seinen Karton. Er holte eine kleine durchsichtige Flasche mit einer klaren Flüssigkeit heraus, dazu einen Zerstäuber, den er mit der Substanz füllte. Dafür, daß er diese kostbare Flüssigkeit in nur drei Stunden auf speziellen Wunsch hin hergestellt hatte, war Miles bereit, ihm all seine Sünden des Stolzes in den nächsten fünf Jahren zu verzeihen und ihn obendrein abzuküssen. Weddell selbst schien die Aufgabe als trivial anzusehen. Wissenschaftlich gesehen war sie das vielleicht auch. *Eine einfache Chelat-Lösung,* hatte er die Sache abgetan. *Die äußere Struktur der Transmissionsverkapselung ist hübsch regelmäßig, spezifisch und einzigartig. Wenn Sie etwas haben wollten, um das Vorhandensein der Prokaryoten selbst festzustellen – das wäre eine* echte *Herausforderung.*

»Jetzt«, sagte Miles zu dem diensthabenden Oberst der Hausmeisterei, »gehen wir zu den Abzugsöffnungen und den Filtern für die Rückluft.«

»Hier entlang, Mylord Auditor.«

Sie gingen im Gänsemarsch durch den Gang und um die Ecke zur Wand am anderen Ende des Raums, wo eine Handbreit über dem Boden ein kleines rechteckiges Gitter von etwa der Größe einer Standardplastikfolie das Rohr für zurückströmende Luft markierte. »Los, ziehen Sie die äußere Abdeckung ab«, wies Miles den Oberst an. »Mich interessiert der alleroberste Filter.«

Die ganze Mannschaft ließ sich auf die Knie nieder und schaute dem Oberst über die Schulter. Er zog das äußere Gitter ab, so daß das abgedichtete Rechteck aus Fasern zu sehen war, das Staub, Schmutz, Haare, Schimmel, Sporen, Rauchpartikel und dergleichen auffangen sollte; die winzigen Prokaryoten wären, hätte man sie aus ihren sporenähnlichen Hüllen freigesetzt, direkt durch diese Barriere hindurchgeschlüpft und weitergezogen, um dann möglicherweise sogar die dahinterliegende Barriere aus elektrolytischem Harz zu durchdringen und erst ganz am Ende vernichtet zu werden, wenn sie die zentrale Einheit zur Sterilisierung erreichten.

Auf Miles' Nicken hin machte der Oberst Dr. Weddell Platz, der sich im Schneidersitz auf den Boden hockte und mit ernster Miene die Luft um die Abzugsöffnung mit seinem Zerstäuber saturierte.

»Was tut er da?« flüsterte der Oberst Miles zu.

Miles hätte gerne gesagt: *Wir sprayen gegen Verräter. Ein verflixtes Ungeziefer zu dieser Jahreszeit, finden Sie nicht auch?*, doch er unterdrückte diese Antwort und sagte: »Schauen Sie nur zu und warten Sie ab.«

Dann holte Weddell ein Ultraviolett-Handlicht aus seinem Karton und richtete es auf den Filter. Eine blaßrote Fluoreszenz wurde langsam heller, während das unsichtbare Licht über die Oberfläche hinwegstrich.

»Da haben wir's, Mylord Auditor«, sagte Weddell. »Die Transmissionsverkapselungen wurden korrekt vom Filter abgefangen.«

»Ganz recht.« Miles rappelte sich hoch. »Das ist also unser Ausgangspunkt. Dann weiter zum nächsten. Sie da«, er zeigte auf den Forensiker, »dokumentieren, verpacken, etikettieren und versiegeln das alles und folgen uns dann, so schnell Sie können.«

Die Prozession nahm wieder Aufstellung und folgte aufs neue Miles. Diesmal führte er sie in die Abteilung für Komarranische Angelegenheiten, wo Miles den aufgeschreckten General Allegre aufforderte, sich dem Zug anzuschließen. Die ganze Truppe landete in Hauptmann Galenis Büro, einem Kabuff hinter der vierten Tür im Korridor der komarranischen Analytiker.

»Erinnern Sie sich daran, ob Sie in den letzten drei Monaten jemals Galeni hier persönlich besucht haben?« fragte Miles Illyan.

»Ich bin sicher, daß ich ein paarmal vorbeigeschaut habe. Ich bin fast jede Woche hier herunter gekommen, um Punkte in seinen Berichten zu diskutieren, die von besonderem Interesse waren.«

Als der Forensik-Techniker außer Atem bei ihnen eintraf, wiederholte der Oberst von der Hausmeisterei seine Vorstellung mit der Abzugsöffnung des kleinen Raums; sie glich genau der in Waffenraum IV. Weddell sprühte wieder großzügig. Diesmal hielt Miles die Luft an. Das Ergebnis dieses Test hätte ihn zu einem größeren Umweg in seiner geplanten Strategie zwingen können. Falls Haroche seine Überlegungen vorweggenommen hatte – schließlich hatten *zwei* Kapseln gefehlt.

Weddell, der auf dem Boden kniete und sich mit einer Hand aufstützte, ließ wieder sein unsichtbares Licht über den Filter streichen. »Uff.« Miles schien das Herz schier stehenzubleiben. »Hier drin ist nichts, was ich sehen könnte. Sehen Sie etwas?«

Miles holte dankbar Atem, als sich die anderen Männer bückten, um ebenfalls den Filter zu untersuchen. Das Ding war ein bißchen schmutzig und jetzt mit weißer Feuchtigkeit überzogen.

»Können Sie ermitteln, ob dieser Filter seit der letzten planmäßigen Wartung im Mittsommer nicht mehr verändert wurde?« fragte Miles den Oberst.

Der Oberst zuckte die Achseln. »Die Filter sind nicht

individuell numeriert, Mylord. Sie sind natürlich austauschbar.« Er schaute auf dem Reportpanel nach, das er bei sich trug. »Auf jeden Fall hat es niemand aus *meiner* Abteilung getan. Der Filter ist erst nächsten Monat zum Winterfest wieder zum Austausch dran. Es sieht so aus, als hätte sich die Ablagerungsmenge in ihm abgesetzt, die zu diesem Zeitpunkt in seinem Verwendungszyklus normal ist.«

»Danke, Oberst. Ich weiß Ihre Genauigkeit zu schätzen.« Miles stand auf und schaute auf Illyan, der alles mit unbewegtem Gesicht beobachtete. »Ihr altes Büro ist als nächstes dran, Simon. Würden Sie uns bitte vorausgehen?«

Illyan schüttelte den Kopf und lehnte höflich ab. »Für mich ist das nicht sehr erfreulich, Miles. Egal, was dabei herauskommt, ich verliere einen bewährten Untergebenen.«

»Aber würden Sie nicht lieber den verlieren, der tatsächlich schuldig ist?«

»Ja.« Illyans Schnauben war nicht völlig ironisch. »Mach weiter, Mylord Auditor.«

Sie marschierten drei Etagen hinauf und dann wieder eine hinab auf die Ebene von Illyans altem Büro. Falls Miles es gelungen sein sollte, mit seiner Ankunft samt Aufgebot Haroche zu überraschen, so ließ sich der General es nicht anmerken. Aber zeigte sich nicht vielleicht ein klein wenig Unbehagen in seinen Augen, als Haroche seinen alten Boss begrüßte und Illyan einen Stuhl anbot?

»Nein, danke, Lucas«, erwiderte Illyan kühl. »Ich glaube, wir werden hier nicht lange bleiben.«

»Was tun Sie denn da?« fragte Haroche, als der Oberst direkt auf das Gitter zuging, das rechts vom Komkonsolenpult in niedriger Höhe in der Wand saß. Der Forensiker folgte.

»Die Luftfilter«, sagte Miles. »Sie haben nicht an die

Luftfilter gedacht. Sie waren nie auf Dienst im Weltraum, was, Lucas?«

»Nein, leider.«

»Glauben Sie mir, ein solcher Dienst schärft einem das Bewußtsein für solche Dinge wie Luftzirkulationssysteme.«

Haroche zog die Augenbrauen hoch, als Weddell um die Abzugsöffnung herum kräftig zu sprühen begann. Scheinbar lässig lehnte er sich auf seinem Stuhl zurück. Nachdenklich saugte er an seiner Unterlippe und fragte nicht: *Haben Sie sich mein Angebot überlegt, Miles?* Er war ein kühler Routinier, fähig geduldig zu warten, bis die Antwort kam. Noch kein Grund für ihn zusammenzuzucken; ob die Filter hier nun voll von Transmissionsverkapselungen waren oder nicht, es würde nichts beweisen. Eine Menge Leute gingen in Illyans Büro ein und aus.

»Nein«, sagte Weddell nach einer Weile. »Schauen Sie selbst, meine Herren.« Er reichte das unsichtbare Licht an Ivan und General Allegre weiter.

»Man sollte meinen, es wäre hier«, bemerkte Allegre und lugte Ivan über die Schulter.

Miles hatte persönlich auf eine fünfundzwanzigprozentige Chance getippt; doch er hatte die Quote erhöht, nachdem Galenis Abzugsöffnung für sauber befunden worden war. Damit blieb nur einer der Konferenzräume übrig oder…

»Haben Sie etwas gefunden?« fragte Haroche.

Miles ging demonstrativ zu Ivan und lieh sich von ihm das Handlicht. »Hier nichts, verdammt. Ich hoffte, es wäre einfach. Wenn die Prokaryoten-Überträger in dem Filter abgefangen werden, dann sind sie hellrot zu sehen, wissen Sie. Wir haben unten schon einen Filter getestet.«

»Was machen Sie als nächstes?«

»Es gibt keine andere Möglichkeit als im obersten

Geschoß des Hauptquartiers anzufangen und bis zum Keller hinunter jeden Filter in jeder Abzugsöffnung zu überprüfen. Eine langwierige Sache, aber ich werde schließlich draufkommen. Sie wissen, daß ich gesagt habe: wenn ich weiß, warum, dann würde ich auch wissen, wer. Ich habe es mir anders überlegt. Jetzt meine ich, wenn ich weiß, *wo*, dann werde ich wissen, wer.«

»Ach, wirklich. Haben Sie es schon in Hauptmann Galenis Büro versucht?«

»Dort haben wir zu allererst nachgeschaut. Es ist sauber.«

»Hm. Vielleicht... einer der Besprechungsräume?«

»Darauf würde ich wetten.« *Beißen Sie an, Haroche. Beißen Sie an meinem Haken an! Los, los!*

»Sehr gut.«

»Wenn du dir einige Schritte ersparen möchtest«, warf Ivan wie gerufen ein, »dann solltest du mit den Räumen anfangen, in die Illyan am meisten gegangen ist, und dich von dort her weiter vorarbeiten. Anstatt vom Dachgeschoß in den Keller.«

»Ein guter Gedanke«, sagte Miles. »Sollen wir mit dem Vorzimmer anfangen? Dann – verzeihen Sie, General Allegre, doch ich muß auf Vollständigkeit achten – die Büros der Abteilungsleiter. Dann die Besprechungszimmer, dann *alle* Analytikerbüros. Wahrscheinlich hätten wir zuerst die ganze Komarranische Abteilung abklappern sollen, als wir unten waren. Danach werden wir sehen.«

Nach dem Gesichtsausdruck des Forensikers zu schließen, sagte er in Gedanken gerade seinem Abendessen ade; vielleicht wurde sein Bedauern von der Faszination gemildert, die das Geschehen offensichtlich auf ihn ausübte. Allegre nickte; sie gingen alle in den vorderen Raum, und der Oberst begann die Übung aufs neue mit dem Gitter im Vorzimmer. Miles fragte sich, ob es schon jemandem aufgefallen war, daß Weddell auch nicht annähernd genügend Chelat-Lösung hatte, um jeden Filter im Hauptquartier zu überprüfen. Illyan tauschte zerstreute Grüße mit seinem früheren Sekretär aus. Nach einigen Augenblicken entschuldigte sich General Haroche. Illyan blickte nicht auf.

Miles beobachtete aus den Augenwinkeln, wie Haroche auf den Korridor hinaustrat. *Der Haken sitzt, jawohl, jetzt wird die Angelschnur abgespult*… Er begann in Gedanken zu zählen und zu stoppen, wie lange ein Mann in unterdrückter Panik wohl brauchte, um in ein Zimmer und dann ein weiteres zu gehen. Er gab Weddell ein Zeichen, er solle mit dem Sprühen aufhören; als er hundert erreicht hatte, sagte er: »In Ordnung, meine Herren. Wenn Sie mir noch einmal folgen wollen. Leise, bitte.«

Er führte sie auf den Korridor hinaus und bog nach links ein, dann an der zweiten Kreuzung wieder nach rechts. Mitten auf dem Korridor stieß er auf den Kommodore, der die Heimische Abteilung von Haroche übernommen hatte.

»Ach, Mylord Auditor«, begrüßte ihn der Mann. »Wie gut! General Haroche hat mich eben geschickt, ich soll Sie holen.«

»Was hat er gesagt, wo Sie nach mir suchen sollen?«

»Er sagte, Sie seien in die Asservatenkammer gegangen. Sie haben mir gerade einen Weg erspart.«

»O ja. Sagen Sie, hatte Haroche etwas dabei?«

»Einen Ordner mit Folien. Wollten Sie den haben?«

»Ich glaube schon. Er ist also gerade hier drinnen, oder? Kommen Sie mit…« Miles ging den Korridor weiter und dann ins Vorzimmer der Abteilung H.A. Die Tür zu Haroches altem innerem Büro war verschlossen. Miles setzte mit seinem Auditorensiegel die Codes außer Kraft. Die Tür glitt zischend zur Seite.

Haroche kauerte links von seinem alten Komkonsolenpult und hebelte gerade das Abzugsgitter aus der Wand. In dem offenen Folienordner auf dem Boden neben ihm lag ein weiterer Luftfilter. Miles wettete mit sich selbst, daß sie in einem der Besprechungsräume auf dem direkten Weg zwischen Illyans altem Büro und diesem hier ein ausgeweidetes Gitter vorfinden würden, das auf Haroches Rückkehr wartete. Eine schnelle Änderung, sehr clever. *Sie denken schnell, General. Aber diesmal hatte ich einen Vorsprung.*

»Timing«, sagte Miles, »ist alles.«

Haroche richtete sich mit einem Ruck auf den Knien auf. »Mylord Auditor«, begann er schnell und hielt dann inne. Sein Blick umfaßte die kleine Armee von KBS-Leuten, die hinter Miles durch die Tür drängten. Selbst jetzt noch, so dachte Miles, hätte Haroche vielleicht vor Miles, vor der ganzen verdammten Truppe eine brillant improvisierte Erklärung vorbringen können, aber dann schob sich Illyan nach vorn. Miles war es, als könnte er sehen, wie die schlagfertigen Lügen sich auf Haroches Zunge in Aschehäufchen verwandelten, obwohl das einzige äußere Zeichen dafür nur ein winziges Zucken der Mundwinkel war.

Haroche hatte es vermieden, seinen Opfern ins Gesicht zu schauen, das wurde Miles jetzt bewußt. Er hatte niemals Illyan in der KBS-eigenen Klinik besucht, hatte erfolglos damals Miles aus dem Weg zu gehen versucht, als er zweifellos die ursprüngliche Version seines Komplotts geplant hatte, und er hatte darauf geachtet, die kaiserliche Residenz erst dann zu betreten, als Galeni verhaftet und weggebracht worden war. Er war vielleicht kein böser Mensch, sondern nur ein gewöhnlicher schlauer Mann, der der Versuchung zu einer bösen Tat erlegen war und dann erdrückt wurde, als die Konsequenzen dieser Tat sich unkontrolliert vermehrten. *Wenn du dich für eine Tat entscheidest, entscheidest du dich für die Konsequenzen dieser Tat.*

»Hallo, Lucas«, sagte Illyan. Seine Augen waren erstaunlich kalt.

»Sir…« Haroche rappelte sich hoch und stand mit leeren Händen da.

»Oberst, Dr. Weddell, würden Sie bitte…« Miles winkte die beiden nach vorn und gab dem Forensiker ein Zeichen, er solle ihnen unmittelbar folgen. Er selbst trat ein wenig zurück, von Haroche aus gesehen auf die entgegengesetzte Seite der Gruppe. Als er aufblickte, trafen sich zufällig ihre Blicke, und beide schauten schnell beiseite, um eine unpassende Vertrautheit zu vermeiden. *Das ist der Moment meines Triumphs. Warum macht das nicht mehr Spaß?*

Inzwischen waren alle Bewegungen so choreographiert und eingeübt wie ein Tanz. Der Oberst nahm das Gitter ab, Weddell sprühte. Ein paar quälende Sekunden Wartezeit. Dann glühte die rote Fluoreszenz auf, hell und bösartig, als das Ultraviolett-Licht das Unsichtbare in etwas verwandelte, das wie Blut aussah.

»General Allegre«, seufzte Miles, »Sie sind jetzt amtierender Chef des Kaiserlichen Sicherheitsdienstes, vorbehaltlich Kaiser Gregors Zustimmung. Es tut mir leid Ihnen mitteilen zu müssen, daß Ihre erste Amtspflicht in der Verhaftung Ihres Vorgängers, General Haroche, besteht. Auf meinen Befehl als Kaiserlicher Auditor, aufgrund der ernsten Beschuldigung…« Wovon? Sabotage? Verrat? Dummheit? *Insgeheim möchte der Verbrecher gefangen werden,* so lautete die Volksweisheit. Das stimmt nicht, dachte Miles; der Verbrecher möchte einfach davonkommen… Es war der Sünder, der ans Licht gebracht werden wollte, auf dem langen Kriechweg über das Geständnis zur Absolution und einer Art Gnade, wie sehr er auch dabei zerschmettert werden mochte. War Haroche ein Verbrecher oder ein Sünder?

»Aufgrund der schweren Beschuldigung des Hochverrats«, schloß Miles. Die Hälfte der Männer im Raum zuckte bei dem letzten Wort zusammen.

»Nicht Hochverrat«, flüsterte Haroche heiser. »Niemals Hochverrat.«

Miles öffnete die Hand. »Aber… wenn er bereit ist zu gestehen und zu kooperieren, vielleicht unter der geringeren Beschuldigung des Angriffs auf einen vorgesetzten Offizier. Ein Militärgerichtsverfahren, ein Jahr im Gefängnis, eine einfache unehrenhafte Entlassung. Ich denke… ich werde das Militärgericht das klären lassen.«

Nach ihrem Gesichtsausdruck zu schließen, erfaßten sowohl Haroche wie auch Allegre die Nuancen *dieser* Worte. Allegre war schließlich Galenis Vorgesetzter, und zweifellos hatte er den Fall seines Untergebenen im Detail verfolgt. Haroche biß die Zähne zusammen; Allegre lächelte in bissiger Würdigung der Ironie.

»Darf ich vorschlagen«, fuhr Miles an Allegre gerichtet fort, »daß Sie ihn nach unten bringen und ihn den Platz mit Ihrem Topanalytiker tauschen lassen, einstweilen, während Sie sich einarbeiten.«

»Ja, Mylord Auditor.« Allegres Stimme klang fest und entschlossen, obwohl er einen Moment lang zögerte, als ihm bewußt wurde, daß er keine stämmigen Sergeanten zur Verfügung hatte, um die offizielle De-facto-Verhaftung vorzunehmen. Miles dachte, acht zu eins sei wohl ein ausreichendes Übergewicht, aber er unterließ es, Vorschläge zu machen. Das war jetzt Allegres Job.

Nachdem ein schneller Blick auf Illyan ihm keinen Aufschluß gab, löste Allegre das Problem, indem er Ivan – was war nur an Ivan dran? –, den Oberst und den Kommodore abkommandierte. »Lucas, werden Sie mir Schwierigkeiten machen?«

»Ich glaube… nicht«, seufzte Haroche. Seine Augen wanderten im Zimmer umher, doch hier gab es keine praktischen hohen Fenster, die zu einem schnellen Entschluß einluden: aus dem dritten Stockwerk kopfüber auf das Pflaster. »Ich bin zu alt und nicht mehr so athletisch.«

»Gut. Ich auch.« Allegre eskortierte ihn hinaus.

Illyan sah zu, wie sie fortgingen. »Das ist eine verdammt traurige Geschichte«, bemerkte er mit einem Unterton Miles gegenüber. »Der KBS muß wirklich eine neue Tradition für den Austausch seiner Chefs vorbereiten. Ermordung und Bestrafung wirken sich auf die Organisation so explosiv aus.«

Miles konnte nur zustimmend die Achseln zucken. Er führte sie zu einer kurzen Überprüfung der benachbarten Besprechungsräume und fand im zweiten Zimmer, bei dem sie es versuchten, die geöffnete Abzugsöffnung, in der der Filter fehlte. Er beaufsichtigte den Forensiker, während dieser sorgfältig die letzten Beweisstücke einsackte und dokumentierte, und schickte das Material dann in die Asservatenkammer hinunter, wo es auf die möglichen Folgen, die sich am Ende noch ergeben würden, warten sollte.

Alles, was von nun an zu tun war, lag, Gott sei Dank, außerhalb seines Mandats als amtierender Kaiserlicher Auditor. Seine Verantwortlichkeiten endeten mit seinem Bericht an Gregor und der Übergabe aller Beweisstücke, die er zusammengebracht hatte, an die zuständigen Anklagebehörden, in diesem Fall, aller Wahrscheinlichkeit nach, an das Militärgericht. *Ich muß nur die Wahrheit finden. Ich muß nicht herausbringen, was mit ihr angefangen werden soll.* Allerdings würden vermutlich alle Empfehlungen, die er aussprach, von Gewicht sein.

Als sie im Büro der Abteilung H.A. fertig und endlich nicht mehr in Eile waren, spazierten er und Illyan Seite an Seite den Korridor hinab, hinter dem Forensiker her. »Ich frage mich, wie Haroche diese Sache angehen wird«, überlegte Miles laut. »Hoffen, daß er einen guten Verteidiger zugewiesen bekommt, und versuchen, es robust durchzustehen? Er hat soviel Zeit und Mühe aufgewendet, um selbst die Beweise in der Komkonsole zu manipulieren – und das hat ihn, glaube ich, davon abgehalten, an diese verräterischen Filter zu denken, bevor ich es tat –, daß ich dachte, er würde als erstes rufen: *Das ist eine Falle!* Oder wird er auf die Lösung der Alten Vor zurückgreifen? Er sah am Ende … ziemlich blaß aus. Er ist schneller eingegangen, als ich dachte.«

»Du hast ihn härter getroffen, als du dachtest. Du kennst deine eigene Stärke nicht, Miles. Aber nein. Ich glaube nicht, daß Selbstmord Lucas' Ausweg ist«, erwiderte Illyan. »Und überhaupt ist so etwas ohne Kooperation seiner Bewacher schwierig zu arrangieren.«

»Glauben Sie … ich sollte einen Wink zugunsten einer solchen Kooperation geben?« fragte Miles listig.

»Sterben ist leicht.« Illyans abgespannte Züge wurden abweisend. Wie sehr erinnerte er sich noch an seine gequälten Bitten an Miles um einen leichten Tod, vor noch so wenigen Wochen? »Leben ist schwer. Laß den Mistkerl seinen Prozeß vor dem Militärgericht durchstehen. Jede letzte ewige Minute davon.«

»Ah ja«, flüsterte Miles.

Der neue Haftblock im KBS-Hauptquartier war viel kleiner als der alte, hatte aber nach dem gleichen Muster einen einzigen Eingang und einen einzigen Haftaufnahmebereich. Am Komkonsolenpult beim Eingang fanden sie Hauptmann Galeni mit Delia Koudelka an seiner Seite; er vervollständigte gerade unter den Augen von General Allegre und dem diensthabenden Offizier seine Entlassungsdokumente. Ivan schaute zu. Haroche, so schien es, hatte schon die Einlieferungsprozedur hinter sich; Miles hoffte, daß man ihm Galenis Zelle gegeben hatte.

Galeni hatte immer noch die grüne Ausgehuniform an, die er bei Gregors Empfang getragen hatte; nun war sie allerdings sehr zerknittert. Er war unrasiert, blaß vom fehlenden Schlaf und hatte gerötete Augen. Wie ein Nebel umgab ihn noch eine gefährliche Spannung.

Er drehte sich auf dem Absatz herum und wandte sich Miles zu, als der mit Illyan hereinkam. »Gottverdammt, Vorkosigan, wo sind Sie denn die ganze Zeit gewesen?«

»Äh…« Miles tippte an seine Auditorenkette, um Galeni daran zu erinnern, daß er sich immer noch im Dienst befand.

»Gottverdammt, Mylord Auditor«, versetzte Galeni, »wo, zum Teufel, sind Sie die ganze Zeit gewesen? Sie haben gestern abend gesagt, Sie würden hinterherkommen. Ich dachte, Sie würden mich herauslassen. Dann wußte ich nicht, was ich, verdammt noch mal, denken sollte. Sobald ich aus diesem Rattenkäfig draußen bin, werde ich diese verdammt paranoide und *stupide* Organisation verlassen. Schluß damit!«

Allegre zuckte zusammen. Delia berührte Galenis Hand; er umfaßte die ihre, und sein brodelnder Zorn wandelte sich in ein sanfteres Sieden.

*Tja, ich hatte einen Anfall, und dann mußte ich erst Haroches Irreführung mit dem Komkonsolenbericht durchschauen, und dann mußte ich Weddell aus seinem Labor im Kaiserlichen Institut für Naturwissenschaften holen, und er brauchte unendlich lange, und ich wagte nicht, jemanden von Palais Vorkosigan über Komkonsole aus zu kontaktieren, ich mußte persönlich hingehen und…* »Ja, es tut mir leid. Ich fürchte, ich habe den ganzen Tag gebraucht, um die Beweise zusammenzubringen, die Sie entlasten.«

»Miles…«, sagte Illyan, »es sind erst fünf Tage her, seit entdeckt wurde, daß es sich um Sabotage handelt.

Du wirst mehr Zeit brauchen, um deinen Auditorenbericht zusammenzustellen, als du gebraucht hast, um den Fall zu lösen.«

»Berichte«, seufzte Miles. »Jawohl. Aber Duv, schauen Sie mal, es hat nicht ausgereicht, daß ich einfach Ihre Freilassung anordne. Ich wäre der Begünstigung bezichtigt worden.«

»Das stimmt«, murmelte Ivan.

»Zuerst dachte ich, Haroche sei bloß ungeschickt, daß er Sie in der kaiserlichen Residenz vor so vielen Leuten hatte verhaften lassen. Ha, er doch nicht! Das war eine hübsche Choreographie, um Ihre Reputation zu vernichten. Danach hätte bei den meisten Leuten weder eine Freilassung noch ein Freispruch aus Mangel an Beweisen den Verdacht ausgeräumt. Ich *mußte* zuerst den wahren Schuldigen festnageln. Das war der einzig gangbare Weg.«

»Äh…« Galeni schloß die Augen. »Miles, wer war denn nun der wahre Schuldige?«

»Ach, hast du es ihm noch nicht gesagt?« fragte Miles Delia.

»Du hast mir doch die Anweisung gegeben, nichts darüber zu sagen, bis du fertig wärest«, protestierte Delia. »Wir sind gerade erst aus dieser schrecklichen kleinen Zelle entkommen.«

»Die ist nicht so schrecklich wie die *alten* Zellen«, widersprach Illyan sanft. »An die erinnere ich mich noch. Habe dort vor dreizehn Jahren selber einen Monat im Arrest zugebracht.« Er lächelte säuerlich in Miles' Richtung. »Da ging es um die Privatarmee des Sohns des Lordregenten und um eine gewisse Anklage des Hochverrats.«

»Wo Sie soviel vergessen haben, wünschte ich mir, daß Sie das ebenfalls vergessen hätten«, murmelte Miles.

»Da hast du kein Glück«, erwiderte Illyan leise. »Ich

habe gleich danach diese Zellen in die Asservatenkammer umwandeln und den neuen Haftbereich bauen lassen. Um vieles verbessert. Für den Fall, daß ich jemals wieder darin landen würde.«

Galeni starrte Illyan an. »Diese Geschichte habe ich noch nicht gehört.«

»Im Rückblick – viel später – kam ich zu der Erkenntnis, daß es sich um eine heilsame Erfahrung handelte. Später dachte ich, jeder ranghöhere KBS-Offizier sollte etwas Ähnliches erleben, aus dem gleichen Grund, weshalb jeder Arzt wenigstens einmal Patient gewesen sein sollte. Es schärft die Wahrnehmung.«

Galeni schwieg einen Moment lang, offensichtlich verdaute er Illyans Worte. Seine gefährliche Wut hatte sich fast vollständig aufgelöst. Ivan atmete verstohlen auf. Allegre richtete ein dankbares Lächeln an Illyan und schaute zu.

»Es war Haroche«, fügte Miles hinzu. »Er wollte befördert werden.«

Galeni riß die Augenbrauen hoch und drehte sich zu General Allegre um. Der nickte bestätigend.

»Als diese biotechnisch erzeugten Prokaryoten entdeckt wurden«, fuhr Miles fort, »verlor Haroche die Chance, daß seine Sabotage unentdeckt durchgehen würde, was – da bin ich mir sicher – sein erstes Szenario gewesen war. An diesem Punkt mußte er sich einen Sündenbock besorgen. Es mußte kein perfekter Sündenbock sein, solange er genügend Nebel erzeugen konnte, um zu rechtfertigen, daß man die Suche nach einem anderen einstellte. Er mochte mich nicht, Sie hatten das richtige Profil, und so verfiel er auf eine Methode, um uns beide gleichzeitig fertigzumachen. Tut mir leid, daß ich Delia anwies, Sie im Ungewissen zu lassen, aber den amtierenden Chef des KBS mitten in dessen Hauptquartier zu verhaften, erwies sich als ein bißchen heikel. Ich wollte keine Versprechungen machen, solange ich mir nicht sicher war, wie das Ganze ausgehen würde.«

Galeni hatte die Augen weit aufgerissen. »Vergessen Sie alles… was ich gesagt habe.«

»Gehört dazu auch, was Sie über den Verzicht auf Ihre Offiziersstelle gesagt haben?« fragte Allegre besorgt.

»Ich… weiß nicht. Warum *ich*? Ich hatte nie gedacht, daß Haroche gegen Komarraner besonders eingenommen sei. Um wieviel länger muß ich noch durch diese Art Scheiße waten, was verlangt man noch von mir, um meine Loyalität zu beweisen?«

»Ich erwarte, daß Sie für den Rest Ihres Lebens weiterwaten«, antwortete Illyan ernst. »Aber jeder Komarraner, der auf Sie folgt, wird wegen Ihnen mit weniger Scheiße zu tun haben.«

»Sie sind schon so weit gekommen«, beschwor ihn Miles. »Lassen Sie doch nicht zu, daß eine Küchenschabe wie Haroche Ihre Opfer zunichte macht. Das Kaiserreich braucht Ihren Durchblick. Besonders der KBS braucht ihn unbedingt, denn es gehört zu den Aufgaben des KBS, der kaiserlichen Regierung einen großen Teil ihres Weltbildes zu vermitteln. Wenn wir reine Wahrheit hereinbekommen, *vielleicht* haben wir dann eine halbe Chance, daß wir gute Einsichten herausbekommen. Anders haben wir keine Chance, soviel ist sicher.«

Allegre unterstützte Miles' Worte mit einem Nicken.

»Außerdem«, Miles schaute auf Delia, die dem ganzen Gespräch mit tiefer Beunruhigung folgte, »Vorbarr Sultana ist ein sehr hübscher Standort für einen ehrgeizigen Offizier. Denken Sie nur an die Menschen, denen Sie hier begegnen. Und an die Möglichkeiten.« Ivan nickte lebhaft, und Miles fuhr fort: »Äh… ich möchte mich nicht in die internen Angelegenheiten des KBS einmischen oder so, aber ich glaube, die Abteilung für

Komarranische Angelegenheiten wird sehr bald einen neuen Mann an der Spitze brauchen.« Er blickte auf Allegre. »Der alte wird nämlich demnächst einen viel schlimmeren Job erben, wissen Sie.«

Allegre blickte zuerst überrascht, dann nachdenklich drein. »Einen Komarraner als Leiter der Komarranischen Angelegenheiten…?«

»Radikal«, schnurrte Miles, »aber es könnte funktionieren.«

Sowohl Allegre als auch Illyan warfen ihm den gleichen, um Schweigen bittenden Blick zu. Miles gab nach.

»Außerdem«, fuhr Allegre fort, »glaube ich, daß Sie etwas voreilig sind, Lord Vorkosigan. Es steht keineswegs fest, daß Gregor mich als ständigen Chef des KBS bestätigen wird.«

»Wen gibt es denn sonst noch?« Miles zuckte die Achseln. »Olshansky ist noch nicht erfahren genug, und der Chef von G.A. mag seinen alten Job sehr, nein danke. Da endlich die kaiserliche Hochzeit bevorsteht, macht Ihre reichhaltige Erfahrung in komarranischen Dingen Sie zu einem nahezu idealen Kandidaten, würde ich sagen.«

»Sei dem, wie ihm wolle.« Allegre sah ein wenig erschrocken aus; begannen die vollen Auswirkungen ihm erst jetzt zu dämmern? »Das sind die Sorgen von morgen. Mir reicht es für heute. Meine Herren, wollen Sie mich bitte entschuldigen. Ich glaube, ich sollte lieber schnell beginnen, mir einen Überblick über Haroches… Illyans… über das, was in der Inbox der Komkonsole oben wartet, zu verschaffen. Und… und eine Besprechung der Abteilungsleiter, um sie über die… hm… Ereignisse ins Bild zu setzen. Irgendwelche Vorschläge, Simon?«

Illyan schüttelte den Kopf. »Machen Sie weiter. Sie machen es gut.«

»Duv«, fuhr Allegre, an Galeni gerichtet, fort, »gehen Sie wenigstens heim, essen Sie zu Abend und schlafen Sie gut, bevor Sie wichtige Entscheidungen treffen. Versprechen Sie mir das?«

»In Ordnung, Sir«, sagte Galeni in einem neutralen Ton. Delia drückte seine Hand. Er hatte sie, bemerkte Miles, die ganze Zeit, während sie hier standen und redeten, nicht losgelassen. Er wollte es nicht riskieren, sich diese Frau entgehen zu lassen. Sobald er sich ein wenig entspannt haben würde, würde er vielleicht einsehen, daß mindestens vier große Männer mit Handtraktoren notwendig wären, um sie von seinem Arm zu reißen. *Tollkühne* große Männer. Ivan, der endlich diese Szene bemerkte, runzelte die Stirn.

»Wollen Sie zuerst Gregor berichten, Mylord Auditor, oder soll ich es tun?« fügte Allegre hinzu.

»Ich kümmere mich darum. Allerdings sollten Sie sich bei ihm melden, sobald Sie Ihre Situation oben geklärt haben.«

»Jawohl, danke.« Sie salutierten andeutend, und Allegre eilte hinaus.

»Rufen Sie Gregor jetzt an?« fragte Galeni.

»Direkt von hier aus«, sagte Miles. »Ich muß ihm dringend mitteilen, was geschehen ist, da ich ihm vorher keinen Wink geben konnte. Das Büro des KBS-Chefs überwacht seine gesamte Kommunikation.«

»Wenn Sie es tun…«, Galeni blickte auf Delia, dann wieder weg, doch sein Griff um ihre Hand wurde fester, »dann sorgen Sie dafür… dann bitten Sie ihn doch darum, Laisa auf jeden Fall wissen zu lassen, daß ich kein Verräter bin.«

»Das mache ich als erstes«, versprach Miles. »Mein Wort darauf.«

»Danke.«

Miles kommandierte eine der Wachen ab, um sicherzustellen, daß Galeni und Delia ohne eine letzte Belästigung zum Ausgang gelangen konnten, und er überließ ihnen Martin und den Bodenwagen, um sie zu Galenis Wohnung zu bringen. Ivan behielt er bei sich und lehnte dessen schlaues Angebot ab, Galeni zu versorgen und dann Delia heimzubringen, indem er darauf hinwies, daß Ivans Bodenwagen noch beim Hauptquartier des Führungsstabs geparkt war. Dann verdrängte er den diensthabenden Offizier von seiner Komkonsolenstation und übernahm sie selbst. Illyan holte einen weiteren Stuhl herbei, um zuzuschauen. Miles schob eine Code-Karte in den Leseschlitz der Komkonsole.

»Majestät«, grüßte Miles förmlich, als Gregors Oberkörper über der Vid-Scheibe erschien. Der Kaiser wischte sich mit einer Serviette den Mund ab.

Bei der hochoffiziellen Anrede zuckte Gregor mit den Augenbrauen; Miles hatte seine ganze Aufmerksamkeit für sich. »Ja, Mylord Auditor. Gibt es Fortschritte? Probleme?«

»Ich bin fertig.«

»Du lieber Himmel! Äh… würdest du das bitte genauer erklären?«

»Du bekommst alle Einzelheiten«, Miles warf einen Seitenblick auf Illyan, »in meinem Bericht, aber kurz gesagt, du bist einen provisorischen KBS-Chef ärmer. Galeni war nie der Schuldige. Haroche selbst war es. Ich hatte herausgefunden, daß die Transmissionsverkapselungen der Prokaryoten in den Luftfiltern hängengeblieben sein mußten.«

»Hat er das gestanden?«

»Noch besser. Wir haben ihn erwischt, als er versuchte, den Filter in seinem alten Büro auszutauschen, wo er offensichtlich Illyan seine Dosis verpaßt hatte.«

»Ich… nehme an, daß das nicht zufällig passiert ist.«

Miles fletschte die Zähne zu einem wölfischen Grinsen. »Der Zufall«, dozierte er, »begünstigt den Kopf, der vorbereitet ist, wie jemand gesagt hat. Nein, nicht durch Zufall.«

Gregor lehnte sich zurück. Er wirkte sehr beunruhigt. »Er hat erst heute morgen mir höchstpersönlich meinen täglichen KBS-Bericht abgeliefert, und die ganze Zeit wußte er... Ich war fast drauf und dran, ihn als dauernden Chef des KBS zu bestätigen.«

»Ja. Und er wäre fast ein guter gewesen. Hör mal... äh... ich habe Duv Galeni versprochen, ich würde dich bitten Laisa zu sagen, daß er kein Verräter ist. Wirst du mein Versprechen einlösen?«

»Natürlich. Die Szene von gestern abend hat ihr außerordentlichen Kummer bereitet. Haroches Erklärung hat in uns allen höchst schmerzliche Zweifel geweckt.«

»Lucas war immer aalglatt«, murmelte Illyan.

»Warum hat er das getan?« fragte Gregor.

»Ich habe noch eine Menge Fragen, auf die ich Antworten haben möchte, bevor ich mich hinsetze und meinen Bericht zuammenstelle«, sagte Miles, »und die meisten davon scheinen mit *warum* zu beginnen. Das ist die interessanteste Frage von allen.«

»Und die am schwersten zu beantwortende«, warnte Illyan. »Wo, was, wie, wer – darauf konnte ich manchmal wenigstens die materiellen Beweise sprechen lassen. *Warum* war fast theologisch und stellte sich oft als über meine Reichweite hinausgehend heraus.«

»Es gibt soviel, was nur Haroche uns sagen kann«, erklärte Miles. »Aber um so schlimmer, wir können bei dem Kerl kein Schnell-Penta verwenden. Ich glaube... wir könnten vielleicht etwas aus ihm herausbekommen, wenn wir ihm noch heute abend auf die Pelle rücken, während er noch aus dem Gleichgewicht ist. Morgen wird er seinen beträchtlichen Grips wieder beisammen haben, einen militärischen Verteidiger verlangen und sich nicht mehr beirren lassen. Nein...

nicht *wir*. Es ist offensichtlich, daß er mich wie die Pest haßt, obwohl hier wieder die Frage auftaucht, *warum*… Simon, können Sie… sind Sie bereit, für mich ein Verhör durchzuführen?«

Illyan rieb sich mit der Hand übers Gesicht. »Ich kann es versuchen. Aber wenn er willens war, mich fertigzumachen, weiß ich nicht, warum er nicht willens sein sollte, jedem moralischem Druck zu widerstehen, den ich ausüben kann.«

Gregor schien seine Hände zu studieren, die er vor sich auf seiner Komkonsole verschränkt hatte, dann blickte er auf. »Wartet«, sagte er, »ich habe eine bessere Idee.«

# KAPITEL 27

»Muß ich da wirklich zuschauen?« murmelte Ivan in Miles' Ohr, als ihre kleine Gruppe den streng überwachten Korridor zu Haroches Zelle hinabtrottete. »Das verspricht sehr unangenehm zu werden.«

»Ja, aus zwei Gründen. Du bist die ganze Zeit über mein offizieller Zeuge gewesen und wirst zweifellos später unter Eid alle möglichen Zeugenaussagen machen müssen, und weder Illyan noch ich sind körperlich in der Lage, Haroche zu überwältigen, wenn er beschließt, Amok zu laufen.«

»Erwartest du, daß er das tut?«

»Nicht... wirklich. Aber Gregor meint, die Anwesenheit eines regulären Wachsoldaten – eines von Haroches eigenen früheren Männern – würde seine... äh... Offenheit hemmen. Steh es durch, Ivan. Du mußt nicht reden, nur zuhören.«

»Da hast du nur allzu recht.«

Der KBS-Wachsoldat gab den Code zum Öffnen der Zellentür ein, dann trat er respektvoll zurück. Miles trat als erster ein. Die neuen Haftzellen des KBS waren nicht gerade geräumig, aber Miles hatte schon schlimmere gesehen; sie hatten eigene – wenn auch überwachte – Toiletten. Doch die Zelle roch immer noch nach Militärgefängnis, der schlechtesten beider Welten. Zwei Betten säumten den engen Raum zu beiden Seiten. Auf einem davon saß Haroche, noch immer in dem Hemd und den Uniformhosen, die er vor knapp einer halben Stunde getragen hatte; er war also noch nicht zu dem Kittel und den Pyjamahosen im Orange der Gefangenen verdonnert worden. Doch ihm fehlten Jacke und Stiefel, dazu alle Rangabzeichen und die silbernen Horusaugen. Miles empfand das Fehlen dieser Augen wie zwei brennende Narben an Haroches Hals.

Als Haroche aufblickte und Miles sah, war sein Gesicht verschlossen und feindselig. Ivan folgte und postierte sich neben der Tür, anwesend, aber distanziert. Als Illyan die Zelle betrat, wurde Haroches Gesichtsausdruck verlegen und noch verschlossener, und Miles mußte an den Begriff »tödlich gekränkt« denken.

Erst als Kaiser Gregor, groß und ernst, in den Raum trat, verlor Haroche die Beherrschung über sein Gesicht. Schock und Bestürzung wichen einem Aufflakkern offener Angst. Haroche holte Luft und versuchte kalt und finster auszusehen, doch es gelang ihm nur, wie erstarrt zu wirken. Er rappelte sich hoch – Ivan straffte sich –, doch er sagte nur mit brüchiger Stimme: »Majestät.« Er hatte entweder nicht den Nerv, vor seinem Oberbefehlshaber unter diesen Umständen zu salutieren, oder er unterließ es aus Vernunft. Gregor sah nicht so aus, als ob er den Gruß erwidert hätte.

Der Kaiser wies seine beiden persönlichen Gefolgsleute an, draußen zu warten. Miles erwartete nicht, von viel direktem Nutzen zu sein, falls Haroche sich zu einem Angriff auf den Kaiser hinreißen ließ, aber zumindest würde er sich zwischen die beiden Männer werfen können. Sobald Haroche Miles umgebracht hätte, wäre die Verstärkung da. Die Zellentür glitt zu. Miles kam es vor, als spürte er einen Druck in den Ohren, wie in einer Luftschleuse. Das Schweigen und die Empfindung der Isolierung waren tief hier drinnen.

Nach einer wohlüberlegten Berechnung der Ecken und der verfügbaren Kräfte postierte sich Miles wie

Ivan auf der gegenüberliegenden Seite der Zellentür, am äußersten Rand von Haroches Bewegungsraum. Sie würden so still sein wie ein Paar nicht zusammenpassender Steinfiguren, und mit der Zeit würde Haroche ihre Anwesenheit vergessen. Gregor würde dafür sorgen. Der Kaiser setzte sich auf das gegenüberstehende Bett; Illyan lehnte sich mit verschränkten Armen an die Wand, wie nur er es tun konnte: ein personifiziertes Horusauge.

»Setzen Sie sich, Lucas«, sagte Gregor so leise, daß Miles es kaum hörte.

Haroche öffnete die Hände, als wollte er gleich protestieren, doch seine Knie gaben nach, und er setzte sich schwer hin. »Majestät«, murmelte er aufs neue und räusperte sich. Ah ja, Gregor hatte recht mit seiner Einschätzung.

»General Haroche«, fuhr Gregor fort, »ich wollte, daß Sie mir Ihren letzten Bericht persönlich erstatten. Das schulden Sie mir, und für die dreißig Jahre, die Sie mir gedient haben – fast mein ganzes Leben, meine ganze Regierungszeit lang –, schulde ich es Ihnen.«

»Was…« – Haroche schluckte – »wollen Sie von mir hören?«

»Erzählen Sie mir, was Sie getan haben. Erzählen Sie mir, warum. Beginnen Sie mit dem Anfang und fahren Sie fort bis zum Ende. Fügen Sie alle Fakten ein. Lassen Sie alle Rechtfertigungen aus. Die Zeit dafür werden Sie später haben.«

Es konnte kaum einfacher oder überwältigender formuliert werden. Miles hatte Gregor schon still gesellschaftlich-charmant, still todesmutig, still verzweifelt und still entschlossen erlebt. Noch nie zuvor hatte er ihn still zornig gesehen. Es war eindrucksvoll, ihn umgab eine Schwere wie tiefes Meerwasser. Man konnte darin ertrinken, selbst wenn man noch versuchte, hinauf zur Luft zu strampeln. *Wieseln Sie sich da heraus,*

*Haroche, wenn Sie es können. Gregor ist nicht nur dem Namen nach unser Herr.*

So lange er es wagte, saß Haroche stumm da, dann begann er: »Ich… hatte seit langem von den komarranischen Prokaryoten gewußt. Von Anfang an. Diamant von der Abteilung K.A. hatte es mir gesagt; wir arbeiteten zusammen bei der Jagd auf Ser Galens kleine Gruppe von Saboteuren, wir liehen einander Leute und Hilfe in der Krise. Ich war an jenem Tag dabei, als er die Kapseln unten deponierte. Jahrelang dachte ich nicht mehr daran. Dann habe ich mir meine Beförderung zum Chef der Abteilung H.A. errungen, mit dem *Yarrow*-Fall, erinnern Sie sich noch… Sir?« Das war an Illyan gerichtet. »Sie sagten damals, meine Arbeit diesbezüglich sei hervorragend gewesen.«

»Nein, Lucas.« Illyans stimme klang unecht freundlich. »Kann nicht sagen, daß ich mich daran erinnere.«

*Daraufhin* schien sich das Schweigen sehr lang zu dehnen. »Fahren Sie fort«, sagte Gregor.

»Ich… begann mehr und mehr auf Vorkosigan aufmerksam zu werden, innerhalb und außerhalb des Hauptquartiers des KBS. Es gab Gerüchte über ihn, einige ziemlich wilde Geschichten, daß er eine Art As für galaktische Angelegenheiten war und daß er als Illyans Nachfolger lanciert werden sollte. Es war sehr offensichtlich, daß er Illyans Liebling war. Dann wurde er letztes Jahr plötzlich getötet, allerdings, wie es sich herausstellte, war er… nicht tot genug.«

Ein leichtes Zucken der Lippen war aller Ausdruck, den Gregor sich gestattete. Nach einem Blick auf den Kaiser redete Haroche schnell weiter. »Aus welchen Gründen auch immer reorganisierte Illyan in dieser Periode seine Befehlskette und klärte seine Nachfolge. Ich wurde zum stellvertretenden Leiter des KBS befördert. Er sagte mir, er denke daran, einen neuen Nachfolger auszuwählen, für den Fall, daß es tatsächlich jemandem gelingen sollte, ihn auf der Stelle zu erledigen, und das war ich. Und dann tauchte Vorkosigan wieder auf – lebendig.

So oder so hörte ich nichts mehr über ihn bis diesen letzten Mittsommer. Da fragte Illyan mich, ob ich dächte, ich könnte mit Vorkosigan als meinem Stellvertreter in der Abteilung H.A. zusammenarbeiten. Er warnte mich, der Kerl sei hyperaktiv und aufsässig wie der Teufel, aber er bringe Ergebnisse. Er sagte, ich würde ihn entweder lieben oder hassen, obwohl einige Leute beides täten. Er sagte, Vorkosigan brauche eine Dosis meiner Erfahrung. Ich sagte… ich würde es versuchen. Die Folgerung war ziemlich offensichtlich. Es hätte mir nichts ausgemacht, meinen Nachfolger zu trainieren. Daß man mich bat, meinen Boss zu trainieren, war ein bißchen schwer zu schlucken. Dreißig Jahre Erfahrung, die übersprungen wurden… Aber ich schluckte es.«

Gregors Aufmerksamkeit war gänzlich auf Haroche gerichtet, und Haroches wohl oder übel ganz auf Gregor. Es war, als generierte Gregor seine eigene kleine persönliche Energiekugel um sich herum, genau wie sie cetagandanische Haud-Laies verwendeten, und als befänden sich nur die beiden darin. Haroche wurde leidenschaftlicher, er beugte sich vor, und sein Knie berührte fast das Gregors.

»Dann schoß sich Vorkosigan… die Füße unter dem Leib weg. Sozusagen. Gut und richtig. Ich mußte ihn nicht erledigen, er tat es selbst, besser als ich es mir jemals hätte vorstellen können. Er war draußen, ich war drin. Ich hatte wieder meine Chance, aber… Illyan war für weitere fünf Jahre gut, vielleicht für zehn. Die ganze Zeit kommen neue junge Asse daher. Ich wollte jetzt meine Chance haben, solange ich noch auf meinem Gipfel war. Illyan war allmählich ausgebrannt, man konnte es sehen, spüren. Er wurde müde. Er redete weiter davon, daß er in den Ruhestand gehen wolle, aber tat nie etwas in diese Richtung. Ich wollte dem Kaiserreich dienen, Ihnen dienen, Majestät! Ich wußte, ich könnte es, wenn ich meine Chance bekäme. Rechtzeitig, zu meiner Zeit. Und dann… fiel mir dieses verdammte komarranische Pulver ein.«

»Wann genau fiel Ihnen das ein?«

»An jenem Nachmittag, als Vorkosigan mit weit aufgerissenen Augen aus Illyans Büro herausgestolpert kam. Ich ging wegen einer anderen Sache in die Asservatenkammer hinunter, ging direkt an diesem Regalfach vorbei, wie ich es schon hundertmal zuvor getan hatte, doch diesmal… öffnete ich den Container und steckte zwei Kapseln ein. Es war nicht schwierig, mit ihnen hinauszugehen; der Behälter war alarmgesichert, nicht der Inhalt. Natürlich wurde ich nicht durchsucht. Ich wußte, daß ich am Ende etwas hinsichtlich der Monitore würde tun müssen, aber wenn jemand sie visuell überprüfte, dann hätte man nur mich gesehen, der ich befugt war zu nehmen, was ich wollte.«

»Wir wissen, wo, aber wann haben Sie Illyan die Prokaryoten verabreicht?«

»Das war… ein paar Tage später. Drei, vier Tage.« Haroches Hand zuckte in die Luft; Miles stellte sich vor, wie das Wölkchen gelbbraunen Rauchs von den Fingern des Mannes emporwirbelte. »Er kam immer wieder auf einen Sprung in meinem Büro vorbei, um Fakten zu überprüfen oder meine Meinung zu hören.«

»Haben Sie damals beide Kapseln benutzt?«

»Nicht damals. Etwa eine Woche lang schien nichts zu passieren, also verpaßte ich ihm noch eine Dosis. Ich hatte nicht gewußt, wie lange es dauerte, bis sich die Symptome zeigten. Oder… wie stark. Aber ich wußte, es würde ihn nicht umbringen. Auf jeden Fall glaubte ich es. Ich wollte sichergehen. Es war ein Impuls. Und dann war es zu spät, um einen Rückzieher zu machen.«

»Ein Impuls?« Gregor hob vernichtend die Augenbrauen. »Nach drei Tagen der Überlegung?«

»Ein Impuls«, brach Miles sein langes Schweigen, »braucht manchmal so lange. Besonders, wenn man eine wirklich schlimme Idee hat.« *Ich sollte es wissen.*

Gregor gab ihm ein Zeichen, er solle sich zurückhalten. Miles biß sich auf die Lippe. »Wann haben Sie beschlossen, die Sache Hauptmann Galeni anzuhängen?« fragte Gregor streng.

»Das tat ich noch nicht, nicht damals. Ich wollte es niemandem anhängen, aber wenn ich müßte, dann wollte ich Vorkosigan drankriegen. Er war perfekt dafür geeignet. Es lag eine Art Gerechtigkeit darin. Er ist fast mit einem Mord davongekommen, in der Sache mit dem Kurier. Ich hätte den hyperaktiven kleinen Zwerg vor ein Militärgericht gestellt, aber er war immer noch Illyans Liebling, selbst nach dieser ganzen Schweinerei. Dann tauchte er mit dieser verdammten Auditorenkette um den Hals auf meiner Schwelle auf, und mir wurde klar, daß er nicht nur Illyans Liebling war.« Haroches Augen begegneten endlich Gregors Blick und schauten ihn anklagend an.

Gregors Augen waren sehr, sehr kühl. »Weiter«, sagte er völlig ausdruckslos.

»Der kleine Kerl wollte keine Ruhe geben. Er drängte und drängte – wenn ich ihn noch eine weitere Woche hätte hinhalten können, dann hätte ich die Sache überhaupt niemandem anhängen müssen. Es war Vorkosigan, der mich zum Handeln zwang. Aber inzwischen war klar, daß Vorkosigan feuerfest war; ihm würde ich es nie anhängen können. Galeni war um ihn herum und lenkte meine Aufmerksamkeit auf sich. Ich erkannte, daß sein Verdachtsprofil sogar noch besser war als das von Vorkosigan. Er war nicht meine erste Wahl, aber… er war viel leichter loszuwerden. Wenn sonst nichts, dann war er eine potentielle Peinlichkeit für die zukünftige Kaiserin. Wem würde er schon fehlen?«

Gregor war so ausdruckslos geworden, daß er fast grau wirkte wie ein Fels. *So also sieht bei ihm Wut aus.* Miles fragte sich, ob Haroche sich bewußt war, was Gregors extreme Ausdruckslosigkeit bedeutete. Der General schien in seinen eigenen Worten gefangen zu sein, ganz aufgebracht, und sprach jetzt schneller.

»Der kleine Kerl wollte immer noch nicht aufgeben. Drei Tage – er hat diese Kapseln nach nur *drei Tagen* in der Asservatenkammer gefunden. *Drei Monate* hätte er dafür brauchen sollen. Ich konnte es nicht glauben. Ich dachte, ich könnte ihn den ganzen Weg nach Jackson's Whole und zurück schicken, aber er klebte eng an mir. Wann immer ich mich tags oder nachts umdrehte, da war er neben mir, überall in meinem Gebäude. Ich mußte ihn loswerden, bevor ich mich hinreißen ließe, ihn zu erwürgen, deshalb beschleunigte ich den Zeitplan gegen Galeni, soweit ich es wagte und lieferte ihn in Geschenkpackung ab. Und der kleine Kerl wollte immer noch nicht aufgeben! Also gab ich ihm den Köder, nach dem er hungerte, ich war sicher, *den* würde er schlucken. Ich schob ihn ihm praktisch in den Hals, aber inzwischen hatte er schon einen solchen Speichelfluß, daß er, als ich mich nächstes Mal umdrehte, schon wieder in meinem Büro war, mit diesem verdammten arroganten galaktischen Biovogel, der die verfluchten Filter auseinandernahm, und ich bin hier unten, und er ist… oben.« Haroche hielt inne, um Luft zu holen.

Gregor blinzelte. »Was für einen Köder?«

*O je, verflucht, Haroche, Sie müssen wirklich nicht davon anfangen…*

Als Haroche nicht antwortete, wandte sich Gregors

Blick Miles zu. »Was für ein Köder?« fragte er mit täuschender Sanftheit.

Miles räusperte sich. »Er hat mir die Dendarii angeboten. Er sagte, ich könnte wieder für ihn arbeiten, zu den gleichen Bedingungen wie für Simon. Oh, noch besser. Er brachte einen Hauptmannsrang ins Spiel.«

Drei nahezu identische erstaunte Blicke schienen ihn an die Wand zu pinnen.

»Das hast du mir gegenüber nicht erwähnt«, sagte Illyan schließlich.

»Nein.«

»Auch mir gegenüber hast du es nicht erwähnt«, sagte Gregor.

»Nein.«

»Du meinst, du hast nicht ja gesagt?« fragte Ivan überrascht.

»Nein. Ja. Was immer.«

»Warum nicht?« fragte Illyan nach scheinbar einer vollen Minute.

»Ich glaubte, ich könnte nicht beweisen, daß es Bestechung war.«

»Nein. Ich meine, ich weiß, was eine Bestechung ist, Gott weiß, du mußt es *mir* nicht demonstrieren«, sagte Illyan. »Warum hast du nicht angenommen?«

»Und Galeni ihm als Sündenbock geopfert? Und *ihn* dann die nächsten zehn, zwanzig Jahre den KBS leiten lassen und dabei wissen, was ich von ihm wußte? Wie lange, glauben Sie, hätte es gedauert, bis er einfach aufgehört hätte, Gregor zu berichten, und begonnen hätte, ihn durch seine Berichte oder noch direkter zu manipulieren? Zu seinem eigenen Besten, natürlich, und zum Besten des Kaiserreichs.«

»Das hätte ich nicht getan. Ich hätte Ihnen gut gedient, Majestät«, beharrte Haroche mit gesenktem Kopf und leiser Stimme.

Gregor legte die Stirn in tiefe Falten.

*Zum Teufel, laß ihm doch sein Leugnen.* Miles hätte genauso wenig versucht, es ihm zu entreißen, wie er versucht hätte, einem Ertrinkenden einen Balken wegzunehmen. Er wollte nichts mehr von Haroche, kein weiteres Geständnis mehr, nicht einmal Rache. Er mußte nicht einmal seinen Haß erwidern. Miles würde vielleicht um den ehrlichen Haroche vom Mittsommer trauern, der jetzt verloren war; der Haroche des Winterfestes hatte sein Schicksal gewählt. *Sie sind substanzlos und können mich nicht bewegen. Ich bin müde und will mein Abendessen haben.* »Sind wir noch nicht fertig?« seufzte er.

Gregor lehnte sich zurück. »Ich fürchte schon.«

»Sie tun so, als sei es Mord gewesen, und das war es nicht. Es war nicht Hochverrat«, beharrte Haroche. »Das müssen Sie sehen, Majestät.«

*Versuchen Sie es mal mit: »Es tut mir leid.« Hören Sie auf, sich zu rechtfertigen, bitten Sie um Gnade. Sie würden überrascht sein, was dann passieren kann.*

»Simon ist nicht einmal verletzt worden!«

Sehr überlegt stand Gregor auf und kehrte Haroche den Rücken zu. Haroche öffnete den Mund zu weiteren verzweifelten Rechtfertigungen, die nicht mehr zum Vorschein kamen, sondern ihm im Hals steckenzubleiben schienen. Illyan, der berühmt war für sanftes verbales Gift, blickte drein, als fiele ihm nichts zu sagen ein, das vernichtend genug wäre.

Als Gregor das Zeichen zum Öffnen der Tür gab und hinausging, flitzte Ivan sofort hinter ihm her. Illyan wartete auf Miles – er ließ ihn, aus purer Gewohnheit, den Rücken nicht ungeschützt einer potentiellen Gefahr zukehren – und folgte ihm dann auf den Korridor. Die Tür schloß sich zischend vor Haroches letzten hervorgewürgten Protesten und schnitt sie so jäh ab, als hätte ihm eine Klinge den Hals durchtrennt.

Sie blieben alle stumm, bis sie wieder den Eingangsbereich erreicht hatten. Dann bemerkte Illyan: »Ich hatte gedacht, diese Bemerkung vom Ringen mit der Versuchung sei ein Scherz gewesen.«

»Drei zu zwei, Simon. Es war ganz eng. Ich... will wirklich nicht darüber reden.«

»Er hat also versucht, einen von meinen Auditoren zu bestechen«, sagte Gregor. »Das ist ein Kapitalverbrechen.«

»Ich denke nicht, daß ich versuchen möchte, das einem Militärgericht zu erklären, Majestät. Haroche hat genug am Hals. Es kann wohl kaum noch schlimmer für ihn kommen. Laß es sein. Bitte.«

»Wenn du es wünschst, Mylord Auditor.« Gregor hatte einen seltsamen Ausdruck im Gesicht, als er auf Miles herabschaute. Miles trat unbehaglich von einem Fuß auf den anderen. Es war nicht Überraschung oder Verwunderung, die sich schließlich in einem Kraftausdruck aufgelöst hätten. Etwa Respekt? Sicherlich nicht. »Was hat dich zurückgehalten? Auch ich möchte wissen, warum, weißt du. Soviel schuldest du mir.«

»Ich... weiß nicht genau, wie ich es formulieren soll.« Er suchte und fand – sehr zu seiner Überraschung – diesen seltsamen ruhigen Ort, der noch in seinem Innern war. Das half. »Einige Preise sind einfach zu hoch, egal, wie sehr man sich den Gewinn wünscht. Das eine, was du nicht für deinen Herzenswunsch eintauschen kannst, ist dein Herz.«

»Oh«, sagte Gregor.

Illyans Schätzung, die Zusammenstellung des Auditorenberichts würde genausoviel Zeit erfordern wie die Lösung des Falles, erwies sich als optimistisch, denn er hatte die Unterbrechungen nicht berücksichtigt. Miles verbrachte den größten Teil der folgenden Woche zurückgezogen in seinem Schlafzimmer und schob Massen von Dateien und Wörtern auf seiner Komkonsole herum. Nachdem er alle fehlenden Teile ausfindig gemacht hatte, wanderte er zwischen Palais Vorkosigan und dem KBS-Hauptquartier hin und her, um mit den Forensikern, der Klinik und einem halben Dutzend anderer Abteilungen zu konferieren, um Zeugenaussagen aufzunehmen oder sich mit General Allegre in Klausur zu begeben. Er unternahm eine Reise nach außerhalb von Vorbarr Sultana, um zusätzliche medizinische Aussagen von Admiral Avakli einzuholen. Er überprüfte alles noch einmal. Bei diesem Bericht wollte er nicht erleben, daß sein Elaborat mit einer Welle von Rückfragen nach weiteren Klarstellungen zurückkam, selbst wenn dabei Illyans scharfe Randbemerkungen fehlen sollten.

In tiefer Konzentration war Miles gerade dabei, einen kurzen, neutral formulierten Bericht über Haroches Verschleppungstaktik und Irreführung während des Höhepunkts von Illyans Krise zu verfassen, und er verfluchte sich dabei für jeden Anhaltspunkt, den er übersehen hatte – oh, Haroche war durchaus mit ihm fertig geworden, war mit ihnen allen fertig geworden –, als Ivan unangemeldet hereingeplatzt kam und lospolterte: »Weißt du eigentlich, was in eurer Gästesuite vor sich geht?«

Miles stöhnte und fuhr sich mit den Händen durchs Haar, machte Ivan ein Zeichen, er solle schweigen, versuchte sich – erfolglos – zu erinnern, mit welchen brillanten Formulierungen er diesen Absatz hatte beenden wollen, gab es auf und schaltete seine Komkonsole aus. »Du brauchst nicht zu brüllen.«

»Ich brülle nicht«, sagte Ivan. »Ich bin lediglich energisch.«

»Könntest du bitte etwas leiser energisch sein?«

»Nein. Simon Illyan schläft mit *meiner Mutter*, und das ist deine Schuld!«

»Ich... glaube nein, irgendwie.«

»Auf jeden Fall geschieht es in deinem Haus. Du hast eine Verantwortung für die Folgen.«

»Welche Folgen?«

»Ich weiß nicht, welche Folgen! Ich weiß nicht, was ich, verdammt noch mal, deshalb tun soll. Soll ich anfangen, Simon *Papa* zu nennen oder ihn zu einem Duell herausfordern?«

»Tja... du könntest zunächst mal die Möglichkeit in Betracht ziehen, daß die ganze Sache dich nichts angeht. Sie sind erwachsen, wie ich kürzlich überprüft habe.«

»Sie sind *alt*, Miles! Es ist, es ist, es ist... *würdelos!* Oder so etwas. Skandalös. Sie ist eine hohe Vor, und er ist, er ist... *Illyan.*«

»Eine Klasse für sich.« Miles grinste. »Ich würde nicht viel Skandal erwarten, wenn ich du wäre. Ich hatte den Eindruck, daß sie ziemlich... äh... diskret sind. Deine Mutter macht alles sehr taktvoll. Außerdem, angesichts ihrer beider Persönlichkeiten, wer würde es da wagen, Bemerkungen zu machen?«

»Es ist *peinlich!* Mama hat mir gesagt, nach Gregors Verlobungszeremonie und bevor die Hochzeitsvorbereitungen so richtig losgehen, da wollen sie einen halben Monat Urlaub an der Südküste machen. Zusammen. In einem Erholungsort für Proleten aus der Mittelklasse, von dem ich noch nie gehört habe und den Illyan ausgesucht hat, weil auch er noch nie davon gehört hat, und weil jeder Ort, auf den der KBS noch nicht aufmerksam geworden ist, ihm paßt. Sie sagt, nach der Verlobung will sie den ganzen Tag in einem Strandkorb in der Sonne sitzen und nichts tun und diese abscheulichen Drinks trinken mit Früchten an einem Stäbchen darin, und die ganze Nacht hindurch – das hat *sie* gesagt – wüßten sie sicher, was sie tun sollten. Großer Gott, Miles, meine eigene Mutter!«

»Wie glaubst du denn, ist sie zu deiner Mutter geworden? Damals hat es auf Barrayar noch keine Uterusreplikatoren gegeben.«

»Das war vor dreißig Jahren.«

»Zeit genug. An der Südküste, was? Das klingt... nach Entspannung. Eigentlich ausgesprochen friedlich. Warm.« An diesem Morgen fiel Schneeregen in Vorbarr Sultana. Vielleicht konnte er Illyan überreden, ihm den Namen des Ortes zu verraten, und sobald er diesen verdammten Bericht vom Hals hatte... aber Miles hatte im Augenblick niemand, mit dem er hätte in Urlaub fahren können, außer Ivan, und das war schließlich nicht dasselbe. »Falls es dich wirklich beunruhigt, kannst du vermutlich mit meiner Mutter reden.«

»Das habe ich schon versucht. Sie ist Betanerin. Sie meint, es sei einfach großartig. Gut für das kardiovaskuläre System und die Endorphinproduktion und so weiter. Sie und meine Mutter haben es vermutlich zusammen ausgeheckt, wenn ich es mir recht überlege.«

»Vielleicht. Schau dir doch die Sache von der heiteren Seite an. Es besteht doch die Möglichkeit, daß Tante Alys so mit ihrem Liebesleben beschäftigt ist, daß sie gar keine Gedanken mehr frei hat für ihre Versuche, das deine zu arrangieren. Hast du nicht immer gesagt, daß du das haben wolltest?«

»Ja, aber...«

»Überleg doch mal: Wie oft hat sie dich im vergangenen Monat damit belästigt, du solltest heiratsfähigen Mädchen den Hof machen?«

»Im vergangenen Monat... sind wir alle ziemlich beschäftigt gewesen.«

»Wie viele Verlobungen, Heiraten oder freudige Ereignisse der Kinder ihrer Bekannten hat sie dir in allen Einzelheiten beschrieben?«

»Na ja... keine, jetzt, wo du es sagst. Außer Gregors natürlich. So lange hat sie noch nie darauf verzichtet, mir die Personenstandsmeldungen der hohen Vor herunterzubeten. Selbst als ich damals an unserer Botschaft auf der Erde Dienst tat, hat sie mir zweimal im Monat eine diesbezügliche Nachricht geschickt.«

»Überleg mal, welch ein Segen das für dich ist, Ivan.«

Ivan verzog den Mund. »Früchte«, murmelte er, »an kleinen Stäbchen.«

Miles brauchte eine volle Stunde, um seine Konzentration wiederzugewinnen, nachdem er Ivan hinausgescheucht hatte. Er nutzte die Störung praktisch aus, indem er Dr. Chenko im KMK anrief und endlich einen Termin für die Kalibrierung seines Anfallkontrollgerätes ausmachte. Chenko schien sehr erpicht zu sein herauszufinden, ob es funktionierte. Miles kam sich allmählich wie eine große zweibeinige Laborratte vor.

Am nächsten Nachmittag schickte er sich gerade an, Palais Vorkosigan durch den Haupteingang zu verlassen, um zu diesem Termin zu gehen, als er Illyan begegnete, der gerade heimkehrte. Es schneite, weiße Schneeflocken hingen an Illyans Ziviljacke und überstäubten sein schütteres Haar. Sein Gesicht war rot von der Kälte und wirkte heiter. Er schien allein zu sein.

»Wo sind Sie gewesen?« fragte Miles. Er reckte den Hals, als die Tür zufiel, aber er sah weder Lady Alys noch eine Wache oder einen anderen Begleiter fortgehen.

»Ich bin in der Stadt spzierengegangen.«

»Ganz allein?« Miles versuchte, keine Beunruhigung in seiner Stimme anklingen zu lassen. Wenn nach allem, was vorgefallen war, dieser Mann sich verlaufen würde und man die Stadtwache alarmieren müßte, daß sie nach ihm suchte, um ihn dann erschreckt oder verwirrt und verlegen in einem seltsamen Winkel der

Stadt aufzufinden... »Es sieht so aus, als hätten Sie schön zurückgefunden.«

»Ja.« Illyan grinste selbstbewußt. Er streckte die Hand aus und zeigte Miles den Holokubus, den er darin hielt. »Deine Frau Mutter hat mir eine Landkarte geschenkt. Da ist der gesamte Nord- und Südkontinent darauf sowie alle bewohnten Inseln, jede Stadt und jedes Dorf, jede Straße und jedes Gebirge bis zum Maßstab 1:100. Wenn ich mich jetzt verlaufe, kann ich selbst den Rückweg finden.«

»Die meisten Menschen benutzen Landkarten, Simon.« *Ich bin doch ein Idiot! Warum habe ich nicht schon eher daran gedacht?*

»Es ist schon so lange her, seit ich sie benutzen mußte, daß mir der Gedanke gar nicht mehr gekommen ist. Es ist wie ein eidetischer Chip, den man in der Hand halten kann. Man erinnert sich sogar an Dinge, die man noch gar nicht gewußt hat. Wundervoll!« Er öffnete seine Jacke und zog ein zweites Gerät aus seiner Innentasche, ein vollkommen normales (wenn auch offensichtlich hochqualitatives) kommerzielles Audionotizbuch. »Das hat sie mir auch geschenkt. Es erstellt automatisch Querverweise nach Schlüsselwörtern. Simpel, aber für normalen Gebrauch perfekt geeignet. Es stellt fast ein prothetisches Gedächtnis dar, Miles.«

Schließlich hatte der Mann in den vergangenen fünfunddreißig Jahren nicht einmal daran denken müssen, sich Notizen zu machen. Was würde er als nächstes entdecken? Das Feuer? Die Schrift? Den Ackerbau? »Sie müssen sich nur merken, wo Sie es hinlegen.«

»Ich denke daran, es an meinen Gürtel zu hängen. Oder vielleicht um den Hals.« Illyan ging auf die geschwungene Treppe zur Gästesuite zu und kicherte leise.

Nachdem er vom Überprüfen der Daten schon fast schielte, riß sich Miles am folgenden Abend von seiner Komkonsole los und nahm an einem ruhigen Abendessen zu Hause teil. Die Tischgesellschaft bestand nur aus ihm selbst, der Gräfin und Illyan. Die erste Hälfte der Mahlzeit verbrachte Miles damit, daß er entschlossen alle Winke mit dem Zaunpfahl abschmetterte, mit denen die Gräfin zu verstehen geben wollte, man könne Mama Kosti vielleicht dafür interessieren, nach Sergyar auszuwandern, wo man für sie sicher einen Platz im Hauspersonal des Vizekönigs finden würde.

»Sie wird niemals Vorbarr Sultana verlassen, solange ihr Sohn hier stationiert ist«, erklärte Miles.

Die Gräfin wurde nachdenklich. »Korporal Kosti könnte nach Sergyar versetzt werden…«

»Keine schmutzigen Tricks«, sagte er schnell. »Ich habe sie gefunden, und sie gehört mir.«

»Das war nur so eine Idee.« Sie lächelte ihn lieb an.

»Da wir gerade von Sergyar reden, wann wird Vater von dort eintreffen?«

»Am Tag vor der Verlobung. Wir werden kurz danach zusammen abreisen. Natürlich werden wir zur Hochzeit am Mittsommer wiederkommen. Ich würde gerne länger bleiben, aber wir müssen wirklich beide nach Kolonie Chaos zurückkehren. Je kürzer er sich in Vorbarr Sultana aufhält, desto weniger wird er von alten politischen Kameraden wegen neuer Aufgaben angegangen werden. Das ist ein Vorteil von Sergyar; sie haben es dort schwerer, zu ihm zu gelangen. Immer noch taucht jeden Monat einer auf, voller Ideen für Dinge, die Aral in seiner nichtexistierenden Freizeit tun könne, und wir müssen ihn dann fürstlich bewirten und sanft wieder zur Tür hinausschieben.« Sie lächelte ihm über den Tisch hinweg einladend zu. »Du solltest wirklich bald kommen und uns dort besuchen. Es ist vollkommen sicher. Wir verfügen jetzt über eine wirksame Therapie gegen diese abscheulichen Würmer, weißt du, viel besser als die alte chirurgische Entfernung. Es gibt soviel zu sehen und zu tun. Besonders zu tun.«

Das unheilvolle Leuchten in den Augen einer Mutter mit einer langen Liste von unangenehmen Aufgaben in der Hand hat so etwas Universales, überlegte Miles. »Wir werden sehen. Ich gehe davon aus, daß ich meinen Anteil an dieser Auditorenuntersuchung in ein paar Tagen für Gregor abgeschlossen haben werde. Danach… bin ich mir noch nicht ganz sicher, was ich mit mir anfangen werde.«

Es entstand ein kurzes Schweigen, während jedermann sich anerkennend dem Nachtisch widmete. Schließlich räusperte sich Illyan und verkündete der Gräfin: »Ich habe heute den Mietvertrag für meine neue Wohnung unterschrieben, Cordelia. Sie wird schon morgen zum Einzug fertig sein.«

»Oh, großartig.«

»Ich möchte euch beiden danken, besonders dir, Miles, für eure Gastfreundschaft. Und eure Hilfe.«

»Welche Wohnung?« fragte Miles. »Ich fürchte, ich habe diese ganze Woche an meiner Komkonsole zugebracht.«

»Stimmt. Lady Alys hat mir geholfen sie zu finden.«

»Befindet die Wohnung sich in ihrem Haus?« Und das wäre auch eine sehr exklusive Adresse. Konnte Illyan sich das leisten? Das halbe Gehalt eines Vizeadmirals war lediglich anständig, doch wenn man darüber nachdachte, dann mußte er inzwischen ein beträchtliches Sparguthaben angehäuft haben, wenn man an die erzwungene Einfachheit seines früheren, ganz der Arbeit gewidmeten Lebens dachte.

»Ich denke, ich bin jetzt eine geringere Bedrohung für meine Nachbarn als früher, doch für den Fall, daß ein alter Feind schlecht zielt… es ist ein paar Straßen von ihr entfernt. Es wäre keine schlechte Idee, ein paar Gerüchte in Umlauf zu bringen, daß ich geistig stärker in Mitleidenschaft gezogen wurde, als ich es wirklich bin, falls ihr die Gelegenheit dazu haben solltet. Das würde mich zu einem weniger aufregenden Ziel machen.«

»Glauben Sie, Sie werden weiter für den KBS arbeiten, wenn nicht als Chef, dann… ich weiß nicht… als Berater oder so etwas?«

»Nein. Jetzt, wo das… hm… eigenartige Attentat auf mich aufgeklärt ist, werde ich aussteigen. Schau nicht so schockiert drein, Miles! Fünfundvierzig Jahre im Dienst des Kaisers kann man nicht als eine tragisch gekappte Karriere betrachten.«

»Wahrscheinlich nicht. Sie werden Gregor fehlen. Und uns allen.«

»Oh, ich nehme an, man wird mich sehen.«

Spät am folgenden Nachmittag schloß Miles seinen Auditorenbericht ab, einschließlich des Inhaltsverzeichnisses und des Indexes mit den Querverweisen. Er lehnte sich auf seinem Komkonsolenstuhl zurück und streckte sich. Der Bericht war so vollständig, wie er ihn nur hatte machen können, und so offen, wie es seine Empörung über das im Zentrum stehende Verbrechen erlaubte. Erst jetzt, als er das fertige Produkt durchsah, wurde ihm bewußt, wieviel raffinierten Dreh er selbst seinen wahrheitsgetreusten Dendarii-Einsatzberichten gegeben hatte, damit die Dendarii und Admiral Naismith gut ausschauten, um den ständigen Fluß von Finanzen und Aufträgen sicherzustellen. Daß es völlig egal war, wie Lord Auditor Vorkosigan bei der Sache wegkam, erzeugte eine kühle Gelassenheit, die er durchaus genoß.

Diesen Bericht sollte zwar Gregor als erster, aber nicht als einziger lesen. Miles war früher auf der anderen Seite des Hebels gesessen, als er auf der Basis aller möglicher zweifelhafter oder unvollständiger Berichte hatte Dendarii-Missionen planen müssen. Er wollte unbedingt, daß kein armer Kerl, der später praktischen Nutzen aus diesem Bericht ziehen mußte, Grund haben würde, ihn zu verfluchen, so wie er oft andere verflucht hatte.

Er speicherte die endgültige Version auf eine Code-Karte ab und rief Gregors Sekretär an, um einen formellen Termin für den nächsten Morgen zu vereinbaren, bei dem er den Bericht und seine Amtskette samt Siegel dem Kaiser überreichen würde. Dann stand er auf und machte sich auf einen Spaziergang durch Palais Vorkosigan, um seine Muskeln zu entspannen und ein prüfendes Auge auf seinen Leichtflieger zu werfen. Chenko hatte ihm versprochen, die endgültige chirurgische Installation seines Anfallkontrollgeräts so früh wie möglich am nächsten Nachmittag vorzunehmen. Martin, dessen langerwarteter Geburtstag irgendwann während der kürzlichen Krise von Miles unbemerkt vorübergegangen war, hatte seine Bewerbung um die Aufnahme in die kaiserlichen Streitkräfte um zusätzliche zwei Wochen aufgeschoben, um es Miles zu ersparen, daß er einen Ersatzfahrer einarbeiten mußte. Aber Miles wußte nur zu gut, wie erpicht der Junge darauf war loszukommen.

Illyan und seine wenigen Habseligkeiten waren an diesem Morgen höchst hilfreich von Lady Alys in ihrem Wagen fortgeholt worden, und das Personal der Gräfin hatte die Gästesuite wieder in ihren ursprünglichen, wenn auch etwas sterilen Zustand versetzt. Miles wanderte durch die Räume, starrte hinaus auf den verschneiten Garten und war froh, daß er nicht in einer Kryokammer eingefroren lag. Diese Suite war die großartigste Zimmerflucht in Palais Vorkosigan, mit den bei weitem besten Fenstern. Miles erinnerte sich an die Räume aus den Zeiten seines Großvaters, als sie mit militärischen Erinnerungsstücken vollgestopft und von dem eindrucksvollen Geruch alter Bücher, alten Leders und des alten Mannes erfüllt gewesen war. Er blickte sich um. Alles war saubergefegt und leer.

»Warum nicht?« murmelte er, und wiederholte dann etwas lauter: »Warum, zum Teufel, nicht?«

Eine halbe Stunde später entdeckte ihn seine Mutter, wie er eine abkommandierte Truppe befehligte, die aus Martin und der Hälfte ihrer Gefolgsleute bestand. Sie trugen Miles' gesamte Besitztümer aus dem anderen Flügel eine Etage herab und um die Ecke und verteilten sie unter Miles' etwas willkürlicher Anleitung im Bad, Schlafzimmer, Wohnzimmer und Studierzimmer. »Miles, mein Lieber, was machst du da?«

»Ich übernehme Großvaters Gemächer. Niemand anderer benutzt sie jetzt. Warum also nicht?« Er wartete ein wenig nervös auf einen Einwand von ihrer Seite und bereitete in Gedanken schon seine Gegenargumente vor.

»Oh, das ist eine gute Idee. Es wird Zeit, daß du endlich aus dem kleinen Zimmer dort oben herauskommst. Du lieber Himmel, in dem wohnst du ja schon, seit du fünf warst.«

»Genau das... habe ich auch gedacht.«

»Dieses Zimmer hatten wir für dich nur ausgewählt, weil es nach Illyans Berechnungen den ungünstigsten Winkel für einen Attentäter hätte, der versuchen würde, ein Geschoß durch das Fenster zu schleudern.«

»Verstehe.« Er räusperte sich und fügte, mutig geworden, hinzu: »Ich dachte, ich würde den ganzen ersten Stock übernehmen, den Gelben Salon, die anderen Gästezimmer, und alles. Ich könnte... Einladungen geben, Gäste empfangen und so.«

»Du kannst das ganze Haus haben, wenn wir auf Sergyar sind.«

»Ja schon, aber ich möchte auch Raum für mich haben, wenn ihr hier seid. Ich habe ihn bisher nie gebraucht. Ich war nie hier.«

»Ich weiß. Jetzt bist du hier, und ich bin fort. Das Leben ist manchmal so seltsam.« Sie wanderte davon und summte dabei vor sich hin.

Mit soviel Trägern dauerte der Umzug nur eine Stunde. Über einen größeren Raum ausgebreitet, machte sein Leben nur eine dünne Schicht aus. Mindestens drei Tonnen Besitztümer von Admiral Naismith befanden sich noch bei der Dendarii-Flotte; vermutlich müßte er sich die irgendwie holen. Schließlich würde wahrscheinlich kein anderer seine Kleider oder seine speziell angefertigte Raumrüstung verwenden können. Er wanderte herum, ordnete Sachen anders an, versuchte herauszufinden, wie er sie hier in der neuen Umgebung verwenden würde. Es war alles wunderbar geräumig. Er empfand eine mitfühlende Empfindung von Identifikation mit diesen wurzelgebundenen Pflanzen, die zu lange darauf gewartet hatten, in größere Töpfe umgesetzt zu werden. Nicht, daß er eigentlich vorhatte, wie eine Pflanze zu vegetieren. Die im Weltraum geborene Quinn würde ihn einen Dreckschlucker nennen. Quinn würde… zur Hälfte rechthaben.

Er schuldete ihr eine Nachricht. Er schuldete ihr einige Nachrichten und dazu eine große Entschuldigung dafür, daß er im Wirbel der letzten Ereignisse ihre letzten paar Anfragen beiseite geschoben hatte. Er ließ sich an seiner umplazierten Komkonsole nieder. Die Lichter der Stadt spiegelten sich in einem bernsteinfarbenen Dunst vor dem wolkenverhangenen Himmel. Der Garten, den er durch das große Fenster seines Studierzimmers sehen konnte, leuchtete sanft in der Schneenacht.

Er sammelte seine Miene und seine Gedanken und

begann. Er tippte fröhlich-beruhigende Mitteilungen medizinischer und sonstiger Natur und schickte sie per Dichtstrahl; sie würde sie in etwa einer Woche erhalten, abhängig davon, wo sich die Dendarii-Flotte gerade befand. Sehr zu seiner Überraschung ging ihm diese Aufgabe, die ihm früher unmöglich erschienen war, leicht von der Hand. Vielleicht hatte er nur sein Gehirn freimachen müssen.

# KAPITEL 28

Miles beschloß, aus der Rückgabe seiner Auditorenkette und des Amtssiegels zusammen mit der Übergabe des Berichts eine kleine Zeremonie zu machen. Die traditionelle Würde dieses Amtes schien etwas mehr zu erfordern, als nur die entsprechenden Objekte in einem Plastikbeutel am Residenztor abzugeben. Also kleidete er sich wieder mit aller gebotenen Sorgfalt in seine braun-silberne Vorkosigan-Uniform. Er zögerte lange, bevor er – vielleicht zum letztenmal – seine militärischen Auszeichnungen an der Jacke befestigte. Doch er hatte vor, Gregor um einen sehr persönlichen Gefallen zu bitten, und ihm war lieber, die Auszeichnungen sprachen für ihn, als daß er für sich selbst sprechen mußte.

Hinsichtlich dieses Gefallens hatte er Bedenken. Es war, alles in allem, nur eine kleine Sache, und er hatte das undeutliche Gefühl, daß er eigentlich über solche kleinlichen Sorgen erhaben sein sollte. Aber es war für ihn wichtig, wie diese Extra-Zentimeter Körpergröße, die niemand sonst bemerkte. Wie schon früher ließ er sich von Martin vor dem östlichen Säulengang der Residenz absetzen. Diesmal verschonte Martin Gregors Tor; seine Beherrschung des alten Bodenwagens des Grafen war wirklich erheblich besser geworden. Aufs neue wurde Miles von Gregors Haushofmeister in Gregors Büro im Nordflügel geleitet.

Gregor mußte an diesem Vormittag ebenfalls zeremonielle Verpflichtungen auf seinem Tagesplan stehen haben, denn er trug die Hausuniform der Vorbarra, und zwar so schneidig wie immer, was den Neid aller Vor-Lords mit weniger perfekten Kammerdienern erregte. Die Komkonsole, an der er auf Miles wartete, befand sich im Wartezustand, so daß seine Aufmerksamkeit nicht durch ein Datendisplay abgelenkt wurde.

»Guten Morgen, Mylord Auditor.« Gregor lächelte.

»Guten Morgen, Majestät«, antwortete Miles automatisch. Er legte die Datenkarte in ihrer Schutzhülle auf das glatte schwarze Glas des Komkonsolenpults, zog vorsichtig Kette und Siegel über den Kopf und ließ die schweren Glieder durch die Hände gleiten, bevor er sie behutsam auf die Glasfläche legte. »Das wär's. Alles erledigt.«

»Danke, Mylord Auditor.«

Auf ein Zeichen des Kaisers hin brachte der Haushofmeister Miles einen Stuhl. Miles setzte sich und leckte sich die Lippen, wobei er in Gedanken die verschiedenen möglichen Eröffnungssätze durchging, die er für sein Ersuchen eingeübt hatte. Doch Gregor bat mit einer Geste Miles wie auch den Haushofmeister, ein wenig zu warten, und das taten beide notwendigerweise. Der Kaiser öffnete die Schutzhülle und ließ die Datenkarte durch den Leseschlitz seiner Komkonsole laufen. Dann reichte er sie in der offenen Hülle dem Haushofmeister und sagte: »Sie können das jetzt nach nebenan bringen, bitte.«

»Jawohl, Majestät.« Der Haushofmeister ging hinaus und trug dabei den Bericht auf einem kleinen Tablett, wie ein Diener, der einen seltsamen Nachtisch serviert.

Gregor ließ Miles' Auditorenbericht schnell durchlaufen, wobei er außer einem gelegentlichen, gemurmelten »Was?« nichts verlauten ließ, was seine Meinung kundgab. Miles zog die Augenbrauen ein wenig hoch und lehnte sich auf seinem Stuhl zurück. Gregor ging zum Anfang zurück und überprüfte ausgewählte Abschnitte langsamer. Schließlich machte er Schluß und ließ das Datendisplay in sich zusammensinken und verschwinden. Er nahm die Auditorenkette in die Hand, drehte sie ihm Licht hin und her und befingerte das Wappen der Vorbarra, das in das Gold eingeritzt war. »Das war eine meiner glücklicheren Blitzentscheidungen, das muß ich schon sagen, Miles.«

Miles zuckte die Achseln. »Der Zufall hatte mich an einen Platz gestellt, auf dem ich einige nützliche Sachkenntnisse hatte.«

»War es der Zufall? Wenn ich mich recht erinnere, war es Absicht.«

»Die Sabotage an Illyans Chip war ein Insiderjob. Du brauchtest einen KBS-Insider, um die ganze Sache zu entwirren. Eine Menge anderer Leute hätte das getan, was ich getan habe.«

»Nein...« Gregor musterte ihn abschätzend. »Ich glaube, ich brauchte einen ehemaligen KBS-Insider. Und mir fällt auf Anhieb kein anderer Mann ein, der sowohl die Leidenschaft wie die Leidenschaftslosigkeit besitzt, um das zu tun, was du getan hast.«

Miles gab es auf, über dieses Thema zu disputieren; er mußte nur höflich sein, nicht aufrichtig. Außerdem würde er kein besseres Stichwort bekommen, um seine Bitte zu eröffnen. »Danke, Gregor.« Er holte Luft.

»Ich habe über eine angemessene Belohnung für eine gut gelöste Aufgabe nachgedacht«, fügte der Kaiser hinzu.

Miles stieß den Atem wieder aus. »So?«

»Die traditionelle Belohnung ist eine neue Aufgabe. Zufällig habe ich diese Woche eine offene Stelle für einen neuen Chef des Kaiserlichen Sicherheitsdienstes.«

Miles räusperte sich unbestimmt. »So?«

»Möchtest du sie haben? Während sie traditionell von einem aktiven Offizier bekleidet wird, gibt es keinerlei Gesetz, das verbietet, daß ich einen Zivilisten mit dieser Aufgabe betraue.«

»Nein.«

Auf diese knappe und bestimmte Antwort hin hob Gregor die Augenbrauen. »Wirklich?« fragte er leise.

»Wirklich«, sagte Miles mit Nachdruck. »Ich ziere mich nicht. Es handelt sich um einen Schreibtischjob voll äußerst öder Routinearbeit zwischen den Terrorwochen, und der Chef des KBS kommt fast nie weiter von Barrayar fort als bis Komarr, er kommt kaum je aus dem Küchenscha... aus dem KBS-Hauptquartier weg. Mir würde es nicht gefallen.«

»Ich glaube, du könntest es machen.«

»Ich glaube, ich könnte fast alles machen, was ich machen müßte, wenn du es befehlen würdest, Gregor. Ist das ein Befehl?«

»Nein.« Gregor lehnte sich zurück. »Es war eine echte Frage.«

»Dann bekommst du meine echte Antwort. Guy Allegre ist für diesen Job viel besser geeignet als ich. Er hat die Erfahrung mit dem Planeten und der Bürokratie, und er genießt auf Komarr wie auch auf Barrayar sehr viel Respekt. Er ist in seiner Arbeit voll engagiert, und sie liegt ihm sehr am Herzen, aber er ist nicht zerfressen von Ehrgeiz. Er ist im richtigen Alter, weder zu jung noch zu alt. Niemand wird seine Ernennung in Frage stellen.«

Gregor lächelte. »Ich habe erwartet, daß du das sagen würdest.«

»Was soll das dann sein, eine Art geistiger Übung?« *Ich glaube, davon habe ich für eine Weile genug, danke.* Sein Herz schien immer noch zu schmerzen, wie ein überdehnter Muskel weh tut, wenn man ihn belastet. Wie ein Muskelkater, vermutete Miles, würde das nach etwas Ruhe vergehen.

»Nein«, sagte Gregor. »Einfach ein Akt der Höflichkeit. Ich wollte dir zuerst Gelegenheit zur Ablehnung geben.«

Er fragte nicht noch einmal, was Miles die Peinlichkeit einer erneuten Ablehnung ersparte. Statt dessen beugte er sich vor, legte die Goldkette hin und spielte einen Moment lang mit ihr, wobei er die Glieder in einem eleganten ovalen Muster anordnete. Dann fragte er: »Möchtest du Kaffee? Tee? Ein Frühstück?«

»Nein, danke.«

»Etwas Stärkeres?«

»Nein. Danke. Ich habe heute nachmittag einen Termin für eine kleine Gehirnoperation. Dr. Chenko ist bereit, seinen Anfallkontrollchip zu installieren. Es sieht aus, als würde es funktionieren. Ich soll vorher nichts essen.«

»Aha, gut. Es wird aber auch Zeit.«

»Ja, ich kann es kaum erwarten, wieder in meinen Leichtflieger steigen zu können.«

»Wird dir der hervorragende Martin fehlen?«

»Ein bißchen schon, glaube ich. Ich habe mich an ihn gewöhnt.«

Gregor blickte wieder auf die Tür seines Büros. Wartete er auf etwas? Jetzt war ein guter Augenblick für Miles' Bitte. »Gregor, ich möchte dich fragen…«

Die Tür glitt zur Seite, und der Haushofmeister trat ein. Auf Gregors Nicken hin wandte er sich zum Korridor um und sagte: »Bitte sehr, Mylords.« Dann trat er respektvoll einen Schritt zurück.

Vier Männer betraten Gregors Büro. Miles erkannte sie auf der Stelle. Er war Barrayaraner genug, daß sein erster Gedanke ein von Gewissensbissen gepeinigter war: *Mein Gott, was habe ich falsch gemacht?* Doch dann meldete sich der gesunde Menschenverstand: seine Übeltaten hätten ausgesprochen heroisch sein müssen, um die Aufmerksamkeit von *vier* Kaiserlichen Auditoren gleichzeitig zu verdienen. Doch es war ungewöhnlich wie auch beunruhigend, so viele Auditoren in einem Raum zu sehen. Miles räusperte sich, setzte sich aufrechter hin und tauschte mit ihnen höfliche Vor-Grüße aus, während Gregors Haushofmeister eilends Sitze für sie um Gregors Pult herum aufstellte.

Lord Vorhovis war offensichtlich von Komarr zurückgekehrt. Mit Anfang sechzig war er der jüngste der Gruppe, dennoch hatte er eine eindrucksvolle Karriere hinter sich: zuerst Soldat, dann Diplomat, Botschafter auf anderen Planeten und ehemals stellvertretender Finanzminister. Er konnte ein Vorbild darstellen, dem Duv Galeni nacheiferte. Er war ein kühler, hagerer, weltkluger Mann; seine Kleidung entsprach dem modernen Stil eines Vor-Lords – Miles fragte sich, ob Vorhovis denselben Schneider hatte wie Gregor –, und er trug Miles' Datenkarte in der Hand.

Dr. Vorthys war einer der beiden Männer, die Gregor kürzlich ernannt hatte. Er war kein Militär, sondern emeritierter Professor für Fehleranalyse im Ingenieurwesen an der Universität von Vorbarr Sultana und hatte das maßgebende Lehrbuch über dieses Thema geschrieben. Genaugenommen mehrere Lehrbücher. Er sah wie ein Professor aus, war stämmig, weißhaarig, zerzaust, hatte eine edle Nase und große Ohren und lächelte. Spät in seiner Karriere hatte er sich philosophisch für die Beziehungen zwischen soziopolitischer und technischer Integrität zu interessieren begonnen; seine Aufnahme in Gregors Auditorenphalanx hatte willkommene technische Sachkenntnis eingebracht, wenn auch die Auditoren eigentlich nicht als Team arbeiteten.

Lord Vann Vorgustafson, der freundlich mit Vorthys plauderte, war der andere Zivilist: ein im Ruhestand lebender Industrieller und bekannter Philanthrop. Er war klein, beleibter als Vorthys, mit einem borstigen grauen Bart und einem permanent cholerisch geröteten Gesicht, das jedem Beobachter Sorgen über den Zustand seines kardiovaskulären Systems bereitete. Gewiß der finanziell unabhängigste von Gregors Auditoren, stiftete er doch routinemäßig Geld in Summen, die größer waren als das, was der gewöhnliche Barrayaraner in seinem ganzen Leben zu Gesicht bekam. Man sah ihm seinen Reichtum nicht an, denn er kleidete sich wie ein Arbeiter – sofern es Arbeiter gab, die so wenig Farbgefühl hatten.

Admiral Vorkalloner war ein Auditor des eher traditionellen Typs, im Ruhestand lebend nach einer langen und makellosen Karriere im Militärdienst. Er wirkte gesellschaftlich kühl und war bemerkenswert distanziert gegenüber allen politischen Parteien, ob konservativ oder fortschrittlich, soweit Miles gehört hatte. Er war groß und massig und schien eine Menge Raum einzunehmen.

Er nickte Miles freundlich zu, bevor er sich setzte. »Guten Morgen. Sie sind also Aral Vorkosigans Sohn.«

»Jawohl, Sir«, seufzte Miles.

»Habe Sie in den letzten zehn Jahren nicht viel gesehen. Jetzt weiß ich endlich, warum.«

Miles überlegte, ob das eine positive oder eine negative Feststellung war. Jetzt, wo er so viele von ihnen zusammen sah, gewann Miles erneut den Eindruck, was für *merkwürdige* Leute die Auditoren waren. Alle waren erfahren, vielseitig gebildet, aufgrund eigener Leistung wohlhabend. In anderer Hinsicht waren sie ausgesprochen exzentrisch, außerhalb oder vielleicht oberhalb der Normen. Mehr als feuerfest, waren sie Gregors Feuerwehrmänner.

Vorhovis setzte sich links vom Kaiser nieder.

»Also«, sagte Gregor zu ihm, »was meinen die Herren?«

»Das«, Vorhovis beugte sich vor und legte die Datenhülle mit Miles' Auditorenbericht auf die Komkonsole, »ist ein außerordentliches Dokument, Gregor.«

»Ja«, pflichtete ihm Vorthys bei. »Prägnant, verständlich, vollständig. Wissen Sie, wie selten das ist? Ich gratuliere Ihnen dazu, junger Mann.«

*Bekomme ich eine gute Note, Herr Professor?* »Simon Illyan hat mich trainiert. Er hatte nicht viel übrig für Gewäsch. Wenn ihm meine Einsatzberichte nicht gefielen, dann hat er sie mir zurückgeschickt, damit ich sie ergänze. Es muß bei ihm so etwas wie ein Hobby gewesen sein, glaube ich. Ich wußte es immer gleich, wenn das Hauptquartier des KBS eine wirklich langweilige Woche hatte, denn dann kam mein Bericht immer schnell zurück mit einer Menge kleiner Kästchen mit diesen trocken formulierten Verbesserungen hinsichtlich Grammatik und Stil. Wenn man das zehn Jahre lang mitmacht, dann lernt man, wie man einen Bericht schon beim ersten Mal richtig schreibt.«

Vorkalloner lächelte. »Der alte Vorsmythe«, bemerkte er, »pflegte handgeschriebene Plastikfolien einzureichen. Niemals mehr als zwei Seiten. Er bestand darauf, alles, was wichtig sei, könne immer auf zwei Seiten mitgeteilt werden.«

»Unleserlich handgeschrieben«, murmelte Gregor.

»Wir mußten dann immer zu ihm gehen und die Fußnoten höchstpersönlich aus ihm herausquetschen. Das wurde mit der Zeit etwas irritierend«, fügte Vorkalloner hinzu.

Mit einer Geste in Richtung der Datenhülle fuhr Vorhovis an Miles gerichtet fort: »Sie scheinen dem Militärstaatsanwalt sehr wenig übriggelassen zu haben.«

»Nichts, genaugenommen«, bemerkte Gregor. »Allegre hat mir gestern abend berichtet, Haroche habe aufgegeben und würde sich für schuldig erklären, wobei er versucht, sein Strafmaß durch Kooperation zu verringern. Nun ja, er könnte ja wohl kaum Uns gegenüber ein Geständnis ablegen und dann kehrtmachen und vor einem Militärrichter versuchen so zu tun, als sei er unschuldig.«

»Darauf hätte ich nicht gewettet. Er hätte den Nerv dazu«, sagte Miles. »Aber ich bin froh zu hören, daß die Sache nicht in die Länge gezogen wird.«

»Das war ein wirklich bizarrer Fall«, fuhr Vorhovis fort. »Ich hatte mir schon Sorgen gemacht, daß etwas völlig falsch läuft, als ich erfuhr, daß Illyan einen Zusammenbruch hatte. Aber ich hätte die Ereignisse nicht so aufklären können wie Sie, Lord Vorkosigan.«

»Ich bin sicher, Sie hätten Sie auf Ihre eigene Art und Weise aufgeklärt, Sir«, erwiderte Miles.

»Nein«, sagte Vorhovis. Er tippte auf die Datenhülle. »Nach meiner Analyse war der kritische Punkt, als Sie diesen galaktischen Biochemiker, Dr. Weddell, ins Spiel brachten. Von dem Zeitpunkt an liefen Haroches Pläne unrettbar aus dem Ruder. Ich hätte nicht einmal etwas von Weddells Existenz gewußt und hätte die Auswahl des Teams zur Chip-Autopsie völlig Admiral Avakli überlassen.«

»Avakli war gut«, stellte Miles fest und war sich dabei unsicher, ob das eine Kritik war. Der Biocybernetiker hatte gewiß sein Bestes getan.

»Wir«, mit einer kreisförmigen Geste seines Fingers umschrieb Vorhovis die versammelten Auditoren, »arbeiten nicht oft direkt zusammen. Aber wir konsultieren einander. ›Welche Ressourcen kennen Sie, von denen ich nichts weiß und die vielleicht einen Bezug zu diesem Problem haben?‹ Dadurch verfünffacht sich unser Zugriff auf ausgefallene Wissensgebiete.«

»Verfünffacht? Ich dachte, Sie seien zu siebt?«

Vorthys lächelte. »Wir betrachten General Vorparadijs als eine Art Auditor Emeritus. Er wird geachtet, aber wir lassen ihn nicht mehr zu unseren Treffen kommen.«

»Genaugenommen«, murmelte Vorgustafson, »erwähnen wir sie ihm gegenüber gar nicht mehr.«

»Und Admiral Valentine ist seit einigen Jahren zu gebrechlich, um aktiv daran teilzunehmen«, fügte Vorhovis hinzu. »Ich hätte ihn schon gedrängt zurückzutreten, aber solange die Lücke, die der Tod von General Vorsmythe hinterlassen hat, noch nicht gefüllt war, schien es nicht notwendig zu sein, ihn um seinen Sitz zu bitten.«

Miles hatte den Verlust des achten Auditors, des ältlichen Vorsmythe, vor zwei Jahren dunkel mitbekommen. Die Stellung eines neunten Auditors, die Miles jetzt innegehabt hatte, hatte man traditionell immer für amtierende Auditoren offengehalten, Männer mit einer besonderen Sachkenntnis, die nach Bedarf des Kaiserreichs berufen und wieder entlassen wurden, wenn ihre Aufgabe erfüllt war.

»Somit stellen wir vier hier«, fuhr Vorhovis fort, »sozusagen ein Quorum dar. Vorlaisner konnte nicht hier sein, er wird auf dem Südkontinent festgehalten, aber ich habe ihn auf dem laufenden gehalten.«

»Da es sich so verhält, Mylords«, sagte Gregor, »was raten Sie Uns?«

Vorhovis blickte sich im Kreise seiner Kollegen um, die ihm zunickten, und schürzte nachdenklich die Lippen. »Er ist geeignet, Gregor.«

»Danke.« Gregor wandte sich Miles zu. »Wir haben gerade vorhin über offene Stellen geredet. Zufällig habe ich diese Woche auch einen Posten für die Position des achten Auditors frei. Würdest du ihn bekleiden wollen?«

Miles schluckte entgeistert. »Das ist… eine Dauerstellung, Gregor. Auditoren werden auf Lebenszeit ernannt. Bist du dir sicher…?«

»Nicht unbedingt auf Lebenszeit. Sie können zurücktreten, gefeuert oder unter Amtsanklage gestellt werden, ebenso können sie Opfer eines Attentats werden oder einfach tot umfallen.«

»Bin ich nicht ein wenig jung für so ein Amt?« Und gerade noch war er sich so alt vorgekommen…

»Wenn Sie das Amt übernehmen«, sagte Vorhovis, »dann werden Sie der jüngste Kaiserliche Auditor in der Geschichte nach dem Zeitalter der Isolation sein. Ich habe extra nachgeschaut.«

»General Vorparadijs... wird sicherlich nicht einverstanden sein. Wie andere Männer seiner Gesinnung.« *Verdammt, Vorparadijs denkt, ich sei ein Mutant.*

»General Vorparadijs«, erklärte Vorhovis, »dachte, *ich* sei zu jung für den Job, und ich war bei meiner Ernennung achtundfünfzig. Jetzt kann er seine Mißbilligung auf Sie übertragen. Mir wird sie nicht fehlen. Und neben den zehn Jahren ganz einzigartigen KBS-Trainings verfügen Sie über mehr galaktische Erfahrung als jedes Trio von uns vier hier. Ziemlich eigenartige Erfahrungen, aber sehr weitgefächert. Das wird den Horizont unseres gemeinsamen Datenspeichers beträchtlich erweitern.«

»Haben Sie... äh... schon meine Personalakte gelesen?«

»General Allegre war so freundlich und hat uns vor einigen Tagen komplette Kopien geliehen.« Vorhovis Blick wanderte über Miles' Brust und die dort aufgereihten Auszeichnungen. Ein Glück für den Sitz seiner Jacke, daß die kaiserlichen Streitkräfte nicht auch materielle Symbole für tadelnswertes Verhalten verliehen.

»Dann wissen Sie... daß es ein kleines Problem mit meinem letzten KBS-Einsatzbericht gegeben hat. Ein größeres Problem«, korrigierte er sich. Er suchte in Vorhovis' Gesicht nach einem Urteil, das dort lauern mochte. Vorhovis' Gesichtsausdruck war ernst, aber frei von Mißbilligung. Wußte er es denn nicht? Miles schaute einen nach dem anderen an. »Ich habe fast einen unserer Kurieroffiziere umgebracht, während ich einen meiner Anfälle hatte. Illyan hat mich entlassen, weil ich darüber gelogen habe.« Das war's. Das war so nüchtern und kategorisch und wahr, wie er es nur ausdrücken konnte.

»Ja, wir und Gregor haben gestern nachmittag einige Stunden mit der Erörterung dieses Punktes zugebracht. Chef Illyan war ebenfalls anwesend.« Vorhovis kniff die Augen zusammen und betrachtete Miles mit äußerstem Ernst. »Wenn man Ihre Fälschung dieses Einsatzberichtes in Betracht zieht – was hat Sie eigentlich davon abgehalten, auch Haroches außerordentliches Bestechungsgeschenk anzunehmen? Ich kann fast garantieren, daß nie jemand dahintergekommen wäre.«

»Haroche hätte es gewußt. Galeni hätte es gewußt. Und ich hätte es gewußt. Zwei können ein Geheimnis bewahren, wenn einer tot ist. Drei aber nicht.«

»Sie hätten sicher Hauptmann Galeni überlebt, und Sie hätten vielleicht Haroche überleben können. Was dann?«

Miles stieß den Atem aus und antwortete bedächtig: »Es hätte vielleicht jemand unter meinem Namen in meinem Körper überlebt. Aber das wäre nicht mehr ich gewesen. Es wäre ein Mann gewesen, den ich nicht sehr… gemocht hätte.«

»Sie achten sich selbst, was, Lord Vorkosigan?«

»Das habe ich gelernt«, gab er bitter zu.

»Dann werden wir es vielleicht auch lernen.« Vorhovis lehnte sich zurück. Ein seltsam zufriedenes Lächeln umspielte seine Lippen.

»Merk dir«, sagte Gregor, »als jüngstes Mitglied dieser ziemlich eklektischen Gruppe wirst du so gut wie sicher die schlimmsten Jobs übertragen bekommen.«

»Nur allzu wahr«, murmelte Vorhovis mit einem Leuchten in den Augen. »Es wird schön sein, diese Stellung an einen… äh… *Aktiveren* zu übergeben.«

»Jeder Auftrag«, fuhr Gregor fort, »kann völlig ohne Beziehung zum nächsten sein. Unvorhersagbar. Du wirst ins Wasser geworfen werden und untergehen oder schwimmen müssen.«

»Nicht ganz ohne Unterstützung«, wandte Vorthys ein. »Wir übrigen werden bereit sein, Ihnen vom Ufer aus dann und wann Ratschläge zuzurufen.«

Aus irgendeinem Grund sah Miles vor seinem geistigen Auge ein Bild der ganzen Mannschaft, wie sie in Strandkörben saß, Drinks mit Früchten an kleinen Stäbchen in den Händen, und ihm nach wohlüberlegter Diskussion Punkte für seinen Stil verlieh, während er unterging, verzweifelt schluckte und platschte und das Wasser ihm in die Nase drang.

»Das... war nicht die Belohnung, um die ich bitten wollte, als ich diesen Raum betrat«, gab Miles zu und fühlte sich schrecklich verwirrt. Die Menschen folgten nie den Drehbüchern, die man für sie vorbereitet hatte, niemals.

»Was für eine Belohnung war das?« fragte Gregor geduldig.

»Ich wollte... ich weiß, das wird jetzt idiotisch klingen. Ich wollte rückwirkend als Hauptmann, nicht als Leutnant, aus den kaiserlichen Streitkräften entlassen werden. Ich weiß, daß diese Beförderungen nach Abschluß der Karriere manchmal als besondere Belohnung erteilt werden, gewöhnlich mit einem Blick auf die Erhöhung des halben Gehalts eines loyalen Offiziers für den Ruhestand. Das Geld möchte ich gar nicht. Ich möchte bloß den Titel.« Okay, er hatte es ausgesprochen. Es klang idiotisch. Aber es war völlig wahr. »Das war eine jukkende Stelle, an der ich mich nicht kratzen konnte.« Er hatte immer gewollt, daß ihm der Hauptmannsrang frei angeboten würde, und unbestritten verdient, nicht als etwas, das er als Gefallen erbeten hatte. Er hatte Karriere gemacht, indem er Vergünstigungen ausschlug. Aber er wollte auch nicht den Rest seines Lebens in der Erinnerung des Militärs als *Leutnant* verbleiben.

Zu spät ging Miles auf, daß Gregors Angebot eines Postens nicht eine zweite höfliche Gelegenheit zur Ablehnung gewesen war. Gregor und diese ernsthaften Männer hatten fast eine Woche lang miteinander beraten. Das war diesmal keine Blitzentscheidung, sondern etwas Durchdachtes, Überlegtes und Abgewogenes. *Sie wollen mich wirklich haben. Sie alle, nicht bloß Gregor. Wie seltsam.* Doch es bedeutete, daß er etwas zum Feilschen in der Hand hatte.

»Die meisten anderen Auditoren sind w...« – er konnte gerade noch das gewohnte Adjektiv *›wohlbeleibte‹* verschlucken – »...pensionierte höhere Offiziere, Admiräle oder Generäle.«

»Du *bist* ein pensionierter Admiral, Miles«, erklärte Gregor fröhlich. »Admiral Naismith.«

»Ach so.« So hatte er es noch nicht betrachtet; es verschlug ihm einen Moment lang die Sprache. »Aber... aber nicht in der Öffentlichkeit, nicht auf Barrayar. Die Würde des Amtes eines Auditors... braucht wirklich wenigstens einen Hauptmannsrang als Grundlage, meinst du nicht?«

»Hartnäckig«, murmelte Vorhovis, »nicht wahr?«

»Schonungslos«, pflichtete Gregor bei. »Genau wie ich angekündigt habe. Also gut, Miles. Gestatte mir, daß ich dich von diesem Wahnsinn heile.« Sein magischer kaiserlicher Finger – Zeige-, nicht Mittelfinger, danke, Gregor! – schnellte herab und zeigte auf Miles. »Meinen Glückwunsch. Du bist Hauptmann. Mein Sekretär wird dafür sorgen, daß deine Akte auf den neuesten Stand gebracht wird. Bist du jetzt zufrieden?«

»Völlig, Majestät.« Miles unterdrückte ein Grinsen. Also war es ein wenig antiklimaktisch verlaufen, im Vergleich zu den tausend Arten, auf die er diese Beförderung im Laufe der Jahre erträumt hatte. Doch er sah keinen Anlaß zur Beschwerde. »Mehr will ich nicht.«

»Aber *ich*«, sagte Gregor mit Nachdruck. »Die Aufgaben meiner Auditoren sind – nahezu aus Prinzip – niemals Routine. Ich schicke sie nur los, wenn Routinelösungen versagt haben, wenn die Regeln nicht funktionieren oder noch gar nicht festgeschrieben sind. Sie befassen sich mit dem Unerwarteten.«

»Dem Komplexen«, warf Vorthys ein.

»Den beunruhigenden Aufgaben, die anzupacken niemand sonst den Nerv hat«, sagte Vorhovis.

»Den wirklich bizarren«, seufzte Vorgustafson.

»Und manchmal«, sagte Gregor, »wie zum Beispiel im Falle des Auditors, der General Haroches seltsamen Verrat bewies, bewältigen sie Krisen, die für die Zukunft des Reichs höchst brisant sind. Bist du bereit, das Amt des achten Auditors anzunehmen, Mylord Vorkosigan?«

Später würden noch formelle öffentliche Eide und Zeremonien folgen, aber der Augenblick der Wahrheit und für Wahrheit war jetzt.

Miles holte tief Luft. »Ja«, antwortete er.

Die Operation zur Installation des internen Teils des Anfallkontrollgeräts war weder so langwierig noch so erschreckend, wie Miles erwartet hatte; unter anderem ließ Dr. Chenko, der sich allmählich an die leicht paranoide Weltsicht seines Starpatienten gewöhnte, ihn bei Bewußtsein bleiben und alles über einen Monitor verfolgen, der sorgfältig über seiner Kopfklammer positioniert war. Am nächsten Morgen erlaubte Chenko ihm aufzustehen und nach Hause zu gehen.

Zwei Tage später trafen sie sich am Nachmittag wieder in Chenkos neurologischem Labor im KMK zum Praxistest.

»Wünschen Sie es selbst zu bedienen, Mylord?« fragte Dr. Chenko Miles.

»Ja, bitte. Es könnte sein, daß ich es müßte.«

»Ich empfehle Ihnen nicht, es routinemäßig allein zu

tun. Besonders am Anfang sollten Sie einen Beobachter bei sich haben.«

Dr. Chenko reichte Miles seinen neuen Mundschutz und die Aktivierungseinheit; das Gerät paßte genau in Miles' Handfläche. Miles legte sich auf den Untersuchungstisch, überprüfte ein letztes Mal die Einstellungen am Aktivator, drückte ihn an die rechte Schläfe und schaltete ihn ein.

Buntes Konfetti.

Dunkelheit.

Miles schlug die Augen auf. »Pfeg«, sagte er. Dann bewegte er seinen Unterkiefer hin und her und spie den Mundschutz aus.

Dr. Chenko, der zufrieden neben ihm stand, hob das Ding auf und drückte mit einer Hand auf Miles' Brust, damit er sich nicht aufsetzte. Die Aktivierungseinheit lag auf einem Monitor neben ihm; Miles fragte sich, ob er sie im Flug aufgefangen hatte. »Noch nicht, bitte, Lord Vorkosigan. Wir müssen noch ein paar Messungen vornehmen.« Chenko und seine Techniker machten sich an ihren Apparaten zu schaffen. Chenko summte eine Melodie, allerdings falsch. Miles nahm es als gutes Zeichen.

»Jetzt… jetzt haben Sie also die Aktivierungssignale codiert, wie ich Sie gebeten habe, Chenko? Ich möchte nicht, daß dieses verdammte Ding zufällig losgeht, wenn ich durch einen Sicherheitsscanner oder sowas gehe.«

»Ja, Mylord. Auf keinen Fall kann etwas außer dem Aktivator Ihren Anfallstimulator auslösen«, versprach Chenko ihm erneut. »Der Aktivator ist notwendig, um den Schaltkreis zu schließen.«

»Wenn ich mir aus irgendeinem Grund meinen Kopf anhaue, etwa durch einen Leichtfliegerabsturz oder sowas, dann gibt es keine Möglichkeit, daß dieses Ding sich einschaltet und nicht mehr ausgeht?«

»Nein, Mylord«, erwiderte Chenko geduldig. »Falls Sie je ein Trauma erleiden, das ausreicht, um die innere Einheit zu beschädigen, dann werden Sie nicht mehr genug Hirn übrighaben, um sich darüber Sorgen zu machen. Oder damit.«

»Aha, gut.«

»Hm, hm«, machte Chenko, als er mit seinen Monitoren fertig war. »Ja, ja. Ihre konvulsiven Symptome haben diesmal kaum halb so lang gedauert wie bei Ihren unkontrollierten Anfällen. Ihre Körperbewegungen waren auch unterdrückt. Die katerartigen Nachwirkungen, von denen Sie erzählt haben, sollten auch reduziert sein; versuchen Sie sie im Laufe des nächsten Tageszyklus zu beobachten und berichten Sie mir Ihre subjektiven Beobachtungen. Ja, das sollte ein Teil Ihrer alltäglichen Routine werden, wie das Zähneputzen. Überprüfen Sie jeden Tag zur gleichen Zeit Ihre Neurotransmitterniveaus auf der Datenanzeige im Display der Aktivierungseinheit, und immer wenn sie die Hälfte überschreiten und Dreiviertel noch nicht erreicht haben, dann entladen Sie sie.«

»Ja, Doktor. Kann ich schon fliegen?«

»Morgen«, erwiderte Chenko.

»Warum nicht heute?«

»Morgen«, wiederholte Chenko mit mehr Nachdruck. »Nachdem ich Sie erneut untersucht habe. Vielleicht. Seien Sie bitte verständig, Mylord.«

»Es sieht so aus… als müßte ich… ah… verständig sein.«

»Darauf würde *ich* keine betanischen Dollar wetten«, murmelte Chenko bei sich. Miles tat so, als hätte er es nicht gehört.

Von Gregor angestachelt, setzte Lady Alys die formelle Verlobungszeremonie des Kaisers als erstes gesellschaftliches Ereignis der hektischen Winterfest-Saison fest. Miles war sich nicht sicher, ob das kaiserliche Entschlossenheit oder den Eifer des Bräutigams bewies, oder die verständliche Angst, Laisa könnte jeden Augenblick aus ihrem zärtlichen Nebel erwachen, die ihr drohenden Gefahren einschätzen und so weit und so schnell davonlaufen, wie sie nur konnte. Vielleicht von allem etwas.

Am Tag vor der Zeremonie wurden Vorbarr Sultana und die drei umliegenden Distrikte vom schlimmsten Winterfest-Schneesturm seit vierzig Jahren heimgesucht, der alle kommerziellen Shuttlehäfen lahmlegte und die Aktivitäten auf dem militärischen empfindlich reduzierte, wodurch der einfliegende Vizekönig von Sergyar im Orbit strandete. Vom Wind gepeitschter Schnee schwirrte fast waagrecht an den Fenstern von Palais Vorkosigan vorbei, und in einigen Vierteln in der Hauptstadt häuften sich rasch Schneewächten bis zu den Fenstern des ersten Stocks auf. Vernünftigerweise wurde beschlossen, daß Vizekönig Graf Vorkosigan erst am folgenden Morgen landen und danach direkt zur kaiserlichen Residenz fahren sollte.

Miles' Absicht, sich mit dem eigenen Leichtflieger zur Residenz zu begeben, wurde fallen gelassen; statt dessen begleitete er die Gräfin und ihr Gefolge in ihren Bodenwagen. Sein Generalplan, sie alle früh aus dem Haus zu bekommen, wurde zum ersten Mal an diesem Tag durchkreuzt, als er seinen Kleiderschrank öffnete und entdeckte, daß Pep die Katze, die mit Hilfe von Miles' kollaborierender Köchin die Sicherheitsschranken von Palais Vorkosigan durchdrungen hatte, sich auf dem Boden zwischen seinen Stiefeln und herabgefallenen Kleidern ein Nest gemacht und Kätzchen zur Welt gebracht hatte. Sechs an der Zahl.

Pep ignorierte seine Drohungen bezüglich der gräßlichen Folgen, die ein Angriff auf einen Kaiserlichen Auditor haben würde, und schnurrte und knurrte aus dem Dunkel in ihrer üblichen schizophrenen Art. Miles nahm seine Nerven zusammen und rettete unter Verlust von etwas hohem Vor-Blut seine besten Stiefel und seine Vorkosigan-Uniform. Er schickte sie nach unten zu einer schnellen Reinigung durch den überarbeiteten Gefolgsmann Pym. Die Gräfin, die sich wie immer freute, wenn ihr biologisches Reich Zuwachs bekam, eilte herbei und brachte ein Gourmet-Tablett für Katzen, das Mama Kosti vorbereitet hatte und das Miles ohne Zögern als Frühstück verspeist hätte. Im allgemeinen Chaos dieses Morgens mußte er jedoch in die Küche hinuntergehen und seine Morgenmahlzeit schnorren. Die Gräfin saß auf dem Boden und gurrte eine halbe Stunde lang in seinen Kleiderschrank; dabei entging sie nicht nur jeder Verletzung, sondern es gelang ihr auch den ganzen Haufen kleiner zappelnder Pelzbällchen hochzunehmen, das Geschlecht eines jeden zu bestimmen und ihnen Namen zu geben, bevor sie sich losriß, um fortzueilen und sich anzukleiden.

Endlich startete der Konvoi aus drei Bodenwagen des Palais Vorkosigan in den wogenden Schneewolken, die ihr Hubgebläse hochschleuderten. Nach Überwindung einiger Hindernisse durch blockierte Straßen rumpelten sie über die letzten Schneeverwehungen und schlängelten sich durch die schmiedeeisernen Tore der Residenz, wo eine Schwadron Soldaten und Residenzbedienstete wie verrückt schufteten, um die Wege freizuhalten. Obwohl der Wind immer noch unangenehm war, hatte er die gefährliche Geschwindigkeit der vergangenen Nacht verloren, und der Himmel, stellte sich Miles hoffnungsvoll vor, war heller.

Sie waren nicht die einzigen, die spät eintrafen. Minister und ihre Frauen, hochrangige Offiziere und *ihre* Frauen, Grafen und Gräfinnen trudelten fortwährend ein. Die glücklicheren wurden von feschen Gefolgsleuten in ihren bunten Livrees begleitet; wer weniger

Glück gehabt hatte, von Gefolgsleuten, die mitgenommen, durchnäßt und halberfroren aussahen, nachdem sie ihre Bodenwagen von Eisverstopfungen in den Einlaßventilen oder aus Schneewächten befreit hatten, die jedoch triumphierten, wenn sie erfuhren, daß sie noch nicht die letzten waren. Da einige der Gefolgsleute so alt wie die Grafen (oder noch älter) waren, denen sie dienten, empfand Miles Gewissensbisse, als er sie aus der Nähe beobachtete, denn er fürchtete drohende Kreislaufzusammenbrüche, doch nur einer mußte mit Brustschmerzen ins Krankenrevier der Residenz geschickt werden. Glücklicherweise waren die meisten der wichtigen Komarraner, Laisas Eltern eingeschlossen, schon Tage zuvor sicher auf Barrayar angekommen und in den ausgedehnten Gastquartieren der Residenz untergebracht worden.

Lady Alys war entweder jenseits der Panik zu einer Art Lächeln ohne Überlastung gelangt, oder sie war so erfahren in der Ausrichtung von Gregors gesellschaftlichen Veranstaltungen, daß nichts mehr ihre Gleichmut erschüttern konnte, oder vielleicht war es auch eine seltsame Kombination aus beidem. Sie bewegte sich ohne Hast, aber doch unaufhörlich, grüßte und sortierte Gäste. Ihre Angespanntheit ließ etwas nach, als sie die Gräfin und Miles eintreffen sah, die vorletzten ihrer fehlenden Hauptpersonen für die bevorstehende Zeremonie. Einige Minuten später erhellte sich ihr Gesicht in offenkundiger Erleichterung, als ihnen durch die Tür zum östlichen Säulengang Vizekönig Graf Aral Vorkosigan selbst folgte und dabei Schnee und allzu eifrige Gefolgsleute abschüttelte. Nach der adretten und glitzernden Erscheinung seiner Männer zu urteilen, war es ihnen gelungen, nähere persönliche Bekanntschaft mit zugewehten Gräben zwischen dem Shuttlehafen und der Residenz zu vermeiden.

Der Graf umarmte die Gräfin fest, als wären seit

ihrer Trennung auf Sergyar Jahre statt ein paar Wochen vergangen, dabei riß er ihr fast die Blumen aus dem Haar. Ein leises »Ah« entrang sich seiner Brust, wie bei einem Mann, dem eine Last abgenommen wurde. »Ich hoffe«, sagte er zu seiner Frau, als er sie auf Armeslänge hielt und mit den Augen verschlang, »man hat Gregors Wetterfrosch für eine Weile auf die Insel Kyril geschickt, damit er dort sein Handwerk üben kann, bis er es richtig beherrscht.«

»Er hat vorhergesagt, daß es schneien wird.« Miles schaute zu und grinste. »Ihm ist nur entgangen, daß der Schnee seitwärts fällt. Vermutlich stand er unter dem Druck, für den heutigen Tag eine optimistische Vorhersage zu liefern.«

»Hallo, mein Sohn!« Hier in der Öffentlichkeit schüttelten sie einander nur die Hand, aber der Graf machte eine beredte Geste daraus. »Du siehst gut aus. Wir *müssen* miteinander reden.«

»Ich glaube, Lady Alys darf als erste auf dich Anspruch erheben, Sir…«

Lady Alys kam gerade die Treppe herab; ihr schwerer blauer Nachmittagsrock umflutete ihre Beine im Rhythmus ihrer Schritte. »Oh, Aral, gut, daß du endlich da bist. Gregor wartet im Gläsernen Saal. Komm, komm…«

So besorgt wie jeder andere Künstler in den Geburtswehen seiner Schöpfung nahm sie die drei Vorkosigans unter ihre Fittiche und trieb sie vor sich her zu ihrem Rendezvous mit der Tradition, und das mit nur einer Stunde Verspätung.

Wegen der großen Menge der Zeugen – die Verlobung war das herausragende wie auch erste gesellschaftliche Ereignis des Winterfestes – fand die Zeremonie im größten Ballsaal statt. Die zukünftige Braut und ihre Leute wurden in einer Reihe gegenüber dem zukünftigen Bräutigam und seinem Gefolge aufgestellt, wie zwei kleine Armeen, die sich zu einer Kraftprobe gegenüberstanden. Laisa wirkte elegant in ihrer komarranischen Jacke und Hose; allerdings war ihre Kleidung in einer schönen Schattierung des barrayaranischen Winterfest-Rots gehalten, ein Kompromiß, den Lady Alys hübsch kalkuliert hatte.

An der Spitze der beiden Gruppen standen Laisa, flankiert von ihren Eltern und einer komarranischen Freundin als ihrem Beistand, und Gregor mit seinen Pflegeeltern, Graf und Gräfin Vorkosigan, und Miles als seinem Beistand. Laisa hatte ihre Statur offensichtlich vom Vater geerbt, einem kleinen, rundlichen Mann, auf dessen Gesicht der Ausdruck vorsichtiger Höflichkeit haftete, die milchweiße Haut stammte jedoch von ihrer Mutter, einer Frau mit wachen Augen und einem besorgten Lächeln. Lady Alys agierte natürlich als Vermittlerin. Die Zeiten waren längst vorbei, als zu den Pflichten eines Beistandes rechtlich auch die Verpflichtung gehörte, den überlebenden Teil des Brautpaares zu heiraten, falls sich zwischen der Verlobung und der Hochzeit ein unglücklicher Todesfall ereignete. In Miles' Tagen beschränkten sich die Beistände darauf, mit einer Sammlung zeremonieller Geschenke zwischen den beiden Seiten hin und her zu pendeln.

Einige der Geschenke waren deutlich in ihrem Symbolismus – Geld in reichverzierten Hüllen von den Eltern der Braut, eine ziemliche Menge verschiedener Speisen von der Seite des Bräutigams, einschließlich eines Sacks mit gefärbter Hafergrütze, der mit Silberlamée zugebunden war, dazu Flaschen mit Ahornmet und Wein. Das versilberte Zaumzeug war ein bißchen rätselhaft, da kein Pferd dabei war. Miles war froh, als er sah, daß man das Geschenk eines kleinen skalpellartigen Messers mit einer abgestumpften Schneide von seiten der Brautmutter als Versicherung der genetischen Reinheit ihrer Tochter stillschweigend fallengelassen hatte.

Als nächstes kam die traditionelle Verlesung der Ermahnungen an die Braut, eine Aufgabe, die Miles als Gregors Beistand zufiel. Es gab allerdings keine wechselseitigen Ermahnungen an den Bräutigam, eine Unterlassung, auf die Elli Quinn schnell aufmerksam gemacht hätte. Miles erhob sich und trat vor, entrollte das Pergament und las es mit deutlicher Stimme und unbewegtem Gesicht, als gäbe er seinen Dendarii Instruktionen vor dem Einsatz.

Die Ermahnungen waren – obwohl der Form und dem Inhalt nach traditionell – ebenfalls geschickt überarbeitet worden, wie Miles bemerkte. Die Bemerkungen über die Pflicht, einen Erben zu gebären, waren so umformuliert worden, daß sie keine besondere Verpflichtung mehr enthielten, dies mit dem eigenen Leib unter Verwendung der eigenen echten Gebärmutter zu tun, mit all den darin wurzelnden Gefahren, die die Folge waren. Keine Frage, wessen Hand hier am Werk gewesen war. Was den Rest anging… Miles stellte sich vor, wie Quinn vorschlagen würde, man solle das Pergament zusammenrollen und kräftig in einen gewissen Teil der Anatomie des Ermahnenden zum künftigen Verbleib daselbst schieben. Dr. Toscane, die sich eines weniger kraftvollen Vokabulars bediente, warf Gräfin Vorkosigan nur ein paar flehende Blicke zu, woraufhin sie mit ein paar verstohlenen Gesten – Handfläche nach unten, mit der Bedeutung: »Nehmen Sie das nicht allzu ernst, meine Liebe« – beruhigt wurde. Die übrige Zeit war sie glücklicherweise so sehr damit beschäftigt, Gregor anzulächeln, der sie anlächelte, daß die Ermahnungen ohne Einwand vorüberplätscherten.

Miles trat zurück, und die Verlobten ließen sich mit der letzten Geste die Hände zusammenfügen, oder anders gesagt, jeder durfte eine von Ladys Alys' Händen ergreifen und auf diese schickliche Entfernung ihre Versprechen austauschen. *Und wenn Sie meinen, Laisa, das sei ein Zirkus, dann warten Sie bloß auf die Hochzeit an Mittsommer*. Dann war die Zeremonie vorbei, und die Party begann. Da sich alle mehr oder weniger eingeschneit vorkamen, ging die Party immer weiter und weiter…

Gregor hatte als erster Anrecht auf ein Gespräch mit Miles' Vater, deshalb begab sich Miles an eines der Büffets. Dort stieß er auf Ivan, der, groß und großartig in seiner rot-blauen Paradeuniform, sich gerade einen Teller füllte.

»Hallo, Cousin Lord Auditor«, sagte Ivan. »Wo ist deine goldene Leine?«

»Nächste Woche bekomme ich sie wieder. Ich lege meinen Eid bei der letzten gemeinsamen Sitzung der Grafen und Minister ab, bevor sie in den Winterfest-Urlaub gehen.«

»Man redet schon davon, weißt du. Alle möglichen Leute haben mich schon über deine Ernennung ausgefragt.«

»Wenn es zu schlimm wird, dann schicke Sie zu Vorhovis oder Vorkalloner. Allerdings am besten nicht zu Vorparadijs. Hast du dir eine Tanzpartnerin mitgebracht, die ich mir ausleihen könnte?«

Ivan zog eine Grimasse, schaute sich um und senkte seine Stimme. »Ich habe etwas Besseres versucht. Ich habe Delia Koudelka gebeten, mich zu heiraten.«

Miles dachte, er wüßte schon, wie die Dinge lagen, aber hier handelte es sich schließlich um Ivan. »Ich dachte mir schon, daß das ansteckend sein würde. Meinen Glückwunsch!« sagte er mit synthetischer Herzlichkeit. »Deine Mutter wird ganz aus dem Häuschen sein.«

»Nein.«

»Nein? Aber sie mag doch die Koudelka-Mädchen.«

»Das ist es nicht. Delia hat mir einen Korb gegeben.

Das erste Mal, daß ich einem Mädchen einen Antrag gemacht habe, und – *pflatsch!*« Ivan blickte sehr ungehalten drein.

»Sie hat dich nicht genommen, Ivan! Was für eine Überraschung.«

Ivan bemerkte den Unterton in Miles' Stimme, und er beäugte ihn mißtrauisch. »Und alles, was meine Mutter sagte, war: *Das ist schade, mein Lieber. Aber ich habe dir ja gesagt, du solltest nicht so lange warten.* Und dann ist sie abgezogen, um Illyan zu besuchen. Ich habe sie vor ein paar Minuten noch gesehen, versteckt in einer Nische. Illyan streichelte ihr den Hals. Die Frau ist ganz vernarrt in ihn.«

»Tja, sie hat es dir ja gesagt. Hunderte Male. Sie kennt die demographischen Verhältnisse.«

»Ich dachte, an der Spitze würde immer Platz sein. Delia sagte, sie heiratet Duv Galeni! Die verdammte komarranische… hm…«

»Konkurrenz?« schlug Miles vor, als Ivan nach einem Substantiv suchte.

»Du hast es gewußt!«

»Ich hatte ein paar Hinweise. Ich bin sicher, du wirst deine ungestörte Existenz als Single genießen. Das vor dir liegende Jahrzehnt wird wie dein letztes sein, was? Und das nächste, und das nächste, und das nächste… glücklich und sorgenfrei.«

»*Dir* geht es überhaupt nicht besser«, erwiderte Ivan schnippisch.

»Ich… habe auch nichts anderes erwartet.« Miles lächelte grimmig. Vielleicht war es jetzt genug, Ivan mit diesem Thema aufzuziehen. »Du wirst es einfach aufs neue versuchen müssen. Vielleicht bei Martya?«

Ivan knurrte.

»Was, zwei Körbe in – du hast doch nicht etwa beide Schwestern am selben Tag gefragt, oder, Ivan?«

»Ich war in Panik geraten.«

»Also… wen heiratet dann Martya?«

»Jeden außer mir, so scheint es.«

»Wirklich. Also… hm… hast du gesehen, wohin die Koudelkas gegangen sind?«

»Der Kommodore war gerade eben noch hier. Wahrscheinlich ist er inzwischen mit deinem Vater weggegangen. Die Mädchen werden vermutlich oben im Ballsaal sein, sobald die Musik anfängt.«

»Aha.« Miles wollte schon weggehen, doch dann fügte er zerstreut hinzu: »Möchtest du ein Kätzchen haben?«

Ivan starrte ihn an. »Warum, in Gottes Namen, sollte ich ein Kätzchen haben wollen?«

»Es würde Leben in deine Junggesellenbude bringen, weißt du. Ein bißchen Bewegung, und dir in deinen langen, einsamen Nächten Gesellschaft leisten.«

»Leck mich am Arsch, Cousin Lord Auditor.«

Miles grinste, stopfte sich ein Horsd'œvre in den Mund und trollte sich nachdenklich kauend.

Er entdeckte den Koudelka-Clan im Ballsaal, alle auf einem Haufen auf der anderen Seite. Bei den drei Schwestern fehlte die vierte, Kareen, die immer noch auf Kolonie Beta war, jedoch, wie man ihn informiert hatte, zur kaiserlichen Hochzeit an Mittsommer heimkehren würde. Lord Mark vermutlich ebenfalls. Hauptmann Galeni stand in ein ernstes Gespräch mit seinem zukünftigen Schwiegervater, dem Kommodore, vertieft, daneben Delia in ihrem bevorzugten Blau. Nach etwas Überlegung und einer stillen Kampagne seiner Verlobten hatte Galeni zu Miles' ungeheurer Erleichterung beschlossen, seinen Offiziersposten nicht aufzugeben. In dieser Woche hielt sich Miles aus den internen Angelegenheiten des KBS heraus, aber er hatte von Gregor ein Signal bekommen, daß Galeni ernsthaft für die Leitung der Abteilung K.A. im Gespräch sei, und er hoffte, ihm bald gratulieren zu können.

Madame Koudelka schaute freundlich zu. Sie bildeten ein schönes Tableau, das viel dazu beitragen würde, allen Schaden, den Galenis Reputation aufgrund von Haroches berechnend grober Verhaftung vor Wochen an diesem Ort genommen haben mochte, zu beheben. Angesichts der vier Schwestern war Galeni auf dem Weg, sich durch Heirat eine Reihe bedeutender barrayaranischer Clan-Verbindungen zu gewinnen... Miles fragte sich, ob jemand Galeni schon darüber unterrichtet hatte, daß er sich in der Gefahr befand, Miles' Klonbruder Mark als nächsten Schwager zu bekommen. Falls nicht, dann wollte Miles dabeisein, wenn man es ihm sagte, einfach um seinen Gesichtsausdruck zu genießen. Des weiteren überlegte er, ob Kätzchen ein gutes Hochzeitsgeschenk abgeben würden...

»Glückwunsch zu Ihrer Beförderung, Sir«, sagte eine wohlklingende, rauhe Baritonstimme über seine Schulter.

Miles grinste trocken, drehte sich um und begrüßte seinen Vater. »Welche meinen Sie, Sir?«

»Ich gebe zu«, erwiderte Vizekönig Graf Aral Vorkosigan, »ich dachte an dein Amt als Kaiserlicher Auditor, aber ich habe von Gregor gehört, daß du da auch noch einen Hauptmannsrang mit hineingeschmuggelt hast. Du hattest das nicht erwähnt. Auch dazu meinen Glückwunsch, allerdings... muß das die umständlichste Methode zum Erwerb blauer Kragenspiegel gewesen sein, von der ich jemals gehört habe.«

»Wenn man nicht tun kann, was man möchte, dann tue man, was man kann. Oder wie man es kann. Der Hauptmannsrang... hat für mich etwas zum Abschluß gebracht.«

»Ich bin froh, daß du lang genug überlebt hast, um endlich du selbst zu werden. Also, du verlierst deinen Schwung nicht mit dem Alter, oder, mein Sohn?« Der Graf unterließ es, dies mit einer dieser Klagen von wegen »Wir werden allmählich alt« fortzusetzen, die vor allem dazu bestimmt sind, den Zuhörer zu einem Widerspruch einzuladen.

»Ich glaube, nicht.« Miles' Augen verengten sich in einem kurzen Moment des Blicks nach innen. Seine neue Ruhe war immer noch da, in seinem Innern, doch sie fühlte sich überhaupt nicht müde an. Ganz im Gegenteil. »Er nimmt nur eine andere Richtung. Vorhovis sagt, ich sei der jüngste Kaiserliche Auditor seit dem Zeitalter der Isolation. Wie ich höre, hast du diesen Posten nie innegehabt.«

»Nein. Den habe ich irgendwie verfehlt. Auch dein Großvater hat ihn nie innegehabt. Und auch dein Urgroßvater nicht. Genaugenommen… ich muß mal nachschauen, aber ich glaube, daß nie ein Graf oder Lord Vorkosigan Auditor gewesen ist.«

»Ich habe schon nachgeschaut. Keiner ist es gewesen. Ich bin der erste in der Familie«, informierte Miles ihn selbstzufrieden. »Ich bin ohne Präzedenzfall.«

Der Graf lächelte. »Das ist nichts Neues, Miles.«

# KAPITEL 29

Miles stand in der Halle direkt vor der Zollabfertigung auf einer von Komarrs größeren orbitalen Transferstationen. *Das riecht wie auf einer Raumstation, o ja.* Es war kein süßer Duft, diese eigenartige Schärfe, die sich zusammenmischte aus Maschinen, Elektronik, Menschen und allen ihren Ausdünstungen und aus kühler Luft, die durch Filter strömte, denen es niemals völlig gelang, ihre Komplexität zu reduzieren. Aber sie war vertraut, universell, und für ihn ein enorm nostalgischer Geruch: Admiral Naismiths Atmosphäre, die ihn selbst jetzt unterschwellig elektrisierte.

Die Station gehörte zu einem Dutzend, das den einzigen einigermaßen bewohnbaren Planeten des Systems umkreiste. Drei weitere Stationen kreisten im tiefen Raum um Komarrs schwachen Stern, und jeder der sechs Wurmlochausgänge, denen sie alle dienten, wies sowohl eine militärische wie auch eine kommerzielle Station auf. In diesem weitgedehnten Netz wurden Frachten und Passagiere aufgeladen, abgeladen und hin und her geschoben, die nicht nur nach Barrayar unterwegs waren, sondern auch nach Pol, zur Hegen-Nabe, nach Sergyar und dahinter Escobar und einem Dutzend weiterer Verbindungsrouten. Die wiedereröffnete Route nach Rho Ceta und dem Rest des cetagandanischen Reiches sorgte ebenfalls, so ungemütlich dieser Nachbar auch sein mochte, für einen zunehmenden Verkehrsstrom. Die Gebühren und Steuern, die hier erhoben wurden, bildeten eine riesige Einnahmequelle für das Kaiserreich von Barrayar, weit über das hinaus, was aus armen hinterwäldlerischen Kleinbauern auf der Heimatwelt herausgequetscht wurde. Auch das war ein Teil von Barrayar. Er würde daran denken müssen, die im Weltraum aufgewachsene Elli Quinn auf diese Tatsache hinzuweisen.

Auf Komarr konnte Quinn vielleicht fast zufrieden sein. Die von Kuppeln überwölbten Städte erinnerten an die Raumstation, auf der sie geboren wurde. Zugegeben, die meisten von Lord Vorkosigans Pflichten würden ihn in einem engen kleinen Umkreis von Vorbarr Sultana festhalten. Die Hauptstadt zog alle ehrgeizigen Männer an wie eine Gravitationsquelle. Aber man konnte auf einer dieser Stationen hier einen zweiten Wohnsitz unterhalten, eine gemütliche kleine Datscha im tiefen Raum… *Hier ist es weit weg von den Bergen.*

Tags zuvor hatte er auf dieser Station den Grafen und die Gräfin verabschiedet, die auf dem Rückweg nach Sergyar waren, nachdem er bis Komarr auf ihrem Regierungskurierschiff mitgefahren war. Die fünf Tage in der relativ ungestörten Abgeschlossenheit eines Sprungschiffes hatten ihnen zur Abwechslung einmal tatsächlich genügend Zeit zum Reden gelassen. Er hatte auch die Gelegenheit ergriffen, sich einen Gefolgsmann für sich selbst von seinem Vater zu erbitten, vorzugsweise den angenehmen Pym. Die Gräfin murrte, sie hätten im Austausch dafür auf Mama Kosti bestehen sollen, trat ihm aber trotzdem ihren bevorzugten Gefolgsmann ab; der Graf versprach, ihm rechtzeitig zwei weitere zu schicken, ausgewählt aus denen, deren Frauen und Familien am unglücklichsten darüber waren, daß man sie zwangsweise aus ihrer vertrauten Stadt in die Wildnisse von Kolonie Chaos umgesetzt hatte.

Die Menge um den Ausgang der Zollabfertigung

wurde dichter, als ankommende Passagiere hindurchzusickern begannen und zu ihren weiteren Bestimmungsorten eilten oder mit geschäftsmäßigem Dekorum oder familiärer Begeisterung wartende Gruppen begrüßten. Miles stellte sich auf die Zehenspitzen, doch vergebens. Neun Zehntel dieses Stroms zerstreute sich, bis schließlich Quinn durch die Tür geschritten kam, in einem konservativen Inkognito nach komarranischer ziviler Mode: weiße wattierte Seidenjacke und Hose. Die Kleidung hob ihre dunklen Locken und strahlenden braunen Augen hervor; aber schließlich wirkte an Quinn alles, was sie trug, großartig, selbst eine zerrissene Arbeitsuniform und Schmutz.

Sie reckte ebenfalls den Hals nach ihm, murmelte ein befriedigtes »Heh«, als sie ihn entdeckte, wie er mit einer Hand hinter ein paar anderen Schultern winkte, und schob sich durch die Menge. Ihre Schritte wurden größer, als sie sich ihm näherte; sie ließ den grauen Matchbeutel fallen, den sie geschwenkt hatte, und sie umarmten sich mit einer Wucht, die Miles fast von den Beinen riß. Ihr Duft entschädigte für beliebig viele defekte Luftfilter der Raumstation. *Quinn, meine Quinn.* Nach einem Dutzend Küssen oder mehr, lösten sie sich voneinander gerade so weit, daß sie miteinander reden konnten.

»Warum hast du mich denn gebeten, dein *ganzes* Zeug mitzubringen?« fragte sie mißtrauisch. »Das hat mir nicht behagt.«

»Hast du's dabei?«

»Ja. Es hängt noch beim Zoll. Denen ist die Luft weggeblieben wegen des Inhalts, besonders wegen der ganzen Waffen. Nach einer Weile habe ich es aufgegeben, mit ihnen zu streiten – du bist Barrayaraner, also mußt *du* das klären.«

»Ah, Pym.« Miles winkte seinem Gefolgsmann, der wie Miles diskrete Straßenkleidung trug. »Nehmen Sie

Kommodore Quinns Zollpapiere und entwinden Sie bitte mein Eigentum unserer Bürokratie. Adressieren Sie es an Palais Vorkosigan um und schicken Sie es mit einem kommerziellen Spediteur weiter. Und dann gehen Sie bitte zurück in die Unterkunft.«

»Jawohl, Mylord.« Pym nahm die Datencodes an sich und stürzte durch die Tür in die Zollabfertigung.

»Ist das dein ganzes persönliches Gepäck?« fragte Miles.

»Ja, wie immer.«

»Dann also in die Unterkunft. Sie ist schön.« Genaugenommen die beste auf der Station, Luxusklasse. »Ich… äh… habe uns für heute nacht eine Suite gemietet.«

»Das solltest du auch.«

»Hast du schon zu Abend gegessen?«

»Noch nicht.«

»Gut. Ich auch nicht.«

Wenige Schritte führten sie zu dem nächsten Bubblecar-Terminal, eine kurze Fahrt brachte sie zur Unterkunft. Deren Ausstattung war elegant, die Korridore breit und mit dicken Teppichen ausgelegt, und das Personal eifrig bemüht. Die Suite war für eine Raumstation groß, was bedeutete: hübsch gemütlich für Miles' aktuelle Zwecke.

»Dein General Allegre ist großzügig«, bemerkte Quinn, als sie ihren Matchbeutel nach einer kurzen Erkundung des sybaritischen Bades auspackte. »Vielleicht wird es mir doch gefallen, für ihn zu arbeiten.«

»Ich glaube, es wird dir gefallen, aber heute abend geht alles auf meine Rechnung, nicht auf die des KBS. Ich wollte einen ruhigen Ort haben, wo wir miteinander reden können, bevor du morgen dein offizielles Treffen mit Allegre und dem Chef der Abteilung G.A. hast.«

»Also… ich verstehe die Situation nicht ganz. Ich

bekomme eine lausige Nachricht von dir, bei der du aussiehst wie ein verdammter Zombie und mir erzählst, daß Illyan dir hinsichtlich des armen Vorberg auf die Schliche gekommen sei. Hatte ich dir das nicht vorausgesagt? Dann wochenlang ein laut hallendes Schweigen, und keine Antworten auf meine Botschaften an dich, du Scheißkerl. Dann bekomme ich eine weitere Nachricht, bei der du wieder ganz munter und vergnügt bist und sagst, jetzt sei alles in Ordnung, und ich sehe natürlich nicht den Zusammenhang zwischen beidem. Dann bekomme ich diesen Befehl, mich ohne Aufschub beim KBS auf Komarr zu melden, keine Erklärungen, keinen Hinweis, um was es bei dem neuen Auftrag geht, außer mit einem Postskriptum von dir, ich solle deinen ganzen Plunder mitbringen, wenn ich komme, und die Frachtgebühren auf die Rechnung des KBS setzen. Bist du jetzt wieder beim KBS oder nicht?«

»Nein, bin ich nicht. Ich bin hier als Berater, um dich mit deinen neuen Bossen bekanntzumachen, und umgekehrt. Ich… äh… habe jetzt einen anderen Job.«

»Ich begreife es *wirklich* nicht. Ich meine, deine Botschaften sind ja gewöhnlich kryptisch…«

»Es ist schwer, richtige Liebesbriefe zu schicken, wenn man weiß, daß alles, was man sagt, von KBS-Zensoren abgehört wird.«

»Aber diesmal war es verdammt unverständlich. Was ist denn mit dir los?« Ihre Stimme klang gereizt aus derselben unterdrückten Angst, die Miles empfand: *Verliere ich dich jetzt?* Nein, nicht aus Angst. Aus dem Wissen.

»Ich habe ein paarmal versucht, eine Botschaft abzufassen, aber es war… zu kompliziert, und bei den wichtigsten Passagen ging es um Dinge, die ich nicht per Dichtstrahl senden wollte. Die überarbeitete Version klang am Ende wie dummes Geschwätz. Ich mußte dich unbedingt von Angesicht zu Angesicht sehen, aus einer Menge von Gründen. Das ist eine lange Geschichte, und das meiste davon ist geheim, eine Tatsache, die ich jetzt völlig ignorieren werde. Ich kann es, weißt du. Möchtest du ins Restaurant hinuntergehen und essen oder den Zimmerservice bestellen?«

»*Miles*«, sagte sie wütend. »Zimmerservice. Und Erklärungen.«

Er lenkte sie vorübergehend mit der gewaltigen Speisekarte des Etablissements ab, damit er noch ein wenig Zeit gewann, um seine Gedanken zu sammeln. Doch es half auch nicht mehr als in den vorausgegangenen Wochen, die er damit zugebracht hatte, diese gleichen Gedanken in ihren endlosen Permutationen zu sammeln. Miles gab ihre Bestellung auf, und sie ließen sich auf der kleineren Couch der Suite Seite an Seite nieder und schauten einander an.

»Um dir die Sache mit meinem neuen Job zu erklären, muß ich dir etwas darüber erzählen, wie ich ihn bekommen habe und warum Illyan nicht mehr Chef des KBS ist…« Er erzählte ihr die Geschichte der vergangenen Monate, begann dabei mit Illyans Zusammenbruch und machte eine Rückblende, um die Sache mit Laisa und Duv Galeni zu erklären, dann wurde er erregt und sprang auf, gestikulierte und lief hin und her, als er schilderte, wie er Haroche endlich festgenagelt hatte. Die Behandlung seiner Anfälle. Gregors Jobangebot. All die leichten Sachen, die Ereignisse, die Fakten. Er wußte nicht, wie er seine innere Reise erklären sollte; Elli war schließlich keine Barrayaranerin. Das Essen traf ein und hielt Ellis unmittelbare Reaktion zurück. Ihr Gesicht war angespannt, und sie wirkte nach innen gekehrt. *Ja, wir sollten alle nachdenken, bevor wir heute abend reden, meine Liebe.*

Sie nahm den Faden erst wieder auf, als die menschliche Bedienung die Mahlzeit auf ihrem Tisch arrangiert hatte und wieder hinausgeeilt war.

Erst nach drei Bissen sprach sie. Miles fragte sich, ob sie den Geschmack ihrer Suppe so wenig wahrnahm wie er den der seinen. Als sie sprach, begann sie indirekt, in einem vorsichtig neutralen Ton. »Kaiserlicher Auditor… klingt wie eine Art Wirtschaftsprüfer. Das bist du doch nicht, Miles.«

»Das bin ich jetzt. Ich habe meinen Eid geleistet. Das ist einer dieser barrayaranischen Begriffe, die nicht die Bedeutung haben, die man hinter ihnen vermutet. Ich weiß nicht… Kaiserlicher Agent? Sonderstaatsanwalt? Sonderbevollmächtigter? Generalinspekteur? All dies und keins davon. Es ist, was immer… was immer Gregor braucht. Außerordentlich ausbaufähig. Ich kann dir gar nicht sagen, wie das zu mir paßt.«

»Du hast nie zuvor erwähnt, daß das deine Ambition ist.«

»Ich hatte mir nie vorgestellt, daß das möglich wäre. Aber das ist nicht der Job, den man einem Mann geben sollte, der zu viele Ambitionen darauf hat. Bereit, ja, aber nicht ambitioniert. Dieses Amt… verlangt Leidenschaftslosigkeit, nicht Leidenschaft, selbst im Hinblick auf sich selbst.«

Sie saß eine volle Minute mit gerunzelter Stirn da. Schließlich nahm sie sichtlich ihren Mut zusammen und schlug einen direkteren Weg ein. »Also, wo bleibe ich dabei, wo bleiben wir? Bedeutet das, daß du nie zu den Dendarii zurückkommst? Miles, ich würde dich vielleicht nie wiedersehen.« Ihre beherrschte Stimme verriet nur mit einem fast unmerklichen Zittern ihre Nervosität.

»Das ist… einer der Gründe, aus denen ich heute abend mit dir reden wollte, bevor die morgigen Geschäfte alles andere in den Hintergrund treten lassen.« Jetzt war es an ihm, innezuhalten und seinen Mut zusammenzunehmen, damit seine Stimme ruhig klang. »Du siehst, wenn du wärst… wenn du hier bliebst… wenn du Lady Vorkosigan wärst, dann könntest du die ganze Zeit bei mir sein.«

»Nein…« Ihre Suppe, die sie vergessen hatte, wäre kalt geworden, wenn im Boden der Schüssel nicht der Warmhalteschaltkreis eingebaut gewesen wäre. »Ich würde die ganze Zeit bei Lord Vorkosigan sein. Nicht bei dir, Miles, nicht bei Admiral Naismith.«

»Admiral Naismith war jemand, den ich mir ausgedacht hatte, Elli«, sagte er sanft. »Er war meine eigene Erfindung. Ich bin vermutlich ein ziemlich egoistischer Künstler; ich bin froh, daß dir meine Schöpfung gefallen hat. Schließlich habe ich ihn aus mir heraus erfunden. Aber nicht mit allem, was ich bin.«

Sie schüttelte den Kopf und versuchte einen anderen Kurs einzuschlagen. »Letztes Mal hast du gesagt, du würdest mich nicht mehr wegen dieser Lady-Vorkosigan-Geschichte fragen. Du hast es tatsächlich die letzten drei Male gesagt, wo du mich gebeten hast, Lord Vorkosigan zu heiraten.«

»Noch eine letzte Chance, Elli. Außer daß es diesmal wirklich die letzte ist. Ich… in aller Aufrichtigkeit muß ich dir die andere Hälfte oder eher die andere Seite, das Gegenangebot, nennen. Was morgen zur Sprache kommt, zusammen mit dem neuen Kontrakt der Dendarii.«

»Kontrakt, zum Teufel. Du wechselst das Thema, Miles. Was ist mit uns?«

»Ich kann nicht zu uns kommen, außer auf diesem Weg. Vollständige Offenlegung. Morgen werden wir, das heißt: Allegre und der KBS und ich, Barrayar, wenn du willst, wir werden dir den Admiralsposten anbieten. Admiralin Quinn der Freien Dendarii-Söldnerflotte. Du wirst weiter für Allegre in genau der gleichen Eigenschaft arbeiten, in der ich für Illyan gearbeitet habe.«

Quinns Augen wurden weit und leuchteten auf, dann senkte sie den Blick. »Miles… ich kann deine Arbeit nicht tun. Ich bin auch nicht annähernd bereit dafür.«

»Du hast meine Arbeit schon getan. Du bist schon mehr als anderthalbmal bereit, Quinn. Das sage *ich.*«

Sie lächelte, als sie die vertraute, vorwärtsdrängende Leidenschaft in seiner Stimme hörte, die sie alle so oft zu Ergebnissen angetrieben hatte, die über alle vernünftigen Erwartungen hinausgingen. »Ich gebe zu… ich wollte einen Anteil am Kommando haben. Aber nicht so bald, nicht auf diese Weise.«

»Die Zeit ist jetzt gekommen. Deine Zeit. Meine Zeit. Jetzt gilt es.«

Sie schaute ihn gespannt an, verblüfft über den Ton seiner Stimme. »Miles… ich will nicht den Rest meines Lebens nur auf einem Planeten festsitzen.«

»Ein Planet ist ein verdammt großer Ort, Elli, wenn du genau hinschaust. Und das Kaiserreich von Barrayar verfügt über drei Planeten.«

»Also ist es dreimal so schlimm.« Sie beugte sich über den Tisch und packte mit beiden Händen fest die seine. »Angenommen, ich mache dir einen Gegenvorschlag. Pfeif auf das barrayaranische Kaiserreich. Die Dendarii-Flotte braucht seine kaiserlichen Kontrakte nicht, um zu überleben, wenn ich auch zugebe, daß sie dank deines Einsatzes sehr schön und günstig gewesen sind. Die Flotte hat existiert, bevor Barrayar überhaupt an unserem Ereignishorizont erschienen ist; sie kann auch weiterexistieren, nachdem die Barrayaraner wieder in ihrer verdammten Gravitationsquelle versunken sind. Wir Weltraumleute, wir brauchen keine Planeten, die uns hinabziehen. Du – komm statt dessen mit mir. Sei Admiral Naismith, schüttle den Staub von deinen Stiefeln. Admiral Naismith würde ich in einem Herzschlag heiraten, wenn es das ist, was du möchtest. Wir können ein solches Team sein, wir beide, wir werden Legenden schaffen. Du und ich, Miles, dort draußen!« Sie schrieb mit einer Hand einen willkürlichen Kreis in die Luft, doch die andere ließ ihn nicht los.

»Ich habe es versucht, Elli. Ich habe es wochenlang versucht. Du weißt nicht, welche Mühe ich mir gegeben habe, zu gehen. Ich bin nie ein Söldner gewesen, niemals. Nicht eine einzige Minute.«

Ein zorniger Blitz funkelte kurz in ihren braunen Augen auf. »Bildest du dir ein, das macht dich uns übrigen gegenüber moralisch überlegen?«

»Nein«, seufzte er. »Aber es macht mich zu Miles Vorkosigan. Nicht zu Miles Naismith.«

Sie schüttelte den Kopf. Ein Nein. Er spürte den leeren Nachhall. »Es hat immer einen Teil in dir gegeben, den ich nie berühren konnte.« Ihre Stimme klang scharf vor Schmerz.

»Ich weiß es. Ich habe jahrelang daran gearbeitet, Lord Vorkosigan auszulöschen. Ich habe es nicht geschafft, nicht einmal für dich. Du kannst nicht von mir *auswählen*, Elli, die Teile nehmen, die du bevorzugst, und den Rest auf dem Tisch lassen.« Er wies frustriert auf ihr Essen, das allmählich trocken wurde. »Ich komme nicht *à la carte*. Ich bin alles oder nichts.«

»Du könntest alles sein, was du willst, Miles, überall! Warum beharrst du so auf Barrayar?«

Er lächelte grimmig. »Nein. Ich habe entdeckt, daß ich auf anderen Ebenen eingeengt bin.« Diesmal umschlossen seine Hände die ihren. »Aber vielleicht kannst du wählen. Komm nach Barrayar, Elli, und sei… und sei verzweifelt unglücklich mit mir?«

Sie stieß lachend den Atem aus. »Was ist das, noch mehr völlige Offenheit?«

»Es gibt keinen anderen Weg in die Zukunft. Und ich rede über eine sehr lange Zukunft.«

»Miles, ich *kann nicht*. Ich meine, deine Heimat ist

sehr hübsch für einen Planeten, aber dort drunten ist es schrecklich.«

»Du könntest es weniger schrecklich machen.«

»Ich kann nicht… ich kann nicht sein, was du möchtest, ich kann nicht deine Lady Vorkosigan sein.«

Er schaute weg, schaute wieder zu ihr hin, öffnete ihr seine Hände. »Ich kann dir alles geben, was ich habe. Weniger kann ich dir nicht geben.«

»Aber du möchtest dafür alles haben, was ich bin. Admiralin Quinn wird vernichtet, Lady Vorkosigan… erhebt sich aus der Asche. Ich bin nicht gut in Auferstehung, Miles. Das ist dein Fach.« Sie schüttelte hilflos den Kopf. »Komm mit mir fort.«

»Bleib hier bei mir.«

*Liebe besiegt nicht alles.* Als er das Ringen beobachtete, das sich auf ihrem Gesicht abzeichnete, kam er sich allmählich schrecklich wie General Haroche vor. Vielleicht hatte Haroche an seinem Augenblick moralischer Folter auch keinen Gefallen gefunden. *Das einzige, was du nicht für deinen Herzenswunsch eintauschen kannst…* Er faßte ihre Hand fester, wollte nicht Liebe, sondern Wahrheit erzwingen, und das mit ganzem Herzen. »Dann soll Elli wählen. Wer immer Elli ist.«

»Elli ist… Admiralin Quinn.«

»Das habe ich mir schon gedacht.«

»Warum tust du mir das dann an?«

»Weil du dich jetzt entscheiden mußt, Elli, einmal und für immer.«

»Du erzwingst diese Wahl, nicht ich!«

»Ja, stimmt genau. Ich kann mit dir weitergehen. Ich kann ohne dich weitergehen, wenn ich muß. Aber ich kann nicht *erstarren,* Elli, nicht einmal für dich. Perfekte Konservierung ist nicht Leben, sondern Tod. Das weiß ich.«

Sie nickte nachdenklich. »Diesen Teil verstehe ich jedenfalls.« Sie begann ihre Suppe auszulöffeln und beobachtete dabei ihn, wie er sie beobachtete, wie sie ihn beobachtete…

Sie liebten sich ein letztes Mal, den alten Zeiten zuliebe, zum Abschied, und – wie Miles mittendrin bewußt wurde – jeder in einem verzweifelten, allerletzten Bemühen, dem anderen soviel Freude und Wonne zu bereiten, daß er/sie seine Meinung ändern würde. *Wir müßten mehr ändern als unsere Meinungen. Wir müßten unser ganzes Selbst ändern.*

Mit einem Seufzer setzte er sich in dem riesigen Bett der Suite auf und löste sich von ihr. »Das funktioniert nicht, Elli.«

»Wir machen, daß es funktioniert«, murmelte sie. Er nahm ihre Hand und küßte die Innenseite ihres Handgelenks. Sie holte tief Luft und setzte sich neben ihm auf. Beide schwiegen lange Zeit.

»Du warst dazu bestimmt, ein Soldat zu sein«, sagte sie endlich. »Nicht eine Art, eine Art höherer Bürokrat.«

Er gab es auf, einer Nichtbarryaranerin den altehrwürdigen und noblen Posten eines Kaiserlichen Auditors zu erklären. »Um ein großer Soldat zu sein, braucht man einen großen Krieg. Zufällig ist im Augenblick keiner in Gang, nicht in dieser Gegend. Die Cetagandaner geben zum ersten Mal seit einem Jahrzehnt Ruhe. Pol ist nicht aggressiv, und überhaupt sind wir heutzutage in der ganzen Hegen-Nabe gut angeschrieben. Jackson's Whole ist schlimm genug, aber sie sind zu uneins, um auf diese Entfernung eine militärische Bedrohung darzustellen. Die schlimmste Bedrohung in der Nachbarschaft sind *wir*, und Sergyar absorbiert *unsere* Energien. Ich bin mir nicht sicher, ob ich mich überhaupt einem Angriffskrieg zur Verfügung stellen könnte.«

»Dein Vater hat es getan. Mit bemerkenswertem Erfolg.«

»Mit gemischtem Erfolg. Du solltest unsere Geschichte genauer studieren, meine Liebe. Aber ich bin nicht mein Vater. Ich muß nicht seine Fehler wiederholen; ich kann nagelneue eigene erfinden.«

»Du wirst in letzter Zeit zu einem solchen politischen Tier.«

»Das hat mit meinem Territorium zu tun. Und… die nur stehen und warten, können auch dienen, doch das Leben ist schon kurz genug. Falls das Kaiserreich mich jemals wieder in einer militärischen Stellung braucht, dann kann man mir ja schließlich eine Komkonsolennachricht schicken.«

Sie zog die Augenbrauen hoch, lehnte sich zurück und häufte Kissen um sie beide herum auf. Er zog ihren Kopf herab, damit er auf seiner wunden Brust ruhte, und streichelte ihr Haar, drehte es um seine Finger; ihre freie Hand wanderte zärtlich an seinem Leib auf und ab. Er spürte, wie sie beide einander losließen, wie die Spannung und der Schrecken nachließen, wie sich der Pulsschlag ihres Blutes verlangsamte. Kein Schmerz, oder nicht soviel Schmerz, sondern eine rechtschaffene Traurigkeit, ein rechtes Maß an Melancholie, ruhig und richtig.

»Nun…«, sagte er schließlich, »das soll nicht heißen, daß es nicht von Zeit zu Zeit einen Bedarf für eine gelegentliche Befreiungsaktion oder was immer geben wird. Wohlgemerkt, als Admiralin Quinn hast du deinen süßen Arsch in einem hübschen weichen Sessel im Taktikraum zu plazieren. Du wirst nicht die ganze Zeit mit den Kommandos nach draußen gehen. Das schickt sich nicht für einen höheren Stabsoffizier und ist irgendwie auch zu gefährlich.«

Ihre Fingernägel fuhren den Spinnweblinien seiner spektakulärsten Narben nach und ließen die Haare auf seinen Armen zu Berge stehen. »Du bist ein jaulender Heuchler, mein Lieber.«

Er beschloß klugerweise, nicht in Details zu gehen und räusperte sich. »Das… bringt mich zu einem weiteren Punkt, wo ich dich um einen Gefallen bitten wollte. Wegen Sergeantin Taura.«

Sie versteifte sich leicht. »Was?«

»Als ich sie zum letzten Mal sah, habe ich bemerkt, daß sie schon einige graue Haare bekommt. Du weißt, was das bedeutet. Ich habe kürzlich mit dem alten Canaba darüber geredet, du erinnerst dich doch noch an ihn. Er gibt ihr von dem Zeitpunkt an, da bei ihr ernste Stoffwechselversagen auftreten, nicht mehr als zwei Monate bis zum Ende. Ich möchte, daß du mir versprichst, mich rechtzeitig wissen zu lassen, wenn es… rechtzeitig, um zur Flotte hinauszukommen, oder wo immer sie sich aufhält, bevor sie von uns geht. Ich… möchte nicht, daß sie dann allein ist. Das ist ein Versprechen, daß ich mir einmal gegeben habe, und ich möchte es halten.«

Sie lehnte sich zurück. »In Ordnung«, sagte sie ernst. Einen Moment später fügte sie hinzu: »Du hattest also… doch ein Verhältnis mit ihr. Ich habe mich oft gefragt…?«

»Das war vor deiner Zeit, Elli.« Nach einer weiteren Minute sah er sich gezwungen anzufügen: »Und danach, von Zeit zu Zeit. Sehr selten.«

»Hah, hab ich's mir doch gedacht.«

*Solange wir morbide sind…* »Wie… steht es mit dir? War da kein anderer, wenn ich nicht da war?«

»Nein. *Ich* war brav. Haha!« Einen Augenblick später fügte sie hinzu: »Nun, vor *deiner* Zeit, das war eine andere Quinn.«

Mit diesem Seitenhieb hat sie recht, dachte Miles; er ließ ihn durchgehen. »Es sollte selbstverständlich sein, aber nur für den Fall… du weißt, daß du von nun an von jeder persönlichen Verpflichtung mir gegenüber frei bist?«

»Ach so. Dann kannst du es auch sein, wie? Ist es das, worum sich hier alles dreht?« Sie berührte sein Gesicht und lächelte. »Ich brauche dich nicht, um mich zu befreien, mein Lieber. Ich kann mich selbst befreien, wann immer ich will.«

»Das ist ein Zug an dir, den ich immer gemocht habe.« Er zögerte. »Aber kannst du immer wählen, wenn du wählst?«

»Tja, das ist die andere Frage, nicht wahr?« sagte sie leise. Sie schauten einander lange an, als prägten sie sich das Bild des anderen für ein geheimes Versteck im eigenen Innern ein. Nach einer Weile fügte sie mit untrüglicher Wahrnehmung und weher Großmut hinzu: »Ich hoffe, du findest deine Lady Vorkosigan, Miles. Wer immer sie sein mag.«

»Das hoffe ich auch, Elli«, seufzte er. »Allerdings fürchte ich mich vor der Suche.«

»Weil du ein Faulpelz bist«, murmelte sie.

»Das auch. Du warst der Traum eines Trunkenen, Quinn. Du hast mich ganz schön verwöhnt, weißt du.«

»Soll ich mich entschuldigen?«

»Niemals.«

Als sie sich aus dem langen Kuß löste, der darauf folgte, fragte sie: »Bis deine Suche Erfolg hat, sollen wir uns da manchmal noch austoben? Von Zeit zu Zeit?«

»Vielleicht... ich weiß es nicht. Falls wir jemals zur selben Zeit auf demselben Planeten sind. Das Universum ist groß.«

»Warum laufe ich dann immer wieder denselben Leuten in die Arme?«

Dann begannen sie mit gemächlichen Liebkosungen, ganz ohne Hintergedanken; keine Zukunft, keine Vergangenheit, bloß eine kleine Kugel in der Raumzeit, die nur Miles und Elli umfaßte. Danach ging alles viel besser.

Im Nachglühen murmelte Elli in sein Haar: »Glaubst du, dein neuer Job wird dir so sehr gefallen, wie mir der meine?«

»Das vermute ich allmählich. Du bist bereit, weißt du. Ich habe in letzter Zeit ein paar harte Lektionen dafür bekommen, was es bedeutet, wenn man fähige Untergebene zu lange ohne Beförderung läßt. Gib darauf acht in« – er sagte fast, *meinem* – »deinem Stab.«

»Also gibt es da etwa eine Topp-Position, auf die du lossteuern kannst? Etwa dich vom Achten Auditor zum Ersten emporarbeiten?«

»Nur durch Langlebigkeit. Was, wenn ich es mir recht überlege, passieren könnte. Ich bin mit drei Jahrzehnten Abstand der jüngste. Aber die Auditoren werden nur der Einfachheit halber durchnumeriert. Die Nummern bezeichnen keinen Rang. Sie scheinen alle irgendwie gleichrangig zu sein. Wenn sie zusammenkommen, sitzen sie in einem Kreis. Wirklich sehr ungewöhnlich für das hierarchiebewußte Barrayar.«

»Wie die Ritter der Tafelrunde«, meinte Elli.

Miles schluckte ein Lachen hinunter. »Das würdest du nicht sagen, wenn du sie sehen könntest...« Er zögerte. »Na ja, ich weiß nicht. Diese ursprünglichen Ritter der Tafelrunde wetteiferten wie besessen um Ehren. Ich meine, das war der Grund, weshalb der alte Arthur den Tisch überhaupt rund machen mußte, um alles zu entschärfen. Aber die meisten der Auditoren sind... ich kann nicht sagen: nicht ehrgeizig, sonst hätten sie nicht alle erreicht, was sie erreicht haben. Vielleicht ›post-ehrgeizig‹? Diese alten barrayaranischen Paladine sind eine erstaunlich selbstlose Bande. Eigentlich freue ich mich darauf, sie besser kennenzulernen.« Er entlockte ihr mehrmals ein Kichern, indem er ihr eine munter formulierte Beschreibung der seltsameren Eigenarten seiner neuen Kollegen gab.

Sie fuhr sich mit der Hand durch ihre dunklen

Locken und grinste unwillkürlich. »Du lieber Himmel, Miles. Allmählich glaube ich, daß du eigentlich doch ganz gut dazupaßt.«

»Bist du jemals nach Hause gekommen, an einen Ort, an dem du nie zuvor gewesen bist? So kommt mir das vor. Es ist... sehr merkwürdig. Aber überhaupt nicht unangenehm.«

Sie küßte ihn segnend auf die Stirn, er küßte sie glückwünschend in die Hand.

»Tja, wenn du darauf bestehst, Zivilist zu sein, dann sei ein guter Bürokratenpaladin«, sagte sie mit Nachdruck. »Mach mich stolz auf dich.«

»Das werde ich, Elli.«

Miles' Rückkehr von Komarr nach Barrayar verlief ohne Zwischenfälle. In der Stille eines Spätwinterabends kam er wieder im Palais Vorkosigan an und fand es warm und hell und bereit für ihn. Morgen würde er formell Gäste zu einem Dinner einladen, beschloß er, am liebsten Duv und Delia und die übrigen Koudelkas. Aber an diesem Abend speiste er in der Küche mit Pym, seinem Gefolgsmann, und Mama Kosti; seine Köchin war ein bißchen schockiert, entweder weil er aus seiner Rolle fiel oder weil er in ihr Territorium eingedrungen war. Aber er erzählte ihr eine Reihe Witze, bis sie lachte und mit einem Handtuch nach ihm schlug, als wäre er einer von ihren Jungen, was Pym unendlich amüsierte. Am Ende seiner Wachschicht schaute Korporal Kosti herein, um ebenfalls richtig beköstigt zu werden und mit den Kätzchen zu spielen, die jetzt in einer mit Lumpen ausgepolsterten Kiste in der Nähe des Ofens lebten und nun wie besessen aus ihr flohen. Der Korporal und Mama Kosti berichteten Miles alle Neuigkeiten über Martin, der jetzt die Grundausbildung durchlitt, mit all den prahlerischen Klagen, die das zur Folge hatte.

Nach seinem späten Abendessen begab er sich in seinen Weinkeller. Zeremoniell wählte er eine Flasche vom ältesten und seltensten Wein seines Großvaters. Als er sie öffnete, stellte er fest, daß der edle Tropfen mehr als nur ein bißchen sauer war. Er überlegte, ob er ihn trotzdem trinken sollte, dem symbolischen Charakter der Geste zuliebe. Dann schüttete er ihn im Bad seiner neuen Suite entschlossen ins Waschbecken, stieg erneut hinunter und holte eine Flasche eines viel jüngeren Jahrgangs, der, wie er wußte, sehr gut war.

Er setzte sich, diesmal mit einem Weinglas aus bestem Kristall, in den unglaublich bequemen Sessel neben der Fensternische, um ein paar dicke Schneeflocken zu beobachten, die im Licht der Gartenlampen vorübertanzten, und um seine eigene private Totenwache zu halten. Er toastete seinem gespensterhaften nächtlichen Spiegelbild in der Fensterscheibe zu. Das war – Admiral Naismiths dritter Tod? Einmal auf Jackson's Whole, einmal in Illyans Büro, zum dritten und letzten und erstaunlich schmerzvollen Mal wiedererweckt und erneut erledigt von Lucas Haroche. Bei seinem ersten Tod war er nicht in der Lage gewesen, sich einer angemessenen Totenwache zu erfreuen – damals war er eingefrorenes Gepäck gewesen, das verlorengegangen war –, beim zweiten hatte der Dolch seines Großvaters, als Öffner für einen röteren Wein, ihn mehr gelockt als der Brandy. Er lehnte sich gemütlich zurück und stellte sich darauf ein, sich eine Stunde Selbstmitleid bei seinem Wein zu gönnen, und dann damit abgeschlossen zu haben.

Statt dessen ertappte er sich dabei, wie er sich in dem warmen Sessel zurücklehnte und leise lachte. Er schluckte das Lachen hinunter und fragte sich, ob er endgültig den Verstand verloren hatte.

*Ganz im Gegenteil.*

Haroche war kein Wundertäter. Er war nicht einmal

ein Bühnenzauberer. Weder damals noch jemals hatte er die Macht gehabt, Naismith zu geben oder zurückzuhalten; Miles allerdings spürte ein kryonisches Frösteln bei dem Gedanken, wie nahe er daran gewesen war, *sich selbst* Haroche in die Hände zu geben.

Kein Wunder, daß er lachte. Er trauerte nicht über einen Tod. Er feierte ein Entrinnen, eine Rettung.

»Ich bin nicht tot. Ich bin *hier*.« Er faßte sich verwundert an seine vernarbte Brust.

Er kam sich seltsam und ungeteilt vor, nicht mehr in Stücke gerissen. Nicht der im Aufsteigen begriffene Lord Vorkosigan, nicht der verschwundene Naismith, sondern er ganz und gar, mit einem Mal, immer. *Wird es da drinnen nicht eng?*

*Nicht besonders.*

Harra Csurik hatte fast rechtgehabt. Wenn man weiterging, fand man nicht sein Leben wieder. Man fand sein Leben ganz neu. Und das hatte er überhaupt nicht erwartet. Sein Lächeln vertiefte sich. Er wurde allmählich sehr neugierig auf seine Zukunft.

# ANHANG

## MILES VORKOSIGAN/NAISMITH: SEIN UNIVERSUM UND SEINE ZEIT

| *Chronologie* | *Ereignisse* | *Chronik* |
| --- | --- | --- |
| 200 Jahre vor Miles' Geburt | Quaddies werden mittels Gentechnik geschaffen. | ***Die Quaddies von Cay Habitat*** (06/5243) |
| Während des Betanisch-Barrayaran. Krieges | Cordelia Naismith begegnet Lord Aral Vorkosigan, während zwischen ihren Planeten Krieg herrscht. Trotz aller Schwierigkeiten verlieben sie sich und heiraten. | ***Scherben der Ehre*** (06/4968; auch als 06/7012) |
| Vordarians Griff nach dem Thron von Barrayar | Während Cordelias Schwangerschaft mißlingt ein Versuch, Aral mit einem Giftgasattentat zu ermorden, doch Cordelia wird in Mitleidenschaft gezogen; Miles Vorkosigan wird mit Knochen geboren, die immer spröde sein werden, dazu kommen weitere medizinische Probleme. Sein Wachstum wird gehemmt sein. | ***Barrayar*** (06/5061) |

| Chronologie | Ereignisse | Chronik |
|---|---|---|
| Miles ist 17 | Bei der körperlichen Eignungsprüfung zur Aufnahme in die Militärakademie fällt Miles durch. Auf einer Reise zwingen ihn die Umstände, die Freien Dendarii-Söldner ins Leben zu rufen; vier Monate lang erlebt er unbeabsichtigte, aber unausweichliche Abenteuer. Er läßt die Dendarii in Ky Tungs kompetenten Händen zurück und bringt Elli Quinn nach Kolonie Beta zur Wiederherstellung ihres zerstörten Gesichts, dann kehrt er nach Barrayar zurück und vereitelt ein Komplott gegen seinen Vater. Kaiser Gregor setzt alle Hebel in Bewegung, damit Miles in die Akademie aufgenommen wird. | ***Der Kadett*** (06/5020) |
| Miles ist 20 | Fähnrich Miles besteht sein Examen und muß sofort eine Pflicht des barrayaran. Adels übernehmen und in einem Mordfall als Detektiv und Richter fungieren. | ›Die Berge der Trauer‹ in ***Grenzen der Unendlichkeit*** (06/5452) |
| | Kurz darauf endet sein erster militärischer Auftrag mit seiner Verhaftung. Er muß sich wieder den Dendarii anschließen, um den jungen Kaiser von Barrayar zu | ***Der Prinz und der Söldner*** (06/5109) |

| Chronologie | Ereignisse | Chronik |
|---|---|---|
| | retten. Der Kaiser erkennt die Dendarii als seine persönliche Geheimdiensttruppe an. | |
| Miles ist 22 | Miles und sein Cousin Ivan nehmen an einem cetagandanischen Staatsbegräbnis teil und werden in die Innenpolitik von Cetaganda verwickelt. | ***Cetaganda*** (06/6317) |
| | Miles schickt Kommandantin Elli Quinn, die auf Kolonie Beta ein neues Gesicht bekommen hat, mit einem Einzelauftrag nach Station Kline. | ***Ethan von Athos*** (06/5293) |
| Miles ist 23 | Miles, inzwischen barrayaranischer Leutnant, geht mit den Dendarii nach Jackson's Whole, um von dort einen Wissenschaftler herauszuschmuggeln. Seine spröden Beinknochen sind gegen Synthetikknochen ausgetauscht worden. | ›Labyrinth‹ in ***Grenzen der Unendlichkeit*** (06/5452) |
| Miles ist 24 | Miles läßt sich in das cetagandanische Gefangenenlager auf Dagoola IV einschleusen und schmiedet einen Plan, um die Gefangenen zu befreien. Die Dendarii-Flotte wird von den Cetagandanern verfolgt und erreicht schließlich die Erde, | ›Die Grenzen der Unendlichkeit‹ in ***Grenzen der Unendlichkeit*** (06/5452) |

| Chronologie | Ereignisse | Chronik |
|---|---|---|
| | wo Reparaturen durchgeführt werden müssen. | |
| | Miles muß mit seinen beiden Identitäten gleichzeitig jonglieren, Geld für die Reparaturen beschaffen und ein Komplott vereiteln, bei dem er durch ein geklontes Double ersetzt werden soll. Ky Tung bleibt auf der Erde; Elli Quinn wird zu Miles rechter Hand. Miles und die Dendarii starten zu einer Rettungsmission nach Sektor IV. | ***Waffenbrüder*** (06/5538) |
| Miles ist 25 | Nach der vorangegangenen Mission liegt Miles im Hospital; seine gebrochenen Armknochen werden durch Synthetik ersetzt. Zusammen mit Simon Illyan vereitelt Miles eine weitere Verschwörung gegen seinen Vater, während er ans Bett gebunden ist. | ***Grenzen der Unendlichkeit*** (06/5452) |
| Miles ist 28 | Miles begegnet erneut seinem Klon-Bruder Mark (aus *Waffenbrüder*), diesmal auf Jackson's Whole, wo beide in ungeplantem Zusammenwirken einem kriminellen Kloning-Konzern das Handwerk legen. | ***Spiegeltanz*** (06/5885) |
| Miles ist 29 | Miles wird dreißig und erlebt seine Midlife-Crisis. | ***Viren des Vergessens*** (06/6352) |